文苑华章丛书编委会

编委会顾问 / 贾平凹
编委会成员(以姓氏音序为序)
    曹明明 曹小晶 常 江 陈然兴 陈晓辉
    段建军 方蕴华 高字民 谷鹏飞 姜彩燕
    姜 宇 雷武锋 李邦邦 李 彬 李芳民
    李 浩 刘炜评 沈文君 王尧宇 吴振磊
    杨遇青 张阿利 张文利 张亚蓉 赵 强
    赵小刚 赵小雷
主　　编 / 段建军
执行编辑 / 杨遇青 高字民 陈晓辉 陈然兴
    王理鹏 王晋华

文苑华章
西北大学学生优秀文学作品选
小说卷

主编：段建军
本卷主编：陈晓辉

西北大学出版社

西北大学"创新创业"教育改革项目资助成果
西北大学"双一流"建设项目资助成果
教育部人文社科重点研究基地(培育)建设成果

文思并重立基调，薪火相传奏华章
——《文苑华章》序

  西北大学素有培养作家的传统，百余年来，名家迭出，为中国现当代文学做出了重要贡献。在2016年9月12日举行的"坚定文化自信，讲好陕西故事"陕西文艺工作者座谈会上，陕西省省委书记娄勤俭同志高度肯定了西北大学文学学科取得的成绩，认为"西北大学作家群"，是中国当代文学与陕西文学的一个奇迹。

  20世纪80年代以来，西北大学文学院曾成功举办了四届"作家班"。当年毕业于西北大学、起步于西北大学的一大批文学青年，现已成长为文学创作和文艺批评领域的卓然大家，在中国文坛具有举足轻重的影响。当代中国文坛亲切地将其称为"西北大学作家群"，而将活跃在中国当代文坛的这样一种创作现象称为"西北大学作家群现象"。这个群体的代表性人物：诗歌方面，有牛汉、雷抒雁、刁永泉、薛保勤、朱文杰、商子秦等；小说方面，有贾平凹、迟子建、王刚、孙皓晖、鬼子、钟晶晶、熊正良、陶少鸿、李康美、冯积岐、吴克敬、杨少衡、马玉琛、王宏甲、肖黛、董生龙等；散文方面，有杨闻宇、白阿莹、方英文、穆涛、李傻傻、沈宁（美）、和谷、李廷华、骞国政、张书省、张虹、庞烬等；新闻和报告文学方面，有马利、万武义、肖复华、李勇等；剧作家及导演方面，有郑定宇、黄建新、张子良、庞一川、王吉呈、潘飞、王三毛、周友朝、张晓春等；文艺理论和文艺批评方面，有何西来、党圣元、王富仁、张永清、李国平等。"西北大学作家群"不仅人数巨大，而且分布广泛，影响深远，构成了中国当代文坛的一道亮丽景观。于是，西北大学作为"文学沃土，作家摇篮"的美誉不胫而走，得以迅速传播,得到了广泛认同。

"西北大学作家群"的崛起,有诸多历史与文化的机缘,更与西北大学文学学科的学术传统与办学理念密不可分。近一个世纪以来,西北大学文学学科一直倡导教师理论研究与创作实践"两条腿"走路,以理论提升创作,用创作拓展理论,形成了文思并重的学统,产生了一大批理论与创作方面成绩斐然的学者。如郝御风(笔名泠若)教授是朱自清先生的高足,当年在清华读书时就与曹禺、吴组缃并称"清华三诗人",他也是贾平凹、和谷、丁耶、李满江等众多作家的导师;刘持生教授是胡小石先生的得意门生,他的《持庵诗》完全可以和夏承焘、程千帆、聂绀弩等人创作的古典诗词相媲美;董丁诚(笔名千里青)教授利用工作之余写出以《紫藤园夜话》为代表的一批作品,其浓郁的文化底蕴、强烈的人文情愫和生动的形人绘事风格,感染力强,别具一格,被誉为文化散文的代表作。还有刘建军、张华、费秉勋、赵俊贤、冯有源等教授,数十年来从事小说、散文及随笔写作,笔耕不辍,成就斐然。目前坚守在教学一线的李浩、杨乐生、刘炜评、周燕芬、谷鹏飞等亦是活跃在陕西文艺批评和文艺创作战线上的尖兵。如李浩教授不仅是目前唐代文学研究领域中的佼佼者,在教学之余勤于写作,连续推出《怅望古今》《行云看水》《马驹》等文学系列丛书,显示出了过人的写作才华。这种文思并重的学统,奠定了西北大学文学教育的特质与基调,形成了理论与创作互进的人才培养思路,使西大的人文传统薪火相传,绵延不绝。

为了延续这一传统,我们从20世纪80年代以来,定期举办"文苑华章"、"黑美人"艺术节、"抒雁杯"青春诗会暨"诗性印痕"版画联展,以诗歌、戏剧、书法、绘画和演讲等丰富多彩的教学实践活动为平台,以培养德才兼备、通专结合、知能并重、守正创新的人文学科通识型大学生为要务,在文苑的殿堂里汇聚起青春岁月的华彩乐章。

特别是2013年以来,我们积极响应陕西"文化自信""文化强省"战略,成功恢复举办"作家班",成为新时期推进西北大学文学专业特色教育的又一重大举措。2013年,时任陕西省委书记的赵正永同志鉴于陕西当代文学的发展现状和西北大学举办"作家班"的成功经验,在给"陕西社情民意"答复的批文中,建议西北大学恢复"作家班"办学,为陕西文艺培养后备人才。因此,我院立即着手制定恢复"作家班"办学方案,制定培养计划。恢复后的作家班分本科、硕士、高级研修班三个办学层次。每期高级研修班选拔省内外创作成绩显著的中青年作家15人进行为期一月的创作培训。2015年至今,已连续举办两届高级研修班,先后邀请阎晶明、高建群、红柯、李浩、李国平、穆涛等著名作家和学者现场授课。高研班的教学紧紧围绕文学创作,以名作家讲座、导师一对一指导、专题讨论等多种方式进行,教学内容丰富、形式灵活多样,对学员的创作素养、创作技巧和创作灵感进行综合提升。学员学习氛围积极而热烈,授课讲座和研习讨论的文字记录超过20万字。高质量的教学,开阔了学员的文学视野、提升了学员的写作境界。《人民日报》《光明日报》《中国社会科学报》《陕西日报》、人民网、新浪网、搜狐网等多家媒体进行了全面报道,引起了强烈的社会反响。这些中青年作家在大学的校园汇聚一堂,不仅聆听到专家学者的专业课程,也通过文学沙龙、诗歌朗诵会和演讲,深度介入校园文化活动,为文学院的文学创作注入了前沿的思想和新鲜的力量。

同时,我们还增设"创意写作"专业,拓展本科教学新领域。自2012年起,我院在全国高校本科教学培养中具有前瞻性地开设了创意写作专业,这是目前西部高校中唯一一家实施创意写作高端人才培养的单位。我们的基本培养目标是,培养能够具有各种文体写作技巧,拥有较高艺术素养和创新精神,能够承担文化创意、影视制作、出版发行、广告宣传、演艺娱乐、文化会展、数字动漫等文化产业界创造性核心工作的创意写作人才或自由写作者。

《论语》中有一句名言:"学而时习之,不亦乐乎!"这里的"习"就是演习、实习的意思。学习就要既"学"且"习",把理论知识与实践体验结合起来,把知识转化为行动。多年来,西北大学文学院把专业教学的拓展、第二课堂的实践创新和作家班的传承与建设结合起来,以"黑美人"艺术节、文苑华章系列活动、"抒雁杯"青春诗会暨"诗性的印痕"诗歌版画联展为载体,以审美文化为引领,以文化实践为载体,将学生思想政治教育、审美文化教育和素质教育熔于一炉,多渠道地构建中文、影视各学科实践教学的有效路径,形成了专业教师、学生、辅导员、社会共同参与的"四位一体"人才培养模式,取得了可喜成绩。

这次《文苑华章》学生优秀作品选的编撰,既是我们对传统的庚续和致敬,也是对文学院近年来在实践教学探索方面的一次全面检阅。该书分为诗歌卷、散文卷、小说卷和戏剧卷等四部分,萃取了近年来在青春诗会、"黑美人"艺术节、文苑华章等活动中涌现出来的优秀作品。其中小说卷和散文卷来自以创意写作专业学生为主体的各类创作实践活动,诗歌卷是"抒雁杯"青春诗会历届获奖作品的精编,戏剧卷是"黑美人"艺术节优秀作品的汇选,后者特别遴选了一些早期的作品,以展现"黑美人"艺术节悠久的历史传统。当然,这些作品既是丰富的校园文化活动中涌现出的佳作,也是广大师生日常教学与学习厚积薄发的结果。

著名作家迟子建曾回忆说,在西大的求学经历,对其写作的影响是巨大的,"老师们课堂上的精彩讲述,同学们课下的自由交流,古城春时的风沙和秋时的明月,都深深印在我的脑海中"。一样的春风秋月一样的城,一样的三尺讲台,但永远有不一样的诗章磅礴而出。这本作品选里的每一篇文章都是教师、学生与西北大学这片文学沃土相互碰撞的火花。对于所有作者来说,"文苑华章"应是人生中一次重要的相聚和虔诚的出发,或许下一个雷抒雁,下一个贾平凹或迟子建就在我们当中。乐章已经奏响,序曲之后,精彩会接踵而至。

段建军

2016 年 12 月 15 日

CONTENTS 目录

文思并重立基调,薪火相传奏华章 ·················· 1

2012 级

韩　越	幸运树的爱情畅想 ··················	3
李伊楠	吴门 ··················	10
鲁雨澈	独臂 ··················	65
施　鸽	海尔芙拉 ··················	69
王玮玮	风暴 ··················	84
王　旭	猫与狗的情话 ··················	87
肖　雪	药郎 ··················	98
叶晓凡	一只黑猫 ··················	100
张译心	扬帆远航 ··················	108
赵天实	杯子 ··················	113

2013 级

白若凡	空山 ··················	135
成丹彤	火炉 ··················	139
封　秀	蒙奇奇奇遇记 ··················	144
黄馨平	崩塌 ··················	148
颉弋萌	猫王 ··················	155
李　琳	有酒 ··················	162
李鹏飞	落杏花 ··················	165
刘之栋	一把手枪 ··················	175
牟　帆	爱,不爱 ··················	180
聂　萌	最后的赢家 ··················	185

田斯嘉	世间最珍贵的是什么	191
乔 妮	心门	195
史美垚	渡	199
王 坤	干五传	205
王瑞雄	青鸟	226
武雨婷	撒旦的影子	232
张航航	放生	246
赵海涛	你好,晚点	249
朱斯韵	邓佳	253
左 晨	青梅落	268

2014 级

边欣月	嘉铭与佳玉	273
柴 琴	花露水	277
陈 星	迟暮	280
程靖婷	破碎布熊之心	284
邓光玥	画	289
郭雨菡	逆旅	292
郭子嫣	孙悟空遭遇中年危机	308
郝 梦	贩梦	312
何婉婷	装备	318
洪 颖	小狼西罗	325
姜锦锦	我的朋友叫阿筝	329
李 瑶	婆婆	336
李永燕	他是她的弗洛伊德	341
刘 欢	小狐狸和小兔子	346
刘文欣	被困的24小时	352
刘雅琦	公主终于吻醒了恶魔	357
刘奕阳	臭尸	370
罗雪莲	爸,我不讨厌你了	376

吕　悦	白雪公主与黑玫瑰王后	381
马　静	作家的诞生	385
	樱花	393
唐健博	菖蒲	398
徒　悦	灵药	402
王禄山	小小说文选	406
王梓童	南丫岛没有答案	410
邢文改	胡因	414
杨　超	没有套子的套中人和被放逐的局外人	426
杨建国	我到底该怎么正确道歉?	429
杨柳依	今晚吃红烧肉	432
张　玮	孪生	460
张孝雨	少年亡命天涯	467
朱怡蘅	游园惊梦	483

编后记 …… 489

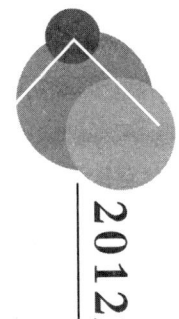

2012级

韩越

女,西北大学文学院2012级创意写作班学生。现实的理想主义者,拥有一颗还没有被收买的人心,爱局部胜过爱全身,爱阴翳胜过爱光明。把写作当作最适合自己来改变世界的一种方式。希望什么时候自己作品的重点能够不在于人物的性格以及社会之中真实的烦琐事,而是着重传递出一种精神与状态。

幸运树的爱情畅想

余途下午无事,她记得之前说好有时间要去看看闺蜜小春的儿子的。于是她给小春打了个电话,说自己一会儿过去。

好歹自己也算个干妈呢,不能空手去看干儿子,于是余途坐车晃悠到Z市中心商业圈,走进一家金店,想着给孩子买套传统的银镯加长命锁。

旁边的售货员走了过来,很耐心地给余途做着产品介绍。

余途仔细看了柜子里各式的花样长命锁,最后指了一个足金錾有"五子登科"样式的,问了售货员价钱。

她掏出银行卡来,售货员跟她说,"付款之后,您这满了我们本次活动的额度,可以去参加一次抽奖。"

余途很喜欢抽奖活动,因为抽奖让人有种白日做梦一朝发家的期待与兴奋。运气好中奖了自然高兴,运气不好的话也可以用"工作生活够努力,自然老天不让我们靠这个吃饭"这套自编的很有道理的道理来安慰自己。于是她很利索地结了账,售货员拿来一个纸箱子,让她从里面抽一张刮刮卡。

余途从钱包里拿出一枚硬币,迫不及待地趴在柜台上有些忐忑地刮刮刮。

果然!最近真是头顶财神财运不断,买长命锁抽中了奖可真说得上是福财了。

"买一送一!"

余途高兴得跺了跺脚,售货员核对中奖信息之后,就带着蹦蹦跳跳满面喜色的她去登记,然后恭恭敬敬地给她包了两份的长命锁。

两份的长命锁……

走出店门,余途才回过味儿来,多余的那一份好像并没什么用处啊。

不过只要是白来的就高兴!余途在商场里走路一窜一窜的,像猴儿蹦跶。她的性格有意思就有意思在这点,不光自己乐,还能感染人。

这时,有辆婴儿车从余途身边推过,里面的小孩子长得白胖白胖,两只大眼睛滴溜儿圆,余途弯下腰,捂住脸,逗他:"豆豆豆豆,飞!"那小孩子看余途的脸一会儿出来一会儿又变没,乐得粉嘟嘟的小嘴咧开,在那儿"咯咯咯咯"地笑。

余途一边倒着走逗他,一边心情大好地抬头跟推婴儿车的人说:"你家这小孩长得真可爱!"

可当余途梗着个脖子看清楚了孩子爸爸脸的时候,心里却咯噔一下。万万没想到,这是个熟悉到不能再熟悉的老熟人。余途脑子瞬间断线,嘎巴了半天嘴也不知道该说些什么,最后还是那人先叫了她的名字。

"余途。"

她赶紧尽量完美地笑了一下,对那人说道:"是你家孩子啊。"

"嗯。"

"小宝贝几岁了啊?"余途又弯下腰去,逗弄那小宝宝,小宝宝笑着向前伸出两根手指。

"两岁半了。"余途也伸出两根手指在脑袋上,鼓起腮帮,露出两颗门牙,扮作一只奇怪的小白兔。孩子又被她逗得咯咯笑个不停。

"述凡,你家孩子真聪明。"

于述凡望着他的孩子,很欣慰的样子,跟余途说:"随他妈妈。"

余途见眼前就于述凡一个人,左右望了望,没见孩子妈妈,便问道:"小娴没跟你们一块儿来吗?"

"她去上卫生间。"

"哦。"

余途赶紧摸了摸自己的包,在那第二份足金长寿锁上短暂犹豫了一会,最终还是从钱包里抽出了五百块钱,卷成一卷儿,塞进了孩子的手里。

"宝宝,让你爸爸替阿姨给你买好吃的哦。"

于述凡见了,赶紧把钱从孩子手里拿过来,跟余途说道:"这我不能收。"

余途躲来躲去,调皮得真像只兔子,她说:"切,孩子跟我有缘,给孩子的,谁给你了,净臭美。"她使劲儿把自己被他拉住的胳膊往外抽,又开玩笑地跟他说:"你这么拉着我可不对。"

于述凡只好放开她,她转身就跑,跑了几步,见于述凡没跟来,就又蹲在地上,跟他孩子说拜拜,做最后一次的"逗逗飞"。

孩子妈妈小娴上卫生间回来了,看见于述凡手里拿着五百块钱,问谁给的。

于述凡说:"刚才看着余途了。"

小娴说:"她人呢?"

于述凡说:"往那边儿走了。"

小娴说:"那我们也走吧。"

余途躲在拐角处,看他们一家三口离去的背影,又记起来曾经。她可是暗恋他七年呢。

她是小学五年级转到于述凡他们班的。原本余途从一年级就应该上市内的小学的,但是因为余途生日在十二月,比要求年龄小了三个月,于是余途爸妈就先让余途在市郊的一个小学念了四年,五年级的时候,为了升个好初中,就又转回了市中心的小学。

刚转来的时候,余途是没有女生朋友的。她动作拙笨,皮筋儿跳不好,没有人喜欢跟她一伙儿。再说大家又早就有了各自熟悉的小伙伴,都一对儿一对儿的。有时候学校组织去看电影,好朋友们一个一个都商量好一起拉手走了,只有她,单蹦儿地夹在两两牵手的队列中,还不能跟老师说,打散了别人,别人不高兴自己也没有什么意思的。第一次,余途觉得这种尴尬很不好受。于是,第二次她提前准备好了辣条,趁着老师不注意,偷摸撕开分给周围的同学吃,大家吃得开心,也就聊了起来,余途见缝插针地跟她们说话,她们因为吃了她辣条的关系也就带着她。虽然还是没有人跟她拉手,但这热闹劲儿好歹能让人舒服一些。

她那时候的英语也不好,市中心的孩子从一年级就开始学英语了,她在市郊,三年级才学。转学过来学习跟不上趟,一二三四五六七八九十,在家天天被逼着用英语数数,一数到十一就卡壳,他爸说她笨,她就靠着墙角,一边上气不接下气地背一边上气不接下气地哭。上课的时候也是,外教上课会给发言好的小朋友糖果,她眼睛盯着花花纸包的糖果,却怎么也没底气把手举起来。

"这个给你,我吃不了了。"于述凡坐她同桌,第一次跟她说话就是在英语课上。

余途一把把糖抓过来,偷偷放到桌膛里,与此同时,她旁边的于述凡已经站起来回答外教老师的第二个问题了。

一颗糖让余途的话匣子打开了,于述凡估计一开始也没想到他同桌其实是个话唠。

有一天,余途捉了一薯片盒的"扁担钩"。上着自习课呢,余途很神秘地戳了戳于述凡的胳膊,小声说:"哎,给你看个好东西!"

"啪!"她一下子就把薯片盒给打开了。只见盒子里有黄有绿的"扁担钩"密密麻麻地挤在一块儿,动着胳膊动着爪,瘆人得紧。

"你猪啊!"于述凡怎么也没想到一个小姑娘会去捉这个,而且还这么多。他敲了一下余途的脑袋壳,余途手一抖,一盒子"扁担钩"全摔到地上重获自由了。

"啊!"余途喊到一半儿,于述凡竖起食指,示意她别吱声。

接下来十分钟,就是班级女生一个接一个亮嗓的时间。这俩小人趴着,各露出一双眨巴眨巴的眼睛憋着乐。

其实于述凡不知道,余途去捉"扁担钩"完全是因为她以为男孩子们都喜欢养虫子呢。

后来他们两个就很熟很熟了,于述凡跟男孩子们玩打雪仗,余途是里面女孩子的唯一一个。于述凡不会用雪球打她,但余途却会猛地冲出来把雪塞进他的衣领里然后大笑。于述凡握了个雪球作势要追她,她尖叫着跑走,却发现于述凡的雪球,落在了要打她的另一个男孩子的身上。

就这样,两年的小学时光很快就过去了。初中是按户口所在的区域分的,他们两个不在一起。

　　余途对小豆包晋级的新鲜劲儿还没过,她就感受到了青春期懵懂的情感。以前可以天天见到的人,一下子见不到了,一得空,心里想的全都是他。她想跟他一起吃饭,跟他比着考试卷子的分数,跟他一起在操场上跑着玩。她迫不及待地想见到他,可那时候的通讯没有现在这么发达,她只知道于述凡家的电话号码。

　　她鼓起莫大的勇气,分两个星期给他家打了两次电话,"滴——滴——滴——"她心里记着滴滴的数,但电话一直没有人接,她很失望。

　　一开始她也不知道自己这是怎么了,直到后来班里有位女同学借给她一本青春小说,她看过之后,才明白那就是想念。

　　初中三年,也曾有情窦初开的小男孩跟她表白,她很坚决地拒绝,说她已经有喜欢的人了。她很努力地学习,因为想着于述凡学习成绩那么好,肯定会考上市里最好的高中。

　　中考,她的水平,只考上了区里最好的高中。揭榜那天,她在那所高中校门口贴的大红榜上找自己的名字。她想着,万一要是有那个人该多好啊。她的心被莫名地揪了起来,咚咚咚跳得飞快。结果,就在她前面十七名,她真的看到了××初中于述凡的名字。

　　那天晚上,她激动得一宿都没睡着觉。

　　再后来就是高中,她学文,他学理,她偶尔会看到他,打个招呼,常人看起来二人关系很是生疏,但她却认为是她太尴尬,见了他不好意思,只想躲着走。一天自习课,在跟自己班里同学偷偷摸摸地玩真心话大冒险的时候,她说她喜欢的男生就在学校理科班。她本来就是个心里装不住事的,大家一追问,自然而然就得知了她愿意让除了他之外所有人都知道的秘密。

　　高二为了分文理班,大家有再一次选择的机会,知道余途秘密的那个男生好朋友学了理,转到了于述凡他们班,成了于述凡的好哥们儿。

　　于述凡知道了余途的心思,可他没给余途准确的答案。

　　余途曾在于述凡不知道的地方,看了他无数次,就像一个很善良的女巫,害怕见到他的王子。

　　于述凡在他班里学习还是那么好,他还是那样招老师喜欢,他喜欢打电脑游戏,喜欢踢足球……她知道几乎他表现出来的所有的一切,她也知道他可能知道她正喜欢着他。但她那时候太执着于一个答案,可那正是于述凡最善良最温柔的地方。

他怕她难堪。

高三住校,余途和闺蜜兼室友的小春拎着壶去打水,打水的人多龙头少,她们两个女孩子正因挤不进去而干着急的时候,余途看见于述凡在最里面正往外给他的室友递水壶。很巧的,于述凡也看见了她。她正尴尬地犹豫要怎样打个招呼,于述凡却对她很正经地说:"把你的壶给我吧。"

余途把她和小春的壶都递了进去,她很得意地认为,于述凡说不定真的也是喜欢她的,可后来她才发现,他是那么周到,对每个女孩子都会那么温柔。

她加了于述凡的QQ,消除访问记录地翻了他全部的空间,最后得知于述凡有一个,像她喜欢他一样喜欢的女生。他在日志里说一直怕耽误那个女生的学习,但在高考之后,他会跟她告白。

余途一直期待到高考之后。终有一天,她得知于述凡和他班一个学习和他一样好的女孩在一起了的消息。那个女生叫小娴,和名字一样,内外很透亮的一个女孩,他们的大学也考到了一起。

那天晚上,因为怕爸妈听到声音,余途猫在被窝里,咬着枕巾哭了一宿。第二天早上起来,眼圈又黑又肿,余途看到镜子里的自己,不知怎么,竟然笑了。

你呀你呀,真是自作多情,这下对号入座可丢大人了吧。余途一边刷牙一边想,于述凡和小娴,嗯哼,怎么想怎么配呢。

再后来她长大了,即使看了周围那么多结局很差的情感戏码,听了周围许多姑娘痛斥前男友的抱怨,她也从未后悔自己暗恋于述凡的那七年时间。她还在心中暗暗感谢于述凡给她奠定了那么高的审美基础呢,而且总这么告诉自己,纵虽无缘,但故情也深深。

余途觉得自己经历过多年暗恋,最终还是只能自己理解自己。她一直觉得自己是棵孤零零的会长高的树,她能看见在自己的眼睛,长在树冠的顶端,随着一年一年的成长,她可以看到不同的风景。

就像会喜欢不同的人一样,树长大了,喜欢看的风景也就变了。她越来越懂得控制生长的速度,直到自己看到最舍不掉的那一个,然后就一直停在那里,不动了。

很多时候,站在她身下的人会互相笑着问,这棵傻树长到哪里了?是三米了?还是四米了呢?其实,树已经长到五米了。树底下的人又不是树,怎么会知道树在想什么呢?树在上面看着树下的人,树下的人越多,她越觉得孤单。直到有一天,出现了一只鸟。他和树下的人不一样,他停留在她的眉眼中间。高处的风飞舞着树叶,树突然不想再长了,因为她能感受到有一个化为小鸟的人,正和她,肩并着肩。

这个人会是谁呢?他现在在哪里呢?余途也在笑着问,向着老天。

李伊楠

女,辽宁人,西北大学文学院2012级创意写作班学生。现供职于上海某网络公司。生于辽东,问道于西北。做过游策,写过剧本,所学甚杂,现主攻大唐奇幻方向,偶尔去隔壁民国组与科幻组打酱油,虽然已经毕业,但心仍在无涯学海中。

吴门

满船明月犹在,何日大刀头?

(一)西北魏昭陵

魏昭陵是在正月里的一个大清早进的城。

日头升得又比昨日早了半刻钟。原本是个云稀薄日朗旷的好天,谁知城墙根下挑山核桃的老汉精神抖擞一声吆喝,吓得浑圆的日头一抖,细细密密的光散落进了云隙里,云日撕搏,云势一起,犷悍地横过了四城角上的一方天,岐城城门里外立时蒙上了一层阴沉沉不清亮的霭气。

变天了。

那会子昆三正在脂粉窑子里睡觉。跟一个圆脸蛋翘屁股的妞搂着,睡在一个被窝里,大腿叠着大腿,胳膊枕着胳膊,流着口水做着春梦。梦里他摸进了天上白玉京,睡遍神妃仙子,好不快活。

差一点就要把嘴凑到那仙女胸脯上的时候,只听"咣"的一声,这天宫顶梁就塌了。他从天宫被砸回了四柱雕花的红木大床上,迷迷糊糊间他挪了挪腰,忽然屁股一凉,像是有人在大力地扯着他的被子,边扯还边嚎:"娘唰昆爷您可醒醒吧,人家都杀到城门口了,二嫂要知道你还在这睡大觉,非得活剥了你的皮不可……"

昆三一个翻身坐起来,揉了揉眼睛,看清来人是手底下堂口里一个叫许蒙的伙计,抬脚踹过去:"剥你个蛋蛋!不就一个老马匪在外头混不下去了回来讨饭吃,魏心折腾一个月了搞得大家伙都不清静,她还有完没完!管天管地还管得着老子做春梦了!"

伺候他的窑姐名叫朱俏。昨晚上他两人玩到动情处,朱俏卷起一缕头发系到了他脖子上挂玉坠的那条红线绳上,说这叫结发千秋。方才昆三一起身,差点拽掉了朱俏一块头皮。朱俏跪到床沿,一面解头发一面用额头蹭昆三心口,娇笑道:"一大清早的,昆爷何苦生气,阿俏给昆爷暖暖心窝,不气不气,凭他天大的事也得等用过了早饭再——啊——"

"少放你的婊子屁!"昆三扯住她的头发把她甩到一边去了,提着裤子就往外跑:"老子衣服哪,鞋哪?许蒙快跟上,快快快!"

昆三披着外衣一路小跑出了门。许蒙猫着腰在床底下找他的鞋,忽而闻着朱俏身上一缕幽幽的粉香,不由放缓了动作,甩着膀子在床底下乱摸着:"哪呢,鞋哪去了,到底在哪呢……"他肩头一暖,抬起头看,朱俏半卧在床上,脸上带着笑,眼角却挂着泪,一只纤细瘦白的脚搁到他左肩膀上,大脚趾有一下没一下地蹭着他的颈窝。

朱俏从床角拎起一只鞋递给他,似笑非笑:"还不走,昆爷可等着你哪。"

许蒙耳后一片烧。

昆三站在街边卖水煎包的摊子边上,一手扶墙,弯腰穿鞋,一手往嘴里塞水煎包。等站直了身,含着满嘴的肉沫韭菜比画道:"再来八个!"

拿黄油纸把水煎包一裹,塞到怀里,昆三回身问许蒙:"他们人在哪呢?"

许蒙喘着粗气想了想,一拍脑门:"东城门!霍九爷说那王八蛋要走东城门!"

昆三又撒腿跑起来。

可是城门口却空荡荡的,只有少许人快步穿梭,行色匆匆,留下一片抓不住的衣角飘忽而过。这年月世道乱,狼烟遍地,仗是说打就打,故此常出门在外的人多练就了一双短而粗壮有力的快腿。没办法,路上不跑快点,说不准乡关就在三里外了,一发流弹轰下来,立时叫你做个孤魂野鬼没处说理去。

昆三领着许蒙在城墙根下转悠两趟,猛地站住脚,回手一下子抽到许蒙脑门上了,他衣裳里还揣着热乎乎的水煎包子,烧得他心口发痒,"人哪?你一大早把老子叫过来守城门啊!"

许蒙不见人,也是一头雾水,挨了昆三一下子,额头上红了一片,捂着脑门不敢说话。

一旁蹲城墙根下卖山核桃的大爷认得昆三,捧了一把核桃凑过来,笑呵呵地道:"昆爷,嘿,你来得晚啦,人都散了。刚才咱们霍九爷领着一大群人堵在这,把进城的人盘查好久,差点把巡捕都招来了。我瞧那意思,九爷好像是在找个什么人,没找着,就走了,刚走!"

昆三骂了句娘,接过核桃,蹲下身捡起块青砖头,一砖拍碎五六个核桃,在一片碎渣壳里挑挑拣拣找核桃仁吃。

他吃得兴起,忽然肩头被拍了一下,仰头一瞧,是个穿乌青缎面的对襟长褂子,戴着金边眼镜的年轻男人。

这男人看起来斯斯文文的,一开口飘出一股外乡味:"小兄弟,你是吴门帮的人?"

昆三把核桃仁嚼得嘎吱嘎吱响,他略微有点不自在,好像这几年来,岐城里的外乡人越来越多了,一个个操着或天南或地北的口音,却对这座方城表现出了更甚于老岐人的熟稔。这让昆三没遇到一个外乡人的时候,都觉得背后有一双眼睛在阴怨地觊觎着他家,他故乡,他兜里叮当带响的袁大头。让他生出一种惶然的不耐烦来。

他势弱的时候,说出来的话就格外地硬。这是魏心教他的,人前别认怂。

"叫谁兄弟哪,知不知道咱关中的规矩,关公庙前没磕过头、没歃过血喝过酒就敢乱叫兄弟,当心一会走街头被人砍死,扔到狼土坟喂狗。狼土坟知道不?那是城南乱葬岗,专收你这样没家没姓的野鬼。"

"别、别误会,我没有恶意,我只是想请你给我带个路。"斯文男人扶了扶眼镜框,"你能不能带我到糊涂寺去?"

"城北郊的糊涂寺?"昆三觑起眼睛瞄他。

"你们不是都要找魏昭陵吗?很巧,我也要找他。你带我到糊涂寺去,他就在那。"

昆三直起腰,"你叫什么名,打哪来的?"

"鄙姓冯,冯得意,安庆人。"

"哦,安庆人。"昆三慢吞吞地重复着。他不知道安庆在哪,只听名字,安宁祥庆,大概是块乐土,才养出这么些不知天高地厚轻狂小子。"你也知道岐城有吴门?老江湖了啊。"

"算不得江湖,我只是听人提过一二句,屠刀众西北,岐城有吴门,最是侠义之辈栖身处,心下仰慕已久。"冯得意说起话来都像带着念诗的韵律,两句三言说得杀人掠货起家的吴门帮也跟着堂皇起来。

昆三听得心里一美,心道怨不得皇帝老子都愿意在身边放几个酸文人,这话说得就是耐听。他朝冯得意勾勾手指,低声道:"你是听谁说的?魏昭陵?"

冯得意侧头凑近了去听,才应了个"是"字,昆三猛地一拳打在他脸颊上,"原来是姓魏的手底下的屁!"

昆三的指节捶在冯得意的颧骨上,硌得他手也生疼,他狠狠地甩了两下手,"谁跟你说老子要去找魏昭陵,谁是你小兄弟!魏昭陵魏昭陵,这半个月听得最多就是魏昭陵,魏昭陵算哪根葱!滚远点,别跟着老子,许蒙?许蒙!走,上糊涂寺去!"

他走出几步远,回头看冯得意捂着半面脸,艰难地扶好眼镜,他比划了下拳头,又添了句:"敢跟着我,打不死你!"

(二)糊涂寺

城郊糊涂寺,大雄宝殿前,二十九阶白玉石台阶下,魏心背朝殿门,坐在一张红木太师椅上,两边雁翅形站了二十余个吴门人。她不错神地盯着魏昭陵。

魏昭陵是一个人来的。他变了,瘦,黑,也老了。颊上多了几道狰狞的疤痕,这令他添出许多狂妄的冷硬来。

魏心拢了拢肩上虚搭着的呢子大衣,跷起二郎腿,黛翠色旗袍下摆软软一荡,露出一段光裸着的白皙的小腿。一道泛白的细长的疤顺着胫骨蜿蜒而下,像成了妖的蛇蜕一样,直直钻到她脚上的细跟黑皮鞋里去。

魏心笑道:"这世道是怎么了,杀人的阎罗也来拜起佛来。四叔,你叩错山门了吧?"

魏昭陵朝魏心伸出了手:"给我炷香。"

魏心冷笑,一扬下巴,韩阔转身进了佛殿,取了三枝香两手捧着递到魏心面前。魏心站起身,拈着香踱步到魏昭陵身前。她倒提香尾,在两眉之间一打晃,仰头看着魏昭陵:"四叔走那日,我在关帝庙前立重誓,但有我一日在,绝不许你再踏入岐城一步。"

她横过这支线香,一寸一寸把它在魏昭陵面前折断。香颤抖着发出极细极轻微的响动,魏昭陵却听得清清楚楚,这断香好像是长了翅的虫,能飞着缩到人的耳朵眼里,一寸一寸地往脑子里蠕动。

魏昭陵垂在两侧的手抽筋似的一动。

魏心轻声笑。她解了大衣往后一抛,露出秃袖的旗袍和一双藕一样嫩白的手臂。她伸出手:"拿刀来。"

韩阔弓着腰,将一柄无鞘的刀递到她的手上。

这柄刀刀背宽厚,周身缠绕满黄褐色的锈纹,沉阔而古旧的刀意从刀柄透迤到锋刃。刀刃钝得很,显出一柄杀器不该有的混沌和仁慈,像是从死人墓里刨出来的废刀。魏心右手横起刀,刀身很沉,她的手臂不由自主地颤抖着,这些微的颤抖却使这柄废刀看起来像是活了一样,在阵阵北风里发出按捺不住的喑哑怒吼。

这是吴门执行家法的斩头刀。

它同吴门几十年的历史一样,颓旧而缓重,只有在横在人后脖颈的一刹那,才肯活过来。

魏心把它架在了一个娃娃的脖子上。一个八九岁左右、瘦小的裹在一件阔大的灰色旧僧袍里的小女娃。她被堵上了嘴,双手捆在背后,面色青白地跪在一侧。

魏心道:"四叔也有九年没见过她了吧。九年前你逃出岐城前,在夜里把一个襁褓里的女婴丢在糊涂寺门前,你以为可以瞒过我吗?"

魏心竖起刀尖撑着地,半蹲下身,摘下女娃口中的棉布,拍拍她的脸,道:"萍生,别怕,来,瞧见前面那男人没,叫'爹',快,叫一声。"

萍生看了看魏心,又看了看魏昭陵,瑟缩了一下,小声道:"爹……"

魏心搂着她的肩让她靠在自己怀里,一只手摩挲着她的发顶,道:"你女儿叫萍生,浮萍的萍,生死的生。三年前有一天,她站在寺门口那株老酸枣树下,攥着我衣角问我,为什么她没有爹妈,也没有名字。我就给她取了这个名字。"

萍生僵硬地靠在她怀里,像是很怕她的样子。

魏心幽幽地一叹:"可怜呐,你这个当爹只管自己逃出去潇洒快活,分毫不顾自己女儿的死活。这些年来如果不是我盯着这里,她早被寺里和尚卖了换酒肉钱了。四叔,你不谢谢我吗?我不光替你照看女儿,还不遗余力地替你女儿找着她亲娘。"

魏心的声音轻忽缥缈,像是背后这座佛寺里念了几十年经的比丘尼:"那么,魏昭陵,她的亲娘是死了吗?"

魏昭陵把目光从萍生脸上移开,笑着看魏心:"早死了,就埋在狼土坟里,这会恐怕衣裳骨头都烂在一起了,烂在土里,你要不要扒了坟去瞧一瞧。"

魏心挂着刀站起来,一掠鬓边碎发别到耳后,道:"难怪,我就说岐城里,绝不会有我魏心找不出来的活人。"

魏心道:"萍生,你还有什么话,想同你爹说?"

萍生歪斜斜地跪在那,眼垂着地,浑身战栗着。魏心双手握上刀柄:"萍生,别怨我。咱们吴门的规矩,犯上者,杀;残害帮内兄弟手足者,杀——且全家连坐,断头抛尸,一个也不能留。你爹犯了大忌讳,你该庆幸他只你这么一个女儿,不必给我添太多杀业。"

萍生忽然怪叫一声,她用膝盖往前蹭着爬了几步,声嘶力竭地大叫起来:"爹,爹,爹——"

魏昭陵站在十步之外,一动也没有动。

魏心提起刀。

"魏心!"魏昭陵突然一声喝道。

魏心侧过头来看他。

"我忽然想起,九年前我抱着她从城里跑到这,一路上她裹在厚厚的被子里,安静躺在我手臂上。"魏昭陵一步一步地迈向魏心。

"她那么小,那么软,软到我一只手就能捏断她的脖子。那时我就在想,"他抬手将掌心贴到魏心脖颈侧,用粗糙的掌心细细摩挲着她细腻光滑的肌肤,"那个孩子如果能生下来,而不是模糊的一团血肉,是不是也有这样,白嫩嫩的皮肤……"

"你住口!"魏心的声音骤然拔高一截,她急促地喘着气,似乎要从上下耸动的胸脯里窜出一团火来。魏昭陵无奈地笑了笑,右手从颈侧移到魏心脑后,五指插入她挽成髻的蓬乱的卷发里,他凑到魏心耳侧:"也是个女娃,对吧——"

他骤然夺过魏心手中刀,一转身左手刀换至右手,提着刀一个极快的起落,在所有人眼前劈刀斩断了萍生的头。

一蓬血,像怒吼的山洪一般喷涌出来,恍如是要咆哮着撞到云头里去,溅得半边黎明都是猩红。没了头的小身子软绵绵的倒在地上,头却骨碌碌滚得远了些。

佛前十五丈地,血流如河。

魏昭陵将刀抛给站在魏心身后的韩阔,抹了把脸,在沾上血的衣襟上蹭了蹭,道:"钝了,再过两年就只能锯头了。"

他看了看神情恍惚的魏心,皱着眉头道:"这么多年还是没长进,我有没有教过你,拿幼崽来威慑走投无路的困兽,没用。"

魏心仰起脸,她的眼角浮了一层泪蒙蒙的水光,像是要哭,却又从那水浮光乱深处的眼瞳间逼出一股阴冷的狠毒来,"你——"

"什么玩意啊这是,啊——我的妈呀——"

(三)屠狗辈

魏心的话被寺门前一阵高声尖叫打断,她飞快地别过头,用指尖狠狠地抹了一下眼角,才将目光移过去。

魏昭陵转过身,尖叫的是昆三。他半蹲在地上,身后站着许蒙,身边斜躺了一个人,脚边上落着萍生那颗小小的、扎着一个血辫子的头。

昆三猛力地摇晃着地上的那个人,大呼小叫道:"小冯,你怎么了小冯,别死啊你,死没死! 翻个白眼给我瞧瞧! 老子让你别跟来,谁他妈让你跟过来的!"

冯得意被他摇晃的眼镜歪到脑门上,眼皮一动晕乎乎地醒了过来。昆三扶着他坐起来:"瞧你那点出息,不就是个人头吗,瞧给你吓得——"

冯得意刚坐稳了身子，扶正了眼镜框，低头一瞧昆三脚边的人头，两眼一翻又晕了过去，任凭昆三如何摇他都不肯醒了。

魏心裹着外衣朝昆三走过来，鞋尖停在离他几步远处，不耐烦地道："你玩够了没？"

昆三撂下冯得意，清晰地听见冯得意后脑勺磕在地上发出沉闷的"咚"的一声。他哆嗦着站起来，腿肚子直打战，身后的许蒙赶紧托了他一把。昆三弯腰俯下身，捡起地上那颗头，也不敢看，闭着眼往前一递："二……二……二嫂，还……你你的……的……头……"

魏心倒吸一口冷气，差点被气昏过去，抬手一个巴掌抽过去，恨声道："废物！"

昆三被抽得差点撒了手，忙往怀里一搂，血糊糊的人头撞上他怀里那一兜水煎包上，软绵绵的挤压着心脏，难受得很，好像他胸口凭空长出一块大胸脯一样。昆三的牙齿嗑到了唇角，一行血珠顺着唇角淌下来。他舔了舔嘴唇，抱着人头呆呆地立在那。

他想不明白了，魏心为什么要骂他。早几年他胆小，怕疼，怕见血，魏心戳着他的额头骂他是废物。那时候魏心看他的眼神像一把小片刀一样，能把他心剐成九九八十一片，每一片都能刺穿胸腔，活活疼死他。

现在他长大了啊，全岐城第一胆肥，挨耳刮子一声不吭，血葫芦似的人头搂在怀里跟搂个妞一样随意。他垂着眼看魏心鸡心领旗袍镂空处那一小片白腻腻的皮肤，有时候他真想掐着魏心的脖子跟她说，我昆三不是个废物，你别老骂我，当心老子不高兴睡了你。

但是他不敢。

他对着魏心，就像对着佛龛里的菩萨，连想都不敢想。

魏心只当昆三是被吓傻了，朝韩阔一使眼色。韩阔上前扯过萍生的头发，把她的头从昆三怀里拉出来。

魏昭陵突然笑道："这是大哥家的老幺吧，都长这么大了。"

昆三一怔神，已经很久都没有人提起过他爹了。他爹生了三个儿子，他确实是老幺。

魏心瞥了魏昭陵一眼，眼尾一挑，抱着双臂笑起来："是啊，阿昆都长这么大了。阿昆，来，见过你四叔。"

昆三也有九年没见过魏昭陵了，打眼一看差点没认出来。这一脸横乱的刀疤，哪里还有个人模样。这会听见魏心叫他，顺从地低头走到她手边，刚想弯腰作个揖，就被魏心一脚踢到他膝盖窝上，扑通一声跪到地上。魏心招着他的后脖颈压着他磕了个头。昆三闷闷道："见过四叔。"

魏昭陵却一侧身避过去了。魏心也不在意，拉着昆三的胳膊把他拽起来，接过韩阔手里的斩头刀交到昆三手里，这刀太重，昆三手腕一沉，差点没把刀掉到地上。魏心手覆在他的手腕上，道："给你四叔磕过头，也好让他能安安心心上路。"

她叫了韩阔一声，韩阔高声道："吴门行家法，先请关二爷，请鬼哭巾——"

声音起起伏伏地绕到云里，惊地老雁惶惶一鸣，斜着翅折回日里。

香案横放在寺院当中，两个兄弟抬着一座半人多高的关帝像上来，另一人捧着两条两尺长三指阔的黑色绸布巾上来。吴门帮的规矩，要处置入过香堂的兄弟，执刀人和受刑人得拿这条鬼哭巾蒙着眼睛落刀，两不相见，到阴曹地府里冤债也一笔勾销，轮回路里也不要下绊子，把仇带到来世去。

魏心拿起鬼哭巾，围在魏昭陵身后的人立时"嚓啷"地拔出了刀，刀尖逼着刀尖，一步步向魏昭陵迫近。韩阔拔出枪，对着魏昭陵的头。有人拿了绑绳上来。

魏心将鬼哭巾从头到尾捋平整，她的声音像是轻软的绯红的绸，曲曲婉婉从舌尖吐出来，缠绕入佛寺中庭的青松老树间，发出她作为吴门帮当家的论断，一言九鼎："吴门今日，处置的就是九年前杀了赵爷膝下四子、叛帮出逃的畜生，魏昭陵。"

她说的赵爷是如今吴门帮的龙头老大，叫赵金刀，是魏心的公爹。

九年前重阳夜里，魏心在蓝田赵家别墅里熬着粥，她丈夫二爷赵观池被帮里来的人叫出去，再也没回来。隔了一天才知道，魏昭陵领着两个堂口反水，杀进岐城里赵家老宅，赵家十六口，尸骸满宅收不住，活着的就只剩逃到温泉山的赵金刀和在蓝田养病的魏心。

昆三是知道这段旧事的。那时候他才十岁，长辈告诉他魏昭陵要造反，见到活人就宰，他吓得跟许蒙猫到吴门堂口的柴房里，扒着门缝看满院提刀的人走来走去。躲了快一个时辰他被尿憋得受不住了,提着裤子往茅房冲,跑得飞快,生怕路过的人看他一个不顺眼提刀劈了他。不过也奇怪,他跑到院中央,迎头撞上一个人,那人就是长辈嘴里跟着魏昭陵造反的,昆三见是他,吓得差点尿了裤子。他扶住昆三,却一点杀他的意思也没有,脸上挂着一道淌血的伤口,在血光狰狞里还咧嘴朝他笑。

他到现在都记得,那人的嗓门格外清朗,拍着他的头大笑:"阿昆往哪去,屎灌脑门啦?茅房在西边嘞!"

昆三傻愣愣地说多谢你啊陆叔,转头才跑了几步,就听见背后噗的一声,接着贴着后脊背的衣襟湿漉漉地发冷。他扭过头,半截刀尖从那人前胸透出来,接着刀尖上血珠一抖,甩到他脸上。告诉他茅房在西边的陆姓男人往前倒下,脸朝下嗑到尘土里,后心口咕嘟咕嘟冒着血,像温热的甜井水。

昆三使劲地晃晃脑袋,眼前朦胧血光淡去,化作一线乌沉沉的黑,是魏心递到他眼前的鬼哭巾。

魏心道:"阿昆,你来执家法清门户。"

昆三直勾勾地瞅着魏心,像是没听懂她的话。魏心红唇白齿一开一合,轻柔柔地说道:"别丢你爹的脸。"昆三最喜欢她柔声细语的模样,往日里偶然听上一句,心都能酥去半边。

然而今天昆三把头摇得和拨浪鼓一样,小步小步地往后退着:"二嫂,我我我我不行的……"

"你别怕,兄弟们都在瞧着你呢。"魏心褪去了一身的冷艳,站在那静静地看着他,柔得像是月下春江水,和着幽咽的琵琶声一起一沉,"我也在瞧着你呢。"

魏心这样的女人说她在瞧着你的时候,她就是叫你去跳油锅你也是没办法拒绝的。

昆三一咬牙,抖着手伸过去拿鬼哭巾。

"何必为难孩子。"魏昭陵叹着气。昆三的手指刚碰到黑巾,听见这话好像被火苗舔了一下似的,立时缩回了手。

魏心转身。

魏昭陵往前走了几步,周围的刀光愈发迫近。魏昭陵站到韩阔对面,看了看他手里的枪,意味深长地摸着下巴,道:"盒子炮?打山西来的吧,不错,好家伙。"他抬手随意地拨了下枪管,韩阔骤然间屏住呼吸,掌心一紧。魏昭陵笑道:"你哆嗦什么,拿枪的手还敢这么抖,早死的骨头都不剩了。我敢打赌,二十米外,你就打不准了。"

韩阔平抬枪口,对准他的额头:"我不需要跟你赌,下一秒我就能打爆你的头。"

魏昭陵低声笑了起来,他握着韩阔的手腕,把枪口抵到自己额头上:"是啊,一秒就能。所以说这玩意,多好。"

魏心心口一窒,她张了张嘴,似乎想说些什么,但最终将所有话都咽了下去。魏昭陵的目光静静从她脸上扫过,然后转向昆三,转向围在他身侧的每一个吴门的弟兄。

魏昭陵道:"吴门里到底有多少人,日夜做梦都想杀了我。"

"小三子,"魏昭陵问昆三:"你也想杀我吗?"

昆三站在魏心身后,看着她直挺而纤弱的脊背,腰间臀上是妖月弯刀一般曲线,凶狠地咽了口吐沫,道:"想!你背叛赵爷,杀了生死弟兄,猪狗不如!"

"哈哈哈哈,我杀了生死的弟兄。"魏昭陵抚掌大笑:"好,好说辞。这都是魏心教你的吗?"

魏心闭上了眼,"你自己了结了吧,多年的恩怨,也该到此为止了。"

"恩怨早该了结,可惜……"魏昭陵的话忽然被打断。

"可惜啊可惜,他还不能死。"寺门外有人高声道。

(四)菩提曹胖子

两扇破旧的木板门大开,一队马队踢踏踢踏地停在寺外,马上人齐齐翻身下马,拥着一个裹着灰鼠皮大氅的胖子走了进来。

曹胖子迈着方步跨过被风雨剥掉了一半皮的红漆木门槛,一击掌,笑道:"因为今天我来了。"

他弯下腰,拍拍晕在地上的冯得意的脸,道:"冯先生,哎冯先生怎么睡着了,快来人,把冯先生扶起来。"

他右手腕上套了一串金刚菩提佛珠,肥肿的手指上箍着三个硕大的金戒指,油腻腻的头发左三右七趴在脑袋瓜子上,随着他的俯身的动作,粘成缕的发丝左右晃动,像猪油里摇摆漂浮着的一条条长而扁的黑鱼。

这胖子是魏心的克星,不为别的,只怪他生得太丑,魏心每次见到他,都呕得能把隔夜饭吐出来。据说他亲娘是窑子里出来的,魏心听了后思量半天,倚着黄花梨木美人榻揉心口,说怪不得他一脸下贱相。

魏心猛地一推昆三,叫他闪到一边去,她一个人站到青石甬道中央,尖头细跟皮鞋踩在萍生颅腔淌出的一地血当中。

"他还不能死,"魏心尖声模仿着胖子那细而滑腻的嗓音。她忽然面色一冷,刻薄起来:"因为今天来了一只狗?"

魏心从大衣兜里划出一盒烟,许蒙连忙擦火给她点上,魏心喷出口烟雾,慢慢道:"你懂不懂规矩,今日是我吴门家事,与合合堂半分干系都没有。你来岐城混了这么多年,"魏心食指磕断一截烟灰,"怎么还是学不会当一条好狗呢?"

"你吴门的家,恐怕还没有……"曹胖子咯咯咯得笑了起来,他伸直双臂,像画太极一样,在半空中虚划了一个圆弧,"……这么大吧。怎么,吴门帮当家的没告诉你,魏昭陵是我打西北请回来的?他现在是我的人,那就是我的脸,你要打我的脸,咱们可得拿着家伙说话。"

魏心惊诧地回头瞪着魏昭陵,一字一句恨声道:"魏昭陵,你竟然敢?!叛吴门者,身受千刀万剐,其老母稚儿上下家小,皆取心肝与野狗分食……"

江湖规矩这回事,就是这么没道理。你造反,赢了你就是当家的,杀多少弟兄宰多只鸡都没人追究。输了就受家法,不过也就是伸头一刀。但这都是关起门来的家里事,哪怕你背一身血债被斩头刀看得头滚出三千里远,吴门也仍认你是自己人,孙子辈的后生见了你的牌位哪怕啐过一口也依旧得乖乖跪下叫四叔公。

但是魏心万没想到魏昭陵做得这么绝,脸面声名都不要了,直接站进了吴门对头的家门里。一身二主这种事史书里都容不下,得碎嘴嘀咕你两句,更何况放到了江湖里。犯忌讳的大事情,旧东家一人一口分吃你的肉都不为过。

魏心不知道怎的,惊恨之余心底还有那么一丝隐秘的兴奋。

魏昭陵额头仍顶在韩阔枪下，一耸肩，道："我女儿就在这,心肝随你剜。"

魏心有半刻钟没有说话，昆三在冷风里冻得打了个喷嚏，魏心才受惊似的一动。

魏心缓缓地抬起右手，摸了摸发后盘髻上簪着的一枝翠尾珐琅珠花，在一地血腥气间她像是晨起慵妆的深闺媚妇，笑吟吟地看向曹胖子。

她道："今日你敢留魏昭陵，我三月之内必灭合合堂。"

（五）吴门赵金刀

赵金刀站在门廊下喂八哥。当年就是在这块地方，他的大儿媳妇和大孙子被魏昭陵一刀捅了个对穿。

魏心拿了件棉褂子披到他肩上，低眉敛目地站到他身侧,道："魏昭陵投靠了合合堂。"

八哥低头啄了赵金刀一口，他拈着瓜子仁的手一抖，缓缓道："是个好去处，老四一向眼光毒。"

赵金刀当年异性兄弟四个，吴赵宋魏，一手撑起吴门帮，遮去了岐城半边天。吴老大十来年前就死了，老三也在那不久后就金盆洗手到南边去过安生日子了。如今仅剩的赵魏两人，却隔着血海深仇。

魏心应了声，不再说话。赵金刀拎起鸟笼往堂屋里走，魏心忙端了茶碗递过去。赵金刀呷了一口，搁在手边："因着他到合合堂去了，所以你最近对合合堂下了狠手？"

"是。"那日从糊涂寺回来，魏心便发疯一样打压合合堂，她执掌吴门已有九年，那些不入流的江湖手段她早就不屑用了，这次却不计因果的施加到合合堂身上。两家都是岐城的地头蛇，生意门路也不过就那老三样，很快合合堂便显了颓势。魏心听韩阔说曹胖子把宝都押在了魏昭陵身上，全指望着魏昭陵为他斩了吴门的根。

赵金刀道："怎么,当年事放不下？"

"我同你一样，你放下了，我也就放下了。"

"我放不下。许是人快活到头了，老冤家老朋友都爱找上门来。这几晚我夜夜梦得着吴老大。"赵金刀长叹一声："我知道你心里苦。城里外驻兵是越来越多,世道乱,生意也难做。吴门家大业大,手底下的人多,张嘴等饭吃的人更多。你到底是个女人,操持里外,刀口下拿命挣钱,我心疼你。"

赵金刀顿了顿:"可要是把位置还给昆三,日后他会怎么待你,我两眼一闭是管不了了。难道要你也像伺候我一样去伺候他。"

魏心端起他喝过的茶水,舌尖划过杯沿,抿了一口,道:"我不是靠伺候人才活到今日的。"

她一转身跨出堂屋,只剩赵金刀一个人对着雕花木头笼子里蹦跶的八哥叹气。

等到魏心走得远了,回廊转角处站着的霍九才跨出一步,眼神阴冷地看着她的背影。

方才霍九来找赵金刀,人都走到门边上了硬生生站住脚步。他是个独眼,早年间对头拿铁烙烙瞎了一只眼,打那以后他的耳朵就格外灵光。他听着的头一句话,正是魏心的一句"我同你一样"。

魏心的声音很轻,话也不多,但他仍敏锐地察觉到一个"你"字的不同寻常。魏心是赵金刀的儿媳妇,也是赵家人在几年前被魏昭陵砍瓜切菜一样一窝端之后,仅存的赵家小辈。也正因为如此,虽然她是个外姓人,但在赵金刀半隐退的这几年里,吴门里实际上是魏心坐头把椅子发话。

魏心是个心狠手毒的女人。九年前一场变故,像把刀一样把她全身的女人骨都削断了,霍九在很长时间里搞不清她到底是什么做的,他听说过女人是水做的,还暗暗想魏心大概是盛过五十年烧酒的一个瓮做的,又辣又敦实。

但她出了吴门堂口,回到赵家老宅里,便又成了温婉的赵家妇,处处透着对赵金刀一种畏惧的恭敬与疏离。她对赵金刀一直很恭敬,恭敬到不可思议的地步。

但是,什么叫作要你也像伺候我一样去伺候他?

"九爷,您怎么站着,不进屋去?"脆生生一句话,霍九回头,魏心的贴身丫头笈英端着碗羊奶站在他身后头,脸上笑着,眼底却不见笑,"外头风大,九爷您当心。"

霍九伸出手，从她端的雕花木托盘里拿起碗，一口喝干了羊奶，用指腹刮了刮嘴角的奶渍，抹到了笺英的脸蛋上。

他眯起那只独眼盯着笺英："你也当心。"

霍九转身走了，笺英仍站在那，仰头看着头顶一角的滴水檐出神。

（六）一百八十坛

昆三在这个风高月小的晚上总共听说了两件了不得的事，件件都吓得他要尿裤子。

头一件发生在晚上约莫十点钟的时候。他从赌场里出来，掉个头往翠红坊里去，前脚刚迈进朱俏的屋，拉过美人的手还没来得及腻腻乎乎亲上几口呢，朱俏就含羞带怯地往他怀里一靠，仰头拿水汪汪的大眼睛看着他："昆爷，我好像是……好像是有了！"

昆三一怔，木然问道："啥？"

朱俏一跺脚："我有了！昆爷，我怀了你的孩子了！"

昆三噗嗤一声乐了："逗我玩哪你，没听说窑姐儿伺候人伺候出种的，你恩客千千万，我可没那么大种给你孩子当爹。"

昆三兴致全无，转身要走，朱俏拉着他的胳膊，含着哭腔道："昆叔珅你个良心被狗吃了的，这三个月来我除了你，要是还爬过旁人的床，叫我当下就被雷轰死！"

昆三甩开她的手，二话不说推开窗子叫她往楼下跳，带着孩子上阴间找爹去。许蒙原本是跟着他一起来的，就在隔壁，正亲到妙处头发晕，听见动静又勒紧裤腰带出来瞧。昆三摔门就走，许蒙一头雾水，叫他也叫不住，隐隐约约听着屋里头有低弱的哭声。

许蒙心尖上有一处轻颤了颤，好像是被千年成精的狐狸用尾巴尖搔了下。他想了想，一推门，进去了。

从翠红坊出来昆三只觉得眼前发绿，浑身像裹了层泥一样难受。他顺着窄街乱走，遇上街边卖烤红薯的，买了一块掰开一闻，软绵绵的甜，无端让他想起朱俏刚洗过澡时发着香味的身子。

昆三蹲到街转角，拿后背对着风口，一口一口地吃着。忽然一打眼，看见身边蹲了个熟人，昆三捂着烤红薯叫道："九哥，嘿，九哥，是你不？"

霍九咽下最后一口,扭头看见昆三歪着脖子跟他打招呼。霍九抻长脖子凑过去,连皮带瓤咬下一口昆三的红薯。昆三吓得一抖,手里的半块吧唧一下扔到了地上,滚满了尘土。霍九伸手就要捡,昆三赶紧拦着他,搡着他站起来。

霍九跟昆三是一个辈分的,论资历可比昆三老道得多。他起初是跟着吴老大的,后来赵老二赵金刀赏识他的脾气秉性,就把他要到了自己跟前。十来年前吴老大一场急病去了的时候,他在滇北,得了信在半个月后,他急着动身回去,赵金刀却一封信叫他留在滇北,打点好那边的生意,才能让吴老大走得安心,让帮里上下都安心。霍九是奉天府的出身,人糙心细,做事干净利索,他在滇北坐镇一年,事情办得很是漂亮,一回来赵金刀就开了香堂请他做堂主。

昆三跟他关系一向亲厚,因为他十二岁那年头次发春梦,嘴里犯浑叫出了魏心的小名,霍九当时就睡在他旁边,替他守了七年秘密。

卖红薯的大爷支起一盏铜油灯,灯底下霍九面上两团酡红,眼神发蒙,一瞅就是喝多了的模样。霍九大手一拍昆三的肩膀,差点没把昆三拍趴下,霍九常说他师承峨眉山专学铁砂拳,昆三这会相信他不是吹的了。

霍九大着舌头道:"好兄弟,咱哥俩喝酒去!"

昆三一叉腰,揽上霍九的脖颈,大笑道:"好!喝她臭娘们个一百八十坛!"

霍九手钩着昆三的裤腰带,跌跌撞撞地跟着他往前走,一边跟着起哄:"对,她个臭娘们!"

昆三跟霍九一路高歌唱着"山里的姑娘你心太黑",手挽着手扎进一家酒馆。一起喝到昏天黑地。

第二件事情发生在后半夜里。昆三灌了自己不少酒,趴在桌子上睡大觉,朦胧间听到耳边一片喧嚣声,他支着头坐起来,发现店里三四个喝得烂醉的酒鬼都也都一副被惊醒的样子。

昆三迈出店门,先看见的是南边天低云脚处,一片火光。那火光太盛,好像随便一阵微风就能令它横着烧过这座老城所有的古街旧巷,烧过所有在这个风尘溃乱的年岁里挣扎着匍匐求活的几万之众,烧过所有尘与光,一直烧到昆三脚趾尖。

这片火光照得昆三傻住了,他一转头想喊霍九,却发现霍九不知道什么时候醒了,站在他旁边,揉着脖子。

"九哥,"昆三开口,嗓子哑得不成样子,好像灌进去的酒堵住了他半边的喉咙,把他活活从烧哑了,"这怎么回事。"

霍九胳膊举过头顶,伸了个懒腰:"怎么回事?你瞅瞅方向,不就是南院门那边吗,南院门鬼市一连二十家都是合合堂的铺子,这是你二嫂送给魏昭陵和曹胖子的大礼,魏心的心够黑的了。"

"烧吧,烧吧,烧了干净。"霍九打着哈欠,一只手捶着后腰,一挑青布门帘又钻进去找酒喝了。

南院门鬼市这个地方大有讲究。这原本是吴门帮的地盘,是早年里吴老大从衙门里拿下来的,可二十年前,曹胖子刚来岐城落脚的时候,吴老大不知道中了什么邪,把这价值千金的一块地白送给了曹胖子。这让吴门之内对吴老大颇有微词。

可能就是因着这块地的原因,那年月里吴门与合合堂还没到水火不容的地步,甚至四礼八节来往都有,曹胖子见了吴老大,还肯拱手称吴老哥。

昆三不知道,魏心烧的到底是合合堂,还是吴老大。

昆三怔怔地站在那。他好像被喂过饭配过种架在粗木头桩子上只待临头一斩的猪一样,生出一股垂死的悲哀。

他忽然想起一年前的九月重阳节后的一天,他陪着魏心到糊涂寺,魏心拎着包玫瑰镜糕进去,他蹲在门外等。

昆三心眼坏,他胳肢窝里夹着小片刀,怀里揣着小黄书,跟寺里一个挑水回来的小秃驴讲软红十丈有鱼有鸡有漂亮姑娘谁让你那么早剃了秃瓢和光同尘去了。小沙弥气得红了眼,大兔子一样豁着嘴指着他道:"生人有善有恶,尘世里有人犯了业障,全靠我等修佛之人来替他们赎去罪过,好叫轮回里多一些善果。"

昆三撇撇嘴,凑在小沙弥面前吃大口吃鸡腿,把小沙弥气得哭着跑进去找他师父。

那时昆三只叉着腰在他背后大笑,如今昆三却只恨那个被魏心灭了口的小沙弥没有多活些时日,多代人赎去些罪过。

昆三一低头，从衣领里扯出一条红线绳来。红绳很长，中间吊着个小玉佛坠，平常就贴在他心窝上，久到就像长在那里的一样。突然间把它扯了出来，心口空荡荡的难受，心脏不安心地乱蹦着，几乎就要从喉咙里钻出来，抓了这玉坠一起回胸膛里去才肯安稳。

昆三看着面目模糊的玉佛像想，这就是因果业障。

（七）鬼市绸缎灰

昆三在酒馆门槛上坐了半宿，第二日天光清亮的时候，霍九揣着一包熟牛肉从里面走了出来，拍了拍昆三的肩膀，把牛肉揣他怀里，绕过他走了过去。

霍九才走到胡同口，就和一个二十多岁的光头小子撞了个满怀，撞得霍九骂了声："哪来的孙子走路不长眼！"被骂的人却不生气，扑上来抓着他的胳膊大叫道："九哥，可找着你了！快家去吧，嫂子给你生个大胖小子！"

霍九一愣，掏了掏耳朵问："啥？"那人又大声重复了一遍。昆三塞了满嘴的牛肉从后面晃悠过来，道："九哥，咋了？"

霍九回身一拍大腿，跺着脚道："我婆娘生了！"说完就往家跑。

昆三差点没咬着自己的舌头，追着霍九跑了两步，冲着他的背影喊道："恭喜啊九哥！"

霍九没回头，背着身摆了摆手，步子迈得更大了。

昆三看着霍九的背影，才想起跟他喝了一夜的酒，也没想起来问上一句，他是因为什么事才想喝到烂醉。

他使劲拍了拍脸，清醒了些，睁开眼就瞧见许蒙鬼鬼祟祟猫在街拐角那，昆三冲他招了招手，看着他的衣衫脸色，估摸着他是才从翠红楼里出来，坏笑着道："许大爷这是才睡醒，昨晚上够卖力的啊？"

许蒙耳垂红红的，躲闪着不敢看他。昆三道："你吃饭没？要不再陪我喝一顿？"

许蒙低声嘀咕了句什么，昆三没听见，大着嗓门嘲笑他扭扭捏捏地，比朱俏还像个娘们。许蒙这才嗫嚅着道："昆爷，你的孩子，不打算要吗？"

昆三停下脚步，扳起许蒙的下巴直视着他的眼睛："瞧这意思，你是才从朱俏屋里睡起来啊？你要不，我给你。"

许蒙傻了一样地盯着他看，看得他心里发毛。他浑不在意地甩甩腮帮子，负着手踱步回酒馆里，"唉——什么世道，兄弟无情，婊子无义啊。"

昆三知道，他是不能有孩子的。吴门里头很多人都不希望他有孩子，比如赵金刀，比如魏心。

当年吴老大一场病夜里都去了，快到连阎王都反应不过来。吴老大是有儿子的，他有个大儿子，被仇家捅死了，他有个二儿子，得痨病死了。他还有个三儿子，是岐城里有头有脸的书香门第昆家的一个小姐给他刚下出来的一个蛋，他死的时候，这个蛋还热乎着呢。昆小姐为了给他生这个儿子，差点没把命送在家祠里，抱着儿子千辛万苦爬出柴房，来投奔他，却没想到门口高挂白灯笼，吴老大连屁都没放一个都去了。

当时吴门里那样乱，赵金刀义不容辞地接受了整个吴门帮，一手操持丧事，一手镇压内乱，昆小姐就算是被柴门夹了脑袋，也不敢抱着儿子走进吴老大的灵堂上，对着领头哭灵的赵金刀说，这是你们大哥的老儿子，你赶紧退到一边让我抱着儿子哭一哭。

吴老大的老儿子就是昆三，昆三却长到现在都没在祭日里给他上过一炷香。昆三也不能姓吴，他甚至也不能生儿子，即使在赵金刀已经到了断子绝孙的地步了，吴门也不可能再归昆三。

昆三还活着，就是赵金刀作为世叔的慈悲。

昆三回店里打了半葫芦烧酒，拿绳一穿挂到脖子上，出来瞧了瞧南边的天，脚步不自觉地就往南院门去了。

到了南院门，昆三才明白昨晚霍九为什么说魏心的心黑了。

从把头第一家数起，二十几家老铺子，原先宣纸玉石卤鸭羊肉泡样样都有，现在全被烧成了一片灰。昆三蹲在街对面叹气，看着一批合合堂的人在善后。这几家遭殃的铺子的掌柜多是合合堂里有资历的人，摊上这样的事，知道这是曹赵两家的矛盾，城门失火，他们不过做了命不由己的池中鱼。何况一把火只是烧了个开头，不搭进去十几条人命不算罢休，想算账来日方长，因此只是沉默地指挥手底下人收拾残局。

只是中间夹缝里一个做绸缎生意的老掌柜，一把甩了来搀扶他的人，佝偻着腰站在一地绸缎灰里号啕大哭。昆三看得有些不忍,上去拍拍他的肩:"老头,别嚎了,一把火烧了你多少家当,我给你,成了吧,唉我说你别嚎了。"

老头被泪花堵满了眼眶,哭着换气的功夫瞥了转身昆三一眼,老头花白的胡子参差不齐,看上去像是被火苗舔了一下似的。他一瞥昆三,一下止住了哭,揉了揉眼睛,把一手的泪水抹到衣襟上,拉着昆三的手,扑通一下对着他跪了下来:"哎哟啊——少东家,老秦我,我对不住你,对不住当家的啊——他留下的就这么点东西,毁了啊——毁了——"

昆三吓得往后一跳,连忙避开。他刚要开口说话,就看见后面走过来两个年轻汉子,架起老头就走,昆三上前想拦,就见身影一闪,合合堂当家的曹胖子不知道从哪冒了出来。

曹胖子仍旧戴着一手的金戒指,拿了把洋枪抵在昆三肩头,阴森森地道:"你胆子不小,魏心才在我的地头上放过火,你就敢单枪匹马地进来挑衅。"

被拉走的老秦仍哭嚎着叫道:"少东家啊——我对不起您嘞——"语调一折三叹,凄切无比,听得昆三打头发梢发麻,起了一身鸡皮疙瘩。

曹胖子皱起了眉,喝道:"老秦,你说什么胡话!"他一摆手,手底下人堵上老秦的嘴把他拖走了。曹胖子回头恶狠狠地盯着昆三,手指头一点他:"赶紧滚。"

昆三看着老秦这模样,不知怎的忽然想起了十八大爷。他一耸肩,脚后跟一拧,上珍奇斋找十八大爷去了。

珍奇斋是个门前积灰有一尺厚的古董铺子,十八大爷是个把长辫子盘三圈藏灰鼠皮帽子里的老旗人。想当年他初来岐城的时候,每天早上都到湘子街那一溜三家卖胡辣汤铺子里问老板有没有甜豆花吃,昆三东边第一家吃了十八天的胡辣汤,就听他足足问了十八天,最后昆三听都听烦了,凳子一踹,捏着他的鼻子给他灌了大半碗胡辣汤,十八大爷差点哭出来,甩着辫子嚎道:"吾不吃你们这些夷民的狗屁玩意儿。"三分钟后他就坐到了昆三旁边,学着昆三的样子拍着桌子大叫:"你这黑心没屁眼的老板,多加一份辣子来!"

昆三到珍奇斋的时候,十八大爷正在算账,一手拨算盘一手悬腕,两片薄嘴唇开开闭闭念叨个不停。昆三四下一瞧,整间屋子里空荡荡的,连把椅子都不剩了,博古架上也空空如也,往日里他的那些宝贝命根子都不见了。

这行里的正常老板,好东西都压到箱底,只有遇上行家时才焚香净手三作揖后请出来,叫你开开眼。十八大爷不一样,他的宝贝都摆到明面上,恨不得人人都瞧见了,夸上几句他才乐。有一次他得了个胡床,说是汉灵帝坐过的,摆到门口,非要叫每个路过的人都来坐上一坐。昆三抱了许蒙坐上去,一屁股差点给压垮,气得十八大爷抡着鸡毛毯子追着他打过几条街。

那时候十八大爷能一口气趟着布鞋跑过三条街,吼起人来胡子乱颤中气十足,宛如长坂桥头的野张飞。这会昆三凑过去仔细瞧了瞧,他面颊枯瘦得骇人,眼窝深深地陷下去,胡子像一蓬杂乱的枯草一样支棱在下巴上,乍眼一看都瞧不出他是个人,只当他是雨后坟头钻出的一只野鬼。

昆三心里一惊,面上却仍嬉皮笑脸道:"老不死的,你这一年也没几笔进账,算什么哪?"

十八大爷头也不抬地道:"算算我还有多少养老钱。"

昆三两手插进短褂子两边的兜里,笑道:"养你一付浑身掉渣的老骨头能费多少钱,开个价吧,爷出了。"

十八大爷沉默良久,忽然一合手中账本,长叹一声道:"多谢了,可惜老朽,要离开岐城了。"

昆三问道:"离开这,你还能去哪?"

十八大爷定定说了四个字:"落叶归根。"

昆三噗嗤一声乐了:"说什么鬼话呢,这兵荒马乱的,你带着这批东西,是想雇十八头青驴驼回北平?成成成,就算你能驼回去,老仇家能让你平平安安地进北平城?他不得把你这身老皮剥下来绷到鼓上摆城门口?"

十八大爷不是个好人。昆三隐约知道他如今这些家底,都是靠坑了他的老泰山得来的,也正因这个,十八大爷在北平没脸混下去,辗转落脚到岐城。

十八大爷说过他老泰山如今都九十几了,吊着一口气愣是不肯死,就是为了等他回去打断他的腿。

"随他的意吧。"十八大爷摇摇头:"这么些债,早晚都是要还的。"

"你……"昆三恨恨地一拍柜台,十八大爷刚撂下的毛笔一震,骨碌碌滚到地上去了,昆三道:"罢了罢了,出城的时候找我,别的本事没有,保你平安到洛阳还是能够的。"

昆三解下酒葫芦,抛到他怀里,道:"送行酒,拿去喝。"

(八)猪头

霍九儿子洗三那天,流水宴摆了半条街。

霍九早年下边受过伤,大夫瞧过了,说可能不利后嗣,果然他都四十了,姨太太一房接一房地抬过门,也不见谁给他下出个蛋。昆三有时都替他愁,霍九那万贯家财,等他死了都不知道该留给谁花。

霍九绝对是吴门帮里屯财最多的人。当年他在西南坐镇,一条马道,叫吴门帮一口气吃进去座金山,赵金刀五十大寿时,连督军府的人都要上门祝寿。霍九喂饱了吴门,万万没有饿着自己的必要。

难怪从霍九六姨太怀孕的那日起,就有不少私下里打算拜霍九做干爹的小子哭断了肝肠。

昆三吃得腮帮子上都挂上了油花,缠着霍九要亲他儿子,霍九一脸嫌弃地给他推开老远,昆三又凑上去,道不给亲干儿子就亲他。霍九听着那句"干儿子"还没反应过来,昆三脖子一梗:"怎么着,不认我这干爹啊。"

霍九眼神复杂地看了他一会,忽然搂住他的肩,一把抱住他,道:"好,认你当干爹,从今天起我儿子就是你儿子。"

昆三听着霍九的声音粗哑哑的,拍了拍霍九的后背,笑道:"怎么了九哥,得了个儿子就高兴得哭了啊?丢不丢人你,日后嫂子还得给你生一串娃呢,儿子闺女都有。"

他想抬头看一看霍九的脸,可是霍九把他的头按到自己肩膀上,死活不让他动。

霍九把昆三领到屋里,担心孩子小,怕受风,洗三宴客也没抱出来。屋门口还挡着厚厚的门帘,挑开一条缝,霍九跟昆三两个大老爷们贴着门框进了屋。看着霍九八尺多高猫着腰轻手轻脚的德行,昆三跟在他后边,憋不住地想乐。

霍九回头瞪了他一眼,昆三连忙捂上了嘴。

霍九他儿子小小的一团裹在红底蓝花的襁褓里,脸蛋白嫩嫩的,玉娃娃一样精贵剔透。

霍九手臂僵硬地抱着他儿子,一动也不敢动,生怕摔掉了或者捏碎了。昆三探头过去,一根手指头伸过去戳戳干儿子的脸蛋,霍九喝了他一声:"别掐脸,娃娃该淌口水了。"

昆三问道:"九哥,咱儿子叫什么名啊?"

霍九随口道:"还没取呢,大名金贵,怕压了身,小孩子长不大,等过了周岁再说吧。小名叫猪头。"霍九低头拿下巴底下的一圈细胡茬扎了扎猪头的额头,看着猪头吧唧吧唧嘴,一脸惊奇地对昆三道:"真是稀罕玩意,刚上下来那会我看着皱巴巴的,丑得没一处像我,这才两三天的功夫,就长得白白胖胖的了,鼻子眼睛哪都像我。"

昆三瞅了瞅霍九那粗眉扩眼,一脸糙肉,捂着嘴笑得不停。

昆三从屋里出来,一眼瞧见魏心站在院门口那颗老酸枣树下,正和吴门车行的管事贺拐子说着话。

贺拐子是个跛子,说起来他那只废腿还是拜魏昭陵所赐。

九年前魏昭陵大杀赵家人那天,他正和赵金刀的老儿子在赵家后院里给看门的老狗刷毛,魏昭陵提着刀杀过来,贺拐子还没明白是怎么个事呢,血性一上了脑子,扑到赵四身前踹他一脚,给赵四踹跑了,结果他却没躲过魏昭陵那一刀。魏昭陵起刀本是刀尖冲着贺拐子后心窝去的,那一剜一挑,眼瞧着就要把贺拐子心都给挖出来砸到狗头上,可魏昭陵硬生生克住了刀势,刀刃虚让过贺拐子的脊背,最后砍到他的腿上,贺拐子这才保住条命。

贺拐子眼睁睁见着魏昭陵砍死了赵四,又废了自己一条腿,他是恨透了魏昭陵。

昆三贴着院墙根走过去,听见贺拐子龇着那断了一半的门牙,怒气冲冲地吼道:"……恨不得生吃了这帮孙子的肉!"

魏心喝道:"住嘴,有什么事回帮里说,在这大呼小叫的成什么样子。"魏心往院里瞧了一眼,压低声音道:"别冲了霍九家的喜事。"

贺拐子一顿他手里的木拐杖，咬牙切齿地道："二嫂，他们坑了咱那么多弟兄，你可别告诉我这事就这么算了，我不服，不服——"

昆三抽出耳后别着的大前门，塞到贺拐子手里，拢着火给他点上，嘻嘻一声笑道："贺哥，什么事啊，你不服？"

贺拐子看了眼魏心，闷声不说话。

"阿昆。"魏心摩挲着腕上的玉手镯唤了他一声，昆三忙狗腿地凑过去，递上烟，魏心接了过来，夹在手里，道："你最近忙什么呢，都瞧不见你人影了。"

昆三嘿嘿笑："也没什么，就这转转，那逛逛。"

魏心道："老大不小了，别整日整日地胡闹了。"

昆三想了想，试探着道："二嫂有事吩咐？"

"嗯。"魏心低声道。

（九）刺秦

昆三跨着匹灰皮小毛驴，不远不近地跟在一行十辆高头大马车后，优哉游哉地哼了段《荆轲刺秦》。

前头押车的阿禄听着了，一拉缰绳，控马在树林子里兜了半圈，绕到昆三身边来，和他并辔而行。阿禄偏头细听了听他哼的曲，道："昆哥，我昨个才在赫生楼听过这出戏，人家邹老板唱的可跟你不一样啊。"

昆三闭着眼在驴背上摇头晃脑地骂道："你小子得了几个闲钱，还敢到赫生楼充大爷里去，又忘了你老子娘还病着哪。"

"没忘没忘，我攒了不少钱了，等过年开春就领我娘上上海瞧病去。"

昆三冷哼一声："是你想上上海撒欢去吧，你小子本事不大心却不小，还想到上海去，当心进了那连撒尿的地都找不着。"阿禄不敢说话了，低头听着训，昆三想了想道："你说，邹老板是怎么唱荆轲的？"

阿禄立时起了精神，"那气势，不是讲出来的，昆哥，我给你学一段。"他四下里看看，弯腰拿过马鞍上挂着的铁刀一横托在手里，权当作是徐夫人的那柄杀秦的短刃，阿禄定了定神，一嗓子嚎了出来："地理图暗藏匕首宝剑……"

他一开嗓，昆三就吓得一抖，两眼一翻差点从驴背栽下来。不为别的,阿禄唱得实在是太难听了,好像是这荆轲在秦王宫中手一颤,一怀的兵器长刀短剑三叉戟都抖到了地上,只听得满地乱铜破铁咣当作响,却没一个字在调上。

"……把暴君要送往鬼门三关。"阿禄吼完了这一句,累得伏在马背上喘了半天气,偏头问昆三:"昆哥,你瞧瞧我这嗓子,怎么样?"

昆三一咬牙,字正腔圆地答了一个字:"好!"

阿禄的脸蓦地一下就红了起来,挺直了身板,一双眼晶亮亮地看着昆三:"真的啊?"

昆三又一咬后槽牙,狠狠地夸了他一句:"真的好!我正替邹老板可惜呢,要是你没吃吴门这碗饭,去拜了邹老板当师父,十年后除了你,只怕全岐城再无人敢唱荆轲了。"

阿禄当了真,叹着气小声说了句:"我娘当年是想把我送戏班,都怨我爹不让,说是下贱的行当。"他不安分地在马背上左扭右扭,手一架,做了个理须的姿势,又一抖马鞭,亮了个相。这一下鞭梢扫中了昆三骑着的那头灰驴的耳朵,灰驴不自在地抖抖头顶上一撮蟹壳青色的短毛,打了个响鼻,那德性跟昆三被人惹恼了时一模一样。

阿禄指着驴笑道:"昆哥,这驴随你啊。"

昆三一侧身,虚抬了抬脚踹过去:"放你娘的屁,这驴是母的,哪能像我。"他手背到后边,一脸坏笑地拍了拍驴屁股,道:"瞧这屁股,倒是跟朱俏一样,肥而不腻,扭起来才叫个好看。"

一想起朱俏,他嗓子眼忽然一堵,寻常荤话说出来似乎都带了点憋屈的味道,不够快意。

昆三那天气得厉害,真想直接骂进朱俏她干娘屋里,怎么在你们这喝花酒还捎带给送儿子的?下九流也有下九流的规矩,这是坏规矩坏名声的事,朱俏她干娘非得给她打个半死不可,都不用昆三吩咐,一碗药就硬灌下去了。

但昆三不愿意这样,朱俏跟了他也有小一年了。朱俏的人就像她的名一样,性子里透着股血一样的冷俏。昆三头一次见她的时候她穿着件石榴红的夹袄,侧坐在窗台子上弹琵琶。昆三那年不过十八岁,刚从魏心那领了活,朱俏待的翠红坊归他管,他拎着铁棍来手底下地盘巡查来了,结果就死在了朱俏裙边底下走不动道了,站在下边呆头呆脑地看着。朱俏弹完了唱,唱完了笑,一松手琵琶在昆三眼前落了地,摔成两截,昆三吓了一跳,恍惚以为是朱俏要跳楼,在下面跳着脚挥手,大声说你别跳你别跳。

昆三后来想,朱俏那天要是真的跳下来了,大概也不会死,她就像一只翅膀尖上染着银朱的蝴蝶,在你鼻子底下绕一圈,就要飞回天上去了。

昆三前两天到药铺去配了副打胎的药,一直搁在他屋里。他记得朱俏再有半个月就该过生日了,等到那天领朱俏到吴门的赌场里玩去,他早找好了一溜儿的弟兄来捧场,朱俏只要进了赌场,不管她是开骰子还是摸牌九,保管她玩什么都是个赢,让她收钱收到手抖,开开心心地过上一天。

回头趁她心情好,再和她提这个事,朱俏准就松口了。

昆三迷迷糊糊地想,朱俏今年该是十八,还是十九来着?

阿禄听昆三提起朱俏,略一犹豫,拨了马趋近昆三,悄声道:"昆哥,你跟那朱俏到底是真是假啊?你要是当她是个一般婊子,不过图个睡着乐活,那兄弟我就不说什么了。你要是真看上她了,以后想领进门,那我可得提醒你一句,朱俏有个妹子叫朱蓝,倒是没进这行当,不过她被贺拐子瞧上了。昆哥,那朱俏那妹子,我见过,可跟她长得有九分像……"

"进什么门?二嫂最恨这行当里的人了,我要是敢提,她还不打断我的腿。"昆三从没听朱俏提过她有个妹子,皱着眉道:"还有这回事?贺拐子几个意思?"

阿禄才要说话,见前边多寿驱着马过来,多寿大声道:"昆哥,前头去走路的钟三到现在都没回来,也没递个信过来,咱们还往前走不?"

钟三是这趟送货的队里负责探路的。

昆三一瞧天色,头顶是囫囵的灰蓝,远远的有一线亮擦着树杈垂在天边,离天黑约莫还有个把时辰。昆三道:"没事,这条路上咱们也算老熟客了,哪年不走个十七八趟。咱们再往前走一段,天黑透了再歇,明天中午就能把东西送到平城,回来找霍哥领了钱,我带你们上玉泉池玩去。"

多寿叫了声好,阿禄却道:"可是那魏……"阿禄一顿,似乎是极不齿于讲出那个名字,只是哼哼两声带过去:"魏什么的,不是知道咱们的底细吗?现在他当了曹胖子的走狗,万一他把咱们的老路都卖给曹胖子……"

昆三摆手笑了笑："放一万个心吧你，要是真这样，二嫂还能让咱们来？她还能叫咱们活生生地去送死不成。对了，回来后你领我去瞧瞧那朱蓝。"

　　多寿问道："朱蓝？谁啊？"

　　昆三道："朱俏她妹。"

　　多寿眼珠一转，道："昆哥，她进门你可不准抠，摆酒得像霍哥那样，好叫咱们兄弟都去。"

　　昆三正因着朱俏心烦，一鞭子甩过去："摆你个铜锣二大爷！谁说我要叫她进门！"

　　多寿笑嘻嘻抓住鞭子："呦呦呦，还嘴硬。前两天我在堂口西偏门瞧见她了，她还说要见二嫂，门口人拦着她，还是我替她给二嫂传了话，二嫂还见了她呢。要不是她要进门，二嫂能有那个闲情见她？"

　　昆三一怔："她见魏心干吗？魏心见她了？没大耳光抽她出来？她俩说了什么了？"

　　多寿摇头："我哪能知道，你回被窝里问她去吧。"

（十）委骨蓬蒿乱

　　昆三还要追问，阿禄却又放着嗓子嚎了起来，活像只离了水猛力打挺的鲤鱼似的，大尾巴一抽就打断了他的话。

　　"想昔日真叫人心如刀绞——"

　　多寿双手松了缰绳，捂着耳朵大笑道："阿禄你招鬼哪！"

　　阿禄才被昆三一通胡扯夸到天上去，这会听多寿笑他，两腿一夹马肚子，甩着马鞭就要抽他。多寿连忙避开他，一溜烟策马跑到队伍前头去了，边跑还边大喊："不得了了，咱阿禄还穿上戏袍要当角去了——"

　　阿禄在后边猛追他，马蹄子扬起一片土，一下让昆三迷了眼。阿禄在马上颠得散了气，腔调高而破碎，一颤一颤地唱道："他得寸又进尺罪恶彰昭——"

　　昆三揉着眼，又想笑他又想骂他，却忽然发觉在这歪腔滥调里听出一股令人啼笑皆非的悲壮慷慨。大概是因为太好笑了，笑久了，就不自觉地从肺腑间应和着鸣出铿锵的悲声来。忽然一行泪淌了下来，眼前清亮了些,想必是把眼里的细沙尘给冲了出来。昆三接起了秦舞阳的词:"到如今俺燕国大祸又到,怎忍看众黎民委骨蓬蒿——"

"砰——"

跑马在车队最前端的多寿忽地从马上飞了出去,他身下的马一个趔趄,半个马身子都折到空中,而后庞大的躯体才以一个诡异的扭曲的姿势砸到坚实的土路上,它倒在地上犹抽搐着折断的腿骨,用马脖子蹭着铺满砂石的粗硬的地面,发出呜咽的鸣声。而离多寿只有三四步路的阿禄腰间炸开一个血花,他一歪身子,从马背上滚下去,顺着缓坡骨碌骨碌两圈,直撞上路边一株黄杨的树根才停下。阿禄的马受了惊,发疯一样踏着从马背上摔飞下来的多寿的身子跑过去。

多寿被马蹄踏断的肋骨戳入肺脏,血从他牙齿缝里涌出来,顺着嘴角淌下来,多寿歪过头,他恍惚是见昆三摇摇晃晃地抽着他那匹小灰驴往这边跑,多寿想笑,昆三这样子实在是太好笑了。他一咧嘴,更多的血涌了出来,糊满他的牙齿,在昏明暧昧的天色里他看起来像不得超生的厉鬼。多寿动弹动弹手指,他想朝昆三摆手,和昆三说昆哥你别过来,前头有绊马绳子,有埋伏,你快跑。

他记忆的昆三是很怕死怕疼的。有一年昆三拉着他跑到魏心屋后的小花园里偷花,他手刚摸上一朵水红的玫瑰,魏心忽然推开了窗,吓得昆三腿一软,一下子趴到了花圃里,一根玫瑰刺扎到嘴唇上,昆三一嗓子嚎到石破天惊,比早起打鸣的鸡都响亮。

可是昆哥你今天怎么就这么蠢,你还往前冲什么冲,赶紧打马往回跑啊。多寿有那么多话想和昆三说,他却一个字都说不出来了。

昆三几乎分不清那道极痛极怒的马嘶鸣声和骇人的枪声到底是哪个先响起来的,他已经无暇去分辨这些了。他一鞭子抽在驴屁股上,从最后面冲上来,一面大喊:"停下——都后退——"

车队已经乱了,走在前面的人看见多寿和阿禄出了事,想勒住马的时候已经晚了。子弹从两面的密林子里射出来,带着火光乱飞,或打在马身上,或打进人的脑袋上,或从间隙间穿过,飞射进对面的林子中。稍错后一段路的吴门人急忙抽出马刀,翻下马冲进路侧的林中,可马刀在这时是无用的,一脚踏入林的人仿佛被困死在老树的虬曲缠环的枝叶当中,成了子弹的活靶子。

惨叫声不断传来。

不过是一句"委骨蓬蒿"落地，已经全乱了。

昆三眼睁睁地看着吴门帮的兄弟一个一个倒下，他觉得手脚都被人绑在了一处，除了脖子能直挺挺地喊出声来，他毫无办法。

他不熟悉枪。吴门上下只有韩阔一个人佩枪，据说魏心为了给韩阔弄把枪，特意找了个算命的瞎子来哄赵金刀，叫瞎子当着赵金刀的面细细摸着韩阔的手腕和指尖，然后一拈胡须说这双手命定里就是使枪的，叫他拿了枪，保准能替赵二爷震住所有宵小，鬼怪再不能近身。赵金刀这才点了头。

昆三不知道魏心有没有见过这样一个枪阵，这样密集的杀伤。

或许魏心是知道的。但对于在岐城盘踞几十年的吴门来讲，它有许多老旧而霸道的规矩和道路，它蒙受了许多这种老旧所带来的荣耀，也承受着随之而来的桎梏。吴门里许多人甚至还没有见过枪，从哪里弄来这么多枪，从哪里弄来成批的子弹来供你练枪，谁来教你瞄准谁来教你装弹，这都是问题，这些问题绊在那，很深很久了。

又或许全部的原因只不过是霍九说过一句话。

昆三想起霍九看过韩阔对着靶一发一发子弹打出去又一发一发脱靶时轻笑的样子，霍九说，糟蹋这么多钱，竟还不如我一口带锈的刀。

吴门是使惯了刀的。

但今天，刀败在了这里，人命也赔在了这里。

昆三牙根都要咬出血来。他禁不住地在想，如果魏心在这里，她要怎么办？

"稳住马！把马车横在两边，活着的人聚在马车后，状元，拿你的弩！"昆三大声下令。

一片纷乱中马车被挡在路边上，吴门的人蜷缩在中央，权当作小小的屏障。绰号叫状元的小子一把扯下马鞍上挂着的瘦弩，伏在马车下一拨悬刀，一只短箭嗖的一声射入林中。他的准头很不错，昆三在一片枪声轰鸣的间隙里听到了一声短促的哀嚎。

马车被当作屏障之后，枪声暂且歇了一下，风从林深处而来，枝叶声簌簌，夹杂着些微的人语声。昆三想对家可能是在忌惮马车中的烟草。劫道都是为了货，杀他们这些人没什么意思。

昆三喝道："哪路上的！敢杀老子的人，却不敢叫老子看看你的脸吗？还是你那脸长得和屁股一样，不好意思挂出来见人？"

天渐暗下来。这条淌着人血的黄沙土路上在昆三话音落后出现了片刻的静默，像突然被一层坚厚的寒霜从天脚至车辙都冻了起来，连带着昆三的心窝上的血都被冻了起来。冻成一片浑然黏连的阴幽的空路，风阒寂，一时窅渺。

"呵。"一声低而沉缓的轻笑传出来。林中一阵窸窣，路边半人高的蒿草一分，一个人打头钻了出来，穿着一身黑褂子，脸上是横纵错杂着的数道狰狞盘蜓的刀疤。

（十一）石火生木鬼

昆三一怔，脱口叫了出来："四叔？"紧接着他恨不得抽掉自己的嘴巴，人家杀了你的人拦了你的路，你还叫什么四叔。

魏昭陵似乎也没想到他会叫这么一句四叔。左眼下那块肌肉不受控地一跳，覆在那的一道疤也跟着扭动着，好像要从僵死的血肉里面钻出条恶虫来一样。

"哎……"魏昭陵低低地应了声，可却被昆三从马车后跳出来，叉着腰极快地打断："哎你娘个头，老子给你三分颜面，你也真有脸要，叛恩负义的东西，不过在曹胖子胯下当了条狗，也敢摇头晃脑地回来咬当初兄弟……"

"你够了！"魏昭陵沉声斥道。

"……"昆三被他冷不丁地一句话吼得闭了嘴，一时忘了下面的词。他很想继续骂下去，魏昭陵眼里的沉暗像从辽远天边滚过来的夹着雷的云，以缓慢而闇默的姿态聚集密布，结成一片深哑的悲。

他隐约感觉自己方才好像说错了话，或是做错了一件事，他好像是很对不起面前这个人，可他又做错了什么呢？

魏昭陵身后，合合堂的人握着枪从草窠中钻出来，站到路边上，一个个脸上都带着得意的笑。

他们当然要笑,合合堂在吴门的阴影下受辱受桎多时,还是开天辟地头一次把吴门的人打得像狗一样,只能缩在马车背后,缩在一地兄弟的尸首当中不敢出头。

他们当中领头的是曹胖子的一个副手,名叫杨槐,他手指头勾着枪扳机,枪在掌心里一打转,嘲讽地看着昆三:"呦,昆三爷,好久不见。列位这是怎么了,怎么不是趴着就是蹲着,是不是被剁了命根子,起不来了?"

"是被狗咬了一口。"昆三背负着手冷道。

杨槐面色一变,抬起枪口就要打爆昆三的脑袋,魏昭陵却刀柄一抬,压在了他的手上。昆三这时才发现他们一行人都拿着枪,只魏昭陵一个,腰间挂着口带鞘的长刀。

魏昭陵道:"够了,拿了货走人,没必要在这多耽搁。"

杨槐并不十分买魏昭陵的帐,枪口未移动分毫,冷笑一声:"合合堂不差这一发子弹。"

魏昭陵缓缓道:"你动他,魏心会放狗钻进你的裤裆,让你后悔投了人胎。"

昆三不合时宜地噗嗤一声笑出声来,杨槐恶狠狠地盯着魏昭陵。魏心的名字对于合合堂的人说有种特别的威慑力,尤其是像杨槐这样一直跟在曹胖子身边的元老,不太能忘记九年前赵金刀死了儿子,大悲大痛,对吴门里的事撂开了手,魏心刚开始接管吴门,给他们的那个下马威——那时手底下有几个人太轻浮,没把一个寡妇当家的吴门放在眼里,酒上了头,挑了吴门的一个赌场。结果之后整整十日,合合堂的人吃饭的时候,总会有一个人在碗底发现半截命根子,而同时就有一个那日里赌场挑过事的人,捂着裤裆在床上惨叫。

杨槐打了个手势,十几把枪端起来,对准被围在当中的吴门押货的伙计。

杨槐皮笑肉不笑地道:"算你们命大,我们今个只拿货,留你们几条烂命,回去窝魏心怀里哭去吧。"

魏昭陵抱着双臂在一边,冷眼瞧着。

昆三忽然抬起头飞快地看了他一眼。

昆三有一刻的迟疑,在他犹豫的这一刹那间状元已经扛着弩站了起来,"放屁!吴门就没有丢了货还站着回去的弟兄!"悬刀一动,他的弩箭射出去没入杨槐的左眼,杨槐惨厉地痛叫了一声,连开三枪,状元的弩掉下来砸到地上,昆三扑过去,只来得及抱住他满是血的身子。

场面立时失控,刀枪并起,惨叫连绵。

杨槐手下的人因忌惮着车里的货,开枪到底缓了些,因此换来一蓬蓬的血,和握着枪落到地上的半截断臂。吴门人却倒下得更快,子弹打进身体里究竟是怎样一种感觉,昆三不知道,他一直抖着手搂着状元,俯下身,把耳朵贴在他带着血沫的嘴唇上,竭力想听清状元要说的最后一句话。

状元说:"昆、昆哥,别哭,我挺高兴的,今早上二嫂给了我两百块钱,叫、叫我送到家里去。"

昆三蓦地变了脸色。

他半跪着,抽刀挑开马车上的捆扎着货的一厚层草盖子,挑开牛油纸,挑开捆货的绳子,一刀直直插进车辕当中去。然后他搂着状元咽了气息的头,嘶声恸哭。

风一过,一张张雪样白的生宣被刮得飘起来,游游荡荡地飘浮着,最终打着旋落到舔血的刀尖上,落到满地未寒的尸骨上。

满车的生宣纸。

十车的生宣纸。

只剩一只眼睛的杨槐也傻住了。杨槐只剩下不到一半的人,吴门只剩下一个昆三。

原来竟是为了这十车的生宣!

杨槐第一反应就是跳起来拿枪抵上魏昭陵的脖子,魏昭陵却一翻腕,先把刀架在了他的脖子上。

杨槐声嘶力竭:"你他妈的玩我?"

魏昭陵道:"我只说他们会走这条路,没说他们会带着货走。"

杨槐捂着上眼,指缝里透出一股股地血:"好,你有种,你最好到曹爷跟前也敢这么说。"他甩开旁边扶着他的人的手,一指昆三,道:"给我宰了这小子!"

那人手里虽然拿着枪,却下意识地往腰后摸刀,魏昭陵的刀锋却已逼了过来:"别动他。"

杨槐冷笑道:"怎么着,他叫你一声四叔你就下不去手了? 你可真是一条忠心不二的好狗。"

魏昭陵道:"你只剩一只眼睛了,却连命也不想要了吗?"

杨槐狠狠盯着魏昭陵。最终他垂下了手,打了个手势。

杨槐走了。

昆三仍半跪在那,怀里抱着状元。

魏昭陵刀入鞘,走到一辆马车边上,两根指头拈起一张薄薄的纸,对着月亮一比划,中心印上个朦朦胧胧的弯牙月影。魏昭陵叹了口气:"魏心真的够聪明。

"她知道我熟悉吴门,必然会把你们常走的这几条路都告诉曹鸿,所以她用了十车的纸和十几条命来绊住我。如果我没有猜错,你们出发的同一时刻,真正的货已经走上一条新道,运送出去了吧。

"够聪明,也够狠。好,好,否则她也当不了吴门的家。"魏昭陵拊掌叹赞,语气里是说不清的惆怅。这惆怅已经经历了很多年岁的摧折,所以昆三听不懂。昆三也不想听懂,他此刻不想听到有关魏心的任何话,他只是像被掏去了心一样枯坐在那。

魏昭陵用裹在刀鞘里的刀尖拍了拍他的脸,"怎么,死几个人就把你吓傻了? 你爹一世英雄,怎么生了你这么个窝囊的儿子。"

"我爹不是什么英雄。"昆三解了外套,用袖子擦着状元被血糊满的脸,低声说道:"他只是个江湖草莽。"

"是魏心教你的吗。"魏昭陵冷笑,"是赵金刀毒杀了你父亲,你知道吗?"

"你是为了我爹,才杀赵家一家的吗?"

"是,当年我们兄弟四个在碰头结拜,皇天后土有证,同生死共富贵,可是没想到这富贵能泼瞎了人的眼。"魏昭陵蹲下身,看着昆三的眼,一只手半举在空中,似乎是想摸一摸他的发顶,最终却没有动,只空空地悬在那:"我很对不住你。我忍了很久,准备了很久,但终究是选在了最错的时候动了手。我没能杀得了赵金刀,也没能把吴门交还到你手上,我对不住你,也对不住你父亲。"

"我父亲是个什么样的人?"

"我说过了，"魏昭陵的神情肃穆而疲惫，像是绝望已久的困路旅人，遇上了久违的、缠在烟尘里的光，"他是个英雄。"

"或许是吧。"青灰色柔软的棉布一点一点细细摩擦着状元的脸，但那血好像是从地底冒出来的温泉水，昆三不断地擦净，却又不断地涌上来。他把状元的脸都抹花了，好像是盖了一张朱砂打底赭石作间的脸谱，揭了这脸谱，还能看见状元一张带笑的脸，满眼都是拿了魏心给的两百块钱的喜悦。

昆三不太能理解，站在魏心那个位置上，看着堂下一排排站着的发誓要为她卖命的兄弟，却只当是满眼一蓬草芥，随意生杀，是怎样一种感觉。

大概她很得意吧？

"嗯，我有爹。"他扯出脖颈上挂着的那条细红绳，玲珑剔透的玉佛坠一荡，悬在他心口处，又被他握在手里。昆三道："可是我从没见过他是什么样子。我在蓝田里长大，在岐城里混日子，水陆庵从老到小的尼姑，岐城里卖山核桃的牟大爷，卖胡辣汤的陆娘子，算命的老余，珍奇斋十八大爷，翠红楼朱俏，吴门上下，霍九，韩阔，状元，多寿，阿禄，钟三，全都是我的父母兄弟。"

"我不会眼看着他们死。"

"魏心和赵金刀也一样。如果你想挑拨我和吴门，那还是死了这条心吧。"昆三忽然咧嘴笑起来，露出一排银凉凉的牙齿，右边一颗虎牙突兀而尖锐，像是生生从某种猛兽嘴里拔下来，又硬插进昆三的牙齿缝里的。昆三道："我很早之前就想明白这些事了。"

昆三半拖半抱着把状元的尸体放到马背上，他安抚地捋着马鬃，道："你们都去做英雄吧，我不乐意做。"

昆三折腾了许久，终于把十几具冒着血滚着土的尸体都抬到了马车上，昆三牵来他那头肥肥的小灰驴，翻身上去，却两眼一黑，差点摔下来。魏昭陵扶住了他的腿。

魏昭陵擦着了火柴，点起一支纸卷的旱烟，猛抽了一口，道："回去和魏心说，她安排一条新路出城的那批货，我要了。"

魏昭陵又喷出一口烟，缭绕的白烟挡住了他的眼，他仍站在那条路上，静静看着昆三和满车的死人骨，顺着来时的路走回去。

他看了很久。

(十二)"其实我是个诗人"

昆三拉着状元,走过了一里地,在岔路口遇上了一个人。

冯得意靠着马看月,手里马鞭有一下没一下地扫着路旁的树根。

昆三停了步,"你在这等着杀人,还是等着收尸?"

"我等一个活人。"

昆三绕过他,冯得意抬起胳膊拦了下:"魏昭陵呢?"

昆三嗤笑一声,"你到底是什么人?"

"我是革命党。"

昆三诧异地看了他一眼,冯得意推了推金边眼镜,"怎么?要找陕督抓我?"

昆三不说话了,冯得意笑着道:"其实我是个诗人。"

"魏昭陵也是革命党?"

"他不是。"冯得意极快地回答。"但他借了我的东西,我现在急着拿回去。"

昆三思量了半晌,"枪?"

"对,魏昭陵带来的马队的,和合合堂的枪,都是从我这拿去的。"

昆三"哦"了一声,抬手一拳打了过去,"原来就是你这个祸根。"

冯得意这是第二次挨他的打了,熟门熟路地扶正了眼镜,抹掉嘴角的血,走到马车边上,看着上面一句句尚温热的尸首,"他只说要了结一段公案,又许诺了报酬,我没想到会死这么多的人。我很抱歉,我恐怕……"他揉了揉额头,"恐怕要做上整夜的噩梦了。"

昆三冷笑:"你也觉得死的人多了?你也会做噩梦?革命党人不是不怕死。"

冯得意一贯温和地笑笑:"我们是不怕死。"

昆三拉起车缰,冯得意按住了他的手,"你上哪去?"

"埋人。"

"我陪你去。"

"滚开滚开,好狗不挡路。"

"我陪你去。"冯得意上了马,他上马的姿势格外利落,同他一派文弱的外表反差极大,"葬了他们。去哪?你说的那个狼土坟吗?"

昆三站在地上,仰头看他,声音微微透着哽咽,"放屁,狼土坟那是葬孤魂野鬼的,老子兄弟有名有姓有家,才不睡在那。"

冯得意笑了起来:"是是,你兄弟有名有姓,独我是孤魂野鬼。"

两人在白园埋了人,靠着不知谁的无名的旧墓碑分了一葫芦的烧酒,月上中天时,昆三已喝得醉眼蒙眬。说话的舌头都大了。他拍着冯得意的肩,"我总觉着你像一个人,又想不起来到底是像谁。"

冯得意摘了眼镜搁在坟前草窠里,西装挂在碑上,解了衬衫袖扣,笑道:"该不是像你哪个早死的兄弟吧?"

昆三拧起了眉,"你怎么总死啊鬼啊的。"

"这怨你,我头次见你,你就说要丢我进狼土坟。害我现在总想着,我大概是个不能长命的。"

"放屁,我兄弟,就没一个早死的,都大富大贵,活得赛王八长!"

冯得意咽下一口酒,指了指他自己:"也算我一个?"

昆三睁大了眼仔细地盯了他有一会,忽然一声高呼:"好!就算你一个!"吓得冯得意手一抖。

冯得意笑道:"还是别算上我,我马上就要做一件只有短命鬼才会去做的事了。"

"短命鬼?"

冯得意又指了指自己,"正是在下。"他和昆三一起笑起来,昆三却笑着笑着,哑了嗓子问他,"你要干什么去?"

"革命啊。要不我怎么叫革命党。"

昆三摆了摆手,"你们的事,我们混江湖的不懂。"

"你懂。"冯得意扶着墓碑站起身,"很多人都懂。"

极远处连绵缱绻的山势隐约起伏,每个黄昏,日头都将在那样远的山的尽头落下来的,落到人世里来。

可惜入夜了。日落了。

昆三也站起来,"我带你去个地方。"

(十三)蓝田昆弗姬

昆三快马在前,冯得意控辔随后。两人一路到了蓝田王顺山下,冯得意以为昆三是要进水陆庵,昆三却一拢缰,驻马在与水陆庵一水相隔的一处破旧小院落前。院门口有一株梅树,朝夕都浸染在老佛刹的晨钟暮鼓声里,却被佛声扰得生了一身的反骨,枝杈横生纵错,意态狂恣,如虬龙之困姿。冯得意勒住马缰静静地看了会,直到昆三推开了两扇木板门,轻声叫他,他才回过神来。

冯得意翻身下马,对昆三笑道:"我还以为你是要领着我去见你藏在尼姑庵里的小相好。"

昆三一扭头,两只眼被老梅枝头的月影一晃,恍惚是一陂春池水般清净明透,风里一荡,就要一直横流到天边去。

"放你娘的屁,我是带你来见我娘。"昆三压低了声音。

冯得意的心一颤。他收起了一脸的玩笑意,甚至还扯平了身上的衬衫,借着月色细致地把每一片衣角都掖进去西裤里去,然后抚了抚额前的刘海,死死把它压平到头发里去。他拉着昆三的衣袖,略带一丝紧张地问道:"你看我这样,精神吗?"

昆三扶着门板捂着嘴笑,笑得差点滚到地上去,一抬眼看冯得意一脸的忐忑,抬起鞋底在他笔挺的西裤上蹭上一层灰:"差不多就行了你,又不是大姑娘见婆婆!"

冯得意跨到屋内的第一感觉就是这不像是一个女人的房间。

一个女人,即使是一个寡居的女人,她的屋子里总会带着一点女人独有的痕迹:或许是桌角的一支珠花,或许是立在墙边的一丝灰尘也不沾泛着冷光的镜子,或许是雕花三脚圆凳上一个松软的绣着蒹葭草纹的垫子。

但是这里却一丝都没有。推开门先入目的是立在门边的一个树枝状的木衣架子,漆了一层暗朱色漆,或许是因着时日久了吧,漆皮脱落处裸露出灰褐的木色,无论是那极暗极重的朱红还是老雁雁羽般的灰褐色,都横陈着股孤绝的惨烈的张狂之意,仿佛是劈凿这块木的刀斧钝了,没能砍折它曾经生于地立于天的魂。

衣架上挂着一件阔大的藏青色立领棉袍子,肩袖处上半隐半露着一段黑色的密实的线,冷眼看去恍惚是一个落魄的男人被勒出脖颈挂到了衰枯的朽树上。

衣架侧是四脚方凳,上面摆着一个铜水盆,沿着水盆边上搭着一条很旧的泛黄的白布巾。被拧得脱了水变了形,褶皱连绵地垂悬了半边在空中。

几乎可以能想象得到,一个高大的男人从屋外走进来,解了外衣搭到架子上,随手把毛巾丢进水盆里,却又很不耐烦地立刻捞了出来,胡乱在脸上抹上一把,立在铜水盆边上两只手把毛巾拧成了麻花状,那双手手心粗粝,掌纹深如刻骨,虎口上覆着厚厚的茧,蕴含着很大的力气,像是时刻准备要拔山一样,一不经心就拧得过了劲。他将毛巾挂在盆边上,然后听见了女人的嗔怪声,又无奈地随意拨拉几下,尽力让毛巾显得平整些。他迫不及待地坐到了床边,床上硬木的拔步大床,床柱却没有任何镂空雕花,只是孤零零的八根细方木立在那,像是男人自己的手笔。床三面挨着墙壁,侵浸着阴冷的潮气。男人总是睡在里面,里面更凉一些。女人端来一盆热水,她俯下身半蹲着脱下男人的靴子。

这间十步阔的窄狭的屋子里,竟处处透着一种冷硬的男人的气息,每一寸砖地每一寸墙壁,都浸杀伐后的枯槁的死静里。

昆三戳了下冯得意的腰眼,冯得意如梦方醒,随着昆三的目光看过去。昆三的母亲端坐在床沿上,挨着一盏油灯,手边搁着一卷书。

昆三笑嘻嘻地凑过去,"娘,我带我兄弟回来给你瞧瞧。"他一指冯得意,"这是跟我喝过酒磕过头的兄弟,他叫冯得意,二马冯,得意就是那个那个……很得意的那个得意。他厉害着呢,读过书的人,还留过洋,学的那个什么……"

"新闻学。"冯得意赶忙接上。

"对,对,就这个。"昆三挨着冯得意一块站到他娘跟前,搂着他的脖子,吊儿郎当地道:"行啦,以后我娘就是你娘,你老子就是我老子,来,一起磕个头叫娘。"昆三拉着他跪下,冯得意一身洋装,跪得却很利索,也很习惯,一只腿先着地,没砰的一声两块膝盖骨全砸到地砖上。昆三和冯得意一起给他娘叩了头,昆三找起来扑了扑裤子上的土,冯得意抬起头,看见昆三的娘正静静地看着自己,他轻唤了声:"姆妈……不是,娘。"

她的目光落到冯得意身上，很和善，却也有一点疏冷，似乎是带着一种慈悲的心态而置身于世外。她道："快起来。你家在南面吧，叫姆妈也是一样的，我听得懂。"

她看向昆三："你们吃过饭了吗？"

昆三摇头晃脑地答吃过了。她便不再说话了，拿起手边的书继续看着。冯得意站起来一瞧书皮，却是《楚辞》。

屋子里倏地静了下来，冯得意有些拘谨，昆三却自在得很，在地上转来转去，一会摸摸这，一会翻翻那，嘴里一直叨叨地说个不停。她娘是不大接话的，昆三好像也没等着她搭理，只管自说自的。

昆三自己折腾了一会，对冯得意使了个眼色，一手抽出他娘手里的书，嬉皮笑脸地道："娘，那我们先走了啊。"

他娘用指头按了按太阳穴，难得露出一丝笑，有些许无奈地道："你可算是走了，这半天要吵死我了。"

"哪能呢，我娘得长命百岁活成精。"昆三把书放到灯边上，转过身，却又扭回头来，飞快嘀咕了句："其实我还给你弄了个大孙子。"

"什么？"他娘没听清。

昆三一摆手，敞着衣领大摇大摆地出了门，后面传来他娘的声音："你把衣裳穿好了。"

昆三只当没听见，扯着冯得意的衣袖几步窜出了院子。

冯得意气喘吁吁地扶着梅树，昆三拍着他的背笑道："你怎么见来了我娘直哆嗦，都说了我娘就是你娘，难不成你在家里也对着你娘哆嗦？"

冯得意好不容易喘匀了气，略一笑，自嘲道："你说对了，我在家里对着我娘还真哆嗦。我都不敢能叫娘，得叫太太。我姨娘去得早，太太一向不喜欢我。"

昆三无意触到冯得意家中旧事，见他语意里透着哀戚，一时也不知该如宽慰他，只得继续大力地拍着冯得意的背，把冯得意拍得又喘起来。

两人说笑着上了马，跑了有一阵子，昆三忽然一勒缰绳，道："哎哟，忘把钱留给我娘了。"他从衣兜里摸出一个系绳的小口袋，一摇晃，里面是丁零的银元碰撞声。昆三道："你先走，我回去送个钱，回头咱们城里喝酒去。"

冯得意道："我再不同你喝酒了。"

昆三已经掉过了马,冯得意瞧着他的背影,马上的身子歪歪倒倒,软得像一块五花肉,当中一根脊梁骨却是直挺着的。风一吹,单薄的外衣贴到脊骨上,显出一道硬挺的轮廓,刀一样。

冯得意朝着昆三的背影大喊道："昆三,你到底叫什么名?"

昆三最不耐烦听见有人叫他大名的,他觉得这个名字文绉绉的拗口,没有丝毫王霸之气,半侧着身朝冯得意比了个下流的手势,回道:"昆——叔——珅——"

冯得意笑着一挥鞭,纵马走远了。

冯得意不会想到,这是他与昆叔珅的决别。

昆三回来水陆庵后的小院子里。他在梅树下勒马,把马缰往树干上草草一系,才要推开院门,却忽然止住了动作。

他听见一道尖厉的像是鹤喙鹿角般的声音,从肺腑之间穿破所有的血骨,穿破满院的老苔枯尘——

"叔珅,你快走——"

这一声未落,一水之外水陆庵殿脚的风铎忽而玎玲作响,势若连云。

声恸古刹!

是他娘的声音。他从没有听过他娘发出过这样嘶长而凄厉的叫喊声,苍凉透骨,却又在这垂死的哀鸣里迸发出一蓬带着醉意的荒唐的生意来。

昆三却已经来不及走了。

一柄刀从一指宽的门缝中刺出来,昆三一侧肩,刀险险挑破他的衣角,刀势却未停,横着撞开门板,刀刃瞬间迫近昆三。昆三矮身一滚,连滚带爬钻到马肚子底下,仰面从马鞍上抽出刀来。院门已然被踹开,四个持刀的人跃出来,领头的一个横刀先要砍断马腿,昆三从马的两条后腿间竖着刀一架,拦下了那人的攻势,接着他坐在地上抬起一条腿往自己刀背上一踹,对面那人显然是没预料到他这样无赖的打法,控刀的右手受不住这样大的力,收势往后一个趔趄,身后的三个人赶忙扶了他一把。

四个人都蒙着面,右手腕上缠着一条黑巾。

昆三在这一间隙间拍拍裤子站了起来,后背靠着马鞍,刀扛在肩头,一个一个点出他们的名字：

"韩阔,青瓢,阿色,地瓜。都是老朋友了啊,何必下这么狠的手。"

韩阔手中的刀尖往上提了几分,他只说了一个字。

"杀。"

昆三往前迈出一步,扛刀在肩的样子,和他十四岁那年在巷尾街头厮混打架的时候别无二致。

昆三好像一直都是这样子,一个不成器的小混混。

月下五道刀光,摇曳着横过浅溪迫入水陆庵中,不肯给烟火缭绕间的宝相佛身留一丝颜面。

昆三腿上受了伤,他靠着树干喘着粗气,刀刃上有薄艳的血色。韩阔的刀法并不好,他的刀成了他的束缚,却成了昆三的生路。昆三一撩脑门前的刘海,粗声笑起来,"来,接着打啊。"

地瓜的手抽筋似的一抖,他当先迈前一步逼近昆三。这一晚上他打得都很急,很不耐烦。地瓜使刀很平直,平直中透着粗糙的天真,他喜欢用刺的,好像手里拿的是杆长缨枪一样。昆三陪他练过招,所以地瓜的刀直直朝他小腹刺过来的时候,他没有一点意外。

小腹上被戳一个窟窿,人到底会不会立刻就死。当年这群小混混一起蹲茅房的时候琢磨了很久。昆三只是想不到,他今天要亲身来验证了。

但地瓜的刀没能刺进去,他的刀歪着扎入树干里,"嘶啦"一声刺破了昆三的衣裳。提刀的那一瞬间,他脑门上被一根马鞭砸中了,好像同时飞过来的还有一柄刀,这马鞭打得准,那柄飞过来刀却大大失了准头,扎进离他十步远的地方。

他惊异地、茫然地抓住这根马鞭,四下看着。

其实他已不必看了,不远处的许蒙连滚带爬地从水岸边的竹林里窜出来,哇哇大叫着冲过来。

"昆爷你快跑,这里我顶住——"

韩阔简直要被他气得笑了,"那就杀他们一双。"

他提起刀,却被地瓜拦下了。

地瓜和许蒙差不多的年纪,眼睛很小,却晶亮亮的。

"你什么意思?"韩阔问道。

"我不干了。"地瓜道,"都是我兄弟。"

(十四)二月初五

二月初五,赵金刀纳第四房姨太太。

赵金刀的正室和前头三房姨太太都在九年前被魏昭陵一刀砍干净了,这些年来他于情欲上却愈发看得淡了,身边只有他房里的大丫鬟在伺候着,也没什么名分。故而这回虽是纳妾,阵仗却摆得不小,赵家老宅前红灯高挂,喜字从前门到后院贴了一长串,吴门里有头脸的人都到了。

赵金刀这第四方姨太太据说是姓乔,听说是扬州瘦马的出身,也没什么正经娘家可言,早几天就接近赵家跨院里住着了,粉轿也一并省下,赵金刀见手下人都到的差不多了,独缺霍九一个,头一偏朝魏心道:"叫人去催催霍九,到晚了,我这里可得罚他的酒。"

魏心低头应了声"是",差人去办了。

赵金刀一抖袍子,几步走到正房门口,满院的喧闹声默契地一静。赵金刀心情十分好的样子,爽快地一摆手:"咱们自家兄弟,话不多说,菜,你们只管吃,人,我可不给看。"

贺拐子是最无赖的一个,当下就不乐意了,半真半假地吆喝道:"您这可办得不地道,咱们还是为了吃你口肉不成,咱们就是来看美娇娘的啊!"

他话一落,底下跟着就是一片起哄声,都吵着要看新姨太太。

贺拐子身边站着的一个堂主一肘子戳到他胸口上,嘴凑到他耳边,声音却没怎么放低地说道:"快别闹了,赵爷这人,这会是真不给看。人家是有了身子的,精贵着呢。"

贺拐子一愣,转而拍着桌子狂笑起来。赵金刀这名叫的还真是好,他如今都什么岁数了,居然还真的就金刀不倒。

赵金刀仍是一副笑吟吟的模样,随他们怎么闹,就是不给看。他自顾自地在桌边坐了下来,端起酒杯的时候刚贴到唇边,才发觉杯是空的,他撂下杯子,叹了口气。魏心不过去办件事的功夫,只这么一会子不在他身边,他就觉得不自在,不称意了。

他抬手要去拿酒壶,却被一只细白的手抢先握住了白瓷描翠的壶柄,那套着一只冰种翡翠的纤瘦手腕一提,壶身一倾,酒香荡出来,沿着壶嘴淌进他的杯里。他抬头一瞧,魏心仍是低着眉的,道了句:"您放心,已经差人去催老九了。"

赵金刀嘴唇一颤,低声说了句什么,她没听清,才要问,却忽然见院门大开,一行人走了进来。

走在最前的是霍九,腰间别着刀,在他身侧的,竟然是昆三。

昆三已经失踪了快半个月了。

那日吴门在两条路上接连丢了货,死了弟兄,消息传回来,很多人最初口不肯信。吴门很多年没在外人手里栽过这么大的跟头了。资历老的堂主当下就对魏心拍了桌子,"你怎么管事的?!"

还是贺拐子出了声,这同二嫂有什么干系,货是合合堂和魏昭陵劫的,有本事,杀了魏昭陵提他的头回来啊。

后来清点尸体,算上白园里的,一共四十三人,唯独少了昆三,活不见人死不见尸。

这会众人见昆三跟在霍九身后,似乎走路不太利索,由两个人搀着,慢慢地拖了右腿走进来。

魏心若有若无地瞥了韩阔一眼。

院当中初瞧见了霍九的人都愣了一下。赵家喜事的日子里这哥们带着刀踹门进来,来者不善啊。再左右一环顾,果然,先前就瞧着好像缺了伙人,霍九堂口的底下的人都没来,原来是在这等着跟他们主子一起挑场子来了。

有人心里就咯噔了一下,只怕九年之后又要再出一个魏昭陵。

霍九领头踹了门,也不管周围人的神情,自己挑了靠院门右边的一张八仙桌坐了下来,拈起筷子,从桌子当中清蒸鲈鱼上揭了肉下来,夹进嘴里,吧唧吧唧地嚼着。

等他细嚼慢咽地吃完了这块鱼,魏心已经从赵金刀身边走了过来,韩阔跟在她身后。

霍九吃完还用舌尖剔了剔牙齿缝,搁下筷子跟他同桌的来贺喜的人,道:"不是说,赵爷新纳了房姨太太,这才摆的酒宴客吗。那现在宴我是吃过了的,人呢,怎么不领出来让大伙瞧瞧?"

倒霉跟他坐到一张桌子上的人都闭紧了嘴巴,谁也不敢答话。霍九这会要看姨太太,跟贺拐子方才开玩笑起哄还不一样。最起码贺拐子脸上是笑着的,可霍九这会,面色阴沉如水,好像他方才不是从赵金刀的喜宴上吃了块鲈鱼,而是吃了他亲爹的肉一样。

魏心道:"霍九,你什么意思?"

"我没什么意思。对了,新姨太太是……"霍九一闭眼,似乎是在极力地回忆着什么:"姓什么来着?"

"姓乔,叫……"霍九对面坐着一个十六七岁样子的半大小子接了个话头,魏心仍是定定地看着霍九,她身后的韩阔却一个眼刀飞过去,吓得那小子噤了声。

"哎!"霍九一拍大腿:"好像不对啊,魏心,那人是姓乔吗?你该不是往赵爷屋里抬错了人吧,那人,不是该……"霍九站起来,手按在腰间的刀柄上,慢慢道:"姓朱吗……"

"砰"的一声,赵金刀手里的酒杯摔倒地上。众人转过头去,却只看到他缓慢地弯下腰去,将一片一片的碎瓷捡起来,搁到桌边,一边念叨着:"老喽,人老喽,就是不中用了。没事,没事,你们聊你们的。"

他直起腰,也夹了一筷子鱼肉吃了,嚼得有滋有味,即使魏心和霍九已经在十几步外剑拔弩张,他却仍是一副安然自在的样子,似乎是沉浸在娶了房娇妾的喜悦里出不来了。

赵金刀的心思令所有人都摸不准,就如霍九与魏心突如其来的对峙一般。

霍九一笑:"赵爷没老,不仅没老,杀人谋局,一连串的好计,远胜当年。"

"霍九,你也放肆得够了!"魏心喝道。

霍九抬手一指魏心:"你不敢让赵家四姨太太露面,是因为她不姓乔,她姓朱,叫朱俏。吴门里有一半的人都知道,她是翠红楼的姑娘,是昆三的相好!魏心,我才要问你,你是什么意思?"

满座哗然。

(十五)摧折思媚妇

朱俏是昆三的相好,这事确实是半个吴门帮的人都知道的事情。只怪昆三太嘚瑟，才跟朱俏好上的时候，那叫个百依百顺，搁在心窝里都怕血管子硌着她。

那日朱俏说了一句她命苦，没念过书没上过学，也不知道学校是个什么样子。昆三一听美人叹气，可心疼得不得了，当天就领朱俏上西北大学逛了一圈，结果昆三那王八脾气，跟西北大学里一个学生起了冲突，昆三一口正宗的关中骂人话飙了出来，那学生骂不过他，就回敬他一串洋文，昆三是一个字都听不懂，生生被人给骂了回来。后来事情传回吴门里，昆三差点被笑掉大牙。约莫一两个月里，吴门上下认得昆三的人几乎每人都学了句洋文的骂人话，看见昆三就吼给他听，气得昆三三天不敢出门。

如今霍九说，赵金刀新纳的小妾就是昆三的相好朱俏，人人都合不上下巴了。昆三按辈分可是赵金刀的侄子的，侄子睡过的女人叔叔接着睡，不光要睡还要给娶回家生儿子，这都是什么脏事，蛮人才干的啊，咱吴门上下可都是讲道理的文明人，这这这……这叫什么事啊。

贺拐子端着酒杯站起来道："二嫂，这究竟怎么回事？"话一出口他也觉得不对劲，魏心是赵金刀的儿媳妇啊，赵金刀爱谁睡谁娶谁，绝对是魏心管不着的，但是不问魏心，他难道去问赵金刀，他转头一瞧赵金刀还在那气定神闲喝着酒吃着菜，完全不想是被霍九戳了暗疮的样子。

贺拐子只觉得他今天不该来吃这顿饭，这根本就是个鸿门宴，赵金刀新纳的姨太太有猫腻，霍九是有备而来专来挑事的，赵金刀饿死鬼投胎一样只盯着饭，吴门上下的人，都疯了！

魏心道："既然大家兴致好，都想瞧瞧四太太长什么样，那就请她出来给大家看个明白。"她朝韩阔一点头，转而看向霍九："老九，好好的宴就这么被你搅了，回头四太太出来了，你嘴里的混话可就没处落脚了，算账的时候，你可别腿快开溜。"

霍九点起根烟："放心吧二嫂，那么多账呢，今天我不走。"

满院的人屏住呼吸，只等着新姨太太出来。

堂屋里先跨出的是一只穿着粉面鸳鸯纹绣花鞋的脚，然后脚面上一截水红的裙摆和一身胭脂红的对襟褂子。新姨太太抬起了头，细柳眉鹅蛋脸，腮边扫着层浅红。

宴上的人都惊住了，还真是朱俏！

独贺拐子一个人喊出声来："朱蓝?!"

"对,就是朱蓝。"魏心施施然道:"原来老贺认得。认得就好,省得叫不明不白的流言污了赵爷的名声。"

贺拐子老脸一红,他就怕魏心接茬问一句他是怎么认得朱蓝的,难道叫他说他是瞧上了朱蓝,不过还没来得及弄到手?

幸好魏心话一转:"不过她现在改叫乔桐了。赵家既抬她进了门,前尘过往就一刀割断,你们又何必再翻出来。"魏心一顿,语意哀婉,似是低低地一叹:"也难得赵爷有个中意的人。"

霍九冷眼看着:"可是我怎么看,这都是朱俏。"

贺拐子喃喃道:"她是朱俏的妹子,当然有几分像。"

霍九盯着魏心,咄咄逼人:"朱蓝是朱俏的妹子,你不知道? 朱蓝长得这么像朱俏,你也不知道?"

"我不知道。"魏心淡淡道:"昆三那么多个相好,我没空挨个细细看。"

"朱俏是谁?"赵金刀后知后觉地问了句,上前拉起朱蓝的手,"怎么没听你说还有个姐在岐城。"

朱蓝被这么多双眼睛盯着,在日头底下笑得一脸娇羞,"我原就出身不好,再说起有个风尘里过活的姐姐,只怕赵爷更瞧低我,不肯要我了。"

赵金刀怜惜地抚着她的手背:"不妨事的,我怎么会不要你。"

底下群众:"……"

霍九看赵金刀演戏演到这个境界,看得他起了一身起皮疙瘩,也是不得不笑了,他掸了掸烟灰,拿眼风扫了魏心一眼:"你不知道? 那就奇怪了,那你为什么要,派人去杀昆三呢?"

他扬手一指大门口:"不巧的是,昆三命大,没死在你手里,魏心,你敢不敢和昆三对质?"

昆三扶着椅子背站着,抬起头,额头前碎发汗津津地打成捋。

昆三一开口,声音都是低哑的:"二嫂,我命大,没死。"

魏心漠然地看着他。

"你要杀我,我昆三烂命一条,无所谓。但是我娘隐居十几年,许蒙从小跟着我,我叫你二嫂,他也跟着叫你一声二嫂,你也不肯放过吗? 你也下得去手？"

"那天你叫我领着人去送货，我说我手底下的小子不经事，要借贺哥几个人，你不肯。阿禄，多寿，钟三，状元……你一个一个地点过去，要我带着他们多历练。你明知道那是一条死路，还是亲手把一条条的人命推了上去。可笑的是状元临死前还在笑，说多谢你给了他家里送了两百块钱。"

昆三松手，仰头看天，一手遮在眼前。他的声音里有透着颤抖的哭腔："后来我想明白了，你钦点了他们几个去送死，不过就是因着他们是一直跟着我的。二嫂，多年前的旧事，我从来不问，你却还是防我防到如此地步，单杀我一个还不算，定要杀到我一身骨横在荒野处、无人敢埋吗？"

"我听不懂你在说什么。"魏心扬着下颔，哂然笑了起来："你说我杀你，杀昆夫人，杀许蒙，跟着你的弟兄，我魏心头只一个，担不起这样大的罪过。"

昆三阖起眼，喉头心腔都被深切的冷和倦堵满了。他一向嬉笑怒骂，身世家仇，声名甚至生死都浑不在意，如今难得一腔肺腑之言，他怆声发问，魏心却只是轻蔑地掠过去，一定要拿粉墨遮满了脸，将戏唱至死局。

"韩阔。"昆三静静道："你腰间还带着伤吧。"

（十六）当年谢韩阔

韩阔身子猛地一颤。昆三道："前天夜里，来杀我的四个人，手腕子上都系着一条鬼哭巾。"昆三一摸衣兜，摊平掌心，一道两尺长三指阔黑巾盘在他掌心里，边角染上暗褐色的血迹："这是吴门处置家事的规矩，我没记错吧。能使得动韩阔的人，能请得下鬼哭巾的人，不是你，还能是谁？"

"可惜你和二嫂都没想到，许蒙来救我，地瓜也倒戈了。我从你手底下捡回的这条命，是许蒙和地瓜换回来的。"

"韩阔。"魏心平静地叫出他的名字，韩阔上前一步，垂手站到她身侧。

魏心道："衣襟解开，我瞧瞧。"

韩阔没动，魏心伸出一只手，要去拉他的衣角，却被韩阔抬手按住了。

韩阔食指指腹下有一层的厚茧，是他为练枪磨出来的。

"不必看了。"韩阔放了手,指腹从魏心手背上划过。他的右手背到腰后去,拔出枪,顶在自己的太阳穴上。

韩阔道:"心姐,多谢你当年……"

韩阔一扣扳机,溅了魏心满身满脸的血。飞溅的血花打在魏心的眼睫上,顺着她细密的睫毛落到眼睑上,从她的脸颊上划过,顺着下巴尖滴落下去。魏心张了张嘴,却没有发出声音。

昆三看清了她嘴唇嚅动的轮廓。

她在念韩阔的名字。

韩阔。

韩阔自尽了。在魏心的眼前。魏心微红的眼眶在满脸的温热的血当中显得出一种凛冽的美,浅绯深处,却是撕心裂肺的一片猩红。

韩阔跟了她有多少年,魏心也记不大清了。韩阔是个不太会说话的人,最常见的姿态就是沉默着站在她身边,连像昆三那样讲个笑话挑个眉逗她开心也不会。但她一句话,韩阔不管生死地也去做。

她不太敢继续想下去,想韩阔替她做过的事,对她说过的那些、并不算不多的话。

心姐,多谢你当年。

韩阔死了,事却还没有了。

霍九冷道:"韩阔倒是肯保全你。"

魏心低声道:"给我拧一条手巾来。"她的声音很低很轻,轻到透出一股令人哀怜的柔软的意味来,身边的人反应了一会儿,才一阵小跑到屋里去拿了条手巾来。

魏心擦了擦脸上的血,将手巾攥在手里。她道:"你说杀你的人手上绑着鬼哭巾?"

"是。"昆三道。

魏心猛地把手上的毛巾砸在昆三脸上,"我派人去杀你,却还要让人都带着条鬼哭巾,生怕没人知道是我魏心动的手?!"

"你是执掌家法执掌得惯了。"霍九道。

"我与你共事这么些年,"魏心轻笑一声,"你难道不知道,我九年来因着吴门规矩受了多少苦,你们多少人看不惯我,倚仗年纪资历,甚至不过倚仗是个男人，便日日抬吴门的规矩来压我！我是蠢的吗，会为了个死人规矩，留下个让你们当堂质问我的这么个东西来！"

"你……"

"别吵了。"赵金刀拍了拍朱蓝的肩，指了指堂屋，示意她进去。朱蓝看了他一眼，转身跨过门槛，却没走，仍是倚着门框看着赵金刀的背影。

赵金刀一步一步走向魏心和昆三，他道："是我。"

"后辈们都长大了，一个赛一个的厉害，比我们哥四个当年，强得多。"他解下褂子，弯下腰，动作轻缓地遮在了韩阔身上。他脚下穿着一双厚底布鞋，踩在血里，只觉得脚下冷得很。

"小昆子，是二叔对不住你，但二叔只能对不住你了。按道理，是该你子承父业的，但当年你还是个没断奶的娃娃，帮里那么乱，一群的虎狼猛兽在等着，二叔自己都不知道哪天闭上眼就再也醒不过来了，如何能护你们母子周全。"

"你爹的那个玉佛坠，你一直都戴着吧？好，好，托了佛爷的福，托了你爹在天之灵，你安安稳稳地长到这么大。好啊，好——可是二叔坐着这个位置这么多年，实在是舍不得还给你了。"

"小昆子，你是不是恨二叔？"

"你该恨我的。"赵金刀语意萧索，他转过身，背对着昆三，赵金刀是绝少以背示人的，背是他的空门。此刻他转过身去，昆三这才发现他的背已微驼，短硬的发梢上是一层霜白。赵金刀像是吴门的一面旌旗，他站在那，就是着吴门站在那，吴门从满地横尸里走过来，从杀戮最惨烈的肮脏的街巷里走过来，走到至今时今日的一门堂皇。但是，枭雄老了，老到提不起刀，只能听曲遛鸟地度日。枭雄不得不老。

昆三忽然想明白了，只有赵金刀这样的人才会派人带着鬼哭巾去杀他，也只有赵金刀还在眷恋着吴门那些老掉牙的规矩：不准欺师灭祖，不准藐视前人，不准江湖乱道，不准奸盗邪淫……

枭雄老了，他的时代过去了，只剩下一身通骨的苍凉。

赵金刀道："怎么，你们也要发落我吗？"

他这话说得极重。霍九的矛头一直都是指向魏心的，即便真是魏心坐下了江湖规矩容不得的事，大不了处置了魏心。但是如今这桩事却是赵金刀认下了,霍九想做什么?霍九还能做什么?霍九要倒了吴门不成?

"发落?"霍九骤然被赵金刀将了一军,他沉默了许久,久到日略一西偏,一段槐花树枝的暗影落在他脸上,他才缓缓开口:"不敢。只是赵爷待魏心,当真是情深。魏心,这就是你投桃报李的理由吗?这就是你日日在二哥住过的地方,在他的灵前,在他的眼皮子底下,跟他的老子私通的理由吗——"

魏心蓦地抬起了眼,她眉心还有一抹没擦净的血痕,显得冷厉可怖。

"霍九,你拿赵爷和观池来毁我,是当我不敢杀你吗?"

"你自己做下的事,却不敢认!那日回廊下,我亲耳听到赵爷同你说'难道你也要像伺候我那样去伺候他',好一个伺候,你果真是把赵爷伺候得好好的,伺候到能一手把控吴门上下的生死人命,专横独断容不得旁人对你说半个不字。魏昭陵入城投靠了曹胖子,你拦不下,你不但拦不下,简直是在将吴门拱手相送。几日前押货去平城,你用十车假货一手柱送昆三手底下十几条人命,可是结果呢!货还是被魏昭陵截下了,一个人也没能回来!魏心,我们不过敬你是二哥的未亡人,叫你一声二嫂,但是兄弟们的身家性命绑在吴门里头,容不下你这样作践!"

"霍九!"魏心道:"原来你今日竟是来逼宫的。桩桩件件,说的好像我魏心不死,吴门就要亡了一般!"

"不是逼宫。"霍九慢慢抽出刀,搁在平滑的红木桌面上:"是清理门户。今日当着二哥的面,你究竟有没有坐下对不起他的脏事,你敢不敢发誓说个清楚。"

他一摆手,身后一个人奉上一个罩着黑纱的木托盘,霍九一掀黑纱,木托盘上竟然是赵观池的灵牌。

(十七)奉天霍从麟

"哈哈哈——"魏心忽然发狂一样笑了起来,"我为何不敢。十二年前,观池在去西南的路上被一伙马匪困住了,生死不知,我那时怀着四个月的身孕。消息传回来,我当时就从慈恩寺佛前的台阶上滚了下来小产,没了孩子。此后,我再也不能行事了。霍九,你要不要来验验。"魏心狰狞地笑着:"这些年来有多少人在背后戳着我的脊梁骨骂我是荡妇的,不如你们都来验验——"

"那年赵爷一夜之间丧了四子,他几乎都要跟着去了,我生是赵家妇,若再退上一步,赵家可有活路,吴门可有活路!我入吴门十五年,问心无愧,魏昭陵是吴门的叛徒,也是我丈夫的仇人,我比你们任何一个人都想将他碎尸万段!不过是才输上一个回合,霍九,瞧瞧你的气量,你连输都输不起了吗,就因着我输上一筹,便捏造这些事来毁我,定要将我推到千夫所指的境地里来!"

"吴门和合合堂的仇,和魏昭陵的怨,你们何必来逼我,只剩一个月了,一个月只内,一定做个了结——"

"不必等到一个月了,现在我就给你们一个了结。"

魏昭陵一个人架着一辆双辕单骑的马车,行至赵宅门前。那车上码放着六口阔而方正的乌木镶铁的大箱子,不知道装了些什么,极沉重的样子,被一匹乌蹄棕马拖着缓缓而行。那马一身狂性,似乎是被沉重的箱子坠得烦了,躁动地喷着响鼻,在魏昭陵勒住马缰后一甩鬃,不耐烦地跺了跺前蹄。

魏昭陵跃下马车,径直跨进了大门。贺拐子在看见魏昭陵的那一刻,一掌拍到桌子上,死死地盯着他。魏昭陵却看也没看他,他看向赵金刀的背影:"二哥,多年不见了。"

赵金刀僵硬地转过身。

"听说你家中有喜事,我也来讨杯酒喝。"魏昭陵笑道:"阿心,你和观池真是一样的性子。事情都到了这个地步了,你何必还一个人扛着这些事,背着他们栽给你的这些不清不楚的骂名。平城那批货,不原本就是你和我一起送给曹鸿的礼物吗,为的,就是这一车的黄金。"

他一转身,从马背上取下刀来,用刀尖挑开了一个箱子。

一箱的黄金。

一车的黄金!

魏心面色发白地盯着魏昭陵,她刚要开口说话,魏昭陵却食指比在嘴唇间,做了个嘘声的手势。他道:"你不必说了,你今天已经太累了,让我来替你说吧。合合堂截下的那批货,加上合合堂几年来的家底,除了几件曹鸿还没有来得及脱手的铺子地契以外,全都换成了这一车的黄金。而这黄金,我给你们吴门送来了。"

魏昭陵笑着:"二哥,我这份礼,够不够贺你纳妾之喜?"

赵金刀木然着道:"够了,够了。"

贺拐子道:"魏昭陵,你什么意思?"

"什么意思?"他用刀鞘敲着黄金,"这样你还看不明白吗?从此之后,岐城只有吴门,再没合合堂了。这不是你们一直想做的事吗?我替你们做了,也不过举手之劳,倒是不必谢我了,毕竟也曾是兄弟。"

赵金刀静静地看着他。

良久,赵金刀道:"不,我代吴门上下,还是要同你讲一个谢字。"

魏昭陵无所谓地笑了笑。

赵金刀摆了摆手,"热闹看够了吧,都散了吧。"

"等等——"魏心夺下魏昭陵的手中刀,在掌心里打了个旋,横握在手里,一步步地走向霍九:"老九,我方才说过了,算账的时候,你可别腿快先走。"

霍九惨然一笑:"二嫂,我也说过了,今天我不走。"他的目光逡巡过全场的人:"我不知道你们在玩什么把戏,但我确实是输了。"

"二嫂,魏昭陵已经进了岐城了,你九年前立下的誓,也不知道究竟能不能应验。"

"二嫂,你究竟做过些什么,我和二哥在黄泉路上,等你说个明白。"

"九哥——"

昆三扑过去,却只来得及握住霍九送了刀柄的手。一柄短刀穿透了他的胸口,霍九气息还没断尽,张了张嘴,却只有血涌出来。

——"好兄弟,咱哥俩喝酒去!"

——"好,认你当干爹,从今天起我儿子就是你儿子。"

——"别掐脸,娃娃该淌口水了。"

——"还没取呢,大名金贵,怕压了身,小孩子长不大,等过了周岁再说吧。小名叫猪头。"

霍九。

吴门霍九。

赵金刀在霍九举刀的那一刻脚步一动,然而他却没有往前走下去,而是在一地殷阔的血里,慢慢收回了那只脚。

他道:"魏心,你退了吧。"

魏心怔忡了片刻,她看了魏昭陵一眼,继而退到赵金刀身后,恭谨地应了声"是"。她交权不过是在赵金刀一句话之间,她垂下眼,恍如仍是九年前的赵家魏心。

(十八)结局

魏心跪在黏连的枯草与翡白的折蓬中,她的身子向后仰至极低极低,仅靠一双臂撑着。垂落的发梢顺着那欹斜肩头滑下来,倏尔一蓬发如断弦般一颤,惊飞了乱枝深处幽蛰的灰蛾。

魏昭陵跪伏在她身上,从她的额角吻起,至眉骨,至唇边,至脖颈,至两乳之上,至港湾。他像个醉鬼一样急切而不得章法,他被颠簸着,时近时远,在魏心的欢愉的喘息声与空寂的眼之间漂泊,了无归处。

这漂泊终于令他厌倦了。魏昭陵起身,披起了衣裳,魏心却用腿勾上了他的腰。她躺在霜草间,用手握紧了魏昭陵。

魏昭陵的眼神渐渐清明。他们像是刹那间颠倒了角色。魏昭陵从这危险的放纵之中挣脱出来,却顺手退了魏心进去。他不肯再弯下腰,只是半跪在那,笑着看魏心。

魏心有些怕。

她低声问:"你真的回来吗?"

"比黄金真。"

"我感觉到黄金越来越多了。"

"嗯。"

"你们在卖吴门的产业,你和赵爷要那么多黄金,想干什么?"

"从洋人手里买枪啊。"魏昭陵替魏心披上了衣裳,把她头发间的枯草一根一根地摘掉。"要打仗了,你怎么知道,赵金刀不想分一杯羹,从此在岐城划地为王呢?"

魏心笑起来:"我不信。"

"你告诉我,"魏昭陵的手按在她的脑后,舌尖舔着她的眉尖:"萍生平时喜欢都吃些什么?"

赵金刀倾空了家业,最终也没能见到一杆洋枪。因为他的黄金在运出城的时候,被魏昭陵带着马队截下来了。

魏昭陵把黄金送到了一个人手里,他抽着纸烟,眯起眼远远瞧着岐城外无数的连绵青山,"我对不起冯先生。"

冯得意的老师没有答话,魏昭陵自顾地说下去:"虽然晚了些,但总归是没有失信。冯先生葬在哪了?"

冯得意的老师合上了眼,"他的脑袋悬在督军府门口,你没瞧见吗?"

1926年5月,镇嵩军围城,岐城内绝粮。

1926年9月,镇嵩军五百人急袭南城门,无人生还。

1926年12月,国民军联军驻岐总司令部成立。

这时候昆三已经不在岐城了。他跟着十八大爷一同回了北平,十八大爷到底被他老泰山打断了腿,好了伤后日日在四合院里唱皮黄,吵得昆三烦不胜烦,昆三抱着霍九的儿子站在院门口逗鹦鹉,霍九的儿子才学会说话,咿咿呀呀地跟着唱,气得昆三瞪眼。

昆三刚来北平的时候住不惯,被十八大爷揪着耳朵吃了碗炸酱面之后,也就慢慢习惯这发甜的味道了。每天日头将落下的时候,他抱着猪头在门口给几个半大的小子将岐城的老事。

多年之后昆三回了岐城才知道,当年进赵金刀家门的果然是朱俏。朱俏的孩子到底没生下来,镇嵩军破城的时候,她连口饭都没得吃,她舍不得孩子跟着她受苦,夜里投了井。

至于吴门,早没了。昆三想。

毕竟魏心是那样烈的人。

岐城还是那个样子。

都多少年了,北边几省都是一样乱,一会儿说要拥护大总统,一会儿说要拥护新大总统,一会儿说还是要原大总统,还有人干脆说起了还是皇帝老子万万岁好。都督更甚,三天换俩,五天换仨,留长辫子中过进士的,一口鸟语洋腔的,爱遛鸟的爱斗蟋,爱盖别苑小行宫的……形形色色,轮番登台,简直比台上的折子戏还精彩。

幸好,岐城人打千年前就是看戏看惯了的。天下就一个,皇帝轮流做。岐城地在西北,有山有水有高楼有佛寺,山根下还有一溜儿的王孙冢,紫气深重,皇帝老子都爱携家带口在这垒窝。天家每换一回姓,都得对天子脚下的庶民好生驯化一番。问题你驯化是一回两回尚且能忍,你驯化了十三回了,烦不烦。时日久了,这血脉都生得变了性,温驯之下是不声不响的执拗,同其他地方的人不一样。哪怕你捏爆了他的血管子,他绕个弯,也还是要自顾自淌下去的。

　　昆三就是这样的老岐人。

　　岐城的规矩从来不是头顶的当权者贴出的皇榜大告示,它是从一万三千里土地上超拔出来的,从青砖和黄土烟尘中蒸腾出来的,不管你是外乡人还是浪荡远游归来的老乡亲,进了城门先一阵西北风,铺头盖脸给你罩上满面的黄沙,这叫下马威,这叫城道。

　　*本文入选第三届豆瓣阅读大赛决赛。

鲁雨潋

女,陕西省安康市人,西北大学文学院2012级创意写作班学生。曾经在"西创不败"微信平台上发表过小说、散文十余篇。曾校对出版奥地利作家弗兰茨·卡夫卡的《审判》一书。

独臂

夏天的一个下午,天气热得人喘不过气,大地似乎要冒烟一样,被炙烤成干裂的金色。给马换过新草后,我拍拍手,想在工作的空当找个地方打盹。刚走出房檐,阳光不客气地刺了过来,我下意识用衣袖遮住眼睛,依然敌不过强光,再睁开眼,眼前竟有发绿光的错觉。适应片刻,依旧没有恢复的迹象。五步之外的那口毫无凉意的古井暴晒在阳光下,早上偷闲时坐的拴马桩也似乎烧得变了颜色,我不禁向后退了一步,躲回房檐下,默默打消了在那里歇息的念头。我的背后,三匹枣色的母马根本无视我的惆怅,埋头马槽里,一心一意挑选着新鲜的草枝,两排牙嘎吱嘎吱地摩擦着,鼻子里吐出欢快的气息。我揉了揉惺忪的睡眼,从西边的房檐绕过去,决定离开这个与我格格不入的马棚,到客栈的大厅去。

砖瓦的房顶的确可以遮蔽阳光,大厅里凉快不少,我向左边挪了挪,侧身靠着门框,用左手取下挂在钩子上发黄的毛巾,用力往脸上抹了抹。坐在这里,视野所及是并排的四个桌子和环绕的几把椅子,店伙计正在收拾正前方桌上的残羹,手脚麻利,三两下又开始第二桌。食客们倒是没什么精神,右前方的男人耷拉着脑袋,缓慢地挑拣盘子里的肉来吃。等店伙计往茶杯里添茶时,我已经快要睡着了。

"客官,要点什么?"店伙计的声音。

"一壶好酒。"一个有劲儿的老头的声音。

我动也不动,眼睛眯开一条缝,不期望什么走进我的视野。老人是不会带马匹的,按理说我可以继续打盹。

一个臃肿的身影挪入我的视线,一瘸一拐,看样子像一只长了人形手臂的怪物。在那个挑花生米食客的正对面,它竟然分离为瘦小的两个影子,一个瘦高驼背,另一个小的扎着冲天辫,从他身边蹦着绕过去。继而发出一阵清脆的孩子的声音。伙计跟上前,谦卑地弯下腰,他们似乎在点餐。我又眯上眼睛,与世界暂时隔开了距离。

又陆续走了几个人,叽叽喳喳的声音小了许多。算盘的声音模糊了,铜子儿砸桌板的声音也不见了,后院的麻雀也飞远了,一切变得沉寂起来……昏昏欲睡。

"狮子头,爷爷,我要吃狮子头……这里的红烧肉特别香,你在新丰吃不到。还有,还有……"

"哟,乖孙子,爷爷的牙可没你好呀!那么多肉,你就饶了我吧!"

"爷爷,爷爷,那来碗蒸蛋,跟汤一样,用不着嚼……"

"哎呀,真乖。"

一阵阵爽朗的笑声打断我的睡意,身体一阵痉挛,耳朵出现耳鸣,门槛压着屁股有些疼,后背的汗已经干了。我伸手扶住门框,费力站起来,去厨房打了份剩饭,坐在人不多的东南角,用左手默默地吃着。

"客官,您的蒸蛋。"

"好嘞,孙子,你多吃点。"

说话的是一个老头,头发花白,眉毛也不再黑了,说话间眼角的皱纹皱到一起,伴着他幽默的语调,给人友好的感觉。他穿着淡蓝色布料的衣服,像水洗太多次脱色舍不得扔掉一样。淡蓝色的布料遮不住庄稼汉特有的肤色,即使年过古稀,也掩盖不住岁月印给他的身份。他正抬起左手,让小孙子帮他卷袖子。右臂的袖子已经卷到齐腰的高度,垂在右边,看着孙子慢吞吞的动作,偶尔向左移动,在半空中停一会儿,又只好垂下来。

这个人也是独臂。

店伙计上了最后一道菜,去厨房里拿了副碗筷坐到爷孙对面谝闲。见老头风趣幽默,孙子活泼开朗,便问他右臂的伤。

"要说这右臂,就得从我的籍贯说起了。我的老家在新丰,那里是个好地方……"

"我最喜欢新丰的糖葫芦了,爷爷!"

店小二立刻笑起来,"五岁了吧?这么活泼。"

"嗯,昨天还闹着跟我回去呢。他几个舅舅都在新丰,等着他回去呢!"老头发出苍老的笑声,继续说,"我小的时候新丰县是很清明的,没有战争,家家户户几亩良田,镇子小,收租税的都认识,我们把上缴的一交,跟他们坐在院子里聊天。等我读私塾,学会种田以后,镇子里建了戏台,我们偷闲了三五成群跑去听听,就这么读读书,种种田,听听曲子,生活特别悠闲。"

"那还不好,再娶妻生子,养鸡养猪,平常在上山砍柴……"

"斧子那东西我可不认识。"老头笑着挥挥手,"那都是我哥哥们的活儿。我上私塾了都使不得刀枪呢。那时候真太清明了,刀枪完全没有用武之地。可是没过多久,到了天宝年间,朝廷大征兵,一家有三丁要抽一丁。说是云南那边有贼匪入侵。我们家正好要抽人,可是那怎么是人待的地方!"

"人讲云南有一条河叫泸水,夏天椒花谢落的时候,那里便烟瘴弥漫。大军夏日徒步涉水,水热得就如滚汤,还没等过完,十个人中就已经有两三个死掉了。又是炎热的五月天,谁都不愿意亲生骨肉送死。村南村北,到处是哀伤的哭声,儿子在告别爹娘,丈夫在告别妻子。前前后后出征云南的人,千千万万个去了,却没有一个回得来!他们都已经料到结局了,提前哭丧呢!"

"那时候,老汉我二十四岁,在兵部的文书里有我的名字。我当时也站在家门口跟我娘哭呢,我爹病了,大姐出嫁,留下来弟弟和妹妹怎么照顾我娘和家里的一亩二分地?还有刚出生的狗仔子,都还没来得及取名字呢。

"我不想走,我舍不得走!于是,趁着深更夜半,不敢让旁人得知,我悄悄地拿一块大石头,捶断了自己的右胳臂。这样一来,拉弓摇旗都不能胜任,从此才避免了应征去云南。"

"这只胳臂折断已经有六十年,一肢虽然残了,可是一身总算保全。到如今,如果遇到风雨阴寒之夜,胳臂还非常痛,痛得我直到天亮也睡不着。不过还好,我总算没去那个云南,不然我早就成了望乡鬼,在那万人坟上痛苦也没人认识我呢。"

  这会儿的大厅里一片寂静,扎着冲天辫的小孙子抱着一碗蛋羹仰头喝汤,双腿悬在凳子边甩来甩去,"吸溜"的声音从嘴边溜出来。旁边的食客酒足饭饱,一腿搭在椅子上,伸着懒腰剔牙。柜台的伙计还在敲打着算珠,旁边,新来的年轻姑娘帮他翻着账本。一切还在一个炎热的下午,没完没了地进行着……

  我用左手摸了摸在战场上被一刀砍断的右臂,想要暂时忘掉这个炎热午后。

施鸽

女,西北大学文学院2012级创意写作班学生。

海尔芙拉

序章

"你若是容器,我就是顺流而下的一泓水。"林洋捏着嗓子把这句话念出来,坐在床边的地板上笑吟吟地看着我。见我只是呆呆地看着她,林洋探头过来把嘴唇凑到我耳边:"姐姐,你怎么把我给忘了呀。"尾音上扬,语气娇憨。我含泪望着她张口欲答,突然被一只手狠狠卡住脖子,挣扎时只看见林洋扭曲的脸:"怎么能把我忘了!怎么能!"她的血不知道从哪里流出来,滴滴答答落在我的脸上。

蓦然惊醒,浑身湿漉漉像刚从池塘里捞出来一般。汗湿了的刘海下面,伤疤鼓鼓地跳动着,简直像脑袋里住了个随时都想破壳而出的怪物。

头又疼又晕,我摸黑在床头上找到了安定药瓶,没有倒水仰头就咽了下去。

不要……不要再做梦了。

当我的意识又开始昏昏沉沉,房间的灯突然亮了起来。

强光中我只能看见一个长发的身影:"姐,我回来了。"

"哦,对了,林洋回来了。"我一边说着,一边夹了一块糖醋排骨。

郑宇手里的筷子掉下来,狠狠地砸在盘子里。

我白他一眼:"三更半夜的,她拖个行李箱就悄悄回来了,吓了我一大跳。"

郑宇显然没有听进去,抿着嘴唇沉默地看着我。

在非常震惊或者非常生气的时候,他都是这样的表情。

妹妹

我叫林海。我的孪生妹妹叫做林洋。郑宇是邻居家的孩子。我们三个从小一起长大。

所有事情往简单里说,就只有这么一句话。

小时候,林洋是院子里大名鼎鼎的魔王。所到之处鸡飞狗跳、人畜不安,常常引来民怨滔天。我和郑宇就不得不一天到晚地跟在魔王的屁股后面,赔着笑脸抢险救灾。我们三个的名字,从那时候开始,就牢牢地联系在了一起。

上了小学之后,妹妹虽然不再每天追着院子里的小孩到处疯跑,但是仍然是个让大人们无比头疼的小孩。性格倔强、脾气火爆,像个汽油桶似的一点就着。我呢,始终按部就班地成长,平庸得无可救药。而郑宇,从小就自有一股小大人的气势,常常句句携刀字字带棒,偏偏又君子风度得让人挑不出刺来。不过几句话光景,就能把小魔头呛得说不出话来,一张小脸通红。大人们使个眼色,我就得放下手里的书本认命上前,使尽浑身解数打圆场。

就这样吵吵闹闹到了初中。叔叔阿姨们都说,林家的老大和老二真是一点儿也不像。有一天吃着饭,爸爸妈妈也半开玩笑地说,小海文文静静,倒是跟郑宇很像;小洋呢,野丫头也不知道从哪儿捡回来的。我和郑宇对视了一下,交换了一个颇为无奈的笑。

林洋却狠狠把碗砸在桌子上,头也不回地进了房间,"嘭"一声把房门甩得山响。

"送我回家吧,我吃饱了。"盘子里颜色好看的糖醋排骨已经凉透,我意兴阑珊地站起身来,"我去看看你的'小海'。"

墙壁是干净冰冷淡青色,踏进去像是一片海洋。离暖气很近的地方养着一株莲。

名叫"海尔芙拉"的迷你睡莲,清雅又惬意地开着几朵黄色小花。纤细的花朵在水面上映出浅浅的倒影,几条小鱼就在这倒影里轻快地游动。

"走吧。"郑宇站在卧室门口,沉默地戴上手套。

走出楼道,迎面的冷风吹得人直打哆嗦。今年冬天持续低温,难熬得超出想象。短短的头发糊了我一脸,我摇头晃脑,郑宇揽过我,帮我把它们别在耳后。

"你在想什么?"

"没有。"

我在心里冷笑一声。

窗外是飞奔过去的,结冰的黑夜。

"臭丫头怎么不接电话?"

嘟嘟嘟的忙音,让我的心情变得更加糟糕。

"怎么了?"

"我给林洋打电话啊,让她准备一下。"

郑宇的双手紧紧捏着方向盘:"不必了。"

"你不想见她?"我竭力让自己的声音保持平静。

郑宇深深地看了我一眼,转过脸去,一言不发。

我不记得自己是怎么下车的。

"你回来了。"林洋背对着我站在桌前不知在做什么,略一回头,又转过身去。

十分钟内连遭两回白眼,我满怀怨气地踢掉鞋子。

"你在干什么?"

她就势侧身:"怎么样?我在花卉市场选了很久。"

我低头,造型古朴的一个大碗,内里是塘泥和一小株莲花。

翠绿翠绿的浮叶有几株,叶子上有芝麻粒大小的紫色斑点。

"'海尔芙拉'?"

"那时候,你记得的吧。"

那时候

那是荷尔蒙乱飙的青春期,那是持续几年的春天,那是我还能全文背诵《爱莲说》的年代,那时候郑宇的个头和林洋脸上的痘痘都像雨后春笋一样郁郁葱葱。

我想那时候郑宇的人生目标就是当个花匠。他喜欢水植,尤其是莲花。那时候"莲花"还是个好词,所以恶心一点儿的说法就是,在我心里郑宇就是一棵白莲花。他侍弄花草时候专注的神情,修长的手指,英挺的轮廓和变声后好听的声音在我的眼里耳里种下了种子,长出长长的藤蔓,爬进我的心里不住地挠痒痒。

我记得他指着其中一抹嫩黄,笑着对我开口:"小海,这是海尔芙拉,跟你的名字一样。"

那一瞬间,心里仿佛有一颗炸弹噗地炸开。蘑菇云迅速升起,我满脸通红。仓促转头,林洋在我背后皱着鼻子,懒洋洋地打着哈欠:"老爷爷一样养花养草,我看你过几年就该去打太极拳了。"

我忍不住狠狠瞪了她一眼。

林洋看着我,疑惑地歪着脑袋。

"那这个呢?"我指着另一株问他。

他收回视线,从花的名字到种植方法,仔仔细细说了个遍。

记忆里的郑宇,一直都是个安静的人。好像只有两件事能让他喋喋不休:一是说起花草,二是和林洋吵架。记忆中林洋,一直是个聒噪的家伙。好像只有两件事能让她安静下来:一是画画,二是和郑宇吵架。

有些事情,像是注定。

最后,我向郑宇要来一株海尔芙拉。

养在鱼缸里的小海,清雅又惬意地展开它纤弱秀美的花朵,在水面上映出浅浅的倒影。几条小鱼就在这倒影里轻快地游动。

"小海……"我叫着它的名字。想象着郑宇修长的手指和温柔的声音。血液急促地涌上我的脸颊,下腹传来陌生的暖意。脚下发软,我不由自主地坐在凳子上。

海尔芙拉。海尔芙拉。

那一天我反复咀嚼着这个名字,在图书馆里疯狂地查找关于这个名字的所有资料。在那之后的很长时间,我的课桌与黑板之间、我的眼睛与习题之间,明晃晃地隔着海尔芙拉和郑宇的影子。

也是从那时候起,我开始养长头发,每天带着甜甜的笑容,穿最干净的衣服,每天出门前急匆匆地把校服裙腰向上卷了两圈。林洋却好像没有我这么早熟,仍然是胡乱翘着的头发,满脸痘痘,校服上一团一团的油渍。时常放空的眼睛,手边卷子上打满了一塌糊涂的分数。

当其他人们或明或暗地对我和妹妹做出两极评价的时候,我不曾开口为她辩解,甚至暗暗地可怜她。她的表情依然不甚在意,她的脾气却越发古怪。常常没由来地冲着爸妈发脾气,然后躲在房间里大哭。

直到有一天,我无意间展开她胡乱团成一团扔进垃圾桶的素描纸,看见了郑宇好看的眉眼。我才发现,我脾气古怪的小妹妹,居然跟我怀着同样的心思。

我胸腔里突然升腾起熊熊怒意来。

我一向可怜的、一事无成的妹妹。她怎么敢。

毫无疑问,和妹妹相比,我是优秀的。

更何况,郑宇向来叫我小海,叫她林洋。

海尔芙拉的叶子在水中缓缓伸开。

"吃饭了吗?"我若无其事地学着妹妹的样子坐下。

她似乎也在想着什么,如梦初醒般揉揉眼睛:"没有,懒得出去。"

我瞥一眼时钟:"我以为你自己吃过了。"

"我在等你。"她表情很正常:"我们已经很久没有一起吃饭了。"

我心中蓦然一痛。

长大

到了升学期,林洋放了个大霹雳,决定去学画。阻力重重,最终她如愿以偿。而郑宇也多了个任务,周六周日骑车陪林洋到郊外公园写生。

我从小就知道,林洋在绘画方面天赋高超。

唯一一次去看时,她在夕阳里抿着嘴,画着公园里在阳光下金光灿灿的绿树和树下乘凉的表情安详的老人。太阳落尽,她的油画仍然熠熠生辉。林洋用沾满颜料的手指在我们面前晃晃,咧着嘴笑得一脸得意。溅在身上的颜料散发着刺鼻的松节油气味。像个落拓艺术家的妹妹,眼角眉梢的神情在我看来都太过陌生。我突然发现,妹妹已经不再是从前那个毫不起眼的小鬼,而是在不动声色间,变成了与我不同的女人。

太过耀眼,以至于我们虽然是孪生姐妹,但是彼此毫不相似。

我再没有去陪过她。

可能是从那时候开始的吧,林洋和郑宇,拥有我无法进入的某个世界。

最热的夏天已经过去了。

"你真的决定了?"房间里的光很暗,他漆黑的眼睛定定望着我,我感觉自己的心跳渐渐快了起来。

"郑宇,如果你说让我不去,我……"

门被一把推开。林洋满脸都是鼻涕眼泪。若不是郑宇在,我真想把手里的水杯扔过去。她一把抱住我,在我耳边嚷嚷着让我不要走之类的话。

我看着郑宇,我知道他明白我的意思。

我好像面对着一堆破破烂烂的外文报纸,试图从中辨认出一些字句来,可是我失败了。他的表情一如既往,剔透而又无辜——我以一个旁观者的立场目睹了郑宇从小到大几乎所有的事情,大部分时间也参与其中。可是我始终看不清郑宇的目光落在哪里。我看不清郑宇眼睛里隐藏的情绪。他对我而言,是海尔芙拉在水面上模糊而美丽的倒影。

令人疲惫的模糊。

所以我选择离开。

异国的日子总是异常难熬,很多时候,我无法抑制对郑宇的思念。那段难熬的岁月,留下了太多痕迹。海尔芙拉被我偷偷带来,依然郁郁葱葱地长在我的床头。英国郊外的夜晚安静极了,我躺在床上,内心却有声音在耳边粗暴的呐喊。每当这时,郑宇便化作海尔芙拉才露尖尖角的小荷,在我内心那个咕嘟嘟沸腾的火山口上姿态闲雅,亭亭玉立。每夜每夜,海尔芙拉盛开在我的心上,带着辛辣的香气,总能让我轻易就红了眼睛。

"林洋,我上班去了。"我收拾停当,站在床边用她头发挠她的脸。

"快走快走。"她挥开我的手。

"你不给爸妈说一声你回来了吗?"

她突然睁开眼:"别告诉他们我在你这儿。"

"就你事多。"我打她屁股:"今天晚上一起吃饭?"

"不了,"林洋翻个身盖上被子:"今晚有事。"

"成,"我走向大门:"别忘了吃早饭啊。"

出了电梯,我打了个电话。

"晚上出来吃饭。"有些事情还是谈谈比较好。

"今晚？不行。"郑宇的语气和平时一样："公司有些事，我得加班。"

"好吧。"我挂了电话。

摊牌

忘记是哪一个假期，林洋来英国看我。

她剪了短发，看上去美极了。

夜里，我和林洋挤在一张床上。林洋闭着眼，睫毛像蝴蝶翅膀一样眨巴。白皙皮肤下面，淡淡青紫色血管如同蜿蜒的小河，缓缓流进被子里去。我把手放在她漂亮的脖子上。血管在我手下温柔的跳动。和我的心脏同一个频率。就在那个瞬间，我感到非常安宁。

林洋转向我，睁开眼，拿手覆上我的脸："姐，你真漂亮。"

我的手在她的毛刺上流连："我们长得一模一样，林洋你没觉得自己太自恋了吗？"

林洋抱着我的脖子，笑得整个床都在抖："姐，我好想你。"

她继续保持着拥抱我的姿势，在我耳边轻轻说："林海，其实当我知道自己考上大学的时候，我跟郑宇表白了。"

我身体一震，齿间皆是苦涩，等待着最后一击。

"可是他拒绝我了。大概……不管再怎么像，毕竟我不是姐姐啊。"林洋不待我说话，转身把被子蒙在头上，道了句晚安。

原来，我们有相同的心情。

我抱着被子，把妹妹揽入怀中。

大碗里的海尔芙拉终于长出了几朵花苞。

我在花鸟市场买了几尾小鱼，几块石头，摆在碗里，倒是有几分沉静的氛围。

"干什么去了？"

也许是声音太过温柔，她迟疑了一下："哦，和一个朋友出去吃饭。"

我懒洋洋地看了她一眼。

她走过来喝水，手腕上有银色的细细光芒微微一晃。

注意到我的目光，林洋拉了一把袖子，局促地笑笑。

沉默了片刻,她从包里拿出某样东西。

我想我的表情一下就沉了下去。

那是郑宇的手套。

"你们见面了?"

林洋笑了:"是。"

我点点头。

"姐,"她又沉默了很久,才接着说下去,"我依然爱他。"

我不知该如何开口。

"就算对方是你,我也依然爱他。"

我在桌前坐了很久。

梦

梦里,我在英国的小小的一间房子。烈日,有风。我听见剪刀的细小声音,有什么擦着我的后背往下掉。我抬头看着镜子,林洋在我身后龇牙咧嘴地笑。我突然怀疑自己是谁,直到她过来拥抱我。我们两个人一左一右站在镜子里,齐耳短发,就像是一个人。

她快活地说着什么,从行李箱中拿出两条一模一样的裙子。她为我穿上,又像只小鸟一样拉着我飞奔出去,来到一辆破旧的二手车旁——租的房子离学校太远,偏远地方的公交车又很不方便。我只能省吃俭用砸了一辆车出来。

林洋坐上副驾驶的位置,看着正发动汽车的我:"姐,咱们换吧,我来开。"

"开什么玩笑。"我瞪她。

林洋翻包,拿出一个黑皮本子得意地在我眼前晃:"来之前才拿到的,热乎着呢!"

"那也不行,"我拒绝,"这里是英国。"

"英国怎么了?姐,你就让我开吧,回去我也好炫耀,我林洋可是在英村飙过车的……"

小城的郊外车很少。林洋非常兴奋,车速越来越快。

正在我准备提醒她降低车速时,不知从哪里窜出一辆小车。林洋漫不经心地一打方向盘。我张着嘴巴,一时之间没能说话。然后我就清晰地看到对面司机惊恐的表情。

　　撞上去的那一瞬间,我感觉我的车就像是在太阳下融化的冰盖。我的脑袋不知道撞在了什么坚硬的东西上面,眼前一黑舌根一麻,头就靠在安全气囊上无法动弹。我竭力眨巴眼睛,看到林洋在我的左边流血不止。她漂亮的眼睛无力地半开着,视线涣散。鼻尖浓郁的鲜血味道,暖暖的液体在脸上漫延。我缓慢地眨眼,用力地呼吸,近在咫尺的林洋的脸仿佛隔了一层毛玻璃,朦朦胧胧看不清楚。

　　但是,我能清晰地听见林洋的血液像小河一样流淌,一如她的生命如同河流一般迅速流逝。我咬紧牙关,挣扎着抓住她的手。她艰难抬眼,无力地冲着我的方向微笑了一下。我想说话,却只能发出微不可闻的呻吟。这次她连眼睛都没有睁开。

　　我的心突然狰狞地疼痛。眼前闪过许多画面。许许多多的人和事飞速地从我眼前闪过又归于黑暗。我在她的视角中看到了自己。在我和郑宇的笑容当中,我能感觉到林洋的生命像转瞬即逝的笑容一样突然灿烂了一下,最终恢复成扁平的纯白。鼻腔充满刺鼻的松节油味道,我一震,不由落下泪来。

　　"姐,你哭了是不是?"

　　我睁开眼睛,林洋漂亮的长发在我眼前闪烁。刘海下面的伤疤像是着火一样疼了起来。

　　"是因为我说的话吗?"

　　"对不起,姐,对不起。"

　　"别生我的气。"

　　"是我做错了,我不应该回来的。"

　　……

　　"过来吃饭。"中午,我被郑宇的电话吵醒。

　　我竭力睁开眼睛。

　　林洋没有在。

　　一瞬间的惊慌,我慌忙去找行李箱。它依然大张嘴巴站在窗边。

　　"……好。"

洗漱,紧急处理了一下肿成一坨的眼睛。

我的名字

"来了?"郑宇打开门。

"做什么了?"我藏起眼睛低着头,抱住他的腰走进屋里。

心情霎时安定下来,他没有异状,很好。

知道我懒得做饭又不经常按时吃饭,郑宇不知道从什么时候开始厨艺水平突飞猛进。不吹不黑,一般饭馆的大厨真的赶不上我男朋友的厨艺。

"尝尝这个。"郑宇给我夹菜,手腕处银光一闪。

"那是什么?"我用筷子指指他的手腕。

"手链。"他神色淡然,翻开衣服给我看。

略粗一点,款式完全一样的一条链子。

"你和林洋见面了?"

"没有。"

"撒谎!"

"你怎么了?"

我冷冷地笑起来。在我的笑声里,郑宇的表情突然有点慌乱。

"昨天晚上你在哪里?"

"加班,跟同事一起吃的饭。"

"哪个同事?"

"关你什么事?"

"你的手套呢?"

又来了,他冷下来,就是这种面瘫一样的表情。探寻的,笼罩雾气的,深不可测的,难以理解的眼神看着你,就好像在他面前的林海是个白痴。

我忍不住鼻子一酸:"你跟林洋出去了是吗?"

他好像一下被点燃了:"你发什么神经?"

"她全都告诉我了,"我的眼泪大颗滴下来:"你的手套,你们的手链,是定情信物还是怎么着?你们旧情复燃也得告诉我啊?我退出总行了吧?"

郑宇走过来紧紧抱住我:"你怎么了?出什么问题了你告诉我好吗?"

"我什么问题都没有!"我一把推开他,奔向大门。

"你给我站住!"郑宇扯着我的胳膊把我带向卧室:"今天你哪里都别想去!老老实实待着,明天我带你回叔叔阿姨那里。"

"哼,带林洋回去吧。"我拼命挣扎,被他推到床边。

床头柜上海尔芙拉事不关己地盛放,郑宇看着我的表情,好像明白我要做什么,过来想阻拦我。快他一步,我探身把那瓶狠狠甩在地上。陶瓷碎片,塘泥和花枝纠缠在一起,污水在地板上迅速漫延开来。我的胸腔不知为何一阵闷痛,郑宇不可置信地看着我,足有三分钟,谁也没有说一句话。他的眼睛漆黑的深不见底,目光笼罩着我,我无处遁逃。

郑宇狠狠地甩了我一巴掌。我顿觉天旋地转,腿一软跪在了地上,碎片刺进膝盖,奇怪却不怎么疼。小海的花离我很近。花瓣上糊了泥巴,仍然是一副清雅又温柔的样子。不知怎地,我很想念林洋。我想念她的黑发和笑容,想念她纤细的脖颈和温暖的体温。可是那是小时候的林洋,是弱小的、从来不曾背叛我的林洋。

于是我站起身,跟跟跄跄地离开了郑宇的家。

房间很黑。月光顺着窗棂溜进来,我看到林洋安静地躺在床上。她有那么长那么美的头发,在月亮的光芒里浮动,就像是海尔芙拉的荷叶托着娇嫩的花朵。

我猛地走上前去,扑到她的身上。一声闷哼,她挣扎,我重重撞向桌角。桌上盛放海尔芙拉的大碗承受不住,砸在我和林洋身旁。我们身上都是塘泥和污水。手下是她脖颈的柔滑触感。

那夜的记忆在我面前涌现。她的脖颈非常温暖,她漂亮的四肢在我身下疯狂地颤动。蓝色的血管决堤河流一般漫延,我几乎控制不住。过了多久,手下的潮水退去,河流渐渐干涸不复跳动。我在回过神来的时候,她的长发已经被水打湿,一缕一缕黏在她的脸上。我的,已经死去的,永远美丽的海尔芙拉。

"郑宇……"那边没有回音。

"你过来一下好不好……"

"我杀了她……"

"我杀了姐姐……你别恨我,我知道……是我的错……"我只觉得全身寒冷。

我第二次杀死了她。

郑宇不知道什么时候打开了门。把抱着自己膝盖脸埋在双臂里的我揽进怀里。我抬头,在他的眼睛里看见了真真切切的心痛。

我的眼泪忍不住又流出来:"林洋,早就死了,对不对?"

郑宇把我的脸埋进他的胸膛。我只能听见他的心跳。坚定又有力,和他的怀抱一样,是我最有力的镇静剂。

他没有回答我。

"可是她又活过来了……不对,她又被我杀死了。你看,她在那边。"

我一点一点扭头。一片狼藉的地上,只有破碎的碗和和着污水塘泥的海尔芙拉。

"她不在?她没死?"我大喜过望,推开郑宇在屋子里四处寻找:"林洋,你快出来!"卧室没有,厨房没有,卫生间里没有。我回身看郑宇:"林洋,你在哪里?你快出来!"

郑宇站着没动,漂亮的眼睛里满是悲哀和心疼。

我突然就停了下来,觉得自己像个傻子。

短发已经长到肩膀,刘海下面,我头疼欲裂:"怎么回事?"

"面对现实吧林洋,"他走过来托着我的脸,"这段时间林海从没在你的世界里出现过。你只是太想她了,那都是幻觉,好吗?"

我想反驳他,却后知后觉地发现一件事情,"你叫我什么?"

"林洋。"

我整个人僵直不动。

"你撒谎。"

答案

"出车祸的时候,你们在英国,是不是?"

"对。"我感到一阵寒冷。

"英国的汽车,驾驶座在哪一边?"

"……右边啊。"我不由得皱紧了眉头。

"那么,出车祸那天,"他看着我的眼睛,似乎在估量是否应该把对话进行下去:"你坐在哪一边?"

"我坐在副驾座啊,当然是……"我想我的表情一下变得非常可怕。

记忆中,在我左侧流血的妹妹,就连眼睛眨了几次我都记得一清二楚。

"副驾驶座,不是在右边吗……"

"那时候你在英国,"郑宇一字一句:"在英国,右边的是驾驶座。"

脑袋里有东西轰地炸开,我艰难地扯出一个笑容。

就像打开潘多拉盒子的钥匙,我突然感到从身体内部涌起一阵滔天大浪。巨大的压迫感让我来不及反应,就欢呼着一股脑把我淹没。舌根发麻,前额锥心般的疼痛。我想说话,却不知从何说起。很多记忆如同戳破的气球一样迅速萎缩,更多记忆气泡一般缓缓浮起。潮水般汹涌而来的奇怪记忆,与自己所持有的记忆比起来,好像是水面上的倒影。

郑宇把手伸到我的刘海下面:"这个疤,怎么弄的?"

我记得那一天我好像恶狠狠地撞在了什么东西上面。不是安全气囊吗?我撞上的东西,究竟是什么?当我的车前盖像冰块一样融化的时候,我手里紧紧握着的,究竟是什么?

我还来不及反应的瞬间,那个优秀的,美丽的长发女孩发出叹息,被猛地从我的身体里撕扯出去。我只能像个溺水者一样手足无措地爬进某段记忆中,再现了那段因为头发蓬乱枯黄、满脸青春痘、因为校服脏兮兮而自惭形秽的岁月。那时的我,因为姐姐的优秀常常冲着妈妈大发脾气;因为姐姐的整洁美丽而把自己反锁在卫生间里,想尽一切办法洗掉校服上碍眼的油迹。一抬眼看见镜子里更加不堪的自己,丢下衣服抱着马桶号啕大哭。

无比羡慕姐姐的那时候的我。始终都是那个邋遢的讨厌鬼的那时候的我。

原来我是林洋。

突然之间,我对自己无比失望。我想念林海。我想念她长长的卷发和温柔的笑容,想念她好闻的香味和温暖的拥抱。这么美好的林海,被我亲手扔进血水和泥巴之中。那个梦魇般的下午,因为我的鲁莽,燃烧的车子成为林海美丽尸体的巨大棺材。血色的海尔芙拉绾在她的发间,她看起来像是一吻就会醒来的美丽公主。但我知道,她已经永远无法睁开眼睛了。我亲爱的姐姐,让我自卑,让我嫉妒,也曾经竭尽所能地温暖过我的姐姐。我想成为的姐姐,世界上最优秀,对我来说永远站在另一个极端的姐姐——再也回不来的姐姐。既然是我一手造成她的死,那么就让我成为她,以她的身份活下去怎么样?那个时候,我就可以跟她一样优秀和美丽了不是吗?至于那个一无是处的林洋,把她的存在抹杀掉不好吗?

"不可能,怎么可能呢……"我奔进卧室,衣柜里林洋的大行李箱不翼而飞,搭在椅背上的衣服也消失了。郑宇的手套和我的围巾放在一起,没有半点林洋存在过的迹象。

"海尔芙拉是你最喜欢的花,是你教我怎么种它的。我家的那株是你从前养在英国的,林海出事之后你就把它带了回来。你家的这株是我陪你一起买的,就在那一天我送给了你这条手链。"郑宇走过来,从口袋里拿出一条细细银链。

我什么都说不出来。我看着倒映在郑宇剔透眼瞳中央的自己。

"别想了。"郑宇的手覆上我的眼睛:"过去的事情,就不要纠结不放了。"

我突然明白自己面对"林洋"时毫无由来的心痛是怎么回事。我突然明白打碎海尔芙拉瓶子的时候内心突然升起的对"林洋"的想念是怎么回事。

我看到的一切都是海尔芙拉在水面上的倒影。

是小海浮于淤泥之上的倒影。

"姐姐,"林洋探头过来把嘴唇凑到我的耳边,"姐姐,你怎么把我给忘了呀。"

尾音上扬,语气娇憨。

"你不要我了?"

楚楚可怜的表情在一瞬间变得凶神恶煞。

"你怎么能不要我?你怎么可以?你怎么敢?"

我移开目光,看到海尔芙拉的花朵盈盈晃动,就像活过来了一样,从淤泥之上站了起来。

我看见我在笑。

这笑容,真像姐姐啊。仿佛又有什么回到了身体,耳边传来温柔的叹息。被谁从身后抱住,四肢传来熟悉的暖意。鼻尖萦绕着姐姐头发上的香味,是你吗,姐姐?你回来了吗?

"我回来了。"我听见自己这样说着,伸手把耳旁的乱发整整齐齐别到耳后。

"你叫错名字了,郑宇,"我听见自己这样说:"我是林海,不是林洋。"

王玮玮

女,陕西西安人,西北大学文学院2012级创意写作班学生。爱好写作、文学和影视,喜欢科幻推理类文学作品。擅长小说和诗歌创作,写作风格多样化。2014年开始正式创作,作品《西北大学长安校区铭》收录在《第三届"抒雁杯"诗歌创作大赛优秀作品选》中。管理过"创意写作之西创文渊斋"微信文学公众号,并在其上发表原创作品。

风暴

突如其来的风暴,谁都没有想到。赵峰用力拧着手中湿淋淋的上衣,水滴汇成了水流,一股脑地奔流而下。幸运的是,船上的人都没有事,他们一起在这里等待救援。赵峰环顾四周,人们正在互相安慰,他的职业第六感提醒着他,"孤岛求生"会是一篇不错的新闻报道。

附近一个头发微微泛白的中年人正盯着海面发呆,赵峰走了过去与他并肩坐下,"别担心,我们会得救的。"身为一名记者,他见过太多混乱的场面和慌乱的人,他知道,他们需要安慰。

"那个船长。"中年人开了口,话中却带了些咬牙切齿的滋味,"是他害我们流落此地的。"

"为什么这样讲?"赵峰疑惑不解,"是风暴把我们吹到这个鬼地方的。"

"我是陆地上的司机,他是海上的司机。有些事对司机来讲都是一样的,只要他们够聪明。"说到这儿中年人突然停了下来,他的两个眼珠滴溜溜地转着,只是避开了赵峰的视线。然而他很快又换上一副笑脸:"我不是第一次遇到海难了,不过我这人命大,死不了。我相信很快就有人来救我们了。"

"嗯。"赵峰挤出了一个微笑,目送中年人离开。他有些糊涂了,有什么对司机和船长来讲都一样又同时很重要的呢?支离破碎的想法在他的脑海中飘来荡去,却始终连不到一根线上。他看向船长的方位,船长正在发射求救信号,大大的"SOS"在孤岛上格外醒目,看起来一切行动都在有条不紊地进行中。

但赵峰很快就发现了猫腻,船长的目光总是有意无意地扫过小岛上的一片小土坡,好像千盼万盼的营救人员不是坐飞机从天空中飞过来,而是会从那个土坡中走出来一般。过了一会,之前那个中年人也加入了观察土坡的阵营,他甚至还在土坡那待了一会,显得格外的鬼鬼祟祟。

夜幕很快降临,赵峰依旧没弄明白这是怎么一回事。那个船长和中年人显然都有问题,他们对那个土坡投入了太多的关注,可是现在,却谁也没了动静。他很想去那个土坡一探究竟,但是寒冷与疲倦不允许他这样做,看着周围纷纷休息的人们,他盖上了应急的毯子,很快陷入了梦乡。

"船长呢?船长呢?!"一阵阵惊慌的吼叫声把赵峰从梦中惊醒。人们一片骚乱,中年男人又出现在赵峰身边,却是与其他人完全不一样的平静。

"出什么事了?"赵峰快步走到中年人面前,盖了一夜的毯子来不及收起来,就这样歪歪扭扭地夹在腋下。

"船长不见了。"

"什么?!"赵峰失声喊道。

"别担心,我们会没事的。"中年人露出了一个笑容。

就如中年人所说的那样,营救队很快就赶到了,每个人都在感谢上苍逃过一劫,之前被大家的搜寻的船长却仿佛被遗忘了,再无人提起。

海面上的风亲吻着人们的脸庞,吹走了疲倦与恐惧,却吹不走赵峰心中的疑惑。"请问你们有见到过我们船长吗?"他拉住了一个救生人员,紧张的表情浮现脸上,"他昨晚好像就不见了。"

"抱歉,我们不知道。"对面那人答道,"不过今天我们来的时候看到过一个救生艇,翻了个飘在海面上,却一个人也没有看见。"

赵峰突然整个人都打了个哆嗦,他的心似乎被什么抓住了,紧得他喘不过气来。船长消失如果不是意外,那一定跟那艘救生艇脱不了关系,可那艘救生艇又是从哪来的呢？混乱感再一次击中了他，他不禁抱住了头，以前的碎片记忆在他脑海中胡奔乱跑，中年人的咬牙切齿，船长的故作镇定，还有那个土坡……

"对，土坡！"赵峰猛地抬起头来，如果船长是坐救生艇离开的话，那么小岛上那个土坡是唯一能藏匿救生艇的地方。可是为什么会途中翻船呢？而且船长为什么要半夜独自一人逃走呢？这一串串的疑问得不到解答，他又想起那个中年人，他也曾经在那个土坡周围徘徊很久。"有些事对司机来讲都是一样的……这不是我第一次遇到海难了……"中年人说过的话在他响起，碎片一块块拼凑形成了一幅趋于完整的画面，赵峰知道，他离真相已经很近了。

"小李吗？我要的资料你查到了吗？"回到报社后赵峰干的第一件事就是查阅那个船长的相关信息。

"查到了，你为什么突然间要查这个船长啊？"小李皱起了眉头，把眼前的报纸翻得哗哗作响，"这个人之前遇到过一次海难，毁了船，不过倒是得到了保险公司的赔偿金，没什么损失。就是那次航行有好几个人遇难，太可惜了。"

果然和自己猜的一样，赵峰默默想着，船长为了赔偿金才会专挑可能有海难的日子出海，然后再坐藏好的救生艇提前离开去毁灭证据。只是这一次，他中了别人的陷阱。"喂喂！你还在吗？"电话里的声音打断了赵峰的深思，他赶忙回复："谢谢了，小李。我这还有点事，先挂了。"

那个中年男人应该就是之前那次海难中的人，他发现了船长的秘密，所以之前才会告诉自己是船长的过错。赵峰在原地踱着步，思绪愈发地清晰起来，如果那个中年人在土坡周围打转是在对潜水艇做手脚呢？

赵峰快步走出了报社，他需要找到那个中年人，一分也不能耽误。如果自己的推理没有错，那么这将是自己从业来最大的一次新闻。

他见证了两次灾难，它们都不是意外。

王旭

女,西北大学文学院2012级创意写作班学生。

猫与狗的情话

婚礼上宣战

扣扣的情话

这个地方真漂亮,放眼望去,绿绿的草地上铺天盖地地笼了一层洁白的纱,就连长桌上都铺着白色的刺绣桌布,上面林林总总放着各种叫不出来的好吃的,实在馋得我口水都要流出来了。

现在郑重地向各位介绍,我叫扣扣,是主人非常非常宠爱的小猫咪。今天是主人结婚的日子,作为陪伴主人多年的家属,我当然不能缺席,难得有一次机会让我洋气一把,怎么能错过呢。今天早上一大早主人自己都还没化妆,就先给我打扮起来,先是穿上白色的层层叠叠的公主裙,再在毛茸茸的脖子上扎了一个粉红色的大蝴蝶结,都快把我的脸遮住了,谁让我的主人就好这一口呢。

我无奈地拖拉着长长的裙子静静地蹲在桌子旁,百无聊赖地看着主人一脸激动地挽着她的爸爸庄重地向我未来的男主人身边走去。真搞不懂,为什么人类结婚这么麻烦,整这么一大堆东西,还是我们猫咪简单,多叫两声,再把自己弄得香香,准会吸引一个不错的公猫。我颇不耐烦地四下瞄了瞄,虽然很烦人,可是这么多好东西在这里摆着,偶尔麻烦一下也是可以的,附加一条如果没有那个碍眼的狗在那里,这一切就更完美了。

我非常嫌弃地看了看对面和我蹲在相同位置的那条狗,浑身上下都黑成那副德行了,还胆敢穿一身白西装,真真是太丑了,糟蹋人家衣裳!

我未来的男主人抢了我的主人也就算了,怎么品味还那么差。

一想到今后要和对面那位仁兄过起同居的日子,我的小心肝儿颤了不知道多少下!当初知道这个消息时,我简直是悲痛欲绝。自古猫狗不和,这可是祖上的规矩,我实在是愧对列祖列宗,无颜再见江东父老,都差点准备绝食来以死谢罪……最后还是没有抵挡住主人的美食诱惑,唉!我真是不肖子孙啊!算了,算了,不提这事了,一把辛酸泪。

哼,新仇旧恨,等我住过去,看我怎么跟它算。我狠狠捏了捏小爪子,暗暗下定决心,一定重振我猫族雄风。我一脸傲气地转过头,挑衅地瞟了瞟那只丑狗,示威似的扬了扬我的小爪子,咱们走着瞧。

跳跳的情话

我叫跳跳,今天是我霸气狂帅拽的主人结婚的日子,作为主人忠实的兄弟当然不能错过这么重要的日子。已经是日头高照了,婚礼还是正在进行时,我穿着白礼服坐在地上无聊地看着蚂蚁搬家。从早上六点多折腾到现在还没结束,饿得我两眼冒金星,都快有些扛不住了,可是我的主人还在一脸傻笑地站在台上,等待与我未来的女主人牵手一起过上幸福美满的日子。唉,掩面不忍直视,爱情中的傻子呦……

咦?是谁在看我?我感受到一股前所未有的灼热视线。难不成有某只狗狗暗恋我,想到这儿,原本有些无精打采的我不由得一阵欣喜,看来我还是宝刀未老,英姿飒爽甚比当年呀!于是我赶紧扭着大脑袋四下看了看,准备趁着主人婚礼的时候寻觅我的第二春,来个双喜临门。

转了一圈儿,我才发现原来是对面可爱的小猫咪在"含情脉脉"地看我,还兴高采烈地扬着它的小梅花肉垫子,好像是在和我打招呼。哎哟喂,面对这么直白的示爱,我的老狗脸都不禁有些红了,现在年轻的小猫咪真是奔放呀!

咦?不对呀,这个猫咪好像是……如果我没有记错,它应该是我未来女主人宠物。想到这儿,我瞬间心花怒放,太可爱了!生活无限美好,我以后就要和这个萌萌的小猫咪住在一起了。看它这么喜欢我,说不定我们还能来一场跨越种族的恋爱,到时候可能还要载入史册。为了表示欢迎,展现出我的诚意,我也赶紧屁颠屁颠地摇摆起我的大爪子冲它问好……

结果不知道怎么的,小猫咪似乎更兴奋了,脖子下的粉红色大蝴蝶结衬得它白白的小脸粉粉嫩嫩的,还不住的左右摇着它的小猫爪,冲着我"喵喵"地直叫唤。柔柔的猫声惹得我这颗饥渴了多年、本就火热的心直痒痒,难道它在向我表示热烈欢迎,我越想越觉得可能,不禁有些兴奋起来,看来我们俩绝对要打破自古猫狗不和的传言了,说不定还能成一段佳话。为了更加能表示我的诚意,我也越发奋力地摇摆起来,摇得我整个身子都在颤。然后你就会看到,在十分庄重、神圣婚礼现场上,一只白猫和一只黑狗,都无比兴奋地冲着对方拼命地摇爪子,一个摇得比一个欢快,中间还隔了一个红地毯铺的走道,让人瞬间有一种牛郎织女欲见不得见的感觉……

同居第一天

扣扣的情话

"扣扣,跳跳,快来吃早饭,我们要先去上班了,你们两个在家可不许胡闹。"主人趁着换鞋的时间给我俩叮嘱道。

我一脸惺忪地眨了眨眼睛,看着今天主人给我换得崭新的衣服,再看了看周围陌生的景物,过了小半会儿才终于记起来我已经搬家了。旁边那个傻瓜笨蛋狗估计也是刚刚醒来,还在愣愣地看着我,我目不斜视地赶紧一路小跑到主人脚边儿,"喵喵"地柔柔叫唤了两声,轻轻地用我脖子上白花花的软毛蹭了蹭主人的小腿以表忠心,这一招可是我的必杀技,屡试不爽。哼,想和我抢主人,门儿都没有。"扣扣真乖,快去吃饭吧,我先走了"说完门"啪嗒"一关。

主人一离开,我就跟四川变脸似的,刚才还笑笑的猫脸瞬间阴霾起来。颇为不屑地瞥了瞥旁边那只丑狗,迈着我优雅的小猫步高傲地走到猫粮边,一脸愤恨地吃着猫粮。这只狗欺人太甚,昨天婚礼上居然公开向我宣战,爪子大了不起,有什么好炫耀的,差点没把我猫爪子给摇断,果断不能忍,看我今天怎么折腾死它。

在我想象各种折腾这只丑狗方法的时候,本该在沙发那头吃粮的丑狗拉着自己的狗粮往我这儿踱来。我瞬间戒备起来,猜想了无数它要欺负我的可能,似乎都已经能预见一猫一狗因不和而互咬致死的血肉模糊场面。

可是这只丑狗却推翻了我之前的种种设想,它居然明目张胆地抢我的猫粮,这是在向我示威吗？怒火瞬间在我小小的身板中燃烧起来,我怎么能咽得下这口气！面对着"红果果"（赤裸裸）的挑衅,我想都没想冲上去就是一记九阴白骨爪,敢抢老娘的粮,我就让你有去无回！可是令我奇怪的是它在老老实实受了我一爪子之后,居然没有任何行动,还把它的狗粮不断地往我这儿推,冲着我轻声地"汪汪"叫着,好像是在解释什么。

难道是我会错意了？我一把按住不断前进的狗粮,一动不动地盯着它圆润的狗眼,试图想从里面看出点什么,可是里面除了我的倒影似乎什么也没有。我轻轻地"哼"了一声,不想和它在有过多的纠缠,头也不回地叼着我的猫粮果断离开了这是非之地……

跳跳的情话

主人都去上班了,今天就剩我和小猫咪了。我暗自欣喜起来,真实绝佳的独处时间。我昨天才知道原来小猫咪叫扣扣呀,好可爱的名字呀！我偷偷地瞄了一眼旁边正安安静静吃着猫粮的扣扣,今天主人给它换了一件粉红色的裙子,头上一撮毛上面还顶了一个超大的蝴蝶结,白白的细长的小爪子紧紧搭在饭盒旁边,粉色的舌头有一下没一下地舔着金灿灿的猫粮。

那一瞬间,我觉得那是世界上最好吃的东西。我想尝尝它的猫粮,这是我现在唯一的想法。昨天它对我那么友好,应该不会介意我吃它的粮吧！大不了我把我的粮也分给它好了。嗯！就这么定了,我信心满满地拖着狗粮慢慢向它走去。它似乎被我的举动给惊住了,一动不动地盯着我,"汪汪汪汪汪……"我说出我的意愿,可是它一声也没叫,依旧那样盯着我,我估摸着它是愿意让我吃它的粮。

那一刻我也没有多想,赶紧把我的狗粮向前推了推,火速地把它的猫粮拉过来,微微低头伸舌轻轻一舔,果然比我的粮好吃,又香又脆,跟胡豆似的。结果在我刚想吃第二口的时候,"唰"地一下,脸上突然来了一阵强烈的痛感,我才意识到一件事:我被一只小猫咪给抓伤了。我不禁有些生气,任谁被无缘无故抓伤了都会不高兴,我抬起头一脸愤怒地看着它,才发现刚还温顺的扣扣直接都炸毛了,一脸不高兴地瞪着圆溜溜的猫眼冲着我"喵喵"地喊道。

它生气了,我的狗脑里慢悠悠地飘过这四个大字。我看过别的猫咪生气,就是这副样子,为什么生气了呢?我很奇怪,脑子有些转不过来,霎时间不知道怎么办,只能"汪汪汪"地不断冲它解释,然后又小心翼翼地把我的狗粮又往前推了推,用尽量温和的声音示意它赶紧尝尝我的粮。可是才进了没几步,饭盒就被它给死死地摁住。它一动不动地盯着我看着,可爱的猫脸上完全没有了之前的温顺。最后只是"喵"地叫了一声,叼着它的猫粮转身就走了。

我看着扣扣的背影,心里有些难受,失落地蹲在那里呜咽着,扣扣生气了,它不理我了,我该怎么办……

同居第二天

扣扣的情话

真碍眼,我烦躁地瞥了瞥后面亦步亦趋跟着我的丑狗。自从昨天我生气地拖走我的狗粮之后,这只丑狗就一直跟在我后面不断冲我"汪汪"地叫,吵得我不得安生。主人回来后看到这幅景象还调侃我俩是要准备跨种族恋爱。切,谁会看上它呀!

懒洋洋地趴在地上,悠闲着晒着太阳,粉红色的舌头一下一下地舔着我的洋娃娃。午后暖烘烘的阳光把我刚洗完澡拧成一撮的毛轻轻梳理开,舒服得我不禁"喵喵"地叫两声,茶色的猫眼也不禁慵懒地眯了眯。

趁这个时候赶紧睡一觉吧!不然太辜负这美好的阳光了。说做就做,我立刻翻了一个身,小心翼翼地将我的洋娃娃放在我白白的肚皮上,再把我的小爪子严严实实地盖在她身上,以免她着凉,最后摆出最舒服的睡姿,准备好好大睡一场。可是……老天好像总是爱戏耍我,每次都事与愿违。

"汪汪汪汪……"一声更比一声高的叫声传入我的耳朵里。不知怎么地,原本还在后面乖乖趴着的丑狗火速冲到我面前,龇着一口大白牙直对我的脸,还一脸严肃地冲我狂吠。我实在受不了了,暴躁地捂着我的耳朵,昨天抢了我的猫粮就不说了,今天是吃了豹子胆了,还打扰我睡觉,这绝对不能忍,燃烧吧!我的小宇宙。

在我正准备活动活动拳脚,狠狠地与它大干一场时,它做了一个让我十分震惊的举动:它居然把我地叼起了。我原本就容易短路的猫脑现在短路得更严重了,实在想不明白它到底想干什么,在挣扎几次无果之后我十分无奈地决定暂时束手就擒。我仔细地看了看沿途既陌生又有些熟悉的景物,如果我没猜错的话,这应该是回房间的路线吧!为什么带我回房间呢?难不成它是想回房间再将我暴打一顿?想到这儿,我瞬间立刻戒备起来,打算随时进入战斗状态。咦?为什么把我放进我的小窝里?难不成它……想把我闷死在窝里,还是想把我咬死在那里?面对我自己臆想的血腥杀猫场面,我自己都不禁有些惊恐地颤抖起来。

在我已经做好生死一搏的准备时,它却不断用暗红色的大舌头轻轻地舔着我,给我来了一个口水浴。我抬起头一脸奇怪地看着它,越想越肯定这是暴风雨来临前的平静,急着要站起来。可是它果断地把我摁了下去,还温柔地替我盖好粉红色的小被子,并冲我"汪汪"地叫了两声,似乎在嘱咐什么。然后转过头又立刻向草坪跑去。"哐当",我的猫脑彻底死机了,它到底想干什么?

此时,我已经没有了之前的害怕,只是安静地躺在我的小窝里仔细地回想着刚才的情形。原来它是想让我睡在窝里,难道是害怕我着凉了?想着想着,它那张大黑狗脸又出现在我眼前,嘴里还叼着我心爱的洋娃娃。

它轻轻地洋娃娃放在我的脸旁,又拿它那黝黑的狗头蹭了蹭我的脖子,然后肥肥的双爪子交叉垫在地上,硕大的狗头结结实实地搁在上面,将铜铃大的眼睛微微闭上,它这是要陪我睡觉?我有些惊愕,愣在那里实在反应不过来,不由自主地搂紧我的洋娃娃。看着它假装闭着的双眼,我突然觉得原本有些狰狞的狗脸似乎也变得柔和起来,看来这只狗也不是那么讨厌嘛……

跳跳的情话

扣扣生气了,

怎么办?我到底应该怎么做呢?我看看前面正趴在草坪上晒太阳的扣扣,不禁又深深地叹了一口气。从昨天我吃了它的猫粮开始一直到现在,扣扣一直不肯搭理我,连一个眼神都不愿意再施舍给我。我紧紧跟在它屁股后面不断给它解释,它似乎也不听。唉!到底要怎么办呢?我烦躁地拿着我的大爪子踩躏着绿油油的草坪,发泄似的摁死了一个又一个正在搬食物的蚂蚁,我心情不好,你们也别想安生。

"喵喵"前方的扣扣舒服地叫了两声,看它的架势似乎是想在这里睡觉。我马上警觉起来,这可不行,虽说这已经是初春了,可是还是有些冷,万一冻坏了可怎么办呢。我一定要赶紧制止它,随即我立刻向扣扣狂奔过去,"汪汪"地冲它苦口婆心地劝说道。

但是扣扣似乎不乐意回去,雪白的毛发瞬间又爆炸起来了,我意识到一个很严重的问题:扣扣又生气了。不管啦!就算它生气,我也要把它带回去,坚决不能因为它的任性而让它生病。我瞅准时机,趁扣扣不注意的时候赶紧叼起它脖子上的肉肉往回奔去。

在叼起扣扣那一刻,我仿佛是进了天堂,它的小脖子真软,咬着真舒服,让我瞬间迷恋上了,我一边享受着扣扣嫩嫩的肉肉一边冲向房间里,直奔到它的小窝。沿途镇压扣扣无数次的起义之后,我顺利地将它轻轻地放在粉红色的小窝里,并替它把小被子盖得严严实实的,"汪汪"地嘱咐它赶快睡觉,然后又火速冲回草坪去拿它的洋娃娃。

结果等我狂奔回来以后,扣扣还没有睡,似乎在想什么东西。难道它是在等我?我越想越觉得肯定,扣扣这么善解人意,一定是明白了我刚才的苦心,所以想等我和它一起睡。我不由得心里一暖,下定决心坚决不能辜负扣扣的好意,我一定要陪它一起睡午觉。于是我轻轻地将洋娃娃放下,顺便仔细地观察了一下扣扣的神情,它似乎不是那么抗拒,这下我就安心了。最后大胆地拿头蹭了蹭它软乎乎的脖子,换了一个标准的睡觉姿势。午安,我亲爱的扣扣。

同居第三天

扣扣的情话

"喵喵"好难受啊,我有气无力地躺在小窝里扭来扭去。自从今天早上起来到现在,我已经在我"御用厕所"里拉了四五次肚子,疼得我都快虚脱了。都怪我贪嘴,昨天晚上吃了那么多三文鱼罐头,不拉肚子才怪。主人还要等一下才能回来,我应该怎么办,好难受呀!"汪汪",我看着眼前这只丑狗,噢,不,应该是跳跳,从我表现不舒服到现在,它就一直陪在我的身边,肥厚的爪子紧紧搭在我光滑的背上,有一下没一下地轻轻摩擦着,黑黝黝的大嘴里不断发出呜咽叫声,好像是在安慰我。"喵喵"我用毛茸茸的小脑袋蹭了蹭它的大爪子,然后不断向我的小水杯那儿看。跳跳还是很聪明的,立刻就明白我想喝水了。

可是现实总是残酷的,我的小杯子里面已经一滴水都没有了。我已经渴得受不了,不由自主地发出似婴儿一般呜呜的叫声,微微扬起猫头一脸期待地看着跳跳。跳跳四下看了看,然后轻轻地拿大舌头舔了舔我的小脸,仿佛下定什么决心似的,立刻转身跑到客厅的桌子旁边,来了个二连跳,直接通过椅子帅气地跳到桌子上面,然后……我猜想的事情果然还是发生了,它想把主人的杯子拿给我。

看到这幅场景,我的心里有一万匹骏马飞奔而过,肚子似乎疼得更厉害了,我有些无语问苍天,我这是造的什么孽呀!在我正想挽回这个过错,赶在主人回来之前将一切还原正轨时,它直接从桌子上迅速地跳下来,紧紧地叼着主人的水杯,欢快地洒了一路的水,兴高采烈地跑到我面前。我无奈地拿爪子捂住了双眼,那张求表扬、求夸赞、求360度无死角爱抚的狗脸简直让我不忍直视。可是最后我还是没有抵挡住水的诱惑,果断和它同流合污。大不了喝完后再让它悄悄把水杯放回原处,反正主人也不知道。

我静静地吐着粉红色的舌头,细细地舔着杯子里剩余不多的水,不时瞄一瞄旁边专心致志看着我的跳跳,突然感觉,其实,生病也没那么讨厌……

跳跳的情话

我心疼地拿着大爪子轻轻地抚摸着扣扣,嘴里哼着小时候妈妈给我唱的摇篮曲,希望能让它感到舒服些。唉,扣扣太弱小了,我一个爪子都快把它的一半身子盖住了。嗯,我一定要好好保护扣扣,我看着病怏怏的扣扣下定决心。

"喵喵",扣扣无力地叫着,难受地蹭了蹭我的爪子,不断地看着它的专属小水杯。我猜它应该是口渴了吧!可是它的杯子里已经"弹尽粮绝",没有一滴水了,我杯子里的水也早已喝光了。

我记得主人倒水一般都在客厅,我赶忙抬头向客厅巡视了一会儿,深蓝色的水壶正安安静静立在客厅的大桌子旁边。不过我好像差点忘了一件事儿,我貌似好像不会倒水。唉!我无奈地看了看自己笨拙的爪子,心里埋怨了自己无数次。没有办法,我只好又开始重新寻找水源。扣扣似乎渴地更厉害了,不断传来的"喵喵"呜咽声,让我原本就焦躁不安的心更加难受。管不了那么多了,我连忙向餐厅的大桌子跑去,麻利地跳上椅子,再跳到桌子上面,毫不犹豫地叼起主人的杯子往下跳去,哪怕主人会骂我,我还是会这么做,现在扣扣是最重要。一路上尽管我已经十分小心,可是还是洒了不少水,我有些愧疚地把杯子送到扣扣嘴边,看着虚弱的扣扣一口一口地慢慢喝着水。亲爱的扣扣,你会好起来的,我会陪着你的。

同居第四天

扣扣的情话

　　自从昨天之后,我和跳跳之间不知怎么的,似乎有些不一样了。在我生病最难受的时候,是它一直陪在我身边照顾我,说不感动,那肯定是假的。就冲着昨天它不顾主人责骂为我找水这一点,我决定试着和它好好相处。

　　"喵喵",我柔柔地叫了两声,远处正在玩飞盘的跳跳听到我的声音,以为我有什么事儿立刻飞奔过来。我静静地用细细的毛茸茸的脖子蹭了蹭跳跳像绸缎一样黑色的毛发,轻轻地垫起我的爪子,微微地抬起头亲了亲跳跳薄而暗红的嘴唇。我不知道狗狗之间是怎样表示友好的,所以我只能用猫咪之间表示友好喜爱的方式来告诉它我愿意和你好好相处。

　　可是跳跳似乎有些愣住了,半天没有反应过来,怔怔地看着我。过了好一会儿,跳跳突然使劲摆动细长的尾巴,欢快地跳跃,大大鼻子上一褶一褶地堆满皱纹,上唇完全拉开,露出洁白的牙齿,铜铃大的眼睛微闭,之前有些惊愕的目光变得温柔起来,尖尖的耳朵不但高高地竖起来还不断向后伸,轻轻地张开嘴巴,鼻内发出哼哼声,原本有些僵硬的身体柔和地扭曲起来。

　　我知道这是它高兴的表现,我也被欢快的跳跳感染了,陪着它一起快乐地扭动起来。我"嗖"一下高高地跳起,趁它不注意猛地扑到它宽大的背上,跳跳顺势就把我驮了起来,迎着灿烂的太阳在绿油油的草地上奔跑着……

跳跳的情话

昨天过后,扣扣似乎变得有些黏我了,就像现在一样。平时总是我玩我的,它弄它的,要不就是我跟在扣扣屁股后面,可是现在不一样了,扣扣会陪着我一起玩或者是看着我在那里玩。

"喵喵",一阵轻柔的猫叫声传入我的耳朵,是扣扣在叫我。我担心扣扣有什么事儿,毕竟它的病才刚刚好,便没有片刻犹豫立刻飞奔过去。当我站在扣扣面前时,微微低头看着一脸惬意的扣扣,它下面的动作让我彻底惊呆了。

它温柔地蹭了蹭我的脖子,然后用小小的嘴巴轻轻地亲了亲我的嘴巴,长长的猫须与我的胡须一根一根完全纠缠在一起。

我完全愣住了,脑子一片空白。这是第一次,第一次扣扣明明白白地表现出它对我的喜欢,我脑中的火花"嘭"地一下华丽地绽放了,心中就像有无数只蝴蝶瞬间破茧而出在空中翩翩起舞一般,一股难以言说的欣喜在心中静静地流淌着。我用我独有的方式表示内心的欢喜,我知道扣扣是懂的。我驮着扣扣尽情地在草地上欢快地奔跑着,胸中的快乐源源不断地溢出,我想这应该就是妈妈说的爱吧……

尾声

"咦?扣扣你怎么又睡到跳跳的窝里了,这都第几次了。"女主人疑惑地看着这一脸无辜的一猫一狗。

略微羞愤的扣扣似乎有些埋怨地看着在一旁蹲得很端庄的跳跳,心里不由得埋怨到,都是它不好,要不是昨天晚上它害怕打雷,一定要它陪着它,今天早上也不至于这么丢脸又被女主人抓到。

旁边的跳跳看着面色有些不佳的扣扣,讨好似的拿脖子蹭了蹭扣扣的脸,水漉漉的大舌头给扣扣的小圆脸来了一个彻底的面部清洁,又赶紧跑去把自己的早餐给扣扣端来。看到这幅谄媚的场景,扣扣发黑的小猫脸才好了不少,微微地扬着细长的脖子,迈着优雅的小猫步走到跳跳的狗粮前,若无其事地伸着粉红的小舌头有一下没一下地舔着跳跳的早餐,完全无视旁边抓耳挠腮的跳跳。

　　跳跳有些无奈地接受了惩罚,老老实实走到猫粮前吃起扣扣的早餐。温暖的阳光静静地洒下来,悄悄地越过绿油油的庭院,悠悠地穿过晶莹剔透的窗户,轻轻抚摸着这美好的一切……

肖雪

女，西北大学文学院2012级创意写作班学生。

药郎

公元2015年，我终于拿到了我的药师执照，这是我在这个世界几千年的时光里，拿到的第一本资格证书，为此我整整付出了六十年零三个月又九天。

青鸟跟我说，要把身上最漂亮的尾羽送给我，我不要。

珠峰上的雪莲跟我说，要把身上的千年时光送给我，我也不要。

还有一个叫平娃的人说，要把他所有写在草纸上的手稿送给我，可是我还是不要。

因为，他们不是你啊，精卫，都不是你。

我在柳花儿胡同里租了一间屋子，一个卧室加一个公共的露天院子，挺好的。院子里有很多各种各样的花和草，我觉得很好，因为有点像你身上的味道，特别是下雨的时候。只是不下雨的时候，就不怎么样了，因为有太多的猫屎，几只猫都是这个院子的主人养的，他好像很喜欢猫。对了，他是个脾气特别臭的老头，就跟老龙王一样，又臭又怪，可是我可不敢像你逗老龙王一样去惹他，因为我怕我会被赶出去，而且，我也不是你。我的隔壁住着一个大胡子的男人，长得跟刑天似的，老是不穿衣服，只是他的头发啊还有身上密密麻麻的体毛全都是黄颜色的，一点也不好看，我听他们说，这是因为他是歪果仁，跟我们不是一个种的。可是，果仁为什么会是歪的呢？就因为他的种长歪了所以跟我们不一样么？歪果仁的隔壁是一个鼻子上嘴巴上都扎着洞的小姑娘，确实是小姑娘，看着比你还小呢，可是却没学好，学什么蚩尤三天两头就在自己身上扎洞，挂一些叮铃铛铛的东西。哦，对了，钱。钱这个东西，我必须跟你说，就像你每天都想吃的嘉果一样,没有它,就"活不了活不了",只是这儿的所有人似乎都爱"嘉果",没有就真的不能活。而我,没有的话也就不能继续再走下去。

对了,我还没告诉你,为什么我要考那个什么药师资格证吧。因为,我被举报了,对,被举报了!没有药师资格证不能给人开药不能给人治病!他们要我必须有,不然就没有资格。可是,我怎么会没有资格呢?我开了几千年的药,给人看了几千年的病,怎么会没有资格呢?我是你精卫教出来的啊,也算是神农的偏门弟子吧。你说,不让我给人看病不让我开药怎么能行呢?我还得继续找你啊,我还得看更多的病开更多的药,炼更多的药魄,我必须找到你啊……

你知道么?精卫,那些什么《伤寒杂病论》、什么《本草纲目》、什么《现代医药百科大全》……实在是太难了,真的很难记住。明明我完全不用看这些,就可以做得很好,为什么就不行呢?我想了六十年也想不明白,尽管现在我已拿到了资格证。哦,还有一本叫作《神农百草集》的,你爹爹什么时候留下这样一个东西了,我怎么完全不记得了,你知道么?

我花了整整六十年来考这个证,考了无数次,有许多次其实就差一点点合格,可是等到下一次考试的时候,又会有更多不一样的内容,我就得重新记更多的东西,真的好难。精卫,如果是你的话,肯定就不会花这么久的时间了吧,你可是精卫啊。你从来都嫌我太笨,可是真的很难,我只从你那儿知道了点皮毛而已,你让我怎么聪明起来呢?如果是你的话,就不会白白浪费六十年的时间,应该早就找到我了。可是,如果是我不见了,你真的会找我么,会到处找我么?你从来都是最聪明的那一个,你从来都是嫌弃我,果然是我太笨。你为什么还是那么调皮,为什么要一声不响就消失掉呢?我很笨的,你不怕我真的找不见你么?你不怕么?可是,我很怕啊,我真的很怕,我怕我找不到你,精卫……

叶晓凡

女,西北大学文学院2012级创意写作班学生。

一只黑猫

我本来是一只黑猫。

那天晚上,我去树林里逛了一圈,累了就找了个讲究的地方睡了个觉。醒来的时候是清晨,我从林子里出来的时候,露珠打湿了我高贵的黑毛,一撮一撮黏在一起,讨厌的草把我的腿摸得像只刺猬,这实在是影响了我的帅气。我用舌头梳理了好久,才把够得着的地方舔得像之前那般丝滑。整套动作下来,口干舌燥,只想赶快去找点水喝。

走了好远,我的腿都快断了,只看到一口井——好难过;站在井边往下看,更难过——水浅得几乎看不见。唉,想喝水?喝西北风吧。突然,我脑子里一闪,有了!有一回在窗台上晒太阳时听到房里的小孩儿念什么《乌鸦喝水》的故事,我干脆也学学他说的那个乌鸦先生还是乌鸦小姐的,把石头什么的扔到井里,扔多了不就能喝到水了?哈哈,我简直要隆重地赞叹自己一番了!就这么办!说干就干!

旁边就有一块石头,但上面有好多泥巴,我实在不愿意用只吃鱼和火腿肠的嘴巴去咬这么脏兮兮的石头,可是又不能用手,连连叹了好几口气过后,眼一闭,就咬住那块石头,跳到井沿上准备往下扔。我怕嘴使不上劲儿,石头掉不到井里面,就使了手的劲儿,然后,唉,然后我就和石头一起掉到井里了。

说也奇怪,这竟是口枯井,所以我并没有淹死,就是身上疼得很。"哎哟"了两声,我高兴地在井底打起滚,可爱的尾巴和迷死人的性感小屁股也跟着晃悠了起来,我还即兴创作了一首小曲儿,好听极了。

这样的欢快持续了吃一条鱼的时间,当我一边唱歌一边抬头给脖子抓痒的时候,我看到上面的一个圆圆的发光的东西,其实就是井口,我习惯说得好听一点,当我看到井口的时候,我才发现问题来了——怎么出去呢?虽然我天生身手敏捷,柔韧性也不错,但不至于能从这么深的井里跳出去啊,我一下子变得像之前玩过的一种叫泄了气的什么球,浑身软得像一个面包。

我明明哭了,用手擦擦,却是干的。明天可就是我跟小花牵手的日子了。小花是我明天的女朋友,在"第21届相约猫花大赛"上,我经历了三七二十一难才力压群雄,以我的英姿飒爽和风流倜傥以及一整条偷来的鱼捕获了它的芳心,获得跟它约会一次的幸运礼包,根据《和猫花相处一天的条约》还有别的什么规定,反正就是它明天要和我在一起。这么多年来,我为了小花一直洁身自好,还没跟别的女猫在一起过呢,为了这次约会,人家准备了好久的,还用石头修剪了指甲,可是现在没指望了,我心都有些碎了的感觉。

我趴在地上,垂头丧气的,隐隐约约好像听见了什么声音。我立马站了起来,像抓老鼠一样认真了起来,威胁地叫了几声,眼睛环视一圈,却什么都没发现,我想我可能是悲伤过度出现了幻觉。

正在我放弃搜查的时候,旁边的小水滩里竟然跳出来一个小东西,我迅速往后退了一步,那个小东西才没跳到我脸上。我摸了摸脸,瞪着它,心想这小东西真是放肆,也不打听打听我的名号。我本来准备先给它个下马威,让它懂点规矩,想着现在正处危难之际,还是小心点好,先看看它什么来路吧。

那小家伙蹲在我面前,两只小眼睛贼溜溜地望着我。它小得像一块鸡骨头,嘴倒还挺大的,说话的时候大白肚子一动一动的,看起来有点意思。它说了很多方言,呱呱呱的我一句都没听懂,就告诉它说我是城里来的,让它跟我说普通话。幸好它不是个文盲,普通话水平跟我比是差了很多,但勉强能听。

"你是谁啊?怎么会在这里?"

"你就叫我猫爷吧,我到这来考察一下,看环境受到污染了没?"我学了一下人类说话的口气,说之前还清了清嗓子。

"猫爷,环境受到污染了吗?"

"怎么没有,已经重度污染了,你看这里连根鱼苗都没有。"

"嗯,是没有鱼苗,是重度污染啊。"

"你叫什么名字,是干什么的?"

"我叫蛙蛙,我是坐井观天的。"

"坐井观天?还有干这行的?"

"对啊,我爷爷也是坐井观天的,我继承了它的职位。"

"是,是的,我想起来了,我还跟你爷爷一起吃过鲜鱼火腿拌饭呢。"

"真的吗?可是我爷爷不吃鲜鱼火腿拌饭的呀。"

"你怎么知道?他躲着你偷偷吃呢。"

"爷爷说我们青蛙只吃虫子,不吃别的东西的。"

"咳咳,你爷爷当时也说不喜欢吃,就让我代劳了。"

"哦,原来是这样。猫爷,你什么时候走?"

"我啊,还不好说呢,一般考察都要四五天的。"

"那太好了,我坐井观天的时候可以跟你聊天吗?"

"我虽然很忙,倒也不急于一时,就先陪你聊聊吧。"

"你真是太好啦。"

"你出去过吗?蛙什么,哦,蛙蛙。"

"没有。"

"真是个土包子。"

"猫爷,你说什么?我没听清。"

"没什么,我在想回去怎么报告情况。"

"哦,报告是什么?"

"你爷爷和爸爸妈妈呢?你们吃什么?"

"爷爷和爸爸妈妈都去世了,只剩下我一个人了,我们吃虫子啊,到了晚上虫子就会多起来。"

"我当然知道你们吃虫子了,你刚告诉我了嘛,那你只吃晚饭吗?"

"什么时候捉到虫子了我就什么时候吃饭,晚饭吃得多一些。"

"你没想过出去吗?外面的世界很精彩的,你不想出去看看吗?"

"爷爷去世之前说过不能出去,要好好坐井观天。"

"为什么?"

"不知道。"

"你爷爷还真是老糊涂一个,冥顽不化,害了自己不算还祸害后代。"

"冥顽不化是什么东西?"

"没什么,要不要跟猫爷出去见识见识?"

"出去?我家没有门,我要好好看家,不能出去。"

"你家又没有什么鱼和火腿肠,有什么好看的,跟我出去,保你一天吃三百只虫子。"

"三百只?这么多,我在家每天最多吃了19只。"

"看吧,在家都吃不饱,难怪你浑身一点肉都没有。跟我出去,保证你吃得饱睡得好,长得绿绿胖胖的。"

"可是我肚子是白的呀。"

"那就变得绿绿白白胖胖的。"

"但是……"

"但是什么呀但是,就这么定了,出去我罩着你,你还怕什么?"

"那,猫爷,我们要怎么出去呢?"

"你不知道怎么出去吗?"

"不知道。"

"那你爸爸妈妈总该出去过吧,他们是怎么出去的?从洞里钻出去的吗?"

"他们也没出去过,我们从来都不出去的,这里也没有洞。"

"你逗我的吧?小蛙蛙说谎会有口臭的。"

"我不会逗你啊,哈……我口不臭,不信你闻,哈……"

我用手挡住了它对我哈气的嘴,转过身去。

说了这么半天都是白搭,我本来就渴,现在嗓子都冒烟了。那个蛙蛙还在那不停呱啦呱啦着,我懒得理它,走到那个小水滩边,也不管是几天前的雨水,连着喝了好几口,喝完之后才想到这好像是蛙蛙的澡堂,唉,罢了罢了。

找了一个黑暗的角落躺下,我现在只能睡觉了,可能过不了几天就饿死在这儿了。

蛙蛙跳过来,一个劲儿地问我怎么了,还要把它舌头上的虫子递给我吃,我嫌恶心,扭头说不饿。它以为我是客气,又跳到我面前伸长了舌头。我看了一眼,吞了口口水,就用舌头舔过来了,这给我塞牙缝都不够,不过,我凭借自己敏感得不能再敏感的味觉,还是尝出了它的鲜嫩多汁。

蛙蛙眨巴着小眼睛问我:"好吃吗?"

我舔了舔牙缝,不屑地回答说:"还凑合,但比起鱼和火腿肠差远了。"

"可我没吃过鱼和火腿肠,我只吃过虫子。"

"还有虫子吗?"

"还有,我去抓给你,我可会抓虫子了,一抓一个准,两抓两个准,三抓三……"

"行,我知道了,你快去吧。"我及时堵住了它的嘴。

说实话,我肚子挺饿的,就很关心蛙蛙的进展。它两眼直直地望着空中,这个姿势维持了好久,就是没看见它跳起来过,我已经不对它抱什么希望了。

我只好睡觉。过不了几天,我就要从一只黑猫变成一只死黑猫了。

睡了大概可以吃 100 条鱼的时间,我打着哈欠醒来了,手向前脚向后,伸了个超级舒服的懒腰,才睁开眼睛,然后我就发现蛙蛙蹲在我面前。

"猫爷你醒啦,这是我抓的虫子,"它低下头,用手指着地下,"一共14只,都给你吃。"

我惊叹自己的好眼力,发现了那可能真是 14 只的虫子,想想平常它们围着我转的时候,我总是很优雅地用手或尾巴把它们赶走了,现在竟然沦落到吃它们活命的地步。我一时感慨,觉得应该多吃几只来抚慰我破碎的心。

我一口吃了七八只,才用上了牙齿,嚼了两下,一股甘甜的汁水流到我的舌头上,这种感觉就像是睡在人类的肚子上打呼噜。我闭着眼陶醉了会儿,再睁开眼睛时,就看见蛙蛙的口水像小河一下往下流,把它脚边的虫子都打湿了。我虽然饿得很,但也是很注重生活质量的,就摆摆手对它说:"剩下的你吃吧。"

"你吃饱了吗?"蛙蛙用手擦了擦口水。

"饱了。"我翻过身继续睡觉。

蛙蛙没有再说话,但它吃虫子实在太大声了,吧唧吧唧的,让我很不耐烦。我故意发出奇怪的嗓音,翻过来滚过去的,想让它意识到自己打扰到我了,可它只顾着吃蚊子,看都没看我一眼,我就生气了,决定以后不跟它这只知道吃的青蛙说话了。

接下来的好几天,我都靠蛙蛙捉的虫子养活着。蛙蛙也问过我为什么还不回去,我说怕它孤单,留下来陪它。蛙蛙被我感动得几乎流泪,每次抓到的虫子全部都给我吃,自己就喝点臭了的洗澡水充饥。但这还是不能解决饥饿问题,我已经前胸贴后背了,整天睡觉保存体力,只会在蛙蛙叫我吃虫子的时候睁开眼睛。

蛙蛙也饿得头昏眼花,它捉的虫子越来越少了,但自己从没吃过。我看在眼里记在心里,以前可没有谁对我这么好过,我的那些兄弟姐妹,吃鱼的时候总是跟我打架,而蛙蛙跟我素不相识,它就愿意把虫子全给我吃。我心里一感动,就想着自己总会饿死的,就不要让蛙蛙陪我了,暗暗发誓下次绝不吃虫子了。可每当蛙蛙在我面前伸出舌头,我舔了舔嘴唇,还是把虫子舔到自己嘴里,然后把上次发过的誓再发一遍。

我没日没夜地睡觉,眼睛闭了好久都没听见蛙蛙叫我吃虫子,我预感自己真的要饿死了,而且就在今天。

睁开眼睛,我已经好几天没洗脸,眼屎都快把眼睛挡住一半了。我想让自己干净些,用干燥的舌头梳理那包着骨头的黑毛,它们失去了让我引以为傲的光泽。很久没梳理了,很多地方都打结了,舔了很多遍还是没理顺,我只好喘着粗气放弃了。

找了一会儿才看见蛙蛙,它趴在地上一动不动,看来真的是累坏了也饿坏了。我爬到蛙蛙身边,把我的大手放在它的小手上面,我想起了小花,到死我都没和她在一起,唉,那条鱼算是白偷了,可怜当时还被人踹了好几脚。

蛙蛙勉强睁开了眼睛,用沙哑的声音对我说:"猫爷,对,对不起,我没力气抓虫子了。"

不知道为什么,我心里一酸,感觉眼睛蒙上了一层水雾。我用手抚摸着它的背说:"没事儿,我不饿。"我又用舌头舔了舔它的脸,让它看起来也精神些。

蛙蛙说有点冷,我在它身边躺了下来,用自己还算软和的毛盖住它。我想要是蛙蛙不把虫子给我吃,它现在还是活蹦乱跳的,等我死了,还能用我的皮毛给它缝件棉袄过冬,可现在它已经奄奄一息了,心里真不是滋味。

我马上就要变成一只死黑猫了,而蛙蛙也要变成一只死蛙蛙了,我闭上眼睛,眼泪也跟着流了下来。

睡着睡着,突然听见井口有人类在说话,我想我一定是在做梦,就没去搭理,可声音一直持续着。我睁开眼睛随意往井口看了一眼,然后就看见一只木桶用绳子吊着,正在向我们靠近。我呆住了,定定地看着桶,然后一下子跳了起来,心想这下有救了,我不用变成死黑猫了,然后激动地去叫蛙蛙。

桶离我们越来越近了,我已经准备好了,等桶一落地我就使劲儿跳进去。

桶更近了,我急促地呼吸着,真的好紧张啊。

桶马上就落地了,我姿势已经摆好了,叫旁边的蛙蛙跟我一起喊"一、二、三",然后,跳。

桶落地了,我已经在桶里了,高兴地在桶里转了一圈。可是等了一会儿,还不见蛙蛙跳进来。我趴上桶沿往外看,蛙蛙还趴在地上,半睁着眼看着我。

"蛙蛙,你怎么还不起来,你快跳进来。"我急得冒汗。

"猫爷,我跳不动了,你出去吧,我在家待着就好。"蛙蛙的话几乎无声,我是凭着它的嘴型判断出来的,我看见它眼睛里有什么东西闪烁着。

"你试试,可以的,快跳,不然来不及了,"桶开始晃了起来,我在桶里翻了好几个跟斗,"出去就有吃的了,就不会饿死了。"

蛙蛙没有再说话了,我感觉到桶离地了,我离蛙蛙越来越远了,它变得越来越小了,我突然大哭了起来。那一刻,我做了一个决定。

我从桶里跳了出来,正好落在蛙蛙旁边。我最后看了蛙蛙一眼,用手擦干了它的眼泪,然后用嘴含住了它,它好小,就像我当初咬着的那块石头。我用尽所有的力气把头往上甩,手和脚也一起用力往上跳。

蛙蛙先是飞到了空中,然后往下掉,掉进了桶里。

我笑着松了口气,头一阵眩晕,然后倒在了地上。桶和桶里面的蛙蛙离我越来越远,越来越远,最后出了井口。我看着井口,阳光照得我有点睁不开眼睛,等眼睛渐渐习惯了,我看见了蓝天、白云、小鸟、草地、花朵、彩虹、虫子、鱼和火腿肠,我知道,蛙蛙以后看到的更多。

我最后还是变成了一只死黑猫,我闭着眼睛,就像是在做梦一样。

张译心

女,西北大学文学院2012级创意写作班学生。

扬帆远航

深夜,海风灌入这条巷子深处,一路带来阴沉的呜咽声。巷子深处,在某幢房子的门廊下那黑洞洞的阴影里,藏着两个身影。

杰姆竖起衣领,眼神锐利地看着瑟缩在角落里的同伴,压低了嗓门:"汉克,别告诉我你要临阵退缩。"

把自己半张脸都裹在围巾下的人没有回答他,只是把手牢牢地插在兜里,又往墙角挤进去一些。

杰姆凝视着黑暗里那张看不清的脸,深深吸了口气,海水的腥味充满了口腔,几乎能尝到苦涩的味道:"你现在要走还来得及。"

他的声音落下去,巷子里完全安静了下来,能听到的只有屋中传出的嘈杂的音乐声和男女嘻嘻哈哈的调笑声。一道墙相隔,泾渭分明得像两个世界。

"我不会走的。"嘶哑难听的声音响起,汉克抬起了头,淡色的眼珠在昏暗的光线中格外明亮。他戴着手套的手指捏住围巾,又往上拉高,一直到眼睛的下方,声音再一次从布料下传出,闷闷的:"我只是觉得今晚有点冷。"

他侧过脸,从门廊的遮掩下只能看到一线黑幕,一颗星星都没有。

杰姆抿紧了嘴唇,想要说些什么,但最终还是什么也没说,静静地站在那里。

屋里传出的声音越来越少,窗户一扇一扇暗了下来,里面的人们似乎已经感到了疲倦,准备结束派对。这时,杰姆紧靠着的那扇门从里面响起了频率一致的叩门声,六声,不多不少。他抬起手,回应了五次敲击。

门打开一条缝,有光线从缝里漏出,照亮了门廊的地砖。一张年轻女孩的脸出现在门缝后面,红色的胭脂也无法掩饰她差劲的气色,仔细看还能发现藏在厚粉下青黑的眼圈。她谨慎地向外窥视,在看到杰姆的脸时明显松了口气,但一张脸还是很生硬。

"进来,小声点。"她拉开门,让两个男人从恰好能通过一人的缝隙间挤进来,然后轻轻地关上门,快步把他们领到了储藏室内。

蜡烛点亮之后,利比盯着他们上下打量了一番:"你们……都准备好了吧?"

杰姆点了点头,看了汉克一眼:"我们不会失手。"

"我也这么希望。"利比冷冷地说:"你们最好下手干净点,免得达不到我的期望。"

杰姆向她行了个礼:"非常感谢您的帮助。"

"利益一致罢了。"利比冷淡地说。然后她忽然做了个噤声的手势,杰姆立马移动到了一堆酒桶的后面,他转过头,看到汉克贴在墙上,消瘦的身形完全被一排木柜挡得严严实实。

利比打开了门,外面响起柔媚的女人声音:"利比,被我逮到了吧,你在偷吃。"

"对,我在吃东西。因为一群猪猡让我没腾出哪怕一丁点时间来进食。"

"呵呵,你说话真粗俗。你说我把这件事告诉夫人好不好?"

"随便。"利比冷硬地说:"以后我会记得每周三重点检查厨房的窗户,保证每一扇都牢牢关着,一只苍蝇也飞不进来。"

"你真讨厌,还是不懂说笑。"那女人咯咯笑起来:"拿些点心给我,帕克先生饿了。"

一阵响动之后,储藏室的门再次被关上。

"出来,我们要抓紧时间。"

小心翼翼地走在木制楼梯上,腐朽的木板嘎吱作响,似乎已经不足以支撑起人的体重。杰姆看着天花板上的蛛网与白墙上蔓延开来的霉斑和污迹,咋舌道:"真难想象这属于这幢房子的一部分。"

利比举着烛台走在最前面:"这里只有我会使用,你们可以放心。偷情的人宁愿直接从窗台跳下去也不会愿意进到这个楼梯间。"

大概是因为紧张,杰姆觉得今晚自己话有些多。他问道:"为什么?"

"因为所有人都相信这里有怪物,会在黑暗的掩盖下把人拖入深渊。"

利比的影子在墙上拉出长长的一条,随着烛光晃动着,她站在三楼的平台上等他们。"人总是被自己的想象吓得半死。"她脸上露出嘲讽的表情:"到了,饶舌的先生。我期望你杀人的时候能够管住你的舌头。"

"再次感谢您,让我放松了不少。"杰姆又一次行了礼,汉克站在他的背后,像一抹幽灵。

利比看着这两个男人:"走出这里,第一个岔口往右,就是'尊敬的'格兰特先生的房间,这是钥匙。我猜这会儿他大概正蒙住双眼,和双胞胎姐妹玩捉迷藏。"她脸上露出了厌烦的神色,顿了顿,又说:"我不会把希望寄托在你们两位外行身上,事实上,我已经攒够了请杀手的钱。如果你们失败了,那么就当作还有一个有相同目的的人可以顺便替你们报仇吧。"利比微微一笑:"不管如何,祝你们好运,先生们。"

一切都很顺利。当杰姆用钥匙打开门锁的时候,这间屋子里的三个人没有一个察觉到这件事。正如利比所说的,高贵的格兰特先生眼睛上绑着绸缎的遮眼布,嘴里发出下流的呼喊,正和两个只穿着内衣的少女嘻嘻哈哈地追逐着。

杰姆不太记得自己是怎么放倒那名少女的了,大概动作不会太温柔。他的眼中只有光着胳膊和腿的格兰特,和他那张充满丑陋情欲的脸——就是这样一个人,这样一个混蛋,这样一个人渣,毁了他最亲爱的妹妹!

他第一拳就让格兰特的鼻子歪到了一边,第二拳大概打掉了不少对方精心保养的牙齿,第三拳则让这个身份高贵的先生几乎飞起来,然后蜷缩成一团,痛苦地不停咳嗽。

杰姆蹲在格兰特身边,饶有兴致地听这位先生在咳嗽间隙不停地漫骂,然后他解开了格兰特的蒙眼布,露出了称不上温和的笑脸:"晚上好,先生。"

"你们是谁……咳咳咳咳……你们知不知道我……咳咳咳咳咳

咳……"

"我们当然知道你是尊敬的格兰特先生，"杰姆看着格兰特条件反射地点头，顺手把蒙眼布塞进了他嘴里："现在我说，你听。"

他看着忍住疼痛挥舞四肢试图挣扎的男人，从腰间摸出了一把锋利的短刀，灯光下闪着寒光的刀刃抵在了男人的脖颈处。"首先，感谢你对西蒙斯夫人的信任，让我可以绕过你那群保镖和你面对面的交流。"

"第二，感谢你从不锻炼，让我可以尽情地接触你光滑的软肉。"

"第三，你还记得一个卖花的姑娘吗？她大概十四五岁，穿着碎花长裙，每天都在广场兜售鲜花。"

杰姆看着脸上混合着愤怒、恐惧和疑惑的格兰特，褐色的瞳孔收缩了一下："好吧，我有答案了。我猜你根本已经忘了这回事对不对？忘了曾对一个天真的小女孩做过什么，忘了你一时兴起的游戏给别人带来多大的痛苦，忘了你是多么禽兽不如！"

杰姆的声音越来越大，脸上的肌肉抽动着，似乎已经无法控制自己了。他抬起手猛地刺下去，一刀又一刀，鲜血溅在了他的脸上身上，但他毫无所觉。本来在他钳制下的格兰特因为疼痛爆发了求生本能，胡乱地挥舞掀翻了杰姆，然后取出了嘴里的堵塞物一边大叫救命一边连滚带爬地朝着门的方向撞去。

胡乱逃窜的格兰特被一把椅子迎面狠狠击中，再次摔倒在地上。他惊恐地抬起头，看到一个全身包裹得严严实实，只露出一双眼睛的男人正冷冷地看着他。淡色的瞳孔……

格兰特不敢置信地瞪大眼睛，嘴里还在流着血，口齿不清道："你……你是那个……音乐……"他话还没说完，就又被狠狠击中，接着是一阵铺天盖地的击打，让人无法躲藏。难以想象那具瘦弱的身体里居然藏着这样强大的力量，每一次抡下椅子都是恨意的激烈爆发！

汉克最终放下椅子的时候胸膛剧烈地起伏着，被殴打的对象已经快要看不出人形，鲜血渗透了高级地毯，留下触目惊心的痕迹。

"动静太大，快有人来了。"汉克摸到腰间，掏出了一把手枪："要确认他无法再活过来。"

杰姆点了点头，也拿出了枪。

枪声响彻整幢屋子,划破表面上的平静时候,利比正待在厨房里,说不上是不安还是别的,始终觉得无法静下来。听到枪声后她奔到门外,能清楚地看到右边三楼照亮黑夜的冲天火光。她盯着那道温暖的光亮,眼睛眨也不眨,泛着血丝的双眼很快溢满了泪水……

杰姆同汉克紧紧抱在一起,这个瘦得几乎只剩一把骨头的朋友能给他带来莫大的勇气,让他不再害怕,永远坚定信念,也让他可以放心地泄露自己的软弱。

"我们杀了他……我们成功了……"他在汉克耳边哽咽着,动作轻柔。

"我真不敢相信我居然问了他还记不记得贝尔……他们这种人怎么可能记得,怎么可能记得被他们伤害过的下等人!"

"我可怜的贝尔……杀了他又怎么样,贝尔再也不会回来……"

汉克拉下围巾,拥抱了他:"报仇是为了让活着的人得以释怀。"

安静的舱室里,只剩下了啜泣声。

天亮时,船起航了,他们安全了。

赵天实

女,西北大学文学院2012级创意写作班学生。

杯子

我的男友失踪已经有半年了。

我又一次打开了那张破旧的生锈的铁门,他以前住过的房子破旧的铁门。伴随着那再熟悉不过的吱嘎声,还有那扑面而来的发霉晦暗的气息。他消失的这半年我从来都没有去过他的家里,我不想去那里回忆什么不该回忆的曾经,我不想破坏他存在过的气息和痕迹,我总是怕小小的一点改动会抹去他曾经存在的证据。床上还保存着他匆忙起身没有叠好的被子,床边还有凌乱丢弃的烟头,甚至我还能看到些许没有被灰尘掩盖的烟灰,窗帘还是我从前亲自为他挑选的酒红色厚布,它们现在还是像他消失之前一样紧闭着。幽暗的屋子中透过丝缕的微光,在通过窗帘缝隙透出的阳光光柱下,还可以清晰地看到灰尘在空中肆意飞扬。这一切都没有变,改变的只是堆砌在记忆上的灰尘,我触摸到的也只有被灰烬掩埋的他的痕迹。

他有一个很独特的习惯,就是收藏各种各样的杯子,他对杯子的喜爱到达了一种痴迷的程度。所以我也养成了一个与他相符的习惯:送他各种各样的杯子,每个月都要送他一个。他为了收藏这些杯子特意买了一个玻璃柜,按照我送他杯子的时间顺序依次从上到下摆放它们。数数杯子,到他失踪之前,应该有24个了。这个柜子曾经那么闪亮,里面陈列的是我对他的爱,可柜子现在却也和这屋子一样尘蒙上了厚厚的灰烬。我打开柜子从上到下逐个欣赏,就像是放映电影一样把我们每一个相爱的镜头刻进脑海里。可是当我将视线移至最下方的时候我却发现:那里少了一个杯子!

这不可能,绝对不可能。明明上周它还在那里,明明我还拿起了它,明明我还记得那是我送给他的最后的杯子,我跑遍了整个城市去给他买来的限量的杯子。我还记得他拿到时那种珍爱喜悦的表情,我还记得他亲自拿起它小心翼翼地放进柜子里,我还记得他放进杯子后紧紧抱住我对我说我爱你。它为什么不见了,为什么就凭空消失了?这绝对不可能,一定有人拿走了它,一定是他,他没有消失。一定是他回来拿走了杯子!

我觉得可能是自己花了眼,最后把脸贴近柜子去看那个现在空空的位置,厚重灰烬虽然盖住了柜里的架子,却独独露出了一尘不染的杯底的轮廓。杯子是最近被拿走的!不!可能是刚刚被拿走的!架子上还保留着他手掌的余温,空气中还散发着他身上好闻的洗衣液味。他一定没有失踪,他一定还在这里,他一定是有自己的理由,他一定还是爱着我。不然他为什么要躲着我却回来拿走我送给他的杯子,他一定就在我身边。我一定要找到他!

"你最近有没有见过他,他是不是回来了?你告诉我好不好?"我手中握着温度逐渐冷却的咖啡杯,热切却又怀疑地质问着我对面的人。为了得到他没有离开的消息,我找到了他最好的朋友,A。从小到大一直陪伴他的玩伴,关于他生活的一切 A 都知道,A 甚至比我还要了解他。以前我和男朋友一吵架,只要他赌气离家出走,都会去 A 家。

"他已经失踪半年了,你清醒一点。当初他就那么一走了之,我也不知道。要不是我找到你确认了答案,我也不知道他走了。这些你都忘记了么?"A 无奈地看着我,一边说话一边掰开了我紧握杯子颤抖的手。"放轻松点,我知道他不见的这半年你很难熬,可是他就是不在你身边了,你要坚强点,你的生活还是要继续。我说过你有什么困难就来找我,我随时向你敞开怀抱。"

"不可能,他不可能消失,他一定是回来了。他不仅在,还拿走了我送给他的最后一个杯子,明明上周那个杯子还在的,为什么现在就没有了呢?一定是他回来拿走的,你骗我,你一定在骗我。"我愤怒地将杯子摔在桌子上。杯子没有碎,杯身一边旋转一边挥洒出了褐色的液体,全部飞溅到了 A 的身上。

"你不要再继续执拗下去了,他已经失联了半年了!他不在了!早就不在你身边了!"A 一把按住了旋转的杯子,麻利地从口袋里掏出纸巾擦拭了自己的眼镜片。沉默回绕在我们中间,我看着原本洁白平整的纸巾在贴近咖啡渍的瞬间吸噬了那点点的斑迹,就像他用沉默的白纸吸走了我全部的嘶吼,只留下那张痕迹斑斑已经废弃的纸。"那个杯子其实是我拿走的,我上周去他家的时候拿走的,我一直有他家的钥匙,只不过没告诉过你。那是他最喜欢的一个杯子,我把它拿走收藏起来了,本来不想让你知道。他是我唯一的好朋友,即使他不在,我也要保存下他最珍贵的东西。你不要再找了,我过几天把它还给你。你好好的,不要再继续折磨你自己。我先走了,杯子会还给你的。"他将刚才那张已经被废弃的纸狠狠在手掌中团起,像是在扼杀滋生出欲望的萌芽。"你,照顾好自己。"他没有再看向我,松开手轻放下了那个已经变成团状的废纸,缓慢地站起身来,"我先走了,你也早些回去吧。"我看着他欲言又止地走出了咖啡店,直到他推门离开前的一瞬回头向我望来。只是那一瞬间,我便忽然觉得他在骗我。哪怕前一刻我真的几乎快要相信了他口中的言语。可只是这一瞬这一秒,我却觉得他一定是在欺骗我,他一定是在用谎言迷惑我的,他一定知道我男朋友在哪里,杯子一定是我男朋友拿走的,他一定回来过!

我等了几天,并没有收到来自 A 邮寄的杯子。虽然我已经想到了这个结果,可是我却还仍旧抱有希望地渴望着那个相同的却不属于我的杯子。可是我没有拿到,那个不属于我的杯子我也没有得到。我不甘心地拨通了 A 的电话,"你说过会把他的杯子给我,为什么这么多天过去了,你还是没有给我?喂?喂?你说话啊!你都接听了为什么不说话?"我已经告诉自己要控制自己的情绪,可是我还是不出意外地失去了控制。"我求求你好不好,你把他的杯子还给我,我只想要他的杯子,你把它还给我好不好?"我不知道什么时候发现自己在低声地啜泣,将自己蜷缩在墙角里。

不知我们彼此沉默了多久,我听到听筒的那端传来了一声无奈的叹息,电话被挂断了。

随后的几天里 A 的电话再也没有打通过,我唯一可以找到男朋友的线索被中断了。我像是失去根茎在海面上漂荡着的浮萍,任随着海潮的涌动漫无方向和目的地起伏着。又一次回到了他的住所，这里还是几天前的样子，晦暗尘涩，就如同我此刻的心情一般。我抬眼望向那张巨大及地的窗帘布，还是透过了些许阳光的丝柱。这些微弱的光线照到我的脸上，竟也会有微薄的温暖，这让我不禁想起了他温润细腻的脸颊在阳光的照耀下像一颗闪耀着五彩光芒的钻石。那颗钻石曾经是我人生中全部的光芒，他的微笑是我的太阳。可现在呢？晦涩阴暗的房间如同我失去照耀的人生一般无望枯萎，曾经晶莹透亮的杯子现在却也被时间蒙上了一层污秽的阴霾。而更值得讽刺的是我却怎么也找不到那个最近刚刚不见的最后一个我送给他的杯子。我瘫坐在他的床边，十指抓着他的床单，在被我揪成褶皱的缝隙中贪婪地吮吸着属于他的最后的气息。我再也找不到他了，也找不到他的杯子，什么都找不到了，再也找不到了。

　　熟悉的信息铃声响起，我下意识一把抓住了我的手机，一个陌生的号码显示在屏幕上。我狐疑地打开了锁屏：马上来咖啡店找我，我会把他的杯子给你。

　　我不是在做梦，一定不是在做梦，这个信息是真实存在的，它活生生地出现在我的手机屏幕上。我不能怀疑，如果这是真的，我是不是可以拿回他的杯子甚至还能得到他的哪怕是一星半点的消息？

　　在到咖啡店之前，我幻想了无数种情况，我想到了无数熟悉或陌生的面孔。会不会是A？会不会是一个我素昧平生的人？会不会就是我的男朋友，他会不会终于回来找我？这时的我并没有注意到在我的纠结中，被我十指生生拽烂的我的衣角。

　　可是我怎么都没想到的是，到了咖啡店之后，我谁都没有看到。没有A，没有陌生人，更没有我的男朋友。我看到的只有桌子上一个白色的包装精美的盒子，它静静地躺在那里，刺眼的白色和暗红色的桌子相比显出了强烈的反差。忽然间我觉得我就要窒息，我怀揣着狂跳的心和颤抖的手走向那个盒子。我不想要了，就算它就是那个杯子我也不想要了，我不想承受失望，我不想再承受痛苦。如果它不是那个杯子，我不知道我会用什么心情去面对揭开盒子之后的生活。我不想在坠入绝望的深渊之后，被拉入天堂，再被推向地狱。我站在那张桌子面前，伸出我微颤的双手，就是不敢揭开它的盖子。

会不会就是那个杯子,会不会就是我一直苦苦寻找的那个杯子?如果不是怎么办?我该怎么办?"不!"我真的受够了回忆的摧残,我也忍受够了自己的神经兮兮,优柔寡断。我要揭开它,不论里面是不是那个杯子,我都要打开它。如果是,我要收好它;如果不是,我要和从前彻底了断。我再也不要饱受这些折磨,我要重新回归我自己的生活。

我还是掀开了盖子,不知道为什么,在我看到盒子中的东西时我没有想象中的难过,却有一丝释怀的感觉:没有杯子,只有一把精致的钥匙。我见过这把钥匙,可是我并不清楚地记得,它到底是与谁相匹配的钥匙。我握着这把熟悉的钥匙瘫坐在沙发上,我不知道我该是哭还是笑,是喜还是悲。整整一年的寻找已经耗尽我全部的精力,在寻找中我已经丧失了自己的全部,我记不得我究竟哭了多少次,我也记不得我究竟歇斯底里地大喊了多少遍,我更记不得我失魂落魄地从他的家里走出了多少次。我累了,我真的累了。我不想再去寻找了,我这次真的要放弃了。

我把钥匙放在了我的衣服口袋里,拿起盒子扔掉了它。我不要再去寻找那个杯子了,我再也不想知道杯子在那里,我更不想知道我的男友到底去了哪里。他们在哪里、在不在我身边并不重要,重要的是我要找回我自己,我要和这一切彻彻底底做一个了断。

"呦,别这么快就扔掉啊,那可是他留给你的最后一样东西呢。"顺着妖媚的声音我猛地抬起头,一个陌生女子的面孔映入我的眼帘。露肩设计很好地映衬出了她圆润的肩头,合乎身材剪裁的包臀裙勾勒出了她美好的身材,一张标准的美人脸,一头随意披散的长发。她很美,但是更多的是诱惑和危险。这就是这个女人给我的全部印象。

她走到我面前并没有被我那一瞬间的失神所纠结,她的一只手攀上我的衣服口袋,我下意识紧紧地护住口袋,狠狠地打开了她的手。"你把手拿走,你是谁?"我像是一个疯子对她狠狠地嘶吼着,我不知道还能对她说什么。一分钟的沉默被我的思绪所打破,仿佛是嫌她站在我面前多余一般,我没有再理会她推开她就要走。"你去哪?找他么?我告诉你,他回不来了,就算是回来也不爱你了,他是我的。"她那只细润的戴着一只小巧钻戒的左手一把拉回了我。"你说什么?你告诉我你在说什么,你认识他么,你不要骗我,不可能,不可能,我都不认识,你的谎话太低级了。"我压制住刹那间的失措,企图绕开她离开。"那为什么两年了,他就那么失踪了?活不见人,死不见尸?因为他厌弃你了,和我在一起。这就是原因,这就是事实。别再骗自己了,他不会再回来了,你死心吧。""不可能,他是失踪了,没有背叛我,你这个贱人,你骗我。"我歇斯底里地冲上去想要扼住那个女人的脖子,但是我没有想到的是,她的力气比我想象中的要大很多,她一只手擒住了我,另一只手给了我一个耳光。"你醒醒吧,看看你的样子,像个泼妇一样,现在还有神经病,一天天疑神疑鬼的,哪个男人会要你。"说着一把甩开了我,我一个趔趄栽倒在了地上,口袋中钥匙的锯齿划坏了口袋,直接戳到我膝盖的皮肤上,一道鲜红的血痕映现在我的腿上。可是我毫无知觉,看着那个女人远走的背影,我竟连上去追她问个清楚的勇气都没有。"有时间去找找看,那个钥匙是做什么的。呵,毕竟是最后的礼物啊。哈哈哈哈……"伴随着那个女人轻佻的笑声,我模糊的视线里只剩下遮蔽了眼睛的泪水和她晃动远去的身影,那一声声高跟鞋发出的声响像是大地对我的嘲讽。这里只有一个被男友抛弃的女子,还坐在地上无声地流着泪。

又是一个寂静的夜晚的到来,银屑般倾泻下的月亮暗淡的光辉显影在我的脸上,我又一次想起了我和男朋友相处的每个细节。他就那么不要我了么,我还是不能相信,这两年的寻找和煎熬已使我拥有足够的坚强和镇定,但是今天遇见的那个女子的言语还是戳痛了我的心。我在那个女人走之后,拖着一瘸一拐的腿回到了家里,把所有的锁孔都尝试了个遍,就是没有发现与那个钥匙匹配的锁孔。我的好奇心和羞辱心一次又一次地敲打着我的神经。不行,我要去他的家里,也许那里有什么线索。但在这之前,我要先去医院处理一下那条还在流血的腿。虽是一个微小的伤口,但从我回到家里之后便一直不停地涌出一股股的血流,就像是我对他的感情,虽然看起来只是一个细小的洞孔,却会源源不断地抽取我身体里的全部感情,最终将我榨干。就像此时流出的血液一样,我的感情也像这血一样刺灼着我的眼,重伤着我的心。

到医院的时候已经是近10点了,医院也只有急诊室还仍旧为病人们敞开着。我顺着走廊值班护士的指引来到了可以为我处理伤口的房间,但房间里却没有一个人。当我走出门想要询问护士时,值班台的护士已然不知去了哪里,我也只好回到屋子里等着医生的到来。我环顾着屋子,幽暗的灯光并不适合医生为病人缝合伤口;婉转悠扬的笛声并不像是一个医院应有的风格;过于柔软,边角系着金线和刺绣的沙发更像是供人们休憩的场所,完全和医院搭不上一点关系。与其说这里是医院的候诊室,不如说是一个高档写字楼的办公室。这里唯一与华丽格格不入的就是墙边未干涸流淌下来的油漆渍。我仿佛透过那个几近干涸的渍迹上看到了它流淌下来的过程,我伸手触摸那几块半软的渍迹愣愣地出神。玻璃杯折射出来的光芒照耀着我的眼睛,我有一时的迷茫,我感觉到了一丝丝的温暖和对那光芒的渴望。我急切地闭上双眼,伸手去触碰那个闪耀的杯子,冰凉的触感刺激着我的神经,我描绘着杯子的轮廓,就像将它爱抚一般自我陶醉着。

　　不！不对,这个轮廓不是我的杯子！我猛地睁开眼睛,只看见我的手在勾勒着一个把手。我刚才并没有注意到这扇门的存在,我根本就没有发现屋子里还有一个通往另一个套间的门。我下意识地打开了门,一股刺鼻的味道扑面而来,我打开了屋子里的灯。这是一个比我所在房间还要昏暗的储藏室,里面堆满了大大小小的箱子,里面还有一个巨大的木质的脚手架,几桶打开的油漆里放置着用来粉刷的刷子,我走进看了看,里面的颜色和墙上没有干透的油漆是一个颜色。为什么非要去刷墙呢,这不是我该思考的问题。我暗自嘲笑了自己。我退后着想离开这个屋子,我的脚却被一个箱子绊住,在我抽脚的功夫,那个没有放稳的箱子顺势掉下,哗啦的声响再一次刺激到了我的耳膜。伴随着声响出现在我面前的还有从箱子里滚出到我脚边的杯子。那个和我找不到的杯子完全一样的杯子！我惊喜地捡起那个杯子,手捧至宝一般地爱怜着它,我找到了吗？我真的找到它了吗？它为什么会在这里？可是伴随着我喜悦而来是巨大的恐惧,就在我疑问的同时,我的视线落到了那几个已经开口的箱子上:箱子的里面,满满的都是和这个一样的,杯子！

　　莫名的恐惧突袭了我的心,手中的杯子不知何时落到了地上。映着一声清脆的响声,我手中的杯子和地上的杯子们一样化为了碎屑。我不可置信地望着满满的一个储藏室的杯子,我没有别的想法我只想逃离这里。可就在这时,一个熟悉的声音回荡在我的脑海中:"想去哪啊？这都被你发现了,就不能老老实实坐在那里等着我来?"我惊恐的回过头,看到了那张我见过一次便再也忘不掉的脸——上午的那个陌生女人。

我如木头人一样呆站在那里,我发现自己已经恐惧到发不出声音,只是愣愣地站在那里。"看我干吗呀?坐吧,不是来处理伤口吗?我就是医生。"我缓慢地移出了脚步,拖着已经麻木的腿,坐到了她对面的椅子上。"来,让我看看你的伤口。"她看着我没有移动的身躯,说:"放心,我是个医生,这点职业道德还是有的,我不会害你的。"我看着她不耐烦的言语中透出了一丝对我的嘲讽,我将信将疑地抬起了腿。

不知道她哪里来的力气,一把架起了我,把我拖到了屏风后面的床上,"坐在这,我去给你找仪器缝合,你看看,下午没小心伤得这么深,再不来我这,肯定没个好。"我不情愿地点点头,看她走进那间储藏室,我也收回了视线。的确来得有些晚,伤口已经肿胀,流着脓液。我随手抽取了床头的纸巾想要擦拭我的伤口,但转过头的同时,我也看到了摆在床头柜上的器具,那些用来缝合修复伤口的器具就整整齐齐地摆在那里。冰冷的器具在昏黄灯光的照射下闪耀出冷酷的光。器具明明在这里,她为什么走进了储藏室,那里除了零散的杂物什么都没有,她是要去拿什么给我?

忽然警觉的我却不知我发现得已经太晚了。

我猛地坐起想要翻下那张床,就在我蹬上鞋的时候,阴森的声音在我耳边响起:"我都说了不要乱动,你这是要到哪去?"她的脸背逆着光源,大面积的阴影照在她那张精致的脸上。只是与这幅画面截然不同又与之相配的是她的手上拿着一把射钉枪。

"你要干什么,你说去拿器具,可是器具就在这里,你为什么要拿一个射钉枪回来,你要干什么,你究竟是谁?"我害怕地一步步退缩,可是我的身后除了坚硬冰冷的水泥墙,什么都没有,我根本就没有任何的退路。

"你说我要干什么,给你缝合伤口啊,我是谁不重要,我能帮助你就对了。"我从来没有看到过一张那么美丽却又扭曲的脸。"你往哪里走啊,你哪也走不掉。"我看着她一步步向我逼来,我绝望地抓起了一把手术刀,"你别过来,你别过来。"我无望地挥舞着短小锋利的手术刀,退居到了墙角,"你别动,射钉枪可是自动的,可比你那小手快多了,我只要一按,你那雪白的笑脸可就要多了一个美妙的装饰了,哦,不对,身上也可以多出好多个装饰。"她一边说着,一边用射钉枪描画出我身体的轮廓。"你别……""闭嘴!把你的嘴给我闭上,不然我先把你的嘴钉住!快给我回到床上躺好!"我哭丧着一步一步向床边踱着,"快点,磨磨蹭蹭的。"她终于完全露出了凶相,那张被扭曲变形的脸就如同她此时变异腐烂的心一样,在那里吐出浓稠的毒汁。

当她走近我的那一刻,我不死心地抡起了我的胳膊想用手中的手术刀去刺她,随着一声惨叫,我的右手被射钉枪钉穿了一个钉子,那刺骨的疼痛让我丢掉了手中的利刃,我唯一的武器掉落了。我就是一只待宰的羔羊,等待屠夫无情的残害。"疼吧,我告诉你老老实实的,不要妄想着来伤害我。"她将地上的手术刀踢至床下,"死心吧,我会好好给你治病的,哈哈哈哈……"她放荡的笑声回荡在这个空空的房间里,死寂的房间里除了她的笑声,只剩下我快要停止的心跳声。我想我是在劫难逃了,被我的情敌杀死,再也没有寻找男朋友和那个杯子的必要。

"对,闭上眼睛吧,一点都不痛。死很简单,比生要幸福一百倍,你不会再被爱所折磨,也不会再有苦痛。不疼的,这是一种享受,你人生中最后的一次享受。"我缓慢地闭上我的眼睛,将她恐怖的面孔隔离在眼皮之外,只留给自己无尽的黑暗。就像他们说的一样,死亡之前的种种回忆都是人生中最美好的记忆,只有那些美好到无法忘怀的才是我唯一可以留下的。别了,我的爱。别了,那个承载了我的爱的,我无法寻到的杯子。就让我的爱连同所有的回忆一起消散了吧,不会再有痛苦了。

两年,男朋友,杯子。杯子,不!杯子!为什么会有那么多的杯子,我的杯子到底在哪里,我不能死,找不到他唯一留给我的东西,我不能抱憾去死。不!我不能死!想杀了我,没那么容易!

我突然的起身吓到了正要杀我的女人,由于惊吓,她松掉了手中的射钉器,我一把将它夺了过来。"你想杀我,没那么容易,告诉我,为什么你有那么多的杯子,我的男朋友到底在哪里?你说!你快点说!快点告诉我!!"

一瞬的愣神并没有掌控她的神经,"哈哈哈,哈哈哈哈哈。他在哪里?你说他在哪里?你自己说说他在哪里?都是你干的,你问我他在哪里?找不到了对吧,我就是有那些杯子,怎么样?我就不告诉你怎么样啊?"她边说着竟向我扑了过来,我下意识地扣动了开关,一个飞射的钉子射到了她的右侧肩膀里。"你还真敢啊,你杀过人么?你不敢杀我的,快把它给我,你会害怕的,你不会杀我的。"她一点点向我逼近,钻心的疼延缓了她的脚步。但她确是一步步地向我走来,不留一丝的迟疑。伴着她的走进,我再一次一点点的后退。"你不要过来了,你再过来,我真的会杀了你的。""你不会的,你不敢的。"她这次边说边向我再次扑来。"啊!"不知道是她的尖叫还是我的嘶吼,我一连按动着开关,数个钉子向她飞出,她随后也应声倒下。在她倒下的同时,我看清了她身上一共钉着23个钉子,第24个钉子在我的手中钉着。我踉跄着退后,丢掉了手中的射钉器,狠心地拔出了手中的钉子扔在了地上。我用已经痛得麻木的右手支撑起自己疲惫不堪的身躯,走进了那个储藏室。蹲在地上打开了所有的纸箱,那里都是一模一样的杯子。我不知道为什么自己竟然笑了起来,放肆的笑声和这里的环境一点也不相配,如同我的存在一般,同样和这里难以融合在一起。我寻找了那么久的杯子,在这里竟然遍地都是,一样的款式,一样的光泽。如果当初我送给男朋友的是这里的全部,那是不是此刻它们应该闪耀着同样的光芒。

我痛苦地哭吼着,连同我的喜悲都和这一室的杯子一样不再显现出一丝的温度。我跪在地上享受着痛苦过后的最后一点放纵的感觉。

"唔!"我突然被重力推倒在地,当我看清了身上压着的人,竟是那个被我"杀死"的女人。我的背被地上的碎屑扎伤,我不知道此刻手上沾染的是我自己的血还是她身上流出的血。"我都跟你说过不要杀人,你不敢的,你看,我没死吧。现在轮到我杀你了!"一个玻璃杯击中了我的头,剧烈的疼痛驱使我去捂住正在破裂出血的伤口,我摸到了黏稠腥涩的血,还摸到了满手的玻璃碎屑。锋利的碎屑割破了我的手,混杂着先前被钉子钉穿的手掌,我的右手一片血肉模糊。可是这时的我已经没有闲暇顾及我的手,撕裂般的疼痛侵染了我的神经,逐渐模糊的视线里只剩下那只握住钉子向我眼睛扎来的手。

"不要!"我飞离般地挺坐起,周围笼罩我的只有黑暗。我不知什么时候睡在了餐厅里的凳子上,手中握着玻璃的碎屑,正在流出的血液和袭击我大脑的疼痛让我意识到了刚才我是在做梦。原来是虚惊一场,一定是我太累了,才会梦到那些奇奇怪怪的事情。

可是当我顺着我受伤的右手望向桌子上,那里静静地躺着一个杯子的残骸。除了我手掌中流出的血液,还有从杯子缺口溢出到地上的水渍。

就像梦中的那样,我的手掌隐隐作痛。连同的还有那个破碎的杯子。

我真的感觉我的精神已经处于了崩溃的边缘,我不能继续待在这里了。我必须要出去走走,散散心。

几天之后,你们便可以在机场看到一个疲惫不堪的女人拖着一个简单的箱子,那就是我。飞往卢森堡的飞机一个小时后就要起飞,那个与世无争的国家也正好适合我现在孤寂无助的心情,也只有这里最能容纳我这个多余的人吧。

当我再一次出现在室外,已经是在欧洲西北部的小国——卢森堡。这个西欧的军事要塞,独立于任何国家之外,欧洲唯一的大公国。我想也只有这样一个遗世独立的国家能合乎我现在的处境了吧。

青石铺排成的小路,处处透露着古朴的气息。我漫步在几个世纪以前建设的城市中,看着身边往来的人群和游客,或多或少都有着身边人的陪伴。热恋中恩爱相拥的情侣、年迈搀扶的老夫妻、还有携家带口的幸福的家庭。我又一次在异域的国土上显得累赘多余。我闭上了扫视的眼睛,遮蔽住了我焦急渴求的目光:在这里怎么会碰到熟悉的人呢?可是这里的一砖一瓦我又如此熟悉,让我不禁觉得曾来过这里。商店洁净闪亮的橱窗、路边放置摆设的电话亭、甚至连那些熙熙攘攘往来的过客都让我有一种莫名的熟悉感。这一定就是幻想吧,我是第一次来到这里,一定只是我想多了。

到了酒店办理入住的时候,大堂的经理,一个年轻可爱的小伙子用蹩脚的发音向我说了句"嘿,你好,很高兴再见到您。"再见到我?难道之前还见过?这不可能,这一定是他友好的欢迎方式,我没有再多想,礼貌性地对他笑了一笑,拿到我的房卡向他说了句"谢谢,再见。"我当时并没有注意到他略显失望和狐疑的眼神。

当我打开房间的门的时候,那股迎面而来的熟悉的气息让我有一瞬的失神,就像是来到了男朋友的家里一样。当我走入屋子的时候,那种熟悉的感觉愈发强烈,我伸手随意去触摸每一样物品的时候都有一种恍若隔世的感觉。这里的一花一草,一桌一椅都好像拥有鲜活的生命一样在向我诉说着它们对我的思念。不! 这不对,这不可能! 我怎么会对陌生的物件有着熟悉的感觉,我就是想得太多太累了,我不能这样下去,我要休息了。

我随手丢下了手中的行李,直接走向室内的床上,过于柔软舒适的床让我很快有了睡意。

当我再次醒来时我发现自己又回到了那间医院的房间,还是昏暗的灯光,还是流淌下的未干涸的油漆渍。墙角那里蹲着一个头发散乱的女人,她正在用粉刷一点一点地粉刷着墙壁。好奇心驱使着我向前走去,想要知道那里的女人是谁。她并不像是之前来找我的那个陌生的女人,那么精致的她不可能此时此刻如此衣衫不整、发型凌乱地做着这样的活儿。我一步步走向她,不敢发一丝毫的声响,生怕打扰到她,耽搁了她的工作。可当我慢慢走近那个女人的时候,我看清了她油漆桶里装着的并不是油漆,过于稀稠的液体不像是黏腻的油漆,它也没有散发出油漆应有的刺鼻的气味,而是有一种淡淡的咸腥味。我刚刚伸出我的右手想要去触碰她,她顺势回头,一副狰狞残破的脸出现在我的面前:破裂的脸颊,右眼掉落出的眼球,几条深可见骨的刀疤夹杂着泛白发炎的肌肉。我下意识地后退了几步,也许是我已经惊吓到忘记了发出叫喊,我愣是没有发出一点点的尖叫和响声。她用那张破碎的脸冲我笑了笑,转手用手中的刷子去蘸桶里的油漆。可当她再次将刷子拿起时,手中却变成了那只我心心念念的杯子,里面盛装着暗红色的液体。在我还没有反应那到底是什么的时候,她将杯子里的液体全然向我泼来,腥涩咸腻的口感证实了我之前的猜想,那根本就不是油漆,而是血!

随后那个女人瞬间发出了晦涩奸邪的笑声,我的眼前仿佛出现了千千万万个闪烁着光芒的玻璃杯,那刺眼的光芒令我产生了眩晕,我不知道我什么时候倒下的,我只知道我再也没有力气能够站起来。

一束柔和的阳光照耀在我的脸上,右手掌温暖的触觉让我感受到了春天的和煦。我缓缓地睁开眼睛,投射入我眼帘的竟是 A 那张焦急却又俊朗的面庞。"你终于醒了,昨晚我听到你房间里有响声,我跑到楼下让他们来给我开的门。结果进来的时候,你果然晕倒在客厅里了。"柔和带有磁性却暗含一些责备的话语让我有些不知所措。"你怎么会在这？你怎么知道我在这里？我在卢森堡啊,不是在家里呀?"我一边想支撑起我的身子,一边用手捂着欲裂的头,半天也没有起来,最后被 A 硬生生按了下去。"躺好,你最近身体不好,多歇歇。那天你给我打完电话之后,我就一直很担心你,可是我不知道以什么理由去关心你。前几天我去你家找你,可是你不在。后来我问了你的妈妈,她告诉我你来了这里,于是我就一路尾随你来了,怕你出什么事,想默默地照顾你。"他像黑洞一样深不见底的眼像是磁石一般吸引住了我,他因话语而微红的脸颊让我感受到了一丝恍惚的温暖,他像是一块海绵,不断氤氲出温热的液体,触及到了我心中的最深处。

良久我们都没有说话,只是静静地看着彼此。终于他打破了僵局,"我去给你买些吃的,还记得你最喜欢吃楼下甜品店的华夫饼,我去给你买。"他仓促地起身,没有给我向他提问的机会:我最爱吃的华夫饼?我不是没有来过这里吗?怎么会有最喜欢吃的东西?他又是怎么知道的?

可事情就是这样一件接连一件的发生,根本没有给我再次思考的余地。随着门铃的想起,前台的经理从虚掩的门中走了进来。又是那一口流利却发音蹩脚的英语:"我想你可能是不记得我了,这是你上次来的时候交给我的信封。你说过你会回来,你再次回来的时候,务必让我把这个信封交给你。"我不可置信地接过信封,一把抓住了想要离开的他:"告诉我,我是不是来过这里?你以前认识我,我以前就住在这个房间里?"他欲言又止地看了看我说:"你打开了信封你就什么都知道了,这是你从前亲口告诉我的。你好好休息,看看你憔悴的脸,我先走了。"

我手上拿着那个敞口简单的信封,没有半分迟疑地打开了它,又一把精致的钥匙展现在我的面前。与之一同掏出的还有一张纸条,上面只写着一行字,是我的字迹。上面写着:××银行,×××保险柜。在经历了那么多事情之后,我越来越怀疑我的记忆出现了什么问题,一旦有什么线索,我都会立刻去探寻。可是问题又一次来临:我怎么会在异国的银行里存储了什么东西,还是一把钥匙?我的头真的好痛,接连不断的梦魇、一串又一串的疑问、连续不断的惊吓和恐吓。我从来都没有想过我的人生会变成一部惊悚剧,狗血至极的恐怖片,我真的没有力气了,我要去那家银行,看一看从前的我到底是存了什么东西在那里。我感觉我现在已经完全抽干了自己,就像是一副躯壳,里面住着的不是我的灵魂。我只是一个载体,承载着我的骨肉。

  我从床边取下了大衣披到了肩上,将头发全部束到了脑后。我走到茶几前拿起那个装满了白水的玻璃杯喝下了那无味的白水,我竟在放下水杯的同时鬼使神差地狠狠地摔碎了那个玻璃杯。"要是没有你,我就不会变得这样,都是你的错。"我刚抬起我的脚想要去剁碎那些已经碎裂的杯子,"你要干什么!"一个温暖的怀抱擒住了我,把我带离了那堆残骸。我抬起头了便迎上了 A 责备的目光,"你怎么下床来了,为什么不在床上好好休息?"我是一片水中的浮萍,终于找到了可以停靠的彼岸,我一把抱住了他。我可以感受到他这一刻的恍惚和僵硬,可随后一个更加厚实的拥抱笼罩了我。"没事了,都会好起来的,我在这,我就在你身边。以后有我保护你。"他宽厚的手掌抚摸着我的头发,我竟像是在男朋友的怀抱里那样的舒心。"刚才有人给我一个信封,里面有一把钥匙,陪我去那家银行好么?"

  我没有错过他眼里的温柔和怜惜,我从来没有感受过那么强烈的目光和情感。"好,我们这就去。"

  我该是怀着多么忐忑不安的心走进的银行,当我站在×××号柜子的面前,我有可以选择不打开的机会。可是我不甘心,我不远万里来到这里,总不能带着疑问回到家中。

  A 握住了我颤抖的手,"我们不要看了,回去吧。重新开始生活,不要再沉浸在过去的漩涡中了好吗?"他热切又渴求的目光真的让我想要放弃探寻里面究竟是什么。可是我做不到,我不能抱有怀疑地度过我剩余的人生,我不想人生留下一个没有解开的疑惑。"让我打开它吧,不管里面是什么,我都会接受的。"我又一次用我包扎了多次却始终没有愈合的右手慢慢抽脱了他的手,"让我知道吧,我不想抱憾地活着。"他终究是同意了我的选择,退到了我的身后。"你打开它吧,我就在这里。"

  我的内心已经没有任何的波澜和起伏,即使里面什么都没有,我也能欣然接受。但是当我真正打开它的刹那,我的手停在了半途。我的理智和我的感情在抗争,我不能再次做出准确的选择。"不,我不想看了,我们走吧。"我用力地关上了保险柜的门,回过头拉着Ａ想要离开。可是这回Ａ并没有跟着我一起走,而是挣脱了我的手,"我来替你打开。"话音刚落,柜门便被打开了,硕大的柜子里摆放着的,又是一把钥匙。

我拿着保险柜里的钥匙哭笑不得地呆坐在那里,已经是三把钥匙了,这是在开什么玩笑。是不是我的男朋友要来戏弄我,给我留了这么多的钥匙。哪里有那么多的锁要来被打开?为什么都是钥匙?为什么?我颓丧地趴在宾馆的地踏上,一下一下吱吱嘎嘎地用钥匙的锯齿划割着地毯。被锯齿逆向翻起的羊毛以一种怪异的形态展现在我的面前,那些奇怪的形状就像是在嘲笑我的鬼脸,一边叫嚣着一边鄙夷地看着我。我愤怒地将钥匙摔在地上,像是要将它摔碎一样厌恶地踩躏着它。"不要不开心了,我们在这待一段时间,好好休息一下,换一换头脑。等你待够了我们就回去找这个钥匙的用处好么?"Ａ从客厅里走过来把我抱起来安置到沙发上。通过这几天和Ａ的相处,我真的发现我越来越离不开Ａ的陪伴,没有他在我身边,我的精神也许早就崩溃了。他的话就像巫婆的咒语一样,只要是他说的,我都会听从,无论之前的我已经下定了多大的决心。

那便不想了,放空自己吧。

这已经是在卢森堡的第22天,我每天和Ａ到处游走和闲逛。可是不管是哪个我们一起走过的地方我都觉得异常熟悉,就像是放映内容相近主题相同的电影一样。这也许是我对他的依赖吧,如果找不到我的男友,为什么不选择他呢?他的陪伴让我安心,他的话语拥有魔力,我这样想着,不由得握紧了与他相牵的手。

今天我们去的是卢森堡市附近的一个小镇,以玻璃制品而著名。当我们进入一家历史悠久的玻璃制品制造工厂的时候,工厂正在为游客们演示玻璃制品的制造过程。身怀传统手工艺的工人正在用吹管吹制一个杯子,当我看到他手到擒来地吹制好那个杯子放进窑炉之后,记忆像是席卷而来的洪水向我袭来。也是这家工厂,也是这个窑炉,身边也是陪同着我的一个人。可那个人是谁?那时陪在我身边的人到底是谁?我怎么想都得不出答案,我的头像是要爆炸了一样,我就是想不起来我身边的那个人是谁。Ａ看出了我的不适,紧张地问我:"怎么了?不舒服吗?是不是想起了什么?头痛不痛,我们先找个地方休息一下吧。"他边说边将我扶到旁边的休息区,让我坐下,心疼地把我抱在怀里。

"我绝对是来过这里的,也是同样的地方,同样的场景。可是剩下的那个人我就是想不起来,我的那个找不到的杯子,不是我买的,恰恰就是在这里让这家工厂定做的,就是这里。我的头好痛,我好像想起了什么,我想回家,我想去他家弄个明白,那里一定还有什么线索。"我用渴求的双眼充满乞求地看着他。他却避开了我的视线,"不要回去好吗?我怕你回去之后想起什么,就要离开我了。"我认识他这么久,第一次看到他如此失落和低沉的神情,我的心像是被狠戳了一下。我紧紧地抱住他,"不会的,不管怎么样,都过去了。我只是想弄清楚到底是什么答案,这么多天的相处,我也不想再离开你了。"我安抚地摸着他的背,感觉到他情绪的逐渐平息,"我们回去吧,好吗?"

又沉默了好久,"好,我这就去买机票,我们这就回家。"

第24天,我们离开了这个西北欧的美丽国家,回到了那个我心心念念却又不愿面对的现实中。

回到家后,我拒绝了A的陪同,我想要自己去男朋友的家里,我想要和自己之前的人生,做一个彻彻底底的了断。我想这是我最后一次来他的家了,再也没有下次了。

屋子还是一如既往的昏暗无光,只是相对于以往,今日的房间更加阴沉。我习惯性地用指尖去触碰每一样摆设,直到沾满了物件上的灰尘。我又一次跪在他的床边,去吸闻他床单的味道,但除了浓厚的灰尘味再无其他。终于要和这一切告别了不是么?再也闻不到他身上清新的味道、再也看不到他和煦的面庞、再也触碰不到他周身的一片空气。能忘就忘掉了吧,能放就放下了吧。

我寻找了整个屋子,都没有其他人来过的痕迹。我想过是不是那个女人来过,是不是她窥探到了我和男朋友之间的什么秘密。可是没有,我上次走之前做过的细密的"陷阱"都没有被人触碰过,那说明除了我根本就没有人再来过这个房间。我自导自演的闹剧也是时候收场了。

是时候该走了。"啪"的一声巨响打破了整个屋子的宁静。我惊异地转过身去,上午被我撕破的衣角勾住了床头柜的把手,在我起身之后拉下了那个抽屉。

散落一地的两个本子吸引了我的注意：他们的封口都有一个锁孔。我下意识地掏出了口袋里的钥匙去试那两个锁孔，只有一个锁孔被打开了。本子里空空的，什么都没有写，里面只有一个信封。我打开那个信封，倒出了一枚扣子。这是我最喜欢的大衣的扣子，我一直以为它丢失了，没想到它在这里。我手心紧紧握着这枚扣子，第一时间冲到衣柜前。我打开衣柜，找到了那件大衣，把这枚扣子按在本属于它的位置，就好像它可以就此扎根生长在这里一样。我原本以为这是生活送给我的惊喜，可是随后的发现更令我惊喜万分，我在大衣的口袋里发现了我最喜欢的一个发卡，一朵绽放的雏菊，水晶的材质让它栩栩如生，从前的我每次戴上它都觉得自己仿佛真的变成了山谷中盛开的雏菊一般淡雅纯洁，我也要把它放回属于它的那片天空。我绕过抽屉中散落的狼藉，走到床头柜前，打开了上面的首饰盒。这个首饰盒已经没有足够的电量来维持它的转动，我小心翼翼地打开了它，生怕惊动了里面的每一件首饰。它们还都像从前一样陈放在那里，它们都是寂静地待在那里，时间没有改变它们丝毫的模样。

我抽出了缝隙中夹着的书签，这也是我曾经的挚爱，那本王尔德的书签。我还可以清晰地看到我当初用淡蓝色钢笔水写的话语："恨是盲目的，爱亦然。"我爱我的男朋友么？我恨他么？我不知道，我也不想再去知道，因为这一切已经与我无关，我要重新我的生活，不再有任何波澜。

我能感觉到我自己是微笑着走向摆满了各种书目的书柜，找到了那本书。只是我刚刚拿出那本书，便看到了落在地上的另一把钥匙，这便一定是另一个本子的钥匙了。

我从来没有这么肯定地将这两个事物加以匹配，可事实确实如我所料，第二个本子被打开了。

我根本就没有男朋友，没有这些我送给他的杯子，没有他的痕迹，他根本就不存在，根本就不存在！这个世界上根本就没有叫他名字的这个人，即使有这个名字的人，也不是我想象中的男朋友。A 也不是他的朋友，是我这么多年来唯一陪伴在身边的人。原来一切都是我的想象，都是我的一厢情愿，我没有男朋友！

生活里都是我的美好幻想，日记本里记录的都是生活的残酷无情。

我呆呆地坐在那堆散乱在地的本子上面,腿上放着被我掉下的日记本,和几张医疗记录单。我不知道我在想什么,也不知道我该想什么。原来这一切都是假的。这些亦真亦幻的梦境都是我潜意识中的虚构。

我梦中和现实中打破的是同一个杯子,那打破的不仅仅是一个杯子,更是对我无理取闹的幻境的最好的嘲讽。

他的家不是他的家,而是我的家;留有他香味的床单不是他的床单,而是我的床单;遮蔽住全部阳光的暗红窗帘不是我送给他的窗帘,而是我亲自为自己挑选的窗帘。我的生活中从来就没有这个根本就不存在的男朋友,这两年来都是我一个人。我一个人的生活,没有一丝我不喜欢的波澜。

我的生活被打破,是一年多以前的车祸。医疗单和病历上明明确确地写着我的脑部受到撞击,会时常出现记忆的裂缝,找不到曾经的记忆,他们建议我记录每一天的生活。

这就是我为什么会准备两个日记本,却空空的存放着一个空白的本子。我的扣子是我怕丢才放进本子里的,我的发卡是怕找不到才塞到大衣口袋里的,我的书签也是为了提醒自己才塞到夹层里的。可是为什么之前我就记不得了呢?我为什么就偏偏记得我有一个不存在的男友,每日纠缠在我的脑海里呢?

我从前不知道,我的生活为什么如此艰难。可是直到现在我才知道,我守着一个不存在的男友,每日去追逐根本找不到的气息才是真正的痛苦。

我苦苦追寻了数日的杯子,原来竟是我自己买来送给自己的礼物。我横跨了半个地球,到了一个西北欧的国家,只是为了找寻我手术后存留的记忆。我也终于明白了 A 的无奈和对我有意的躲藏,他不想让我知道这更为残忍的真相,他只想我安安稳稳、快快乐乐地度过现在的每一天,不再去想从前那些不愉快的记忆。原来这么多年一直默默守护我的人竟是 A,我还差点错怪了他。不过好在现在我可以没有遗憾和愧疚地接纳他,开始我的新生活。

我不知道我现在该是觉得庆幸还是觉得悲哀,不过这些我再也不想计较。我要去寻找我新的人生,一个不再有包袱的人生。

我起身一把拉开了尘封已久的窗帘，上面沉重的灰烬刹那间倾泻到同样污浊的地板上。一道道刺眼却又温和的阳光瞬间照耀进了屋子，整个黑夜被白昼的光辉点亮。我用脸感受着许久未见的阳光，用心去感受着它的温暖。我转过头看向装满杯子的立柜，已经被灰尘蒙蔽的玻璃杯们再也透不出如钻石一样璀璨的光芒。

一切都结束了，一切都结束了。

这一次，我终于没有再留恋不舍地离开这间屋子。我将三把钥匙通通留在了屋子里。

一出门便看到了等在那里许久的A，他只是静静地望着我没有说话。我满怀希望地走向他，在他错愕的眼神之下拉住他的手，"我们走，再也不回来了。"

再也不回来了，我再也不会回来了，我再也回不来了。

我还是坐在咖啡店的那个角落里，我的对面坐着A。

"真的不后悔忘记那些事情吗？真的不怕再次失去现在的记忆吗？"A手里把玩着那个陶瓷的咖啡杯，时不时搅拌一下温热的咖啡。

"不会了，我现在每天都在写日记，把所有的事情都记录到里面，忘记的时候翻一翻。况且有你在我身边，我什么都不会忘记了。"我拿起纸巾擦拭了嘴边的咖啡渍。

"你知道这样一个女人嘛？我之前遇到过她。"我凭着我的记忆向A描述着那个在我现实生活中和梦境中都出现过的女子。

"没有，什么女人？"

我不禁抬头和A双目相视，又不禁会然一笑。

"你现在快乐便好，不要多想了，是谁都无所谓，不是么？"A边说边伸出左手握住了我满是疤痕的右手，"跟我在一起吧，不要再让痛苦围绕了。"

我抬起刚刚低下的头，凝望了他几秒。"好。"我也用我的右手握紧了他，"那就重新开始吧。"

我想我的生活就是这样重新开始了，没有追逐，没有梦境，平静得如我想象一般没有一丝波澜。

这样是最好的了吧。

一年后,我正在家中给 A 做着早饭,门铃响了起来。我冲过去打开门,看到一个快递员。"对不起,小姐。打扰一下,请您签收这个盒子。"我伸手接过了一个白色的包装精美的,却没有寄件人署名的盒子。狐疑地签收了它,随后迫不及待地拆开盒子。

　　发现里面躺着的,正是那个,我之前寻找了好久的,第 24 个杯子。

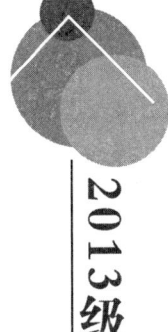

2013级

白若凡

女,陕西延安人,西北大学文学院 2013 级学生。诗歌《沉默》《熄灭之后》入选西北大学"抒雁杯"青春诗会优秀作品选。很难把自己放置在书面的叙述之中,喜欢隐藏在意象背后,狂欢或沉默。

空山

羊二爷的三弦很久没响起来了。

凉山上的清水观愈发清冷了,殿内的菩萨褪去了往日烟火下的神秘模样,供桌上的贡品也被老鼠咬得七零八落,羊二爷就倚在供桌的木腿儿上,呆呆的样子就像坐在地上的泥菩萨,不知日月,不问世事。

要是以往清水观香火旺盛的时候,羊二爷便会翻出箱底的半旧中山装,拎着那把被他唤作"心肝儿"的三弦,从山下的家中慢慢悠悠晃到山上的清水观,习惯性地掸掸衣服下摆的尘土,这便表明二爷的表演就要开始了。熟识的陌生的香客在送完香后,往往都停在二爷的周围,听着二爷如痴如醉的表演,无不赞叹称绝。年轻的道士小乙也放下香案上的活,入迷地望着羊二爷的方向,全然不似平日里呆傻模样。

羊二爷的三弦从不幽怨哀绝,指尖的轮转像弹拨着山河,二爷只是弹,与三弦相配的词从未唱过,没人知道,也从未有人问过。一曲弹毕,无论旁人怎么相劝再来一曲,二爷也不理会,至于那些善男信女们投来的钱,二爷也是视若无睹,施施然穿过人群,拎着他的"心肝儿"走到殿前,朝内喊一声:"老和尚,我走啦!明天再来!"

"道长,道长,是道长,道长不是和尚!"

羊二爷也不进殿,慢悠悠地晃下山了。

退休前的羊二爷全然不似现在快活,或者说,现在的羊二爷也不算快活。羊二爷的儿女虽已成家,可从年轻到现在,除了和三弦相伴的短暂时刻,他一点也没快活过,虽然二爷从未觉得自己不快活过。羊二爷不姓羊,因为长着一张活脱脱的山羊脸,排名老二,大家便叫他羊二爷。羊二爷的不快活,要说到很久很久以前了。

那还是饥饿的时代,久到人们都忘记了什么是饿的滋味。羊二爷中年丧了偶,但生活倒也过得下去。旁人看他一个人孤孤零零,便把比他小十岁的外县女人介绍给他。外县遭了灾,女人家里听说能吃饱饭,便毫不犹豫地把女儿嫁了。邻里好事的泼皮们觉着新嫁的羊二奶奶看起来至少比山羊脸的羊二爷年轻二十岁,便"羊二嫂,羊二姐"地乱叫起来,时间久了,邻里都琢磨出味来,当作茶余饭后的闲谈,像嚼萝卜根一样,传出许多腌臜事来。

羊二嫂嫁给羊二爷以后吃饱了饭,腰肢也渐丰满起来,在大多数人吃不饱的小县城,谁身上多一两肉被眼尖的人瞧见了都是一碟下酒的菜。羊二嫂也是个泼辣的人,听见风言风语就是一顿骂,在羊二嫂的身上,骂人是一门绝妙的艺术,再剽悍的山野村妇,遇到羊二嫂也会败下阵来。

嫁给羊二爷的第二年春天,羊二嫂丰满的腰肢再也没被当作下酒菜,被代替的是羊二爷的第一个女儿大北,接下来的几年,羊二嫂的肚子再也没瘦下来过,等到五个儿女会跑会跳的时候,羊二嫂真正地成为了羊二奶奶。羊二奶奶是老羊家的大功臣,至少羊二爷对羊二奶奶言听计从,百依百顺,虽说五个孩子着实让羊家的生活不似从前宽裕,但羊二奶奶回娘家带的大包小包也足以让娘家人羡慕。

多年前遭了灾的羊二奶奶的娘家,光景依旧不好过,在旱年吃饱肚子还是个问题,于是从娘家回来的羊二奶奶哭哭啼啼,饭不做了,孩子也不管了,一天天抹眼泪叹大气,向邻里哭诉她一个嫁在外县的女儿不济事,娘家的弟弟妹妹在田头饿得哇哇叫。羊二爷是有心无力,眼看五个儿女要吃要穿要上学,一家七张嘴全凭着他,他知道妇人家要面子,羊二嫂回娘家带去什么他从没吱过声。可时间久了,终究受不了妇人家的唠唠叨叨,哭哭啼啼,拎着他那把破三弦上山去图个清静。羊二爷成天不着家,羊二嫂的怨气更重了,孩子是全然不顾了,不梳不洗地躺在床上,表示对羊二爷无声的抗议。羊二爷知道,羊二嫂不再满足回娘家时的片刻"风光",而是要他去填饱娘家人的嘴。

没了爹娘管的五个儿女像放出圈的羊,在山沟沟里成天晃悠,谁也不想回那个既没爹又没娘的家。山里分布着大大小小的新坟旧坟,每到旧历的节日,前来祭祀的人络绎不绝,用来祭祀的肉类果品摆在坟前的供桌上,没人管的野孩子会躲在杂木丛里,待人们下山后,大口大口吞咽送给鬼魂的食物,谁也不会在意吉不吉利,也许明天,他们也会成为这大山里的孤魂野鬼。羊二爷的五个儿女却没有这么好的运气,活人都填不饱肚子的年代,谁还会管死了的人呢?作为大姐的大北,带着她的弟弟妹妹们,游荡在山沟沟里,随处可见的土馒头前,只有疯长的杂草,好像要包裹住坟头,把还未投胎的鬼魂禁锢在坟穴中。而大北他们并不觉得害怕,山头那边总是能传来父亲的三弦声,他们坐在酸枣树下,一边摘酸枣吃,一边听着最美妙的音乐,可是大北可以听出父亲的不快活,她和父亲一样不快活,她厌恶母亲疯狂地搜刮家里的粮食去填饱她饥饿的娘家人,厌恶那个麦色面皮的手艺人每天在父亲去清水观的时候路过家门。

在山头的清水观里,羊二爷还是穿着他那破旧的中山装,咿咿呀呀地拉着三弦。老道士依旧待在殿内,小道士小乙还是那副傻呆呆的模样,只是面容清瘦不少。观里没有一个香客,也不再烟雾缭绕。羊二爷的三弦声停了。

"二爷,怎么不拉了?"小道士笑嘻嘻地望着羊二爷。

羊二爷不说话。

"该不是想羊二奶奶了?"

"小和尚懂什么,山下的女人是老虎。"

"我不信,来清水观的姐姐奶奶们可不少。"

"你今天倒是不傻。"

小乙低下头嘿嘿地笑。

"哎……日子还得过。"羊二爷长叹一声,站起身。像往常一样走到殿外,朝内喊一声:"老和尚,我走啦!"今天老和尚没有回应他。

羊二爷顺着山路,缓缓地走下山,他望见大山们起伏绵延,大喊一声,大山们便回他相同的一声。羊二爷在想,大山里面到底是层层叠叠的黄土还是鬼魂们的洞穴呢?而山里的大北,听到父亲的三弦声断了,莫名地害怕起来。她看着坟前干干净净的供桌,感到从未有过的饥饿,便拉起弟弟妹妹的手,沿着蜿蜒向上的山路急急地走。

大北望着山头上快要沉下去的红鸡蛋,迷迷糊糊地想:那半块被她偷偷种下的杂粮馒头,明年春天,到底会不会发芽呢?

成丹彤

女,西北大学文学院2013级学生。因钟书而从文,爱好学习语言、辩论、篆刻、茶艺。

火炉

我们很多人已经多年不用火炉了。但有些人仍然坚持用。

陈家每个孩子都有一个好叫的名字,老大叫成娃,一般一个家族老大的发展也就往往给这个家庭奠定了基调,所以老大总是被寄予了贫寒人家渴望时来运转的希望。老二叫好娃,有一些品格不能用一些具体的词来概括,但就是让人舒服,让人欢喜,让人觉得好。老二喜欢养牛,身上总有一股牛棚里的味道,不大说话,用他媳妇的话说,"半天撞不出个屁来。"剩下最小的女儿,实在欢喜得不得了,老大年轻时在外面上班,每天骑几十里路摸黑也要回家,说是想看看妹子,实在爱得舍不得。后来大家就叫她"都爱",这不能用普通话读,那样读的太文雅,不适合这里的人们,这里的人发音前还带有一个"额",一下子这音就粗重了很多,像是人爱得发了狂,着了魔,爱成了畜一样才会发出的饱食后从胃里、血液里哼哼叽叽出的沉重的满足感。每天家里把饭煮熟了,就站在巷口,对着夕阳,身后是刚做完饭升起的烟,陈大妈拉长了嗓子,铆足了劲,"爱儿,爱儿",这被多少柔情故事百用不厌的词在这里被吼叫出来,赤裸裸的爱意被这样不害羞地直白地表现出来。

陈大妈没有婆婆,于是她就不是一个好媳妇,刁婆婆可以培养最标准的媳妇,直到有一天她自己变成了刁婆婆,一个小女孩总是在家里可以看到十几年后的自己和几十年后的自己的模样。别的媳妇和婆家怄了气,坐在村头的大石头上抹眼泪,陈大妈扯着她的花棉袄往家拽,日子都是要忍着过的,争个谁是谁非那还了得,更多的时候人们忍一会儿就会忘了,日复一日的辛苦日子足以吞掉这些鸡毛蒜皮的小事。媳妇们看看村头快要落下的夕阳,空气中有安逸的味道,人在这个时候怎么会干得了残忍果断的事情呢?离家出走,回娘家,都是和这祥和的傍晚不符的。掸掸身上的土,吐口唾沫也就回去了,毕竟还有陈大妈当个台阶,回家去还是不丢脸面的。陈大妈在家里是称霸的,一个家庭谁称王称霸是在一结婚就默定成规的,有婆婆的就自然觉得矮了一截,没婆婆的还要神气一下,把持朝政。陈大妈饭做得不好,衣服也缝得不好,总是"搞"着过,啥都能被搞过去。蒸得馍缺碱就搞着吃,衣服烂了就搞着穿,停水了就搞得有口喝的就行,鼻涕留下来就在裤子上搞着抹抹。事情是较真不得的。在陈大妈这里只有一件事情不能搞,搞不得,女人先天的后天的所有细密盘算全用在陈大爷身上,在她那里生气不叫生气,丢人不叫丢人,都叫"陈玉林"。陈大妈气了陈大爷一辈子,也骂了一辈子。陈大爷一辈子都是个不成功的商人,他脑子里缺点东西,缺点什么东西呢?陈大妈说,缺一根弦,缺个心眼。做生意的人说那是一头倔驴,驴脾气一犯,撂倒摊子,扔了秤就跟买主吵起来了,吵是为了给打蓄势,彼此打斗之前还是要估估对方的口气、实力,要是有一方提前服了软,这架是打不起来的。这里的人是一个巴掌打不起来的,一人和气点,大家就都能以礼相待,买卖不成仁义在。仁义这东西,在陈大爷这里比摊子重要得多。他没做生意的脑子,卖菜籽、卖柿子、收辣子、卖辣子,十里八镇都知道,陈玉林是头倔驴,是缺点啥的生意人。

  陈大妈每天正午都要骂人,这几乎是每日的农村家家上演的碎戏,这里的人家家都有一个巧舌如簧能骂能喊的人,不然没有生气、喜庆气,没有家的场面劲。骂人前,陈大妈先是大喝一声,"陈玉林!"接着边绕着火炉踱步,边挽袖子,斜着眼睛,昂着头,有时候手里还要拿个炉子里烤的干馍,焦黄的,灿灿的,加些红辣子,雪里红,好看得很。骂起仗来,馍渣渣随着话一起蹦出去,话的内容也是红红绿绿,干干脆脆的,难听得很,凶悍得很。白白的唾沫星子,红红的辣子都弹出来,五颜六色的,热闹非凡,跟集市一样。话的内容是次要的,主要是那借着馍渣渣弹出的子弹力道,那震得心肺肝肾轰隆隆的声音都让人想,这是有多恨、多生气啊。实话说起来,大妈都不知道自己咋那么容易生气,就是看不惯的老倔头。陈大爷见不得苍蝇嗡嗡飞,正午大妈睡觉时,他总是怕苍蝇扰人,就拿着苍蝇拍,啪啪、啪啪地打,多数是打不到几个的,但他是一定正儿八经地打,抿着嘴,像端详小女儿那样认真地看着苍蝇,一下一下打。这是他的游戏。当然不一会儿被吵醒的大妈也会进行她的游戏。大妈河东狮吼,大爷倔驴继续打苍蝇,各玩各的,互成配乐,趣味盎然。

　　子女们也早都习惯了这每天的仪式,跟吃饭喝茶一样是要两个人都真切遵守,按点进行的。只是想着两人老了,老了,就能和气点。成娃、好娃都有了各自的家,都爱也嫁出去了,逢年过个节孙子外孙都回来热闹一下,他们不回来,家里也还是喧闹依旧的。陈大妈老了,变得更爱骂人,儿子、女儿、孙子、外孙的一切不顺心的事,犯的一切错误都会被她归根溯源到陈大爷,娃娃们摔倒了,怪他不操心;儿子的牛病倒了,怪他不关心;门前的路下了雨真滑人,怪他不把路弄好;怪他怪得理直气壮,字斟句酌的。

　　俩人爱用火炉,不骂人也不打苍蝇的时候,两人吃完饭洗完锅没事就看着炉子,一会擦擦它,添几块煤。大妈对炉子搞着用了几十年也上了心,跟给女儿当时梳辫子那样给炉子还抹抹。炉子是能生出很多话题的,一家跟一家的炉子的性情是不同的,有的旺,有的就是不行,进了门,没有暖和气,炉子总是和炉子比,人也爱跟人比,大家都喜欢那些火焰咄咄逼人的火炉,这也是没办法的事。可各家也总觉得自己家的炉子最好。冬天早上陈大爷一睁眼第一件事就是要生炉子,这可是顶重要的,不留神,大妈骂起来比那最旺的炉子都旺。冬天的饭都是在炉子上做的,烤馍,熬粥,配点脆脆的雪里红。俩人聊着聊着,村里的狗长猫短,你来我去的,哭哭闹闹,笑笑哈哈的事都是要拿来当佐料的,说到唏嘘处,大妈就端高碗,一口把粥喝净,把碗边一舔。那天,大妈说,"我还记得那年打仗的时候,我引着成娃,你背着好娃,抱着都爱,还在他姨家躲过几天,那时候还傻得很,两家又离得不远,真要是打仗了,还能躲过去?"大爷点点头,"就是的,人那时候觉得跑就是好的,就有些希望,满山你看那都跑的是人,人是知道自己傻的,就那还是要傻的。"大妈白了一眼大爷,"我觉得那时候,娃都在一起,多好的。"大爷掸掸烟灰,摇着头说,"我见不得那时候,总是跑来跑去,干不成事,地里的菜都死完了,造孽呢!"陈大妈没想到大爷和自己生活了这么多年竟然在这事情上看法这么不同,不过,她也不想骂他,不同就不同吧,这不要紧。两个人就看着炉子里的火烧炭,烧得真好,声音"嘎巴""啪啦",有点情致,有点动人,映着被炉火烤得红红的脸庞,白白的头发。

那天,成娃拿回来一条兔,大妈高兴地说,"今晚就做成兔肉疙瘩,掺些油,拌些酸菜,肯定好吃。都爱的娃喜欢吃肉,好娃的媳妇老生病,也要补补。"做完肉,天都蒙蒙黑了,收拾了锅碗也要睡了,炕烧得很热。大妈进房间闭上门,把炉子看看,确定它气数将尽,半夜不会再烧了。大爷说,"咱是不是不活了?把门留个缝,半夜炉子要是冒烟,你这老命要不要?"大妈啐了一口痰,骂道,"就你爱活,活去,看有我活得久没?"熄了灯,还嘟嘟囔囔骂了几句。

冬天的月亮真美,照着树比白天多了点妩媚,照得屋檐安安静静的,照到残雪上,亮亮的,好像残雪对着月亮在笑啊笑。

陈大妈,确切说,已经可以叫陈奶奶了,她从梦中惊醒,感觉心里很堵很闷,想吐,就摸索着下床,打开门进厕所,一下子跌倒在脸盆旁,铝盆急促地响了一声。陈大爷听见声响,磨磨唧唧哼出一句,"你咋了?"然后又翻身睡着了,半天醒不过来,突然他眼睛睁开,又问了一句,可还是没有响声,他赶紧坐起来打开灯跃下床,跑到厕所前看见陈奶奶倒在脸盆旁,脸憋得紫青,地上一摊水,他怔了一下,这是煤气中毒,陈奶奶有气管炎,感觉更明显,这是把人揪得尿出来了。他拍打着脸,叫着陈奶奶的名字,一看没有反应,他把陈奶奶展开在地上,手按着胸口不停地推气,陈大爷笨了一辈子,啥都没弄到人前,却在和村口的老头们玩花花牌时记住了一个把溺水的娃娃救活的传奇故事,他努力回忆当时瘪嘴的老头们是怎样添油加醋地讲。他像疯了一样,盯着那紫青的嘴唇,看有没有呼吸,就像原始人对光的渴望,他觉得自己要断气了,用手在那已经塌陷的胸部上来下去推,脑子里都没有意识了,由于使太大的劲,他感到自己快要缺氧。这时他意识到这样不行,他大吸一口气,把陈奶奶的嘴掰个缝,对着她吹气,像两条濒死的鱼在做最后的自救,两个年近古稀的老人在这里完成他们爱情最古老的仪式,就像他们十七岁刚结婚一样,都是把生命交于彼此,你无法理解有时候人对生命的渴望竟然到了那种程度,又是爱又是活的,陈大爷简直累得无以复加,近乎气绝,他不停地大吸一口气再输给陈奶奶,汗珠滴在陈奶奶的脸上,亮晶晶的。这应该就是所谓的相濡以沫,相气以吸,相互给予生命,相互的呼唤,就像浪潮拍打海岸,海岸同时给浪潮以反作用力。陈大爷不知道重复这样的动作多少次,寒冬的夜晚下这里是如火如荼的拯救,就像那年两人在白雨前抢收麦子,就像那年两人抱着孩子在黑暗中疾走,就像很多原始人最持之以恒的挣扎,让你知道生命多么不愿意告别,它汹涌极了。陈大爷汗珠滚到眼睛里变成泪珠,他简直把这人当成了仇敌,怒目圆睁,泪如飞矢地射下去,他几乎要仇恨了,爱到了、急到了恨的程度。

　　终于他瘫坐在地上,就这样完了,这就完了?人就这样没了?你让我怎么跟娃们说?你把孙子还没管大,你就敢走?人就是这样完的?陈奶奶哼哼出一声"快给我被子!冷!"还放出一个像婴儿初啼的响亮的屁来,陈大爷的眼泪突然开始放心地倾泻,"狗东西,你还要被子,你在哪里睡着呢啊?"他这时候真想骂她,骂她个昏天黑地,骂到自己气绝身亡,他把陈奶奶抱起抬上床,陈奶奶微睁眼睛,"我这是咋了?你哭啥呢?哭谁呢?"这时陈大爷感到自己五脏六腑的排泄物都要蜂拥而出了,他跑进厕所,刚才的恐惧惊吓还有无以复加的累,还有激动和重获生命简直让身体都扛不住了,这大喜大怒大悲怎么让人在几分钟之内承受得了呢?

　　陈大爷也有点晕,他坐在炉子边的凳子上,陈奶奶裹着被子坐在炕上,两个人在深夜两点的数九寒冬大开房门,明晃晃的月亮照着,都不敢去睡,也怎么都睡不着,这好不容易来的命怎能随意交给睡眠呢?睡眠多像死亡啊。两个人商量一致先不跟孩子们打电话,这么晚了,这么冷的,等明天说吧,明天八点再打,那时候太阳就出来了,不会冻着他们。"看那还骂我不,没我了谁救你啊","你还能行得很,还会救人,这么厉害!""我原来还救过我小时候养的狗呢!",两个人像新生的孩子带着初来乍到的新奇和一辈子的记忆聊起了天,这短短黑夜怎么说得完这些话呢,一辈子都说不完的。炉子最后被陈大爷气呼呼地踢了一脚,哼哼唧唧地终于安宁了。

　　月亮在三四点的时候特别美,但是很少有人看过,只要看过的人都会记得,都很难忘记。

封秀

女，西北大学文学院2013级创意写作班学生。喜欢看书，喜欢非虚构性写作，喜欢刺激类游乐项目，喜欢烧脑悬疑类电影，喜欢突发奇想的决定，喜欢没有计划的旅行，喜欢无拘无束，喜欢自由，喜欢狗，也喜欢猫，是一只冲动的"白羊"。

蒙奇奇奇遇记

村东头有一颗老杏树，孩子们一放学就会在老杏树下玩耍，等到村子里传来各自父母的呼唤声，才一个个不情愿地背起书包回家。

老杏树是孩子们最好的玩具，巨大的树干对孩子们来说像一座神秘的城堡。树的根部是镂空状的，可以自由钻出，孩子们每天就在这里玩着捉迷藏、过家家。

孩子中最调皮的要数蒙奇奇了，稚嫩的小脸总是向上扬着，一副"老大"的架势。女孩子们在旁边跳皮筋时，他总是冷不丁地冲进去捣乱，气得女孩们眼泪打转却又拿他没办法。在男孩子中他也不消停，玩游戏时有了矛盾他就开始打架，经常鼻青脸肿着回家。为这事父母打也打了，说也说了，就是不管用，对于这个调皮孩子，蒙奇奇的父母也很头疼。

蒙奇奇经常拿着弹弓打老树上面的鸟窝，直到把鸟窝打落，里面的蛋掉在地上摔碎他才肯罢休。他还用小刀在树干上刻字，和村里的牛牛吵架后他就会用小刀刻上"牛牛是个大坏蛋"，看到班里的娟娟长得漂亮就会刻上"娟娟的脸蛋像苹果一样好看"。总之他想到什么就刻什么，老树的树干上也因此留下来不少伤疤似的字。

一天下午，其他孩子都被妈妈的呼唤声叫回家了，蒙奇奇的妈妈也喊了几声，但是蒙奇奇不想回家。今天数学考试他得了零分，老师让家长签字，他回去肯定要挨打。

蒙奇奇靠着老树坐下，泄愤似的揪起身下的嫩草，有一搭没一搭地向前面扔着，头还是不屑地扬着："哼，你们都回去了，这块地都是我的，你们以后不准来这玩了。"

蒙奇奇坐了一会儿还是不想回家，就围着老树转啊转啊，忽然间一只松鼠从他面前窜过，正觉无聊的蒙奇奇来了精神，刚准备去捉它，只见那只小松鼠三蹦两跳钻进老杏树根部镂空的地方不见了！蒙奇奇走进镂空的地方，正奇怪那只松鼠去哪儿了，猛然间他抬头一看，以前坑坑洼洼的地方竟然变成了一个旋转的楼梯，从蒙奇奇这里怎么也望不到楼梯的尽头。

蒙奇奇有些好奇又有些害怕，"楼梯上面是什么呢？会不会有宝藏？如果是宝藏的话我就可以不用上学了，想买什么就买什么了……可是万一里面有妖怪呢……"

最后还是好奇打败了恐惧，蒙奇奇踏上了旋转楼梯。

楼梯的材质和老杏树一样，都是干巴巴的树皮，上面似乎刻着什么东西，蒙奇奇低下头一看，"牛牛是个大坏蛋。"

"咦？这不是自己写的吗？"蒙奇奇又走了几步，"娟娟的脸蛋像苹果一样好看。"

"自己刻在老杏树上的字怎么在这里？"蒙奇奇觉得奇怪，但他并没有深究，他的内心早已被宝藏的想法填满了。

蒙奇奇走了很久很久，他只觉得自己好像在转圈，事实上他就是在转圈，因为楼梯是螺旋状的，要想走上去他必须得转圈。在不知道转了多少圈以后，蒙奇奇终于走到了楼梯的尽头。

出现在蒙奇奇眼前的是一个木制的房间，门口有两个和他一般高的青杏，圆圆的像个大胖子，还散发着酸酸甜甜的杏肉香味。蒙奇奇早忍不住了，直接扑上去啃了一大口！

"哎哟喂，酸死了！"蒙奇奇捂着嘴巴怪叫道，心不甘情不愿地放弃了眼前的美食。

他咧着嘴继续往里走，只见地上铺着一张巨大的用绿色杏叶做的地毯，房间的墙壁上全是粉嫩的杏花，还有蜜蜂在上面采蜜哩！房间的最里面是一个巨大的杏核做成的箱子，蒙奇奇眼中闪过一丝兴奋的光："宝藏一定在里面!"

蒙奇奇急忙跑到箱子前,激动地打开箱盖,但是出现在他眼前的不是金光闪闪的宝藏,而是一群愤怒的小鸟!

小鸟一涌而出,愤怒地瞪着蒙奇奇,"蒙奇奇,你这个坏孩子,还我们的宝贝!"

"蒙奇奇,你还我们千辛万苦做成的窝。"

"蒙奇奇,你还在老树身上刻字,疼得老树的叶子都变黄了。"

……

"我们把他从树上扔下去,让他也尝尝这种滋味。"

"对!把他扔下去。"

"给他身上也刻上字,让他也疼一疼。"

"刻上字,扔下去!"

"刻上字,扔下去……"

蒙奇奇早被眼前这群叽叽喳喳的小鸟吓得一个屁股蹲坐在地上,他本来是不害怕鸟的,但是这些小鸟像人一样恶狠狠地瞪着他,质问他,尤其是他听到要给他身上刻上字还要从树上扔下去,吓得他抱成一团,哭喊着:"我再也不敢了,我再也不打你们的窝了,我再也不在树干上刻字了,你们饶了我吧……呜呜……饶了我吧……"

"奇奇,奇奇,这孩子,怎么在这就睡着了。"蒙奇奇的妈妈一手拿着围裙,一手推着靠着树干睡着的蒙奇奇。

"我再也不敢了,再也不敢了!"蒙奇奇大叫着醒来,看到眼前的景象时,他有些迷糊,"妈妈,你怎么在这?"

"叫了你几遍你都不应声,还以为你出了什么事,没想到你在这儿睡着了!真是越来越不像话了,着凉了怎么办?"蒙奇奇的妈妈生气地说道。

蒙奇奇这才慢慢反应过来,自己还在老树跟前,他刚刚不是在老树里面吗?他站起身走向刚刚有楼梯的地方,那里已经空无一物。蒙奇奇挠着脑袋,眼中满是疑惑:"楼梯呢?"

"什么楼梯?奇奇,快回家吃饭了,饭都快凉了。"蒙奇奇的妈妈拉起蒙奇奇的手,带着他回家。

蒙奇奇脑子里一片混乱,只能跟着妈妈走。他的一只手被妈妈牵着,另一只手挠了挠自己的头:"妈妈,我刚刚走到老树里面了。"

"什么老树里面啊? 奇奇,你在说什么呢?"

"就是老树里面,有好长好长的楼梯,里面还有鸟……那些鸟……"蒙奇奇想起小鸟们要把他从树上扔下,还要给他身上刻字,打了一个寒战。

"什么鸟啊树啊的,奇奇,你乱说什么呢……是不是考试又没考好,在这编瞎话骗我呢?"蒙奇奇的妈妈突然停住脚步,转身生气地看着蒙奇奇。

"妈妈,你怎么知道……哎呀! 不是! 妈妈,我说的不是这个……"

"你这孩子,越来越不乖了! 还学会撒谎了! 等我回去告诉你爸看他怎么收拾你!"蒙奇奇的妈妈怒气冲冲地拽着蒙奇奇,加快脚步往家的方向走去。

"哎呀,妈妈,你听我说啊,那个树里真的有楼梯,真的有……还有,妈妈,我再也不敢给老树身上刻字了,也不打鸟窝了……妈妈……你听我说啊……"

橘黄色的夕阳渐渐地沉在了大山的背后,老杏树的叶子随着温和的晚风"哗哗"地响着。杏树镂空的根部地钻出一只松鼠,它立起身望了望蒙奇奇渐渐远去的背影,又"倏"地钻进去了。

黄馨平

女，西北大学汉语言文学专业。"虚构小说与散文给予我体察自我的灵性目光，同时持续推动并鼓励我深入生活内部，尝试新鲜的事物，理解更加复杂的人性。这是一条漫长而艰辛的路，需要不断自我更新和无数次试错，却是我愿意为之付出最多时间与精力，去探索并完成的一件事情。而文学是我知识意义上的'家'，我可以从这里出发去冒险，去做任何我想做的事情，而后归来，沉淀，反思，总结，然后再次出发。耐心与恒心，探索与坚持，是我写作之路上的关键词。"

崩塌

1929年，纽约，深秋，冷雨，落叶被狂风蹂躏着。

我在纽约股票交易所的全线崩盘之后的某个黑夜中突然醒来，在所有人顷刻间一无所有的黑夜里，我同样一无所有，而且浑身冷得要命。十年之前我们都是野心勃勃的小梦想家，而今饥饿的享乐时代还有令人心醉神迷的自由主义早已在跌进深渊股市和化为幻影的财富中瞬间崩塌，救市基金不可能力挽狂澜，在萧瑟十月的两个星期之内，灾难的大火将300亿美元的财富焚毁，这相当于我们在战争期间积累的全部，所以仗白打了。这个时代变成了一个巨大的伤口，一切都是深渊，美利坚铆足了劲儿往地狱里冲。曾经被时代虚假的繁荣表象冲昏了头脑的年轻人在高涨的残酷潮流褪去后，却无法直视河床上的残骸和森森白骨。他们已经抬不起头来了。在没有面包的世界里，理性只能让人更加痛苦。最好忘记曾经辉煌的道琼斯指数，最好收拾残局，不要为无辜被倒入河的牛奶和被宰杀活埋的牲畜感到忧伤，最好捡起自己破碎消沉的心，躲进黑暗里，骄傲的北美大陆在1929的深秋陷入死一般的沉寂。

我们什么都没有了,而后我开始痛苦地彻夜难眠,并不是因为极度贫穷和饥饿,而是发自内心的绝对恐惧,没有人和任何事物来为我做生活的担保,连我自己都失去了这种能力,生存的恐慌在每一个难熬的深夜狠狠地攫住我,在身后的巨大物质支撑垮台,我感觉自己变成了无根飘渺的一株草。同时因为我无法进入香甜的睡梦,所以,也无法真正地醒来。

可今晚不同,但我发现一左一右,身边有两个男人。我们躺在一张大床上,一同睡在朦胧的黑暗里。

左边的男人整洁优雅的西装和暗中发光的容貌一样迷人,20 岁左右,看起来无比年轻优越,像一个浪漫多情的学者,深邃双眼之下他鼻梁的弧度柔顺地延伸,羞涩的唇角轻轻翘起,带着良好礼仪教育自然拘束,浑身散发着资产阶级美学的独特魅力。在深秋以来的这些发黄的日子里,我几乎再未遇见过如此精神的人。他侧身躺着,用手撑着头,但看起来仍旧挺拔有力。他沉默着,只是朝我微笑,温柔的金色注视很难让人不联想到与幸福有关的事情。并且他身上弥漫着男人香水的味道,冷冷的,好闻极了。虽然我不认识这个人,但这并不妨碍我在这短短几秒的目光接触中几乎要爱上他。

而一阵极其刺耳的鼾声让我意识到右边真切地存在,那里躺着一个肥胖的糟老头子,于是我转过头去。那不修边幅的老头子像一堆肉一样散开在床上。肥胖的脸,肥胖的胳膊,肥胖的肚子,甚至连手指都像发酸的奶油一样肿成一团,可怜兮兮的漂亮条纹衬衣被撑成了一把疲惫的遮阳伞,领带散乱地打着结,变形的西装皱巴巴地贴在身上,他散发着这个年龄应有的酒气与汗臭,嘴里时不时念叨着听起来像是几个女人的名字和一些下作不堪的词语。我厌恶地翻过身去想问问左边的先生为什么会有这样一个人和我们躺在一起,如此不合时宜,谁不愿意和一个高尚有礼的绅士同处一室而不是一个莫名其妙的 40 岁老头子。事情是在他们同时出现的,在我睁眼的那一瞬间就变得无比诡异,但更奇怪的是我并不这么觉得,似乎在更深处的意识里我与他们都是熟识的,不然怎么不惊讶地跳起来?那 20 岁绅士一直温顺地看着我,就像在看一个初恋的少女,始终将身体的距离保持在高尚有礼的范围之内,没有任何多余的动作,仅仅是宁静温和的注视而已。好像在这样怪诞的情形下做什么都不合时宜,真是好笑,我旁边还有一个脏兮兮的中年人,这简直是闹剧。

20岁绅士开口,他居然叫出了我的名字,我更不知所措了,仿佛一切都是自然而然,就像我曾经和年轻的朋友们在校园的纯净黄昏里,踏着橘红夕阳之下的墨绿草地,九月微醺的晚风穿过年轻的灵魂,我们愉快地漫步,随心所欲地笑。但他并没有理会我惊愕的目光,继续侃侃而谈。随后我听到的古希腊的雅典学园,亚里士多德弟子们在漫步时候灵光一闪的精妙词句,那感觉真像重读一遍理想国一样愉悦。然后他又讲到了纪德和托马斯曼,说卡夫卡是他所知道的最优秀的作家,那荒诞来源于骨髓,是无人能够超越的美。不知不觉又到了以色列的犹太人故事,极权主义之下的人们的生活图景。他说所有生活都能以诗意来解读,那么我现在的生活呢,此时此刻的荒诞情景呢,我依旧信仰着诗意和精神寄托吗?我用仅有的知识跟随着他的思路,不知时间过了多久,似乎静止,似乎永恒。直到他有些疲倦地开始轻声哼唱巴赫的哥德堡协奏,我才猛然回过神来。那感觉真年轻,和他一样年轻,波澜壮阔的智性与优雅完完全全淹没了我。在这绝望的日子里我头一次几乎要笑出声来。突然我想起似乎在很久之前,我还是一个孤傲的精神漂泊者的时候,遇见过这样一个人,可是我记不起来他是谁,怎么也想不起来。这个在我身边20岁的英俊年轻人是一个优雅的文学学士,写作是他的野心,言辞是他的理想,他用丰富的语句长驱直入这个世界,我猜他的生活肯定是一场瑰丽的冒险,这是他独特的生活方式。想到这里我真的要笑出声来。

但伴随着他优美的言辞和轻声哼唱的哥德堡变奏曲的,一直是右边40岁男人刺耳的磨牙声响和熏天的体臭,但也并不至于忍无可忍,而且,更加荒诞的是我居然深深地感觉习以为常,不觉得厌恶反倒安稳地居于这种诡异的平衡之间,一切都随着时间的流逝越发诡异。40岁胖男人在梦中将他的手臂挥来挥去,喃喃地说:"我喜欢……股票……因为他们一直……像我的心肝宝贝……一样往上涨……啊涨……你知道吗……上个月有人……托我打理的那一大笔现在……已经翻……番啦……我还要再买……买买……这个……世界充满希望……女人……酒……哈哈哈……我的加州女人……我要游艇……"

"你知道……罗斯福……警长吗?那个禽兽……不如的家伙……上

次我看……见他和那个……叫什么来着哈哈哈……哈那个漂亮……的大毒……贩他们亲热……地在一起喝酒……还说……哈哈哈哈哈……要一起去骗钱。"

我皱起眉头,盯着他的肥胖和愚蠢,不过他所说的这些道德沦丧倒是既成的事实。上星期我还亲眼目睹一场在第五大道上的疯狂抢劫,警察不过就是慢吞吞地走过去了而已,倒是把我吓得不轻。抱着包的惊恐女人被追进小巷,不知道那包里是什么,但大家都饿疯了,如果在午夜里偶遇一具横陈于小巷中的尸体,那倒是有些值得注意。谁不知道整个纽约的金融市场现在已经成了一片废墟,我们的自由、平等和所谓幸福早就被腐蚀的金钱泡沫分解在幻觉里,因为我们一开始就错了,在不知不觉中用物质将幸福定义,这样的幸福与快乐却不会与我们发自内心的幸福与快乐一样稳固和永恒,更加不幸的是,往往在幡然醒悟之时,我们已经被物质吞没了,在欲望之海中越发迅速地下沉,也许都不会向上望一眼,一边疯狂一边黯淡下去。而这个男人到底在做什么梦?看起来他本身就是一个强大的重力,这重力将他的一切一起向下拖拽拉扯。突然他的一只胖胳膊狠狠地砸在我的身上,我厌恶地叫出了声,迅速转过头去,就让他被拉进地狱深海里去吧,我还是继续受高雅文化熏陶的好。

突然我注意到20岁绅士从包里拿出了《证券交易指南》,还有几本只有银行和股票交易人才会看的大部头,我心里一惊,他不是一个学者吗?这下完全乱了。不,不乱。我问他要这些做什么,他笑嘻嘻地说:"文学已经没有意义了,现在可是经济最繁荣的时候了,新世纪才刚刚开始,战争刚刚结束我们就这么富有,谁不想趁机捞一把。我曾经还犯傻要做一个文学青年呢。Life should be richer, better and fuller! 很少有人愿意耐心看我写的东西也没有人愿意有耐心,因为写作总是太慢了。当然这可能也是没有办法事情,他们觉得证券交易所里的疯狂呐喊才是对古典音乐的延续。这个时代太有趣了,你知道吗,在学校里和我一起写诗的同学去做股票经纪人的,现在都开着游艇去加州度假了。不过现在改行,一点儿也不晚。"他的表情比刚刚谈论文学时兴奋多了。

我突然恐慌了起来,刚刚那个优雅的年轻学者似乎从他身上被抽走了,更加恐慌的是,这难道不是我们黑暗的1929年吗?战争不是早就结束了吗？我还是不去想这些问题好了，否则事情只会变得越来越不可思议。

　　突然，沉睡的40岁糟老头醒来了，在他醒来之前的夜晚似乎还是温柔而美好的。但是突然他坐了起来，肥胖的头灵活一转，就像老旧的机器上了油，饿坏了的狗嗅到了生鲜的肉一样。不过说到底似乎是多年来对金钱形成的灵敏直觉可以让他在半夜灵活地醒来，神经质一样迅速走向保险柜，然后拧动沉重的锁，开启他的美好财富之门，目光被瞬间擦亮，心满意足地长吁一口气。或者拿着手枪在偌大的庭院里惴惴不安地来回巡视。他看见了我和20岁绅士，而目光掠过20岁绅士时，好像一股怒意冲进他的双眼，好像是一只野兽的地盘被侵占一样。

　　他脑袋上的肉绷得紧紧的，浑浊的眼珠向前凸出来，几乎能感觉到那无礼傲慢的目光穿透我："小家伙，你是谁，快滚开，这是我的家。"他盯着20岁优雅的年轻人，空气瞬间被搅动而形成诡异的波澜，在这个几乎幽闭的空间里，一直以来和谐的睡眠终于结束了，而且有什么坚固的东西，像是一直在支撑着这个诡异情境的东西突然猛烈地摇晃了一下。

　　"您好，我是查理，您是谁？"20岁绅士的回答依旧保持在温和高贵的范围内，看不出一丝恼怒。

　　"哼，查理，小朋友，我也是查理。不过这不重要，这是我的家，现在你赶紧给我滚出去。看看你旁边的那个女人，看清楚了，那是我的老婆，你还有什么好说的？"40岁糟老头看到20岁王子的不屑，愤怒又深了一层，好像这愤怒和他梦话中暴露出来的欲望一样，是他的第二天性。

　　"为什么，别开玩笑。您一定弄错了，这里是我的家。她是我的女友。"20岁绅士依旧平静得没有一丝波澜，在说"她是我的女友"时他无比确定地看着我，甚至是深情的。

　　"胡说八道，你快给我滚。"40岁胖子被彻底激怒了，直挺挺地站起身来。

　　可无论40岁胖子怎样恼羞成怒，20岁绅士都一直以彬彬有礼的言辞予以合适的回击。他们的争吵越来越激烈，听得我耳膜发痛，我理应去阻止这场战争，但我仍旧一头雾水地面对这样的现实，我不得不。我是他的女友，我是他的老婆。这究竟是怎么一回事，我不想思考这样怪诞的现实但是我却不得不被它强迫着思考,难道这是在,梦境里?

突然40岁糟老头终于忍无可忍地挥起了拳头,穿过中间的空气,恶狠狠地砸在了20岁王子的身上。接着,他一下越过我抓住20岁绅士的衣领将他死死地摁在墙上,像发疯的公牛一样双眼通红。20岁年轻人彻底失去了用言辞回击的优势,像一件破衣服被贴在墙上一样可以任人宰割。这时,40岁野蛮公牛再次蓄积力气,用拳头准确无误地向20岁小男孩托起星辰的美丽鼻梁砸了过去。

"不要!"我终于打破沉寂失声喊了出来。那鼻梁一下子就塌下来歪在一边,细细的一缕鲜血顺着白皙的脸流了下来,突然我对40岁的野蛮人充满了敌意和厌恶。而那什么东西又猛烈地震了一下,并且开始持续不断地震动,但我意识到真正摇晃的是四周的墙,这个小小的三维空间似乎要开始缓慢崩塌了。我不能再接受这样的诡异,可20岁绅士和40岁野蛮公牛却依旧在地下扭打成一团,完全没有被这危险的状况影响。我摇摇晃晃地走过去想要分开他们,但是凭借我一个人的力量根本无法走近他们其中任何一个。在混乱中不知道是谁的拳头重重砸在我的太阳穴上,一下子我痛得叫出声来,捂着脸缓慢地蹲了下去。他们两个人忽然一起停下来看着我,盯着我,一模一样关切的目光。"你没事吧。"哦对了,我想起来,我毕竟是他的女友和他的老婆,是他们两个人的爱人。可还没当我回过神来,这个虚幻空间里的房顶就被愈发猛烈的震动撕裂了,一道明亮的光刺穿了浑浊诡异的空气,那光恰好照在他们脸上——在模糊的意识里我居然发现那两张脸惊人地相似,但意识越来越混沌不清……好像……慢慢地……好痛……

我确定我是昏了过去。

我更确定我一点儿也不想醒来。

1929年,确实是1929年的清晨天光穿过百叶窗帘,像一只手几乎要掀开我钝重的眼皮,我不记得这是我活在这世界上看到的第几个清晨。从鳞次栉比的高楼间望去,曼哈顿的天空中又无可奈何地升起一轮绝望朝阳。如果可以,我宁愿不要醒来,因为我一无所有。但我醒来了,迎接坍塌后的黎明。我疲倦地揉了揉头发,眯起眼盯着空空的天花板,光线里飘满尘埃,眼角余光瞥到了乱糟糟的床头,那儿摆着两幅照片。一幅是我丈夫20岁在大学毕业典礼上英俊的学者模样,那时候他是个浪漫的情人,那个热爱卡夫卡和纪德的年轻绅士,像嫩绿草坪之上挺拔的一棵松树,纤尘不染的西装在纽约清新的阳光下连褶皱都在骄傲地发亮。另一幅是他40岁时作为成功的股票经纪人与上流社会人士的友好合影,他们亲热地握着彼此的手,一样肥胖宽大的西装紧绷在日渐走形的躯体上显得十分立体而充满欲望,彼此的姓名在见过一面之后就会被迅速忘记,每个人的另一只手都在忙着和其他人碰杯,欢声笑语似乎要从照片里不受控制地倾泻出来。

他们都叫作,查理。

但很不幸的是,我和查理离婚了,就在昨天,因为他太胖了。

颉弋萌

女，西北大学文学院2013级创意写作班学生。

猫王

想变成猫，被你宠爱。

一

我觉得陈影有点不对。

哪里不对？我收起手机游戏，望着眼前忧心忡忡的高乔。

高乔自己也说不上来，这样的事很多时候是男人的一种直觉。关于其他雄性侵略气味的直觉。其实难免。陈影属于那种，冲着服务生甜甜一笑都能得到意料之外的优惠的女孩。古文里统一称呼她们为红颜祸水。当然，能拿下这位风情万种的祸水，高乔也不是省油的灯。所以当初，玉树临风的高乔揽着柔情满面的陈影出现在我面前时，我深深感觉到他们相互为民除害拯救了人间。

两人在一起吵吵闹闹，却也算是恩爱美满。日子慢慢久了，陈影越来越像宜其室家的贤惠女子。高乔也宝贝陈影，陈影要星星，他恨不得送整个银河系。甜蜜的小日子过得羡煞旁人。

然而一年之后的今天，高乔感到有人来抢他的宝贝了。

关于朋友被劈腿这件事，旁人能劝慰的无非是聊胜于无的几句鸡汤。我安慰他，别丧气，一段正常的恋爱里面，总会有人开个小差。再说，是不是你神经太紧张？可别最后闹成窦娥冤啊。

高乔说，没那回事。一年来什么样的对手我没见过，就哥们这条件陈影能理那些瘪三吗？但是这次我觉得，她不太对了。

你是说她动心了？

高乔不说话,手里的打火机啪嗒啪嗒。

你仔细想想,什么时候开始的啊?

好像……是从上一次和她看电影。

你们看的什么啊?万一你情敌是吴彦祖我可就回天无力了啊。我笑。

高乔吊起眼睛看我。接着给我讲了一个故事。

那天,看完电影,陈影和高乔沿着城墙根漫无目的地溜达。路过一家名为"猫咪森林"的小店时,陈影走不动了。

装修得不错啊,陈影朝里面张望。我们进去坐坐吧,我渴。

高乔上前叫门。前来开门的是一个精灵样的小姑娘,说话间始终笑嘻嘻的。

对不起,我们这里要提前预约的。姑娘笑。

高乔回头冲陈影耸耸肩。

陈影做了个"要你何用看我的"的表情,走上前微微扬起下巴,带着点天真的神态盈盈甜笑道,那我现在预约一分钟以后,行不行?

姑娘闪着大眼睛,正欲张嘴,屋里传来一声猫叫。

好啦,猫咪都答应了。三个人会心一笑。

小店不大,是民房改造的店铺。往里没走几步,高乔头皮一麻,十几只猫坐卧躺站,盘踞在店里的桌椅、角落里望着门口的客人。

这么多猫啊……高乔张口结舌,陈影已经惊喜一声冲进店去亲密接触猫咪们了。点了烤面包和花茶,二人一边吃喝一边和爱笑的小姑娘闲聊。不知不觉间夜色渐深。

临走,陈影要求和猫咪们拍几张照片。高乔一面拍一面道,回去要洗个澡啊,你玩了那么久身上肯定都是猫毛。

然后我们就回家了。高乔手一摊,故事讲完了。

就这样?没有奇怪的地方?

就这样。他头低了低又忽然抬起,不过回了家看照片,有一张,我记得,拍的时候,陈影和那只猫咪都在望着窗外。你看,就是这张。

高乔翻出手机相册递过来,屏幕上,陈影的背影娇小迷人,一只黑猫蹲坐在窗台,回头定定望着我,两只眼睛墨绿幽深,一眼望向人灵魂深处。

二

我后颈发凉,这猫什么名字?图片给我,我要换成微信头像……真吓人……

高乔白我一眼。

那会儿你们快要走了是吗?陈影站在窗户前,是为了去看那只黑猫吧。

对呀,那只猫,你别说,看着很有灵性,它一叫,别的猫都不叫的。

会不会是看窗外的时候,陈影看到了某个让她一见钟情的帅哥?还是说她其实喜欢上了看店的小姑娘?我用力开着脑洞,哎你俩好之前你问过她性向吗?

高乔的白眼翻得整个人都快过去了。

好了好了,这事我觉得你还是再观察观察,说不定陈影只是心情不好,你多陪陪她。我最终总结了看法。高乔也无话可说,桌上的酒喝完,两个人就这么散了。

再一次见到高乔,是在一个月以后。

同样的小酒馆,同样的位置,面前的他却完全变了一个样。要说变成什么样,就是从吴彦祖那样变成王宝强那样。

我的天!我惊呼,你是偷渡到非洲当劳工了吗?怎么搞成这样了?

高乔看起来疲倦又潦倒,他点了支烟,狠抽了好几口。我屏着气,感觉到那几口烟终于让他放松了一点之后,小心翼翼地说,找到那人了?

他沉默,闭起眼睛把剩下的烟抽完。这才坐直身体,看着我说,你可能觉得在听天方夜谭,但是阿刀,你一定要信我。我讲给别人,肯定不会有人信的。

我拼命点头,你讲。

下面是高乔的第二个故事。

那天和我聊了之后,高乔开始留意陈影种种不对劲的端倪了。她的各类消息,高乔都会第一时间查看追踪。高乔说,这段时间,他觉得自己就像一条缉毒犬,生怕漏过任何与陈影有沾染的犯罪嫌疑人。但种种迹象,都没有显示陈影有暧昧的对象,甚至连闺蜜的消息,她都回得一如既往的简洁(还真的考虑到了性向的问题啊)。陈影和他待在一起时的状态愈发让他疑心。她总是发呆,思绪好像游离到太空之外,有时高乔叫她两遍,她才瞳孔收缩有了焦距。然而陈影确实开始有些时候解释不清去了哪里了。她的表情脆弱迷茫,这让高乔很心痛。

高乔开始跟踪陈影。

出家门,坐地铁,上班下班,独自吃午饭,上班下班,打车回家。这样的程序,高乔暗中陪陈影重复了五天。

第六天,陈影消失了。

高乔很吃惊,前一天晚上还在和他聊天的女朋友,第二天就忽然没了消息。电话不接短信不回,砸门家中无人回应。

难道陈影被人绑架了?

高乔回忆前五天的所有路线,难道还有一个人在暗中,和他一起盯着他的陈影?

满世界寻找了一天。高乔苦笑,那24小时我快崩溃了。

第七天,陈影神奇地又出现了。若无其事地嚷嚷着要老公带她吃好吃的去。高乔抓着陈影双肩狠狠地往她眼睛里面看,只能看见一潭又清又深的秋水。陈影的解释是,太累,在家睡了一天。

高桥无可奈何,手头没有任何证据证明陈影在不该出现的地方出现。他坐在他的宝贝对面,无可奈何地感受着什么叫作貌合神离,身在曹营心在汉。

继续跟踪,接下来的两个礼拜,每六天陈影都会消失一天。没人知道她去了哪,高乔几乎发动了身边所有资源包括前女友们帮他寻找陈影。

功夫不负有心人。还真的给高乔找到了。

难道……

没错,高乔幽幽地看着我,猫咪森林。

我看着自己的汗毛一根根竖了起来。

我还要你帮我个忙,阿刀。高乔的呼吸慢慢粗浊起来。

……杀猫。

三

你到底看见什么了?那天。

我看见……

和照片里一样,陈影伏在窗台前,猫咪们各自蜷在垫子和角落里,空气里漂浮着面包香和女声的浅吟低唱。一切看起来都是慵懒温暖的样子。

可这些任高乔看来,只使他感到遍体发凉。

是她,那一席及腰的热情的波浪卷发,那翘起的长睫毛,还有那甜甜的嘴唇和酒窝,正在酿着一汪甜甜的笑。唯一高乔不熟悉的是,她肩上的那只黑猫。

她在对猫笑。

听到这里,我已经炸翻了。

你的意思是说……你的情敌是,是,是一只猫?

高乔双手揉了把脸,我看着猫,她和猫看着我,我拉起她就走了,她没有反抗。后来我仔细地想,才发现,那时候她已经有点像猫了。越来越爱吃鱼,喜欢幽暗的环境,走路悄无声息,还有她的眼睛,天哪……

我已经不敢往下想,急忙道,别胡扯了,你说要我帮你做什么吧。

两天后,我找到了这家"猫咪森林"。

如高乔所说,古灵精怪的女孩儿带我进店。点了咖啡坐定,我果然看到了那只黑猫。

它就坐在窗台上,没有看我,始终望着窗外。

我和女孩儿搭讪,你们这里的猫咪都是哪里来的啊?

是我们老板收留了一些流浪猫,还有他的一些朋友,带来的。

那……可以买吗?

这个啊,恐怕比较难,你要是实在喜欢的话,也只能我问一下老板再回复你了。

坐了一下午,并没有见到陈影,其他的客人三三两两,店里的时光好像流动得特别慢。

临走,女孩儿叫住我道,会再来吧?要不要我帮你办一张会员卡?

今天不了,下回吧。

下回啊,那我大概不能为你服务了呢。

啊?你们要关门吗?我看了看四周,考虑着要不要抢猫就跑。

不是的,女孩儿闪着眼睛,笑声像银铃。因为我,应该很快就要被辞退了。

我把这样的反馈带给高乔,他并不满意。

你当时应该直接要求买下来的。态度强硬一点,再说那么多只猫,买一只也不会怎么样啊。

我怕我杀气太重。我捂着眼睛,你知道我这人不会演戏,心善。

那我要自己行动了。高乔身边浮起一股戾气,如果这时候有特效,会看到他周身笼罩着一层透明的气流。

那你当心。我忍了半天吞回后半句话。猫非善类,且有九命。

四

最后一次见到高乔,是在新闻里。

据悉,是夜二十一时许,有目击者看到一男子在城墙下追逐一只黑猫。黑猫所到之处,猫叫声一片。

一人一猫,一前一后,猫走投无路,带着人窜进了附近一栋施工未完的废弃大楼里。

翌日,高乔的尸体被人发现。虽然衣服里带了一把刀,但除了高空摔落留下的痕迹,没有其他伤痕。

警方推测,应该是高乔在追猫途中,不熟悉大楼内部结构,加之夜深昏暗,误踩进了楼梯的松弛空隙,导致他直接从十几米高的楼梯上摔下,当场毙命。

奇怪的是,那楼梯本身的结构是相当严谨的,然而悲剧已经发生,似乎只能归罪于材料脆弱的原因了。

没有人知道,为什么深夜,男子要带着一把刀追逐一只黑猫。

就像只有我能想见,月色下,敏捷冷静的黑猫,气急败坏的高乔,这是怎样的一种势均力敌,甚至以强凌弱。

高乔发来的图片,我一次又一次地拿出来看。黑猫的双眸幽静深邃,陈影玲珑身姿。美丽如斯,在它身旁,似乎也只是一种衬托。

它是王,她是臣。

后来的后来,我又去了一次猫咪森林。

那天下着雨,门开着,像在等我。

店里还是放着温柔的音乐,烘烤甜点的香气熏得人有些恍惚。

我独自坐了许久,猫咪们各自忙着。或睡或立。

正当昏昏欲睡的时候,一声猫叫让我打了个激灵。

跟着一声盈盈甜笑,您有预约吗?

我回过头去。

一席及腰的波浪卷发,翘起的长睫毛,甜甜的嘴唇和酒窝,正在酿着一汪甜甜的笑。

李琳

笔名庆长,女,陕西咸阳人,西北大学2013级创意写作班学生。或几行小诗,或几句随笔,或煞费苦心的短篇小说。其写作风格亦不少,或情真意切,或铿锵有力,或语无伦次,或平淡如水。渴望通过文字认识自己。

有酒

坐落在城市西南墙角的"Moon"酒吧很奇怪。作为一间酒吧,开在众多书店与古玩店之间,若不经内行介绍,谁也看不出来那是个酒吧。或许不是它奇怪,而是人们称之为"酒吧"这一现象很奇怪。这里没有播放任何音乐,没有光怪陆离的灯光,有的只是满墙壁印象派的壁画,堆积起来的大大小小的陶瓷酒罐,木质楼梯,屋顶上有一扇窗子。

我问好友陆禾:"这个地方有点诡,我要来一杯百利甜压压惊!"

"要你妹百利甜!这里只有一种酒。"

"没有颜色那种?"

"没有颜色那种。"

来这里的人都是酒鬼。屋子里无比敷衍地摆了几张小桌子与高脚凳,自然月光照入。楼梯上,墙根处,扶手上,桌子上,他们体姿形态各异,但都保持两个共通点:一,已经不省人事了;二,在喝酒。

接近这种人群使我感到快活,他们完全沉溺在另一个世界,安详,平和,一点也不焦虑。

陆禾戳戳我的胳膊:"你别看他们东倒西歪的,其实心里清楚得很。哎,你知道这里最大的酒鬼是谁吗?"

我看到一个男人,盘腿坐在地板中央,空酒罐子围绕自己摆了一个圆,他正欲摆第二层,然而重心不稳身体乱舞在酒坛之间,他只得将圆扩大,再扩大。

"他?"我指着圆酒罐中心的那个人。

"不,最大的酒鬼是这里的老板。"

"老板在他们中间? 喝到这种程度?"

"当然不是啦! 要是他喝的话,哪里有这么多酒来开酒馆。"

"所以,这些都是他的酒,因为不喝了所以拿来卖?"

"呃,是他的酒,的,一部分。"

我看着这满屋子的一堆一堆装满酒的坛子,瞪大了眼睛想找出一个门来挖个洞窥视这个老板。

"这人天生只能做酒鬼,这个店被他经营得很不怎么样。酒都是好酒,以这么铺张浪费的手法出售,这些酒鬼,不给钱的大有人在。"

"醉翁之意不在酒。"

"是,他以前只是一个彻彻底底的酒鬼,爱赏月的酒鬼。现在完全不一样了,现在他不喝酒了,连酒鬼也不是了。"

我看到地上这些歪歪扭扭的人。他们茫然,麻木,像是没有灵魂的躯体;一会儿又睿智祥和,变成一个个的灵魂。

"发生了什么事?"我问陆禾。

这时候楼梯上走下来一个男人,发型凌乱,胡子巴茬。头发下面眼窝深陷,看起来很忧伤。他没有喝酒。同样像一颗游荡着的灵魂,但是与众不同。

我对他产生深深的好感,同时好奇心膨胀。

他是个酒鬼。

一个不喝酒的酒鬼。

一个爱上月亮的神经质般的酒鬼。

酒鬼每到一处,必先给屋顶开辟一个可供赏月的窗子。宽敞的狭小的。浪荡子的天性,令他不断行走,处处留窟窿。酒不离身,口不离酒,目不离月。

直到来到这座城市,他遇到他的嫦娥。"嫦娥"白衣飘飘,飘至他面前。酒鬼第一次对一个人类感兴趣,他们迅急快速地沉沦于恋情。他们在庭院里追逐打闹,在湖水中央撑船嬉笑,在月光照射进来的幽密空间倾诉衷肠，他伏在她的肩头说："你生来令我快乐。超越美酒，超越婵娟。"

"嫦娥"莞尔："那你可能摒弃它们，只属于我？"

"不，我本属于你，但你与彼同在。"

"嫦娥"放弃争辩，只争朝夕相爱。"嫦娥"素不碰酒，但难以抵御他醉酒之后的欢乐之诱。她倚在他怀中撒娇，他将酒灌在嘴巴里，俯下身子去喂她。

"嫦娥"感受到快意，酒后玉骨仙姿，更加动人。酒鬼心思极简，人生快事不过如此。应"嫦娥"之邀，他开始筹备起他们的婚礼。他在城角买下一片地，"嫦娥"对周围盈满的书香感到满意。照往常一样，酒鬼在屋顶凿出一扇窗户，不大也不小。购买木材与涂料，身影忙碌，"嫦娥"温柔善良，简朴小屋宛如温柔乡。

只剩下地板没有铺，酒鬼希望一次性买完木板，天色暗下来才得以回归。他扛着一摞木板打开门，这晚的月光尤其耀眼。"嫦娥"在屋子里，在月光下，纤腰玉带，美轮美奂。他伸过手去，欲牵起美人，却只抓住一手纱。

"嫦娥"果真嫦娥，散发出耀眼光芒轻升，穿过刚凿出的窗子，奔着月亮而去了。

酒鬼以为这是她为自己表演的节目，呆呆望着窗口，"数到几你会掉下来？我要接住你！"他笑着向窗口大叫。

没有任何回应。

他在屋子内搜索，没有她的藏身之地。他站在地上大声吼叫，他把手中纱衣翻遍，他走出屋子，在街坊里询问，没有，没有，什么都没有。他在街道上蹲下来，开始抱头痛哭。有人俯下身子问他：你怎么了？发生了什么事？他回忆起来，哽咽着望着那人，无法说出口。

他爬上屋顶，站直了身子望向月亮，月亮蒙在洁白朦胧的轻纱薄绡里，里面阴影涌动，缥缈而神秘。"你在吗？"他向月亮轻声问道。

没有，没有回应。

孤独感似迫不及待一般，汹涌而来。"幸好还有酒。"他苦笑着跳下屋顶，来到藏酒的地窖。

然而他再也无法喝醉。

李鹏飞

男,西北大学文学院2013级学生。

落杏花

　　法堂村村口那棵十五年前就已经死过一次的老杏树,这回真的死了。
　　今年一过完年,本家大伯一家就张罗着堂哥的婚事,三月里一切都安排妥当了,杏花春雨天里,松子哥迎来了他的婚礼,今年的杏花是劫后余生的老杏树开的最红火的一次,仿佛像他十五年前一样再一次焕发了生机。我们一家也被爷爷叫了回去,这是我隔了十五年才第一次回到这里。虽说是故乡,太多年没有回来过,一切也都显得陌生了。乡里的规矩,一回去就免不得四处走动,探望几个年老的本家亲戚,跟着父母到左邻右舍寒暄问候。
　　村子里老房子剩下的没几间了,我们家的旧屋这些年一直都没人住,爷爷时常撑柱添瓦修缮着,虽不至于倒塌,住人却已经不合适了。爸妈在爷爷的院子里住下,我被安顿在大伯家里。大伯是爸爸的堂哥,身材魁梧高大,一张乡下人标准的沧桑脸,脸上的皱纹和地里犁出来的田垄一样整齐错落,指甲缝里永远有洗不干净的泥垢,就像是嵌入皮肉的沁色,可能真的是永远都洗不干净了。大伯在十里八乡的田家人里是个扶犁扬场的一把好手,一个人抵得上别人家几口子劳力,无论什么时候,他总是挺直着腰杆,手里捏着一根旱烟袋,已经开始变得迷蒙的眼神还像是当年一样,好奇地打量着村子里的新鲜事,尽管这块贫瘠闭塞的小乡村早就已经没有什么新鲜事可言了。大伯平时沉默寡言,不过只要一站在田野上,一手牵着缰绳扶着犁把,一手扬起清脆的皮鞭,这片古老的庄稼地就在大伯的吆喝声中复活了。
　　大伯能吃苦会做活,辛劳几十年为堂哥松子置办下一份丰厚的家业,这个三进的小院子是法堂村甚至是整个永兴镇最早盖上的三层小楼。新房在东院的三楼上，一会吃过响午饭松子哥就要准备准备去丈母娘家接嫂子了，临走前再到新房里查看有没有什么准备不周到的地方，我也随着去新房看了看。新房和城里比起来显得有些简朴了，不过喜庆的气氛都是一样的，红被子、红窗帘、红柜子和红双喜，就连松子哥的脸都带着喜庆的大红色。从楼上下来的时候，我从楼梯间拐角的窗户不经意间撇到后墙外的几间矮房子，虽然村里的人家大多都已问候过，里里外外走动了好几回，对这个村子多少已经熟悉了些，却不知道大伯家的三层小楼后还藏着这样几间旧屋子。

好奇心促使我问起大伯，大伯顺着我手指的方向看了看，眼神好像变得犹豫，似乎想要说什么，但又不愿意开口。他悄悄偷望了一眼走在前头的大妈妈，小声对我说："那是你学习二叔和春莲二婶子家。明个你哥结完婚，我再带你去。"大伯话还没说完，前头的大妈妈回头就骂过来："你个不要脸哩老东西，不准你搁家里提那个腌臜不要脸哩脏女人，克死自己男人，还敢到处勾人，又脏又烂。"说完还不无得意自言自语道："这样哩野女人，咋不早死也熊来（早死算了），死喽都没有脸埋地里，扔壕沟子里叫狗吃喽拉倒。"大妈妈的泼悍我刚回村就听说过，今天算是见识了。昨天去六奶奶家，几个老婆婆絮叨的时候还说松子娘的那张嘴真是活阎王，之前她家的几个老母鸡钻到大妈妈菜园里，大妈妈一边赶鸡一边骂，直骂到六奶奶家门口，拐弯连带着把长一辈的六奶奶也给骂了一通，临走还抓了只老母鸡，义正词严地说道："这贼鸡今个敢偷菜，明个就敢偷人去，我哩菜不能白吃，要抓个鸡赔给我。"直气得六奶奶三天下不来床。连爸爸之前也听说过她的威名，不停交代妈妈见了桂芬嫂子不要多说话。

我一下被震住了，不知该怎么办是好，大伯好像预料到这样的结果，没有理会大妈妈，找了个由头把我支走。让我去村口折几支杏花，一会接亲要带着。

村子里一直都有种杏树的习俗，杏树在农家中自古就有不一样的意蕴，古谚就说道："蒲叶日已长，杏花日已滋。老农要看此，贵不违天时。"杏谐音"幸"，意味着幸福美满，唐代仕子科举中第有杏园探花游宴的习俗，杏林又代指良医和教书先生。杏树在农家的地位就好比梅兰竹菊之于读书人,家家户户有了喜丧事都种一株杏树,渐渐村口就有了一整片的杏林,就在现在打谷场的位置上。这棵杏树连爷爷也说不清活了多少岁月,爷爷说他小时候就常在树下玩耍,这棵杏树与别的相比显得不起眼,一直都长不大,也很少结果子。

  直到十五年前的那场严寒,那年冬天,皖北故乡小山村里的寒冷,今天再回想起来,还叫人不寒而栗。村子里的老人们大多都没有挺过那个冬天。只有这棵春天里就已经枯干,被宣判死亡的老杏树,不仅挺过了那个严寒,还在来年的二三月天里,突然间拔地而起活了过来,长成了一棵参天大树,比以往更郁郁葱葱。刚进二月就开花,没开时花骨朵纯红,开花时白中微微带红,到了最旺盛的四月天,一片纯白,比严冬落雪后的原野还纯洁。这十五年里,杏花一年比一年开得鲜艳,结下的杏子肉汁鲜嫩香甜,一年比一年硕大饱满。杏树下是孩子的乐园,是庄稼人干活累了歇歇脚、喝口水、抽袋烟,再顺手摘个杏子解解馋的好去处。十里八乡都把它当成一棵圣树,烧香磕头的人络绎不绝,村里人每逢喜事都要折一支杏花,或是采几片枝叶。这棵垂暮的老杏树比我想象中还要茂盛,这样的生命力实在出乎我的意料。杏花开得那样火红,比松子哥的红内裤还要红,似乎要结婚的是这棵树而不是松子哥。

  一个中年妇女蓬头垢面靠着树干,眼神惨淡无光,脸上僵硬得没有半点表情,呆呆望着刚开的杏花,嘴里细声喻喻说着什么,像是小孩子一样一朵一朵在数杏花。她似乎没有看到我走过来,我很好奇地以为是个叫花子路过村子在树下歇歇脚。我忙上前去想扶她起来带回大伯家,按照乡下人的规矩,不管是谁家的丧喜事,遇到叫花子流浪汉都要好吃好喝招待着。我走上前扶起这个中年妇女,和她说要带她去松子哥家吃饱饭。谁知她像是受到什么刺激,竟疯了样推开我,颤抖着不停地说:"俺不去,俺不去,今个是杏子结婚的日子,俺就在这棵杏子树下等着,哪里都不去,学田那个负心汉不来,俺哪里也不去。"我大吃一惊,学田正是大伯的名字,莫非眼前这个女人和大伯相熟。我也不敢多停留,折了几支杏花急匆匆就回去了。

  把杏花交给松子哥我就去找大伯告诉他这件事,大伯恐怕是忙着招呼客人,我在院子里转了几圈也没有找到他,却在配房里碰到了六奶奶。

我将此事向六奶奶提起，六奶奶倒是没什么大惊小怪，只是不住地叹气，说了句："你莲二婶子，是一个苦命的孩子呀！"

莲二婶子的名字叫春莲，是当年我们永兴镇上的大美人，春莲是家里的独女，到了出落成大姑娘的年月，提亲的媒人把她家的门槛都快踏破了。大伯在新疆当过兵，高大魁梧，又做得一手好农活，是乡里的好后生，自然有人张罗着他的亲事，但是大伯常年在新疆，婚事却慢慢耽误了。那年大伯复员回乡，六奶奶张罗着把春莲介绍给了大伯，大伯一眼就看中了镇上这个水灵灵的大美人。六奶奶安排春莲家里人来看家门，春莲父母也中意这家人，但是却觉得学田大伯虽然各方面条件都很好，年龄终究是偏大了些，对大伯的二弟，也就是我的学习二叔的条件感觉很满意。二弟生得和大伯一样高大，虽不善于农活，但是木工泥瓦匠的手艺在镇上也是数一数二的。六奶奶看此情景顺势提出，让春莲嫁给这个弟弟也挺好的，都是一家人，既有老实本分的庄稼人，又有能做会干的手艺人，家底殷实丰厚，姑娘嫁过来一定吃不了亏。就这样，春莲婶子嫁到了我们村。六奶奶重新给学田大伯介绍了我的桂芬大妈妈。村里人最开始都喜欢叫二婶子的名字，人长得漂亮，名字又好听。在一次大妈妈的破口大骂之后，再也没人称呼她春莲了。渐渐改叫她莲二婶。

莲二婶嫁过来还不到三年，学习叔就在一次上房修瓦时摔了下来，从此成了植物人，在床上睡到了现在。莲二婶一个人带着刚满两岁的儿子杏子，一边照料学习叔，一边照应着柴米油盐和田里的收成。村里人总是能看到她背着杏子，扛着锄头下田的身影。那时大伯和大妈妈也帮着照料家里，大妈妈经常把买给松子的零食分一半给杏子，先帮着春莲忙完田里的活再去做自家的事。村里人也都帮衬着春莲，一个二十来岁刚结婚的大姑娘，带着个那么小的孩子，遇到这样的变故，放在谁身上能承受得起呀！春莲的家里人来过，要接她回去，以春莲的条件，再找一家人没什么问题。春莲执意不肯，她舍不得小杏子。看着躺在床上的二叔，她抹了抹眼泪，也不忍心将二叔丢下不管。强忍着眼泪说道："没事，学习一定会好起来的，有哥哥嫂子帮衬着，等小杏子长大就好了！"

杏子是春莲所有活下去的动力和希望，不管走到哪里，都要带在自己的身边，生怕有什么闪失。那年冬天，刚入冬，天还没有那么冷，大妈妈在大塘冰面上凿冰抓鱼,松子在一边抽陀螺,偷偷跑回去叫杏子一起出来玩。莲二婶正在厨房做饭,把杏子放在堂屋睡觉,不知道杏子什么时候偷偷跑出去了。只这一次没看住,杏子就掉进了冰窟窿。等莲二婶得知消息赶到,看到已经淹死的杏子,大哭一声就昏过去了。等她再醒来的时候,看到站在边上的大妈妈,直接就扑上前去,大喊大叫着要她把杏子还回来,疯了似的叫着:"你为啥要在冰上凿窟窿,你把儿子还给俺。"大妈妈也心有愧意,任莲二婶又骂又打。

莲二婶抱着杏子跌跌撞撞地往家里走,她把杏子放在堂屋里,给他盖好被子,生怕他会冻着。她这个时候也不哭了,害怕吵醒睡着的儿子。整间屋子里没有任何人发出一点声音,都看着莲二婶一动不动瘫坐在杏子身边。莲二婶摸着杏子的头,轻轻和杏子说:"妈咋这么不小心,刚才咋不看着你,要是妈一直看着你……你别睡啦,快起来,妈给你和爸爸做好了饭。"说着说着又抱着杏子哭了起来。

"最后还是你大伯拉开了你莲二婶,把杏子埋在村口杏林里了。"六奶奶说到这里,眼里也泛起泪光。"你莲二婶子从那以后就恨你大妈妈,怪他凿冰窟窿淹死了杏子。埋了杏子之后,和你大妈妈又大吵了一顿,从那以后,你大妈妈就和你莲二婶子闹僵了。后来呀,她们终于闹掰了,真是作孽呀……"六奶奶似乎不愿意向我多说什么。我正打算接着问下去,屋外这时响起了炮仗声,迎亲的车队准备出发了,我也被叫出去跟着一起去接嫂子。

刚出村口,就看到莲二婶子还靠着老杏树数着杏花。我们一行人只管往前接着走去接嫂子。松子哥也看到莲二婶靠着杏树呆坐着的样子,看着手里火红的杏花,和村口从前的那片杏林,现在的打谷场,又顺着莲二婶的视线看到那一树郁郁葱葱的绿和红,松子哥指给我看杏子的坟堆,自责地说起那天他叫醒杏子去冰面上抽陀螺,杏子跟着陀螺跑,滑进刚凿好的冰窟窿,大妈妈不会游泳跑回去叫人的场景。"杏子要是还在的话,现在也该结婚了,我们俩说不定同一天置办婚礼呢,我对不起二婶子。"松子无奈地说着这些话,视线也不再看着打谷场边杏子的坟。"我想着等结婚后,就把二叔家的旧屋子翻修一下,我来奉养叔叔婶子终老,来补偿这些孽债。然而,你大伯伯做下的错事,你大妈妈和二婶子闹成这样,家里出了这么大的丢人事,我夹在中间,真的很难呀!"我一直不知道松子哥说的丢人事是什么,他也像六奶奶一样欲言又止。但我知道这些事一定都和大伯伯有关。迎亲队继续向前走着,我走到大伯伯身边,指给她看莲二婶子,向他说了刚才莲二婶子的疯话。大伯什么都没说,只是接着往前走,这一路都保持沉默,也不再和旁的人搭话,路过其他村子发烟发糖,也只是客气地打个哈哈。直到到了嫂子家,才礼节性和嫂子家的人问候。接到了嫂子,回来的路上,大伯才和我说起更多过去的,那些不再有人愿意提起的丢人事。

杏子掉进冰窟窿的那年冬天,本来天气没多冷。大伯把杏子埋在杏林边后,天就出奇冷起来。村里许多老年人都冻死了,埋着杏子的那片杏林也全部冻死了。只剩下现在的那棵老杏树。莲二婶子冬天里和大妈妈闹了几出,一开始也就是埋怨大妈妈凿冰窟窿,后来就怪罪松子把杏子偷偷叫出去。莲二婶说了几句重话,诅咒大妈妈的儿子也掉冰窟窿。大妈妈一心护着松子就和莲二婶又是吵又是打,后来就开始骂她是活寡妇,不仅克死丈夫,弄得自己男人人不人鬼不鬼,连儿子也看不好,掉进冰窟窿淹死活该。大伯那时考虑到莲二婶不容易,一直偏袒着,偷偷帮衬着她。大妈妈转过身又去埋怨大伯,还骂莲二婶守活寡,自己没男人去勾引人家男人。从此不准大伯和莲二婶接触。

没有人知道那个冬天,莲二婶有没有再出过门,没有人再见过她,也没有人知道她是怎么熬过那个寒冬的,更没有人知道她在想什么。只知道整个冬天她们家的烟囱每天早晚各两次都会准时冒烟。春节过后,人们再一次看到莲二婶,她还是像当年刚嫁过来一样,一个水灵的大美人,甚至看着比以前更美丽。只是脸上浅浅的酒窝没有了,眼神里的机灵也没了,变成了一个冰冷冷的冷美人,大概是因为一个冬天里哭干了眼泪罢。她每天都会去村口的老杏树下,去杏子的坟边待一会。六奶奶经常会去宽慰她,可她从来都是一句话也不说,待一会就又走了。

开春时节,庄稼户纷纷扛着锄头下地,莲二婶也在地里忙碌着。以前那个背着杏子,比男劳力做得还快的莲二婶,如今一个人艰难地挥动锄头,她要赶在下一场春雨到来之前完成耕田播种。从前她感觉有使不完的力气,可现在她要想赶在下雨前做完这些活,真比登天都难。可她还是什么都不说,只顾着低头干活。眼看着雨天就要来,大伯的心里也开始着急起来。趁着大妈妈回娘家,偷偷去帮着莲二婶忙起地里的活。

大伯说起当年相亲的旧事,他对春莲一见钟情。因为长辈间的原因,只能作罢,后来没想到春莲竟和弟弟学习走到了一起,成了自己的弟媳妇,心里是说不出来的滋味。很快杏子就出生了,春莲和学习的生活平淡幸福,时间慢慢流逝,大伯的许多心事也就慢慢被打消了。按着六奶奶的安排,自己也成家立业。不成想学习二叔上房修瓦时摔伤,留下春莲和杏子孤儿寡母无所依靠。大伯死去的心又一次复活,他曾想故意和大妈妈找个由头离婚,把二叔、春莲和杏子一起接过来,照顾他们生活。但那时松子已经出生了,大妈妈也没什么过错,更重要的是学习二叔不知道是什么情况,万一哪天醒了过来,该如何向自己的兄弟交代?街坊邻居该如何戳自己的脊梁骨?这些问题大伯都没有想过,自己于情于理都不能也不该这么做。他只能默默地帮衬着春莲,田里的活都替她做了,让她能安心在家里照顾二叔和杏子。大妈妈那时也理解春莲二婶子的境遇,同情她的不幸,有什么都尽力帮着二婶子。日子就这样平淡流逝,二叔一直都没有醒过来,杏子也在一天天长大,直到那年冬天掉进冰窟窿。春莲二婶子这下真的变成孤家寡人了。大伯抱着冰冷的杏子,心里就像打翻了五味瓶。他一直把杏子当成自己的亲儿子。那个冬天,大伯经常偷偷去找春莲,给她送去衣食,莲二婶一次也没开门让大伯进去,大伯把东西放在门口就走了,隔几天就来送一回。后来被大妈妈发现了,大妈妈那时已经和二婶子闹翻,自然回过头又和大伯吵闹。那个冬天,大伯也一直不愿意回家,做完田里的活四处闲逛,到黑天才回去睡一觉。他一直惦记着丧子丧夫的春莲,挂念着她在这么冷的天里能不能吃饱穿暖,挂念她会不会伤心过度垮了身体。他挂念的永远是那个当年他一见钟情的春莲。

大妈妈娘家哥哥也没抗住这个寒冬,刚开春就突然病倒了,大妈妈顾不上地里的活赶回去探望。大伯眼看着就要下雨,春莲田里的活还剩下一大半,也顾不得自家的田地,趁着大妈妈不在,赶快到春莲田里去帮忙。天越来越阴沉,地里的人都赶在下雨前做完了活,收拾农具往家赶。春莲田里的农活还差一些,大伯和莲二婶加快干活的节奏。田野上只剩下这两个人还在劳作,两个人都默默地干着活,彼此一句话也不说。暴风雨来临前通常都是一片沉寂,这片古老的大地上静谧无声,大伯和莲二婶甚至都能听到对方的心跳,连这心跳声都是沉默平稳的。天渐渐黑了下来,田里的活也快做完了。这块荒野迫不及待等待着一场春雨的滋润,滋润那些曾经干裂的土块,滋润大地饥渴的心灵,滋润即将破土而出的种子,和爆发出的蓬勃生命力。

  这场雨究竟还是在最后一刻到来了。大伯做完了所有的活,一脸的平静和愉悦,收拾起农具,顶着雨往家里走。"学田哥,雨太大了,避避雨再走吧。"身后传来春莲的一声问候,大伯愣住了,他都不记得多久没有听到春莲开口说话了。大伯回头一看,也不知道为什么,脱下外套回头就给春莲披上,扶着她走到老杏树下。老杏树其实只有光秃秃的枝干,在这荒野上,四面都漏雨。大伯撑起自己的外套,将春莲护在宽大的身子下,用自己整个身子和外套为春莲挡雨。这是两个人距离最近的一次,互相之间能感受到潮湿的体温,两个人实在挨得太近,以至于甚至难以看清对方。大伯就这样一直撑着早就淋透的外套,有五分钟,或者是十分钟,或者是更久,已经无法记得起了。这一刻,大伯真想好好看一看这个冷美人。从春莲的头发丝到她呼出的气息,大伯都能感受到自己身体内一种莫名的躁动。他告诉自己不可以,撑着外套的双手开始颤抖和犹豫。他清晰地听到自己急促的心跳,在暴雨中聒噪个不停。想到那年遇到的春莲,现在实实在在就躲在自己的身子底下,在这春雨中,他死去的心再一次被唤醒。可是,一想到躺在床上的弟弟,他又陷入内心的挣扎中。他想立马逃离,逃离这个女人,逃离自己内心的不安和惶恐。趁着雨势减小,他将外套递到春莲手上,自己起身去收拾农具回家。这时,春莲一把从背后搂住大伯。"学田哥,你别把俺一个人扔在荒原上,俺现在没有啥依靠了,就你一个亲人。"大伯转过身,看着眼前的春莲,和第一次见到时一模一样,只是脸上多了些无助和祈求,还有些别的表情,大伯看不懂。大伯注视着春莲的眼睛说:"你放宽心,家里有啥难处只管说。"春莲死死抱住大伯,一脸的渴求:"学田哥,你别走,俺男人没了,可俺也还是个女人呀!"原野上远方传来一道闪光,随之一声惊雷在天空炸响。这一声惊雷,让大伯放下所有的犹豫,他看到站在自己面前,早已经浑身淋透的春莲,隔着棉絮,他闻到春莲体温中散发出的乳香,混杂着青草地和泥土气,刺激着他的每一个毛孔。他的身体就像这声惊雷,爆发了。雷声中裹挟着学田哥战斗的号角,和春莲这些年被压抑的女人的心声。

雨停了,大地也沉默了。今夜的大地是属于学田和春莲的。

第二天一大早,六奶奶路过村口,惊奇地发现,昨天还是光秃秃枝干的老杏树,竟长出茂盛的枝叶,还点缀着几朵小红花,不多一会,太阳出来后,满树都开出红花。这个神奇的事件不多久就传遍了十里八乡,人们纷纷议论说是老树成精了。就连春莲婶子也大吃一惊,在杏树结出果子的那一天,她发现自己怀孕了。

大妈妈的哥哥终于没撑住,大妈妈不得不再一次回娘家,料理完哥哥的后事,回家的时候已经是晚上了。回到家,只有松子一个人在看电视。大妈妈像是得到什么预兆,立马感觉到事情不妙,抄着扫帚,直接朝着莲二婶子家跑去。

大妈妈一脚踹开房门,掀开被子,一把将光着身子的大伯从床上拖下来。抡起扫帚扑头盖脸向莲二婶子打去。一边打一边破口大骂:"你个狐狸精,你个骚贱人,你个浪蹄子,你个破鞋,你个臭婊子,你头顶生疮脚下流脓,你个臭婊子臭不要脸勾引人家男人……你还有脸叫春莲,你就是个发春的臭婊子……"莲二婶子这时打不还手,骂不还口,任凭大妈妈的扫帚打在身上。大伯慌里慌张地穿上裤子,拾起被子给莲二婶子盖着,就像那天为她挡雨一样,挡下抡来的扫帚。屋子里这一闹,引来半个村子的人都来围观着。莲二婶子瑟瑟发抖,裹着被子躲在角落里。大妈妈向着围观的人群嚷嚷着:"这个发春的臭婊子,臭不要脸,勾引人家男人,你有本事到外面找野男人去,没本事就偷自己家的人。怪不得名字叫春莲,从小就注定是个发春的浪婊子……"

莲二婶子怒视着大妈妈,不以为然,脸上带着几分满意和嘲笑。似乎是一种胜利的表情,她对大妈妈心里一直存有的恨,在今天似乎都宣泄出来了。她一点都不觉得自己丢人,将大妈妈的激动视作一种失败者的丑态,她以这种近乎报复的方式发泄自己心中的恨和压抑。六奶奶将大妈妈拉走,大妈妈一边走一边哭哭啼啼抱怨着自己的命怎么这么苦。莲二婶子自此以后就再也没有人叫她春莲了,人们提起她,大多都骂她怎么能做出这种事,若是谁敢再叫她春莲,被大妈妈听到,也会一并被骂一通。

那一晚大伯自始至终都跪在二叔床前没说一句话。

第二天莲二婶被五奶奶和六奶奶拉着去打胎,二婶子只说了一句话,她要等学田大伯来亲口对她说打胎的事。五奶奶也不愿意多难为莲二婶,莲二婶在那棵老杏树下等到傍晚,大伯一直都没来。他还跪在二叔的床前,他不愿意也不敢去面对春莲。

从那以后,莲二婶好像就有些失心疯,时清醒,时糊涂。她一直靠着老杏树,数着枝叶花朵,自言自语说些什么,对谁都爱理不理。只有小松子从老杏树旁边走过,她两眼好像突然放出光,冲着松子叫到:"杏子,快到妈妈这里来,杏子,快到妈妈这里来……"除了大妈妈每次见到她还会劈头盖脸骂一顿,后来慢慢也就没人理会莲二婶了。

我们接到嫂子往回走,走到村口,再一次惊奇地发现那棵老杏树,又只剩下光秃秃的枝干了。靠在树干上的莲二婶不见了。在开得红艳的杏花时节里,地上落满了雪白的杏花,比那年寒冬时的厚雪还要干净纯洁。老杏树上披着大红外套,在地上雪花的映衬下泛着亮光,六奶奶清楚地记得,那是当年春莲过门时穿的新嫁衣。莲二婶刚才兴许是看着迎亲的队伍从这村口走过,或许是当年去接她的那一队人吧。或许也看到了学田,学习,松子,或者是他的杏子,她等到了杏子的婚礼,她等到了要等的人。我们法堂村,我们永兴镇,从此再没有春莲和学习二叔的任何音讯。人们关于春莲最后的记忆,只有那棵光秃秃的老杏树,和一片落满杏花,白茫茫的大地。

刘之栋

男,1994年生,陕西商洛人,西北大学文学院2013级创意写作班学生。生性聪敏,温和谦逊,钟情于书,爱好写作,他相信写作是一件自然而然的事,感于心而发乎文,妙在水到渠成,凡是搜肠刮肚,苦思冥想写出的东西算不得好文章。在校期间曾多次在公开刊物上发表过文章,亦在校级报纸《金色年华》中出任责任编辑,曾与同好共营创写微信平台"西创文渊斋",具有写作潜力。

一把手枪

"你看起来很寂寞?"一位长相俊朗的男子端着酒,不紧不慢地向一个坐在角落里的醉汉走去。在这家酒吧里,每天晚上都会有这样的搭讪发生,大家已经习以为常。不过,一般来讲,被搭讪的对象大多是年轻、漂亮的女性。当然,诸事皆有例外,男性被搭讪也不是没有过,只是像他这样看起来既邋遢又肮脏的酒鬼,人们唯恐避之不及,就更不要说想和他搭讪了。令人感到奇怪的是,搭讪他的竟然还是一位长相俊朗的男子,不由得让人产生无限的遐想。

"如果你不介意的话,我可以坐在这儿么?"如果仔细看的话,你会发现这位陌生的男子有着一对晶亮的眸子,像酒杯里的威士忌,在灯光下泛着琥珀色。只是那个醉汉压根就没有注意到他,只是自顾自地饮着,一瓶接着一瓶,咕咚咕咚地冲喉咙里灌。桌上的空酒瓶横七竖八地倒着,有一种说不出的颓废。

"看起来你对这样的生活已经绝望了。"这个男子摇了摇高脚杯,浅浅地抿了一小口,接着说:"或许,我可以帮你。""啪!"醉汉身子猛地一颤,握在手中的瓶子冷不防碎在了地上。

"你说,你说你要帮我?帮我?"醉汉睁大了血红的眼睛,脸上的神情十分的可怕,像是一只野兽。也许是受到沉重打击的缘故,他并没有像任何一个所谓的男人那样——为了维护可怜的自尊,大发脾气,而是在片刻的沉默之后做出了妥协。"可是……我并不认识你。"醉汉低下了头,喃喃地说道。

陌生的男子笑了笑,突然伸出一根手指,说道:"如果我没有猜错的话,你一定是惹了一件不小的麻烦。"

"哈?麻烦?我这辈子还没有遇到过什么麻烦。"醉汉冷笑了一声,不耐烦地摆了摆手。

"既然你能把话说得这么利索,依我看,你还没有醉到离谱。如果你真的醉死在这里,我想,老约翰倒是省了一笔钱。"这名男子耐人寻味地说道。醉汉的目光闪烁着,呼吸急促了起来,好像是受到了什么刺激,情绪显然有些激动。

"跟我来,我会给你想要的。"就在陌生男子转身离开的那一刻,他突然笑了,那笑容令人捉摸不透。

"哼,江湖骗子,你以为老子真的醉了吗?如果你真的想要帮我,倒不如给我一枪。"醉汉猛地一拍桌子,骂骂咧咧地低下头,准备再拿一瓶酒,就在这个时候,他突然愣住了,随即吓出了一身冷汗。

原来,在他面前摆着一把明晃晃的手枪。

他一把抓住手枪,异常敏捷地把它塞进了自己大衣的口袋,做完这件事,他猛地抬起头,迅速地向四周张望。尽管时间并没有过去多久,但他的酒却是醒了一半,就算没醒,他也明白,自己不能再喝下去了。他快步走到柜台前,抽出一张票子,撇在台面上,也顾不上找零,便头也不回地奔了出去。

他明白这对于自己来说很可能是一次唯一的机会了,因为,他并不剩下多少时间了。

他的右手紧紧地捂着大衣口袋,一边走,一边张望。深夜早已悄无声息地降临,惨白的月光把他的影子钉在地上,模糊得像是一摊快要晒干的水。

突然,他的肩膀被人拍了一下,他明白,他一直等待的机会来了。

"今夜的紫罗兰有蔷薇的颜色。"

在旁人听来,这也许是一句没头没脑的话,但是他明白,这是一句暗号。他从口袋里抽出那把陌生男子给他的手枪,借着明亮的月光,他看到枪托上刻着一句话。或许是鬼使神差,他竟按着这句话做了对答。

"明天的夜莺将不会鸣叫。"

身后的人沉默了半晌,从后面递上一支打印好的纸条,压低了声音说:"这是你今天晚上的任务,只要你按照契约说的那样,杀掉丽娜小姐,那么你之前欠下的所有债务,都将由我们来偿还。如果你失手,我们的杀手会帮你完成任务,不过,你什么都得不到。"

他扭过头来,想看看来人的模样,却突然感觉到自己的腰被什么东西牢牢地顶住,他的直觉告诉他这是一把枪。"你们说话算数?"

"你别无选择。"说着,他身后的神秘人便消失在了夜色之中。

他苦笑着摇了摇头,走上杀手这条路,并不是他所希望的,可是为了偿还自己因为赌博欠下的巨债,似乎只有这条路可以走了。是的,他别无选择。如果明天还不了债的话,老约翰会找杀手来了结自己的性命,尽管他一再强调这样做简直是一种浪费,但这也足以给后来人以警戒。

他打开神秘人递给他的纸条,给自己点上了一支烟,半晌,他把纸条撕碎咽了下去,藏起手枪上路了。如果自己的哥哥还在人世,想必自己也不会沦落到这一步。

想到自己千里迢迢来到这所城市,不就是为了兄弟之间有个照应么?可是,自从英勇的警官汤姆在一次秘密行动中牺牲了,这里就只剩下了窝囊的赌鬼杰克。杰克苦笑了一声,继续往前走。

也不知走了有多久,他来到了一家夜总会。门口刮着凛冽的冷风,这无疑助长了他的酒劲,杰克只觉得腹内一阵翻江倒海,像是竹筒倒豆子一样,哇的一声,全吐在了台阶上。

"你小子是不是不想活了!"两个保安模样的人像是发了疯的恶狗,冲上来不由分说就是一顿暴打。"你知道这是什么地方么!你这条肮脏的狗!"

尽管他被打得鼻青脸肿,头破血流,但他却并没有还手。因为他知道,若是想要完成任务,现在需要的是忍耐。

"嘿，没看出来，这醉鬼还挺耐揍！好嘛，那我们哥俩今晚就给你这贱骨头，好好松松筋骨。"

"住手！你们在干什么！这是对待客人的道理么？"一个好听的声音从里面传了出来。他瑟瑟发抖地把头从胸前探了出来，一双漂亮的黑色高跟鞋出现在了他的眼前。

"哦，可怜的家伙。快用它好好擦擦吧。"他低着头，在他眼前的是一张精美的手帕，还有一只皎洁的像是象牙一般的小手，他脸上发起了烧，接过手帕之后，他在心里默默为她祈祷：上帝保佑，一定要让这位温柔的小姐得到她应有的好报。

就在他把手帕翻过来的时候，一个熟悉得不能再熟悉的名字刺进了他的眼中。没错，丽娜，她竟然是丽娜，这个好心的姑娘竟然是丽娜，是他今晚必须杀死的丽娜。

"天呐！"他痛苦地捂住了自己的脑袋，不知道自己接下来应该怎么做，恩将仇报？不，如果自己这样做了，一辈子都不会心安的。可是，放过她么？放过她的话，躺在这冰冷路面的就会是他了。

就在这时，一辆车停在了自己的旁边，打开车门，一个长相俊朗的男子从中走了出来。"是他！"他突然想了起来，这不就是给自己那把手枪的人么，他怎么会来这里？

"哦，亲爱的表哥，你怎么才来！你难道忘记了，今天是我的生日么？"丽娜小姐嘴巴一撅，像个小孩子一样，生气地背过身去。

"怎么会呢，丽娜，我忘记谁也不会忘记你的生日。我的好妹妹，我今天来，就是为了给你送上一份特别的礼物。"说到这儿，他顿了顿，像变魔术一般，从身后拿出了一个精致的盒子。

"这是什么？"好奇心战胜了姑娘家的矜持，丽娜小姐经过醉汉，来到了这名男子的面前。"钻戒！天呐，怎么这么突然，我，我……"丽娜小姐脸突然红了起来，像是玻璃杯中殷红的葡萄酒。

"嫁给我吧，亲爱的丽娜，我对你朝思暮想，一心一意想要和你在一起。就算是上帝要把我们俩拆开，我也不能答应。"他单膝跪地，捧着钻戒，一脸虔诚地看着她。

"可是，可是……"丽娜小姐像是被什么东西堵住了喉咙，话在嘴边就是说不出来。

"如果你不答应我,我就去死!"这名英俊的男子突然从腰间拿出了一把手枪,对准了自己的脑袋。

"不!你听我说,我已经答应了汤姆的求婚,请你千万不要做这种傻事。"什么?杰克简直不敢相信自己的耳朵。

就在丽娜扑过去,要把那名男子的手枪抢走的时候,杰克看到他突然对自己笑了。没错,就在丽娜背对着他的时候,这名长相俊朗的男子突然笑了,那笑容和他在店里的一样,令人捉摸不透。

爱这种东西是很容易变成恨的,这两者同样是那么刻骨铭心。醉汉明白,是该他动手的时候了。他颤抖着握紧了手枪,终于一咬牙,扣动了扳机。

"砰!"一声刺耳的枪声打破了冬日街道的寂静。

那个长相俊朗的男子一脸诧异地倒下了,一把手枪从他的手里滑落,上面这样写着:"今夜的紫罗兰有蔷薇的颜色。"就在场面陷入混乱的那一刻,杰克像是一只身手矫健的猫,一头扎进了巷子里,消失得无影无踪。

回到自己独居的小屋,杰克冲了一个热水澡。他对着镜子把自己满脸的络腮胡子扯了个干净,因为那原本就不属于他。借着昏暗的灯光,他仔细地端详着自己的脸庞,许久,满意地点了点头。

"嗯,汤姆是一个好名字。"他看着丽娜小姐和老约翰亲密无间的合影,突然笑了,那笑容令人捉摸不透。"这也许是我亲爱的双胞胎哥哥留给我最好的礼物。"

牟帆

女,西北大学文学院2013级创意写作班学生。"喜欢感慨,喜欢记录生活的点点滴滴。就像每个热爱写作的人一样,喜欢旅行,热爱生活。写作其实就是把自己的生活和想法分享给别人,我喜欢分享,从不吝啬,我喜欢拿着笔在纸上挥洒,喜欢指尖在键盘上舞动,看着自己的经历和想法变成一个个文字,那些文字,它们带着我的情感,代替我传达心声,那是多么的美好和梦幻啊!"

爱,不爱

一

连续加班一个星期,小凡回到家衣服也没换就倒在了床上,没两分钟就进入了梦乡,梦里是中学的校园,老师在讲台上讲着几何证明题,那是她最头疼的课,被老师叫起来回答问题,小凡不知如何回答,老师讽刺了一句,全班都笑了起来,那班里混着小学中学大学同学,别人她看不清,她只看清一张脸,他没有笑,而是牵起她的手跑出教室……下课铃声响了起来,声音越来越大,越来越大,小凡惊醒了过来,拿过手机,看到来电显示,又是一惊。

"喂,干什么,这么久才接?"对方抱怨一声。

"睡觉呢,话说刚刚还梦到你了。"

"哦?梦到什么?"

小凡想了想,总不能告诉他梦到他英雄救美,灵机一动,对着电话说:"梦到你吃屎,我拦着你不听,还打我。"

"你走!本来想请你吃饭的,不请了!"

"嘿,别啊,在哪? 我马上过来。"

挂了电话,小凡赶紧起身,这个电话算是这个月最开心的事了,没日没夜的工作已经让她精神麻木,忘了快乐是什么,郑熙的这个电话调动了她的每一根神经。

到达目的地,人已经来齐了,他们一群从小学就一起厮混的朋友,今天一个也不少。

"莫小凡,你总算是来了。"小天一胳膊绕着小凡的脖子,她比小凡高半个头,这样一搂,小凡完全动弹不得,"小郑说了,人来齐了要公布一件大事,现在就差你了。"

"什么大事?"

"你都失踪好几个月了,我们还以为你这次也不来,我估计啊,你得做好心理准备。"

小天这话一出,小凡感到一股凉意从心里一直传到身体的各个地方,还好小天扶着,不然她都怕自己站不稳。说起来,这几个月的失踪,不仅有工作的原因,也想躲避一些事。

二

"莫小凡喜欢郑熙!"小天对着大胖的耳朵说,"所以啊,小郑有女朋友的事先不要告诉她。"

莫小凡喜欢郑熙,这是圈里皆知的事,当然除了郑熙本人,小凡有时候觉得他会不会在装傻,有句话说,你永远叫不醒一个装睡的人,所有人都看出来了,偏偏当局者迷。

小凡一开始不知道郑熙已经有了女朋友,还像以前一样找他看电影,撸串,甚至郑妈叫她去吃饭她也像往常一样毫不犹豫地答应,久而久之,那神秘女友自然看不下去了。一天早上,小凡收到一条短信,骂得她一头雾水,小凡当然不是好欺负的,一条更狠的回了过去,接着小凡打电话给郑熙。

"一个神经病宣称是你女朋友,还骂我⋯⋯"话还没说完,郑熙一句:"就是我女朋友。"听得小凡差点被口水呛死。更尴尬的是,那神秘女友就在旁边,拿过电话,张口就是一句婊子。小凡一时间大脑一片空白,竟忘了骂回去,只默默挂掉了电话。

从那以后,她就消失在了圈子里。

小天本来想做好事,没想到会上演这样一出,心里觉得对不住莫小凡,单独叫她出来好几次,对天发誓,她绝对是站在小凡这边的,小凡一阵苦笑,心里默想,你站在我这边没用啊,郑熙都是别人的了。

三

莫小凡找了空位置坐下,大半年没见过,恩怨早就冲淡了,下午接到电话,莫小凡还在想,或许他们分手了?这半年为了避嫌跟郑熙没有半点联系,对他的情况一无所知,她想起上高中的时候郑熙也谈过女朋友,但不到三个月就分手了,后来再也没有跟谁好过,用他的话说:"不想祸害人家姑娘。"

环顾一圈,桌上除了她和小天,其他都是男生,他们八个人,从小学就常常一起玩,一混就是十几年,简直熟得能吃了。

没见到神秘女友,莫小凡松口气。

"快说吧,什么大事,人都来齐了。"

这话一出,小凡的神经又紧绷起来。

"先吃饭,先吃饭。"

"有这么吊人胃口的吗?"朋友抱怨道。

莫小凡整顿饭都吃得恍恍惚惚的,也不看是什么菜,只管往嘴里塞。

"我下个月要结婚了,跟现在的女朋友!"快结束的时候,郑熙忽然冒出一句。

莫小凡夹着菜的手一抖,一大块肉掉到了裤子上,她皱皱眉头,心想,故事的发展真是一点悬念都没有,一点惊喜都没有,她拿起酒杯:"来吧,这样大的喜事,先干一杯。"说完一口喝掉杯子里的白酒,小天赶紧递过去白开水,又从桌子下面伸出手握了握小凡的手。

结束的时候,小凡已经喝得两眼冒金星,看谁都重影,其他人也醉得不轻,他们找到一个篮球场席地而坐。小凡靠在小天肩上,听他们互相取闹,忽然冒出一句:"郑熙,你真的要结婚了啊,你开玩笑的吧?"

"当然是真的! 哪像你,二十六了,连个男朋友都没有,你该不会……"郑熙停顿了一下。

小凡一阵清醒,他该不会早就知道了,结果这个意识还没在心里成型,郑熙跟了一句:"喜欢女的吧?"小凡瞬间僵住了,不知道回什么好,还好小天跟了一句:"对,她喜欢我!"顺手摸了摸小凡的头,这才发现,小凡靠的地方,衣服湿了一大片。

四

婚礼一天天近了,小凡的心一天比一天沉重,有时候他觉得郑熙在她心里就像神一样的存在,她跟他的距离只能保持在一定的限度,无法再接近,她触碰不到他,尽管他们做了十几年的朋友,但以前郑熙不属于她,也不属于别人,她就已经很满足了,她一直觉得,不管多久,郑熙到最后一定是她的。可是这世界上讨厌总是相互的,喜欢却不是,这个梦就要破碎了。

小凡辗转反侧,忽然手机一亮,郑熙发来短信,召唤去酒吧。已经快十点了,小凡打去电话:"干什么啊,都这么晚了!"

"别管,快来吧,都到齐了。"永远都是这种不想多做解释的口气,但小凡一点办法也没有,她想,她喜欢的大概就是那个霸道不讲道理,从来都是一副不冷不热面孔的郑熙吧。

小凡在酒吧巡视一周,总算看到三四个熟悉的面孔,各个都喝得面红耳赤的。

"真够慢的,我们都喝好几轮了。"郑熙抱怨道。

"这是干吗?马上结婚了不准备准备吗,还有空出来喝酒?"

"结什么啊,不结了。"

小凡一惊,竟然一点开心的感觉也没有,可能觉得他是在开玩笑,可能……她也解释不清。

"怎么回事啊?"

"别问了,来迟了,先自罚三杯。"

他们从酒吧出来,已经是半夜一点,两个男生扶着如泥一般的郑熙在草丛边呕吐,小凡看得心里五味杂陈。

"到底怎么回事?"小凡悄悄问小胖。

"好像是两家人商量结婚章程出了点问题,具体的我也不知道。"

小凡看着在路边呕吐的郑熙,忽然觉得他再也不是她的神了,她发现她从来都不了解他,她从来都只看到他理性的一面,他独断,有主见,他从来遇事不惊,让人难以接近。也许有人走进了他的世界,但那个人从来都不是小凡,纵使他们认识了十几年。

小凡忽然明白了,她喜欢的一直是自己幻想出来的郑熙,那个高高在上,完美无瑕的郑熙,可是今天她才明白,他只是个普通人,跟自己一样的普通人,一样要吃喝拉撒,一样有喜怒哀乐。

五

婚礼还是照常举行了,莫小凡看着郑熙吻了身边的女孩,心里没有一点起伏,小天投来关心的眼神,莫小凡拍拍她的肩:"放心吧,我不会大闹婚礼现场的。"

"讨厌,你知道我不是这个意思。"

莫小凡冲她笑笑。

她以前以为自己对郑熙的感觉就是爱,现在她才知道那并不是爱,而究竟爱是什么,她依然不太明白。

聂萌

女,西北大学文学院2013级学生。

最后的赢家

一

阿春这两天有点儿反常。总是时不时地傻笑,表情蠢得像隔壁已经十四岁的老母狗。前天他忘了给我买最爱的零食;昨天他在镜子前晃了半个小时才出门,衣装笔挺,脚步轻快,甚至临走前忘了跟我告别;今天早上,他订的送货上门的红玫瑰害我连打了三个喷嚏,该死的阿春,难道忘了我一闻到这臭臭的植物就鼻子痒吗!

种种形迹表明,阿春有了新欢。

二

我一直有预感,那个不速之客马上会闯入我和阿春的生活。

这不,马上就应验了。

阿春不在房里,窗外阳光白亮得有些扎眼。我往窗外一瞅,两道你侬我侬的身影。一个是打扮得人五人六的阿春,另一个就是意料之中的小贱人。我仔细地审视了敌人,她穿着红色的高跟鞋,扭着大屁股,两只胳膊像柳条一样紧紧地攀在阿春肩上。我冷眼看着,打算先装作什么都不知道,冷他几天,看看反应。

"怎么不吃饭?"满面春光的阿春看了一眼没有动过的碗筷,语气没我想象中的担忧。而他的手指暧昧地抚摸着嘴唇,流连在那个女人刚刚亲过的地方。

我看不下去他这副样子,扭头就出了门。

——"隔壁的阿春,对对,就那个小伙,这几天身边跟着一个特别漂亮的姑娘。"来自张大妈。

——"哎,带我瞅瞅,我倒要看看有多漂亮。"来自李姐。

——"有我好看吗?"来自小玉。

——"你瞎掺和啥呀!"来自小玉老公。

小区里充满了对那个女人的议论,连带着还有对我的同情。

——"棉棉,你和阿春怎么了啊,听说他有了新欢。"来自欢欢。

——"啧啧,看情况,你的阿春快要不要你了。"来自汪汪。

——"怎么觉得你最近精神不太好啊。"来自二柳。

没错,我是精神不太好,但是连续一周过去,沉迷于恋爱的阿春并没有发现我的反常。他笑眯眯地出去,笑眯眯地回来,身上携带着令人厌恶的玫瑰香水味。他对我的喷嚏视若无睹,这让我意识到一个事实,在这个家里,我并没有自己想得那么重要。

三

这个事实令我无比沮丧。

我怀念那双抚摸我的温柔的手,怀念他身上的味道,怀念无微不至的照顾,怀念趴在他腿上静静看他工作,怀念和他打闹装作生气再向他撒娇,怀念每天不期而至的小零食,怀念他所有的表情都因我而起,怀念每天清晨趴在枕头上看他睡脸,将他唤醒的日子。只属于我俩的日子。

可如今只剩下等候,以及随之而来的铺天盖地的喷嚏。他们说,我是不会流泪的,但我分明觉得有什么东西湿湿的。

尽管如此,我也不能离家出走,离开他,我无处可去。虽然我经常嫌弃他,但是我是爱他的。像爱父亲,爱情人那样爱他。

我只能忍耐。

四

今天天气格外好。阿春买了蜡烛,在厨房兴致勃勃地准备个不停,看来是要来个俗套的烛光晚宴。我想不通这有什么意思,似乎恋爱中的人们乐此不疲。像阿春这样的懒汉,也要为心仪的女人洗手做羹汤了,这给了我十足的危机感。虽然他的厨艺一向糟糕,可我从没像今天这样期盼他做出满桌子的黑暗料理。

他说:"棉棉,今天你去隔壁张婶家待一天好吗?"还是温柔的熟稔的语气,说出来的话却这么让人讨厌。

我没有回答,转身跑出了家,大敞的房门像个裂口,而阿春根本无心将它合上。我收回刚才的话,希望他精心准备的佳肴看起来让人食欲大动,吃起来让他们肠穿肚烂。

我待在张婶家,无聊地耗时间。打从那个女人进去之后,整整一夜,对面的房门都没有打开,只是间或有声音传出,嬉笑的、斗嘴的、温情脉脉的。

——"咳咳咳咳咳……我不是……咳咳……给你说了吗!我对这个过敏!我说过多少遍了!"

——"来来来,先吃点儿药,我没想到这儿也会有。"

——"你看看!这是什么!咳咳咳咳……你想害死我啊!"

——"我的错,我的错,害死你谁给我暖床啊。"

——"呸!你分明把我的话……咳咳咳……当放屁!"

——"宝贝儿,我哪里敢啊。"

——"不管,以后再看到我就跟你分手!"

——"遵命,不会给你这个机会的。"带笑的语气,"把它扔掉吧,躺我胳膊上。"

第二天早上,在楼梯口我和那个女人狭道相逢,她用一种很嫌厌的眼光扫了我一眼,带着胜利者的轻蔑。她已经获取了她的猎物,这意味着我将被驱逐出我原来的领土。

趁着他们拥抱,我溜回了家。我的枕头以一种伤心的姿态躺在地上,而另一个枕头在昨夜承载了两颗亲密的头颅。

"真是糟糕啊,该把你怎么办呢?"阿春喃喃自语,看着我的表情像是在看一个烫手的山芋。

五

在那个女人不在的时候,我能够像过去一样待在家里,而她一来,我就得去张婶家蹭饭。而阿春,比以往更加努力地打扫房间,为了讨对方欢心,阿春简直卑躬屈膝,他备了三套新的床上用品,撅着屁股一遍遍地拖地,在他将地板砖拖得能映出我不开心的脸时,我走到他面前,用力地在地上踩上几脚。阿春不怒反笑,然后无奈地叹了一口气。

哼,看吧,一个有洁癖的女人是多么招人烦,你不烦这一次次的劳动,你迟早也会烦她的。

这样的心理安慰能够让我忘掉现在堪忧的处境。没想到还没舒坦半天,自我营造的假象就破灭了。

我照常伴着阿春轻微的呼噜入睡,他一翻身,一个精致的小盒子骨碌碌从枕边滚下来,惊醒了我。在漆黑的夜里,我看得一清二楚,连同盒子上边花纹。这像是一根引信,能使我看到日后爆炸时的火光,这场爆炸里,受伤的只有我一个。我一向天真无虑,这个夜晚是我思考最多的一个晚上,在这场毫无声息的对弈中,阿春将直接判我红牌下场。三年的陪伴换得如此结果,我不知道此刻我的表情是什么样子,估计挺让人害怕。不过阿春看不见,也不会看见。在他心里,我永远是温柔又听话的。

六

阿春好像在做噩梦,他的腿在床上用力地蹬,像是在跑。脸上发汗,气喘吁吁,眼珠子在眼皮下疯狂地转动。

"眠眠!"他喊出了声,砰地一下坐起来。

我没有睡着,我知道他叫的不是我。

七

他昨晚做了一个梦,梦见红色的天空,迷信的阿春查了下周公解梦,手机上显示着血光之灾,白森森地反着光。

处于甜蜜状态的阿春本能地想到那个女人,这个邪门的梦搞得他像个惶恐的小男孩,担心自己的宝物会突然消失。他拨了通电话。

"宝贝儿,周六在家里等我。"

"……"

"你来了就知道了。"

"……"

"总之不是惊吓。"

八

程眠死了。

就是阿春原本准备求婚的女人。

现在提一下她的名字是因为她已经彻底眠过去,永远不会醒来。而这个名字将是第一次出现,亦是最后一次。

她死在阿春家门口的楼梯上。那个拐角刚好有一批建材,锐物刺进了她的后脑。

她的姿势不太好看,头朝上,裙子掀了上去,露出了大腿,两臂无力地垂着,像是放弃逃亡。浓密的黑发下是一片已经快干涸了的血迹。

领口上有什么不属于她的东西,在照射进来的阳光下,诡秘地发着光。

阿春有点崩溃,他刚下班,兴冲冲地回家,想象着将要发生的幸福场景,没想到却看到这一幕,他神情恍惚,却一次眼都没有眨。

他的鞋上沾了血,衣服上沾了血,头发上也沾了血,从那个女人头上流下来,像一条暗色的河,最终汇集到他的身上。

阿春家里没有财物损失,楼道亦没有打斗痕迹,没有死神来过的迹象,整个楼梯安安静静,清清爽爽,仿佛这幕死亡只是阿春的一场幻觉。经过尸检,除了头部,没有任何外物伤害,于是判定意外死亡。

失足摔下楼梯,像失足落水,失足坠楼一样,乍听之下令人为之一悚,但除了换得人们短暂的叹息,不会停留太久,更不会有人怀疑。

失足嘛,那只能怪你自己了。

九

"棉棉,我只有你了。"

嗯，我会一直陪你，只有我们俩。

阿春比过去蔫了许多，但我不会嫌弃他的，他还是我最爱的男人，而我，是他独一无二的棉棉。

十

有人说，人死前看到的最后的景象会留在瞳孔中。如果是真的，那阿春抱着那个女人的时候，就会看到她睁得滚圆的眼睛里，倒映的是我的笑容。

打从我看到那个小盒子，我就知道，如果我坐以待毙，这个家即将永远失去我的位置。她的臭气让我喷嚏不止，而我的毛皮让她咳嗽不停。这件事从她入住阿春家的那个晚上我就知道，只不过我没想到这会成为我日后的武器。我们生来就注定是敌人，本来势均力敌，可她居然仗着阿春的宠爱要将我赶出家门，我不能忍。

所以当她打开门的时候，我纵身跳到了她的脸上，她尖叫着后退，一踩空就摔下了楼梯。我雪白的毛发掉了几根，卡在她的领口上。真是可惜。我的毛皮是我最强大的武器，是阿春最爱的，因此是我最引以为傲的资本。我想起当初阿春给我起名的情景。

——"叫什么咪咪，多俗，要我看就叫棉棉，你看它的毛，像棉花一样又白又软。"

——"呸，又不是女人，又白又软有个屁用！"

想到这里，我露出了一个胜利者的笑容。

田斯嘉

女,生于陕西西安,此后长驻于此,西北大学文学院2013级创意写作班学生。喜欢充满烟火味儿的老街道,发现不被觉察的生活瞬间,体味别样人生。想用余生走街串巷,肆意游走,透过自己的眼看遍世界,记下那些与众不同的故事与景色。要认真活,用力活。"笔尖在纸页上留下的印痕,就是我的一生。"

世间最珍贵的是什么

在很久很久以前,有一座寺庙,每天都有许多人上香拜佛,香火很旺。有一天,一只蚂蚁在找寻食物的路上和同伴走丢,来到了这里。看到这里有许多供奉给佛祖的食物,便不打算离开。佛祖在天上看蚂蚁在这里活得舒坦,心生欢喜,索性任蚂蚁留在了这里。由于每天都受到香火和虔诚祭拜的熏陶,蚂蚁便有了佛性。经过了一千多年的修炼,蚂蚁佛性增加了不少。

忽然有一天,佛祖光临了这座寺庙,看见这里香火依旧非常旺盛,十分高兴。离开寺庙的时候,不经意间抬头看见了供台上的蚂蚁,就停下来,问这只蚂蚁:"你我相见总算是有缘。我来问你个问题,看你修炼了这一千多年来,有什么真知灼见?"蚂蚁看见佛祖很是高兴,连忙答应了。佛祖问道:"世间什么才是最珍贵的?"蚂蚁想了想,回答道:"世间最珍贵的是'可望而不可得的'和'曾经拥有过的'。"佛祖点了点头,离开了。

就这样又过了一千年的光景,蚂蚁依旧在寺庙的供台上修炼,它的佛性大增。一日,佛祖又来到寺前,对蚂蚁说道:"你可还好?一千年前的那个问题,你可有什么更深的认识吗?"蚂蚁说:"我觉得世间最珍贵的是'可望而不可得的'和'曾经拥有过的'。"佛祖说:"你再好好想想,我会再来找你的"。

又过了一千年,有一天,刮起了大风,一只蜜蜂被困在房梁上的蜘蛛网上。蜜蜂挣扎着,扭动着腰肢想要挣脱,却没有任何作用。幸运的是,蜘蛛在织完网后就离开了,也许是去别的地方织网了。蚂蚁觉得蜜蜂长得真好看,毛茸茸的身子,还有透明的翅膀。他想要把蜜蜂救出来。房梁那么高,他就每天都在努力地往上爬。虽然很辛苦,但是一点点地接近蜜蜂,对他来说就是很幸福的事情。直到有一天,忽然又刮起了一阵大风,蜜蜂被吹走了。蚂蚁突然很难受,他觉得自己失去了全世界,感到寂寞和难过。这时佛祖又来了,问蚂蚁:"这一千年,你可好好想过这个问题:世间什么才是最珍贵的?"蚂蚁想到了蜜蜂,对佛祖说:"世间最珍贵的是'可望而不可得的'和'曾经拥有过的'。"佛祖说:"好,既然你有这样的认识,我让你到人间走一遭吧。"

就这样,蚂蚁投胎到人间,成了贫苦人家里的一个穷小子。父母给他取名叫作马义。马义自小就很努力,认真读书,刻苦学习,还帮家里干农活,深得乡里乡亲喜爱。但不管他再怎么努力,家里还是一贫如洗。他怎么争取都没有用。平日里,乡里与他一般大的男子整日不学无术,却因为家里有钱倒也活得逍遥自在。而他终日勤勤恳恳却还是那么辛苦。他愈发觉得得不到的事物太珍贵了。

一日,家里有媒人前来说亲。倒是村里最漂亮的姑娘兰草看上了他,觉得他为人义气,不骄不躁,还颇有学识,便央求父母厚着脸皮前来问问。马义觉得自己年纪也差不多了,寻思着过几年进京赶考家里也算有个人照应,也就和父母应下这门亲事。

于是,没过多久兰草就进门了。一家人生活虽算不上什么天天鸡鸭鱼肉,但基本的温饱还是可以解决的。一年之后,马义果然中了秀才,准备进京赶考。

马义到了京城,才发觉世间之繁华。他在一家客栈住下,安心备考,却又不自觉想起佛祖留给自己的问题。

考完后马义也没急着回家,他觉得自己考得很不错,便决定留在京城里体验些风土人情再走。这段日子他结识了京中许多名人雅士,其中就包含丞相的儿子长风。

隔了大半个月,一放榜,他果然位居前列。马义高兴极了,他觉得自己努力了这么久终于得到了自己一直在追求的东西。皇帝召前三名进宫殿试,马义昂首挺胸,信心十足。皇帝对他也十分满意,当场定他为状元,并想把蜂儿公主许给他。皇帝问他可有婚配,马义想想家乡破败的景象,再回忆起这段日子在京城的繁华,狠了心咬咬牙:"微臣不曾许有婚配。"于是,皇帝又当场将蜂儿公主许配给了他。

马义觉得蜂儿公主才是佛祖许配给他的姻缘,因为这是自己通过努力才得到的姻缘。他对蜂儿公主格外上心,总想着逗公主开心,可蜂儿公主对他似乎并不感冒。

一日,皇帝突然召他进宫,说有要事相谈。他连忙赶去,却发现兰草站在皇帝身边。他不觉一颤。

"马义,朕问你,你可真未曾婚娶?"皇帝语气听不出一丝波澜。

"陛下,臣……臣……臣错了!"马义跪在地上不住地磕头求饶。

"来人,拉下去给我斩了!"皇帝大手一挥。

"陛下,民女求陛下放过我这糊涂丈夫……"原本站在一边的兰草却突然冲出来跪在马义前面。"方才我们说好的,陛下答应过我的。不然,就让我同这负心汉一起掉脑袋好了。"

皇帝见状,连忙挥手示意众人退下。"好了,你们都下去吧!兰草,你也先下去,我有些事要同马义讲。"

"陛下!求求您不要伤害他!"

"你放心。我不会把他怎么样的,你先下去吧。"

兰草也退下了,偌大的殿里只剩下皇帝与马义两个人。

"皇上,微臣知道错了……"马义跪在地上大气不敢出一口,也不敢抬头。

"好了,起来吧!你还没有认出我是谁吗?"

"啊?"马义抬起头,皇帝笑眯眯的样子跟脑海中的某个轮廓重叠……

"佛祖?"

"蚂蚁,你总算认出我了。"

"佛祖……"

"蚂蚁,你还记得我的那个问题吗?这世间最珍贵的是什么?"

蚂蚁低头沉默半晌,没有说话。

佛祖接着说:"蚂蚁,你可曾想过。蜂儿(蜜蜂)是谁带来的呢?是风(长风)带来的,最后也是风带走的。蜂儿是属于长风的。这次兰草进京寻你不见,却遇见了长风,是长风带她来我这里的。"

"那若不是因为长风从中作梗,蜂儿不就是我的了?"

"唉,你这蚂蚁。蜂儿本就不属于你,她不过是你生命中的一个插曲。你可曾注意过兰草。她当年在寺庙门前,看了你三千年,爱慕了你三千年,可你却从来没有低头看过她。蚂蚁,你再好好想想,世间什么才是最珍贵的?"

蚂蚁听了这些真相之后,好像一下子大彻大悟了,他对佛祖说:"世间最珍贵的不是'可望而不可得的'和'曾经拥有过的',而是珍惜现在拥有的一切,活在当下。"话刚说完,佛祖就转身离开了,兰草放心不下丈夫,从殿外冲了进来。马义和兰草深深地拥抱在一起……

世上众人皆在追求着可望而不可即的事物,或是对曾经拥有却已经失去的事物念念不忘,却对眼前一直守候着的幸福视而不见。其实世间最珍贵的不是"可望不可得的"和"曾经拥有过的",而是活在当下,把握现在的幸福。

乔妮

女,西北大学文学院2013级学生。

心门

  一幅黄公望大师的名画《心门》静静地悬挂在白墙之上,凝望着正厅内肃穆的陈设,审视着当世之人的无端之为,世事无常,人心难测,每个人的心门是闭是合,是铺满灰尘,还是清亮如新,早已从这几日的俗事之中看了个究竟。

  贝旌是 A 市的市委书记,以清廉而家喻户晓,同时也因喜好古董被为数不多的人熟知。

  臻心是 A 市的知名画家,学成归国,游历四方,以结交清廉之士,收藏品评古画为趣。

  这一天,臻心受约去拜访贝市长。这真是一个偏僻难找的地方,丰廉路 8 巷 8 号,不仅位于郊区,而且被葱葱郁郁的大树所遮蔽,市长的确为官清廉,不负盛名,不喜别墅,偏隅祖传老宅,臻心一边走一边这样想着,估计前边那座四合院便是了。

  臻心报上自己的名字,守门的大爷便满脸笑容地让他进去了。刚一进去便被那古色古香的影壁吸引住了,四周用砖雕装饰,中间是颜真卿体的"吉祥如意",镶嵌在一个用砖刻的中国结中,气宇轩昂,书香翰墨之气萦绕于四周,臻心不禁对这个老宅心生敬意。走进里面,便是寻常的四合院的构造,但令臻心大跌眼镜的是,院中竟然种有很多瓜果蔬菜,此刻长得正盛正茂,堂堂一市之长,竟然吃自己种的蔬菜,臻心对贝市长的敬意添了几分。

  "小臻,失礼失礼,未能出门相迎"!一位体态健壮的中年人的话语打断了臻心的冥想。

"不会不会,晚辈能受到市长的邀约已是荣幸至极"。臻心忙走上前,对市长深深地鞠了一躬。

"不用客气了,快进屋吧"。贝市长笑吟吟地把臻心迎进了屋。

刚踏入门槛,臻心就产生了一种清朴肃穆之感。室内陈设特别简单。正前方摆着一张红木长桌,桌上陈列着一套景德镇的珠光青瓷茶具和一方用白柚碗养的绿植,左右各是明朝的红木椅子,东西向各有一间隔间,用木门相隔,若隐若现,没有任何现代的家具,空白的地方都是古代名家的书画,书香气甚浓,臻心一眼就看到了黄公望大师的《心门》一画,不禁对贝市长的清廉佩服得五体投地。

"别傻站着了,快来尝一尝我刚泡的碧螺春,解解乏。"贝市长唤道,"拙荆和我一样,不喜欢现代家具,偏爱古墨,所以比较简陋,小臻可不要嘲笑我们这些老古董呀。"

"贝市长太客气了,我们正是志同道合之人。"臻心坐在椅子上,一边品茶一边说道,"这可是上好的苏州碧螺春啊,色泽鲜亮,那小绒毛就像初摘下的一般稚嫩,贝市长真是太客气了。"

"小臻是我请来的贵客,当然得按照上客的礼节相待。"贝市长也端起了茶杯。

"贝市长,你可知道前日刚落马的管毕?民间传闻此人贪污近百亿,在B市的房产都有数十处,世风日下,为官者本是为民服务者,现在却成了国家的蛀虫,唉,可叹可叹。"臻心望着贝市长。

贝市长眼神中掠过一丝惊恐,把目光投向门外,"不瞒你说,管毕和我曾经是大学同窗,工作之后还是上下级,实在惭愧,我们都想不到,昔日以正直闻名,以中华之富强为抱负的他竟然贪污成性。"贝市长皱了皱眉头,摇了摇头。

"过去的事我们就不提了,贝市长要保重身体啊。对了,贝市长还没有给我说今天约我来的原因呢。"

贝市长笑了笑,"哎,聊着聊着都把正事给忘了,还是年轻人记性好。"贝市长顿了顿,喝了口茶,说道:"我已久闻小臻对于古画这方面的研究,刚好家里祖传几幅古画,还想请小臻鉴别一番。"

臻心道:"不敢当不敢当,贝市长高看了,称不上研究,只是平时略有把玩而已。"

贝市长说道:"小臻无需谦虚,年轻人虽说谦虚是件好事,但偶尔也应该夸夸自己,保持自信。"

臻心不好意思地笑了笑,顿时也引起了贝市长爽朗的笑声。

贝市长站了起来,说:"小臻,你随我来吧"。

他俩走出北房,沿着走廊走去,到了二级院落,同样和前边一样古朴肃穆,但是贝市长并没有向房门走去,而是继续向前走,这让臻心很是疑惑。刚一转弯,臻心发现眼前之景完全令他震惊,走廊两侧特别精致,刻有颜真卿和王羲之的书法,廊顶也极具华美,刻有镂空的飞鸟鱼兽,廊柱漆有朱红色,虽年代久远但是没有一丝褪色。而且走廊是凌空于一池碧水之上,湖中鱼儿欢腾,好不活泼,嶙峋的怪石也屹然耸立在湖中,宛然是一派大户人家的气象。

"到了,就是这里。"贝市长的话再次打断了臻心的观察。而眼前之景才是臻心此行最大的震惊之处:隐藏在重重屋落和山水之中的屋子和外面的屋子迥然不同,完全没有了之前的古朴肃穆,悉皆华美贵丽,就连屋檐上都刻有蟠龙,屋顶为单檐四角攒尖,屋面覆黄色琉璃瓦,臻心感觉自己穿越到了古代帝王之家。

"吱……"贝市长打开了屋门,一片漆黑,"小甄,你来这里。"

臻心快步走到前边去,透过屋外的阳光才发现屋子里竟然都是满满的大大小小的高档字画盒,不禁心里发虚,手心冒汗,但他强作镇定,走上前去。

"小臻,就是这几幅,你看一下,顾恺之的《洛神赋图》以及巨然的《秋山问道图》,你帮忙看一下是不是真迹。"贝市长一边说一边打开锦盒,"祖传了好多代了,亲戚都托我找个熟人问一下真伪,就辛苦小甄了。"

臻心把古画拿到手里,仔细观看,越看越喜:"贝市长,这真的是好宝贝啊,目前全世界能拥有这两幅图的都不下五个人,尤其是这纸张,是古人集八十八种材料浸泡了几百多天才制成的,真是呕心沥血之作啊。"

贝市长听到这话,不禁欣喜若狂,竟手舞足蹈地抱着字画出去了,留下了无限叹惋的臻心,就是上周日晚,好朋友才给臻心看过他刚入手的《洛神赋图》。

在返回的路上,臻心五味杂陈,贪官如此之多,受贿方式都五花八门,贝市长那满屋的字画已价值连城,足以让那清廉的假象蒙羞。

癸巳年十二月八号,贝旌因贪污之罪被捕。

史美垚

  女,西北大学文学院2013级创意写作班学生。偏执型中文天蝎女,时而煲点鸡汤,时而讲讲故事,脑洞颇大记性很差,若简言自介,则是:心向离群索居,然常杂陈俗世;言辞不善,故百般皆诉笔端。平生不求闻达人前,唯愿挥墨提笔,于方块之间开辟新天,写尽人间悲欢,与众共绘素心一片。

渡

一

  梵净寺的菩提树死了。
  消息一传出,帝都一片哗然。
  大荣三百载风调雨顺,据传都与这棵菩提树逃不开关系。
  昔年大荣先祖自北郡流落至此,数日饥渴无力再行,昏沉于一菩提树下。本以为不久于世,岂料晨间菩提叶尖滴水,救之于焦渴,乃幸存。
  大荣立国后,高祖皇帝绕此菩提树建国寺梵净,以祈福祉感天恩。
  菩提圣树泽沐佛光,每于晨间皆有水生叶尖。虽不过三两滴,但传饮者皆可除疴症解百病。
  佛室有三宝:佛骨舍利、佛像,与菩提树。
  因先祖之由,大荣帝子信佛,并以为国教,而百年来讲传佛法的大任自然由梵净国寺所承,为此特设讲经殿于大殿旁,中绕菩提圣树。
  然而,如今这棵四季常青的圣树,却于一夜间落尽碧叶,徒余盘虬枯骨。
  帝大怒,命彻查,但众目所见,此树一瞬荣枯转变,并非人力所能为。
  人有生老病死,树有枯木荣衰,虽是凡常之态,可这变数到底来得太过突然。

二

  送饭的小和尚来收拾碗筷的时候,却发现食盒里的饭菜半点未动,而释慧大师依旧是先前站立的模样。
  "师父,事已至此,就算伤心,却不能不用饭。"小和尚怯怯开口。
  一连三日,大师都不曾进食,只一味如今日这般于讲经殿外枯站,抬眼望着那棵枯树,也不说话,好似入了魔。
  小和尚不明白,为什么往日里释禅讲法、普度众生的释慧大师会变成这幅死脑筋的模样,可能是圣树之死的刺激太大?但在他看来,一棵树到底是死物,不管怎样,饭还是要吃,水还是要喝,日子照样不能不过。
  叫了几声无果。
  若不是那可闻的呼吸,他甚至觉得大师也要随着那棵树去了。
  小和尚无奈地摇了摇头,收拾了东西,又往厨房里去。
  释慧眼睛阖动,容色戚然。
  这个帝都乃至整个大荣有名的僧人,虽年轻,却对佛法之说深谙其髓。讲经殿里日日可见他含笑温儒的面庞,对眼前众生讲佛法大乘,说彼界极乐,阐善恶有报,述因果轮回。
  于他而言,众生皆平等,莫论贫苦百姓,亦或歌楼妓子。

三

  这日,释慧讲完《法华经》,众人悉皆离去时,却见一绿衫女子向自己走来,生得一张俏脸,却大气持重。
  释慧立掌:"施主。"
  "大师。"女子回礼,继而道:"小女有一惑求解。"
  "施主请言。"
  释慧知道这女子,自他于梵净开坛以来,她日日立于屋脚静听不曾有落,如同一朵开在潭角的青莲,不甚起眼,但时日久了,却让人无法忽略。
  有时相视,因礼颔首,时久却如老友悉然会心。
  "佛陀教说《法华》,言大小无异,一乘了意人人皆可成佛,但何故有人却成了魔。"女子问。

"成佛成魔在人一念。虽众生平等,但心念不一,遂分佛魔。"释慧莞尔。

"众生平等……那众生可含了这魔?"女子追问。

"心正则为佛,不正则为魔,成佛成魔皆是转瞬,是佛是魔皆为众生。"

"心地法门述花果同时、淤泥不染、内敛不露三殊胜。大师亦是心地信徒,清心寡欲为身正乃不染,渡却众生不计俗利不自邀为内敛,然花果同时,"女子顿了顿,一双明眸看着释慧又问:"大师何解?"

看着眼前隐带笑意的眸子,宛若一泓清泉破冰而出,释慧不知为何,突然有些不能直视,稍垂眼帘,道:"花为因,缘为果,因缘生花果,如同佛陀言万事皆有因果。"

女子将他细小的慌乱看在眼里,俏皮地笑出了声:"前世因,今生果,大师这般可解释不通呢。况论众生皆可渡,佛魔亦可通,那大师如何渡我,又如何渡己?"

释慧露出少有的窘迫,不知如何作答:"释慧愚钝,不能解施主之惑。"

言罢,推说有事而出。

一路疾行,直到回了禅房,眼前还是那双清亮亮的明眸,耳畔还是那娇俏的笑意。

他深吸一口气,合上双眼,对着屋内佛经合掌,道声"阿弥陀佛"。

四

讲经的日子仍在继续,来往的还是众生,却又不再是众生。

一连三日,角落里都少了那抹浅绿。

释慧莫名慌乱,说不清,道不明,到最后讲法已自觉不知所云,只一个时辰,便散了。

他起身,茫然闲走,不觉来到大殿和讲经殿间的树下。

面前这棵四季常绿,被奉为圣树的百年菩提,释慧向来莫名信任。此刻树下的他,已然不再似往日悲悯含笑看众生,而是毫无遮掩地将心中愁闷化作眉间微蹙口中喃喃：

"三日了。"

她都没有来。

"佛陀说，修法心当净。"

沉默半晌，释慧想不明白。

"我若如你，不惹尘埃该多好。"

杂念，便若尘埃。

释慧半晌静立，额头突地一凉，他抬头，见头顶落水滴滴——原本只在晨间偶滴数点，被奉为圣树的古老菩提，此刻却似知他心苦，自叶尖垂泪涟涟。

"你也一样难过吗？"

释慧不知自己为什么难过，但偏偏心塞气赌，欲舒不得。他抚上额头，触碰那抹冰凉。

菩提叶不再滴水，心状碧叶绿得通透，透过阳光，脉络纹理清晰可见。

五

第四日，那抹绿色复又现于眼前。

释慧莫名喜悦，往日悲悯的含笑似也延伸到眼角。

日子一天天过去，大师照旧于讲经殿对着面前众人讲他的佛、说他的法，不一样的，是眼角的笑意常在。

姑娘如往昔，跟着众生来，随着众生去，只角落里安然静听，却不再有那日的举动。

这一日，释慧低头收拾面前佛经，却觉视线一暗。抬头，正是那女子。

起身立掌："姑娘。"

不是施主。

"大师参悟数日，那日之问可有解？"绿衫女子开门见山，面带笑意却不曾寒暄。

释慧静默，看着那女子，这次却并不避开，对上那湾明澈清泉，半晌方似下定决心，道："自渡远胜他渡，小僧自渡，也信姑娘可以自渡。"

无力渡。

不能渡。

"那大师所言众生平等可真是诳人了。"女子泠然。

"……"释慧无言。

"或者说，大师终究爱佛，对彼等心魔避之不及。"

所以我不是你的众生之一，你也不愿将自己当作有七情六欲的芸芸凡俗。

释慧合眼："施主言重。"

"好一个言重！"女子似自嘲一笑，躬身道："阿菩叨扰。"

脚步渐远，待释慧睁眼，眼前已再无人影。

罢了。

罢了……

第二日，释慧未曾起身，便闻外间纷杂之声四起。披衣推门，未到跟前，便见众人围着的那棵菩提树干枯叶落，碧色新叶转瞬化作枯黄，脉络纹理斑驳沧桑。

释慧缓步上前，俯身从地上拈起一片，想起佛经上所说的一段话：

佛陀悟道菩提树下，七七四十九日终得佛法。相传那棵菩提树，是前世爱他的一个女子所化。

"但愿，你可成佛。"

阿菩。

阿菩……

释慧心中默念。

六

菩提圣树死，梵净寺被封锁，帝子誓要找出缘由，命所有人不得随意出入，讲经殿前迎来开国第一遭冷落门前。

那日之后，释慧大师日日立于讲经殿外，远远地看着那棵不再有生命气象的百年菩提。

这一立，便是三日。

三日后，又一道消息传遍帝都：

梵净寺里释慧大师于菩提枯木下坐化，遵其遗言火化，得佛骨舍利。

"自渡远胜他渡,小僧自渡,也信姑娘可以自渡。"

然终了,却是谁也不曾得渡。

王坤

女,西北大学文学院2013级创意写作班学生。半吊子老好人一个。写写东西无非是因为开心。非要说的话这个人大概是:以享受生活为荣,以浪费粮食为耻;以能厚脸皮为荣,以虚伪造作为耻;以与人为善为荣,以钩心斗角为耻;时而以文思如泉涌为荣,通常以自说加自话为大荣。

干五传

楔子

故事的开始,是一扇窗,窗外是湛蓝的天。

这是一间很小的屋子,屋子里很干净。故事的主人公,此时正坐在屋子的床上,昂着头,看着窗外美丽的阳光。

游子

游子本来不叫游子,在今天之前,在我没遇到他之前,他的名字应该是差生。

差生本来不是真的差,在学习上的不如意,只是一时的、单方面的表现。

所以,比起差生,我更想称呼他礼貌宝宝、绅士先生、书面语达人之类的名字。

这么说是有根据的——因为在他之后,我再没有遇到过谁,可以把那些令人面红耳赤的、表示感谢的或赞扬的话,说得如他那般真诚和坦率。

善良的人,这个界定在当下可能已经不完全代表肯定的意味了。只有在那些,有着蓝色的、弯弯的,一边儿尖上挂着小船,一边儿戴着绒线帽的月亮,和香甜的睡在月亮怀里的娃娃的童话故事中,才能看到的直白的,某某真是善良的人啊,某某从此过着幸福快乐的生活啊,这样类似的话。

这么一想,游子他就像是生活在童话世界里的小王子呢。

即使他是个有点奇怪的小王子。

世界上本来就没有命中注定的是是非非吧?所以我们才需要很高深的哲学家,才需要很厉害的思考者。在和游子短暂的谈话中,他给我讲了一个故事。

他宣称,那是一个属于他自己的故事。

游子在未成为游子之前,就是走过了千山万水才走到了这里。他说,他长大的地方是有蓝色的、弯弯的,一头挂着小船,一头带着绒线帽,怀抱中还睡着小娃娃的月亮的。只不过,这位月亮先生是睡在大地上。说到他家的大地呀,那又是一副奇怪的景象。那里不是常见的石头和砖块打架啊,水泥和沥青打架啊的那种,而是到处都充满了柔软得像水一样的,流动着像小溪一样的,数不尽的洁白的沙子。说到这数不尽的洁白的沙子呀,想来也是爱美的吧,它就那么无边无际、无法无天地流动着,不知疲倦地流动着。但是,只有游子知道,看起来粗鲁的沙子先生,从来都不舍得踩一下月亮妹妹那亮晶晶的,折射着像水晶一样的光芒的脚。很多人一直都以为,月亮妹妹是被踩得痛了,淌出了楚楚的泪水,才一刻不停地闪耀着闪耀。这是对沙子先生和月亮妹妹共同的误解,游子气鼓鼓地说,那亮晶晶的,分明是月亮妹妹笑着向沙子叔叔亮出的,正在打招呼的大白牙啊。

游子说,这是一个秘密,除了他,没有其他的人知道。包括他的哥哥姐姐们,包括他的爸爸妈妈们,还包括他们家族那个高高在上的族长爷爷,大家都不知道。现在,我是第二个知道这个秘密的人啦。

"那么,你又是怎么知道的呢?据我所知,我们的知识,都是爷爷奶奶、爸爸妈妈讲给我们听的呀。"

"这是一个之所以我是我的秘密噢。"

"那么,你怎么确定沙子先生是先生,月亮妹妹是妹妹呢?"

"因为他们是这样告诉我的啊。"

"那么,你又为什么要离开他们来到这里呢?"

"因为还有更多的先生弟弟,女士妹妹排着队,等着和我聊天呐。对了,还有很多小娃娃等着我,去给他们唱歌呢。"

"那么……"

"你遇到我,是我送给你的一个秘密呢。不过现在,是时候该我离开了。"

"那么,你要去哪里?我还能再见到你吗?"

"哈哈哈,这是另外一个秘密噢。再见啦,我的朋友。"

再见啦,我的朋友。

一路顺风。

鳗鱼小姐

我是在中午散步的时候遇到鳗鱼小姐的。

那会大概是午后三点吧,太阳正大,小公园里安安静静的。只有树们站在阳光里打盹儿。

所以,其实我很抱歉的是,开始的时候,我以为鳗鱼小姐,也是一棵树。

鳗鱼小姐穿了件素色竖条纹的衬衣,简单的牛仔裤,简单的帆布鞋。按理说,她看起来一点都不像一棵树,可是我还是不知道为什么,误以为她是一棵被排挤出树们的队伍的树。(后来,鳗鱼小姐走了以后,我看着鳗鱼小姐待过的那块空地,我想,大概是因为鳗鱼小姐身上,有某种树的某种特性吧,所以害我以为她是一棵树。)

还是先讲讲鳗鱼小姐走之前的事情好了。

很久之后,等我终于发现鳗鱼小姐距离被称为树,还差得远的时候,我想,既然被我发现了这不是一棵树,那么,鳗鱼小姐的出现就变得很奇怪了。这是一个太阳火辣辣的正午——即便现在是秋天,又有谁会像一棵树一样,长长久久地待在太阳下面一动不动呢?

我不知道怎么去打扰她的安静,但是为了好好地和她打个招呼,我只能走到距离她再近一点的地方去了。需要强调的一点是,在我走向她的过程中,鳗鱼小姐仍然保持着一动不动的姿态,不由得让我有些再次怀疑,她究竟是不是还是一棵树。

离得近了,我又看得更清楚了一些。鳗鱼小姐长了一张苹果一样的脸。不是说她的肤色像苹果一样粉嫩还有像苹果一样的纹路和细细碎碎的斑点,也不是说她的脸圆得像一颗好吃的苹果,我只是,看着鳗鱼小姐的脸,就会立马想到,啊,这是一颗苹果。

当我正要开口和鳗鱼小姐打招呼的时候,鳗鱼小姐忽然抖了抖她的身体,一条又像树枝,又像根的树枝或者是根,摇摆起来。它歪歪扭扭地伸探到地面上,像是在给大地哥哥挠痒痒。

啊,鳗鱼小姐不是在挠痒痒,她是在写字,她是在和我说话。

"我在画画噢!"鳗鱼小姐这么"说"。末尾还画了一张像是花椰菜那样的笑脸。

"呃……我是说,我可以说话吗……我是指像现在这样,用声音讲出来?你能?"

"当然可以呀,我的朋友。如果你的身体允许你说很多话的话?"又是一张花椰菜笑脸。

"我的身体?啊你是说那个。没有问题的啦,即使它真的像他们说的那样。"我不由得想挠挠头,于是我挠了挠头。"啊对了,你说,你在画画?"

"当然是在画画了,我已经画了好久了。"

"那么你的画,在哪里呢,我怎么?"

"哎呀,你怎么和他们一样,眼睛睁那么大,怎么看。画嘛,当然是闭上眼睛,才能看见的啦。"

"闭上眼睛,才能看见?哈哈哈,有道理,好,闭上眼睛。"我马上紧紧地闭上了眼睛。

"来,我来给你讲讲我的画,哈哈哈"

"哈哈哈"

"哈哈哈"

……

时间过得飞快,我的鼻子告诉我,马上就要迎来日落了。

天色慢慢地黑下来,鳗鱼小姐又像之前那样,悠悠地摇晃着身体。还沉迷在画中的我恍恍惚惚地"看"到她那树枝还是根一样的东西慢慢地缩回了身体。我连忙睁开眼睛,面前的鳗鱼小姐又成了一棵树的姿态,刚才的那些画面也慢慢从我脑袋里跑掉了。

"嘿,你还在吗?"我料想她不会回答我了,至少今天是不会再回答我了。果然,鳗鱼小姐像一棵真正的树一样,站在我面前,不看我,不答话。

是时候回家了。

"哎呀,糟……"我只顾着欣赏鳗鱼小姐的画,完全忘记自己本来好奇的事情了。比如说,鳗鱼小姐是从哪里来的呀,以前怎么没见过她呀,以及怎么我就知道她的名字是鳗鱼小姐而不是海龟小姐,柠檬小姐的呢?

不过,再想想鳗鱼小姐指给我看的那些画……

没有解决很多疑惑又怎么样呢,用人们常说的一句话就是,"那也值啦!"

回到家里,躺在床上,睡着。梦里又看到了鳗鱼小姐和她的画。这次我看到的是,和白天完全不一样的迷人的夜空,耳畔传来的,大概是从星星小仙女处传来的"哈哈哈"的笑声。

小丑鱼

讲小丑鱼和我的故事前,我要先明确一件事情,我的这位朋友叫作小丑,鱼,而不是小,丑鱼。所以我其实是想说,不要认为小丑鱼长得不好看,他有一种让人着迷的美丽,和另外一种让人不禁笑出声的美丽。

如果说这么形容还是太宽泛的话,那么请看好了:小丑鱼的眼睛呢是标准的笑眼,不笑的时候弯弯的,分明像是在冲着谁笑,笑的时候呢眼睛像一只抱着头的虾,眼角会荡起一层层的水波。小丑鱼的鼻子要是摘出来,放到我的脸上,那可真是一点都不美观,因为那鼻头正着看是圆鼓鼓地向着两侧的,侧着看,又是向正前方圆鼓鼓地鼓出来的,总之,就是像极了小丑的红色鼻子。不过,这鼻子长在小丑鱼弯弯的,像月亮一样的,泛着星星的眼睛下面,就成了这张脸上最活泼不过的标志。

小丑鱼如果有一天被别人误当作是小愁鱼的话,那一定是因为他总是把嘴撅得高高的。小丑鱼表达开心的时候会撅一下嘴,表达不开心的时候会撅两下,再没有谁的情绪比小丑鱼的更好猜测了,你只要留心他的嘴是一下一下地撅起来,还是连着撅两次就好啦。

啊对了,怎么可以不说小丑鱼的头发,可能因为总是泡在水里的缘故吧,小丑鱼的头发看起来总是湿漉漉的。不过很奇怪,他的头发又是一根根分明,从他的头顶一直垂到他的脚踝的。每当小丑鱼站起来走路的时候,他的发梢就像他的其他的脚丫们一样,一步一步地追着前面的大脚丫,它们也会时不时地犯个小机灵,轻轻地挠挠大脚丫的脚板,然后又赶忙装作什么都没发生的样子,又乖乖跟着大脚丫乖乖往前走。

讲了这么多小丑鱼的样子,现在要说比外貌更重要的事情哩。

和小丑鱼的相遇是在公园的池塘边。

本来打算去找鳗鱼小姐的我,被转告了"她要外出采风,回来会画更漂亮的画给我看"这样的消息。心里多少有些不舍的我,一边胡思乱想地猜测鳗鱼小姐回来的日子,一边漫无目的地在公园里随意走动着。不知道走了多久,我的思绪被"嘎嘎呱嘎"的声音打断了。

我才发现我走到了小池塘边。可问题是,这么多年里,我可从来没有发现这个公园还有这样一个小池塘。还来不及多想,又是一句"嘎嘎呱嘎"。

面前,是一群白色的天鹅、一只黑色的小天鹅和一只小鱼(后来我知道他叫作小丑鱼)。小丑鱼看起来似乎在和那只黑色的小天鹅争吵什么。

我没多想什么,把耳朵凑过去听。

"……你才不是黑色的,只有我是特殊的,黑色天鹅!"小黑(姑且就这么叫这只黑色的小天鹅吧)气鼓鼓地冲着小丑鱼喊道。

"……"小丑鱼低头看了看自己的身体,一副委屈得要哭出来的样子,头也一直低着。正当我准备上前去管管闲事的时候,小丑鱼却一骨碌躺进了池塘边的泥塘里,使劲地滚来滚去,嘴里还嘟嘟囔囔地说着"滚来滚去,我滚来滚去。"

小黑看着面前使劲扑腾着的小丑鱼,愣了一下,然后发出"哈哈哈"的大笑声。听着小黑的笑,旁边那些大白(姑且就这么称呼她们吧)也发出小声的"喊喊喊"的笑声。

听到这些"哈喊哈喊"交错的笑声,小丑鱼滚得更起劲了,嘴里更大声地嘟囔着"滚来滚去,我滚来滚去。"

慢慢地,小黑的笑声弱了下来,大白们的笑声也弱了下来。

小丑鱼嘴里依旧在嘟嘟囔囔着,但是他一摆一摆地站了起来,摇头晃脑地在原地打转。

"天呐!"小黑喊道。

"天们呐!"大白们喊道。

天呐!

我从没见过这么美丽还纯洁的黑色!

小丑鱼依旧摇来摆去的脑袋下面,是一片最耀眼最柔亮的黑!像透光的锦缎,像缠绵的水草,像在小黑那乌黑油亮的羽毛上,涂了最浓重的墨汁!

"滚来滚去……现在,我可以成为一只……我滚来滚去……一只黑色小天鹅了吗……滚来滚去……"

"呜呜呜呜呜……"小黑捂住脸哭了起来,转身跑开了。

"呀呀呀呀呀……"大白们捂住了嘴喊起来,转身去追小黑。

"我滚来滚去……你们别走啊……滚来滚去……我可以成为一只漂亮的……我滚来滚去……漂亮的黑色小天鹅了吗……"

小丑鱼摇头晃脑地追了上去,脚下留下两串闪着光芒的黑色珍珠。

"你是一只漂亮的小丑鱼啊,为什么非要当一只普通的天鹅呢?"我看着小丑鱼消失在我的视线里,只剩下一条黑珍珠铺成的路。

小丑鱼再没回来。我摇头晃脑地,往回去的方向走去。

海娃

我在夜里遇到海娃。

某天夜深时,窗外突然响起一阵阵海浪声。

"是哪位海公公要去环球旅行了吗?"打开窗后,我看到一个浑身散发着蓝色荧光的女孩坐在月亮怀里,和月亮对话。她美丽的蓝色长发飘啊飘,每根头发都串起一颗小星星。她的头发因此也微微地闪烁起暖和的光。

还没等我和她打招呼,海娃自己转过身来,换了一个姿势,大而明亮的眼睛汪汪地看着我,嘴巴一张一扁的,似乎是有话要讲。然后我忽然被冲过来的海娃来紧紧抱住了,她的动作太突然,我差点被掀翻在地上。当她的身体钻进我的怀里时,我感受到她的眼角滑落一颗颗带着酸涩气味的眼泪。

我意识到她没说出的话是"抱抱我吧"。

我的身体选择了环抱她。

那些眼泪从她的脸颊滑过,从我的胸前滑过,然后涌到大片清凉的夜里。它们有的慢慢下降,变成拇指大的珍珠在地上汇成小河;有的慢慢上升融合,最后在我的头顶幻成海娃的故事。

海娃喜欢一个陆地上的王子。王子是国王唯一的儿子,是这片陆地未来的主人。

但这个王子却总是快乐不起来,经常在夜里跑到礁石边,一个人唱歌。海娃获得妈妈的允许,游出海面的第一天,就遇到了礁石上唱歌的王子。

月光下,王子像是披上了一层银色的纱,他的歌声又是那么动人。

海娃不管不顾地爱上了这个陆地上的王子。尽管她的妈妈和哥哥姐姐们都劝她不要再去接近王子,但是每到夜里,海娃还是快活地奋力游向有王子的那片礁石那。最开始的一段日子,海娃不知道自己能否出现在王子的面前,于是每次她都只是胆战心惊地躲在礁石的背面。日子一天一天过去了,海娃的胆子越来越大了,终于有一天,海娃在王子的歌声里忘我地翻了一个跟斗,海面"哗啦啦"响起掌声,王子发现了藏在礁石背后的海娃。

让海娃感到开心的是,王子一点都不好奇海娃的来历和身世,还真诚地发出了希望海娃可以陪他一起唱歌的邀请。海娃简直高兴坏了。立马又在原地连翻了九十九个跟斗。王子看着卖力的海娃,第一次"哈哈哈"地大笑起来。

在后来的日子里,海娃每天准时出现在礁石旁,等候着王子的到来。听到王子的脚步声,海娃连忙往家的方向用力游几下,然后慢悠悠地转身,左看看,右转转,慢悠悠地游向已经站在礁石上等候的王子。

王子张嘴唱歌,海娃连忙跟着一起唱。

王子唱太阳,海娃连忙跟着唱小鱼。

王子唱月亮,海娃连忙跟着唱海螺。

王子唱星星,海娃连忙跟着唱星星点点。

快乐的日子一天天地过,王子笑得越来越开朗,海娃越来越喜欢会笑的王子。

不知道多久之后的一天,王子在天将亮时,神秘兮兮地告诉海娃,自己明天要给海娃一个惊喜。海娃听了,心中乐坏了,王子一转身的功夫,海娃就在原地连续地翻了一百九十九个跟斗。海水"哗啦哗啦哗啦啦"地为海娃的表演鼓掌。

那天晚上,海娃穿了最美丽的草裙去见王子。她开心到游错了方向。等她终于要游到那片熟悉的礁石时,她抬头看到王子的手牢牢牵着一个穿了漂亮绸缎裙子的姑娘。他们正在礁石上天衣无缝地合唱。

那个晚上,海娃愈发卖力地跟着王子唱歌,跟着美丽的姑娘唱歌,似乎要在这一晚上唱完所有的声音。到了黎明时刻,王子开心地和海娃告别,美丽的姑娘也开心地和海娃告别,海娃更开心地和王子告别。

天彻底明了,早起谋生的渔夫惊喜地发现,熟悉的海变成了珍珠汇成的海洋。

大海里从那以后多了一只失去声音的海娃。

海娃在我的怀里留下最后一滴泪,她抬起头,用大而明亮的眼睛汪汪地看着我……

牧童

牧童是在这个城市里的最后一个职业牧童。

当然这也不能怪罪其他离开这个行业的牧童们,毕竟吃掉一片片草地的,正是这个城市自己。牧童们的工作场所一天天减少,一天天分散,牧童们的工作效率受到烟囱的恶作剧——吞吐的影响也一天天地降低。

有人因为伤心,有人因为生存,有人因为新理想,总之,这个城市只剩下牧童这一个牧童。

我打听了很一阵子,终于问到了一些仅存的,牧童的工作场所。"他是最后一个牧童,我当然理应去拜访他。"我这样想着,下了决心。

第一天,我去了护城河边的公园,绕着一眼能望到边的草坪走了一圈又一圈,喊了牧童的名字一遍又一遍,最后拨开每棵草查看了一遍又一遍。结果我没有找到牧童。

第二天,我去了中心小学的后操场,绕着两眼能望到边的草地走了一圈又一圈,喊了牧童的名字一遍又一遍,最后拨开每棵草查看了一遍又一遍。结果我没有找到牧童。

第三天,我去了市立医院的花园里,绕着三眼能望到边的草地走了一圈又一圈,喊了牧童的名字一遍又一遍,最后拨开每棵草查看了一遍又一遍。结果我没有找到牧童。

第四天,我去了城市运功场的田径场,绕着四眼能望到边的草地走了一圈又一圈,喊了牧童的名字一遍又一遍,最后拨开每棵草查看了一遍又一遍。结果我没有找到牧童。

第五天,我去了城市郊区的高尔夫球场,绕着五眼能望到边的草地走了一圈又一圈,喊了牧童的名字一遍又一遍,最后拨开每棵草查看了一遍又一遍。结果我还是没有找到牧童。

第六天,我睡了个懒觉,因为有人告诉我,牧童和城市里的上班族们一样,周末休息。

第七天,还是周末,还在下雨,在家躲雨一整天。

新的一周,我继续在寻找牧童的路上。

第一天,我去了城市郊区的高尔夫球场;第二天,我去了城市运功场的田径场;第三天,我去了市立医院的花园里;第四天,我去了中心小学的后操场;第五天,我觉得这周好像又见不到牧童了,但是我还是去了护城河边的公园。绕着一眼能望到边的草地走了一圈又一圈,喊了牧童的名字一遍又一遍,最后拨开每棵草查看了一遍又一遍。在最后一棵草的旁边,我发现了一片树叶,树叶上写着:"听说你一直在找我,下周一,我们在这里见面。"

下面的署名是,最后的牧童。

新的一周,我在去见牧童的路上激动不已。

从早上九点一直到下午五点,我在一眼能望到边的草地上溜达了一圈又一圈,念了牧童的名字一遍又一遍,拨开每棵草观察了一遍又一遍。可直到天黑,牧童都没有出现。

我没有再去找牧童,不是因为对牧童的爽约感到失望,而是因为我隐约觉得,牧童没有按照我们约定的时间出现,就说明他再也不会出现了。

隔了几周,我在又一个雨天里翻看报纸。

有一条新闻是说,护城河边的公园要整修了,要在之前的草地上建造现代气息的建筑。又隔了几周,电视上说中心小学决定把后操场的草坪改成假草坪的大球场,理由是为了避免太多的蚊虫。后来,市立医院的花园,城市运功场的田径场,城市郊区的高尔夫球场,这个城市的最后几块草地因为一个名为"发展"的妖怪——永远地消失了。

我更加确信牧童不是一个会轻易爽约的人。

最后一个牧童,我们还没有见过面,就永远地失去了再见的机会。

是人,剥脱了他生活在这里的最后的意义。

牛犊

一头初生的小牛犊,人们早就对她下了定义,犟,犟起来就什么都不在意。

"初生牛犊不怕虎"这句话也是真的,她就是这么做的。

她所生活的牛群,是一个拥有和平表面的大家庭,尽管在所有人眼里,她们有强大的生命力,有极高的智慧,并且深得人类的信赖。她们本来可以强势,但是她们低着头犁地,放弃了头上尖锐的犄角。她们本来可以反抗,但是她们默默地绕着直径两米的牢花园,放弃了浑身的筋肉勃勃。

其他生物对牛们议论纷纷,但是他们也不过分指责,因为如果他们嘲笑了牛,那么其实是十倍百倍地嘲笑了连牛都不如的自己。于是大家都很平静地生活着,偶有波澜,也不过是瞪大牛眼,挺直牛背,拉长牛腿,竖起牛尾,如此发作一番。

直到有一天,一只牛犊,打破了这太平的景象。我们要说的,就是这只牛。

那件事情发生很久以后,这只牛犊的亲生母亲接受了采访,壮硕丰腴的牛妈妈抹着眼泪反反复复地告诉来打听那头"传说中的小牛犊"的人们,"小牛真的是一只很孝顺的小牛,很善良的小牛……""我们家小牛真的不是那样的,我们家小牛……""呜呜呜哇哞哞……呜呜呜哞哞……"解释了成千上万次的牛妈妈开始哭,哭了成千上万次眼泪依然没有流尽。

那么小牛犊究竟发生了什么事情呢?

虽然说人类早已经不再是牛这个群体的主人,但是千百年来人积累的对牛群们控制的习惯,和千百年来牛积累的臣服于人的习惯,都是深深地埋藏在他们内心深处的,因此当小牛犊咬了人,并且撕下了那人的一块肉的消息传出来时,整个人的族群和整个牛的族群都震惊了。

据那个可怜的人的描述,当天的情况是这样的。

他当时正在给儿子读一个午睡故事,然后突然听到玻璃破碎的声音,还没来得及回头,只见一个黑乎乎的影子直直地冲向他的胸口,他挥起右手臂格挡,结果被生生撕掉了一只袖子和一块碗大的肉。当然捂着鲜血淋漓的胳膊回过神来的时候,才意识到刚才咬他的,是一头牛。后来,他还在已经停止号啕大哭的儿子的被窝上找到几根深棕色的牛毛。多亏了这几根牛毛,使警察最终找到了行凶的小牛犊。

警察在可怜的男人报案后立马展开调查,当他们最终确定小牛犊的身份去小牛家里逮捕她的时候,发现家里只有毫不知情的母牛妈妈,小牛犊早就离开了。警察在小牛家埋伏了一周,小牛再也没有出现过,于是警察将小牛犊划到了通缉要犯行列里。此时知道原委的小牛的妈妈,整天以泪洗面。

很多年后,有人写了这样一个故事,说是有一只孝顺的小牛犊,虽然小小年纪,但是一直奋力地关心着她的妈妈。有一天,她发现妈妈的后腿上有一条长长的伤口,她着急地问妈妈怎么受了伤,妈妈抹抹眼泪,告诉小牛是自己不小心踩了一脚人的麦田,踩坏了一棵庄稼,被麦田的主人抽了一鞭……小牛听了又是生气又是心疼,赶忙给妈妈上了药,让妈妈好好在家里养伤,并且在心中默默记下妈妈提的那片麦田。一个月后,小牛终于遇到了一个有一条大皮鞭和一大块庄稼的人,小牛还在皮鞭上闻到了妈妈气息。小牛远远地跟着那个男人,直到他回了家,小牛正在窗下想要怎么警告一下这个残忍的人类,却听到窗子里边传来男人的声音:"勇敢的人呢,一定要毫不留情地维护好自己的财产,如果有走路不带眼睛的母牛踩了你的庄稼,一定要狠狠地给她一鞭……"

蘑菇女孩

我在乡村的小路上遇到了蘑菇女孩。

"嗨!"她突然从路边的草丛里冒出来,吓了我一大跳。"我是蘑菇女孩,但是我不是蘑菇变的,也不是采蘑菇的,更不是卖蘑菇的,我就叫蘑菇女孩!"还没从她突然跳出来打招呼的惊吓中走出来,我又因为她这一串像台词一样绕口的介绍更加迷糊了。

"呃……"

"我知道你是谁!我认识你的朋友小丑鱼、海娃、牧童,还有鳗鱼小姐,我虽然没有见过她,但是我读了报纸上所有对她的报道!你不要问我为什么知道你和她是朋友,这是属于我和鳗鱼小姐的秘密!你只要知道,我和你也是朋友,因为我和他们都是朋友!我知道你住在……"

"……"

我站在太阳光强烈的小路上,尽管我再往前走三步或者往后退两步就是大片的树荫,但是因为蘑菇姑娘兴高采烈地不停讲话,我没有办法去打断她。于是我只能站在原地,一动不敢动地听蘑菇姑娘说话。

太阳从我的正上方向西偏移动了一块蛋糕大小的角度,我在这个时候才发现一件神奇的事情。

当蘑菇姑娘不停地讲话的时候,她的头上也不停地冒出一些细细的蘑菇苗,它们纤纤弱弱地长在她茂密的头发间。

不!那不是头发,那是一只只长到腰部的蘑菇,奇怪的是它们都有金针菇一样纤细的腰身,但是到了最末端,就成了挂在腰间的一个个不同姿态的蘑菇头的模样,有杏鲍菇,有平菇,有口蘑,当然也有金针菇……

蘑菇姑娘感受到了我的目光,突然低下了头,停住了讲话,左右扭捏着自己的身子,似乎是想把头发都甩到自己的背后去。我被她突然发生的动作吓了一大跳,赶忙把视线从她的头发转移回她的脸上,却发现她的头深深地低着,埋在阴影之中,一边还用手不断烦躁地把头发拢到身后去。

"嗨,蘑菇姑娘,你怎么啦?怎么不讲话啦?"我看到一颗水珠从她耳侧的发丝上滑落下去。

蘑菇姑娘没有理会我,继续把头深深地埋藏在阴影里。"我说,亲爱的蘑菇姑娘,你的话才讲到一半,怎么不说啦,你和海娃比赛打喷嚏,之后呢,谁赢了?"

蘑菇姑娘依然没有回话,又一颗水珠从她垂挂的发丝上滑下去。

我想走近点去瞧瞧蘑菇姑娘到底突然怎么回事,会不会是哪里不舒服,可我迈出一步后我发现蘑菇姑娘脚下长出了两朵小小的蘑菇苗。我发誓那里本来什么都没有!对了,那两株小苗钻出来的地方好像正是刚才两滴水珠滑落的地方。

"嗒——嗒——嗒"越来越多的水滴顺着蘑菇姑娘的头发滴到地上。我看着一株株小小的蘑菇苗齐刷刷地钻出地面来,俏皮地向我摇摇头。

"嗒——嗒——嗒"小水珠成了大水珠。

"呜呜呜……"这次是蘑菇姑娘发出了声音。那是眼泪?

不只是耳朵两侧的头发开始有泪水滑下,那些藏在蘑菇姑娘背后的头发也开始一滴一滴地搬运着泪水。很快,蘑菇姑娘的脚被淹没在茂密的蘑菇苗中。我没有办法上前去安慰她,也没有办法说点什么安慰她,因为她哭起来就好像是她说话时一样,每个音节中间没有一丝空隙,让我无法张口。

到了傍晚的时候,蘑菇姑娘的腰部以下都被密密麻麻的蘑菇遮盖了,她的头发似乎已经和地上长出来的蘑菇连在了一起。而她终于渐渐停止了哭声。

"嗨,你口渴吗?我们去前面的饮品店坐一会喝点东西怎么样呢?"我终于可以开口说话。

蘑菇姑娘慢慢抬起头来看我,眼睛里写满了吃惊,"你怎么还在这里?"

"那不然,我应该在哪里?"我的确又一次迷糊了。

"你看到我这个样子,你怎么不跑开呢,你不讨厌我吗?"

"我为什么要逃避我的朋友呢?尤其在我的朋友很伤心的时候?"

"可是……你看……我,我是……"

"你是我的朋友,神奇的蘑菇姑娘啊!"

"我,我是你的朋友?"蘑菇姑娘瞪大了眼睛看我,眼睛里可以装得下一只蘑菇。

"当然是朋友啊!"我一手拨开她面前的蘑菇们,把另一只手递给她。

蘑菇姑娘愣了一下,把她的手放到我的手里。

我们手拉着手往不远处的饮品店走去。

对了,在蘑菇姑娘从蘑菇丛里跨出来的时候,她的一头茂密的蘑菇头发留在了那里。现在和我拉着手的,是一个光着头的可爱小姑娘。

问我怎么不惊讶?

没头发有什么可奇怪的,她是我亲爱的朋友啊。

小春爷爷

我在一座快要废弃的游乐园里遇到小春。

这座游乐园破破旧旧。两扇半人高的木门一有风经过,就吱吱呀呀地响,跷跷板、滑梯、双杠,所有的木头都变得斑斑驳驳,一点也看不出之前的颜色。不过,经年累月地接触,倒是把表面打磨得油光水滑。

我在游乐园外的一棵大榆树下,晒太阳,看一本叫作安静的书。

游乐园里太吵闹,于是我不得不走到里面去看看。

孩子们像猴子一样上蹿下跳,发出叽叽喳喳的笑闹声。

我被园子里的一处安静吸引——一个孩子站在我的斜对面,像我一样看着嬉闹的其他孩子们。那是小春。

"嗨。"不知道为什么,我上去和小春打了招呼。

"你好。"小春安静、礼貌地回应我。

我果然不知道再该说什么。

于是我说,"小孩子真好,活蹦乱跳的——就是有点吵。"话说完后,我意识到我其实是希望,小春可以帮我传达这话,到他们的家长那里。

小春看我一眼,目光又回到那团嬉闹中。

"对啊——小孩子真好,活蹦乱跳。"

我心中有点气恼,小孩子果然还是小孩子。

"我喜欢看小孩子玩,感觉自己也年轻起来了。"小春目不转睛地看着那些上蹿下跳的小猴子们,开口说道。

紧接着,小春向我讲了个他的故事。

我很惊讶。"那么,你今年多大了?"

"唔,九……"小春不确定地说,"最多十。再有个九十天,我就九十岁了。"

"你还能变老吗?再变成九十岁?"

"看起来,不能了。我曾经的心愿就是重新年轻起来。现在,倒是真的可以永远年轻了……"小春的情绪似乎不太好。

"哈哈,那真好。"我打着哈哈,想让小春变得高兴起来。

其实我不太明白他为什么不开心,"你怎么不去和他们一起玩?你肯定能做孩子王!"

我小时候,最羡慕的就是那些孩子王,可惜我一直都只是羡慕别人的那个。

"一个九十岁的老头子,和小孩子们一起玩,多不正经。"小春还真是一个老头子。

我不再说话,和小春一起安静地看着吵闹的小泥猴们。

回去的路上,我路过一户人家。那户人家院子中间的藤条椅子上坐着祖孙俩,小孙子说着俏皮话。

看到这些,我又想起了小春刚才说的那段经历。

小春有个小曾孙,小冬子。小冬子很喜欢小春这个曾祖父。

小冬子老是缠着小春和他一起玩。小春每次都拍拍自己晃晃悠悠的老骨头,示意小冬子自己玩不动啦。小冬子每次都很失望。

但是过不了几天,小冬子又会横冲直撞地来到小春的屋子,邀请小春和自己一块玩。小春说他其实也很想陪心爱的小曾孙一起玩。

后来有一天,小春终于颤悠悠地答应了。

小冬子开心得不得了,一把挽住小春的胳膊,急慌慌地拉着小春往小伙伴那里走。

小春被小冬子拽着,走得趔趔趄趄。

小冬子离得老远就开始朝着小伙伴们喊,我找了新伙伴来!小冬子的伙伴们一看,小冬子真的拉了一个新玩伴,一个个拍手大叫。

小春爷爷就这样变成了小春,永远地变成了小春。

我想着想着就走到了家门口,家里一如既往的安静。

小孩子真好,活蹦乱跳的——就是有点吵。

编剧

我难得能到人多的地方感受过去的感觉。这一天,大街上人来人往,每个人似乎都有只得匆匆忙忙的理由,因此每个人都过得匆匆忙忙。我很想找一个人谈谈今天并不算太晴朗的天气,但是似乎没有人有时间为我停留。

"人多的地方,看起来似乎还没有平日里去的那些安静的地方有趣。"我这么想着,心中有些失落。

正当我打算提前结束今天的小旅行回到住的地方的时候,我发现了一个人。

后来知道她是编剧。

编剧像每一个在这里行色匆匆走过的人一样,脸上也显示着不浅的焦虑——这是导致我没有在第一时间发现她的原因。但是我还是发现了她,因为她的轨迹太凌乱,不同于其他忙碌的直奔目的直线行走的人,她的步子格外散乱,更重要的是,她始终逆着人流。

磕磕绊绊,编剧有意地拦着一个又一个从她面前经过的人,尽管显而易见,大家能避则避,避之不及的人匆匆忙忙地留给编剧一个厌恶的面孔,匆匆忙忙地绕行而去。

编剧对着每一个抛过来坏脸色的人抱歉地鞠躬,尽管等到她抬起头时连那个背影都早已淹没在匆匆忙忙的人群中不见了踪迹。

还没有来得及同情她的处境,我已经不由自主地开心地主动迎了上去。

"嗨!"

大概是没想到会有人主动找她攀谈吧,编剧吓了一大跳,被身边的一个摩登女郎狠狠地撞了肩膀。女郎没时间和她多计较,脚上的速度反倒又加快了几分,一头金发气势汹汹地在编剧脸上一闪而过。

"嗨,你好。"我再一次向编剧问好,并且主动上前两步握住了她的手。

编剧的手火辣辣的,这感觉有点像我每次被人指着鼻子议论时脸上的温度。

"你你你,你好。"编剧磕磕绊绊地回答,似乎还没有回过神来。

"我看,你似乎需要——"

"你为什么追《奶酪黑洞》这部剧?理由?"编剧不止是打断了我的话,还打断得非常粗鲁。

"呃,什么?"这次换我不知所措了。

"你为什么追《奶酪黑洞》这部剧?理由?"编剧机械地重复了这个问题,一字不差,就如同已经彩排了上千次。实际上她的确说了上千次。

"剧?哦,你说的是一部电视剧吗?不好意思——"

"快,告诉我理由,不然我要完蛋了。"

我突然有点后悔自己的主动。我有点想尽快离开这里。

"快,告诉我理由,我真的要完蛋了……"编剧又一次重复,语气却委顿了下来。

我心中的同情又占领了上峰。

编剧时而急躁,时而灰心丧气,但是好在她的职业就是讲故事,因此我大概知道了她的困惑。她是一名曾经出过好几部大热剧集的写手,目前正在播送的《奶酪黑洞》也引起了各方的关注,但是和之前不同的地方是,这部剧引发的最大的热点性话题,成了每次播送过程中观众对一些问题的吐槽。编剧知道观众吐槽的焦点集中在哪些问题上,但是她不懂为什么,在她看来,这部剧,和之前的那些平稳地收获了不俗成绩和口碑的剧集一样,正正常常,规规矩矩。

编剧知道,某些时候话题性决定了一部剧的价值,但是编剧却不愿意自己的心血,因为自己预料之外的(非刻意设定的)因素而大热。

"我不知道下一部剧我应该怎么写了,你知道的,我们的行业,可以不进步,但是不能退步。"

"所以你就是想知道观众的关注点在哪里是吧?"

"没错,只要我知道引发观众兴趣的是什么,我就可以将它发扬下去。"

"我们想看矛盾冲突尖锐的,峰回路转的。"

"这点我知道,所以在这部剧里我让男二号的成才之路曲折坎坷了。"

"我们想看到一些恍然大悟的场面,或者一些豁然开朗的感觉。"

"这点我知道,所以在这部剧里男二号渐渐成为了主人公,成了名副其实的男一号。"

"我们,想看一些在现实生活中可能无法实现的,惊险的,或者浪漫的,各种极端的情节。"

"这点我知道,所以在这部剧里男二号慢慢地爱上了女主,时时刻刻保护着女主,有点像影子那样形影不离!最后,很奇妙地他从男一号手里抢到了女主人公的爱情!浪漫,惊奇,这些在现实生活中无法实现的,都有!"

"我们……"我突然不知道该说什么期待了,想了想,硬着头皮问编剧,"请问,这部剧叫什么名字来着?"

"这点我知道,所以……噢,《奶酪黑洞》。其实这个名字也是一个卖点,嘿嘿嘿,男一号的演技和名声都是一流的,所以嘛,宣传的时候,包括开始播送的前几集,他才是男一号嘛。聪明的人应该能知道,这其实是我给观众的一个黑洞。"

"我们……想问,您和男二号的关系是?"

"呀,被你发现了。实不相瞒,男二号是他的经纪公司正在力捧的年度新人,这公司砸起钱来可是一点都不心疼啊……"

傍晚时候,回到住的地方。我的脑袋里还总是浮现编剧在匆匆忙忙的人群中逆行的虔诚的模样。进门前,我遇到住在我隔壁的隔壁的老太太,她是我们这里少数的,能拥有一台收得到信号的电视的人,我急走几步追上她,告诉她有一部电视剧,是个黑洞,千万不要去看。

交际花

我一直以来都不太喜欢人多的场合,比如聚会、庆典什么的,但是大部分时候,为了不使自己的处境更加不合群,我又不得不去前往那些让我隐隐生畏的场合。而我遇到交际花,也正是在某一次的场合上。

尽管我是那个去或者不去在大部分人眼里都无法得知的人之一,不过这个一点都不妨碍我在无聊的吃吃喝喝里观察其他的人。像一只忙着采蜜的小蜜蜂一样穿梭在人群中的,看起来像是那次聚会真正的主人的,交际花,很难不被我、被人们注意到。

她一点都不美丽,甚至是微微有些胖,皮肤也不够白皙,五官倒是不难看,但是在那样所有女孩都费尽心思装扮自己的日子里,朴素足以被其他脂粉遮盖。

她一点都不肯闲下来,甚至是压根没有稳稳地在原本的位置上坐过三分钟,相反的,她在哪些人的身边,我就会产生一种"她原本就是坐在那里,是那个群体的一份子呀"这样的感觉,这么看起来,在场的谁都无法遮盖她的特殊光芒。

她也一点都没打算低调,她有些夸张的笑声不时地从四下里响起,凭着这笑声我才能够在人群中确定她所在的位置,但说实话,我不太喜欢她这么笑,一来只能听到别人笑声的我,此刻显得更加可怜了,二来我多少因为羡慕所以恶意地推测她的笑声里有故意炫耀的成分。

就在我安静地坐着,内心却波涛不断的时候,有人拍了拍我的肩膀使我从臆想的世界里走了出来。

我还没来得及完全回过头去,一张放大了的脸不声不响地贴了上来。

甚至,我在受到惊吓而没有做出反应的几秒内,还看到了对方左脸颊靠近鼻子的地方长了一枚不深不浅的痣。

"嗨,今天的饭菜还行,是吧? 吃得惯吧,我都建议他去对面的自选餐厅了,可他说什么这里看起来比较豪华,更符合他的身份什么的。"

看看,她还真的快要把自己当作这场聚会的主人了。我顺势向后挪了挪,试图让她嘴巴和鼻子喷出的气息不要落到我的头发上。趁着挪动的功夫,我转头向真正的主人那里瞧了一眼,只见那肥头大耳的家伙真和几个同样富态的老家伙埋着头大快朵颐,根本没有一点尽到主人之情,招呼大家的意思。更不要说,把我从现在的这种状况中拯救出去了。

所以我只能无奈地回过头来,索性那张脸已经退到了一个相对安全的距离。

我在心中打起了腹稿,琢磨怎么回复她才能显得合理,并且不输掉气势。

交际花可没时间等我斟酌语句,很快又开口了,这在我看起来是她根本不在意我怎么回答,甚至是根本不在意我是否回答的意思。

"你还是适合短发呀,我记得那时候你本来是长发的,可是突然有一天就剪成了比现在还短的样子,你进来的时候,大家都停下来看着你的新发型——那真是个好看的发型。"她一边还伸出白腻腻的手,隔空拢了拢我的头发。

可是,她说的那是什么时候的事情呢?我怎么一点印象都没有,那真的是发生在我身上的事情吗?

"哈哈哈,其实你没发现,自从那次之后,我们身边有好多人都剪短了头发么?但是我想她们也是害怕被说是效仿你的吧,所以费尽心思在短发上想要求个新意,结果不是多剪了一刀就是少染了一缕,总之把自己弄得不伦不类。还是你,你的最好。就像现在。"

听完她的话,我不自觉地伸手摸了摸自己的头发。然后我意识到,在别人看来,我的这个动作代表我很喜欢她的说法吧。这可不好,于是我立刻把手放回了膝头,揉捏着脖子,装作自己是坐久了脖子痛的样子掩饰。

"其实,我也是想剪的,但是我知道,我剪了肯定没你的好看,她不适合我,虽然我是真的想要。所以,从那个时候起,我就好羡慕你啊。"

我想我的嘴巴一定一张一合了几次,就像离开了水的鱼那样。而我想说的是,"哪里哪里,你太过奖了。"我发现在她流畅而美丽的话语中,我连说话功能也暂时失去了。

"砰!"远处又是一瓶香槟开启的声音,聚会的主人兴高采烈地为围绕着他的男男女女们斟酒,一个有些壮硕的身影像忙碌的蜜蜂一样在人群中穿梭着,时不时传来有些刻意的笑声。

而我面前,冷清一片。

王瑞雄

　　男,陕西延安人,西北大学文学院中文系2013级本科生,2015年进入创意写作班学习。曾担任小说《逆杀》创作组组长,剧本《抉择(第一版)》(演出时曾用名《重生》)创作组负责人。实验短剧《莎剧撷英》曾获西北大学第二十九届黑美人艺术节最佳编剧奖(第二作者)。其人好读书不求甚解,写文字聊以自娱。涉猎广泛,不意深浅,作为寡淡。性慕荣利,然甚懒散,常自苦于此。

青　鸟

　　沧海浩荡,此去蓬莱三万里。

　　眼前是一片绵延到天穹尽头的岛屿,云雾杳杳,烟雨渺渺,恍惚间仿佛有灵光飞舞,花雨洒落,气象之盛,不愧是天下第一剑道圣境。

　　一道苍灰的人影悬浮在空中,如一团朦胧的云烟。

　　"青冥,我已经是剑主夫人了。"

　　海风送来幽幽的声音,她还是没有现身。

　　"我知道。"

　　姬青冥面无表情地说道。他身后是茫茫大海,惊涛怒卷,破碎成沉重的叹息。

　　"在下姬青冥,求见徐福剑主,但请现身一战,演化法门,以证剑道!"

　　"青冥,你……"她终于不再平静。

　　"好小子!你来蓬莱,这已经是第一百四十三次了,连我都有些佩服你了!也罢,我就如你所愿!"

　　一声大笑传来,蓬莱岛上烟霞荡开,璀璨的仙光冲天而起,扶摇直上,如一轮炽烈的大日,照亮了苍穹。

大日之中，显化出一道高大的身形，魁梧傲岸，不怒自威，华服锦衣，光辉灿烂。

蓬莱剑池当代剑主，徐福！

姬青冥没有一丝动容，右手虚空而握，掌中出现了一柄长剑，如九天不可测。

"此战与龙渊剑谷无关，乃是晚辈私人向剑主讨教。徐剑主，请！"

青冥剑虚空一划，苍灰的身影已出现在千里之外，长风鼓荡，灰衣飘飞，却让他的身形更为单薄，神情更为萧索。

"与剑谷无关，那就是与青鸟有关了！"徐福朗笑，龙行虎步，脚踏虚空而来。

姬青冥的脸色似乎苍白了几分，但他握紧了手中的剑。

……

……

蓬莱剑池闻名天下，但很少有人知道，剑池并不如传说那般叫葬剑池、藏剑池或洗剑池，而叫解剑池。

一只青鸟落在解剑池旁，化为女子，软倒在地上。

她的眼神里充满了一种奇怪的情绪，不是绝望，不是犹豫，也不是迷茫。而是一种仿佛抓住了什么，却什么也没有抓住的空洞。

三百年前。

那时候，她还是一只小小的鸟，青色的羽毛稀稀疏疏，在一场突兀的暴风雨中，被闪电击落，是掠过沧海的姬青冥救了她。

从此以后，醒了，她就立在他的肩头，困了，她就卧在他的怀里。

他们一起浮游沧海，一起追赶落日，一起听松风如涛，一起看云卷如潮。

他们一起大闹雪山宗，在风雪中飞旋，抢夺灵药为她疗伤，一起游览广陵江，在大潮中御剑而过，踏浪如飞仙。

他们一起在闹市拼酒，一起在大漠寻宝，一起在青楼买醉，一起打马高歌，一起采桥边红药。

江湖上，也出现了一个青鸟仙人的动人传说。

曾经某一个瞬间，她以为这就是一辈子。

不过也够了,有过泪,有过笑,有个人不在乎她只是一只鸟,虽然她自己在乎。

但真的够了。

可是,她能化形了。她在他眼中看到了一个全新的自己,娥眉淡扫,翠袖黄衫,浅笑如花。

她笑了。

她看到他的眼睛也笑了。

……

……

青鸟扶着解剑池旁的石碑缓缓起身。

她笑了。

却逐渐开始咳嗽。

鲜血染红了她的衣裙,明艳如花。

她想起来了,就是那一天,她化成人形的第一天,他们被几个和尚拦住了。

后来她才知道他们并不是真的和尚。

这几个假和尚死死纠缠,口口声声要斩妖除魔,可瞳孔却散发出淫秽的光。

姬青冥动手了,可一出手便大吃一惊,这些假和尚竟然修为极高,不弱于他。几个人联合起来,轻松地将他打成重伤。

就在为首的淫僧的肥手触到青鸟的衣带之时,一道雪亮的剑光从天而落!

高大的身影如神兵天降,伴随着放旷的大笑,长剑起落,淫僧应声而倒,鲜血如雨,洒落在白衣上,点点如桃花。

天空中一大片火烧云灿烂如霞,少年白衣染血,一剑横于胸前。

青鸟还在咳嗽,脸上却露出温柔的情意。

三百年前的那一幕,印在了她的眼里,也永恒地印在了她的心里。

后来她知道,那个白衣少年,就是徐福。

……

……

青鸟索性再次坐在了地上。

那以后,她依然和姬青冥同行,可是心里却有了另外一个人的影子。她还是经常笑,但笑声中却有了敷衍。她会失神,莫名地想起那大片的灿烂如霞的火烧云。她也会出神,盯着每一个谈论蓬莱剑池少主的人。

姬青冥当然发现了这种变化。

他也是很聪慧的人。他常在深夜坐在旷野的孤树上看月亮,也看月色下在火堆旁熟睡的青鸟。青鸟的睫毛很长,嘴角噙着笑,月光就如透明的羽翼般覆盖在她的身上。

他喜欢看她。

可是他依然能够感受到,自己就像静夜里的这棵树般孤独。

没有风,月光是冷的。

"我愿意成为这棵树。"他对自己说。

"去追求你的月亮吧。"他对青鸟说,"要勇敢一点。"

也许他自己却不够勇敢,或者他才是最勇敢的。但他听到了自己内心的叹息。

那一次,姬青冥看了一晚月亮,然后决定要当一株树。

……

……

没有什么秘密是永恒的秘密。

姬青冥当了三年的孤树之后,无意间知道了这个秘密。

于是,他准备当太阳,他要与徐福这个伪君子一同燃烧,撕裂青鸟心里的欺骗的阴霾。

他要告诉青鸟,那是一场早已设计好的骗局,徐福这个伪君子将自己装扮成从天而降的英雄,然而那不过是奸诈的表演与拙劣的谎言。他要带青鸟离开蓬莱,回到真实的,可以触摸到的世界。

即使那个世界里只有一株孤独的树,和一只青色的鸟。

姬青冥出离了愤怒,他的精气神全部都点燃,仿佛一团苍灰色的火焰,或者是一团灰烬在努力做出最后的宣言。

他第一次来到了蓬莱的上空。然而刹那间,蓬莱就在他眼前消失了,无影无踪。

他在茫茫沧海中搜寻了三个月，最终无奈而回。此后百年，他来过数十次，终于找到了蓬莱所在，却未曾攻破护法大阵。

姬青冥终于明白了差距，他决心进入龙渊剑谷，闭关修炼，同时在谷中剑坟寻一把属于自己的神剑。

"傻瓜啊，这么多年了，难道我不知道那是一场骗局么？"

青鸟苦笑，却连连咳嗽，"只是，我真的是喜欢他啊。那一剑，他刺的不是和尚，是我的心啊。"

一个人如果明知被骗还甘之如饴，那他不是傻了，就是爱了。

爱了，也就傻了。

……

……

百余年后。姬青冥终于破关而出，再次现身。

一声长啸如刀剑齐鸣，杀气动九天。

"万剑同悲！"

另一边，大笑传来，却有一种深深的落寞，"蓬莱葬仙！"

青鸟在回忆中被惊醒。

据说蓬莱剑池葬有仙人，不知真假。

但这一式"蓬莱葬仙"，是蓬莱剑池最负盛名的剑道神通之一。

时来天地皆同力，运去一剑葬飞仙。

耀眼的光芒挤满了苍穹，光明如水般倾泻在长空中，一道道剑光如烟花般炸开，一片片虚空如镜子般破碎。

没有人能形容这一刻的灿烂，据说沿海的渔民将之当成神迹，焚香沐浴，顶礼膜拜，祈求富贵平安。

但有人说，那一天，他在出海的时候，看到了大片光羽飞舞，仿佛天外仙人垂泪。

也有人说，那一天，他在叩头的时候，似乎听到了清亮如凤鸣般的啼声。

还有人说，那一天，他隐约看到了无尽光明之中，青色的羽翼遮蔽了苍穹深处，如垂天之云。

没有人真正知道那天发生了什么。

但是。

从那天以后,蓬莱剑池自封五百年,不现于世间。世人只知海外有仙山,山在虚无缥缈间。

从那天以后,龙渊剑谷多了一位神出鬼没的长老,疯疯癫癫,喜欢遛鸟,喜欢跳到树上看月亮,喜欢吟着一句"蓬山此去无多路,青鸟殷勤为探看"的怪诗。

从那天以后,茫茫沧海之上,多了一只神秘的青鸟,翠羽染血,时隐时现。

据说,只有真心相爱的人儿,才能看见它。

武雨婷

笔名言雨、雨千澜。女,西北大学文学院2013级学生。属老鼠,双鱼座,不怕猫。爱好广泛,心宽体胖,脑洞清奇,严肃表情下总有一颗脱缰的心。

撒旦的影子

一

城市里所有的神经衰弱者
在深夜中睁大了眼睛
敌对者的诡计即将开始

林亦岚抬起头看了看眼前的女子,视线又挪回了手中装帧精美的书,封面一段有些诡异的引语让他觉得有些可笑。

"是一部关于人们生存状况的书,高压力与快节奏的城市生活。"女子面无表情地解释道,"很多人都会患上神经衰弱或者是各种功能失调的疾病。"

"北珊。"林亦岚轻轻读出作者的名字,"我知道你,有很多人喜欢你的书。"

白色灯光下,与书内页那个精致优雅的作者肖像完全不同,北珊的脸色有些苍白,黑色的长发随意绾起,休闲卫衣与牛仔裤搭配更像是一个学生。都市年轻人的情感知己,这个亲切而暧昧的头衔似乎与眼前这个女子有些格格不入。

一阵沉默后,林亦岚放下手中的书,"所以你为什么要捐献遗体?"

"因为我已经死了,"北珊扯出一个牵强的笑容,"一个死去的人还可以这样与你聊天,难道不值得医学界研究一下吗?"

"你是怎么死的?"林亦岚饶有兴趣地看着北珊。

"车祸,昨天舒城中心公园晨练时出了车祸。"

林亦岚拿出手机输入几个字后,把手机递给北珊,百度的页面上正显示着昨天中心公园车祸的报道。

"你看,昨天车祸死掉的人是徐柏桐,不是北珊。"

北珊有些迟疑地接过手机,细细看过相关报道后有些迷惑,"那大概不是昨天……对,是去年,就是去年被徐柏桐撞死的年轻女人是我,死掉太久了,我自己都记得不大清楚了。"

"徐柏桐曾经撞死的那个人是唐颂,当时是在医院门口出的事,我抢救过她,不是你。"林亦岚看着有些狼狈的北珊,假装出自己也很迷惑的样子。

北珊证明似的指向手机屏幕,"对呀,是他们把名字写错了,不是唐颂是北珊,评论里说'新锐作家殒命车轮,天堂里没有车来车往,唐颂一路走好。'不是我吗?我记错了,我是去年被徐柏桐撞死的。"

"也许吧,"林亦岚接过手机,"我知道情况了,你把这些资料填好,之后有什么事情我再联系你。"

北珊严肃地拿起签字笔,近乎虔诚地阅读着资料的每一个项目,就像参加期末考试的中学生,生怕算错小数点的位置。

眯着眼睛打量了一番眼前这个女子,虽然素面,却不失年轻女性作家的气质,脱离了媒体宣传的光鲜形象,卸掉都市心理导师的包装,竟也像是个邻家女孩。林亦岚在手机上再次输入几个字,然后微蹙眉头,目光再也没有离开北珊。

科塔尔综合征。手机屏幕的搜索界面上,鲜红的六个字渲染着无数个搜索结果,用以证实他的判断。

二

不当家不知柴米油盐贵,老胡在舒城医院门诊划价处使劲儿挠了挠头。负责舒城区治安近四十年,送进来无数伤患,竟然都不知道体检费已经涨到这个地步,要不是最近腹痛到影响出警,小宋又天天跟在后边催促体检,他才不想进医院看这些让人一见就头晕的白大褂。

"我说你快点,又慢事儿又多,赶紧让我做完检查回去开会查案啊。"老胡不耐烦地呵道。刚毕业的小宋警官在老胡身后慌忙地整理着一沓单据,被老胡一呵斥却更加手忙脚乱。

已经负责舒城区近四十年了啊,老胡看着小宋的样子突然露出了笑容,当年不也是这副模样,处理了不知道多少个案子,终于眼见着快要退休了。

"听着声音像是您,果然是。"耳畔传来声音,"胡叔来查案呀。"

面前一个白大褂让老胡一阵头晕,"啊呀,小林大夫,今天没有手术?"

"刚刚见了一个要捐献遗体的人,作家北珊,我记得您说过您女儿挺喜欢她的,还特意要了个签名本,回头您让宋警官去我那里取一下。"林亦岚顺手接过小宋警官手中的单据,"还在查昨天的车祸案子吗?"

"今天是自己喽,"老胡捂了一下肚子,"肚子疼得厉害,小宋非让我来检查。车祸案子还得查,退休前最后一个案子了,可要画个完美句号。"

"从来没见过这种车祸,怎么看都不像是肇事逃逸,分明是盯准了撞上去。要说类似的车祸案应该很好办,偏偏车是个走私无牌车,而且还是走私车里最常见的宝马X5,这又牵扯起来受害者生前做的生意……"一说起案子,老胡就来了精神。

林亦岚看着手中的单据,突然打断了老胡的话,"胡叔,情况不大好啊……"

"是不好,现在查不清徐柏桐生前到底有没有接触过走私汽车生意,如果接触过,那事情就好办了,肯定是经济纠纷的蓄意谋杀。"老胡突然回过神,"北珊怎么自己捐献遗体来了?我这还要找她再确认点事儿,听说徐柏桐和北珊都定了今年九月结婚,没想到出了这意外。"

原来是准夫妻,林亦岚恍悟。长年的心理压力,在某一事件的刺激下造成患者精神崩溃,从而坚信自己已经死亡,成为科塔尔综合征。专注心理写作的女作家因未婚夫车祸死亡而失常,这样解释就合理了许多。

门诊的叫号机生硬地报出一串数字,小宋警官急急忙忙跑到缴费窗口,老胡看着他的背影,加快了说话的速度,"小林大夫,你如果还能见到北珊的话,让她等我一下,我这边查完最后一项刚好直接去找她,到时候我给你打电话。"未等林亦岚答应,老胡就朝着缴费窗口走过去了。

不出意外的话,应该最多只有三个月了。林亦岚走进电梯,平静地按了楼层,从喧闹的门诊大厅突然进入寂静的封闭空间,耳畔似乎有血液流动的声音。倒是不需要惋惜,这个世界上总有太多如此这般的事情。脑海中浮现出老胡爽朗的笑容,林亦岚轻轻叹了口气,走了出去。

三

五厘米右下腹斜切口,由于发炎过于严重,阑尾似乎有些不大好找。林亦岚摸出切口里的盲肠时,听到麻醉医生突然问自己有没有吃过楼下快餐店新出的套餐。"没,午饭去看看。"林亦岚顺口答道。

去年快餐店开业的时候,自己刚刚成为主治医师,也是接手了一个阑尾炎高龄患者。老太太有一个活泼的孙女,刚过二十岁不久,出了第一本书就迅速挤入畅销书榜,兴高采烈地给每个医护人员送了一本。好像是描写宋词唯美主义的散文册子,语言颇为柔腻。林亦岚陷入回忆,竟有些难以集中精力。

据说唐颂出车祸是因为老太太停止流食配餐后,想要吃对面家的煮面条,小姑娘急急忙忙跑去买面,一辆超速车飞了过来。徐柏桐还算负责,跟着担架进医院的时候,把一张信用卡和一张纸条递给林亦岚,"大夫你好,我这有很重要的事情还要赶去处理,纸条上是我的电话号码和密码,治疗费你帮我刷,有啥事给我打电话,事故所造成的损失我都会承担的。"

后来发生的事情林亦岚也不是很清楚,毕竟从本科实习起,就见到太多的生死离别事故纠纷,几年来早已磨灭了他刨根问底的兴趣。人死了,就和医生没有关系了,剩下的让法律去处理就好。

有些恍惚地拿止血钳夹住阑尾根部,林亦岚稳了稳情绪,再次检查了一下,好在一切顺利。切掉阑尾做好后续工作,看着助手缝合腹壁,突然想起了北珊,听说早上告别之后她在医院里神志不清地乱逛,被一个女医生认出,送到了单人病房里临时休息。

穿过住院部幽静的走廊,走到尽头,推开虚掩的门,北珊正坐在椅子上望着窗外。午时阳光正热,光线洒在身上,北珊看起来似乎有些透明。

"我感觉自己正在腐烂。"北珊回头看了一眼林亦岚。

林亦岚猜想老胡今天应该不会再跟自己打电话了,调查北珊的日程应该也会被推后,"我送你回家吧,这样待在医院里也不是个事儿。"

北珊没有回答,依旧看着窗外。

"你家在哪里?我打车给你。"林亦岚继续问道。

很久后,北珊拿起了包,"很近的,就在中心公园那边,可以走回去。"

四

舒城中心公园车祸第五天,这个本就没有多少人关心的事件早已淹没在城市中巨大的信息流里。林亦岚一大早查完房,结束了这周末唯一的工作,走进了一间普通病房,三个病人都已经起来,病房里还残留着病患们睡觉时所散发的体味。

"小林大夫,"老胡看到林亦岚急忙招呼道,"小宋说我得胃溃疡了,不过我觉得有点不太靠谱,昨天我老婆给我送饭的时候眼睛红了,到底是什么情况呀?"

"就是胃溃疡,"林亦岚笑了笑,"我们主任是你的主治大夫,而且我被安排协助你的治疗,所以不用担心。这几天好好休息,不要想太多。"

"想休息也没办法,"老胡嘟囔道,"车祸案子我还没有结,我跟领导说了,这是我退休前最后一个案子,就算住院,小宋也可以协助我办,我不想留下遗憾,还是善始善终的好。"

"那可要辛苦小宋警官了。"林亦岚调整了一下老胡病床,方便老胡起身说话。"如果有需要我帮忙的事情告诉我就好。"

"如果是胃溃疡的话,应该很快就可以出院了。我也觉得应该没有什么大事。我有一个舅舅,现在都九十多岁了,瘦成了一把骨头,照样身体特别好。外甥像舅舅嘛,我活七十岁就够了。"林亦岚看到老胡的眼睛里藏着羡慕。

"北珊今天下午有签售会。"老胡想起了什么似的,"小宋可能要去。"

"我知道,我今天不值班,也准备去看看她,她昨天打电话给我说今天签售会前要问我几个问题。"

老胡摆了摆手,"那你先忙你的,有时间我们再聊聊。"

与另外两位患者致意道别后,林亦岚走到了病房门口,突然听到身后老胡有些发颤的声音。

"小林啊,你还年轻,我想给你说几句。我活了六十年了,前二十年迷迷糊糊地就晃过去了,后四十年一直重复着工作和休息,我也不知道我这一辈子到底值不值,但我总感觉没有活过真正的自己。忙了一辈子,到底忙了些啥,我连自己喜欢什么都不知道。你们这些年轻人,要多考虑考虑,怎样死前才不会后悔。"

林亦岚一怔,良久才说出一句话,"胡叔,您别想太多,好好休息。"

患者比医生更清楚自己还有多少时间,林亦岚脑海中突然闪出老师曾经告诉他的一句话。

五

黑色坡跟鞋,黑色长裙,长卷发随意披下,珊瑚色口红把有些苍白的肤色衬托得红润了许多。北珊坐在书店二层的隔间里,握着大杯的柠檬水,妆容精致优雅,像是回到了之前的模样。林亦岚进来的时候,她看到楼下的工作人员正把自己新书的海报架起来。

"编辑让我宣布我的下一本新书——《一个人的四十九天》。"北珊示意林亦岚坐在自己的对面,"让我把徐柏桐死后的四十九天里,自己如何挺过爱人之死的心路历程记录下来,开导大家直面得失。可是徐柏桐才死了五天,我能不能挺到第四十九天我自己都不知道。"

"我现在压根儿就搞不清我和徐柏桐的关系,难道不是去年他把我撞死了吗?可是我又隐隐约约记得,我和徐柏桐好像大学时就认识了。那么北珊和唐颂到底是不是一个人?我到底是怎么死掉的?"北珊扶着额头,表情有些痛苦,"林大夫我乱得厉害,等会儿你可不可以告诉大家,我已经死了,我已经把遗体捐给你们做实验了,这样就不用再被纠缠下去了。"

林亦岚微微一笑,"可是你没有死。"

北珊疑惑地望着林亦岚。

"你很懂心理学不是吗?你有没有听说过科塔尔综合征?"

"科塔尔综合征,"北珊看起来很惊讶,"你认为我是科塔尔综合征?"

"写书一定已经积郁很久了吧,男朋友车祸死亡是一个触发点。"

北珊还在发怔的时候,一个干练的女子走了进来,"北珊,你赶紧去准备一下等会儿的发言,别出什么差错。"

整场签售会北珊都处于一种游离的状态,她听到耳边有许多读者对她说北珊加油,她努力地向他们点头致意,却总是有一些心不在焉。徐柏桐撞死唐颂和他自己被撞死的两段监控录像她看了无数遍,总想找出一丝有关她自己的线索,却一无所获。

记忆如同丝线缠绕。自从决定从事写作后,一路上受到不少徐柏桐的资助,如果没有那些资金打造宣传团队,如果没有买断畅销书排行榜的推荐位置,北珊知道单单依靠自己的力量是无法在竞争激烈的出版圈立足的。她似乎逐渐明朗了自己和徐柏桐的关系。

"北珊!"听到有人在小声叫她,北珊机械地拿起笔准备签名,却发现竟然是小宋警官。

"我来看看你。"小宋朝她招了招手。

北珊定了定神,突然鼓足勇气,写了纸条扔给小宋。

"你和林亦岚等等我,签售会结束后,我把我知道的一切都告诉你们。"

六

小宋警官觉得徐柏桐车祸案自发生当天到现在,就没有新的线索出现过。绕城高速以南正在开辟一条新的公路,由于施工原因道路监控几乎处于瘫痪状态,再往南又是一片老住宅区,一向是治安盲区。徐柏桐被汽车撞到后,监控显示肇事车不紧不慢地驶向城南,半个小时后出现在南部郊区的十字路口,拐入一条林道里完全消失。

当天下午就在林道附近搜到了那辆崭新的宝马 X5,车内没有指纹,没有任何人的痕迹,显然经过了非常精细的处理。这意味着,在小宋他们正焦头烂额查监控的时候,在媒体正报道车祸现场的时候,凶手却在悠然地洗车。小宋一直想不通,到底多大仇可以让凶手放弃一辆百万的车,这样谋杀的成本未免太高了一些。

北珊拿着自己的日记,逻辑混乱地讲述车祸和自己的相关记忆。林亦岚可以看出来,她正在尽力把自己放归正常人的状态,却也经常弄混自己和唐颂死亡之间的关系。

在中心公园晨跑是徐柏桐雷打不动的习惯,几乎所有认识徐柏桐的人都知道他这个习惯。从来没有听说过徐柏桐插手走私的生意,最近几年文化产业发展迅速,他基本都在忙于影视和出版的投资。北珊喃喃地回答了小宋警官的几个问题。

"徐柏桐撞死我之后,发现我正因为第一本书而受大众关注……"

"是唐颂。"小宋好意提醒道。

北珊有些恍惚似的回过神来,"嗯,是唐颂。"

"人们因为唐颂之死越发关注唐颂的作品……我和柏桐觉得这是一个很好的商机,就借朋友的名义成立了一个公司,对唐颂开始进行造星行动,用大众对她的同情和喜爱开始打造品牌,发展古典文学周边的售卖……赚了很多钱。"

"徐柏桐撞死人都可以找到商机!"小宋显得很震惊。

北珊被小宋的反应吓了一跳,紧张地看了一眼林亦岚。

林亦岚也有些惊讶,"唐颂的家人同意了吗?"

"他们不知道,还因为有人怀念唐颂感到很欣慰,柏桐用赚到的百分之二十把车祸私了了。"北珊像是下了很大的决心,缓缓说道。

但是这也不足以让人用一百万的车来杀掉他,小宋暗想,看来这只是一个社会阴暗故事,与案情没有多大关系。

喝了一口茶几上的热水,北珊停止了讲述,整个屋子变得寂静无声。

良久,林亦岚打破了沉默,"你也买了CROWN的拉杆箱啊,我上个月刚买了一个,准备旅行的时候用。"

客厅的角落放着一个玫红色的拉杆箱,北珊看了看,淡淡地摇了摇头,"很早之前的箱子了,昨天突然想起了一些事情,翻出来找东西。"

停顿了一下,北珊声音幽幽,"林大夫,你跟我说了科塔尔综合征,让我想起了一本书,我找给你,请你务必读完。"

和林亦岚从北珊的小区里出来之后,小宋总觉得心里堵得慌,终于忍不住开口问旁边的林亦岚,"你不觉得北珊很奇怪吗?她胆大得厉害,这几天一个人住在这么大的房子里也不害怕。前些天还问我要了车祸现场监控,难道她还在一遍遍看自己未婚夫怎么死的吗?"

"她精神混乱得很,"林亦岚晃了晃手中的书,"我读完之后如果有什么发现告诉你。"

七

麻醉医生说患者出现低血压症状的时候,林亦岚正全神贯注地缝补受损组织,一股难以名状的暴躁感顿时袭上他的心头。压抑住即将爆发的愤怒,解决完手术意外状况,林亦岚稳定了一下情绪,看到麻醉医生正一脸古怪地盯着自己。

这是怎么了,从早上起就觉得整个手术组的人不大对劲儿,患者家属表现也颇为奇怪,自己仿佛随时都可能被某个不正常的事情触发引爆。就像那本书的案例主人公们一样,林亦岚暗自思忖。

昨天他用了整整一天把北珊给他的心理学书籍浏览了一遍,书的内容泛泛没有深度,只是各种奇怪的心理疾病案例,更像是一个满足猎奇心理的读本。虽不清楚北珊的用意,但现在想来,这种奇怪的氛围在读后就一直萦绕着自己。偏执、强迫、抑郁、妄想,林亦岚突然明白,这些心理病态还有一种临时存在的方式,不需要药剂与处方,只要给长期压抑的内心一点点暗示,就可以瞬间侵袭一个人的头脑。

晚上下班后,林亦岚坐公交去了城南的老住宅区,父母前几天签了售卖小单元房和车库的协议,这几天正催着他把一些杂物搬到新居。打开车库的卷闸门,把几个已经打包好的箱子扔到汽车后备箱,林亦岚有些为难地把车开出车库。

过几天把车也卖了吧,一直扔到车库里也不是个事儿。他一向不喜欢开车,也对父亲执意要买的国产车没特别大的好感。一路向北,路过中心公园,看到北珊的房间亮着灯,林亦岚竟鬼使神差地停下了车。

等了很久北珊才拿着一个晾衣竿打开了门,"我的画笔滚到沙发下边了。"北珊把晾衣竿递给林亦岚,闪开了一条路,"弄了好久取不出来。"

是一支蓝色的彩色铅笔,林亦岚把铅笔扫出来的时候,看到北珊正坐在玫红色拉杆箱上注视着他。目光向下躲避,他发现茶几上有一张画风诡谲的手绘图,"你在画什么?"

"我想让这幅画当我新书的封面图,"北珊走过来拿起画稿,长发松松散散地披在睡裙上,"西班牙画家达利的《内战的预感》。我隐约觉得,徐柏桐的死和经济纠纷无关,和我们自己有关,是我们自己塑造了一场谋杀。"

"只是现在我还有一些东西没有弄清楚,这几天我一直在努力思考。"北珊盯着林亦岚,面前的人同样看着她。

林亦岚微微一笑,嘴角勾勒出漂亮的弧度,"北珊,你知道我今天要来。"声音轻柔,"北珊,你的确很奇怪。"

北珊眼睛里的凌厉被林亦岚的回应浇灭,相顾无言,楼下似乎有孩子们在玩闹,咿咿呀呀咿呀,儿童的歌声渲染着仲夏夜晚的宁静。

八

生命如此渺小,活着,我们以自己为中心,以为这就是世界,重复地诉说自己微不足道的痛苦,然而事实上这世界一切有关心理的问题,都源于自以为是与自我否定的矛盾当中。清晨暖黄色的阳光透过窗帘,北珊窝在书房的沙发里满目迷茫。

这样看来,一味地怀疑自己是活着还是死去又有什么意义呢。北珊踩着拖鞋走到客厅,桌上的画稿似乎被林亦岚带走了,却留有一张纸条,上边写着城南老住宅区的地址。

在给林亦岚书的时候,北珊就知道他迟早会来找她。林亦岚把自己的偏执障碍隐藏得太深,只需要一点点的暗示就可以触发。但她没有想到,林亦岚来的时候竟会如此平静。

徐柏桐在撞到唐颂的那天找北珊说,他把信用卡留给了医院的医生,他之所以选择那个医生,是因为那个医生看唐颂的眼神和别人不一样。北珊相信徐柏桐的观察力,但之后全心投入的唐颂造星工作让两个人完全忽视了这个插曲。他们没有想到过,唐颂在社会上享有越高的声誉,得到越多的惋惜,就会让某个偏执狂越坚信徐柏桐的罪恶。

她不知道林亦岚和唐颂之间到底发生了怎样的故事,徐柏桐出事后,她脑海中浮现的第一个人就是徐柏桐曾经说过的那个医生。看了无数次车祸录像，肇事车玻璃下一瞬闪过的一张黑白字母贴纸，让她想到CROWN拉杆箱的自配名牌纸，如果是蓄意谋杀，拉杆箱一定是之前准备的一个道具，那么在购买拉杆箱的时候，顺手把名牌纸放到车窗下，一切都在情理之中。

北珊一直都在等那个医生看到拉杆箱时的反应，意料之外林亦岚不是一闪而过的惊慌，而是直接告诉了自己他买拉杆箱的时间。北珊感觉到林亦岚知道她的造星行动后，有意向她透露线索。

可是走私车是怎么回事？对驾驶汽车似乎有抵触的林亦岚为什么会选择用一部一百多万的汽车作代价？北珊一阵头痛，她决定独自赴约，就算林亦岚已经想好了如何处置自己，那也无所谓，她只想满足自己的好奇心。

至于生死，她并不担心，虽然不是因为徐柏桐之死患上科塔尔征，但在很久很久以前，不知道什么时候起，她就坚信自己死掉了，并且没有告诉任何人。

九

老住宅区的私人车库里，白炽灯发着昏黄的光。林亦岚拉下卷闸门，把车库圈成了一个狭小的密室，在简易桌子前为北珊和自己各斟了杯红酒。

"问吧。"开门见山。

"拉杆箱是做什么用的？"

"买配件。"

"为什么是宝马X5？"

"那不是肇事车。"

"肇事车是什么？"

"你旁边这辆。"

北珊震惊地看着旁边的国产SUV，林亦岚露出微笑，"我把它改装成简易的宝马，骗了摄像头和路人，然后再改回来。就在这个车库里改装的。"

"那辆被警察发现的走私车是怎么回事？"

"我监控了这个住宅区的一个走私犯,他最近因为惹了事儿,拿一辆宝马X5换,我拿我的车配合了他的路线和时间,做了个衔接。"林亦岚顿了顿,"不过我没有想到警方抓到的是空车,我的计划是直接把罪名送给那个走私犯的,大概是他们比较走运,但这样他们肯定也不敢出来取车,所以案子才半天出不来结果。"

竟然如此简单,花费极少的钱改装汽车,摸清走私犯南行的路线,利用监控的缺口,给人们造成两辆车是一辆车的错觉,把罪名嫁祸给走私犯,即使这个走私犯落网,也没办法证明自己的清白。北珊理清了思路。

"改装的配件藏在哪里了?"

"埋在修路段那里,现在估计已经铺上柏油了。"把证据留在新修的马路下,应该几十年都无法被发现。

"压抑偏执障碍累吗?"

"压抑科塔尔综合征累吗?"林亦岚反问道,"每个人都多多少少有一些心理障碍,只是大部分人不知道,所以会有外在的表现。当我们明白自己的问题所在的时候,要想掩饰过去,并不难吧。"

"为什么是唐颂?我们的宣传加剧了痛苦和仇恨,但起点是什么?"

林亦岚陷入沉默,眼前却仿佛看到唐颂的笑颜。

林大夫,我看出来了,你的偏执障碍让你不敢去爱,但是你一直都控制得很好呀,所以你要努力向前走一步。林大夫,和我在一起吧,我不害怕你的敏感你的暴躁,我觉得人格障碍正视比压抑更重要,在我面前你可以做真实的自己。林大夫,你别怕呀,我觉得自己应该也有斯德哥尔摩综合征,所以我们很般配的,考虑考虑,让我做你的小白鼠好吗?

二十岁的女孩子爱起来决绝得厉害。林亦岚当时只觉得有些可笑,却没有想到,仅仅一台手术的功夫,就是天人两隔。

"只是单纯觉得应该这么做。"

一阵沉默后,北珊喝了一口红酒,"我的问题问完了,你准备怎样处理我?"

林亦岚把桌上的一个药瓶推在北珊面前,"如果怀疑你的生死,试试安眠药,已经死掉的人是不会畏惧安眠药的。"

北珊笑了一下,接过药瓶,把药片倒在手心里。红酒能加速安眠药的药效,林亦岚倒是想得周到。在一瞬间,北珊却凝固了。

似乎是有求生的欲望。

"所以你是活着的,林大夫治好了你的心理疾病。"嘴角上扬,林亦岚收回了药片和药瓶,在红酒盒里拿出了一支录音笔,"这是你需要的证据。"

轻松地站起身,拉开卷闸门,北珊看到林亦岚逐渐远去的背影。

十

老胡觉得自己的腹腔里似乎聚集了许多液体,少喝水,主治医生一遍又一遍地嘱咐他,可是他感到前所未有的极度口渴。老伴坐在他的身边,神情满是疲惫,小宋在窗边摆弄着护士送来的一支录音笔。

"林大夫怎么想起送支录音笔过来。"小宋按下播放键,听到卷闸门的声音。

故事逐渐明晰,老胡那双深陷着的眼睛似乎也开始发光,录音笔最后传来林亦岚的声音,"胡叔,小宋警官,最后北珊没有带走录音笔,我现在在八楼的医护休息室。"

"带他上来吧。"老胡闭着眼睛,压抑住自己想喝水的冲动。

小宋看着老胡有些心疼,既然是肝癌晚期,还不如想做什么就做什么,只是为了防止腹水积累,就不让他喝水,这对患者有什么意义。

"师母,给胡老师喝点水吧。"

女人摇了摇头,"医生说一天只能摄入500毫升,他已经超过了。"

无奈地耸耸肩,小宋走出病房,下楼寻找林亦岚。彼时林亦岚仍一身白大褂,阅读着手中的病历。

和林亦岚走回病房的时候,老胡已经斜靠着枕头坐起,发青的嘴唇微微发抖,暴露出萎缩的牙龈。像是想说什么,却因为精神激动而无法表达,最终老胡挥了挥手,示意小宋把林亦岚带走。

"林大夫,我到底是什么病。"背后喑哑的声音叫停了两人即将离去的步伐。

女人站了起来,和林亦岚四目相对,林亦岚似乎显得有些迟疑。

"胃溃疡啊,老胡。"女人挪开了视线。

老胡没有言语,神色黯淡了下去。
"嗯,胃溃疡。"林亦岚轻声说道。
午后的阳光透过窗户,不锈钢护栏遮挡了一些光线,在老胡那张已经瘦脱人形的脸上留下斑驳阴影。

张航航

男,西北大学文学院 2013 级创意写作班学生。静如处子,动若脱兔。可以在体育场上肆意狂奔,感受运动带来的乐趣,也可以一个人蜷在安静的一隅,独享一份美好的宁静。大学期间,虽没有多少让人惊喜的作品,但却喜欢用文字表达内心的想法。爱好和平,与世无争,文字风格也如一面平静的湖,波澜不惊。常常寄灵感于生活,努力追寻生活的真实!

放生

"碧玉妆成一树高,万条垂下绿丝绦……"

放学归来的燕妮边走边背着这首刚学会的古诗《咏柳》,只见她一路蹦蹦跳跳,满心欢快。每到这时,凡是在乡间小路听到这声音的人定会明白是燕妮回来了。每次放学后,燕妮就会格外兴奋,嘴里总会哼着小曲儿或是念叨几句古诗,她像一个小燕子一样灵动可爱。

大家都说燕妮像她的母亲,总能把自己的快乐传递给别人。可燕妮却从不知道母亲长什么样,因为当她还是襁褓里的婴儿时母亲就去世了,只听别人说过母亲有着甜美的外表和动听的声音。燕妮对母亲的全部概念就是现在的继母,然而她并不喜欢继母。

此刻正是四月,燕妮在这样的季节背诵这样一首诗简直太应景了。春风为千丝万缕的柳枝披上了一层嫩绿色的纱裙,然后又让它们随之摇曳,展现出优雅舞姿。成群的燕子精灵般掠过大地,然后落满树梢、屋檐。路旁的黄花开得正浓,燕妮随手采下几枝编成花环戴在头顶,这倒让她略显凌乱的头发增添了几分生气。明媚的春光让燕妮心里有说不出的激动,今天正好又放假,她心里早盘算着和伙伴们周末出去放风筝了。

回到家,燕妮刚刚推开家门,爸爸就笑呵呵地给她递来一个鸟笼,笼子里一只活蹦乱跳的燕子清晰呈现在眼前。

"妮儿,这只燕子送给你。"爸爸边说边把笼子向燕妮凑近。

"哪来的燕子啊。"燕妮疑惑而欣喜。

"这燕子闯进我们家,飞不出去了,我看它可怜,便把它捉住装进了笼子,反正笼子空着也是空着。"爸爸说。

燕妮接过燕子,心中无比激动,可爱的小脸蛋顿时乐开了花。她仔细打量着笼中的燕子,这是八岁的她第一次和燕子这么近距离接触。燕子要比自己平时看到的样子漂亮许多,黑白相衬的颜色中间还有一抹金黄的羽毛,它们整齐分布在燕子的胸口,像一枚勋章一样显示出它的与众不同。还有那灵巧的脑袋,剪刀似的尾巴让燕妮对眼前这个小生命更是爱不释手了。

短短几个小时的相处,燕妮就把燕子当成了好朋友。她给它唱歌,给它读诗,把自己编织的花环放在笼子上当作礼物送给它。晚饭前,她把煮熟的米饭舀一些放进笼子的小竹筒里,并在另一个竹筒里加入一些新鲜的茶水。但是燕子对这些却是毫不在乎的,它无休止地挣扎着想要逃脱,不停拍打的翅膀让笼子晃个不停,竹筒里的饭和水洒落了一地。

"看你做的好事,偏要捉这么个浪费粮食的东西养着,以后粮食没了你就等着喝西北风去吧!"继母不耐烦地对爸爸指责道。

"你少说几句不行吗!一只燕子能浪费多少粮食?"爸爸回应着。

……

爸爸和继母的争吵是无休止的,燕妮明白他们争吵经常都是因为自己。她不去理会他们,而是把散落在地上的米饭拾起来重新放进鸟笼,并把水加满。

晚上睡觉时,燕妮把燕子放在枕边,听燕子在自己耳旁呢喃。这是她第一次感知到有一种真实存在的事物伴随自己入眠,在此之前每晚都是爸爸买的布娃娃和她做伴。一种很奇妙的感觉从燕妮的耳朵传遍全身,就像刚看到燕子时那种美妙的感觉一样。夜深了,燕子却没有丝毫疲惫,仍旧在笼子里窜个不停,偶尔还发出几声鸣叫。为了让燕子安静下来,燕妮又哼起了歌,如水的歌声撑起了夜的空旷。

过了会儿,一阵强烈的争吵打断了燕妮的歌声,隔壁房间爸爸和继母又开始吵了起来,继母喉咙里撕裂的吼叫有一种掀翻屋顶的气势。

燕妮不想追究他们的争吵是否源于自己,她把头深埋在被子里。笼里的燕子在争吵声中变得更加不安起来,它使劲拍打的翅膀掀起一阵阵凉风,嘴里发出清脆的哀鸣。此刻,燕妮怎么也睡不着了,这烦躁不安的燕子就像此刻的她,心中都泛起了波澜。

直到一切平静下来,燕妮才沉沉睡去。夜里她做了一个很长的梦,在梦里她拥有了一对翅膀,并可以随风自由地飞舞,无拘无束。

天亮了,挣扎一个晚上的燕子也安静了下来,它在笼子里一动不动。燕妮早早起了床,她提着燕子径直走向木制的楼台,然后不假思索地打开鸟笼。燕子活了,欢快飞向天空。

赵海涛

　　男,1995年生,天津人,西北大学文学院2013级创意写作班学生。热爱写作,在学习期间进行各种文体的写作,诗歌初学者,常言自己的诗歌为"试作诗"。愿在踏实地写作与学习研究后,树立自己的诗歌观念,从而在诸多诗人的影响下写出有自己特点的诗歌作品。

你好,晚点

　　奇了个怪,莫非我与晚点有缘。

　　橙色预警的冰雹被晴空烈日灼烧得不见踪影,是真的不见踪影。若不是日落时刻的晚霞,天边的云彩都难得一见。

　　这次归途不在任何的高峰期,虽然通往市区的616路依然是挤得要命。没有在西北饭店下车,觉得这个点应该没有大巴了。直到过了站发现了一辆小巴士,灰色涂装、黄蓝条纹上印着"机场巴士"——原来这里还有一班。想到如果现在上了大巴,到机场太早的话,登机牌都换不了。如其傻站着还不如在人肉罐头里逛逛当当,算是有些事做。还是按原计划进行吧,我想。

　　在大巴上恢复清醒时,天空已变成一块镶着金边的墨玉了。

　　"【同程旅游】客官,您乘坐的BK2824航班登机口变更为H50号,请您及时前往登机。"

　　我当时并没有在意这条短信。

　　在领到登机牌之前我一直懊恼着自己的蠢——不需要托运行李却没有走快速办理的窗口,而是跟着大箱小包后面一寸寸地龟速移动。意识到自己的失误时,前面只有三个人了。拿到登机牌的一刹那,听到了一句熟悉的问候——"航班晚点了,注意听广播。"

你好,晚点。

找到了登机口,周围的座椅坐满了人,登机口柜台上贴着一张黄纸,我只注意到了"起飞时间待定"。啊哦,看来情况有点不妙。

"抱歉有什么用,我就问你几点能飞?"

"是那边的问题,天气状况不好,飞机还没从那边起飞。"

每次晚点,最倒霉的不是旅客,而是登机口的工作人员。虽说是职责所在,但是无谓的责难改变不了晚点的事实。这是何必,谁都知道晚点会引起旅客不满的。我在密密麻麻的不规则旅客排列中,寻找到一个空位。无意间留意了一双淡粉色布洛克花纹的皮鞋。

在队伍再次排列起来之前,围着登机口的乘客就没散过,略胖的工作人员耐着性子劝说,有人抱怨着离去,又有人抱怨着围上来。或许这种无意义的举动,是因为大家觉得无聊。有的人会有性致看热闹,有的人会有兴致制造热闹。如先前所言,我与晚点的缘分之深,让我对除了起飞时间以外的其他信息都不关注。经济舱各色人等早已见识齐全,会有什么样的人,他们会说什么样的话,这些话又被以什么样的方式说出来,这样的声响又会伴随着怎样的表情跟动作,大致相同。

每有机场特有的噪音响起,我也会看向窗外——栈桥还是栈桥,飞机还是飞机,二者没有结合。更远的地方看不到了,这两个互不搭调的冤家,遮挡了归心似箭的旅客的期盼。

有人大大咧咧地躺下睡着,一个人占了四个座椅;有的人脱掉了鞋子,茫然地端详着自己穿着深蓝尼龙袜的双脚;有的人继续围着登机口工作人员,嘟囔着围上来,骂骂咧咧地离开,声援着继续围观的人,好像这样能立马叫来一架飞机似的。当然,绝大多数人都是低头族,手机加油站几乎也没有空闲过。

直到围着略胖小哥的圆圈重新组成一个可以看出是直线的队伍,没人在意隔离带并未撤离,再次自觉而默契地排起了长队。看看不像是要起飞了,坐着无事可做,不如去看看什么情况好了。"这边是飞天津的队伍么?"略胖小哥点了点头,后面的一对情侣在抱怨着为什么没买延误险,队伍缓缓前进着。通向栈桥的玻璃门还是没开,隔离带也没有撤,前面的旅客纷纷拿着一罐可乐和四小袋饼干掉头转回自己的座位,百无聊赖中略显满足。

真是白浪费感情,好在知道了大致的起飞时间。我可以放心地掏出耳机听着音乐看会儿书,有手机加油站也不怕电量不足的问题。可是电子书看久了眼睛不舒服,耳机戴久了亦然。摘掉耳机,关掉屏幕。不知不觉四包小饼干,已经全被我消灭干净,嘴巴却不想闲着。于是拉开可乐的易拉环,顺便看了下对面大婶手中的泡面是什么口味儿。无意中瞥见身旁的姑娘,她正穿着我刚才莫名其妙留意到的那双鞋子。鞋帮被脚后跟随意地踩在下面,白色连衣裙,烫染过的头发,戴着耳机玩着手机。没注意耳机的型号,也没有注意她的面貌,就这么一扫而过。

无聊到更加无聊,对什么都提不起兴趣。却又担心睡过去无人提醒,便双眼四处环游。无聊到反复把玩手机,不打开屏幕,哪里脏了有手印了就擦擦。无聊到用简直傻瓜透顶的手机相机四处对焦。无聊到翻看自己的相册发现最近除了课件好像没拍什么,无图可修,更加无聊。无聊到举着手机四处旋转,发现机场房顶被规则的等边三角形堆砌,随便拍下一张,无聊时可以自己数数里面一共有几个正三角形,一共有几个正六边形——真是有够无聊的。

在不知是否有意识的神游后,泡面大婶已经低头抱臂准备睡去,大婶旁边的大爷揉了揉眼睛坐起,一边嘀咕着什么一边脱下了自己的外套给老伴儿盖上。登机口略胖小哥拎着空纸箱子走向了垃圾桶,身旁的粉皮鞋姑娘坐不住了,背着包起身离开。我这时突然回过了神,刚才神游之前或许应该随便聊聊,不至于大家都这么无聊。距离刚才通知的起飞时间已不到一小时,稍微划拉几下手机的话,时间也不算太难熬。

"前往天津的旅客,您乘坐的 BK2824 次航班登机口变更为 H58 号登机口,请您及时前往登机。"

这一层的候机大厅除了我们这一班几乎连清洁工人都不见了。传送带上再也没人站着不动,而是大步向前,把"请抓好扶手"的提示抛在耳后。

"前往天津的旅客,由于飞机刚刚抵达,需要稍作调整,将于五到十分钟后开始登机。"

队伍既已集结成型,定是难以分散开来。只有少数人就近找到座位,重新坐下耐心等候。

在栈桥上听到一阵奇怪的啪嗒声,是那个粉皮鞋姑娘。才发现那鞋底有点厚,这么踢踏着走路会不会难受。几个小时内碰见她三次,这在旅途中也算是常见的缘分,没什么缘分的缘分。到底还是没有留意她长什么样子。

27F,虽是靠窗但是第一次坐这么个位置。前面是过道,我的前排椅背离我太远,安全须知和航班杂志都够不到。

空少比空姐多,差评。身旁的旅客皆难让人产生聊天的兴趣。虽然得承认空少很帅,但是他扳下过道里的座椅时我有些懊恼——不是因为他不是空姐,而是我觉得我俩的腿大概不能随意伸展了。

机舱的幽蓝灯光有催眠的神效,窗外的小人机械地挥舞着红色小灯棒。

惦记着吃夜宵的朋友们,再忍忍,到了家早点铺就差不多开张了。

热乎乎的豆浆油条,加了青椒的驴肉火烧。

天津应该会比西安天亮得早。

朱斯韵

女,1995年生,海南海口人,西北大学文学院2013级创意写作班学生。怀揣有对文案的小梦想,喜欢旅行、摄影、音乐,想要用有限的生命,去看无限的世界,做笑得开朗、能很洒脱地脱掉鞋子奔跑的人。

邓佳

公司的人事命令下来,邓佳忙着整理文件做工作交接,等她把所有的东西收拾好,搬离格子间的时候,杂志社的同事已经全部离开了。

邓佳坐在自己新办公室的椅子上,仰着头看着这间面积不大的办公室,办公桌上摆着她的新名牌:副主编邓佳,不由得一笑。

邓佳在公司没有什么朋友,自己也没期望有哪位同事会在大裁员名单公布的当天真心诚意地帮她庆祝。

她翻出压在箱底的小瓶啤酒,打开放在桌子上,看着气泡慢慢升腾。

待泡沫稍稍退去一些,一口气喝了下去,气体在体内堆积,最后冲了出来,她捂着嘴,自嘲地笑了笑,反正没有任何人会注意到她。

她把易拉罐捏紧,伸了个懒腰,离开了办公室。

她像往常一样搭最后一班地铁回家,走到小区门口的时候才看到停在公寓楼前的救护车、警车,小区的居民一小撮一小撮地凑在一起议论着什么,邓佳皱了皱眉。穿过车辆走到楼下大厅,已经有几个人在电梯前等着了。电梯门打开后,医护人员抬着担架,匆匆忙忙地快步走了出来,邓佳连忙往旁边一让。担架上的女人,长发,看上去20多岁,面色苍白,带着氧气面罩一动不动,鲜红的勒痕在她雪白的颈上显得十分突兀。

"姑娘,你还上吗?"邓佳正看着那担架上的女人,同一栋楼的两个家庭妇女在电梯里催促着邓佳,她才回过神来。

"那姑娘是住哪层楼的？"

"好像是15层。你说现在的年轻人都是咋回事儿嘛，年纪轻轻的，不寻思寻思怎么赚赚钱，嫁个好老公，把小日子过好，想着寻死，真是的，这些年轻人啊，就是娇生惯养，吃不得一点苦头。"听那妇女一说，邓佳心里咯噔了一下。这才反应过来那躺在担架上的人是自己的邻居，就住在自己的隔壁。

"是啊，真不知道这些年轻人脑子里成天都想些啥，也不知道这姑娘命还能不能保住。"

"那可千万要保住，我那房子还想租出去呢。"

"可不是嘛，楼里死了人，谁还敢住啊。"

"诶诶诶，到了到了，我走了啊。"

邓佳等电梯里的那两个妇女都出去了，才按下楼层按钮。

前几天邓佳早上出门上班的时候还看到那女人在小区里晨跑，看上去健康又阳光，谁知道再一次见面，她会面如白纸地躺在那担架上。

真是世事难料。

邓佳晚上洗了澡，坐在书桌前看交接过来的资料，对自己的新工作做规划，确认第二天的安排。熬到半夜才睡下。

接下来的几天邓佳再也没听到任何关于那女人的消息，小区又恢复了以往的平静。她的工作变得越来越忙，尤其是杂志要出版的时候，没日没夜地写文章，审查各个编辑发来的材料、文件。

一个月以后的星期五的晚上，邓佳听到隔壁的开门声，愣了一下。没敢多想，把注意力重新放在文件上。可是隔壁不断地传来"咚咚咚"的响声。那声音像是撞击在1501和1502之间的那堵墙上发出来的。

难道她回来了？

为什么要在深夜才回来？

"幻听，一定是幻听。"邓佳放下手里的材料，去检查门和阳台的窗户，确定都锁好了，关了灯，爬上床，把被子盖得严实，想迅速入睡，可是隔壁的"咚咚咚"的声音断断续续的，一直没有停，清晨的时候"咚咚咚"的声音不见了，邓佳才勉强睡了一会儿。

早上7点，她被生物钟叫醒后就再也睡不着了，索性去超市把下个星期的食物买了。去超市的路上,邓佳想起昨天晚上听到的声音,到底是自己的幻听还是确有其事?难道隔壁的那女人回来了?难道……

回到家,邓佳控制着自己不去回想,把买来的东西放进冰箱,抱起电脑投入无止境的工作中。她总是有做不完的工作。

一整天都再没有听到"咚咚咚"的声音,可是到了晚上,那诡异的声音又再次钻进了邓佳的耳朵……

她彻夜未眠。

第二天早上,邓佳出门去倒垃圾,打开门,就看到搬家公司的工人们正忙着将隔壁那间屋子里的东西往外搬。

"诶,师傅您好,这屋的房客是要搬走了吗?"邓佳忙抓住一个工人问道。

"我不知道,姑娘你让一让,别挡道呀。"

"哦,对不起对不起。"邓佳侧身让出了过道。

这么说,现在隔壁就不住人了?那晚上的怪声应该就是房东晚上来卸家具的声音吧?

果然,安静了好一段时间。

公司的另一个副主编请了产假回家生孩子,所有的工作都由邓佳接手,本来自己的工作已经让她失去了放松的时间,现在恐怕连睡觉的时间都没有了。

其实邓佳也可以不揽这吃力不讨好的事,但是经过裁员后的杂志社人事系统有很大的变动,正是往上爬的好时候,这大好的机会,当然不能错过。

工作强度太大,休息不好,人终究不是铁打的,感冒找上了门。这天晚上,她发了高烧,吃了药早早就睡下了。而半夜那诡异的"咚咚声"又硬生生地把邓佳从睡梦中拉了出来。

小区里开始传起关于那女人的传言,经济不景气,那女人很不幸地成为了公司被裁的一员,之后很长一段时间也一直没找到合适的工作,突然没想开就上吊自杀了。

邓佳努力地去忽略这些传言,但是每每夜深人静,她总是会随着那规律的声音,一身一身地冒冷汗。

过了几天,不再发烧了,但是感冒一直都没有好。每天晚上,她还是能听到隔壁那奇怪的声响。

第二天要把定稿送去印刷厂印刷,可是在把稿件送去印刷厂之前,排版出了很大的问题,将要刊登的专题被其他杂志社抢先刊登了,内容和文章都一模一样,杂志社上上下下炸开了锅,邓佳一直坚守到了最后,等解决完问题,已经半夜3点了,主编给大家放了一天的假。看时间太晚,邓佳一个人回家不安全,就开车把邓佳送回了家。

邓佳拖着快瘫了的身体上楼,电梯门刚打开,她就看到一个全身是血的男人软瘫地趴在自己家的门上,抓着门把手,在他的身旁还放着一个黑色的大皮包,那黑色的门上印着一个又一个暗红色的手掌印,那男人听见电梯门开的声音回过头来看,他皱着眉头,那双血红的眼睛在楼道里暗黄色的灯光下闪着冷厉的光,邓佳吓得瞪大了眼,下意识地就去摁电梯的关门键,又摁了1层键,等电梯门再次打开的时候邓佳冲了出去。凌晨清冷的风灌进她的肺里,原本沉重的脑袋瞬间就清醒了,她在这里没有一个要好的朋友,她不知道该去哪,该怎么办。她左右张望着,像是在寻找着救命的稻草。

"报警,对,报警!"她疯了似的跑到了保安室。

"救,救,救命!救命!"值班的大爷看到邓佳被吓得惨白的脸也被吓了一跳,急忙抓紧了他的电击棒,"怎么了?"

"血,血,有个男人,全身,全身都是血!"

"啥?你住哪号楼?"

"1501……不……1505……1502……对,1502,一号楼,"

"先报警!"

邓佳打电话报了警,10分钟后警察来了,她壮着胆子跟着警察上了楼。电梯门再打开的时候,那男人已经不在了,地上的大黑皮包不见了,连门上的血手印也没有了。

"姑娘,你确定你没看错?"大爷问。

"没有看错,绝对没有!血!血!!那男人衣服上都是血!身边还有一个黑色的大皮包!真的!"

"这根本就没有啊。"那警察也一脸疑惑地看着她。

"他刚刚明明就在这坐着呢。"警察怀疑地看了她一眼。

"姑娘,为了保证您的安全,我想搜一搜您家。"

邓佳点点头,把门打开,里面的一切都和早上离开的时候一样,玄关处乱糟糟的鞋子,餐桌上没吃完的食物,客厅的茶几上还摆着杂志社的资料……

"检查一下,有没有丢东西。"

检查了一圈,别说丢东西了,所有东西摆放的位置都没有变化,根本不像是有人曾进来过。

"隔壁 1501 住着人没?"

"我不知道现在还有没有人住。"

警察到 1501 门前敲了敲门,没人应答。

"我每天晚上都能听到 1501 有'咚咚咚'的声音。"

"你以前见过他吗?"

邓佳摇摇头,"以前住在这里的那个姑娘好像自杀了,被送到医院不知道后来怎么样了,从那以后就再也没见过她了,之前有搬家公司来过。"

"能具体描述一下你当时看到的场景吗?"

邓佳复述了一边当时的场景。警察又敲了敲门,还是没人应答。另外两个警察检查了安全出口,都没有发现异常。

"这有没有监控录像?"警察问值班大爷。

"呀!这两天物业维修呢,这摄像头都没打开呀!"

"有没有户主的信息?"

"有联系电话。"

"在哪?"

"在值班室里。"

"小李,你和大周留在这。"

我和警察跟着大爷下楼去找联系电话,拨过去,关机。

"姑娘,要不是这样,今天晚上你先住你亲戚或朋友家,或者到我们派出所直属的招待所将就一晚,明天早上我们再试着联系一下业主,看这事情能不能解决。"

亲戚?朋友?在这里她能依靠谁?

"麻烦您等一下。"邓佳低着头翻着手机通讯录,通讯录里的都是只有在工作上才有来往的人,私下里根本就没有联系。主编?不行!虽然从进杂志社起就一直跟着他,他算是自己在这里最熟悉的人,但是平时除了工作基本就没有别的交流,加上他送自己回来已经很麻烦他了,再打扰他实在不好意思了。那,除了主编还有谁呢?

"我还是去住招待所吧,这样你们联系我也方便一些。"

"行,那走吧。"

到警察局做了简单的笔录,警察送邓佳到招待所就离开了。隔天,睡醒的时候已经是中午12点,好久没有睡得那么好了。放在床头的手机响着,她接了起来。

"喂,邓小姐,1502的业主估计是换了手机了,找不到人啊。我们早上又去那检查了一下,没有发现您说的血手印和大黑皮包呀。您是不是看错了?"

"没有!怎么可能看错!"

"我看您是不是工作压力太大产生幻觉了?这样的事情我们也碰到很多次了,我建议您啊,去看一下心理医生吧。"

"我没有看错!找不出问题是你们警察的事情!凭什么找不到线索就说是我看错了!"

"小姐,真是不好意思,我们光是检查,你家那层都查了十几遍,楼也查了六七遍了,实在没有什么可疑的地方呀。"

"那你看这事情怎么解决吧。"

"您要是害怕,要不您最近就别回去住了。"

"我家在那,你让我上哪住去?"

"这就不属于我们管辖的范围了。我手头上还有事情就不跟您说了,要是发现什么问题再联系啊。"

"喂!喂!"

电话那头传来冷冰冰的忙音。

"难道真的是我看错了?是我出现幻觉了?真的是我工作压力太大的问题吗?那现在,我要去哪?去外面开房住?那多浪费钱啊!那不然我能去哪呢?"经过一番激烈的思想斗争,邓佳还是决定要回家。

回到小区,所有的一切和平时没有什么区别,平静得像是什么都没有发生过一样。楼下的保安大爷应该是下班了,现在是一个年轻的小伙坐在值班室里捧着手机看球赛。

邓佳努力地不让自己去回想昨天看到的场景,不停地在说服自己,"是幻觉!一定是幻觉!"努力地装作什么都没发生过一样,洗衣服,洗碗,整理房间。

晚上,那诡异的声音如约而至。即使她再紧张,也抵抗不了感冒和超负荷的工作给身体带来的疲惫,她昏睡了过去,不知道那声音到底响了多久。

第二天,邓佳迷迷糊糊地睁开眼睛,才发现自己在客厅的地板上睡了一晚。

她先去了印刷厂确认了印刷工作才去杂志社,刚进到社里,大家就用奇异的眼光看着她,交头接耳地小声议论着什么。刚把包放下,主编的秘书就来把邓佳喊了去。

"邓佳,你看到邮件了没有?"

"什么邮件?我刚从印刷厂回来,还没来得及看,怎么了?"

主编气愤地把平板电脑甩在邓佳怀里。邮件上说,邓佳泄露了专题,而专题的文章是邓佳写的,邓佳因为对手杂志社开出的价钱更高就把专题卖给了对方,邮件的附件里还附有双方具体的交易时间、地点、形式,还有对手杂志社给邓佳发的挖脚涵。

"这是谁发的?"

主编抿着嘴唇摊了摊手,"匿名信。"

"主编,我跟了你那么久,我是什么样的人你还不清楚吗?我怎么可能会做这样的事情?"

"事情发生了我也很难过,你是我一手带出来的,我怎么也想不到你会做这样的事情。"

"这不是真的!我从来没有做过这样的事情!您要相信我。"

"其实,你的这个情况很早以前就有人给我反映过了,我是那么相信你,可你却……唉……"

"主编,这件事情真的不是我做的!除了这封邮件,也再没有任何证据了,咱们不能仅凭这一封邮件就判我死刑吧?"

"我本来不想把这事情做绝的,把你的U盘拿出来吧,看你还怎么狡辩。"

"U盘?怎么了?我的U盘里都是社里的稿子和文件啊。"邓佳无奈地笑。

"要是真的没有什么,那你就拿出来让我看看。"

邓佳在包里找了半天都没找到,"可能放在办公室了,我去拿。"主编点点头。

邓佳把U盘取了回来,打开U盘,里面除了杂志社的资料以外,还有一个跟邮件里附的挖脚涵一样的文档。

"我从来没有见过这个文档!"

"可是这个文档就这样大剌剌地放在你的U盘里啊。邓佳,我知道你是什么人没有用,现在有人把这样的邮件发到咱们整个杂志社里,你是副主编,先不说这事是真的还是假的,发生这样的事情,对我们整个杂志社有多大的影响,不用我说你应该也知道,我多希望我没有看到这个文档在你的U盘里。"

"一定是有人动了我的U盘,一定是,我去查监控录像。"

"够了!"

气氛一下子就冷了下来。

"主编,我跟了你那么多年,我的为人处世你是知道的,你一定要相信我。"

主编叹了口气,"你先回家休息几天吧,杂志社会严肃处理这件事情的。"

从杂志社出来,邓佳像是泄了气的皮球,麻木地走在去地铁站的街道上。多少次走在这条路上她都没有注意到身边的事物,街边的开得鲜艳的花,高架桥上来来往往的巴士、轿车,街道边挥着大扫把扫地的环卫工人,拔地而起的高楼……现在的她,才把这一切真实地看到了眼里。她回到家,呆呆地坐在沙发上,手边没有文稿,没有报告,没有图片,邮箱里没有未读邮件,也没有电话或是短信不定时地窜进手机,她就那样坐着,不知道要做什么。

傍晚的时候,窗外下起了雨,雨点毫不留情地拍在衣物和窗户上,发出利落的"嗒嗒嗒"的声音,邓佳转头看着阳台上挂着的衣物被风拉扯着,被牵引到空中又被重重地扯下。

突然很想喝酒。

她打开冰箱,碎了的鸡蛋黏在冰柜上结了霜,几大袋速食食品敞开放着,喝了一半的大罐牛奶也过了保质期,水果坏了一大半,翻了半天都没找到啤酒,也想不起来自己到底是什么时候把它拿出来过。她拿着钥匙下楼想去楼下超市买一些,出门忘记带伞,任由雨点拍在她的头顶、肩上和捏着钱的手上,她却一点感觉都没有。迎面而来的是一对刚下班回家的年轻夫妇,男人打着不大的伞,左肩背着妻子的背包,右手环住妻子的肩,妻子乖巧地躲在自己丈夫的怀里,一路小跑进了公寓楼。邓佳抬头看了看,头顶,灰黑的天。她慢慢地走到附近的超市,买了扎啤酒回到家,雨已经停了,她走到阳台的藤椅上坐下,开了瓶啤酒,看着雨后的天空,灰黑色的天已经被金黄色的晚霞覆盖,来到这个城市那么久,她第一次见到这样的天。

她想起了自己拿到杂志社 offer 的那天,好像也下了雨,她也是像现在这样自己买了瓶啤酒坐在阳台上,俯视着满目的高楼大厦,满怀的激情。

手机突然响了起来,是主编。

"邓佳,我去查过监控录像了,除了本人外,没有人动过你的 U 盘,几个领导都找我谈过话了,能说的我都说了。"

"所以呢?"

"你明天去人事部把手续办一下吧,我让那边帮你办成辞职,这样钱还能多一些。"

"我没有做过那样的事情凭什么要办离职手续!"邓佳冷笑道,对着电话吼着,可是电话那头已经挂断了。

邓佳想不明白,事情为什么会发生得这么突然,虽然她在杂志社人缘并不算太好,但是也不至于与人有过节。她跑到书房打开电脑想登录杂志社的管理系统找到证据,可是账号已经被封了。她换了身衣服又往杂志社去,想去查监控录像,看到底是谁动了她的 U 盘。

到杂志社的时候大多数的员工都下班了，她径直往保安室走。

　　"您好，请问有什么事吗？"

　　"我是杂志社的，想调一下最近一个星期的监控录像。"

　　"监控录像不是想调就能调的，你有什么相关文件吗？"

　　"我有工作证。"邓佳忙从包里拿工作证要递给他。

　　"工作证不行。小姐，监控录像实在是不能调。这里非工作人员是不让进的，如果你没有什么别的事就先出去吧，好吗？"

　　保安一副凶狠模样，把邓佳赶了出去，从保安室出来正好碰上下班的同事，邓佳加快了步伐，想跟上他们打听打听杂志社的情况。

　　"你听说了没？"

　　"什么？"

　　"听说咱领导有意想让主编调到分部去。"

　　邓佳走在他们身后，把招呼吞进了肚子。

　　"啥？郑姐回家休产假，邓佳又出了这事，那谁能顶主编的位置啊？"

　　"你傻啊，都这样了谁还敢把主编调走啊，杂志社群龙无首，那些领导能捞到什么好处？而且我听说啊，咱主编上次出国出差给领导带了不少好东西。"

　　"所以主编就不去了？"

　　"应该是不去了。你说这事情也蹊跷，邓佳虽然性格不好，但是在杂志社那么多年，她也不像是会做那样事情的人啊。"

　　"现在的人，谁说得准啊，只要有钱啥不能做？"

　　"也是。"

　　邓佳跟着那两个人走出了办公大楼。

　　会是主编吗？为了保住自己的位置就把她牺牲了？她跟了他这么多年，他怎么可以这样对她？

　　邓佳打电话给杂志社的领导，要么干脆就不接，要么接了就是几句敷衍。

　　所以，真的要离开了吗？

　　她回到家，坐在阳台上喝酒，回忆起进了杂志社后发生的种种。

　　毕了业的她孤身一人来到这里，为的就是能够闯出自己的一片天地。

每天玩命地工作,从没请过一次假,从没做过任何亏心事。她在这里没有亲戚,没有朋友,她的工作压力有多大只有她自己知道,每次觉得无法继续的时候没有人会给她鼓励,没有人会给她拥抱,她只能咬着牙不停地想向前,再向前。工作,就是她的一切。

现在工作没有了,她还剩下什么呢?

邓佳喝完了最后一瓶酒,头有些晕,整个人轻飘飘的,整个灵魂像被抽空了一样,她站在藤椅上,眼前亮了灯的高楼大厦还是和十年前一样迷人,不,是变得更美了,有星星稀疏地挂在天上,美得不可思议。

可是这一切,跟她有什么关系呢?她笑了笑,闭上了眼睛,她好像知道了隔壁那女人是怎么想的了。

"姑娘,姑娘!你干啥!"

邓佳听到了男人的声音,她睁开眼睛,看到1501的阳台上站着一个穿着白衣的男人。

"幻觉。"邓佳自嘲地笑了笑。

"姑娘你下来,下来,别想不开啊!"

"你是人还是鬼?"邓佳笑着看着他。

"人啊!我当然是人啊。"

"别逗我了。"邓佳笑了笑,回过头,"没有呼吸的感觉是什么样的?"邓佳又闭上了眼。

"我哪知道啊,姑娘你快下来!啥事儿都有解决的方法,有啥问题你跟我说,我给你解决!"

"你听我说?你替我解决?"邓佳已经很久没有听到有人对她说这样的话了。

"对啊!"

"好啊,那我也不管你是人是鬼了。"——"张强你王八蛋!!!"邓佳对着天大吼。那白衣男人被这一吼吓得愣了一下。

"我在杂志社辛辛苦苦工作那么多年,你就为了你那屁大点事把老娘开了!你就是有病!!!"邓佳突然大哭了起来,"啊——!"

积累了好久的怒气这一刻爆发了出来。藤椅跟着她的频率晃动着,醉了的邓佳一个趔趄,差一点就跌到围栏外。白衣男人不知道什么时候从1501的阳台上爬到邓佳身边,一把把邓佳抱了下来。

"我说你这姑娘家家的怎么那么想不开呀!"两个人倒在阳台上,他伸手去扶邓佳,邓佳却躺在地上一动不动,什么都没说,就是不停地哭。见邓佳一点要爬起来的意思都没有,关暄就不再去拉,摇了摇身边倒在桌上的啤酒瓶,发现都空了,看到地上有一瓶还没打开就拿来开了,跷起二郎腿喝了起来。

"姑娘,起来吧。"

邓佳抹了抹脸上的泪,坐了起来,靠着墙。

"你被炒了?"

邓佳瞪了关暄一眼,这才确认了眼前的这个男人,是人。

"我还以为是什么事呢。被炒了换一个工作就是了嘛。"

"你说得倒轻松,现在找个工作哪有那么容易。"

"你是做什么的?"

"杂志。"

"被领导黑了?"

"对。"

"哎哟,这又不是啥稀奇的事,我看你工作压力挺大的,工作没了就没了嘛,快乐最重要。"

"快乐最重要。"邓佳已经很久没有听到这样的话了,快乐这个词对她来讲陌生得很,听关暄那么一说她才意识到,工作那么多年,她每天除了工作就是工作,根本就没有时间去做别的事情。

"你是谁?"

"哦,我叫关暄,住你隔壁。"

"隔壁?"

"不行吗?"关暄看了邓佳一眼。邓佳突然觉得那双眼睛特别熟悉。"诶,像你这样的工作狂平时是怎么排解压力的啊?"

关暄这么一问倒是把邓佳问住了,"继续工作。"

她只能这么回答。

"怪不得你要跳楼呢,我要是跟你一样啊,也往下跳。我就不明白了,工作有那么重要吗?没了工作还不能活啦?"关暄无法理解地看着邓佳。

"你是做什么的?"

"开酒吧的小白领。诶,姑娘,我算是你救命恩人吧?"

"我就没想往下跳。你少往自己脸上贴金。"

"哟,还嘴硬。姑娘你听我一句劝啊,别遇到啥事就想着死,死哪有那么简单。"关暄灌了口酒继续说,"我以前的女朋友啊,跟你一样也是工作狂,满脑子想的都是工作,别人都是跟人吃醋,我是跟她工作吃醋。后来经济萧条,她杂志社大裁员把她给裁了,她受不了,成天喝酒闹着要跳楼,有一次我没拦住,她跳下去了,倒还是幸运捡回了一条命,但是成了植物人,在床上躺了两年,最后还是走了。她以前总跟我说,'等我升到总监我们就去环游世界。'后来坐到总监的位置了又说,'等我升到总经理我们就去环游世界。'然后就没有后来了。人啊,就是贪心,永远不知道满足。一个劲儿地往前走,都忘记要停下来看看这个世界。有压力就要懂得找适合自己的方法解压,压力一直积攒着得不到释放就成了你这样,自杀。可是跳楼自杀有什么意思吗?你能得到什么吗?"

邓佳坐在墙角不说话,拿过关暄手上的酒猛地喝了一口。两个人就这样坐着不说话。

微风轻柔地拂过他们的脸庞,空气变得清新了起来。

"你什么时候搬过来的?"邓佳主动找话题,想多讲讲话,她已经不记得上一次闲聊是什么时候了。

"一个月以前吧。"

"我是不是见过你?"

"见过我?梦里吧。"关暄笑道,仰头又喝了一口。

"你是不是有一个黑色的大皮包?"

"对啊!你怎么知道?"关暄惊讶地看了邓佳一眼。

邓佳听他那么一说就站了起来要去扒他的衣服,"呀呀呀呀!姑娘你干啥!姑娘你自重啊!我虽然是你救命恩人但是没有让你以身相许啊!"

他身上没有伤痕。

"你前天晚上在哪?"

"酒吧办活动,结束了我就回来了啊。哦对,我都忘记跟你说了,那天晚上我喝晕了,走错了门,拿我家的钥匙开你家门,怎么都打不开,后来反应过来我有帮你把门上的血擦干净哦。"他赔着笑。

"血?"

"哦,我们办了个杀人游戏的主题……"邓佳皱了眉,眼里满是迷惑。

"杀人游戏啊!你没玩儿过?就是个犯罪类型的游戏,完全模仿犯罪现场,请了专业人士,斥巨资打造,你猜我这一晚赚了多少?"

邓佳笑了,原来不是幻觉。

"是平时的三倍!你说我咋就生了这么个聪明脑袋呢?唉……我说你呀,赶紧换个工作吧,不然就去外面走一走,我觉得海南挺不错的,天蓝海蓝,空气新鲜,景色优美,特别适合你们这种找不到方法排解压力的人去放松心情。"

"你叫什么?"

"关暄。"

"名字还挺特别。"

"人也挺特别的。"关暄从邓佳手里拿过酒瓶摇了摇,倒不出来了就把酒瓶丢一边,"还有酒没?"

"没了。"

"行,姑娘你不跳了吧?"

"我就没想要跳。"

"得得得,不跳就行,那我走啦。"

"你干吗去?"

"打球。"

"一起吧。"没有了工作,邓佳在家也不知道要干些什么,眼前这个痞里痞气的男人,他的世界和她的世界是完全不一样的,她突然来了兴趣想看看不一样的世界。

邓佳跟着关暄去了1501,关暄递给他一个球拍。

"羽毛球?"

"你土不土,壁球!"关暄一脸嫌弃地看了她一眼,把球抛到天空再用力往墙上一击,球打在墙上发出"咚咚咚"的声音,反弹回来差点打到邓佳的脸。

打了几回后邓佳问关暄:"你知道这屋子的上一任房客的事吗?"

"知道啊,那姑娘出国了。"

"不是自杀?"

"不是,你想啥呢?以为谁都跟你一样啊?她在客厅拉了根尼龙绳挂衣服,脚底一滑往前一扑脑门就磕柜子上了,尼龙绳还把她脖子给勒了,她一见血,就晕了……"

邓佳突然大笑了起来,被120抬走的女人,全身是血的男人,"咚咚咚"的声响,邓佳想想都觉得好笑。她很久没这样大笑过了。

第二天,邓佳带着辞呈去杂志社办好了离职手续,整理好所有的私人物品,她拿着新出版的那本杂志到主编的办公室,张强正对着电话那头赔着笑脸,邓佳撇嘴一笑,瞄准了他的脸狠狠地把手里的杂志摔了过去。

左晨

女,周秦之地,陈仓人氏,身无长物,亦无奇技,唯一区区文人耳。然千古文人侠客梦,肯将碧血写丹青,自幼痴金庸,喜古龙,迷温公,亦颇好唐诗宋词也。平生所愿,不过佩剑打马,夏蝉冬雪,鸣筝漱月,煮茶听泉,醉倚兰台。身是浪子,却不慕浪子回头金不换,唯愿浪子不回头,大快平生!诸多笔墨,夜半挑灯,灵犀所得,聊以自赏,皆不可说,万望得逢知己,赠吾长歌,纵绝弦封笔,终有幸矣!

青梅落

阿梅和夏青的名字,据说是有一段来历的。

爷爷跟阿梅讲,阿梅的父亲和夏青的父亲从小就是焦不离孟的好哥们,夏青的父亲家自小便是书香门第,夏衍过了年龄便被送到县里去读书,两人关系倒也淡了。可那一年小日本打来,县里征兵,阿梅和夏青的父亲都是热血沸腾的青年男儿,夏青的父亲夏衍原本还在县里上高中,连夜便赶回来,和阿梅的父亲一起参了军,两人雄赳赳气昂昂地奔赴了战场。

这一去,再回来就是伤痕累累。阿梅的父亲胸口密布着一片伤痕,是被散弹的碎片伤到的,他说,某一场村庄会战,他腿部中弹,倒在一棵青梅树下,原本大部队准备撤退了,可夏青的父亲坚持要再度冲回前线救他回来。于是,在枪林弹雨中,他被夏青的父亲从战场上背了回来,鬼门关前走了一遭,硬生生地让夏青的父亲把命给抢回来了。而夏青的父亲伤了一只耳朵,夏青的父亲说,那场大轰炸,炮弹刚巧就落到他身边,他还没来得及反应,就被阿梅的父亲扑倒在地,若不是阿梅的父亲,伤的怕就不止是一只耳朵了。

阿梅的父亲一回来，身子还没好利落，就先去山上挖了一株青梅树种在自家院子里，然后径直去了夏衍家，他说："夏衍，我这条命，是你捡回来了，我今天来，一是要郑重上门道歉……"

夏衍制止住他："你这说的什么话，我的命难道不是你捡回来的吗？道谢什么的话，可千万别提。"

顾三眼含热泪，握着夏衍的手说道："我今日来，还有一事，就是想给咱这两个还没出世的孩子起个名，我是个粗人，也不会起名，只是我还记挂着你救我的那一棵青梅树，所以我想让你给这俩孩子起个名，最好是把那棵青梅树带上，不知道，你这厢的想法？"

夏衍笑道："这有什么不得行的，今日就是你不提，估计就是我上门提了，只是我起了名，你可别嫌弃就行。"

"哎，你这说的什么话，我怎会嫌弃。"

夏衍略一思索，提笔临案，书桌上的纸上便显现了几个字——顾梅笙，夏青。

顾三拍手叫好，道："你这文化人起的名儿，就是好听，要让我来起，估计我这孩子啊，就得叫顾大了。"

顾家院子里移植的青梅树第一次结果时，夏青和阿梅呱呱落了地。

夏衍看了看俩孩子，笑道："得，这下啊，我家这男娃，倒叫了个女名，你家的阿梅是个女娃，叫了个书生名儿，算了算了，都是个人的命啦。"

顾三说："我觉得这俩孩子名字都挺好，只是这两个娃子，不知道以后，又能有什么缘咯。"

两个孩子年纪渐长，身形渐高。自小便在一起玩儿泥巴，两家的关系越来越好，两个孩子也是"郎骑竹马来，绕床弄青梅"，情意日渐深厚。

村里的孩子们都知道，找到阿梅，就找到了夏青，找到了夏青，自然也就少不了阿梅。两人一起下河捉鱼，一起去学堂，一起从夏青家的院子里偷打一墙之隔的阿梅家院子里繁盛的青梅树，打下梅子才发觉又酸又苦，完全不是成熟的时节，两人酸得五官都皱在一起，却又一厢捧腹大笑，笑得不可开交。

又是一年中秋时，阿梅家的梅子结得比往年都繁盛，顾三把该留给自家和夏家的比往年多留了许多,剩下的梅子驮到集市上卖了。顾嫂便早早地采了紫苏叶,准备了蜜糖和调料,做了许多的渍青梅,准备着中秋赏月夜给阿梅和夏青当零嘴儿。

中秋这日,两家团聚一堂,顾三在青梅树下支了两张桌子,就着繁盛的青梅树和皎洁的满月,桌上是顾嫂和夏家嫂子做的丰盛佳肴。阿梅和夏青两人却更爱吃顾嫂做的渍青梅。

大人们看着争抢一颗青梅的阿梅和夏青,夏青身量比阿梅高,他将青梅捏在手里,高高举过头顶,阿梅蹦跳着去抢,夏青也随着阿梅的蹦跳节奏跳起来,如此往复几遍,阿梅也没抢到梅子,小脸涨得通红。夏青忙放下胳膊,将梅子递给阿梅,阿梅这才破涕为笑。

"夏青这孩子,真是懂事。"顾嫂感慨着。

"你家阿梅才是人见人爱,许给我家的夏青可好啊。"夏家嫂子在一旁开着玩笑。

两个孩子还不明白大人们在说什么,夏青说道:"阿梅,大人们都在你家,一点都不好玩,我们去我家玩吧。"

阿梅听话地点点头,夏青拉着阿梅,趁着大人们不注意,溜出了家门。

两人来到夏青家的院子里,一墙之隔的地方,大人们在讨论着他们的世界,而一墙之隔的这里,两个孩子望着天上圆圆的月亮,青梅树枝伸过墙头。

"看,那里还有一颗青梅果儿。"阿梅兴奋地拉着夏青的衣袖,指着伸出墙头的树枝儿。

"你等着,我给你打下来。"说罢,夏青转头在院子里找了根长竹竿。

阿梅兜着衣襟,夏青伸手一捅,青梅轻而易举地掉了下来,正掉到阿梅的衣襟里。

两人相视对望,咔咔地笑了起来。

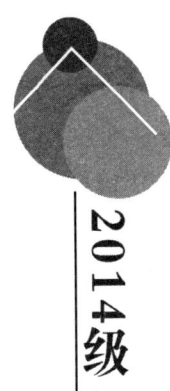

2014级

边欣月

　　笔名月哥儿，女，生于西安，长于西安，西北大学文学院2014级创意写作班学生。性格多变，容易相处，喜爱艺术，乐衷军事，喜欢发呆，尤爱幻想。曾习舞蹈、乐器、绘画、跆拳道，爱好广泛，不求甚解，浅尝辄止。热爱文学创作，憧憬诗酒花茶的惬意人生，喜欢丰富有挑战的事物，相信生活永不止一面。

嘉铭与佳玉

　　张佳玉一点也不想转学。直到坐在新教室里，这个念头还在脑子里盘旋。感觉到周围的人在看自己，张佳玉低下了头，紧紧盯着眼前的课桌，手攥在一起。

　　突然旁边的椅子被人放了下来，张佳玉向右看去，来人端着椅子的手明显一顿。于是两双眼睛怔怔地看着彼此。

　　"他长得还挺好看的。"这是张佳玉对张嘉铭的第一印象。

　　只是后来，张佳玉深刻领教了什么叫"人不可貌相"。

　　张佳玉在班主任的安排下有了自己的座位，所有事情都非常顺利。只是做自我介绍说到自己名字的时候，底下的人突然开始起哄，张佳玉感到莫名其妙。下来才知道，班里还有一个张嘉铭，就是那个好看的男孩子。

　　大课间要做眼保健操，班主任为了监督大家，每周都会安排一位班干部"值班"，满教室转悠，抓到谁睁眼睛就扣分。这一差事在当时看来可是十分神气的。恰巧，这周轮到张嘉铭"值班"。

　　张佳玉闭上眼睛做操，突然感觉面前的光线一暗。在好奇心的驱使下，张佳玉用手指挡住眼睛，再睁开一条缝，从指间偷偷看。这一看吓了张佳玉一跳，张嘉铭正双手撑在张佳玉的课桌上，眼睛瞪得大大的，一本正经地看着她。

张佳玉赶紧闭上了眼睛，紧接着听见了一声"哼"，面前的光线又变亮了。

从那以后，张佳玉发现张嘉铭总是有意无意地出现在自己身边，按张佳玉的话来说，"就像病毒一样无孔不入"。只是，他出现，从来没好事。

张嘉铭给张佳玉起了个绰号，叫"你家洋芋"，一天恨不得大声嚷嚷八百遍。一逮到机会，张嘉铭就开始花式找茬，张佳玉写作业，他就跑来抢走她的笔，像耍猴子一样满教室跑；张佳玉踢毽子，他就故意跑来把毽子踢得老远，闹得班里有的女生都不愿意跟张佳玉一起踢毽子；或者"不经意"路过张佳玉的课桌，"顺便"评价一句"看你写的臭字儿"，气得张佳玉恨不得捶他一顿。

后来张嘉铭找到了一个新的娱乐项目并且乐此不疲，那就是踩张佳玉。

事情起源于张佳玉的妈妈给张佳玉买了双小白鞋，张佳玉开心极了，鞋子稍稍脏了点，就要用餐巾纸沾上水，小心翼翼地擦干净。

张嘉铭发现了以后，就想尽各种办法踩脏张佳玉的鞋子。一脚下去，白白的鞋子上就出现了一个又黑又丑的脚印，一回头，张嘉铭早跑了，还不忘回头给她做个猪八戒鬼脸。张佳玉气得快哭了出来，恨不得冲上去撕烂他的脸。

张佳玉试过各种办法，好说歹说，威胁恐吓，甚至告老师，都没用。张嘉铭总是一副死皮赖脸的样子，说不过张佳玉就只说"我不""我就不"。经常三句话不到两人就扭打在一起，结果还是张佳玉蹬着一双脏鞋回到座位上。

有一次，张嘉铭像往常一样，趁张佳玉不注意一脚踩了上去，一溜烟儿跑没影了。张佳玉腾地一下就火了，眼泪霎时喷涌而出，妈妈昨天晚上蹲在洗手间刷了整整两个小时的鞋！一下子被踩成这样！

要说之前张佳玉只想狠狠地揍他一顿，那么现在张佳玉就想把他从窗户上丢下去！张佳玉抹了一把眼泪，从书包里拽出家里钥匙，在同学们诧异的眼神中，用50米冲刺的速度奔回了家，"哐"一声，把门狠狠拍在墙上，冲到厨房一把抽出菜刀，气势汹汹地走出了家门。

在等电梯的时候，张佳玉察觉到自己浑身都在颤抖，脑子、舌头都麻木了，握着菜刀的右手更是抖得厉害。

结果很和谐，张佳玉把菜刀放回了家，乖乖地回到了学校。

就这样，张佳玉在以后的日子里一直穿着脏鞋。

到了六年级，张佳玉的表姐送了她一个背包图案的铁文具盒，张佳玉心里直犯嘀咕，担心张嘉铭会对她的文具盒做出什么来。

果不其然，文具盒被带到学校的第一天，就被张嘉铭一掌拍扁了。

张佳玉对张嘉铭发了一通火，生完气，发现文具盒可以从里面掰回去，恢复原样。张嘉铭也发现了，于是经常"不经意""不小心"地拍扁张佳玉的文具盒。

在又一次的挑衅之后，张佳玉恨得牙痒痒，实在是忍无可忍了！一低头，看见旁边的桌子上放着一个圆规针，于是"怒从胸中起，恶向胆边生"，用透明胶带把针头向上缠在了文具盒上。

下课了，张佳玉装作低头看书的样子，其实一直关注着张嘉铭的动向。不出意外，他应该会假装跟别的男生打闹，一直"打闹"到自己桌前。

果然，这家伙开始行动了。张佳玉感觉心都快跳出来了，紧张得手指都在颤抖，立刻拿过桌上的笔，开始在纸上写写画画好掩饰一下，心想千万不能被发现了。

终于，张嘉铭"迂回"到了张佳玉的桌前，张佳玉故意低下了头装作没看见的样子。

文具盒被拍扁的声音如期而至，却没听见张嘉铭的惨叫，张佳玉迅速抬起头，对上了张嘉铭涨得通红的脸。知道自己遭到了"暗算"，张嘉铭一股脑儿把张佳玉的文具盒还有水杯扫到了地上。

上课铃响了，张嘉铭捂着手回到了座位上，四处借餐巾纸。

对于这件事情张佳玉得意了很久，以至于后来张嘉铭再踩自己，再拍扁文具盒，都没那么生气了。

小学的时光总是过得很快，到了最后一次评选"三好学生"的时候。每次都是校"三好"的张佳玉这次终于如愿以偿评上了区"三好"。

放学后，张佳玉得意地看了看张嘉铭，"终于超过这个变态了"，张佳玉想。张嘉铭欠揍地笑了一下，对张佳玉比了个口型——"你家洋芋"。

气得张佳玉冲他狠狠地扔了块橡皮,张嘉铭一闪身,没砸中,回头对张佳玉做了个鬼脸。

剩下的时间里,两人依旧一个看一个不顺眼,明争暗斗,栽赃陷害,相互中伤,想尽一切招数给对方使绊子。

毕业的前一天下午,张佳玉在办公室帮班主任整理档案。张佳玉一眼就看见了张嘉铭的档案,抽出他的一寸照片,拿出钢笔用力地给他的鼻孔下面添了两行"青鼻"后,才心满意足地放了回去。

走在回家的路上,张佳玉心情非常好,特意买了一个冰棍儿,以庆祝自己得逞的恶作剧。

柴琴

笔名司青,女,蒙古族,西北大学文学院2014级创意写作班学生。是一个对西安有深刻情结的新疆人,喜欢浓烈的民俗地方特色和深沉的现实主义风格的作品,并以此为目标进行创作。

花露水

我叫阿珍,我的家住在一个海港城市的码头上。

我从来没有见过我的父母,我和有些耳背的奶奶住在一起。

我没有朋友,因为他们会说我是野孩子,这会让奶奶流泪。

我喜欢坐在海滩上听贝壳里的声音,因为有人说,贝壳里有人鱼公主的歌声。

我还喜欢看海中的鱼,因为有人说,海里有蓝色牙齿的鱼……

我虽然寂寞,但是还算自得其乐。

直到有一天,我察觉到我那小小的个人基地有了不速之客。他和我一样,常常定定坐在沙滩上。我们没有说话,但是我知道他在看着我。

我第一次对一个人产生了微妙的情绪,我寂寞的心脏长出了一丛渴望。

奶奶今天从饭店里拿了一瓶茄汁,在昏暗的灯光里也泛起暖暖的橘光,我喜欢极了,心里的甜让我想到那丛渴望。

我飞速地跑向海滩,太棒了,他仍坐在那里,他仍看着我。我鼓起勇气,朝他笑了笑,喝了一大口茄汁。那一口真大啊,我呛着了,冰冷的红色茄汁顺着我的下巴流到我的衣领里,我打了一个冷战。忽然我被拥入一个温暖的怀抱,紧紧的,紧得我几乎要窒息。但是我没有不舒服,因为我的那丛渴望变成了炽烈的火焰。

"我也是有朋友的人了吗?"我这么想着。

这时从远处传来几个大人的声音,我的朋友忽地松开了他的手,转身就要离开。

"你叫什么名字啊,我的朋友!"

"岁。"他回头一笑,只露出了洁白的牙齿。

岁,真是特别的名字啊。

在接下来的几天里我每天都兴奋地跑到海滩,可是没有他的身影,渐渐的我心情变得失落,火焰熄灭了,嘴角变咸了……

我仍是一个人孤零零坐在海滩上,望着大海,期待着人鱼公主和蓝色牙齿的鱼,只是我没有以前快乐了。

突然我听见有人向我喊了一声,我一回头,是岁!我高兴地跑向他,语无伦次地问着他近日的情况。

"因为我家蚊子太多了,我生病了,所以没有来。"

"没关系,我们家有花露水,我明天就带给你。"我想到了奶奶床边的花露水,笑了。

他望着我信心满满的脸也笑了起来。

"那谢谢你,那你明天给我带花露水的时候可以穿那天你喝茄汁的那条裙子吗,我觉得很好看。"

"可是那条裙子奶奶还没有给我洗呢,上面还有茄汁。"我虽然很高兴被他夸奖,但是想到脏了的裙子仍是有些不好意思。

"没关系,那样就很好,别洗了,穿上来见我吧。"听到我的话,他很奇怪地咽了咽口水。

我见他这么坚持,就答应了下来。

"朋友嘛,就应该让对方高兴。"我暗暗想。

第二天,我早早地跑向沙滩,他果然在那里等着我,他看见我穿着那条有着茄汁的裙子朝他跑过去,眼睛都亮了。

"岁,看,我给你带了花露水!"

"太谢谢你了,走吧,咱们去我家杀死蚊子,这样以后我就不会再生病,就可以天天来找你玩了。"

我有点犹豫,要去他家啊,可是我的裙子这么脏。岁见我犹豫,脸色变得有些可怕。

"你别生气,我不是不愿意去,只是我的裙子这么脏,我有点不好意思,要不你等等我,我回去换一身。"我生怕他生气,连忙解释。

"没关系,我家只有我一个人,没关系的。"

我想我无法拒绝我如此真诚的、唯一的朋友。

在去他家的路上,他紧紧地牵着我,像是害怕我逃走了一样。他真的很在乎我啊,我心里甜滋滋的。

到了,他的家住得可真偏僻,但是没关系,我不在乎。我朝他笑笑,他也笑笑。进了房间,他很大声地把门锁了起来。房间很黑,我有些害怕。

"岁,为什么你们家这么黑?我有些害怕。"

"别怕,房子黑着才能把蚊子杀死啊。你在沙发上坐一会,我去拿杯水。"

我坐在沙发上,有些无聊。只得在昏暗之中环顾着房间的摆设。岁的家摆设很是简单,只有几张沙发和一张桌子,但是墙上却密密麻麻挂满了许多相框。我很好奇照片的内容,但是由于房间实在是太暗了,什么也看不清。

我按捺不住好奇,偷偷地走到窗户边,把紧紧黏在墙上的窗帘轻轻拉开一条缝。外面晴朗的阳光一点点照进来,在昏暗的房间里显得有些刺眼。光线随着我拉扯的幅度,逐渐延长至那角落的桌上,一瓶瓶花露水在闪着微光。

"我不是说了别拉帘子吗……"

耳边是岁的低沉的声音,我的身体传来刺痛……

陈星

笔名任诞，女，西北大学文学院2014级创意写作班学生。希望自己写出的文字"词旨清新，无纤毫俗尘"，而字里行间往往存未达之意，多是消遣所作，深以为憾。欲奋发图强，发迹于市井，然极易迷失于人生之路，心性不定，道阻且长。文学于我，似心有一结，需字字句句寻迹拆解，待成红绳一根，系腰缠足，剜肉黏肤。

迟暮

昏黄的电灯泡正在努力地吞吐着光线，待将最后一点钨丝舔舐完毕，"嘣"的一声，像是电吉他突然断了弦，整个潮湿破败的小屋迅速蔓延着黑暗。没有光的房间似乎变得更寂静了，只听见桌子几欲散架般吱吱作响。

黑暗的气氛格外沉闷，桌边有一个人缓缓地站起了身，佝偻着在桌边摸索着，不久后便走出了房门。

门外的风刺骨地刮着，原是一位年近花甲的老人，自顾自地套上破旧的半长外套。

屋外，两间小屋之间有道砖墙，上面的砖块就像树上仅剩不多的叶子一般摇摇欲坠。走近了甚至能听清砖块内部的瓦解和之间细微的移位声。老人一步一步地挪向快倒了的砖墙，弯腰扶起倒在墙根的自行车，缓慢地直起身来掸去座椅上的灰尘，这才跨上那辆老式的自行车离开那方小小的院子。

自行车滑出破旧的小院，像只划水的鸭子。院外便是一条宽大的公路，公路两侧都是废旧的破楼，纵目看去，平铺着各种垃圾的荒地十分抗拒那些破楼的存在，因它如海浪一般已全部涌入了这片土地，似乎在用力碾压曾在这里留下的痕迹和气息。这片土地,所谓的拆迁待开发区,就是老人曾经和现在的家。而那些破楼就那么横亘在宽阔的郊区上,一如老人奋力蹬车的背影一样孤独,一样无可奈何。

顺着公路,老人费力地前行,四周荒凉的画面慢慢地倒退着,而老人浑浊的眼神却直勾勾地盯着前方。前方公路圆圆润润地拐着小弯,而他,同时也看见了天际与这座城市的交错处,那里只剩下了一点泛着透明色的霞,这难得的出现在冬季的霞,多好看啊,红艳艳的,透亮亮的,它就在远处那浅浅的地平线上住着,用无数根纤维似的霞丝纠结着地平线,像是不愿离家的游子紧紧攥住母亲的衣角。

老人看呆了,但突然,路灯都亮了,霞,自然也是看不清楚了。老人遗憾地将视线挪回了地面,明黄的灯光毫无保留地射着老人花白的头发,布满老年斑的双手,弯曲的背部,还有衣服上那些在风中瑟瑟发抖的棉絮。老人依旧用力地向前骑行,冷风顺着脖子往里填充,老人只得低着头将头缩回衣领里,同时抬高了眼神以便看清远方的路。他实在是累极了,嗓子里发出了哼哧的喘气声,声音里还夹杂着嘶鸣,声带似乎被一把钢锯来回地拉扯。慢慢地,他看见远处明明灭灭地闪烁着灯光,心里舒缓了些,减慢了速度。

实在是累极了,他不得不翻身下车慢慢地推着自行车向前走,周遭变得有点安静。老人听不到呼啸而过的汽车声,只听见自己的布鞋与沥青路面摩擦发出的闷响。近了,自行车像一艘小小的舟载着老人逐渐靠近了码头,再走几步,就置身于另一个世界了。

老人无比熟络地骑着车穿过红绿灯,穿过阴暗的小巷,穿过人潮涌动的夜市,那是一个十字路口,四条触手向上延伸支撑起了它的身躯。城市里的人们或面色匆匆,或彼此嬉笑怒骂,都要经过它去向另一岸,像老人的那艘凤凰牌小舟,它为所有人摆渡,包括他。

翻身下车,老人这会充满了精神,推着车走到了不足十米远的小巷口,将车锁在了摆摊卖烟酒小贩的凳子上,按下锁扣后转身就走。

夜色下,老人默默地走到人行天桥西北角的台阶口处,蹲下身子并伸出手向栏杆后面一直探着,拿出一个黑色的包裹。

他盘腿坐下,打开包裹得严严实实的布袋,取出一个用黑色塑料袋包好的物体,不急不缓地撕开一层一层的胶带,是一把圆筒二胡。

老人谨慎收好袋子,端直身子,将琴筒固定在左肩和膝盖之间,左手按住一根琴弦,右手执着弓子,奋力拉起来。此时人流最多,来来往往,前后紧贴着的肩头看起来像一注滚滚的流水。他拉得格外起劲。

城市的灯火就像是巨大的怪兽在不停地闪烁着的千百万只小眼睛,不同的颜色不同的光芒,同时守望着一个地方,每个瞳孔后都是不一样的世界。当然也有不可能散发光芒的黑暗,它们纯净得像是属于黑夜,比如老人的眼睛,此刻被上下眼皮半遮住,不停地翻动,看到这双眼睛的人能看见的只是晃动的森白。

围观的人多了起来,老人听着步伐声越发挺直了脊背,将头昂得很高且跟着二胡声一起跌宕起伏,誓让所有人都看到他那双瞎了的眼睛,琴声不重要。老人脸上的表情越发凄惨了起来,几乎每个人都可以把任何悲惨的身世与经历套在这个瘦小的老人身上,手呢便不由自主地伸向包内,连放钱的动作都是那么小心翼翼。当然,也有目睹老人拿出二胡的其他小贩,窃窃私语便也多了起来,

"嘿,那老头装得还真是像那么回事⋯⋯"

"人家二胡本来就拉得不错,装装瞎子怎么了?"

"真不要脸,这么大把年纪还来抢生意!"

不顾碎语,老人卯起劲地拉,执着弓子的手背都已经鼓起了青青的血管,下眼睑时不时细微地跳动一下,而双唇紧紧地抿在一起,表情显得越发的沉痛,花白的头发一直随着曲子的脉动而跳跃。

他此时亦沉醉在自己的表演中,听着硬币的碰撞声,心里有那么一点得意,一曲终了,老人装模作样地放下二胡,掸了掸衣袖上的灰,还踉跄地站起身来,给四周都鞠了个躬。

观众有些动容一般,并未散去。

二胡声又再次在耳边响起,伴随而来的还有远处城管的声音。

"你听到没?赶紧给我走,不许在这摆!"

"赶紧走,再不走一人罚五百,你们有本事就给我试试!"

老人整个人都颤抖起来了,拉出的琴音也充满了焦灼和急迫,声音低低沉沉仿佛在渴求,城管的呵斥声近了,围观的人迟迟不散,看热闹一般。

老人思忖着城管快近了,不得不痛苦地停下拉琴声,佯装急迫地胡乱地在地上摸索,匆匆地但谨慎地将二胡装进袋子并且将塑料袋紧紧地系在了自己的手腕上。人们见状知道老人要走,也就四散去了。

回去的路总是比来时的路难走很多,但是今天收获不错,老人的车把上挂的塑料袋晃晃悠悠的,像老人的心情一样欢快。

风很大,吹得老人两颊通红,头发也乱得像被龙卷风席卷过的农田一般。他突然觉得有点困,尤其是眼睛很酸,毕竟装瞎子的时候要一直保持自己的眼球用力向上,他觉得下次拉琴的时间要缩短一点了。路灯还是昏昏黄黄的,看着影子里自己骑着自行车左右上下晃动的样子,老人突然觉得自己像是骑了一匹马,马脖子上挂的其实是一把剑,多么潇洒!

老人更加用力地骑车,颠簸起伏的力度更大了,他幻想此刻的自己是在一轮金黄的明月下驾马驰骋,快意人生。这荒凉雄伟的大漠,夜凉如水,装满烈酒的肚子还燃烧着,灼痛感让自己在夜晚更加亢奋,老人在月光下一边做着手执长鞭策马的动作,一边单手扶住自行车的车头,开始放声大笑,笑得恣意,就真的像是侠客豪迈地打马而过。

公路两旁破楼凝视着老人离去的背影,塌陷下去的黑洞像是被人撕裂的口子,无情地张大着嘴嘲笑着老人的幼稚。

老人突然刹下了车,双脚撑在地上,转身看了看已经离他很远了的城市,依旧繁华,无数的小眼睛仍然嵌在整座城的各处,来自它软软的风迎面吹来,郊区的风夹杂其间就好像划开油腻黄油的尖刀那般的凌厉,老人不由得闭眼转身,蹬上了车,缓缓地向家的方向骑去。

程靖婷

女,满族,西北大学文学院2014级创意写作班学生。原产于大东北,现混迹于大西北。喜欢阅读,喜欢书写。用阅读领略别人眼中的世界,用双眼与心走还未能亲自去走的路;用书写记录美好的细枝末节,为了在忘记之后,重新记得。立志永远保持不被拘束的自由、独立思考的能力以及顺其自然的生活态度。不喜一成不变,喜欢未知且又在可控范围之内的生活方式,在固守本心的同时,向往比远更远的远方。

破碎布熊之心

一

空气中依旧残留着白日里的气息,太阳的余温缓缓地蒸腾起来,又被习习的晚风吹到了不知名的远方。萤火点点,蝉鸣阵阵,空气中是说不出的惬意与温柔。

在这样月色清朗晚风轻拂的夜里,备上两三盘瓜果,以一种舒服的姿势摊在摇椅上,听着熊爷爷和熊奶奶一边摇着蒲扇一边讲着有趣的故事,这便是小熊波比和他的兄弟姐妹们最喜欢的事儿之一。

"爷爷,爷爷,我们今天要听一个什么样的故事呀?"一群小熊之中就数波比性子最急。

"……呃……那就讲一个爷爷年轻的时候是怎么成为森林里的大英雄的故事吧……话说……"

"话说,当年森林里突然出现了一只大恶霸老虎,我们机智的熊爷爷用自己的机智打败了大恶霸,成为了森林里的大英雄……爷爷,这个故事您已经讲过好多遍了……"波比无奈地揉了揉自己肉嘟嘟的脸颊。

"咳咳……那就讲一讲爷爷年轻的时候是怎么追到你们奶奶的故事好了……话说……"

"话说,当年我们机智的熊爷爷用自己的机智打败了大恶霸老虎,成为了森林里的大英雄,成功地吸引了作为林花的熊奶奶的注意,于是两熊开始互送蜂蜜日久生情,顺其自然地成为了模范夫妻……爷爷,您这个故事前天才刚刚讲过……"波比的妹妹波娜佯装生气地撅起了小嘴。

"是呀是呀爷爷,换一个没听过的别熊的故事讲吧!"一群小熊不满地哼哼唧唧,有几只还耍赖皮一般地打起滚来。

熊爷爷一时不知该如何招架,端起茶杯掩饰般地品起了茶。"哎,老熊,"熊奶奶看不下去了,"说起别熊,还真的是好久没见过木墩儿了,不如你就给熊孩子们讲讲他的故事吧。"

"木墩儿啊,"熊爷爷眯起眼望向了天空的圆月,像是透过月亮看到了一张憨憨的笑脸,"这还真的是一个好久好久之前的故事了……"

二

木墩儿是熊爷爷的远方侄子,他的脸上常年挂着微笑,但是他灰扑扑的毛发让他看起来总是脏兮兮的,尤其是左胸口前的一颗破碎的红心,更是让他嘴角的弧度都变得哀伤了起来。

他以前的小主人很是不喜欢他,在随意地给他起了"木墩儿"这个名字不久之后,就顺手把他丢给了自己的哥哥。男孩对于毛绒玩具并不是很感兴趣,于是就随手把他放在了书桌之上。

这天,男孩的房间里来了一位特别的客人,听男孩的妈妈说,这是她同事的女儿,让男孩陪着她好好玩儿。

女孩很可爱很漂亮,但是木墩儿的注意力只停留在她怀里更可爱更漂亮的洋娃娃身上,她有着金灿灿的长发,精致的小洋裙,但是最为吸引木墩儿目光的,是她那双仿佛承载了漫天星辰的眼睛。

"她真漂亮,"木墩儿空荡荡的棉花心里有一丝丝甜,又有着一丝丝苦涩,"可是我太丑了,怕是我们两个之间永远都不会有什么交集。"

"我们来玩儿过家家吧,"女孩清脆的声音突然打断了他的思绪,"艾琳娜来当妈妈,那么谁来当爸爸呢?"

男孩子苦恼地挠了挠头,眼睛在房间里四处转来转去,在看到木墩儿的时候突然亮了起来,"喏!"他颠儿颠儿地跑了过去,献宝似的把这只看起来脏兮兮的小熊捧到了女孩的面前。

女孩细细地打量着木墩儿,一时没有说话,突然,她的眼睛弯了起来:"他真特别,我喜欢他,相信艾琳娜一定也会喜欢他的,对吗?"

木墩儿第一次庆幸自己长得皮糙肉厚,这样别人才发现不了,他的脸早就已经是滚烫滚烫的了,就在刚刚那一瞬,他看到金发的洋娃娃偷偷地对着他眨了眨眼,突然间,他空荡荡的棉花胸腔里仿佛有什么东西重重地跳了一下。

三

在后来的日子里,女孩经常到男孩的房间里来玩儿,两个人总是乐此不疲地玩儿着过家家,当他们玩儿累了,便会一起去看电视,打电玩,看儿童书,这个时候,木墩儿就会和艾琳娜一起,静静地坐在那里,默默地用眼神相互交流。在这一段时间里,木墩儿慢慢地感觉到,自己空荡荡的胸腔里仿佛渐渐有了温度,碎裂的心也仿佛被不知名的力量渐渐缝合了起来。

可是不知道从什么时候开始,女孩和艾琳娜再也没有来过。男孩变得有些沉默,他的妈妈轻声地安慰他:"爱丽一家出国定居了,你也不要太伤心难过,时间总会过去,你也总会有新的朋友的。"木墩儿不明白什么是伤心,也不明白什么是难过,但是他觉得自己可以明白男孩的闷闷不乐,因为,他也感觉到,自己的胸腔仿佛又渐渐变得空荡荡了起来。

日子一天天过去,木墩儿坐在书桌上,看着男孩一天天长大,他的身姿渐渐挺拔,他的肩膀渐渐宽阔,他的目光渐渐坚毅,但是当他的目光偶尔掠过木墩儿时,还是会有一丝复杂一闪而过。

突然有一天,男孩一脸激动地捧起了木墩儿:"她回来了,爱丽回来啦!"听到这个久违的名字,木墩儿想起了另外一个熟悉的名字,他的胸腔里仿佛有什么东西突然又变得鲜活了起来。

"然后呢然后呢?木墩儿叔叔在后来怎么样了呀?"小熊们七嘴八舌地问着。"不知道,我们已经很久很久没有见过他了,不过,他一定过得很幸福很幸福吧。"熊奶奶带着一脸笑意,轻轻地摇着手里的蒲扇。

"那,那个男孩呢?"小熊们对于刚刚那个回答并不是很满意,又穷追不舍了起来。"那个男孩呀,"熊爷爷推了推眼镜,望向了不远处书桌前那个宽阔的背影,声音有些感慨又有些欣慰,"我们的小男孩啊,已经长大了。"

四

电脑前的男人终于做完了今晚的工作,他摘下眼镜,揉了揉有些干涩的眼睛,刚准备点起一支烟,又像是想起了什么,轻轻把烟放回了烟盒里。

他站起身来活动了一下僵直的身体,却在看到窗台上模型的时候突然定了一下。这个模型不知道已经陪了他多少年,已然有了一些泛旧的岁月痕迹。这是一座小小的院子,熊爷爷、熊奶奶以及一群小熊围坐在一起,像是正在讲着一个温暖又有趣的故事。

男人关了灯,轻轻地走出了书房,只留一室清朗的月色,柔柔地洒在小院子里,撒在小熊们的身上。

走进卧室的男人靠近了一旁的婴儿床,小小的孩子沉沉地睡着,嘴里还在不自觉地吐着小泡泡,男人的脸上是柔软的笑意。

"怎么又这么晚才睡……"一掀开被角就听到了妻子半梦半醒间嘟嘟囔囔在抱怨。男人一边轻轻地应着,一边把摘下来的眼镜放在了床头柜上,可是却不小心碰倒了什么,发出了一声轻响,他翻身下床,将一只灰扑扑的小熊端端正正地摆好,又重新钻进了被窝。

"那两个娃娃就放起来吧,你总是会不小心碰倒……"妻子含含糊糊地说着,声音越来越小。"怎么能够收起来呢,他们啊,可是我们这十五年时光的见证啊。"男人轻轻地为妻子掩好被子,在亲吻了一下她的额头之后,轻轻地躺了下去。房间里渐渐安静了下来,只留下了越来越均匀的呼吸声。

"你怎么样,没事儿吧?"一头金发的洋娃娃关切地用目光询问着灰扑扑的小熊。

"没事儿的,快睡吧,明天还要继续陪着小主人玩儿呢。晚安。"
"安。"

木墩儿静静地坐在床头柜上,看着身边裙子稍旧却依然精致的艾琳娜,听着房间里均匀的呼吸声,他从未觉得,胸腔里如此充实,如此饱满,如此满是力量。

一如窗外,这温柔却亘古不变的月光。

邓光玥

  女,西北大学文学院2014级创意写作班学生。骨子里是重庆人的火辣直爽,码起字来还是南方人的柔软。喜欢那些世俗的、日常的小幸福,心里坚信写作和生活一样,越简单越纯粹。最喜欢一个词"解夏",是希望在一次次苦夏中成长,断烦恼,净行律。最后,愿你我平安喜乐。

画

一

  "听说了吗,苏州城里一等一的弹词先生夏莲生来了!说是场场爆满,求一张票,那要挤得打湿几遍汗衫喽!……"

  街头巷尾里说着夏莲生的弹词如何精彩如何动人,楼上读书的他只觉得夏虫聒噪、心安不得,话里的她只觉得这小城里到底是闷热难耐、满心黏腻。

  全城都盼着一场雨,和这难得的弹词一样,解解心里的渴,消消夏日的暑气。

  "莲生,我的好姐姐,上街去帮我买一包秋菊润润嗓吧!"

  "小丫头,我今儿说了三场,累得不行,自个儿去!"

  "我知道姐姐最疼我了,就这一回,明儿个我给你上街买凉茶,听说东巷里的凉茶出了名,我定让姐姐一下台就能喝上!今儿实在乏得很!"

  "罢了罢了,得你一杯凉茶,我就去罢。"

  说着,她拿上小挎包,便出了门。

  "柏荫,煮凉茶的罗汉果没了,你阿爹回来是定要喝的,你去买一包回来吧!"

"知道了,这就去。"

说着,他扶了眼镜,便出了门。

"阿婆,我要一包秋菊(罗汉果)!"

伸出了两只手,一只白皙,一只修长,和两人的面貌一样,般配得紧。

"小姐先拿吧!"

也不看人家一眼,待得拿了他的罗汉果,转身就走了。

"倒是有涵养。"她心里嘀咕着,疑着莫不是最近躁得憔悴了。

二

山塘书院里人来来往往,伙计穿梭在一桌又一桌间。

"伙计,夏先生什么时候出来啊!"

"伙计,添茶!"

"伙计……"

"说是这夏先生,不仅弹词出了名,也是个端端正正的苏州美人,多少人凑上去!"

"那今日定要看看!"

"这最后一场就是那《情探》,夏先生就靠这一出红遍了苏州城啊!"

"好婆喜欢这位夏先生,自己进去就好!"

"我是看你成日里看书看得烦闷,拉你出来散散心。这夏先生……"

"这夏先生音如黄鹂,余音绕梁,机会不可多得!今日又是最精彩的《情探》,好婆无需再说了,我明白了。"

"知道便好,快随好婆进去寻个好位置!"

他兴味索然地进了书院,也不抬头看看台上的,正是那日买茶遇见的她。

"梨花落,杏花开,桃花谢,春已归,花谢春归郎不归。奴是梦绕长安千百遍,一回欢笑一回悲,终宵哭醒在罗帷。到晓来,进书斋,不见你郎君两泪垂……"

抱着琵琶的她,朱唇微启,明眸皓齿,目光里含了情,眼角眉梢都是酸酸涩涩的哀怨。

"奴依然当你郎君在,手托香腮对面陪,两盏清茶饮一杯。奴推窗只把郎君望,不见郎骑白马来……"

唱词里满满的哀怨阑珊,那渐弱的尾音勾起了每个人的情思。

"这嗓音真似那日遇见的小姐,果真是婉转如黄鹂。"他心里嘀咕着,不见她恍然间投过来的一瞥。那唱词里的哀怨好似又浓了几分。

三

小城里消弭了昨晚的热闹,山塘书院里静静悄悄。树上的蝉聒噪得不行,偶尔摆动的芭蕉叶没有送来清凉,反而浮躁了人心。

"我的好姐姐,你倒落得清静,在这窗台里躲懒!"

她轻拨着弦,若有若无和着蝉音里些些禅意。

远远传过来雷声,雨就晃过来了。

"恁大的雨,来得真是及时!"

街上的行人纷纷攘攘,四顾寻躲雨处,片刻就成了落汤鸡。

他突然闯进书院,只道一声"打扰了"转眼便淹没在雨声里,雷声里。

她的窗台在背风处,朝着园子,恰好留她一处清静。

他听见雨声里传来的琵琶声,丝丝入扣,进他的心里。

她懒懒地拨着,不唱,亦是婉转。

他透过芭蕉叶看着她,心想,当真是眉目如画。

她一抬眼,瞧见了他,痴痴傻傻,心想,当真是个书呆子。

芙蓉塘外有轻雷。

四

旧时光咿咿呀呀,唱片机里的声音没有老去。

那日,有个他跌跌撞撞入了画,有个她轻拨弦思成了画。那日,雨淋淋,雷阵阵,恰是芭蕉叶里露了些许画意,对上了眼。她借他一处屋檐躲风雨,他记她一抹巧笑倩兮。

红窗台,绿芭蕉。

正是六月的雷雨里,成了故事,未完待续。

郭雨菡

女,西北大学文学院2014级创意写作班学生。三尺微命,一介不逗比。透明人类。易尴尬,常拖延。干啥啥不成,吃啥啥不剩。笔名随便起的,写东西也是随便写的,整个人也是随便长的——随便一点,人生每天都是晴天。

逆旅

人生如逆旅,我亦是行人。

合

她出门倒垃圾。

她很多天没有出过家门了。家里成了垃圾场,散发着难闻的味道,和她身上的睡衣一样邋遢。

这是一座看上去很破败的小区一角。上世纪九十年代的房子,褐色的墙皮看上去脏乎乎的。流浪狗从垃圾堆里拖出血迹干涸的卫生棉,电线上停着一只乌鸦,无机质的眼睛像黑色的玻璃弹珠。天阴阴的,闷热,无风。

还有聚在不远处小声耳语的几个同龄的中年妇女,看到她下楼,齐刷刷面无表情地看向她,眼神和电线上的乌鸦一样。

她感到一种沉闷的东西塞在喉咙,泛着恶心的铁锈味一阵阵从胸口涌上来,顶得她眼黑。净是些背地里污言秽语的恶婆娘,她恨恨地想。

可她还能说什么?她有什么可说的?说她二十四岁的闺女被一群不正经的混混报复一顿,还拍了视频传到网上?闺女还因此自杀了?人人都说她闺女活该!可她女儿才二十四岁啊!刚走上社会,都是那个贱男人骗了她!

那是半个月前,她女儿在出租屋里上吊了,女儿的朋友是第一发现者。因为死得不光彩,草草地办了后事,闹剧似的就揭过去了。不大不小,正好成为谈资。

揭过去了?这就完了?呵。女儿死了,自己也没有其他孩子,对象早几年就死得透透的了——喝酒喝的。想一会就怒火中烧,双目通红。怒气过去了就是深深的悲哀。几天之内她像老了二十几岁,连袋垃圾都提不起来了。

狂风卷过大平原,卷走了所有的树干,所有的草,留下一片疮痍。

她转身上楼,妇人们的窃窃私语飘入她耳朵里,脑子又昏又涨。她几乎不能思考。

打掉牙齿和血吞。她不能说,不能怨,甚至一个字儿都不能提。

因为,她女儿自己造的孽。

给别人当小三,是个事实。板上钉钉的耻辱,她觉得自己都没有脸面对亲戚朋友了。律师找过她,说那些上传视频的人是侵权,并且导致了当事人自杀的严重后果,可以告到法庭。她哽咽着道谢了,同时心里也明白,这什么也改变不了。一个小三要什么"人权"?她挺不起这个腰。

这件事闹得太大了,几乎全城都知道了。她没脸出门,没脸去门市看看,做贼一样在家里浑浑噩噩着,不洗脸不刷牙,想到女儿就大哭一顿,正好不用吃饭了,哭得抽过去,想着还不如就这样死了,一了百了。可她不能。活到这个份儿上了,她的生命里就剩她一个,她只是哀痛罢了。

她觉得自己是看透了。自己不论活多少岁,都一眼看到头了,到死也就这样儿了,再没有体面的生活。枯燥,乏味,日复一日,人人都是冷漠,只顾自己活着,活得也没见好到哪里去。死了能改变什么?"死"后面等着她的是什么?到另一个世界继续痛不欲生吗?

她跟一群朋友读过佛经捐过香火,也访过幽刹问过师父,不过她也没觉出什么滋味,更别说参悟。曾经那点向佛的念头,抵不过巷子角落几个碎嘴妇女望过来的眼神。曾经的那些"佛友"跑来安慰自己的时候,那种闪烁的眼神让她更恨。

她走到家门口,哆哆嗦嗦地打开防盗门,手抖得简直不像四十刚过半的人。门被重重关上,楼道里常年积累的尘土震了一震,漾起一股霉味,复而落到地面。

乌鸦转了转漆黑冰冷的眼珠,飞走了。

转

卢南是座小城。初夏的清晨还很凉爽,日出之前甚至有一些寒意。新开业不久的天美商城,值班室的刘振峰坐在自己办公桌前,桌子很新,但空荡荡的。例行检查后,早晨无事可做,他把着一只保温杯,想起前阵子,商场出的一件大事。

当时他还有点担心自己的饭碗,但现在看来是无风无浪,不必担心了,亏得自己那个有本事的连襟,回头还得请他吃饭,当初自己这个工作也是他帮的忙。刘振峰下岗后被介绍到这里工作,小地方的商场,没那么多规矩,干一天算一天,自己算走运的了。

那天下午,天没擦黑,老刘坐在值班室里吃泡面,还在寻思自己是不是该买一部智能手机,连上高中儿子都吵着要买苹果,自己在外面应酬,有个好手机看着也体面点不是。正值这空档,外头忽然一阵骚动,他放下茶杯出去看情况。

一楼北侧,人越聚越多,老刘一眼就看到了。

一个女人。

几个男人拽着她,女人躺在地上,还有一个三十出头的妇女破口大骂,情绪激动,双方僵持着。那姿势非常别扭,有人拽着她的胳膊,还有两个人扯着她的腿吊在半空中。女人穿着黄色的运动外套,淡蓝色的牛仔裤,黄色中长头发凌乱地披散着,看不清脸,大约是很年轻的。同时他也明白了骚乱的原因。

年轻女人的牛仔裤被褪到一半,挂在腿弯处,十分不体面。现场很快失控了,男人们骂着——你个骚屄那么想爽吗,好我们今天让你爽个够!说着把她裤头扯下来,拿尖头皮鞋狠狠地踩着女人的下身,还有人一直在旁边拿手机录像,看样子录了有一两分钟了。女人一直挣扎着,但四肢都被拽离地面,使不上力,看上去身材也很娇小,又抖得跟筛子似的话都说不出来了。自然是反抗也没用,只跟个上岸的鱼似的,不停地扑棱。男人又骂——让你骑到瑞姐头上,让你能!围观者才知道那个叉着腰骂人的妇女才是中心人物，心里明白过来，这大概又是一出正房打小三的家庭伦理剧。

刘振峰看到现场的时候大脑空白了一下。

然后第一个念头是，这咋整，这群男的看着不好惹。第二个念头是，自己不会受影响吧，儿子来年就要高考了，上大学又得花不少钱。

显然他从没见过这阵仗，等到反应过来，他强装镇定地吼旁边围观的人——显然他们也有点懵，带着一种黄昏时分大脑血糖不足的那种懵。形势变化太快，从这群男人一脸不善冲进商场到确定目标，到把年轻女人控制在地面上，也不过一分钟。扫地大妈的拖把还握在手里，从刚才到现在没有动过一下。

人群理所当然无视了他的厉声厉色，渐渐多起来，都不动声色地观察着，打量着。

一边用传呼机求助，他又硬着头皮吼那群正在骂娘的混混。他们穿着廉价的西装，带着一种混社会的人特有的痞气。他当然也失败了，这时候同事还没赶来，其中一个男人笑嘻嘻地靠近他，有意无意地拿身体挡住他，眼睛也不看他。只说正在给这个婊子点教训，笑意里带着阴冷和狠厉，劝他不要插手——聪明人都不会管这种闲事儿的。说话间站着的妇女又伸手啪啪打了地上那年轻女人俩巴掌，又狠狠踢了两脚，骂得唾沫星子乱喷，年轻女人手脚被箍住，就跟个猫狗之类的什么似的受着。

你们要闹事出去闹。

老刘拿出自认足够严厉的语气喝止他们，实际上是退了一步，不让他们闹事儿。他没那么大本事，但至少不要在商场里面，影响太不好了，传出去生意还做不做了。他没有上前，也没想过要上前。对方很多人，这边只有他一个人。同事应该报警了，他看到他们跑过来的身影，觉得有点底气了。

形势又很快地变化。几个男人意犹未尽地放开他们的教训对象，余怒未消的妇女也只沉着个脸不说话，男人们只好替领头者骂地上的女人。年轻女人少有表情，也不说话，就在地上躺着，跟赌气似的，上衣在撕扯中往上露出了一截，露出白色的肚皮，背贴着冰凉的瓷砖，看上去很单薄。

一群保安和这群混混周旋着，都悬着颗心。幸而没有肢体冲突，因为这群男的很快就达成了目的,只是嬉皮笑脸又不容置喙地跟他们推搡,还在警察来之前成功逃脱了。

一个中年妇女把年轻女人从地上扶了起来,一边还告诉她在外面不要随便惹这些人,期间那女的一直垂着头,头发还是很散乱,看不清表情——这时候刘振峰有些奇怪。这年轻女人没有呼救。从开始到现在,除了下意识地尖叫,没有力气地防抗,她没有向周围求救,一次都没有。那群男的走了之后她也只是照旧抖着,除了脸色白了点。

从此处看过来的面无表情的脸,这会儿都慢慢转了回去。觉得没什么意思的人就走了,留下一些观望事态的人还站在原地。没有一个人曾经试图站出来阻止他们——因为在他们注意到这边之前,也没有任何一个人这么做。

大家很明事理地和漩涡中心的闹事者保持了体面的距离。

像是一只风筝往天上飞着飞着突然掉下去。

整个事件发生也不过几分钟,潜伏,孕育,爆发,熄火。警察来了,把受害者带走做笔录,才最终告一段落。

刘振峰和同事一起维护现场秩序。这期间他打量了那年轻女人一眼,衣服都穿好着呢,个子确实也矮,看上去没什么劲儿,怪不得不撒泼;脚上穿了双白色的粗跟凉鞋,和黄色外套一样看起来像地摊货,尤其是一头半长不短的黄毛,浑身上下透着一股廉价的气息。这样的女人,得是啥样的男的才能想到找她当二奶啊,刘振峰啧啧称奇,估计给的钱也不多,这男的要么就是抠,要么就是自己也没多大本事。最后这整的,多不体面啊,老婆都管不好,后院着火,让人看笑话……

打开保温杯的盖子,刘振峰漫无边际地想着,前段时间同事中间还议论纷纷的,有人说给别人当小三是够不要脸的,不过最后也被整得……估计以后日子都不好过了吧,好像听说自杀了还是什么的,不知道真的假的;还有人说这个正房,她报复也是情有可原,但是弄得也不好看,谁脸上都没光,又有人猜测那男的也是个窝囊废。

喝口热水,叹一口气,刘振峰最后在心里总结道,这人啊,就千万别想着破坏别人家庭,否则不都说出来混,迟早要还的么。

总归没什么大事,这一年还是很平和的,工资稳定,无灾无病;夫妻生活也很稳定,主要是忙着四处奔波,搞外遇也没那个精力;儿子成绩勉强可以够得上一本;国家领导人给这个国家带来了新气象,经济也一直在向上,生活还是有很多美好与和谐的,往大处想想,心里多少也是高兴的。生活嘛,毕竟。

承

她今年已经三十七岁了,丈夫比她大两岁,有个上小学的儿子。这个年纪,如果保养得好,会是精神焕发的一副模样;若是有钱又有品位,便可以说是贵气逼人;若是再收拾得当,懂得时尚,那便是光彩照人了。

但事实落差比较大。

她不太懂打扮,品味中下;家里也算富足,但她脾气有点夹斜,古怪又别扭,和对象之间更是磕磕绊绊,常常置气。这大抵也是她性格的原因了,不过此间原因本人向来是不易察觉的。

她和对象是相亲结婚的,对象条件不错,长得也行,人也踏实,在事业单位上班,夫妻俩在外人面前还是相当愉悦的,堪称琴瑟和鸣的。毕竟在一起那么多年,孩子也都长大了,很有装一装的必要。可这一切,都不过是另一种真实的假象:俩人或许是同船渡了,可这船背地里已经老朽了,看着风平浪静,但一星一点的浪花和疾风都能让它散架。

尤其是近来,她发现了一点不同,虽然平日里夫妻就交流得不顺利,性生活也很少,但不同就是不同。

这是很微妙的一种感觉,虽说她性格差,但这不意味着她脑袋不好使。

比方说,丈夫归家来,换鞋,放公文包,脱掉大衣,她一言不发,冷漠地扫他一眼,然后继续做手中的事,看电视,绣十字绣,或发短信,顺带用眼角的余光窥探丈夫的反应。可她发现,丈夫浑然没有不满的气息,甚至还很安然,带了一点不仔细看就无法发觉的笑意,从头到尾都没有在意过她。他的目光穿透了鞋柜上方挂满杂物的墙,看向她所看不到的某处,让人心里像被杨絮扫了一下,又像模糊暧昧的一抹游烟,淡淡地萌发出一枚疑惑的种子。

她厨艺一般,晚饭就是熬的玉米糁子,馏了馒头,中午剩下来的一个菜，还有一碟榨菜。恰逢周末，孩子在他大姨家和表哥一起疯呢，做饭也不讲究了。她张口想说话，想想又止住了。丈夫仍然没什么动静，仿佛兴致勃勃一般地，讲述后天中午要去吃单位同事家孩子过三生的事情，随礼要随多少。

不是的。不是这样的，平时的气氛不是这么和谐的。她能感觉到自己面部很僵硬，脸色绝不好看，但这一切，丈夫都没有表现出相对应的扫兴，带着笑意说自己单位上的奇葩的人和事，甚至连自己出言嘲讽都像没听见似的。

就像自己不存在一样。看起来是在对自己说话，但实际上是彻彻底底地无视。

她更不舒服了。坐在她对面的丈夫，正在和她一起吃饭的丈夫，就像是对着另一个并不在场的人说话、谈笑。中间像是隔了一层玻璃罩，把丈夫的声音隔开了，她只看到他的嘴巴一张一合，唇角上扬，觉得无比刺眼。

她相信丈夫的这种突如其来的转变不是无缘无故的。这种膈应的感觉持续了两个月，终于被她逮到了一丝端倪，让她的直觉变成了现实。

晚上九点二十，孩子做完作业，准备上床睡觉。男人带着轻微的酒气，回到家中，时至夏初，汗味还混杂了其他气息。他去冲澡，茶几手机的呼吸灯亮了。一段时间以前的她还从来不去管，但最近她有心找一些可能并不存在的蛛丝马迹，还知道了丈夫手机锁屏的手势密码。

她看了一眼浴室的方向，哗啦啦的流水声，磨砂玻璃上一片雾气。她打开手机。

事后她想，那女人不是不小心，就是成心的，以至于成为那件事的突破口，像一条导火索，烧掉了生活中至少是表面的平静和幸福。想到那女人也是心计很深，她良心上的折磨就减轻了一些。一切都是她该的。

适时，她打开丈夫的手机。她想，果然如此……果然如此！血液一瞬间冲上头顶，让她手心脚心阵阵发麻，本来就阴沉的脸扭曲了又放松，然后又扭曲。

那是一条普普通通的短信。

"到家了吗？你有东西落我这儿了。"

发信人没有备注，是一串陌生的号码。短信末尾还带着一串莫名其妙的符号,可能是时下年轻人喜欢的颜文字。

她当即打了过去,几秒钟后电话那头响起一个女人的声音。

"喂?"

很年轻,语调很软糯。

她没有说话,静静地等了一会,对面觉察出异样,挂掉了电话。

浴室传出哗啦哗啦的水流声。

她在客厅站了一会,删掉通话记录和短信。

短信末尾的那个颜文字让她一阵反胃。恶心的感觉从她删掉这条短信,把手机放回原处,到她换好睡衣,刷牙洗脸,再躺到床上,都无法停止。她一遍一遍地在脑海中构造自己呕吐的场景,正如她一遍遍地想象自己冲到厨房拿起那把用了六年的菜刀,再把菜刀挥向毫无警觉的丈夫,他那脆弱的、纤细的脖颈一定是很好断裂的。

事实上她也仅是想了想,愤怒好像是剥离于她的身体一样,她是她,愤怒是愤怒。当丈夫从浴室出来,她不咸不淡地说,家里快没米了,你明天到小区门口买点。漫不经心,很平静,不过表情十分阴沉就是了,但丈夫不会察觉的,她这几年一贯如此,今天似乎也没什么不同。

丈夫沉沉睡去。她也翻了个身。

她开始努力回忆两人初始的那段时间,有些模糊,但还能记起气氛是好的,相处也是愉快的。她不是没有过爱情的,只是这东西几年下来就丢到不知道哪里去了,慢慢地也只是过日子罢了。爱?那是什么,比不得丈夫升官来得现实。可是毕竟她也曾经有过憧憬,虽然最后都破灭了。

事情怎么会变成这个样子的呢。她有些想哭了,自己的婚姻混得就跟一坨狗屎一样,可能自己也有错吧,丈夫也不知道多点体谅。但她更恨那个女人。这都是那个女人的错,她没有得到的东西,现在到了那个女人手里,虽然她们素未谋面,但只要她有心,相信很快就会见面了。

她躺在床上,一晚上都睁着眼。眼神透出无法言喻的亮。

第二天她约了丈夫的同事,旁敲侧击。这个同事她是知道的,从他嘴里应该能知道一些有用的。果不其然,这人犹豫半天,很是优柔寡断地透露了她一些关于丈夫和那女人的事,还让她再三保证不会告诉她丈夫说是他说的。

不得不承认,女人要做一件惦记了很久的事,而且这件事还是涉及到某些敏感问题的时候,办事效率是极其高的。

　　并且她还有个弟弟。

　　弟弟怎么了?不得不说,这个弟弟和她是有一点像的,性格出了名的阴沉让人捉摸不透,读书读得不好,初中就辍学了,和一群社会上的人几年混下来,带了点狠辣,又涨了些本事,但就是没有份像样的工作。

　　这个弟弟到底有什么本事呢?他花了不到三天的时间,就摸清楚这个同事告诉她姐的叫"小雅"的女人在哪儿上班,家在哪一片住,怎么跟姐夫好上的。至于他用了什么手段,何种方法,那都不重要。

　　一切都很明了了。她在沙发上坐了一会,给弟弟打了个电话。

　　"明天下午你跟我一道,我们去教训教训那个婊子。叫上昆子他们几个。"

　　她稳稳地捏着手机,似乎很平静。

起

　　十年修得同船渡,百年修得共枕眠。但他和他对象这份浅薄的情分,从一开始就留下了灰烬。只要遇到一点点火星,就会将这所剩无几的"爱"烧得所剩无几。任何感情都有着相同的道理。爱得不深,便会流于庸俗。用不了百年、十年那么久,三四年就足以磨灭它的痕迹。

　　妻子留在他心间浅浅的痕迹已经几不可见了。他半夜满眼疲惫地坐在马桶上,脑袋昏昏沉沉的,想了很久。他想要一个情人。不是约炮,而是情人,一个可以让人陷入短暂幻觉的情人。

　　焦虑。

　　对,就是这种感觉。焦虑让他坐立不安,让他觉得家是一个想要让他逃避的场所,连照料儿子都有些敷衍的意味。

　　都说人生有四大得意之事,其中之一,便是久旱逢甘霖。

　　怎么会这样巧合?他想。或许不是巧,而是在这样一种时刻,恰好有一个合适的猎物出现在视线里。再换句话说,只是他在考虑这么一个人选时,那个人比较合适而已。

　　他们偶遇了两次,这期间交换了联系方式,然后又约会了几次,再相遇就是在床上了。

　　姑且就称之为女孩子吧。虽然这个女孩子谈过两次恋爱,也有几年社会经验了,但总是喜欢作出清纯可爱的样子,在微信上聊天时也喜欢用各种各样的颜文字。她天真,活泼,有趣,长相也过得去,而且他对她知根知底——他特意调查过她,所以没有太多顾虑。最重要的是,她对他的心思。他不表示,但这并不代表他看不懂、听不懂。他会看不懂她眼里面压抑但又那么明显的炽热?他会听不懂她语气里包含的期许?当然不。

　　实在是再合适不过的人选。他摸摸下巴上冒出来的胡茬。

　　把女孩钓到手是一个技巧活,但这在女孩对他满眼的眷恋面前,简直轻而易举。他几乎是没费什么力气就把她追到手了,吃了顿饭,开车带她去下面县城里的文化旅游城逛了一次街,期间目光真挚地说一些好听的、赞美的话,几乎就已经攻陷了她。最后在合适的气氛里,隐晦、含蓄地表达自己的想法——不过,最后他说的那句话,实在是隐晦而含蓄,所以这句话在她听来就具有了无数个可能包含的意义,但实际上,他自己也不太明白自己说的话到底有什么意义。说话不必太明白,听话的人明白就行——然而,若是这个微妙的过程被说话人的言语所操控,结果又是怎么样呢?

　　结果就是他吻了她,她以更大的热情回吻。

　　就这样在一起了。以一种隐蔽的方式,以一种安静的声音,没有宣言,没有昭告天下,女孩子竟然也没觉得有什么不妥。好像发生了什么,又好像什么都没发生,一如既往,一成不变。世界之大,最不缺少的是人,其次不缺少的是爱恨情仇。如果世界是有生命的老人,那么这一切分分合合定然会使他感到厌烦。

　　在外人看来,两个不太般配的人在一起卿卿我我,多少有些不协调,可这关当事人什么事?在别人看来越是不能理解、越是奇怪可笑的爱,在恋人们心中也许有可能越真挚、越深刻、越令人沉醉。

　　是春风醉人,醉者不自知。

　　这年冬天格外暖和,没有下过一次雪。

　　没有雪,是件可惜的事。因为每次下雪,无论是公园的景致,还是满得快要溢出来的臭气熏然的垃圾堆,都会被巧妙地掩盖住。他会在这种天气里产生一种愉快但又嘲讽的心情。

他的生活暂时没了空虚,而多了一个女人——或者只是看起来不空虚了,毕竟还要和妻子玩间谍战。至于是不是真的不空虚了,这个就没人知道了,估计他自己都不清楚。但至少他心里有一点得意。然而同时,他还有种预感,大概过不了几个月自己又会觉得厌倦,于是他又开始发愁到时候如何把这个女孩甩掉,如同甩开一只烫手的红薯。这么想着,他一边又觉得有些不舍,一边又觉算了,这个问题留到自己厌倦的时候再想吧。

他不觉得自己的行为和"偷情"这个词有什么关系。"偷情"这种事距离他的世界好像很远,又好像很近。就像人饿了就会吃饭。总是饿又没饭就会偷吃。

但这样也没什么不好,在外面找个女人,对自己的妻子也会变得宽容起来。他不必再艰难地忍耐妻子的种种不好,而是很自然地包容——他不再在乎她了。

他不再觉得妻子冷冰冰的脸有什么扎人的地方,他不再觉得妻子做的饭难以下咽,他不再觉得自己是以一种窝囊的姿态活在这个世上——他有一个情人,和她吃饭,哄着开心,开房,各自回家。如鱼得水,游刃有余,没有什么可不满足的。

那句话原来说的是真的,在外面有个情人,在家里真的会对妻子宽容起来。

他当然疼爱自己的儿子,但这并不代表他要继续爱这个儿子的母亲。爱这件事,寻常夫妻大多难以维续,何况他?

他和其他中年人一样,忘性很大。这个说法或许不准确,他也许只是麻木而已。他忘掉了很多东西。幼年时候最开始对世界的纯粹的认知,父母的疼爱就是单纯的疼爱,还有被亲戚夸奖之后的洋洋得意;学生时代的清澈,热血,理想,遇到的有趣的人、事,初恋的迷茫和痛苦还有美好的感觉;走上工作岗位,几年后理所当然般变成一个普通人,变成自己曾经轻蔑、漠视的庸俗的成年人,最重要的是,他从没觉得这样有什么不好。人总是要变的嘛,不变就走不下去了。至于曾经他感念的东西,全都忘掉了。话说起来,刚和妻子结婚那段时间,似乎也有过鹣鲽情深、相处十分愉快的时候,就像一条平坦的路,走着走着才发现这是一条下坡路,再回头看,已经看不到起点了。

但忘了就是忘了。忘了,也就忘了吧。

一旦忘掉,不论多么深的执念,都不愿再想起,连看上一眼都嫌不耐。忘掉的是那种感觉,这就意味着,即使记得内容也没有意义了。

他站在吊桥的栏杆旁边,抽了一口烟。他烟瘾不大,抽到最后却越发带着一种恶狠狠的意味。用力抽完最后一口,丢在地上,用他那擦得闪闪发亮的定制皮鞋压碎它,好像在碾压一切让他不痛快的东西。

夜已经很深了,眼睛很疲惫,头脑却越来越清醒。

河道旁的人工夜景愈发炫目迷人。他深深地瞥了一眼,发动车子。

回家。

最初的开始与最后的结束

黄恩雅二十四岁了。

家里人开始催她结婚,可是她完全不想这么快就被家庭、被另一个人牢牢缚住。她觉得自己是个自由主义者,不婚主义者。想表现得洒脱,但其实外强中干。

这天下午,她和家人小吵了一架,闹得很不愉快,跑到咖啡厅独自一人坐着。

今天有些阴天,外面来往的行人越发显得庸碌,风景也看着疲懒,这座小城也连带着显得肮脏起来。心里存着怨气,无论做什么、看什么都无法纾解心里的那份不顺畅。

没有好好学习,现在十分后悔,只能待在这种小城市,靠家里的关系介绍她进一家私营企业干活。工作不轻松,所以这样的下午显得尤为可贵。

她叹了一口气。

也不能说是她的错,毕竟好的头脑并不是谁人都能拥有的。她也明白自己不太聪明,但平时也没觉得自己哪里笨啊,虽说也没觉得自己有多聪明就是了。因为总是不能理解太深奥的问题,所以连"自己其实并不聪明"这件事也不能很好地理解。

她发出今天下午的第二十一声叹息。然后,那个人就出现了。

有个男人朝这边走来。

她不禁多看了一眼。

可那男人没有表现出要走过去的打算,而是径直朝她走了过来,一时间令她十分慌张,差点以为自己做错了什么,令对方忍不住要站出来教训她。

实在是她神经过敏。从模样上看,对方大概比她大了几岁,穿着休闲服,却有种穿着正装的潇洒与文质彬彬,坐下来朝她笑了笑。有哪里不对,但一切都表现得很正常。

他问,你也经常来这里?

一场搭讪悄无声息地开始。

直到走出咖啡厅,回到家门口,她还是晕晕乎乎的。

其实也不是搭讪。经过对方提醒,她才想起来,是有这么个人,几周前曾经有一面之缘——对方单方面的一面之缘。总之就是对方竟然对她还有印象,这让她有些意外,又觉得有些兴奋。

捂住胸口,砰砰砰的心跳声让自己觉得十分羞耻。

大概是自己想多了吧。嗯,女人就是容易想多。那为什么男人对她的态度如此之好竟毫无违和感呢?不对,对方只是恰好过来说两句话,因为有共同认识的朋友,所以才……脑海中浮现出对方线条明朗的脸庞,明朗的声音,彬彬有礼像个绅士,她又止不住地开始浮想联翩。

请相信她,这一切都是巧合,接下来一段时间总是能偶然碰到那个人,无论在卖场,还是在街道上——这真的是巧合!

她虽然不聪明,但也不会傻到不知道自己现在的状况。自己,一个二十四岁的未婚女性,正在和一个大龄单身男子有密切的来往,或者说,互相暧昧。年龄相差得有点大,她略微有罪恶感,然而对方又离过一次婚,父母能接受这样的人吗?她胡思乱想,甚至因此在工作上出了点差错,被主管骂了也仍是一副心不在焉的样子。

真是无药可救了!

她十分小心谨慎地接近对方,发短信,或者打个电话,聊天,朋友聚会也会在意他是不是参加。一边清醒着一边沉迷于这样的行为。她老觉得对方其实也明白,但有句话不是说"只要不说出来就永远不是真的"吗?

只要没有语言上的表示,她就可以继续自欺欺人,告诉自己什么都没有。她还看过一部电视剧,女主人公说,有些事是不能说出来的,绝对不能说出来!一旦说出口,化作言语,便会全部消失不见。

半夜醒来的时候,走在路上低头发短信的时候,一个人吃盒饭的时候,下雨的时候,都会想起那个人。

她喜欢的歌里有这么几句歌词:

"どうしてこんな気持ちになるの、息が苦しいよ。

今だって近くに居るのに、それ以上望が始めてる。

言えない、だって私は今日も、貴方の友達。

離れた時にも思いだして、胸が苦しいよ。"

(为什么我会有这样的感觉呢,呼吸都变得困难了。

明明就在你的身边,却渴望更多。

无法说出口,所以我现在仍是你的朋友。

即使是不在一起的时候也会时常想起,胸口好痛。)

之前她谈过恋爱,都到谈婚论嫁的时候了,她忽然害怕起来,于是她反悔了。

什么"年轻人浮躁,不踏实""作""事儿多"之类的词,她听过不少了,也似乎明白了自己就是个"蠢女人",但事实也就这样了,她又有什么办法?改变自己哪能说做就能做得到的,如果人能轻易地改变自己,那这世界上不就没有所谓的穷苦、懒惰、可怜、愚蠢、不幸的人了吗?想想就觉得可怕。这个世界上还是凡夫俗子多一点比较好,也比较轻松。或者说,掩盖住自己的眼睛,不去看千疮百孔的自己就好了,不去看乱糟糟的现实就好了,只要没有太大的矛盾,自己还是可以活得下去的,只要还有工作,自己没有生病,还是能活到很大岁数的。

她想改变,但懒得动。

她想恋爱,但懒得动。

每天早上起来,她想要的东西很多;但又在每天傍晚困倦得想要倒头就睡的时候,即将陷入睡眠的时候,意识还清醒的那一秒钟,疲惫地想着,还是什么都没有。

日渐麻木。形同行尸走肉。日子没劲得让她骂娘。

一直一直,仿佛没有尽头的枯燥的生活,突然之间,就被硬生生地折断了。就像盘古开天辟地,斩开混沌,就像秦始皇一统天下,挥斥方遒,像氟气遇水,像钠遇水,像点燃空气中达到爆炸极限的氢气,像活火山喷发的一瞬间!

她恋爱了。当对方开始有暧昧的表示,她的心开始沸腾,当对方开启双唇、用言语表达感情,她的心升华了,飘到天上去,飘出臭氧层,飘荡在无边的宇宙,漂流在无数的星河。

她那时还不知道自己走进了一个多么可怕的地狱。只是因为领着她的人为她戴上了一只绚烂的眼罩。

她那时觉得和心爱的人结合让她感觉自己每天都活在云上。

她爱的人告诉她,她棒极了,还告诉她,她点亮了他单身许久的生活。

她觉得这段恋情不会让她后悔,会一生一世,会长长久久。至少比她之前谈的那个要好到不知道哪里去了。

但其实到最后的最后,那一瞬间,她还是后悔了的,但没有人会知道。因为她觉察出心底的恨意之后,很快便失去了表达这份后悔的机会。

她把绳索套在脖子上,内心很平静。这些天她已经充分明白了网络的可怕,几十万人甚至几百万人都看到了她被殴打辱骂的场面,常见的正房打小三的桥段,然后她被脱掉了裤子,然后是内裤,尖头皮鞋踢着她的下身,那是她爱的人和他交流爱意的神圣部位,就那样暴露在几十万人冷漠的目光下。她感觉不到疼痛了。

只有一件事她十分明了,一定不能活下去了。

在那最后的最后,意识渐渐飘散的时候,她看到杳渺微茫的地方,仿佛有一团金色的光,光中有一个人影,轮廓柔和。她走近,瞧见那是她的心上人。她想象出自己露出微笑的样子,她走过去,她拉住他的手,虽然看不清对方的脸,但那人一定也是笑了的。

好像他从来没有骗过她。好像他真的爱她。

然后一切陷入黑暗。

老电视机关掉后,屏幕上的光慢慢熄灭。夏季黄昏的夕阳一丝一丝地抽走。月缺的时候潮水缓缓地退去,温柔地不卷走一粒沙。

再大的动静也吵不醒她的美好梦境了。

尾声

当他们夫妻俩关系还好的时候,她还会买几本菜谱,回家给丈夫,给孩子坐上一两道精心烹制的菜肴,一家人互相调笑,孩子说着可爱的话,连一贯古怪的她都会发出会心的笑声。吃过饭,一家三口人坐在客厅看电视,冬日里温暖的阳光晒得人懒洋洋的,空气中灰絮飘舞。

当她带人狠狠地羞辱了那个恶女的时候,她有一种愉快感,虽然这听起来很扭曲,但她确实很痛快。然而她又很难过,为自己半生蹉跎难过,却无处哭诉。明明之前还想过要修补和丈夫之间的关系,为什么事情会变成这样呢。她并不害怕什么,法律最终没有追究她的责任,或者说,年轻女人的母亲也没心思讹她了。她只是很悲伤。

当打小三的新闻像雪花一样飞满全城的时候,他躲了起来,沉默地面对亲友投来的意味纷杂的视线,缄口不言,不指责妻子,不为情人痛心。连儿子也有几分明白事情的始末,但也没说什么,最多是关上自己房门的时候,用他那漆黑的眸子静静地看一眼自己的父亲,房门砰的一声关上。他痛彻心扉。他痛彻心扉?或许没有,或许有,三言两语又怎么说得清楚呢?

恶劣的大人们都纷纷模仿这种行为,以至于一时间小城又爆出三四起当街殴打第三者的事件,众说纷纭,喧哗不堪。陆陆续续地,全国各地又有许多类似的事件发生,总会有人站出来慷慨陈词。

然而又能改变什么?人往往对负面的、暴力的、肮脏的事情学得最快,这是本能,是人保护自己家庭和利益的本能,其间还夹杂着意气。待到几个月过去,终于偃旗息鼓,尘埃渐落,再发生什么事,便与这件没什么干系了。

佛这样说:心是恶源,形为罪薮。凡所有相,皆是虚妄。

是不是虚妄也不好说,但老人们会说,人都死了,说这些有什么用呢?

(本文改编自真实事件)

郭子嫣

女,西北大学文学院2014级创意写作班学生。坚信故事是为心灵发声,所以不管是软萌甜文还是现煮鸡汤都希望以文字体会思考的力量。"写作之于我是娱乐、是抒发,但更多是整理思路的过程,是用书面的逻辑检验思维正误,是成长。"

孙悟空遭遇中年危机

自打唐三藏取经归来,便是日日猫在小雁塔里译佛经。

孙大圣坐在塔顶上,看着塔下往来的商贩,看着头顶安静的流云,世界好像把他忘了,忘了曾经妖魔横行的动荡,沉入了一片虚无的安宁。

百无聊赖啊,日子。

曾经的英雄热血,难道要与这李唐王朝一样,陷入中年危机吗?

他心有不甘,他心火难平,他一通金箍棒法打完,才发现自己闯了祸事。

小雁塔尖臣服于自己的戾气,尽数碎去,一根大梁直挺挺地掉在了一身华服端坐着的唐三藏头顶。

师傅死了?

孙大圣一探手——妈呀,确实。

塔下的弟子还在扫地,如此大的动静之于他们仿佛也只是事不关己,他们从前的冷漠让大圣生气,如今却感激不已。

他挺身一个筋斗云,直奔着太上老君的宫廷而去,如今只有他能帮自己了。

"什么,你把你师傅砸死了?"太上老君的下巴差点掉进他喷火的炼丹炉里。

"你废话别说,快说,怎么才能帮我?"

"倒也不是没法子……贫道这里有一宝物也许能解大圣燃眉之急。"

"就知道你老儿最近一定又炼出了什么起死回生的仙丹,不错不错,还算与时俱进。"

"大圣你错了,贫道已不炼丹许久了。如今天庭也宣扬要破除封建迷信,所以我下世跟着几个手工匠,学着造出了这个东西……"

说着,太上老君从内室里拖出了一个草帽样的东西。

"这是个什么玩意?"孙大圣一脸好奇地东摸西摸。

"此物唤作宇宙飞船,大圣你驾着它,回到过去,找一个避人耳目的机会,绑你师傅回来就行。"

"回到过去?此物有如此神通?"

"大圣不必过虑,您还不信小仙吗,只是千万记得,别被过去的你发现,不然争斗起来,小仙可不能保证谁会赢。"

从太上老君的宫室出来,将那沉重的草帽推到开阔处,孙大圣的心里还有存疑,这东西真能比得过自己去地府大闹一通或是一颗灵丹妙药吗?

不过想到若是将砸死师傅的事捅出来——算了算了,简直不敢想。于是一飞身,坐上那唤作宇宙飞船的巨物,按下按钮,竟是倏忽之间就到了一片熟悉的山林。

望着这山石,这洞口,这不是师傅曾经冤枉自己,还连累被抓的白骨精的洞府吗?

想到这旷世积怨,孙猴子现在想来牙根还直痒痒。没想到此次救师父,还能了却自己一雪前耻的心愿,自己这次一定要打得那厮落花流水,满地找牙。

吱——洞府的门开了,孙猴子正欲一个鲤鱼打挺,耍一通英武的招式震震这些小妖精。谁知岁月不饶人,刚才宇宙飞船里太狭窄,自己窝麻了腰,现在已然一点也使不上力。

"三儿,三儿,快来看看这是什么。"

"天哪,这么光,这么美丽,我们一定要去禀报大王。"

"先别急,你瞅,这玩意还能飞呢!我天,咱俩发达了三儿,报告什么大王,卖给哪个妖怪不是比献给大王划算?"

"对,对,对,还是你机灵。"

眼见着那两个小妖精就要拖走自己的宇宙飞船,石头后的孙悟空纵身一跃,终于完成了自己的华丽现身。

"你们,想做什么!？"他执着金箍棒,震得洞府地动山摇,似乎从前的威风又回来了,孙悟空的心里无限美好。

"是谁在此喧嚣!？呵呵,又是你这泼猴,你师傅的骂还没挨够?"来人说完,一丝嘲讽挂上嘴角,眼中更是难掩笑意。

白骨精!孙悟空感觉手里的金箍棒已然在控制不住地颤抖,久违的战斗的喜悦涌上了心头。

然而棍子还没落下,白骨精已经带着着一众小妖精团团将宇宙飞船围住。

"这是什么?"白骨精警惕地问道。

"大王,这东西老好了,光溜溜地还能飞呢。"刚才那两个小妖中的一个插嘴道。

"快带本王上去试试。"

眼见着白骨精顺溜地就要往上爬,孙悟空一想这可不行,虽然大 boss 走了,师傅自然就到手,可没了这宇宙飞船,自己还如何能够回去呢。

"且慢,这巨兽由我豢养,可纵跃古今。常人若不经允许登上,经脉错乱,修为全没——可不要怪老孙没提醒过你。"

白骨精听罢一愣道,"泼猴,不对,大圣你说此物可穿越古今?"

"没错,那是之于我,你们就……"

"求大圣带民女回到过去,民女不想变作白骨,与家人分离。"

这是什么剧情,说着说着,宿世仇敌居然瞬间就跪在自己面前了!孙悟空有些摸不着头脑,他小心问道,"难道你也有什么未了的心愿?"

"正是,民女与家人在战乱中走失,孤身一人这才沦落如此境地。民女之前所化老夫妇,正是依照民女父母。若大圣能将民女送回过去,民女定当带着父母早日逃离,也不必如此。"

看着孙悟空如今浑身散发的戾气,又想到耳边观音大士的命令,"擒住唐僧就行。"自己一个无依无靠的小妖精,又没有天庭背景,想来迟早要死在这个泼猴脚下,或者西天的挤兑里——不如走为上计。

"你所言为真?"孙悟空自然还是有些半信半疑。

"还不快把大圣的师傅请出来!"

白骨精抬手就要吆喝身边的小妖带人,孙悟空一想,说道,"还是先把你送回去吧,没了你想他们也掀不起什么风波了。"

"那是自然。"白骨精一挥手,眼前的小妖瞬间变成了一堆骨头,原来不过是骨头造出的幻影。

这个人真的很寂寞啊。

回头看向白骨精,白骨精正用一种极其落寞哀伤的眼神望着他。虽然心里有些不舒服,但这种眼神还是让孙悟空不自觉地想,难道自己之前鲁莽杀人,真的错了吗?

只是片刻,孙悟空已经送走了白骨精,又重新回到洞府。松开师傅的绑,师傅本还嘴硬,认为自己又杀生,然而听完讲述后,却是忍不住地叹气惋惜。

"悟空,为师错怪你了。只是没想到你从前鲁莽,如今竟凭着这玩意就转了性子。"

坐在返程的飞船上,一种英雄老矣的失败感在悟空的心里油然而生——难道自己一身武力,还不如这个什么飞船了吗?

师傅又安然坐回小雁塔,太上老君赶来修补了唐僧的记忆。望着这片陌生的大唐国土,失落之感又一次涌上了悟空的心头。

突然塔下传来清丽的声音,"大圣!"

小雁塔下,一袭白衣的少女笑靥如花,屹立在风里。

郝梦

女,西北大学文学院2014级创意写作班学生。喜欢黑暗中的光明,期待笔下的文字能予你一段梦境。

贩梦

乌云推搡着挤走了泛黄的晚霞,将天空拽得更低。

车辆将城市的主干道塞得满满当当,仅有的缝隙中充斥着汽车喇叭声和引擎的轰鸣,偶尔夹杂几句焦躁的咒骂。路旁面无表情的人们步履匆匆,仿佛他们每天的计划表上已经精确到了秒钟。车站候车的年轻人插着耳机看娱乐视频,在公交车入站时一拥而上。

这条路一直来不及进入梦乡,它只能努力睁大困倦的双眼,挠挠痒痒,吐出一口又一口的浊气,用羡慕的目光望向旁边的小岔路。

小岔路的路口有一面斑驳陆离的墙。墙角被时光撒上了旧旧的黄色,养出了青苔,挂上几条爬墙虎,再划出几道伤。墙上贴满了五颜六色的小广告,一张叠一张撕了又贴,各处散布着的支离破碎随着微风轻曳。

老墙似是承载不了这些纸张的重量,皱纹变得更深,四散蔓延。

在一丛花花绿绿中,有一张白纸格外醒目。纸上隐隐透出背面淡绿色的横线,以及"××小学草稿本"的字样,纸上用毛笔歪歪斜斜地画着"贩梦"二字和指路箭头。

顺着箭头的方向走到下一个路口,又出现了新的箭头记号。

七拐八绕之后,标记指向了一条幽静的小巷,黛青色的砖石上覆着薄薄一层水雾,散发出大雨将至的味道。

"我在山顶造了船

我在海里荡秋千

遇到一个对风唱歌的姑娘

就这样沉醉了一整个夜晚……"

小巷中断断续续传来收音机的声音，间或夹杂着收讯不稳定的"嘶啦——嘶啦——"声。

一个小男孩有些呆滞地坐在地上，手中握着一支拇指长度的铅笔头，面前放着一张椅子，上面铺着一张九九乘法表，旁边压着一个收音机。收音机的天线已经断了，被胶带绕了一圈又一圈。

小男孩正僵硬地保持着一个姿势出神，眸中是大片的云，还有被高楼金属色边缘切割而成的几何形天空。

天色在他的眼中一点点沉了下来。

"啪嗒——"随着铅笔滚落的声音，小男孩倏地回过神来。他捡起已经没有铅芯的笔头，小心翼翼地将它立在椅子中央，敬了一个笨拙而认真的礼。

"向士兵……敬礼……"他转而看到桌子上铺的乘法表，缓缓地让士兵排成一排站在边上，仿佛捍卫领土的勇士。

小男孩把乘法表摩挲了一遍又一遍，尽管他努力将这些数字印入脑海，但他的眼神还是透过了纸张，染上了凡·高的色彩，迈入了安徒生的世界。

他将乘法表翻了过来，背面是大片大片的颜色交织在一起。各种亮色掺杂不觉得乱，反而有种和谐到极致的美感。

充满活力的橙挥洒着汗水，静谧优雅的紫嘴角含着一抹笑意，骄傲的火红仿佛在下一秒就要将附着的纸燃烧，将所有真真切切存在的事物吞没。

他笑得仿佛迷航之际的小船在浓稠的黑暗中寻到了灯塔的光一般。

小男孩将拳头捏紧又松开，把乘法表翻了回来。

世界切换回现实。

万象迅速在他身边融化开来，倒流而去，快到他捉不住影子。

所有的惊涛骇浪归于寂静。

"三三得九，三四……三四……"小男孩艰难地开口，微微的哑意让他的喉咙愈加发涩。

"呦,傻子这么勤奋啊,还知道学习呢!"

一行系着红领巾、五六年级模样的男生径直而来。他们有的夹着足球,有的正咬着手中的冰淇淋,三步并作两步来到男孩面前。

领头的一人收起手中厚厚的一叠游戏卡片,双手抱臂,发出轻蔑的哼哼声。他身边的两个小跟班一个狗腿地用练习册给他扇风,另一个一步跃上前,用手指戳小男孩的眉心。

"傻子长出息了,居然在背乘法表呢!"

"如果我没记错,他背了有一年了吧?"

"喂!傻子你说,一乘以二得几呀?"

"哈哈哈……哈哈哈哈……"

领头的男生笑罢继续说道:"我们今天都学到一个人骑车一个人走路什么时候遇到……这个叫……叫什么来着?"半晌他的话都卡在嘴边,一阵沉默后他对身边的小跟班怒目而视。

"追……追及问题。"

"对!我们都学到追及问题了!还是……还是不同时间出发的!"领头男生声音猛然拔高,"你就一辈子背你的九九乘法表去吧!"

静默。

似是感受到了头头不高兴的情绪,又许是听到一辈子这样沉重的字眼,男生们想附和又不敢出声。

几个男生动了动嘴唇,任它们徒劳地咧着,像一群搁浅在岸的鱼。

收音机瑟缩了一下,发出"嘶啦"一声微鸣。

领头男生将抱着的胳膊交换了位置,随后又微微颤抖着插进口袋。他突然摸到了什么,顿时整个人被点燃一般挺直了胸膛。

"喂!傻子!看!"他将口袋中的 iPod 掏出来在男孩眼前晃动,"你知道这是什么吗?苹果!我爸新给我买的!你个大老土就宝贝你的破收音机去吧!"

他身后的男生顿时像积蓄已久而后泄了闸的水一样,异常卖力地哄堂大笑起来,其中一人扶着他胖胖的肚子,用吃光的冰淇淋棍子戳着收音机的天线。

细细的天线抖个不停。

"苹……苹果……我也……苹果……"小男孩从椅子旁边脏兮兮的塑料袋中摸出一个苹果,苹果上有一大块软塌塌的黑斑。

"嘿,原来傻子也有苹果啊,哈哈哈……"拿着冰淇淋棍子的男生甩了甩,忽然将棍子狠狠地扎向苹果,苹果落在地上向水沟旁滚去。

小男孩一扭身想要爬起来,"苹果……我的……苹……"却被领头的男生一把推回到地上。

小男孩艰难地坐起身,却被围得无法动弹。他徒劳地挥动双手,去够越来越远、即将消失在视野的苹果。

眼前的世界渐渐模糊不清。

"你们在干什么?!"一个小女孩急急地从巷口跑了过来,借着速度扑进了小小的包围圈,然后张开手臂微微蹲下身子,紧紧地把小男孩护在身后。

"你们这群……这群……"小女孩似是要将知道的所有贬义词都用在他们身上,情急之下却一个字也憋不出来。

"喊——傻子的朋友来咯!"男生顿时失了兴致,看了看欲雨的天空,开始往巷子口走去。

"傻子的朋友哦……"领头的男生在巷口顿了顿,指了指自己的脑袋大声道,"这里说不定也有问题!"

"哈哈哈……"笑声渐渐消失在巷子口。

女孩的脑海中依然萦绕着那些可恶的笑声。她的脸颊到耳朵再到脖子根都红红的,憋着一口气又突然呼了出来。小女孩懊恼地转过头,发现小男孩正捧着半边已经烂掉、沾满了泥泞的苹果,用袖子擦拭,"苹……果……"

小女孩掏出手帕擦拭他手上深褐色的汁液,一边心疼道:"这个不能吃了,我明天给你带一个特别特别特别大的苹果吃!"

小男孩呆呆地望着地上已经快看不清的苹果泥,像是相机在努力对焦焦距外的物体。

"对了……今天有没有梦能讲给我听?"小女孩说罢就开始懊恼这生硬的开头。她紧张地望过去,在看到男孩被点亮的双眼后轻轻舒了一口气。

"有。昨天我做了一个好长的……梦。"

我梦到海豚用鳍悄悄地割开人们的喉咙
手握电锯的树最终还是找到了我
老人和孩子步履轻快地跑过身边的年轻人
衣衫褴褛的乞丐对穿着光鲜的富人说"把你的脏手拿开"
街上走动的人们突然身体僵直，以一种扭曲的姿势倒下……你猜怎么回事？他的额头上站着一只蚂蚁！
火在水中愈烧愈烈，我们都一点点变得透明，雾一下子把整个城市吞入口中
你抱着玩具熊，穿着漂亮的红裙子，横穿这个城市，还哼着一首歌：
小木偶　牵绳绳　家住在　傀儡城
向前　停在远点
挣扎　颓然倒地
微笑　任凭黑色血液布满肢体……

"我不是很喜欢这个故事……"小女孩有些害怕地抿了抿嘴唇，"我还是喜欢你前两天讲的那条在天上飞的海豚；还有我们俩坐在云上把它一点点吃掉，像是甜甜的棉花糖，是我爱的草莓味……"

小男孩听着听着闭上了眼睛。带着湿润泥土气息的风穿堂而过，掀起了他的刘海，吹来了他满足的笑意。

"放学了不回家，你怎么又在这儿？啊？"一个烫着泡面小卷的中年妇女声音先至，而后一把揪住小女孩的耳朵往巷子口拉，末了还狠狠瞪向小男孩。许是觉得没什么用，便用力踩着步子，"噔噔噔——"继续扬长而去。

小女孩挣扎着，漂亮的眼睛终是没能囚住泪水。她什么也不敢说，只是用尽所有力气望向小男孩的方向。

小男孩眼睛中的火焰也被水一点点淹没。

"跟你说过多少次了，他脑袋不好使你别总是来找他！他把你杀了都不犯法你知道吗？整天跟傻子混一起你哪天变傻了看你怎么办！到时候

看哪个婆家敢要你……"中年妇女犹不解气地戳着小女孩的太阳穴,身影渐渐没入黑暗。

"其实没有说……那个会飞的海豚尾巴上还系着很粗很重的镣铐……"小男孩低下头,喃喃道。他眼前的世界变得清晰,又一点点模糊。

"我要去睡了……我要回到真实的世界去了……最好再也不用醒来……"小男孩朝屋子的方向摸索过去,看到地上的苹果脚步微微一顿,又踉跄着进屋。

"希望现在能下一场很大很大的雪,整个世界都是纯纯的白色……真漂亮。"

"轰隆——"

雷声沉闷闷地拉开了夜雨的序章,闪电的光亮转瞬即逝,小巷重新被从四面八方迅速赶来的黑暗湮没。

大雨倾泻而下,墙上的墨迹一点点晕开,薄薄的纸张变得破碎而透明,以此证明"贩梦"两个字,真真切切地存在过。

小男孩很快进入了梦境。

他又梦到了在天空中游泳的海豚,不过这次他的脖子上已经挂好了钥匙,他要去解开海豚尾巴上的镣铐了。

何婉婷

女,西北大学文学院2014级创意写作班学生。生于川黔之地,红军四渡之处,飘至西北,实属意外,天性不羁,随遇而安。思虑颇重乃至常百转千回于层层梦境,沉醉其中,后知觉,此乃天赐,应当珍惜。将梦中之景之事之人诉于笔下,呈现于世,仅供一阅。

装 备

今天是我离开家的第二十七天。

父亲当初硬给我塞到麻布袋子里的十几个土鸡蛋,我感觉已经坏掉了七七八八,可我没有吃掉,也舍不得扔掉。

我还记得第一天到宿舍,我在袋子里掏了半天,摸出父亲里里外外包了好多层报纸的土鸡蛋,打算给正在相互交换特产的舍友时,他们一瞬间都愣住了,然后都整齐划一地摆手说"不用了,不用了",脸上还带着我无法理解的眼神和笑容。我捧着鸡蛋伸出去的双手默默收了回来,从里面挑了一个最小的,将剩下的仔细包好,装回了塑料袋里。然后坐在自己的位置上,一口一口吃完了鸡蛋,这个时候,他们也完成了交换仪式。

我再没有把鸡蛋拿出来过,除了鸡蛋,我什么都没有。

已经过了二十六天,可我觉得时间好像已经定格了,或者说时间并没有改变什么。一切都还是像刚开始的几天一样。宿舍四人,除了我,其他三个就像是上辈子的亲兄弟,一见如故,相见恨晚,迅速打成一团,犹如一个整体。他们讨论的东西都奇奇怪怪的,邓肯、科比、韦德、梅西、C罗、丁丁,诸如此类的人名,我是一个都不知道。最开始我没问,发现自己完全接不上话就问他们这些人是谁。

他们这次的眼神就变得很直接了,完全是看怪物的眼神。

其中一个问我："你不看篮球吗？不看足球吗？"

"篮球？我看啊，我知道姚明。"

"噗……"听到我的回答，三个人都笑了，放声大笑。

"那你可能真的不知道韦德、詹姆斯了……"他们继续热火朝天地讨论起来。

我摸不着头脑，可看他们也没有打算理我的样子，就转过身，打开台灯，准备看书。

可能自己还是适合做自己的事情，看自己的书吧，我这样安慰自己。

我以为我可以自己一个人做完所有的事情，可事实并不是像我想的那么简单。共同的空间里，却是不同的氛围，我想要和他们呼吸同样的空气，可这并不简单。

最关键的问题就是——我和他们没办法构成"我们"。我融入不了这个集体中，除开他们讨论的奇怪人名之外，他们口中的那些女孩儿，我也从来没见过。在我家那边，女孩儿都是在家帮忙的，很难在路上看到女孩儿到处跑。她们懂事、听话，特别容易害羞，好像我也特别容易脸红。在他们口中的女孩儿就完全变了模样，好像变成了男孩儿一样，可以到处乱跑，做什么都可以，也不用在家帮忙。这个脸型好看，这个五官秀气，这个身材不错，这个气质非凡。我就想不通了，姑娘怎么能分这么多种呢？明明都一样，黄黄的脸，不高的个儿，一根黑黑粗粗的麻花辫搭在一旁，笑起来会脸红。

他们说的我都不懂，也没办法理解。在这个空间里，我仿佛变成了一个多余的人。

后来，我看到他们玩电脑打游戏的样子。

我原本以为他们讨论那些人名或者看篮球赛的时候是最认真的——噢，那个时候我已经大概知道了一些他们口中的人是谁。这当然不是他们直接告诉我的，而是其中一个人告诉我可以上网百度。

我那个时候，刚刚收到父亲给我寄来的诺基亚，听说是一个表叔换手机了，准备把旧的扔了，父亲要了过来，说是这样可以联系我。我对手机并不是很熟悉，只是偶尔串亲戚的时候，没事做的时候会看到别人家的小孩儿拿着大人的手机在玩，我在一旁看着。但自己拿到手里的次数毕竟太少,因此并不懂得如何去很好利用。

我看到他们电脑桌面上游戏的名字,我也不再问是什么游戏,自己拿出手机百度。百度的结果告诉我这是一个什么游戏,详细到你自己都想不到的小细节,覆盖面之广也不是我能在短时间内一一了解的,我只是找到了一个途径,一个有可能融入他们的途径。

我开始将自己读书的时间拿出来,到网吧去,因为我没有电脑。

我也是从别人口中知道有一个叫作网吧的地方可以玩游戏,因为总是听到同学约刷机,我慢慢也就知道了。我第一次去网吧,不知道要身份证,也不知道要先到服务台开机。就顺着走道,走到了一个角落里,坐了下来,因为学校有上机课,至少我还知道怎么开机。可是一打开电脑却和学校打开的界面大不同,上面写着账号和密码的两个框,我就不知道怎么弄了,定在电脑屏幕前发呆。就这样坐了快半小时之后,旁边一哥们完成了血战,看我没动,拍了我一下。

"喂,哥们,没带钱吗?"

"啊?我带了。"边说边在裤兜里把一张皱巴巴的十元掏了出来,生怕别人以为我没钱。

"那你去开个机子啊,愣着干吗?"

"噢哦,好好……"我应和着从座位上站起来,环顾了四周,发现进门的地方有一个台子,便朝着那个方向走过去。

"额,麻烦开个机子。"我走到一个台子面前,对着一个正在拿着手机玩得不亦乐乎的人说道。

"身份证拿来,开多少钱?"

"额?身份证,我没带身份证……"

"没带?你忘带了?"

"嗯嗯,出门太急忘了。"

"那下次记得,我先给你开个,你玩着。"

"好好。"我把十块掏出来递给了那个人。他给了我一个小卡片,上面写着机子的号码,以及打开界面上需要的那个账号和密码。

因为有百度,有电脑,我又不笨,慢慢就对游戏上手了。

作为我们那个村子里第一个考上省里大学的,我的脑袋瓜还是转得很快的。只要我愿意学,游戏就上手很快,在这个过程中,我渐渐明白了舍友玩游戏时的那种专注。玩了一段时间之后,我发现了自己在游戏上面的天赋,我用了别人不到一半时间,就已经掌握了很多技巧,技术也不断提高,渐渐在游戏中有了一席之地。

我像是在严寒冬日蛰伏的猛兽,只等到春暖花开之日,破冰而立,惊艳出世。

有一天,我刚从网吧回到宿舍,才走到楼道里,就听到了舍友的哀嚎。我冷不丁加快了脚步,推开了宿舍门。果然看到俩舍友围在另一个人的桌旁,看他在打游戏。我瞥了一眼局面,已然是快输了,坐着的舍友手指翻飞想要挽回劣势,却深感无力,眼看就要全军覆灭。

我竟不知哪里来的勇气,将挡在前面围观的一个舍友拉开,对着正在拼命挽回颓势的舍友大声呼喊:"你快让我来,快!"在舍友毫无防备之时,已然被我从椅子上推起来。我坐到椅子上,左右手就位,很快进入了无我之境。

这一场战斗酣畅淋漓,过后回想起来,竟也一点想不起舍友当时是个什么反应。只是当我挽回了颓势,赢得胜利之时,我如释重负,长长吁了一口气。耳边充斥着舍友尖锐、刺耳却掩盖不了喜悦之情的欢呼。我有点头晕,感觉自己没有力气,这些都是后续的反应了,游戏进行时,脑子里除了游戏什么都没有。

至此一战后,舍友对我刮目相看。他们并不关心我为什么这么厉害,只关心我能不能帮他们打,还有能不能带着他们打。

开什么玩笑,当然可以,我就是为了这个才去苦练技术的,他们并不知道而已。

因为游戏,我和他们三个人一天说的话终于可以从以前的十句话无限制地增长了。因为我带他们,他们听我指挥,宿舍常常是我们互相的呼喊此起彼伏。玩游戏的时间越来越多,看书的时间越来越少。

可我却感到满足,我只有在玩游戏的时候才感觉到我和他们是一样的,我们是一起的,是一个宿舍生活的人。其他时候,他们是决不会带上我的,因为我不懂,我不会。

大家都明白,游戏光是技术好是远远不够的,没有好的装备,很难在高段位、高级范围内鹤立鸡群,闯出自己的一片天地。可我没有钱,我没办法用钱砸装备,我只有花更多的时间来打装备,我拼的是自己的精力。

渐渐,我没有时间顾及其他的事情,一心扑在游戏上。一开始我的目的是为了能和舍友打成一片,融入到他们之中。借着游戏,我做到了。我也是在游戏中默默充当了领军人物,优越感不言而喻。后来我发现,其实游戏里面带给我的感觉更胜于舍友带给我的。游戏里是以实力为尊的,当然,实力包括了很多部分。我花了更多的精力和时间,自然实力不弱,游戏里的人对我也十分客气,交好的人也不少。我按照这个游戏的设定、流程等,一步一步建立一些东西,比如我的兄弟、我的组织、我的帮会等。游戏里的人很团结,组织里的人受了欺负,大家会一起帮忙;有什么重要的关卡,大家也会一起去闯;得到什么好东西,不适合自己,也会分享给自己的兄弟。

我觉得大家都很讲义气,至少,我身边的一帮人是这样,我爱上这种感觉,以前从未有过的感觉。

在寝室,依旧过得不咸不淡,可我已经没有那么在乎了。我游戏里有自己的兄弟,我和他们聊得来,能玩到一起,我并不孤独。

我的功课跟不上了,因为时间不够。可我没有太在意,我相信自己的能力,就像兄弟们每次都相信我的能力一样,我总是带着他们过五关斩六将,我们总是可以不断刷到好的装备,我们比赛也总能赢。我觉得我期末看看书就能直接去考试了。

我拿到退学通知单的那天,我正在打一场非常重要的比赛。

我一路带着兄弟们已经闯到了最后,我不能让他们失望。我们已经好几天没有合眼了,不停地配合、演练,为最后的比赛做准备。最后,我们赢了,我带着大家夺得了冠军。桌上放着班主任托舍友捎给我的退学通知,我沉浸在大家夺得胜利的兴奋中,只是看了一眼单子,脑袋里闪现了一下父亲的脸庞。我甩甩头,实在是太累了,连游戏界面都懒得退出,就爬上床睡着了。

不知道睡了多久,被舍友叫醒,给我说班主任给他打电话叫我去院长办公室。我起来穿上衣服,用冷水擦了把脸,准备出门。走到门口,被舍友叫住,说老师叫我带上通知单。我到了办公楼,找不到院长办公室,就顺着楼道看着门上贴着的名字一间一间找。

这个情景很熟悉,我想起来,第一次进网吧,也是这样,顺着走道,找一个合适的位置。时至今日,心情已然不同了,自己也不是当初那个无知少年。

终于找到了院长办公室,我推开门,看到面前背对着自己的身影是那么熟悉,不是很高,特别瘦,背还有点驼,脚腿子也不是很直,似乎是被什么压弯了一些。

父亲!我心里一惊,这几天没休息的困意顿时全无。

我默默站在他身后,不敢说话。我听到他在给院长求情,希望不要让我退学。我才反应过来,拿起左手握着的那张单子,认真看了一遍。原来是我这学期课程三分之二都挂科了,余下几科在及格线徘徊,约摸是任课老师宽宏大量吧。

我突然看见面前的父亲,准备挪动着不便的双腿,准备跪下了。我一个箭步冲上去,扶住他。

"爹,不要……"我语气中责怪的意味展露无遗。

"你来了。"父亲转过头看着我,竟冲着我傻笑。

"你又瘦了,是不是钱不够买吃的……"父亲很自然地继续说。

"我,我……"

"你快来给老师认错,爹知道你肯定是认真学了,只是还不适应,你快给老师说说,你会努力的。"

我低着头没有说话,我不知道该怎么说。父亲看我不说话,着急得不行,一把把我拉到他身后,继续操着家乡话给院长求情。

一切仿佛回到了小时候,我调皮,用石头砸邻居家养的鸡,砸死了几只。邻居揪着我去找我父亲,父亲从邻居手里将我提过来放在身后,然后给邻居家赔罪。这个动作是多么熟悉,这样下意识保护我的动作依旧那么自然。

父亲依旧在求情,院长一句话也没说。我的电话却响了,我摸出来看了一眼,是游戏上的兄弟打的,我挂掉了。电话不停响,父亲和院长都看着我,我接了电话。

电话里传来很嘈杂的声音,过了几秒,一个男性开始说话,"大哥,你咋还不来啊,兄弟们都等着你带队呢,这个装备马上就要出了,这装备是周年庆出的,过了这次就没下次了,你倒是赶紧来啊!开始了,你赶紧啊,我们等你,先挂了……"

"嘟嘟,嘟嘟……"电话传来挂断的声音。

院长忍不住,发话了:"大伯,你看看你这儿子,哪里有心思学习,这不,还让他回去打装备呢!还是算了,算了吧……"

父亲听到这话,转过头来,双手握着我的手,我感觉到父亲的手比以前更粗糙了。

"儿啊,这个装备是什么啊?爹先给你拿回家去,放着好不好,你知道爹讲信用的,铁定给你收拾好,决不会丢。你在学校好好学习,等你回来,爹再把装备还给你……"

父亲言辞恳切,眼中含着泪水,温柔地和我商量。

洪颖

女,籍贯福建省福鼎市,西北大学文学院2014级创意写作班学生。既爱书、爱电影、爱音乐,也爱吃、爱偷懒、爱睡觉,略通钢琴、画画、法语,容易害羞,也超级自恋,整日嘻嘻哈哈,生活昼夜颠倒,常年状况之外。想要尝试去做所有新鲜事,愿一生都能放纵不羁爱自由。

小狼西罗

小狼西罗最近有些奇怪,他总是天还没亮就离开家,月亮出来了才回来。没有狼知道他去了哪儿。

邻居纳塔是最早发现这个现象的,于是他决定跟踪西罗去看看。

这天早晨,露水刚刚在叶尖凝固,西罗就从家里蹑手蹑脚地出门了。熬了一晚上没睡的纳塔等西罗走出十几米后,立马悄悄出门跟在了他的身后。

西罗这家伙要去哪儿啊?纳塔满脑子不解。

西罗是一只不谙世事的狼,初出狼窝还没有多久,涉世未深。纳塔看着他在前方蹦蹦跳跳的欢喜样子,心里生出一点儿担忧——这傻孩子,别被什么狡猾的动物给骗了,前几个月才有一只小狼被白狐狸骗进了一个传销窝点,费了老大劲才救回来。

正想着,突然,一路都跳得很欢腾的西罗在前方的杉树前停下了,他把毛茸茸的小身子窝在树干的背后,又偷偷摸摸地歪出头往前面什么地方在看……前面的方向是……猎人的家?!躲在灵芝大伞底下的纳塔突然一惊,原地打了个激灵,他小心地转身,然后疯了一样地往回跑,不得了了!西罗居然投敌叛狼了!

纳塔一路都没有停,直到回到狼窝。

很快,西罗叛变狼族投靠猎人的消息在狼族传开了,狼族族长很生气,立即下令让西罗再也不得回来。

水杉树后面的西罗还不知道家中的一切,此刻的他也才没有心思理会别的,透过远远的窗户,猎人小屋的灯亮了,西罗的眼睛也跟着亮了。

她要出门了,西罗紧张地用一双狼爪子扒着树干。这些天,这棵树干上已经被扒拉出不少深深浅浅的爪痕了。

随着木门的打开,猎人卢森背着他的长杆猎枪出来了,他厚实的臂膀上坐着一个可爱的小女孩儿,那是他的宝贝女儿依莎。

杉树后的西罗觉得自己的心都要跳出来了。小依莎是那么可爱,她简直就是个天使!

西罗依然记得自己第一次见到依莎的样子,那是他第一次被允许从狼窝出来,他对外面的世界充满了好奇,撒着欢儿乱跑。比家门口的水洼大了好多好多的湖、比家门口的蘑菇大了好多好多的灵芝、比家门口的果子甜了好多好多的浆果……那天西罗觉得自己遇见了世界上所有的好东西,他大概是世界上最幸福的狼!

正当他沉浸在浆果的甘甜中,把红色的果浆吃了一脸时,突然听到了一阵比浆果还要甜的声音。难道碰到人类了吗?他一惊,把剩下的果子捧在手上,找了朵大大的灵芝躲了起来。

他窝在灵芝的大伞底下,警惕地朝着声音的方向看过去,果然,一个长着络腮胡子的大个子男人正提着一管猎枪四处张望,但……那应该不会是他的声音吧?

西罗正在疑惑时,那个甜甜的声音又传了过来,西罗循声望去,却看到野花丛中有一个小女孩,她长着藕节一样白皙的手臂,苹果一样粉嫩的圆脸,笑起来的时候嘴角还开着两朵梨涡。

这也是人类吗?也太可爱了吧!比狼族最可爱的小母狼还要可爱!

西罗好希望可以和她交朋友,然而猎人手里的枪却让他害怕。那个东西在他更小的时候就听狼族的大狼们说过,狼族的无数同类都死在那杆子枪下。

于是,从那天起,西罗总是悄悄地跟在依莎的附近,躲在草丛、灵芝或者树干后面,远远地望着她那副可爱的样子。他想,一定有一天,自己可以鼓起勇气站在她的面前,大大方方地伸出象征着友谊的爪。

虽然西罗从来没有在他们面出现过,但那天起,依莎总是可以在草丛中发现洗净的新鲜浆果,鲜嫩的竹笋和蘑菇,用冬青果叶编成的花环,猎人也常常捡到现成的小动物。不用说,这些都是西罗送给他们的礼物。

每当看到自己的礼物给他们带来了惊喜与快乐,西罗就很满足,他就是这样一个天真善良的小狼。

每当夜幕降临,西罗总会站在黎明时候那棵藏身的杉树后面,看着猎人的小屋灭了那盏橙色的暖灯,他才会意识到要回家了,才依依不舍地往狼窝赶,到家的时候夜已经很深了。

今夜,西罗快要到家的时候,发现家里的方向似乎有什么动静,他放慢了脚步,一边警惕地听着四周的动静,一边往前走。

"西罗,你停下!"一群狼在路上截住了西罗的去路。

西罗很疑惑,正要问发生了什么,就听他们说:"你背叛狼族投靠了猎人!纳塔看见了一切!你不许回来了!你是个叛徒!"

"对!叛徒!"

……

西罗心下一惊,却不知道应该说什么……

是啊,从小他就被灌输人狼敌对的观念,卢森是猎人,杀害过自己同胞的猎人,自己却想和猎人的女儿交朋友……虽然并没有投靠他,但……但这也是背叛吧?

这样想着,西罗觉得自己似乎没什么可以辩解,他有些丧气,低垂着狼尾巴,离开了。

尽管被狼族给驱逐了,但第二天天不亮,西罗又和往常一样,早早就到了杉树后面等着猎人和他的女儿了。

无论发生了什么,看到依莎的笑容,心情就会很好。西罗终于从一夜沮丧的情绪中回过神来了。

他依然乐呵呵地跟在他们俩的身后,西罗觉得自己就像他们暗中的守护神,他骄傲得连尾巴都高高地翘着,悠悠地在屁股后面摇了起来。

依莎穿着红裙子在花丛里和蝴蝶一起转圈圈的样子真好看,西罗羡慕起蝴蝶来,他如果不是狼是蝴蝶该有多好啊?

幻想归幻想,突然一阵凉丝丝的声音传到了西罗的耳根子里,他警惕起来,环视四周,发现一只白头蝰正匍匐在依莎的身后,吐着细细的蛇信子。

不好!西罗甚至没有时间考虑,他从灵芝底下跳出来,飞快地奔向依莎的方向,依莎被动静吸引,她转头看见向她奔跑过去的西罗,便愣在那里,一动也不动。

砰——

西罗用爪子扑到正准备攻击依莎的白头蝰的瞬间,白色的烟从猎枪的枪口散出,卢森定了定神,把吓得呆住的依莎抱到了怀中。

姜锦锦

女,西北大学创意写作专业2014级学生。"90后"懒虫一枚,正处在并将长期处在与懒魔的艰辛斗争中。矛盾集合体,虽然懒但并不妨碍"作",诗酒趁年华,趁着年轻还能蹦跶几下,希望尝试不同的事物。喜欢用文字留住某些一闪而过的瞬间,但愿时间能够在文字中缓慢流淌,让我来得及看清每一个我爱的人,每一束照向我的阳光。人生不过是个不断相遇又不断离别的过程,那么我将执着于此刻拥有的一切,相逢抑或是离别。

我的朋友叫阿筝

春节很快过去了,开学后第一个小长假,约了高中时最好的朋友。我起了个大早,一番折腾过后,拎着头一天老妈备好的玫瑰酒出了门。地铁要从城北坐到城南,到站后还要倒公交。这哥们打小就爱往深山野墺里面钻,现在住这地儿一定称了他的心。

地铁上,我从包里取出玫瑰酒,闻了闻,睡意一时消减了不少,醉意倒是上来几分。无端地突然心头一暖:一辈子能遇到一个让你背着酒从城北到城南瞎溜达的人,也是一种幸事!

酒香中,我闭上眼,脑中立刻浮现出两个小毛孩儿当年一同偷酒喝的画面。想来当时事发,这家伙二话没说,一股脑儿地全推在我头上,自己却装得一副单纯无害的样子。

边想着,就不由笑出了声,由于是闭着眼,看上去想必是做了什么美梦。我心中暗"骂":这家伙真是从小到大都不怎么厚道!

后来不知是哪一站,一对母子坐在了我身边。一排六个座顿时变得有些拥挤,我大腿边儿上偏还蹭着个不安分的小屁股,大抵是硬塞进来的第六个半人。

我懒得睁眼,把腿稍稍往边儿上侧了侧,接着闭目养神。

随后,就听见小男孩用极其稚嫩的声音说道:"昨天老师让我检查作业了!我抓住了一堆没做完的人!"

小孩儿的声音很尖,能听得出其中"骄傲"的神气。

"你全都报告给老师了吗?"

"对!一个都没放过!"

"哦,那……"

母亲没再说下去,我能够感受到她欲言又止中的忧虑。她一定是想问,"那同学有没有埋怨你?其实可以不用这么较真,弄不好把人都得罪光了……"

但很显然,这套属于大人的逻辑,她不知道该不该传授给孩子,或者说该怎么传授。倘若不加以"指点",又怕孩子以后在这上面吃亏。可以理解这位母亲此时此刻内心的纠结与矛盾。终于,她还是没能按捺住……

她试探地问道:"那……小朋友们没怪你吧?"

"我才不管他们呢!这可是老师给我的任务!"孩子丝毫不以为然。

母亲再一次沉默了,我仿佛听得见她内心的嘀咕:这老师也真是的!什么得罪人的活儿都派给我儿子!

过了一分钟左右,母亲又说:"下次可别这样了!挑出几个特别差的就行,其他同学就放过去吧。这样他们都会感谢你的。"

听得出,这语气已经不像之前那样和缓,有些转为命令了。

我心中不免有些得意:呵!果然还是说出来了!

小不点儿却不买账了:"我才不用别人感谢我呢!"

他用尖尖的嗓子叫道。

母亲有些不悦,用近乎威胁的语气说道:"当心下次选班长的时候,他们再也不选你了!你得让大家都喜欢你才好呀!"

"水能载舟亦能覆舟",很讲道理的言论,我从来都无力反驳,却仍旧不由有些悲伤。

男孩儿似乎被母亲的话震慑到了,半天没说一句话。我突然觉得有些讽刺,看来不管任何时候,任何人对这种事儿都会有所犹豫,包括一个几岁大的孩子。

过了很久,正当之前的对话快要被我抛之脑后时,我再次听见一个稚嫩的声音很小心地说:"可是……不可能让所有人都喜欢我的……"

几乎是一瞬间,我的耳朵如同穿过了一束电流!我睁开眼,望向那个小小的身影,突然睁眼后的强光让我看不清他的样貌,只依稀辨得出那小影子耷拉着脑袋,全然没了最初的那股冲劲儿。

"一个人不可能让所有人都喜欢……"

人生的巧合真是无处不在,这是一句就快要被遗忘的话。我伸头看了看地铁的报站,一时间有些心急。我已经迫不及待地想将这件事分享给城南的朋友,我知道一个好的话题足以让我们回忆起整个青春,但愿他已经备好了热咖啡。

想到这儿,我的眼前很快就拼凑出一个画面来:那家伙正鼓着大眼,夸张地把嘴做成一个"O"型。我猜想他一定会说,"其实……那小兄弟就是我儿子!"

上了公交,我迷迷糊糊睡了过去。半梦半醒的状态最适合"回忆"这种事情。

我的朋友叫"阿筝",是从小玩到大的哥们。阿筝打小聪明伶俐,"人精"二字当之无愧,人人见了都喜欢。反倒是我,平庸木讷,学说话的时候不知怎么弄的学了一嘴口吃,跟他站一堆儿,差不多就是一木头。阿筝妈妈的理论是:要多跟聪明、长进的人一起玩儿。言下之意就是,跟木头待久了也会变成木头,所以她是很反对阿筝跟我一起玩儿的。但还好这兄弟心眼儿不错,没怎么嫌弃我,很多事上还总提点着我。

比方说,小时候过年前他总教我背贺词,我结巴,背了好久才说顺了。后来,因为这事儿我没少受长辈们表扬。就连平日里不怎么熟的叔叔阿姨,也被我这一通乱说,糊弄地掏了腰包。我忽然变得口齿伶俐,父母脸上也添了不少光。他们虽然嘴上不说,但能看得出心里还是万分欣慰的。打那时起,我就决定跟着这哥们混了!

类似的事情还真不少,印象最深的一件是:有一次打篮球把人家大爷院儿里的花盆砸碎了。那时候还小,"咣当"一声把我们都吓蒙了。我的第一反应不是和身边的人商量看怎么办,也没想着求助父母,而是拔腿就往阿筝家的方向跑去！现在想来,信任这种东西久而久之就会变为依赖。

听我火急火燎地讲了一遍,阿筝很是淡定。他二话没说就提溜着我去给大爷赔不是。我按他之前教我的,在大爷面前绘声绘色地演了一遍！结局就是,大爷亲自登门,夸我爸妈孩子教育得好,什么有责任、有担当的话说了一堆。一起惹乱子的伙伴也因为我的一人承担而幸免于难,对此他们自然十分感激。就这样,一件糟糕的事在阿筝的处理下,反倒因祸得福了。

很久以后,我在书上看到一个相似度百分之九十九的故事,只不过人家是踢球打碎了别人家的玻璃,相信很多朋友也听过这个故事,故事的主人公是美国总统林肯。我强烈怀疑那小子一定是之前看过那个故事,顺道才把这"总统养成记"用在了我身上。我至今仍记得大爷表扬我时的神态,后来我常常在想,或许那时的自己曾产生过一丝的犹疑与不安。但我确定,即使产生过也必然在一瞬间被虚荣冲得一干二净！

小学过后,阿筝搬了家。再次见到他是在高中的报名会上。那个时候,我们都褪去了儿时的稚嫩,长成高大健壮的大男孩儿了。很庆幸多年过去,我们仍能够一眼认出彼此。

我用流利的语言跟他寒暄了几句,他指了指我的嘴巴,鼓着大眼,夸张地把嘴做成一个"O"型。对于他的反应,我有些无奈。他又立刻摆出一副释然的样子,完全是那种"母为儿忧"后的释然……

后来我们被分在了同一个班。阿筝当了班长,他总能用最短的时间和身边的人打成一片。但,说实话我的高中过得并不怎么愉快,当时我们班上有几个所谓的"级霸",这些人组成了一个小团体,每天游手好闲,专干缺德事儿。所有的同学都绕着他们走,但即便如此,冲突还是难以避免。很不幸,我就是其中的一个。

现在想来还是有些后怕,当时被围追堵截在回家的路上,就像老港片里一样,一群社会上的小青年一边晃动着手里各式的金属,一边低声交谈着,时不时还发出几声不怀好意的怪笑。

当时的我几乎是闭好眼睛准备接受命运的残酷了。却在这时听到了一阵急促的车铃声……阿筝推着车从人群后挤了进来。

他还是那样一脸淡定,跟多年前"拔刀相助"时的神情相比没有丝毫变化。只见他跟班上为首的那个混子耳语了几句,接着人群就慢慢散了……

我至今也不知道阿筝跟那人说了什么。在之后的观察中,我发现阿筝平时好像挺照顾那些人,而混子们似乎也很喜欢阿筝,常常跟他称兄道弟的。我猜想阿筝在他们中间应该是有一些话语权的,说个情放过一个我这样的人,怕也不是什么难事。

但,自打那件事过后,我的心中似乎对这个自小就相识的哥们产生了一种奇异的认知。我说不清那是什么,总之和之前的感觉完全不同了。

高考前夕的那个春节,我大半夜硬是被他拉去了网吧。阿筝站在网吧前的台阶上一动不动,我回身去拉他,他却压着我的肩坐了下来。然后从包里掏出一个装白醋的瓶子来,我一眼就瞧出那是我家桌上的玫瑰酒!我不禁感到又好气又好笑——这家伙,什么时候顺出来的!

他拧开瓶盖喝了一口,转手递给我。我有些纳闷儿,迟疑地接过酒瓶。

阿筝瞥了我一眼,指了指我手里的瓶子,我也没想太多,仰头闷了一口。紧接着,他终于说话了——

"你以后打算干什么?"

我一下被问懵了,心说:这大半夜的把我弄出来,就是为了谈人生理想?

"我……"

犹疑了半天我也没说话来,我确实没怎么想过以后的事情。不知道现在高三的孩子都怎么想,反正当时我的脑子里就只有"高考"一件事。

没等我回过神儿,他拿过我手中的白醋瓶,又是一口。

"这样讲话真难受!这么久了我竟然还是不能适应。跟你,就不用了。"

我似懂非懂地点了点头,其实压根儿没明白他在说什么。

"对我,你怎么看?"

对你?我正听了个糊涂,就只听他又道,"说什么都行,我们毕竟认识了这么多年。"

他的声音很轻,头埋在胳膊里,我看不清他的表情。

几口酒下肚,加上深夜的困倦,我脑子有些飘。于是,就大着舌头说道——

"你……聪明,友善,脑子活泛、鬼点子多,功课也好,同学眼里你是好班长,老师眼里你是好干部,学校眼里你是不可多得的种子选手,就连'臭虫'眼里你也是最纯正的'便便',从小到大所有人都喜欢你,你是我长这么大见过最牛的哥们!"

这番话过后,安静了许久,这种安静让我的酒醒了一半。我看向阿筝,对方正望着远处的街灯出神儿,一言不发。

我拿醋瓶在他眼前晃了晃,他一把抓住,盯着我的眼睛问:"你不觉得……一个人活成这样有些奇怪么?"

我被他看得有些发虚。那种奇异的感觉再次涌上心头……

"没有,其实……能让那么多人喜欢挺好的!这可不是每个人都能做到的。"

"但,一个人不可能让所有人都喜欢……除非这个人……放弃做他自己。"

那一刻,我终于意识到那种奇异的感觉是什么了。

一个人为了建立与全世界的联系,不惜将自己打成碎片。还是这个人,他建立了与全世界的联系,他能够在各式的联系中走得游刃有余,不差分毫。联系如蛛网般越结越密,而他感受到的却是愈来愈深的阻隔。内心仿佛树起了一座心城,把一切真实统统隔绝在外,包括曾经最亲近的朋友,包括自己原本渴望的人生。

那一晚我们聊到天明,他说他以后想在山里经营一家农家乐,这是他不敢告诉母亲的人生理想,唯独告诉了我。听他这样说,我心中顿时生出了一种被信任的喜悦。心想着:或许忙于世故的人们,都有那么一点儿向往深山野墺吧。

回家路上,整夜的话在我耳边来回翻滚。我默默地想,直到想得心疼起来。说到底,他不过也是个与我一般大的孩子而已。为什么要让一个孩子独自生活在冰冷的城墙里?为什么那些最爱他的人要亲手把筑城砖头递给他,还要在砖头上虚伪地写下鼓励、器重、羡慕、甚至希望……

很多人还不曾了解——爱,远不是把你爱的人装点成你认为最好的样子,很多看似美好的东西却足以将一切毁灭。

耳边发动机的嗡鸣停了下来,汽车到了站,我的思绪也落回现实,看日头已是正午了。

我一手拿着外衣,一手拎着美酒走下车。早春时节,山脚下的空气十分新鲜,却不免有些清冷。我打了一个寒战,往山上走去……

一路上的野花很多,当地人采下来扎成束专卖给过往的行人。

一小时过后,终于到达。我喘着粗气,走进一片竹林,石桌还是老样子,只是上面多了一些野花,有些是新鲜的,有些却已枯萎了。望了望,四下里没什么人。我走上前,把手中沾满露水的花摆在石桌上。又走到一旁的石碑前,把酒放在那个最显眼的地方。

李瑶

女,生于陕西省,西北大学文学院 2014 级创意写作班学生。"爱上写作,真的是一件很容易的事情。因为——生有七尺之形,死唯一棺之土,唯有著书立说,方能立德扬名。世事如书,希望你们都会偏爱我这一句。"

婆娑

一

此时的金銮殿内歌舞升平,我一身素衣站在侧殿显得格格不入。看着里面翩翩起舞的女子,略施粉黛,眉目如琢,笑靥如花,再看看金銮殿上坐着的那人,眼中含笑。他微微上扬的嘴角告诉我,这一刻我已经输了。

"吏部尚书之女甄嬛,接旨。"王海公公接了皇上的口谕,就立马下来宣旨了。

"臣女接旨。"

惊鸿舞不知何时结束了,我站在下面安安静静地听完了这段册封,这会儿我也佩服起了自己的勇气。

"若曦姑娘,您怎么在这儿呢?不过去参加典礼吗?"玉檀从殿内奉茶回来,见我站在侧殿,不禁觉得奇怪。

"不了,今日有些乏了,想早些回去休息了。"我又朝殿内望了望,转身朝着半月楼走去。

二

半月楼与满月楼只隔了一个花园,那是我们以前经常去的地方,你还亲手为我做了一个秋千……又想起先帝还在那会儿了,那时你还不是皇上,那时你许了我一片桃花林。

因选秀之事,我进了皇宫,也是我性子倔,不愿被这高高的宫墙束缚。你跟八爷用尽各种方法帮我,最终让我留了在先帝跟前奉茶。你们都说我是鬼精灵,能讨得先帝欢心。那年,先帝赐了一道圣旨给我。于是,来不及跟你道别,我便出了宫。

那两年我走遍了大江南北,遇见了很多可爱的人,积攒了很多有趣的事儿。可正当我起身北上的时候,宫里来消息了,说先帝驾崩了,新皇继位。那一刻,我害怕极了,马不停蹄地往回赶。看见殿上坐的是你时,我莫名地松了一口气。

我知道皇子相争的残酷,但我对你的做法真的不敢苟同。为此我求过、吵过、逼过、威胁过,而你只是冷冷地看着我,不置一词。

我们之间好像越来越远了……

三

"菀贵人到。"门外公公高声通报。说不上是什么心情,这一刻疯狂地想要逃离,正想着推脱的说辞呢,人已经进门了。

"若曦姐姐吉祥,妹妹许久未见姐姐,心中总是记挂着,今日贸然前来,姐姐不怪妹妹吧?"

"怎么会,当年江北匆匆一别,已是多年未见,怎么会怪你。"

"姐姐,你的大恩大德妹妹无以为报。你教我的惊鸿舞真的很特别,皇上很喜欢。"说着她还娇羞地低下了头。

我只是笑笑,并不想多说什么。

"姐姐,我有一事不明,还望姐姐指点一二。"她拉着我的手摇了摇,就像当年求我教她跳舞一样。

"你说吧,能帮我就会帮的。"

"皇上都有什么喜好呀?昨晚他说,恩,他说喜欢我懂事儿的样子,我想着……"

"你怎么不直接问他?"终于听不下去了,我硬生生地甩开了她的胳膊。

"姐姐,你不是跟皇上……"她吞吞吐吐不往下说,但我的心里早已了然。

看着她那精致的妆容,脸上再也不见当年那个活泼、俏皮的模样了。

四

"姑娘,不好了,不好了。"贴身丫鬟绿芜慌慌张张地从外面跑了进来。

"怎么了,瞧把你这丫头给累的。"近来身子越来越不好了,每日躺在软榻上,打不起精神来。

"姑娘,不好了,皇上要处死八爷了,怎么办呀?"说着便呜呜地哭了起来。

我惊得从软榻上摔了下来。以前你虽羞辱他、折磨他,却从来没有动过杀念,如今这是怎么了。我用力地拍打自己,让自己冷静下来,只有冷静了,才能跟你谈判。

急匆匆地跑到满月楼找你,这也是你让甄嬛住进满月楼后,我第一次来。进门便看见一幅让我大脑充血的画面——你们坐在软榻上旁若无人地拥吻着。我用力地咬了咬嘴唇,嘴皮都渗血了,可再疼也比不过心疼。

"我有一事相求。"我看着软榻上的你,努力让自己镇定。

"放肆,见到朕也不知道行礼,还敢自称我,恩?"你满脸不悦,那模样像是要把我撕碎吃掉一般。

不知道为什么你会发如此大的脾气,难道你忘了这是你给我的特权吗?我真的不敢相信自己的耳朵。

"皇上,奴才有一事相求,请您高抬贵手放了八王爷。"说完还跪在地上磕了一个头。

……

你真的怒了,你砸碎了满月楼的所有东西,一边砸一边说着难听的话。让我最伤心的是你竟然怀疑我的真心,你说我对八爷念念不忘,你说我出宫就是为了跟他幽会……最后我用先帝赐的圣旨换了八爷的一条命。你带着甄嬛拂袖离去。

五

这几天,我总爱坐在半月楼的凉亭中,看着外面的秋千。秋千不停地晃呀晃,从前的事儿就一股脑地全出现在了脑海中,但我知道我们终究是回不去了。

"绿芜,外面怎么这么热闹?"

"姑娘,我……"

"说吧,让我也高兴高兴,我们半月楼就是太闷了。"

"今天册封皇后,皇后是菀贵人。"

绿芜递给我一杯茶,我揭开茶盖看了看,是你最爱的碧螺春,顿了顿还是喝了,只是今天的茶有点儿苦。

没过多久,八爷也被你发配边疆了。我知道,他死罪可免,活罪难逃。他走的时候我去送了,他说对不起我,我没说什么,只让他保重。其实我明白他一心求死,为了刺激你,才编了一些子虚乌有的事儿,可是你也信了。他问我能不能最后抱我一下,我没有拒绝。后来我才知道,那天你一直在城墙上看着。

六

皇后产子,剧痛难忍,你毫不避讳地直接冲进产房陪她;皇后失足落水,你严惩了全部宫人;皇后生辰,你亲手做了一个纸鸢……这会儿我才相信,你是真的不爱我了。

自从那年八爷之事后,我们就再也没有说过话了。今天我鼓起莫大的勇气去找你,只为求一道出宫的圣旨。你很惊讶我的到来。虽然这些年我们不曾见面,但你却从来没有在其他方面亏待过我。于我来说这更是煎熬。

"你真的要走?"

这是这几年来你对我说的第一句话,也是这辈子你对我说的最后一句。我点了点头,你没再多说什么,大笔一挥洋洋洒洒写了一道圣旨,就让我走了。

七

我以为走的时候,你会站在城墙上远远地看着,我就等啊等,可怎么也等不到你。赶车的公公催我赶紧上马车。对不起,终究还是把你弄丢了。

你知道吗？先帝当初赐我的圣旨是做你的皇后，可我却用它来换了八爷的命，你也没有怀疑。

你知道吗？我当年出宫是为了跟外面的世界告别，见到有趣的事儿我都用本子记下来，预备回来讲给你听。

你知道吗？我用了一年的时间跟竹山仙人学习惊鸿舞，只因为你说你想亲眼看一看这传说中的仙舞，后来我也教会了你的皇后。

你知道吗？你的皇后根本不会泡茶，每次都是我将茶叶配好送到她那里去的，只有这样我才不会觉得你离我很远。

你知道吗？你爱的皇后一直爱着别人，她处处讨好你，只为救赎她的爱人。

你知道吗？我爱的一直都是你。

八

四月最是草长莺飞季，皇上带着众阿哥们出塞行围。

来江北行围，听大臣们汇报事务是必不可少的。众皇子都安安静静地坐在帐内听着，唯独四阿哥有些坐不住了，跟皇上报备了一下就溜了出去。

刚出帐就看见一个七八岁的小女孩，正蹲在帐篷旁边眼巴巴地朝里面望着。

"你是谁？在这蹲着干什么？"

"我叫马尔泰若曦，在这儿等我的阿玛。"

小姑娘乖乖地回话。仿若星辰般的眼睛像是会说话，粉嘟嘟的小脸如雕琢一般精致。绿茵茵的草地上，姑娘一身湖蓝色的骑装，风一吹，仿佛吹动了整个春天。

"长大了，我娶你做我的福晋可好？"

李永燕

女,1995年6月生于陕西安康,西北大学文学院2014级创意写作班学生。自幼热爱文学,高考语文130分,在校期间曾任《木香》杂志社嘉木栏目组成员,采访过多个社团和老师,2014年10月文学院辩论赛获得二等奖,2015年5月曾参演西北大学黑美人艺术节校园心理剧《徘徊》,之后于西北工业大学和陕西师范大学巡演。有爱心,经常去看望孤寡老人和流浪儿童。

他是她的弗洛伊德

推开一道门,屋子里消毒水味道是特属于医院的。

也许因为病人的特殊,这个穿白大褂的年轻医生,低头看了一眼病历。嘴角扬起了一抹轻微的笑容,"你好,路小姐。我是季诺,你的主治医生。"

低头坐在病床上的路姓病人,只是稍微抬了一下眼睑,微不可见,仿佛没有听见。不,不是仿佛,是确实。而眼前这名男子,对于这般场景是司空见惯。但这一次,他却从这个女孩眼里捕捉到了一丝熟悉。这个女孩,应该是见过的。仅停顿了一秒,季诺医生继续说着治疗流程,内心却突然燃起一种莫名的信心。这个女孩,他一定要治好。一定要看到她脸上的笑容,那笑容,肯定很美。

季诺医生是学心理学的,不同于其他骨腔科医生每天缝合外伤接触骨肉之类,他所接触的,是人们心理上的伤口。而抑郁症是目前最为常见的心理疾病之一。每天与不同的病人接触,季诺认识到,现在的人,心理太脆弱了。这是一种城市病。愈是如此,他对待病人愈发细心,帮助不少病人走出心理阴影,重回阳光生活。

而这次的病人,又有怎样的故事呢?看到提前支付的高额治疗费用,季诺沉思着。而又是怎么样的父母,把女儿送来就匆匆离开了,感受不到丝毫的关爱。

季诺本身也是如此,小时候父母在一场车祸中丧生。自己便被寄养到姑妈家。因为受人眼色,所以季诺有着旁人没有的细心和坚强,不然怎么会如此年轻就当上了主治医生。

一连好几天,病人无任何进展。季诺医生在办公室皱眉沉思。看来,还是要从路菲儿的父母入手了,他犹豫了一下,拨通了患者家属的电话。

丁零零……对方接起了电话。

"您好,您是路菲儿的家属吧?"

"嗯,"传来浓重的中年男声,"你是?"

"我是她的主治医生,请问您明天中午有时间吗。关于她的病情,我希望能当面跟您了解一下。"

沉思了几秒。"恩,好,明天十一点半吧。"对方挂了电话。

季诺又走进了这个病房,看着白蓝相间的病服上那张寡白而又不失精致的小脸。这一次,她抬头看了一眼眼前的陌生人,又恐惧地缩了缩。季诺走上前去轻声安慰,不要怕。女孩却毫无反应。带着更深一层的压力,坐了一刻钟后,季诺离开了病房,临走前,嘱托护士好好照顾。

十一点半。办公室准时响起了敲门声。

"您好,是路先生吧,我是路小姐的主治医生,我叫……"

季诺温柔的自我介绍被一只手打断。

"说吧,叫我来什么事?"眼前的中年男人带着一种商人惯有的姿态。

"呃,我想了解一下路小姐的病情,从什么时间开始的,这之前发生了什么事吗?"迅速恢复平静的季诺问道。

路通稍微皱了一下眉,便缓缓地讲起当年的事。季诺的笔也在纸上飞快地驰动,全神贯注。

原来这路菲儿是在其八岁的时候,目睹了一场车祸,惊吓过度便患上了轻微的抑郁症,只是最近突然特别严重,经常做噩梦尖叫不停,甚至还有些自残倾向。

听完路通的介绍,季诺的清澈的眸子闪过一丝忧色。送路先生离开,季诺又将病人经历仔细看了一遍,看来,只能从路菲儿自身下手了,季诺心想。

下午,走进病房,路菲儿刚吃完药。治疗抑郁症包括药物治疗和心理治疗。现在季诺要对有社会障碍的路菲儿做认知行为治疗了。这也是目前为止,公认的最有效的治疗方法。拿着自己的工作服照片,一遍又一遍地放在她面前,并一遍遍地说着自己的名字"季——诺——"。

经过长时间的认知训练,路菲儿也从开始的毫不理睬到有了反应。这一次,当季诺医生拿着自己小时候的照片再次放在她眼前时,她竟意外地随口吐出了"季诺"两个字,但是转瞬,她捂着头,在努力思考些什么,应该是不好的事情,不然她表情不会如此扭曲。

在此以后,每次提到季诺,尤其是大声喊叫出来,她都会有出奇的反应,仿佛他们前世之间有什么纠葛一样。这个结果,是季诺想不到,也想不通的。心里涌起一股不知是甜还是涩的味道。

直到有一天,路菲儿又从噩梦中醒来,在洁白的病床上蜷成一团,捂住耳朵大声尖叫,"不是我,不是我。不,不,都怪我!"看到瞳孔放大的路菲儿,季诺的心隐隐地痛了一下。

路通再次来到医院的时候,已是两个月之后。

看到女儿的进步,他多了一些欣慰,也多了一份平时不曾展露的温情,"唉,这孩子没娘疼,我这做父亲的……"这下,季诺医生,惊讶在原地,什么?她竟然是没了亲娘的孩子?

"这情况您怎么早不同我说,那么敢问夫人是如何离世的呢?"季诺隐隐有些着急,感觉谜底在一步步揭开。

原来,菲儿的母亲也是在一场车祸中不幸丧生。那天夜里,菲儿和她父母一起从外公家回来,路通喝了酒,不能开车,菲儿的母亲刘女士开车。菲儿坐在副驾驶上,开心得叽叽喳喳,要同妈妈玩游戏。就在她伸手蒙住妈妈眼睛的那一刻,对面来了一辆高速行驶的车。"咣咚",不偏不倚,正好撞上。看到对面两个人,血从头上像泉水一样涌出来。耳边只听到一声呼喊,"季诺!"

菲儿看到了对面那个眼光清澈却带有一丝怨恨的男孩。

菲儿着急得不知道怎么办,只是一个劲地哭。随着两辆车"爸爸""妈妈"的嘈杂喊叫,警察赶到了。

难道是她？难怪……

路通探望完毕，季诺对菲儿还是无微不至地照顾。仿佛这个女孩，和他前生注定了一样，有一种心意相通的契合。

与此同时，季诺医生也在干另外一件事。他拜托自己的警察局朋友查当年自己父母车祸的案底。听姑妈说，当时是一个姓刘的大概30岁左右的女士撞上了他父母的车。而如今，自己得知菲儿的母亲也姓刘。而世事，真的就如此巧合吗？他已经相信命运了啊。

所有的不幸，都是他应该承受的。他应该靠着自己的努力活出自己的精彩，那样，他天堂的父母也会开心。

随着季诺医生的治疗，路菲儿的病一天天有所好转。而她，看他的目光虽然还有一些淡然，却多了一份信任和依赖，也能尽量配合他做出一些回应。临床症状大大减轻了。这一切，皆是因为，他是最了解她的人，她的病，源于自责。

看着菲儿安然地睡去，季诺医生悄悄退出了病房。

什么？车主姓季……季诺医生脑海里回想着刚才朋友传来的消息。

不管怎样，结果都不重要了吧。季诺医生，早就放下了一切。对待这个病人，他早就不同于其他普通患者，这一点，其他的护士也都看在眼里。

看着菲儿天真烂漫的模样，季诺不忍心再伤害她。毕竟事实，他们两个已经心知肚明。他在等菲儿真正好的那一刻。

季诺体贴入微的照顾终于换来了菲儿身体的渐愈。

一天早晨，路菲儿并没有跟以前一样，醒得很早，很久没有睡得这么安稳了，梦中还有他，他的眼神，如同他的手掌般温暖。

"季诺，对不起。"醒来的菲儿眼里泪光闪闪。所有的一切全都融合在这三个字里，对他的感谢可以不说，但是这声道歉却是无论如何不得不说的。

"没关系，不要自责了。"坐在她床边的男人说道，说完手从她的头顶一路滑下来，轻轻拥住了她。

那天，路通来接路菲儿出院。季诺医生在她耳边轻声说了一句话。她回之温婉一笑，那一笑，就像天上的太阳那么明亮。

他说:"你要相信,你是个很特别的人,你值得拥有这世间的一切美好。"

刘欢

女,西北大学文学院2014级创意写作班学生。非典型性双子座,看起来孤僻高冷,实则有一颗敏感的心。没有什么一技之长,爱好音乐,习惯用看看书码码字来体会生活的乐趣。关于作品,通常没有目的,没有逻辑,自己也不十分清楚写的究竟是什么,只是单纯想写些东西表达自己的内心。

小狐狸和小兔子

小小狐狸在葡萄架下打盹,听着自己的爷爷讲一些陈芝麻烂谷子的事,他最喜欢的是这个爷爷的爷爷辈的故事……

森林里住着一只小狐狸,他不像其他狐狸一样聪明狡猾,也不够讨人喜欢,他天生自卑,因为一生下来就只有一只眼睛看得到,另一只眼睛总是用纱布包着,小伙伴们都觉得害怕,因此他也没什么朋友。

但他还有亲爱的爸爸妈妈,他觉得如果能这样一直和家人幸福地生活下去就很满足了,他一直相信自己是幸运的,起码还有另一只眼睛看得到这美好的世界。

小狐狸慢慢长大,要离开家,到广袤的大森林去游历。森林里有太多神秘的地方和奇怪的事,虽然不舍家人们,但小狐狸还是很勇敢地伸着小短腿迈出了家门。

传说森林里住着一个神秘的老婆婆,可是很久很久以来都没有人见过她,这位老婆婆有一把金钥匙,要是拿着它许愿的话,无论什么愿望都会实现!可是这个钥匙每隔几十年只能发挥一次作用,听别人说上次有人用它许愿已经是小狐狸爷爷的爷爷辈的时候了。

小狐狸心想,如果这次足够幸运,会不会见到传说中的那位婆婆借到金钥匙让自己许愿呢?他想治好自己的眼睛,然后交到好多朋友。小狐狸发誓，如果可以的话，自己一定会很用心感谢那位婆婆，用最漂亮的铃兰花做成裙子送给婆婆穿，把最最珍爱的香草冰淇淋带给婆婆吃。

小狐狸孤身一人走啊走，森林太大了，也不知道走了多久，也不知道自己到了哪里。累得气喘吁吁的时候，小狐狸看到不远处的灌木丛间有一只漂亮的小兔子。

小兔子脖子上带着精致的红宝石项链，正哼着歌一蹦一跳地向小狐狸走来。

小狐狸低着头上前，鼓起勇气对小兔子说："你好啊，我是小狐狸，在找森林里有金钥匙的老婆婆，你知道她在哪儿吗？"

"金钥匙？"小兔子听了，红红的眼珠子滴溜溜一转，摇摇头说，"我不知道。"

小狐狸微微抬起头道了谢，无法掩盖失望地叹了口气。却在不经意间看到阳光下的小兔子正用红宝石一般的眼睛看着自己。阳光下，森林里斑驳的树荫映在小兔子身上，一只耳朵高高竖着，另一只懒洋洋地耷拉在肩上，白白的毛看起来温暖又可亲。小狐狸呆呆地站在原地，心想："她真好看。耳朵好看，眼睛也好看，不像自己……"想到这里，小狐狸就垂头丧气地道了别，准备继续走了。

小兔子也认真端详了小狐狸一番，怔了怔，拦住了小狐狸要走的脚步，一眼就看到了他眼睛上的纱布，好奇地问小狐狸找老婆婆和金钥匙的理由。小兔子听了小狐狸的理由，红红的眼珠子又骨碌一转，决定帮帮小狐狸："森林太大了，一个人的日子每天都很无聊的，这样吧，我和你一起，就当解闷了。"

小狐狸没作声，呆呆地愣在原地，不可思议地看着面前这个漂亮的小兔子。

"那，我们现在起就是好朋友了！"说罢，小兔子牵起了小狐狸垂下的手。

"好朋友……"小狐狸嘴里喃喃着。

小兔子带着小狐狸翻过了一个又一个小山包，在清澈见底的小溪里游玩，一起趴在树上休息，一起盖树叶和羽毛编成的被子。小狐狸开心得不像话，之前想也不敢想会有愿意和自己做朋友的人，而现在自己竟然也有了第一个好朋友,那就是小兔子。

又走了好久,两个人迷迷糊糊来到一座小木屋门前。小狐狸好奇地向四周望了望,他长这么大好像从来没有来过这里,这儿的树比自己家门口的高得多,花儿比其他地儿都好闻,连树叶儿也是像花朵一样一层层绽开的,小狐狸被眼前的景色吸引住了,好久才从美景中走出来。

"小兔子小兔子,你看这儿多美呀!——欸,小兔子呢?"小狐狸挠挠脑袋,回过神发现自己的好朋友突然不见了踪影。

小狐狸心里好着急,却不敢大声喊,生怕惊动了森林里骇人的东西,可是一想到漂亮的小兔子——她可是自己唯一的朋友。于是小狐狸鼓起勇气喊道:"小兔子,小兔子——"可除了大树上被惊动了的鸟儿们扑棱棱飞走之外,森林里只剩自己的回音。

小狐狸越想越害怕,他怕找不到小兔子,怕失去朋友,于是声音也越来越大:"小兔子,小兔子,你在哪儿啊……"

突然,面前那栋小木屋的门"吱呀"一声打开,黑漆漆一条缝看不清里面有什么,只传来年迈的声音:"是谁在门外吵闹啊?"

小狐狸一听,吓得赶忙往树丛中躲,用颤抖的声音回答道:"对不起,对不起婆婆,我不是故意喊叫的,我和我的朋友走散了,我在找她,不小心打扰您了。"

"你在找人,你朋友?那我可以帮你啊。"

"啊?真的吗,婆婆,你真的可以帮我吗!"

"当然,我这儿有一把金钥匙,只要拿着它许愿,什么事都能实现,自然找得到你的朋友。"

小狐狸一听,恍然大悟,原来小木屋里这位婆婆就是那个拥有金钥匙的人啊,自己可真是幸运!

小狐狸刚要开口答应,突然想起这个钥匙好几十年才能用一次,要是许了愿用来找小兔子的话,那自己的眼睛……

"怎么,在想什么?不想找到你的朋友的话,那我的这个愿望就留给其他有需要的人了。"老婆婆幽幽地说着,门缝也合上了一点。

"不不不老婆婆,"小狐狸飞快地在内心思索:一定要找到小兔子,那个很好看的,不嫌弃自己,愿意和自己做朋友,还帮自己找苹果项链的小兔子！她那么好,一定要找到她,绝对不能让她有危险！至于自己的眼睛……已经习惯了,说不定以后还会有机会治好的。

"好的婆婆,我需要您的帮助。您可以把金钥匙借给我许愿,让我找到我的朋友吗?"小狐狸坚定地一字一字回答道。

透过门缝,老婆婆的声音传了出来:"好啊,那你进来吧。"

小狐狸忐忑地走近小木屋,这座房子好像年代很久了,门窗都是自己爷爷的爷爷时候的样式,他只在画片里见到过,连门前的台阶踏上去也会发出咯吱咯吱的响声。

小狐狸慢慢推开门朝里面走去,屋内根本不像外观那样老旧！壁炉是用她从没见过的好材料砌的,正温暖地燃烧着,桌上的烛台雕刻的花草图案栩栩如生,盘子里的水果自己更是连名字也叫不上来,屋子里是想象都想象不到的华丽温馨。

"看傻了? 把门关上往里走啊。"老婆婆轻笑道。

小狐狸这才回过神,寻声往里走,却没有看到人,房间虽装修华美却不大,走不了几步就走遍了,可是还是不见老婆婆,只有一只大花猫懒懒地卧在褥子上假寐。

还在思考要不要去打扰大花猫的时候,那只猫开口讲话了:"金钥匙在我脖子上,你来拿吧。"小狐狸吓了一跳,原来这只猫就是那个老婆婆啊。

小狐狸蹑手蹑脚地走到花猫婆婆旁边,从脖子上取下了一条项链,坠子是一颗苹果形红宝石,里面包裹着一个特别小的金色钥匙,链子是森林里特有的古老纤维制成的。

小狐狸盯着看了几秒钟突然觉得这项链有点眼熟,好像在哪儿见到过。

"这就是你要的东西,你要是准备好了就双手合十,回忆你那位朋友的样子,一心一意专心致志,里面的金钥匙会帮助你,她就会回来了。"花猫婆婆说。

听了这话,小狐狸点点头,虔诚地把钥匙捧在手里放在胸前,他想:"小兔子,你在哪里啊? 我好想你。"想着想着脑袋里又浮现出了他们俩第一次见面时的样子。

突然小狐狸感觉到一阵风,他觉得奇怪,屋里怎么会刮风,于是悄悄睁开一只眼——是花猫婆婆周围起了风,花猫婆婆居然正在慢慢变成自己正在找的好朋友小兔子!

小兔子看小狐狸睁开了眼,佯装生气地说:"不是让你专心了嘛,怎么还是睁开眼睛了呢!"

小狐狸显然被眼前的事情吓到了,没回过神来,可还是好开心,飞似的上前,一下子抱住了小兔子:"哦哦哦,小兔子你回来了,真的回来了,我真的找到你了!可是帮助我们的花猫婆婆呢?"

"哎呀,你笨死了,哪有什么花猫婆婆啊,是我,你要找的就是我!"

"不是几十年只出现一次的老婆婆么?"小狐狸不懂。

"谁告诉你有金钥匙的是老婆婆了,还不都是听别人说的,这么多年都没有人见过我,闷都快闷死了,既然你自己一直乱想,我就只好配合你一下喽。"

"所以一开始你就答应帮我,是因为你就是我要找的人!"小狐狸难以置信地竖起来自己尖尖的耳朵。

"对啊,是我,你看我这不是帮你了嘛。"小兔子眯起眼睛笑了笑,说:"把眼睛闭上,我还有礼物给你。"

这时,小狐狸看着神奇的红苹果项链里面的金钥匙突然想起来:"啊!这就是第一次和小兔子见面时看到的她脖子上那条好看的项链啊!"还没等他讲出来,又一次听话地闭上了眼,不一会儿,小兔子拆掉了小狐狸缠在那只盲眼上的纱布说:"好了,现在睁开眼睛吧。"

小狐狸还在惊讶金钥匙就是小兔子的项链,完全没意识到其他事。他缓缓睁开眼睛,却也并没有看到什么惊喜的东西,小兔子只是紧紧地盯着自己。

小狐狸眨眨眼,却好像觉得有什么东西不一样了,这个屋子和之前看到的不太一样,小兔子也不一样了,自己却又说不出哪里不同。

"笨蛋小狐狸!"小兔子气哄哄地敲了敲小狐狸的脑袋:"你呀,现在两只眼睛都看得到啦!"

小狐狸恍然大悟,他闭了一只眼又睁开另一只眼,来回反复了好几次,终于惊呼道:"哦!是真的!真的两只眼睛都看到了!"

小狐狸开心得不得了,牵着小兔子在屋里来回地跑啊跳,说了无数遍不可思议和谢谢小兔。没去过几年学校的他,几乎用完了所有可以表示开心和感谢的词语才停下来。

"对了,小兔子,你到底是怎么做到的啊?"

"你终于想起来问了,"小兔子还没从小狐狸过于激烈的感谢中回过神,好笑地说:"花猫婆婆就是我,自然不用许愿我也回得来,所以当然就用金钥匙帮你治好了眼睛呀!"

小狐狸这一听又不得了了,牵着小兔的手挽着胳膊就跑出了小屋。

站在门口蝴蝶花开满了的台阶上,小狐狸踮起脚对着森林深处,用最大的声音喊:"爸爸妈妈我治好眼睛了,现在两只眼睛都看得到了,是小兔子帮我的。有金钥匙的不是老婆婆,是小兔子!"

深呼吸一口气,小狐狸接着喊道:"我太幸运了,我有全世界最好最好的小兔子!"

小狐狸看了一眼金钥匙,还挂在小兔子的脖子上,红彤彤的和小兔子的眼睛一样亮,在阳光下一闪一闪,很好看。

"嗯,和小兔一样好看。"小狐狸牵着小兔的手,看着她,心里甜甜地想。

"小兔子……金钥匙……"小小狐狸听着爷爷讲故事,不知不觉就睡着了,发出了微微的呓语。

月光透过长满绿叶的葡萄架,洒在熟睡的小小狐狸身上。

刘文欣

  笔名折木,女,西北大学文学院2014级创意写作班学生。生于古都西安,2014年高考意外来到西北大学,后出于自虐心理进入创意写作班学习至今。无一技之长,长叹息以掩泣。幸有爱好寥寥,人生得以慰藉。旅行为了美食,读书目的纯粹,减肥总挂嘴边,体重称了流泪。琴棋书画都不会,每逢期末总要跪。动漫游戏误终身,小说五万写崩溃。又是一日,新番还没追,推送又来催,论文要得急,考试没复习。

被困的24小时

(一)我是凶手

5月28日,上午11点。

  "我是记者×××,现在正位于A市某街道雅居小区,就在三个小时前,这里发生了一起杀人事件,嫌疑犯系一名青年男性,现已被警方控制,案件正在接受调查……"我想象着电视里的画面,背景是我家,每个家具和摆饰都是我和妻子亲自挑选的,拿来做背景既柔和又优雅,左上角配上一张我英俊帅气的照片,不要马赛克。

  "哎!叫你呢,你耳朵聋了?看这个袋子里装的是不是你杀人使用的凶器?看仔细点。指纹样本已经提取了,比对结果马上就出来,我劝你还是老实点,实话实说!"

  我这个炙手可热的"名人",很不幸地,正在被一个态度看起来不太友善的警察审问。他把装着我家水果刀的透明塑料袋放在面前的灰漆铁桌子上,居高临下的眼神中充满鄙夷。大概四个小时前,我用这把不锈钢水果刀杀死了三个人:我的父母和妻子。这将成为一个震惊全国的杀人案件，而我则是一个杀光了全家的，残忍的，杀人凶手，如果我能活到明天的话。

事实上，我已经是第三次进到这个房间了，大概两周前，我在小区里走了好几圈，把停在外面的最贵的那辆大奔砸了个稀巴烂，可惜车主匆匆赶来的时候我已经被保安架到派出所了，不然我还想把他那张小白脸跟他的车一起报废。那是我第一次来到这里。

又过了一周，我开车遇见个碰瓷的老太太，隔着两三米就一头栽到地上哼哼唧唧，我猛地一踩油门，老太太见势不妙，一个打滚躲了过去，我停下车，刚一打开车门，三个体型壮硕的男子就把我围了起来，送到了这里，还要以谋杀未遂的罪名控告我。

这一次，警察们按程序对我进行审讯，录口供，我十分配合。这让警察们很是失望，毕竟A市的治安是出了名的好，他们终日无事，顶多是处理斗殴和抓抓小偷。所以这次的杀人案件让他们都摩拳擦掌准备大施拳脚，可是见我这么老实，他们的一切智慧和手段一下子全无用武之地，便对我失去了兴趣。

"你的杀人动机是什么？"

"我出轨了，我妻子不愿意跟我离婚，我们争吵得很激烈，我冲动之下用刀捅了她，我没想到她会死。"

"那你的父母呢？"

"他们发现了她的尸体，我害怕，只能把他们也杀了。"我低下头。

（二）306监狱

5月28日，下午15点。

306号监狱除了我以外还有三个人，一个满脸横肉的胖子，四十多岁，面貌给人凶狠的感觉，但其实是个街边卖烤肉的老实人，被城管掀了摊子，红了眼冲上去把人家打成了重伤，判了两年，再过三个月就出去了。还有两个跟我差不多的年轻人，一个瘦瘦小小的毒贩子，判了七年，还有的熬。最后靠在角落的就是我要找的人——郑林。

胖子第一个走上前跟我打招呼，问了我同那些警察一样的问题，我一五一十地复述了一遍，然后遭到了他的鄙夷，我看到他眼中的厌恶。在监狱里,最不招人待见的是强奸犯,其次就是我这种丧心病狂,发起疯来六亲不认的杀人犯,这种人就算到了监狱里也会被众人瞧不起,只能低着头任人欺侮。不过大家心知肚明,我肯定是要被判死刑的,所以胖子跟我说话的时候带着三分同情,七分庆幸。人在不幸时能够得到的最好的宽慰就是看到别人更加不幸。

胖子说完以后,就一摇一摆地去床上休息了。毒贩子坐在床上,不时往我身上瞥几眼,却没有要跟我交谈的意思。郑林还在角落里倚着墙,我走到他身边,他依然保持着低头的姿势。

"先别出声,听我说,你叫郑林,今年24岁,毕业于A大计算机专业,X省Y市人,十二岁跟父亲来A市生活,你母亲在你五岁时离婚改嫁,父亲是做电子设备生意的。"我压低声音说。

郑林猛地抬起了头,眼中满是惊愕和警惕。

我缓了缓,接着说:"我没有调查过你,这些都是你亲口告诉我的。对我来说,我们已经是第三次见面了。"

"不可能,我发誓我没见过你。"他一口否定。

(三)时间困境

5月28日,下午16点。

"没关系,我来找你是因为'时间困境'。"

"'时间困境'!这是我自己的猜想,没给任何人说过,你怎么会知道?"郑林直勾勾地盯着我问。

"先听我说,我已经过了123个今天,你懂什么意思吗?不管我每天做什么,0点都会重新进入28号这一天,也就是说我被困在了5月28的这24小时里,自杀也没用,不论什么时候死亡,醒来都还是在28号……我已经受不了了,我只想过回正常的生活,你一定要帮帮我。"

"你想让我帮你破解'时间困境'?"他用右手食指和无名指敲打着太阳穴。

"对,你跟我解释过这个理论。"

一切都和上一次一样——除了时间。从我进入306监狱到向他说明我的情况大概花了一个小时不到,也就是说现在是下午16点左右,由于我的手表被警察没收了，我也只能估测个大概，比上次早了将近两个小时。

"可是这也只是我的一个猜测，多宇宙理论你听说过吗？我们都认为时间是单向线性延伸的，并且具有不可逆性。但是我们常常会出现某个场景似曾相识或者发生过的感觉，也就是所谓的既视感，我想这是因为在不同宇宙的时间线在某一刻发生了重合……"

（四）破解

"好了好了，我不想听这些乱七八糟的理论，我只想知道怎么才能摆脱？离重置点还有大概八个小时，八个小时如果还没有解决办法，我就又要重新再来了。"我再也无法忍受每天醒来见到相同的画面了。

"我也不知道，但一定有什么原因导致你陷入时间困境里，也许有某件事，它在三条时间线上的交点是同时发生的，以此为契机进入了这个封闭循环。"郑林双手抱在胸前，视线不知聚焦在何处。

不对，等等……如果我只是三条时间线上的一个，那么岂不是说还有两个"我"存在吗？他们哪去了？想到这里我浑身冒了一层冷汗。我咽了口唾沫，正想开口问他，他却好像看出了我的困惑。

"两个来自不同时空的同一个人是不能共存于同一个宇宙平面的，就像两个名字一模一样的文件不能存放在同一路径下，所以只有两种可能，要么他们没有进入时间困境，要么就是你把另外两个替换掉了，不管怎么样，他们是不存在的。"我心里松了一口气，顺便替那两个有可能被我"置换"掉的自己默哀了两秒钟，不管怎么说都是自己人。

郑林又开始敲打太阳穴，我知道这是他思考的表现，时间一分一秒地过去。

突然，他停下了手上的动作，问道："你为什么杀了你的家人？"

我愣住了几秒钟才反应过来。

"上次你问我第一个正常的28号这一天有什么特别之处，我只想到这天是我的25岁生日，我父母特地从B市来看我，所以我就猜有可能跟他们有关。"

"那你就杀了他们？"他反问。

"刚开始我用各种理由不让他们来给我庆生,但是都没有用,我实在想不到别的办法,才把他们杀了。"我摆摆手,做出无奈的样子。谁能想到,我只是恐惧每天睁眼后见到同一张脸,听到同一句话,那种仿佛被诅咒般的感觉令人不寒而栗。为了摆脱这种恐惧,我不得不杀了他们。

"有点道理,但我刚才想到另一个可能性。"

"是什么?快告诉……"

"0715出来!"

我们的谈话被这声突如其来的喊叫打断了,该死的,不早不晚正好赶在这时候,我用眼神示意郑林,他向我点了点头。反正已经经历了123个24小时,多一些等待又算得了什么。

(五)我是郑林

9月28日,下午17点。

我叫郑林,是心理学高材生,毕业于世界一流大学心理学专业,今年年初回到了A市,在市医院实习,在实习期间也接触了不少病人,而他则是我亲自负责的第一个病人。5月28日,是一切的开始。他有着幸福美满的家庭,父母健在,妻子贤惠,事业有成。这样的人按理说很少会出现心理问题。

第一次见面,他说自己有时会莫名烦躁,彻夜失眠,因此我对他做了一番调查,结果很有趣。

他的父亲常年嗜酒,还有家庭暴力倾向,母亲多年来体弱多病,年初被查出患有子宫癌,妻子是他的大学同学,已经结婚两年,夫妻感情看起来似乎还不错,但走访邻居时,有人透露二人时有激烈的争吵。前一阵子,他被公司解雇,原因是殴打同事。在调查了病人的个人资产状况后,发现他有着不小的经济负担,母亲的医疗费几乎掏空了家里所有的积蓄。

他扛着生活的巨大压力,像个孤军奋战的勇者,但他实在太累了,疲惫消磨了他对生活的热情,让一切爱变成恨,我要做的只是引导。迷失于"时间困境"的人其实是迷失于世界本身,被困的也始终只有自己。

我是医生,每个人都有点小秘密不是吗?

刘雅琦

女,西北大学文学院创意写作班2014级学生,公众号(创意写作之西创可贴)笔名依稀兮希栖。一个擅长开脑洞写得不咋样的死宅,风格不固定一切随心,想写点让人看了大吃一惊的东西。

公主终于吻醒了恶魔

公主吻醒了恶魔

公主终于吻醒了恶魔。

在她被困于不见天日的高塔中的第三千个日子。

"真没想到,最后我吻醒的,居然是一个恶魔。"公主苦笑。

公主已经许久不曾打理自己,一头金发早已失去了色泽,干枯无光;长得拖地的发丝纠结成一团,如杂草般凌乱。

恶魔缓缓自棺材中坐起,千年的沉睡未能带走他身体里蕴藏的强大力量,黑暗的气息令人不由战栗。恶魔的发丝漆黑,皮肤苍白,一双红眸仿佛被鲜血浸透。

"你是公主?"恶魔问。

"这副模样都能认出我是个公主,难为你了。"

"只有公主的吻才能将我唤醒。"恶魔低声道,微垂的侧脸上似乎有着十二分的深情。

"哦。"公主面无表情,"我还不知道公主吻的业务对象除了王子还有恶魔。"

"听得出你有许多怨念。"恶魔嗤笑一声,"是你解除了封印,说出你的愿望吧。"

青蛙没有王子

公主曾经也同所有童话中的公主一样,美丽,尊贵,值得用一切美好的词汇去形容。

公主在国王王后以及全国人民的期盼中出生,太阳赐予她耀眼的金发,天空赐予她蔚蓝的双眼;玫瑰羡慕她娇嫩的肌肤,夜莺沉醉于她美妙的歌声。

"噢!她真是一个天使!"王后在公主的额头印下无限慈爱的一吻。

国王点头,眼中满是狂热:"是的,我终于有一个最完美的公主了!"

王后脸色一黯,没有说话,只是怜惜地吻了吻小公主稚嫩的脸蛋。

国王对小公主十分疼爱。

给她建造华美的宫殿,给她买无数珠宝和华丽的衣裙,延请名师教授她礼仪,几乎满足她的一切要求。

国王常疼惜地对小公主说:"我亲爱的小天使,你要记住,你和其他平庸的公主不一样,你是最完美的公主,你天生就注定要谱写一段童话般的故事。"

小公主很快到了能独自走跳玩耍的年纪,国王给小公主打造了一只纯金的小球,让小公主带着玩。

国王带小公主到皇城中的每一口井边玩耍,并一次次指示小公主把小金球丢进井里。小公主不明白这是为什么,但她一向乖巧,而且每次小金球丢了国王都会给她一个一模一样的新小球,小公主每一次都乖乖照办,然后和国王一起在井边等待,看国王的神情从期待到失望。

皇城中的井都丢下小金球后,国王开始带着小公主在全国旅行,在每一口井边重复一样的动作。他们走遍了所有的水井,直至小公主对这一游戏彻底厌倦,也没有一颗小金球如国王期待那般被青蛙叼起,送出水面。

国王沉下脸色,带着小公主回到皇宫,下令抓捕全国的青蛙。

"亲吻它的额头。"国王带着一箱箱呱呱鸣叫的青蛙来到小公主寝宫,从中抓出一只。

"不!"小公主看着绿油油的青蛙不断鼓胀的嘴,湿润滑腻的皮肤,惊恐地捂住花一般娇嫩的小嘴。

"这都是为了找到你的青蛙王子！听话！"

小公主第一次从父王身上感受到令人恐惧的凶狠。

"不！"泪滑出眼眶，小公主才不相信普通的青蛙被她一吻就会变成王子,这绝不可能成功,那她就要吻遍国内每一只青蛙?!

国王的脸色越来越阴沉时,王后及时站出来拯救了小公主。

"陛下！只有口衔金球从井里跳出来的青蛙才会是受诅咒的王子,普通的青蛙并没有魔力呀！"

王后抱着小公主恳求道。

"公主还小,您不必急于一时啊！"

国王沉思片刻,勉强点了点头离开了。

"母后！我怕！"小公主扑进王后怀中,蔚蓝的眼睛里蓄满泪水。

"好孩子,别怕,母后会保护你的。"王后拍拍小公主的头,叹息。

王后领来了一个小男孩。

"他叫K,以后他就是你的骑士。"

K比小公主大五岁,脸上的表情严肃,对待小公主细心温柔,腰间挂一柄佩剑,俨然一副小大人的模样。

K出身尊贵,父亲是侯爵,家族是国内一流的贵族世家。K是家中长子,自小被作为家族继承人培养。十一岁时被王后钦点为公主的骑士,他毫不犹豫放弃了继承权,接下了骑士的使命,于他,于家族而言都是无上的荣耀。

"以骑士的荣誉起誓,我会用生命保护您。"

年轻的骑士许出重逾性命的誓言。

小公主眨眨眼,她的年纪还不足以理解这誓言中的深意,她只知道从此她有了一个贴身的玩伴。小公主很快又快乐起来。

睡美人不能入睡

十年后,公主十六岁。

她就像一朵盛放的花儿,美丽,娇艳,举止优雅,高贵矜持。见到她的人无不赞叹。

一位完美的公主。

国王又开始了他的梦想。

公主被两个身强力壮的侍女压在纺车前,不远处,她的骑士被七八个王宫侍卫按在地上,遍体鳞伤,王后抱着国王的腿跪在他脚边苦苦哀求。

没有什么能阻止国王。尖锐的纺车针扎破了公主的指尖,鲜血如簇珠,顺着葱白纤细的手指连串滑下。

公主痛得想哭,国王却并不满意。

"她为什么没有睡着?"国王板起脸,"你应该马上陷入沉睡,等你的王子把你吻醒。"

国王抬了抬下巴,示意宫女:"继续。"

食指,中指,无名指……左手,右手。

纺车针依次扎破了公主的所有手指。

十指连心,公主终于痛得晕厥过去。

国王满意地点点头:"把公主送上阁楼,除了王子,不许任何人打扰她的睡眠。"又吩咐道:"开始在城堡外种玫瑰和荆棘。"

公主昏睡了一整天,滴水未进。

王后和带来的饭食被挡在门外,国王认为公主已经进入了漫长的睡眠,不需要进食,也不能被王子以外的任何人打扰。

公主独自在黑暗的阁楼中醒来,又怕又饿。

她的骑士拖着一身伤,乘着夜色爬上楼梯,为公主送来食物和水。

公主哽咽着哀求骑士。

"我不能忍受这样的生活!我可以预见到这只是一个开始!你带我走吧!我们一起逃离这个令人窒息的地方!"

骑士沉默了。

他是皇家骑士,他忠于皇室。但他身后还有他的家族,他可以为了使命而死,但他不能让整个家族陪葬。

公主注定失望。

国王的荆棘种植并不顺利,皇城中的人需要生活,他们不能让这带刺的魔鬼占据了土地。但国王的命令无人敢违抗,他们只能一边种一边挖,尽量拖延着。国王所期盼的王子也没有出现。

偷偷给公主送饭的骑士终于被发现,国王得知了公主并未沉睡的事实。

国王并未如众人所预料那般大发雷霆。

皇城没有长出遮天蔽日的荆棘和玫瑰,远方没有出现拯救公主的王子,条件并未备齐,公主是否沉睡也无意义。

国王已经有了新的计划。

玫瑰没有野兽

国王出宫几天后回归,带给公主一枝玫瑰作为礼物。

公主带着僵硬的微笑道谢,看那朵玫瑰的眼神好像在看一个恐怖的魔鬼。她本能地恐惧国王给她的一切。

国王并不在意,好心情地将玫瑰放在公主的房间,满心欢喜等待索要代价的野兽前来带走公主。

如同国王过去的每个计划一样,又是一场无望的等待。

如同国王过去的每个疯狂的举动一样,他选择了主动出击。

公主在睡梦中被几个侍女扭送上马车。

"父王!您为什么还不清醒!童话只是童话而已啊!"公主扒着车门哭喊。

"我只追求完美的童话般的传说。为此,我可以尝试千百次。"国王慈爱地笑笑,"虽然你一再让我失望,但我不会放弃你。宝贝女儿,你一定会谱写最美的故事。"

车门隔绝了公主绝望的眼神。

载着公主的马车一路奔向城外的荒野,月色下,一座破败的古堡静静矗立。

公主不断挣扎着,拼命抗拒被推入古堡的命运。

沉睡的古堡被门口的喧闹吵醒,一大群被惊动的蝙蝠扑啦啦从破洞的窗口飞出,绕着古堡的尖顶盘旋,几只惊慌的老鼠拖着长长的尾巴从庭院中穿过,藏在阴暗角落里的野猫发出哭泣般的长嚎。透过没有门板的门洞,似乎有无数黑影在黑暗中涌动。

宛如传说中的恶魔城。

一个黑色的影子在墙角一闪而过,微弱的月光照亮黑色披风的一角。

挣扎的公主突然平静下来。

"放开我,我自己会走。"

侍女迟疑着松开,公主理了理衣裙,提起裙摆踏上台阶,姿态优雅得宛如参加皇家舞会。

国王派来的侍卫目送公主一步步走进黑暗,才放心地驱车离开。

站在一片伸手不见五指的黑暗中,公主颤声唤着她的骑士。

"K……你快出来,我害怕。"

身边亮起温暖的昏黄烛光,骑士点亮手中烛台,将披风披在公主身上。

"夜间风大,请殿下随我入内吧。"

骑士寻了一间门窗完好的房间,细细打扫过后,为公主铺上他能寻来的最干净的被褥。

公主缩在一堆被褥中,用骑士的披风将自己裹紧。

"父王抓我的时候,你不在我房间外。"

"……是属下失职。"

"他用你的家族威胁你了,是不是?"

骑士沉默。

"你走吧,别管我了。"公主终于落下了泪,"他已经疯了,他不会放过我。我不能再拉你和你的家人陪葬。"

自始至终,骑士没有一句辩解。他跪在公主面前,执起她的手落下轻柔一吻。

"以骑士的荣誉起誓,我会用生命保护您。"

白雪公主没有母亲

骑士守护在侧,公主度过了难得安心的一夜。第二天一早,骑士带公主回城。

昨夜骑士从家族的看管下逃出,偷了一匹马跟在送公主的马车后一路飞奔。他知道等待着他的是什么,但他还是选择了去做。他从小被教育振兴家族效忠君王,但他知道有一个柔弱无辜的女孩儿需要他的守护。

马儿一路向皇城奔去,公主坐在骑士怀里,望着渐行渐近的城墙,心中没有半分欢喜。

谁规定公主只能和王子在一起?公主宁愿马儿载着她和骑士一路奔,一路逃,走到天涯或海角。

公主忍不住再一次道出她的恳求。

骑士脸上流露出明显的挣扎。

他违抗王令,此番回去必定被降罪,他一个人可以坦然赴死,毫无畏惧。他若带公主逃走,他的家族必定覆灭。

但他能再一次拒绝她的恳求吗?

现实没给他更多犹豫的时间,一队从皇城方向来的骑兵包围了两人。战士的直觉给了骑士警示,他及时在包围圈形成前脱出拉开距离。

"你们是什么人?"骑士的手按在剑柄上。

"我们是奉命来追杀公主的。大人,得罪了。"领队指挥骑兵发起攻击。

常年待在城堡中的公主第一次知道她的骑士的骑术与剑术如此精湛。一手护她,一手执剑,缰绳脱手依旧守得严密,骑兵难伤公主分毫。

"你们是奉谁之命?父王要杀我?不可能!让我去见母后!"公主高声询问。

"您的母亲已经去世,我等是奉新王后的命令而来。"

去世?

新王后?

公主的脑中被这两个词炸成一片空白,回过神来时,骑士已带她逃入了一片森林。

"怎么会这样呢?"公主喃喃道,"我们才离开一天而已,为什么世界都变了呢?"

骑士无言。

"什么去世,什么新王后,我怎么听不懂呢?"

公主没有流泪,但海一般的蓝眼睛已变成一汪死水。

"我们回去吧,K,求你送我回去。"公主声音中带着哽咽。她曾恨不得逃离的皇宫成了她现在最想去的所在,她恨不得马上飞回宫中,看一看她温柔的母后，恨不得那些骑兵的说辞只是国王为了折腾她的谎言。

骑士犹豫了一下，点头。

王后于他有恩，不论骑兵所言是否属实，公主都该去见王后一面。

骑士带着公主一路躲藏，来到了皇城脚下。要入城堡之时，终是暴露了行踪。

追捕在后的人越来越多。国王不会伤害公主，但骑士是他必须除去的存在。公主不需要骑士，她只需要七个小矮人和王子。

骑士亦明白这一点，他离开才能换得公主安全。

"殿下，我去引开追兵，您趁乱进入吧。"

"不行，这样太危险了。"

"放心吧，殿下，我们分开会更加安全。"

公主想自己只会是骑士的拖累，不再反对。

"那你一定要小心，我们在皇城外的那片森林会合。"

骑士微笑点头："祝殿下一切平安。"

这一去，注定是永别。

森林没有小矮人

公主成功趁着骑士制造的空隙溜进城堡，直奔王后的寝殿。

她见到了一个年轻美丽的女人，但，不是母后。

"你就是公主吧。"新王后叹息，吩咐侍女关好门窗以防被人发现，"我知道你有很多问题，我慢慢讲给你听吧。"

新王后在这一天之前也是公主，只不过是这个国家附属小国的公主。

她一点都不想嫁给国王，不想当这个王后，国王暴政专横，早已恶名在外。但她的国家很弱小，无法反抗国王的命令，她早早被送入国内待嫁。

是的，很早。很早国王就在筹划今天的计划。

国王在王后替公主求情时降了她的罪，迅速将王后处死，然后便迎娶了他早早准备好的新王后。

"我就是他为这个故事准备的年轻美丽又恶毒的继母。"新王后苦笑，"也是他逼我下令追杀你，把你逼入森林中。"

公主早已泪流满面。

"我能见一眼母后吗？"

新王后看着公主的神情，心中十分不忍，却只能如实相告："王后的尸体已被国王火化。"

公主瘫软在地。

新王后与国王期待的完全不同，她美丽却不善妒，她善良仁慈又细心体贴。

新王后尽可能地将轻便的生活用品塞进为公主准备的行囊，替公主准备保暖的骑装，仔细嘱咐了一遍又一遍独自生活需要注意的事项。

公主在新王后的寝殿休息了两天，到了不得不离开的时候。

"国王必然知道你在我这里，与其让他再派杀手来逼你走，白吃许多苦，不如早些离开这座囚牢，顺了他的意，他就不会为难你。"

新王后怜惜地抚摸公主的金发，只能叹息。

"森林中没有小矮人，你一定要照顾好自己。如果可以，就离开吧，走得远远的，别再回来了。"

公主郑重地向继母道谢，独自离开了。

理清思绪后公主想明白了许多事。那一日骑士临别的祝福其实是诀别的遗言。她知道无论她在森林中等多久，都等不到她温柔沉默又强大的骑士了。

公主在森林中独自待了七天，对于一个从小娇生惯养的公主而言，七天已经是极限。

她不会看地图，在森林中迷了路；带来的食物耗尽，也不会寻找干净的饮水，更不懂寻找合适的宿营地。

死了也没什么不好的，母后不在了，骑士不在了，留下她独自面对国王的疯狂幻想，活着又有什么意思呢。

没有你的人世太凄凉了。

王子没有白马

如果公主死了，故事就讲不下去了，所以我们的王子终于在万众期待中出场了。

王子不像童话中讲的那样,骑着白马,腰挂佩剑,独自旅行冒险,寻找远方的公主。他坐在豪华的马车里,身边环绕着大量侍从,身后跟着一个看起来繁复而臃肿的车队。

王子相貌英俊,气质高贵,但神色倨傲,不可一世。

"平民,我有事问你。"王子看着被侍卫救下的一身狼狈的公主,紧皱着眉,"这个国家的王宫在哪里,我要去拜访国王。"

"你是王子吗?"

"正是,我是南方的鑿毛狲箭反氘国最尊贵的王子,经历了漫长的旅途才来到这个国家。"

公主点点头,虽然这个国家她从来没听过,但只要是王子就行:"父王看到你一定会很高兴。"

王子一脸惊喜:"你是公主?!真是太失礼了,快请公主上马车。"

公主在王子侍女的伺候下在其他马车中换了干净的衣裙,梳洗一番后登上王子的华丽车架,侍从很快奉上点心与热茶。

王子的态度一百八十度大转变,亲切地关心公主的身体状况,询问她为什么会在森林中落难。

公主沉默。

为什么?

因为王子。

因为你是王子。

公主想说,因为王子,所以她在父王的逼迫下做尽了一切可能会遇到王子的方法。因为王子,所以身为公主的她被要求放弃自身的一切来等待他迎合他。

因为你是王子,我是公主,因为王子和公主必须在一起,所以我不允许拥有其他幸福。

只是因为你是王子。

公主有很多苦,很多泪。但她终究什么都没说。

伤口就算分享给全世界,痛也不会减少,不如早早将它包扎严实,独自疗伤。

王子跟着公主来到城堡拜访。公主终于带回了王子,国王终于满意,对着公主露出久违的慈爱笑容。

王子和国王很快开始了亲切友好的交谈，疲惫的公主回到寝殿休息。

托王子的福，公主的生活获得了难得的平静。

穿戴精致的衣饰，品尝美味的食物，住着华丽的宫殿，衣食住行都由侍女伺候。她仍是那个十指不沾阳春水的娇贵公主。

偶尔听侍女的八卦闲聊，说那位王子果然是为求娶公主而来。听到自己将要嫁人的消息，公主的内心没有丝毫波动。

她的心早已枯萎。

还听侍女说，国王和王子的谈话不太顺利。

国王想要王子留在这个国家，在他的面前上演王子公主的美满童话；王子则表示他的国家养他不容易，一定要娶回一个高贵的公主带着大批嫁妆衣锦还乡才不算白走一趟。

公主不知道最后是谁争赢了。心中的人不在，住在哪个王宫都没差别。

国王没有放弃他最后的童话梦，他要求王子亲自斩杀一头恶龙作为迎娶公主的聘礼。

王子算了一下一头恶龙和无数金银财宝作为聘礼的分量，觉得这笔买卖很划算，带着他浩浩荡荡的侍从队伍出发了。

国王不太满意，他更希望王子单枪匹马斗恶龙。但好不容易才等来一个王子，只能凑合了。

王子挑战的是国王指定的恶龙，生活在王国西边的山中，是一条传说和王国历史一样长寿命的最凶恶的龙。

王子来自遥远的南方国度，所以王子不知道这条恶龙有多强大，不知道他以为的划算买卖是一个怎样巨大的挑战。

王子再也没有回来。

西边生活的人民们亲眼看着王子一行进山了，但是没有人见到他们出来。

也许他们自知不敌，偷偷溜走了，也许他们狂妄自大，皆葬身龙口。

不论事实是哪一种，王国内都再也没人见过他们。

长发公主没有长发

国王失望极了。

公主一脸平静地看着他,她知道噩梦又要来临,但她并不怎么害怕,因为她已经没有什么可以失去。

没有筹码的人,就永远不会输。

国王遍览国内地图,寻到了远离皇城的一座森林中的高塔,将公主关了进去。

国王封死了塔门,只留下一个最高的窗户。收起了塔里一切利器和玻璃等可以变成利器的东西,命令公主:"从现在起你不许再剪你的头发,直到它的长度可以从窗口垂到塔底,能让人顺着爬上来为止。"

公主一个人住在塔中,一日三餐由人从唯一的窗口用吊篮送上去。吊篮的绳索极细,无法承载一个人的重量,送饭之后绳索就被收走。塔内的布料用作被子衣服都柔软舒适,但稍加用力就会被扯断,无法用作绳索。

公主彻底与世隔绝。

塔楼寂寞了许多年。

国内对于这座高塔的记载极少,据说它在王国形成之前就已经存在。王室保管着唯一的钥匙。国王找出了钥匙,但相关典籍失落多年,没人知道它为什么而存在。

现在,它成了一座埋葬帝国唯一公主的坟。

公主也寂寞了许多年。

她独自在塔楼中度过了无数个日夜。她走遍了塔楼的每一处角落,踏过了每一阶楼梯,翻遍了塔中收藏的每一本书,也发现了高塔的秘密,和藏在机关后的密室。

这座高塔是一座坟,埋葬的不是公主,而是一个远古时期被封印的恶魔。

恶魔沉睡了太久,太久。高塔也存在了太久,太久。久到公主根本无法读懂那些上古时期的文字,只能通过残缺的图画拼凑出一个法师封印恶魔的故事。

她无法了解封印的始末,无法了解恶魔的故事。但公主也并不在意这些,她在意的只有——解除封印的方法。

公主在密室中找到了恶魔沉睡的棺材,和沉睡中的恶魔。

恶魔并不像传说中那样凶恶可怖,青面獠牙,相反,他似乎和普通的年轻男子没有区别。恶魔看上去非常年轻,漫长的岁月没在他身上留下一丝痕迹。他神态平静,就好像不是可怕的封印,而是一场随时可能会醒来的普通的睡眠。

公主尝试了各种方法试图解开封印。

比如模仿书中画一些奇怪的图案法阵,比如吟唱一些自己也不知道是什么的咒语,比如放恶魔的血,放自己的血,等等。却都徒劳无功。

其实还有一个方法没试过,不是吗?

公主问自己。

那个童话中万能的,唤醒沉睡之人的方法。

但她真的有勇气唤醒一个远古恶魔吗?

为什么不呢?

她敬爱的母后死了,她深爱的骑士死了。只有一个专横疯狂的国王,继续用暴政折磨着他无辜的子民。

反正她已经没什么可失去了。

高塔里有恶魔

公主终于吻醒了恶魔。

在她被困于不见天日的高塔中的第三千个日子。

"说出你的愿望吧。"恶魔对她说。

公主缓缓地,露出她这些年来第一个笑容。

刘奕阳

女，西北大学文学院2014级创意写作班学生。不拘泥于传统，喜欢有创意性的独特小说。

臭尸

"哎……"

这是许筵席今天听到的第三遍清晰有力的叹气声。尽管他非常清楚方圆三米内再也没有一个如他许筵席一样会呼吸会思考的高级动物，但是这一次又一次的叹气声还是让他怀疑难不成整栋废弃的宿舍楼里还残存着第二个没有找到工作也没能力离开这栋破楼的废柴？

许筵席又检查了一遍收件箱，除了交友网站和商业广告以外，确实没有一个瞎了眼的公司HR给他这个除了频繁挂科重修之外在大学没有任何彪悍履历的无用之人发来面试通知。

热腾腾的泡面还持续着烫手的温度，风扇吱悠悠地爱转不转，架子床锈迹斑斑破破烂烂，一切如恼人的夏天一样，持续着高温和烦躁。许筵席颤抖着手看了看周围乱糟糟的一切，又把视线移回了桌子，是，没错，电脑屏幕的游戏界面不知什么时候切换到了word文本。画线加粗的问句，激起了许筵席一身的冷汗。

要不要做个交易？

"谁……是谁？"许筵席告诉自己别紧张，他光脚的不怕穿鞋的，一具行尸走肉还有什么可害怕的，但这颤抖的声音还是暴露了人的共通弱点——怕鬼。

"哎……"叹气声像赴约似的，再次传来。

"有必要在背后捣鬼吗？有本事报上名单挑啊！"

"我没名字。"

许筵席感觉裤裆一热,是的,他吓尿了。分明的,他听到空气里有一个男声传来,就像是有人在对面跟他说话一样。但是,在肉眼可见的视野里,空空荡荡。

"你看不到我也触摸不到我,我是一个行尸,或者说是一个孤魂,失去了生存的基本肉体形式,只能以影子状游走在这个世界里。"

"那你找我……有什么事?"许筵席稍微稳定了一下心情,听到这个挺温柔的男声,似乎放下了一些不安和警惕。

"我想要你!"

"噗!"

"的身体……"

"滚!"

"你别冲动听我给你解释啊!"

许筵席从椅背上拿了一条裤衩,大踏步冲进了卫生间,砰地关上了门大喊一声,"别进来!"

"我的意思是你反正就是一个走肉,为什么不和我这个行尸交换一下生存的方式呢?!"声音透过厕所门传来,闷闷的但又很坚定。

"我凭什么!我就愿意这样活着要你一具臭尸体管!"

"对!虽然我是行尸,但是我有未完成的事情啊,我想更好地生存而不是像你一样浪费珍贵的生命!既然你不珍惜它,为什么不把它给需要的人!"

"你!给!老!子!滚!"

"这样吧,我们可以交易。你想要什么尽管说,我都满足你。只要你完成你想做的事情把身体给我就行。"那声音还是一本正经。

"你走不走!你不走我现在就自杀!"许筵席抓狂似的拿起桌上的小刀,对准自己的喉咙。

"好好好,你别激动,保持你放弃生命的状态千万不要有好好生活的想法,我现在就走。"

"妈的!"许筵席嘴里这样骂着,心里却五味杂陈。他已经沦落到连自己的身体都守护不了的程度了吗?打开熟悉的游戏,没玩几局就觉得没什么意思,想要吃手边的泡面却发现时间过了太久,面条已经涨成恶心的姿态,带跑了食欲。

空气里的沉闷,侵入了躯体和大脑,许筵席忽然觉得有些感伤,一种白白看着时间在消耗却什么都挽回不了的悲哀。如果真的变成一具行尸,会不会就感受不到这些了?许筵席左右晃晃自己的脑袋,醒醒!你可是个连女朋友都还没有交过的人呢!

"至少要找个女朋友吧。"许筵席自言自语。

"那就去找啊。"

"你个臭尸体,你还没走!"许筵席哐啷一声从椅子上摔下来,后背被硬硬的地板硌得生疼,眼泪条件反射地在眼眶里打转。

"哎,你们走肉太可怜了。真的,我帮你吧。"

"我还没堕落到需要你这个孤魂野鬼来帮忙的程度!"

"那你……还想要找女朋友吗?"空气里的声音像是来自于诱惑浮士德的靡菲斯特。时间停止了一分钟,契约双方都没有着急,一方等着,一方思考着。

"嗯……"许筵席想,他就这么没骨气一次吧。

那天的夕阳很浓郁,像一个熟透的橙子。眼看着白色的天空一点点被泼上艳丽的色彩,许筵席踢倒了一个啤酒瓶,向空气里问道:"我以后怎么叫你?"

"叫我许筵席吧。"

"……"

"反正你的名字早晚都要给我的,提早适应也不错啊。"

"那就叫你臭尸吧。"

"不太好听。"

"臭尸,千万帮我找个漂亮的女朋友。"

"……"

一礼拜后,许筵席衣着整端地坐在市区里的咖啡厅,临窗的位置,刚好可以看到道路上过往的行人和流动不息的车辆。

"这一段路地面很不好,时常有穿高跟鞋的女孩子不注意就崴脚。这是你的机会,只要做到基本的绅士和礼貌,女孩子就会留下很好的印象。"

"你怎么这么有经验……"许筵席装作低头咳嗽地悄声说。

"我不想回答你这个问题。"

许筵席要的柠檬茶续杯了八次,眼睁睁地一直盯着大街过往的姑娘,但就是没有等到一个看起来甜美可爱,身材匀称,心地善良的姑娘在这里崴脚。

"臭尸,你是不是唬我呢。"

"再等等。"

许筵席正叹气的时候,朝窗外一瞥,看到了一个姑娘。藕荷色的上衣清清爽爽,齐耳短发衬得整张脸娇小而可爱。眼睛里种着一湖安静的水,把许筵席的心瞬间就被吸引了去。

"就她!臭尸!"咖啡厅里的安静气氛被这一声中气十足的号令所打破,许筵席后知后觉地低了下头,又迅速快步走出咖啡厅。

"她不合适。"可以听出,臭尸的语气有些紧张。

"怎么不合适了,我觉得挺好的。"许筵席已经走到大街上,顾不得臭尸说什么了。他追上姑娘的脚步,但心情又紧张到快要爆炸。没什么,再不鼓起勇气你就是一具行尸了!许筵席深吸了一口气。

"你好。"

臭尸还在他耳边说着什么,但是许筵席一句都听不进,因为他已经站在了姑娘的面前,露出了朴实的微笑。

"你……你好……"姑娘没有太惊讶,但是看了看许筵席的脸,一下子忍俊不禁了,"噗,你的嘴角……"

许筵席手忙脚乱地摸摸嘴角,故作镇定地取下残留的柠檬果粒,憨笑了一下。

"你有什么事?"姑娘眨巴着眼睛。

"没有没有……"

"那我就走了。"姑娘笑了一下,又迈开了步子。

"有!有有有!"许筵席急了。

"怎么了?"姑娘一歪头。

"我……就……哎呀……你真可爱。"许筵席挠了挠头,脸红了。

接下来的一个月,许筵席的感情生活几乎比牛扎糖还要甜腻黏牙。臭尸一开始一直反对许筵席的快速一见钟情,但许筵席问他为什么,臭尸又支支吾吾说不出口。后来,许筵席也挺认真跟姑娘相处的,不打游戏了,还找了一份工作。当然,也是靠着臭尸,提前摸清了 HR 的喜好,才顺利进入了一家互联网公司,成了小白领。许筵席越来越独立,臭尸对他来说也就越来越无用。

如果说是因为一场爱情让许筵席重新燃起对生活的渴望,成为积极向上的四有公民的,那么也正是因为这一场爱情,臭尸的目标遥遥无期了。

晚上,许筵席没约会。一个人走夜路回家,手机也没电了,没法跟女朋友联系。路灯下,他的影子长长的,跟着脚步一动一动。许筵席看着自己的影子,若有所思,他想起一个人,哦不,是一具尸体。走了有十分钟,许筵席停了下来,靠着一个路灯,点了根烟抽起来。

"你来了。"瞥见地上不知什么时候出现的一个影子,许筵席慢悠悠地说。

"哼。"臭尸冷哼了一声。

"怎么了?一个尸体还心气不顺?"

"过河拆桥,卸磨杀驴,你说我当初怎么会相信你这个走肉?"臭尸的语气冷淡。

"嫉妒我啦?是不是我女朋友特好看,我生活特美满你就看不下去了?"许筵席调侃道。

"你个王八蛋!那姑娘是个多好的女孩!"臭尸怒吼道。

"可我也爱她啊!我知道你要说我配不上她,可我真的在努力,你不是也能看得到吗!"许筵席对着地上的影子大声说。

"我可能是一个永远的行尸了。"臭尸的声音低沉,满是悲哀。

"对不起。"许筵席低下头,熄灭了烟。

从那天晚上之后,许筵席依旧工作,应酬,约会,和平凡人一样经历每一天的琐事,应对每一场突如其来的糟糕事。他感到前所未有的平淡和充实,但那个无论黑夜与白天时常伴随他的影子,却一次也没有再出现。

夏天的浮躁很快被秋日的凉意慢慢占领,而在北方,秋天往往短暂。冬日的风雪会猝不及防地扫平一切关于温热的记忆。

许筵席捂了捂身上的羽绒服夹克,向手掌里呵了口气。抬头看了看明天就会开始动拆的老宿舍楼,走进了曾经的宿舍。

  桌上有一封信。

  她是我想重生的唯一原因,但你先找到了她。许筵席,有了爱的人,就麻烦好好生活。

——臭尸

罗雪莲

女,西北大学文学院2014级创写班学生。生于南,读于北,一枚来自山城重庆的跳脱少女,脑洞清奇,画风多变。经常幻想稀奇古怪的故事,做不切实际的白日梦,自家觉得有趣,便附诸笔端。一直在追寻文字的力量,企图借着不同的创作方式,让自己的生活更有趣,也让更多更多的人可以感到快乐。想要保持一颗澄澈透明少年心,坚持用舒卷自在但又好玩的文字,表达一些自己的思想和体悟,说出有温度的故事,戏笔不动声色。

爸,我不讨厌你了

2016年8月8日,日历上的这一天被我用红色水笔画了一个大大的圈,旁边备注两个小字,婚礼。

今天是7月26日,离我的婚礼还有小半个月。

我把那一页薄油纸做成的旧式日历撕下来,对折几次后夹入了日记本,把它锁到了抽屉里。

那个四四方方的木盒子里,整齐地放着我写了长达十年的日记,一共有十二本,从2006年延续到2016年,从我还只能用断断续续的语言描述一些难以言说的心情,到我能熟练地把自己剖析到那一页页纸上。

第一个日记本是在小学六年级的时候,因为一个双百分,在老师那里得到的奖励。

我在上面写的第一句话便是,"爸妈,你们离婚吧。"

我不记得当时是以怎样的心情写下在当时来说惊世骇俗的那两个字眼。

只记得又是一场酒醉后的大闹,动静大得几乎吵醒了四周所有的邻里邻居,妈妈接到王阿姨的报讯,匆匆换衣下楼,还嘱咐我留在家里,不要出门。

我爬到书桌上,把窗户打开,从四楼往外看。

等我忍不住跑下楼,看到的便是被王阿姨拖抱着哭得声嘶力竭的母亲,她哭着说:"他以前不这样的……"

我不知道他以前是怎么样的,只知道在我有意识以来,他是怎么样的。

暴怒,自我,酗酒……

小孩子常常会受到一些大人的逗弄:"爸爸和妈妈,更喜欢哪一个?"

有小孩答:"都喜欢。"这种答案,一般被普遍推崇。

当然也有人问过我,我的答案是"妈妈"。如果有人问我最讨厌的人是谁,是爸爸。

我呆呆地站在那儿,看着我烂醉如泥、破口大骂的父亲,迎着四周邻里的关心和唏嘘,直挺挺地一步也挪不动。

那些人窸窣翻谈的嘴巴像是一个个红紫色的洞,把我的自尊和脸面都缴收进去。而那些以关怀和怜悯为外衣的看戏的目光,才真正让人难堪。

那一晚的所有,只是化作最后的五个字。

我讨厌爸爸。

我和爸爸的和解开始于另一次争吵,也是同样黑色浓得化不开的夜晚。

妈妈大约是再也忍受不了这样破碎冷漠的家庭,听到爸爸怒喊的一声"给我滚"之后,毅然决定收拾东西带着我投奔娘家。

我心里大约是有着十二万分的喜悦,庆幸妈妈终于觉悟。

从七楼到一楼,五十四步楼梯走了快一半,爸爸追出来,愤怒地抓住走在后面的我。

他黄褐色的脸涨得通红,呈现出一种可怖的绛赤色,浑浊的眼睛紧紧地锁住我,我突然发现,爸爸好像真的老了许多,丑了许多。印象中那个高大挺拔,笑声爽朗的人,被生活拖拉着,埋在了回忆里,腐烂干净。

妈妈的懦弱和温和催生了在日复一日的吵架中异常凶悍的我,每次争执中,我总是仗着同样的血脉和初生牛犊的无畏,冲在第一线,顶嘴回嘲,样样不落。

争吵和拉扯中,我被他扇了一耳光。

我好像放肆太多,忘了他能理所当然地以暴制暴。

他下手很重,一时之间,我只能听见耳边嗡嗡的声音。眼镜被打落到地上,高度近视的我,看不清他当时是怎样的表情,是错愕还是解气?是悔恨还是痛快?

那一巴掌,没有给我痛,没有给我恨,留给我的,是长久不被关注后我能感觉到的那么隐隐一丁点儿的在乎。

妈妈看见我被打,更是坚定了离家的决心,拉着我,头也不回地往外走。

他怔在原地,没有追出来。

后来,他们真的如我所愿,离了婚,我跟着妈妈去了外省。

很长一段时间,我都没有见过他。

我不知道他过得怎么样,还有没有整天酗酒打架,他的眼炎是不是还依旧严重?

大学毕业那年,妈妈带王叔叔回了家,小心翼翼征求我的意见,我看见妈妈眼里的忐忑和期盼以及那个男人的讨好和友善,我满口说好,心里却突然想起了他。

想起我们离开那天,他矗立在楼道口落寞嶙峋的身影。

他打了我,我好像才明白,这个被生活折磨得精疲力竭的人,刨去愤怒和咆哮,内里有多么脆弱。

若不是害怕失去,若不是在乎,他应该不会连鞋子都顾不上穿就追出来。

我好像没那么讨厌他了。

除却童年的那段不愉快,我的人生顺利得出奇,升学,毕业,恋爱,工作,订婚……我几乎都没经历过什么挫折。

婚礼日期定下来后,妈妈让我亲自回去通知他来参加婚礼。

2016年7月27号,早上8点50分,我踏上了回家的路。

十个多小时的火车后,到达目的地时,已经是凌晨一点,我拉着行李箱,在街头等。

"妞妞,你到哪儿了啊?"手机里传来阔别已久的熟悉声音。

"我已经下车了,火车提前到站了。"

"啊?那你现在在车站么,周围人多不多?这样啊,你先到车站东面出口的右边的那个拐角,那有个超市,你在门口等我,那里人多,安全一些。你在那儿等着我,爸爸马上就来,你等一会儿啊。"

夜风吹着,周围是低垂昏暗的灯光。

印象中,他似乎从来没对我说过那么大段的话,也没用过那么温柔又小心的语气。

"嗯,我在路口等你。"

"好好好,爸爸马上就来。"

那声爸爸,差点把我眼泪勾引出来。

他来的时候,我几乎都认不出他,头发剪成了板寸,原本瘦削的身材胖了许多,像个膨胀了的皮球。

他接过我的行李,一路上絮絮叨叨地问我许多问题,我跟在后面,有一搭没一搭地答。

他住的还是以前的房子,甚至许多以前的东西还保留着,就连我出生不久后照的一家三口的合影也还挂在客厅的墙上。

晚饭是他做的,简单的两菜一汤,他坚持全部自己来,连打下手的事情也不让我干。

"妞妞,你……"他欲言又止,顿了好久才继续说,"爸爸那天打了你,别怪爸爸……我只是……只是……"

"吃饭。"夹了一筷子鱼香肉丝到他碗里,我拿起遥控板调大音量,不停地换台,边换边抱怨道,"怎么都没有好看的节目啊?"

我怕那种场面,忏悔、眼泪和懊恼,我都不想看见。

耳边是综艺节目发出的爆笑声,很吵,但我心里却很静,静到我能清晰地感觉到那些久违的细枝末节的温暖充满我的四肢百骸。

"爸,我要结婚了,就下个月的8号,你来吗?"
亲情的声音大概不会老,即使隔了十年,我还能听见它的回音。
爸,我不讨厌你了。

吕悦

女,西北大学文学院2014级创意写作班学生。生于山东,读于西安,不曾吃过煎饼卷大葱。兴趣广泛,爱好奇特,关心风花雪月也关心柴米油盐。闲来写文,忙来也写文,自娱自乐,自给自足。美景与故事俱全,胡言与乱语不缺。小火温鸡汤,大火炖小说,乐于阅读,脑洞无数。

白雪公主与黑玫瑰王后

在一个遥远的国度里,住着一位国王和王后,他们渴望有一个孩子。于是他们诚心诚意地向上苍祈祷:"上帝啊!我们都是好国王好王后,请您赐给我们一个孩子吧!"不久以后,王后果然生下了一个可爱的小公主,这个女孩的皮肤白得像雪一般,双颊红得有如苹果,国王和王后就给她取名为"白雪公主"。全国的人民都为白雪公主深深祝福。

白雪公主在国王和王后的宠爱之下,逐渐长大了,终于成了一个人见人爱的美少女。白雪公主非常善良、有爱心,她经常和动物一起玩耍。森林的动物,像小鹿、小兔子、松鼠、小鸟都喜欢接近白雪公主,因为白雪公主会给它们食物吃,还会讲故事给它们听。个性善良的白雪公主,过着幸福快乐的生活。

后来,白雪公主的母亲生病去世了。

国王为了更好地照顾白雪公主就迎娶了一位新王后,这位黑玫瑰王后十分美艳,她还喜欢问一面魔镜谁是最美的人。因此有人传言黑玫瑰王后是邪恶的女巫,国王被她迷住了。

当国王向白雪公主介绍新王后时,白雪公主还在为母亲的去世而悲伤,因此她怠慢了黑玫瑰王后。听说王后十分生气,大家都为白雪公主感到担心。

此时的女巫——黑玫瑰王后在自己的房间里,悄悄地问魔镜:"哎呀妈魔镜诶!我看到你说的全世界最俊的人了!真俊啊!她咋不搭理我,是不是看不上我?"

魔镜回答:"我的王后,白雪公主正为她的母亲去世而悲伤,她太难过了,这样下去会使她病倒的。"

黑玫瑰王后听到这话吓了一跳:"哎呀妈呀这可咋整!那她病了我就看不到美人儿了!"

魔镜回答:"亲爱的王后,或许白雪公主需要出去散散心,但是现在您还没有被她接受,所以让侍卫陪公主去吧。"

黑玫瑰王后听了觉得十分有道理,于是她亲了魔镜一口说:"我就知道你小镜子老有主意了!"

"谢谢王后夸赞,麻烦王后为您的小镜子擦干净口水。"魔镜用有些变调的声音说道。

但是此时王后早已扔下他跑出去了,她招来侍卫,非常严肃地对他说:"明天你陪白雪公主去森林里散散心吧,一定要照顾好白雪公主,一点也不能使她受伤知道吗?"

"是的,王后……"侍卫看到王后咬牙切齿地嘱咐十分害怕,他知道王后是不想让白雪公主回来了。他翻来覆去思考了一晚上,决定明天放走美丽善良的白雪公主,回来欺骗恶毒的王后。

他不知道的是,王后说完就跑回了房间对魔镜说:"哎呀妈呀这官话忒难学了,说得我累死了。"

第二天侍卫带白雪公主到森林里去,他对公主说:"亲爱的公主,王后让我带您来森林,还嘱咐我一定要'照顾'好您,一点也不能'使您受伤'。"白雪公主并没有听出侍卫的话外音,只是为自己的新母后对自己的善意而开心。侍卫看着开心的公主,十分不忍,于是他趁着白雪公主采花的时候偷偷回王宫了。

白雪公主采完花,发现侍卫不见了,她迷路了,森林里回荡着猫头鹰的叫声,白雪公主觉得森林好可怕。她鼓起勇气向前走,突然看到了一所小木屋。她十分惊喜,急忙向前敲门,可是屋子里没有人来开门。白雪公主有点伤心,她安慰自己,没关系,屋子主人傍晚就会回来了,我可以在门口等。白雪公主在森林里跑了一天，非常疲倦,她倚在门上不知不觉地睡着了。

傍晚,当七个小矮人扛着锄头回来时,发现自己的家门口有人在睡觉,大家都很奇怪地问："这个漂亮的女孩子是谁啊？""她睡得好香哪！""这个小姑娘长得真美丽。"小矮人们纷纷议论的声音吵醒了白雪公主,白雪公主看到屋子主人,连忙求救："各位先生,真是对不起,因为我在森林中迷路了,走了一整天的路,实在是又饿又累,看见这栋小屋,就不小心在门口睡着了。你们能收留我一晚吗？"

小矮人们听了觉得白雪公主十分有礼貌,就把她留下来："你就在这里住下来吧！"白雪公主听到小矮人愿意留下她,很高兴地说："真是太感谢了,我愿意为你们做饭、铺床、洗衣服、打扫,我什么都愿意为你们做。"

侍卫回到王宫,告诉王后："白雪公主被野兽吃掉了。"王后听到这个消息大惊失色,以为白雪公主已经死了,她问魔镜说："我的娘啊白雪公主被野兽吃了咋办啊？"魔镜回答王后说："亲爱的王后,那个侍卫骗你,白雪公主在森林里与七个小矮人在一起。"王后听了这个回答之后感到很愤怒,于是她找到国王说："老头子！那个侍卫说咱宝贝儿被吃了！"国王也很生气,他命令别人一年不准给这个侍卫吃他最爱吃的鸡腿。侍卫很委屈,然而并没有人想理他。

王后和国王决定派人送给小矮人们一些苹果作为收留白雪公主的谢礼,并让白雪公主在那儿散散心。可是王后十分想看看女儿,于是她打算过几天瞒着国王悄悄扮成厨娘去送苹果。

邻国的王子这天正好路过森林,看到了美丽可爱的白雪公主和小矮人们,他们正和小动物们喝下午茶。王子摸了摸自己咕咕叫的肚子,翻身下马："亲爱的公主和先生们,可爱的小动物你们好,不知我有没有荣幸和你们一起享受美味的下午茶呢？"白雪公主看了看英俊的王子,脸悄悄地红了。小矮人们看看王子,又看看公主,齐声说："当然可以！"

扮成厨娘来送苹果的王后就刚巧遇到了这一幕,她瞅了瞅冒着粉红泡泡的俩人,悄悄地捂嘴笑了。小矮人们留王子吃晚饭,请厨娘做一顿丰盛大餐,王后有点慌张："哎呀妈呀这可咋办！"

王后觉得王子和白雪公主正在确定关系的重要时期,可不能出现一个爱装扮厨娘的王后,她为了不掉马甲,硬着头皮去做饭了。

菜上桌时一片沉默,大家觉得王宫厨娘的手艺看起来也不怎么样,此时大家并不知道王后差点烧了小矮人们的厨房。

王子为了打破沉寂,十分给面子地吃了一大口菜,差点没齁死他,他忙喝了一大口水才咽下去:"味道不错,哈哈哈。"大家集体看向他,对此表示怀疑。

王子这时有点尴尬,他觉得自己肚子有点不舒服,但是又不想丢面子,憋得脸色通红。

白雪公主关心地问:"你怎么了?"

王后知道王子八成吃坏肚子了,于是她也顾不上伪装了跳出来说:"这玩意儿哪能真吃啊,赶紧找医生啊!"大家都给她吓了一跳,看到王子捂着肚子也慌了,赶紧去找医生。

医生说王子是食物中毒,王后很自责,白雪公主安慰她说:"没关系,我们好好照顾他就好,他也不会怪你的。"

后来王后看到白雪公主细心照顾王子,王子一脸傻样时终于信了。

最后,就像所有童话故事一样,王子和白雪公主将永远快乐地生活在一起,王后和国王也一样。

马静

笔名齐水,女,回族,宁夏吴忠人,西北大学文学院创意写作班2014级学生。喜欢莫言说的"当笔下肆意挥洒的心情化为文字,我将用它记录永生"。如果说有什么是毕生无法割舍的,我想那就是文字。时而天马行空,时而温润如玉,徜徉在文字的海洋里,人生才会完整。

作家的诞生

三十年前的十月十日,大槐树村诞生了一个小生命,他的名字叫"松溪"。

很久以前,村子里有个习俗:每当有男孩子出世,男女老少都会来这家贺喜。后来人们发现,每当新生一个男孩子,同时村子里便会有一位男性死去。他们仿佛被诅咒,男性的数量总是保持一定,不会更多也不会更少。于是,再也没有人沿袭这个传统了,甚至生男孩几乎成了避之不及的事,孕妇在村子里往往得不到好脸色。但是又不能没有新生男性,大槐树村的人整日祈祷,希望可以打破这个怪圈。

让村民们感到奇怪的是,松溪的诞生并没有给任何人带来痛苦。他的母亲生产前在小溪边洗衣服,突然感到内急,躲在一棵大松树下小解,结果就有了松溪;松溪从来不给别人添麻烦,更没有人为了松溪的到来"牺牲"。人们以为魔咒被打破了,于是全村人都视松溪为"贵人",对松溪比对自己的孩子都疼爱。

无奈,后来还是有男人在村里诞生男孩子后死去,魔咒并没有解除。松溪的父亲是个远近闻名的木匠,子承父业,松溪也成了木匠。

一

松溪是个木匠,最近得了茅盾文学奖。

夜里，松溪幻想着自己上台领奖时该说些什么，他挠着脑袋，憨笑着。

——真没想到我可以得奖。

——咳咳，"尊敬的各位读者朋友们，我是松溪，我是个木匠，居然得了茅盾文学奖。大家觉得不可思议吧，我比你们更觉得不可思议。我想，除了侥幸之外，大概还与我每天干完木匠的活计还要坚持看书写作有关吧！"

——嗯，还得再说点什么……"不知道为什么，我总觉得有股子力量仿佛要冲破我的心脏，急着见到你们，我敌不过它，它冲出来了，所以得了奖，全是它的功劳。我想谢谢它，却找不到它，我想，它该是一直与我同在的，也应该可以感受到我的谢意。"

——还不够，还不够，"我写作，完全是出于热爱，就像我刚刚说的敌不过的力量促使我写作，今后我也会继续写作，带着我的力量。感谢诸位的支持，希望听到大家的意见和建议。"

——哎哎哎，怎么这么别扭，该死！

松溪看着窗外，星星布满了天空，每一次眨眼都让他心里一颤。松溪低下了头，不知道自己今后该继续做木匠还是选择写作，似乎之前他并没有仔细想过，此时此刻却不得不考虑考虑了。

"松溪，在想什么？"

"父亲。"

老木匠拿着一卷纸烟，吐着干巴巴的烟雾走进松溪的小屋。

"父亲，我不知道自己为什么莫名其妙得了奖，很不知所措。"

"你每天写东西不就是为了发表吗？如今得了奖还有啥子不高兴的？"

"我写东西只是因为没有办法不写，但是如果真的一辈子都写的话，我怕我干不了。"

"干不了？"

"干不了。"

"为啥子？"

"不知道，可能这次只是侥幸吧。"

"你觉得谁都可以这么侥幸？"老木匠吐一口纸烟，"不过，写点字就能养活自己了？当个木匠也没啥不好的。"

"您也觉得木匠好？"

"木匠有啥不好的？"

"那好。"

干巴巴的烟雾缭绕在松溪的小屋,松溪舒心地笑了。他看到窗外的星星眨着眼睛,挑逗着他的心。

五年后,松溪三十五岁了,他依旧是个木匠,脸上的褶皱足以展现他的沧桑,有人问他还写作吗,松溪憨憨地摇摇头:"得娶媳妇嘞。"人家又问:"那股子敌不过的力量呢？"松溪摇摇头:"顾不上了。"

松溪慢悠悠地走在院子里,闭上眼睛感受风的温度。

"松溪,哈哈哈哈！"

松溪猛地睁开眼睛,只见眼前是个着一身黑衣的看不见脸也分不清男女的人。TA嗖地闪到松溪面前,身后还有些没有来得及散掉的黑烟。

——见鬼了！

松溪见状,开始全身发抖,一句话也说不出来。

"松溪啊松溪,"松溪看到那"鬼"用巨大的黑布包裹住自己,发出不男不女的声音,"松溪,你知道我为什么来找你吗？"

"你……我……你……你是做什么的？"

"我是死神。"

"那我知道了。"松溪突然变得平静起来。

"明白就好,但是我必须让你知道一件事情,让你晓得自己是个多么讨厌的人。"

"呃,所以你要让我死得很难看咯？"

"不,我只是对你失望。"

"失望？你是死神,却对我这凡人失望？"

"我奉旨把你降到这个村落,是为了让你拯救这个世界的文学,用你的奉献打破村子受到的诅咒,结果,你去做了木匠！"松溪偷偷看一眼死神,死神的四周黑烟骤起,声音的回声还在寂静的空中飘荡。

"我？拯救世界文学？诅咒？什么诅咒？"

"这个说来话长,总之,一百年前,你们的村子得罪了玉帝,除非有人做出巨大贡献,否则将永远活在诅咒之中。我和雷神实在看不过去才安排你来拯救全局,可你只贪图个人的安逸,丝毫不关心自己的使命。"黑烟稍微散了一些,松溪感到那一团黑色中有一双可怕的眼睛正死死盯着他。"我不是来谴责你的,只是奉命告诉你,你有三次机会,但是每次你的大限都在三十五岁,这一次你会成为一个伟大的作家然而你放弃了,作为神,我实在对你太失望,你对得起我和雷神的良苦用心吗?"

"我……我以为我天生是作为木匠的。"

"去吧,你在凡人的编制之外,你只是为了完成使命而存在,不要再辜负诸神了,塑造一个特殊的人是很辛苦的知道吗?"

松溪点点头。死神消失了,他刚刚待过的地方只剩下一片黑烟。

第二天,松溪又回到了婴儿时候。

二

松溪十二岁那年,村子里的人都做了同一个梦:松溪骑着一匹白马走过村里泥泞的小路,白马后头是一大群手举着书的人,那些人大喊,"松溪,求求你签个名吧!松溪!"松溪笑了笑,下马给那些人签名,书的扉页写着:21世纪最伟大的作家终于诞生了。

松溪的父母也做了同样的梦。于是,人们都觉得这肯定是神的启示,松溪一定会是个了不起的作家。

松溪的父亲老木匠拿着一卷纸烟,吐着干巴巴的烟雾走进松溪的小屋。

"松溪,要不你去城里念书吧?"

"您信了?"

"要是真的咋办?神会怪罪我的。"

"父亲,我不知道自己为什么莫名其妙被冠上了作家的名号,这……我不知道咋说。"

"你小时候认字那么好,灵着呢!让你去大城市念书有啥不高兴的?"

"认字归认字,写书……我怕我干不了。"

"干不了?"

"干不了。"

"为啥?"

"不知道。"

"虽然我也不相信写点字就能养活自己,但是天命不可违啊孩子,神的安排一定是有道理的。"

"那您觉得木匠不好吗?"

"木匠有啥好的?"

"那好。"

三年后。

松溪这天要回村了,村里人像是过节似的喜气洋洋。一个老婆子记起了当年做的梦,提议大家伙儿为松溪准备一匹白马迎接他。

这天,村里人吹着喜庆的唢呐曲子,牵着白马在村口等着松溪。这天,松溪骑着白马,走过村子,白马后头跟着几个人,追着松溪要签名,松溪笑了笑,下马。书的扉页写着:××省最优秀的作家著。

傍晚,松溪躺在自己幼时常待的小屋,想起三年前的寓言,很是烦恼。

——虽然也算少年有为,但怎么也不是最伟大的作家啊!

——寓言的场景今天都已经实现了,只是与我的地位咋就不一致呢?

——是不是根本就没这回事? 如今已经三年了,如果真的伟大早就伟大了,也不至于像现在仅仅小有名气。如果做不了最好,高不成低不就的算什么?

松溪看着窗外的星星,心烦意乱。

松溪觉得自己根本没什么天赋,不再继续混迹文坛,隐匿在村子里随父亲做木匠活儿,跟文字有关的东西几乎不怎么碰了。文人皆叹惋兮。

过了十五年,松溪三十五岁。

松溪慢悠悠地走在院子里,闭上眼睛感受风的温度。

"松溪!"

松溪猛地睁开眼睛,只见眼前是个着一身黑衣的看不见脸也分不清男女的人。TA嗖地闪到他面前,身后还有些没有来得及散掉的黑烟。

——见鬼了!

松溪见状，开始全身发抖，一句话也说不出来。

"松溪啊松溪，"松溪看到那"鬼"用巨大的黑布包裹住自己，发出不男不女的声音，"松溪，你知道我为什么来找你吗？"

"你……我……你……你是做什么的？"

"我是死神。"

"那我知道了。"松溪突然变得平静起来。

"明白就好。但是我必须让你知道一件事情，让你晓得自己是个多么讨厌的人。"

"呃，所以你要让我死得很难看咯？"

"不，我只是对你失望。"

"失望？你是死神，却对我这凡人失望？"

死神手一挥，松溪觉得一些陌生的记忆涌进自己的大脑，里面的人居然是自己。

"我奉旨把你降到这个村落，是为了让你拯救这个世界的文学，怕你愚钝，还托梦给众人，给你创造条件，结果，你还是去做了木匠！"

松溪偷偷看一眼死神，死神的四周黑烟骤起，震耳的回声还在寂静的空中飘荡，随即传来一声怒吼。

松溪流下两行热泪，"我错了！送我回去吧！"

死神点点头。

三

松溪五岁的时候，就可以读书写字，村里人都觉得这孩子是个天才，总是给他送来各种各样的好东西，指望着将来这孩子出息了别忘了他们。

松溪的父亲也觉得这孩子很不一般，想送他去读书，可是松溪拒绝了。父亲只好教他点木匠的活儿，免得绝活儿失传。

松溪七岁的时候已经承包了村子里写对联的活儿，人人都夸奖他是个天才。

松溪读了很多书，也写了些东西，很快便觉得可以出山了。

松溪十二岁的时候来到省里的作协，向作协工作人员发问：

"你们这里最厉害的作家是谁？"

"呦呵,哪里来的小毛孩?"工作人员摸摸他的脑袋,一束慈父光环笼罩下来。

"是贾平凹吗?我要跟他比比。"

"你?"那人大笑起来。

"我!"松溪双手叉腰,笃定地看着那人布满白发的脑袋下褶皱的脸。

正说着,贾平凹来了,"老刘啊,跟个碎娃说啥嘞?"

"这娃找你嘞!"

松溪拿出自己写的长篇小说递给贾平凹。贾先生看了第一句就已经被惊到了,"你写的?"

"我写的。"

"好啊,额们陕西文学又有希望咧!"贾先生摸摸松溪的脑袋,"嗯,我会好好看的,三天以后你来这里找我。"

松溪的小说获得茅盾文学奖,轰动了文坛。松溪很是得意,他知道自己才是最伟大的作家,他的到来是为了拯救世界,茅盾文学奖算什么?松溪从此不再看别人写的书了,他明白神没有玩他,他的命运已经注定,只需等时机成熟。

不料,松溪竟然慢慢淡出了人们的视线,甚至可以说销声匿迹了。人们只记得有个孩子曾经很有天赋。提起他人们立刻讨论起《伤仲永》来。这让松溪很不满意。他开始拼命写作,终于又写出了一部五十万字的"巨著"。

松溪费尽心思找人翻译了这书,准备参评诺贝尔文学奖。可是初审都没通过,人家说:"这样的书也拿来投诺奖?"松溪很郁闷,逢人便问:"我是不是最伟大的作家?"他逢人便问,使得人们见了他都躲着走。

这时松溪十五岁。

一天,松溪慢悠悠地走在院子里,闭上眼睛感受风的温度。

"松溪!"

松溪猛地睁开眼睛,只见眼前是个着一身黑衣的看不见脸也分不清男女的人。TA嗖地闪到松溪面前,身后还有些没有来得及散掉的黑烟。

松溪见状,噌地跑近这黑影,"死神,你说我到底是不是最伟大的作家?"

"你……你怎么知道我是死神?"

"哼,人类智慧是经验的产物,我没喝你的汤!快说,我是不是最伟大的作家?你不是说我是为了拯救世界文学而生的吗?可我现在越来越没有名气了!玩我是吧?"

"我是死神,只管死之事,偶尔乐善好施一下,至于结果如何还看你本人的意念是不是坚定,我无能为力。"

"说到底,我究竟是不是最伟大的作家?"

"命运给你的界定——是的!但是谁的命运可以一帆风顺?你没有点执念怎么有机会得到洪荒之力?"

"那是神在考验我?"

"作家应该是低调的,是孤独的,是谦虚的,是勤奋的。作家还得有信心和执念,知道自己的使命,知道怎么走,懂得坚持。"

"我错了,我除了才华什么都没有。"

"知道就好。"

"那你这次来是?"

"本神实在看不下去了,来结束你的使命,换人!"

说罢,死神转身欲走。松溪上前拽住死神的双脚,"那我到底能不能成为最伟大的作家?"

"若有下辈子,愿你一条道走到黑自己去试!"

第二天,松溪死了。

樱花

阳春三月,原野被抹上一层淡淡的绿,像是艺术家不小心洒上的水墨似的。放眼望去,尽是刚冒出头的小草,害羞的细柳;再远一些,粉红的桃花;更远一些,居然显现出了令人意外的粉红和纯白,夹杂在孤独的亡灵中间,像是点缀,又像是上天对她们的同情。

惠子激动地跑下原野的起端,冲向那团粉色和白色聚集的地方。她的双眸明亮而坚定,脚步越来越快,尽管已经气喘吁吁。待到跟前,她呆呆地站立,心里剧烈地一颤,是的,果真是樱花,时隔这么久,它又开了。不同种类颜色迥异的樱花尽显眼前,那娇小的花瓣由边缘到中心,由淡粉到纯白;粉红的,像是婴儿纯真的笑脸,洁白的,似人间白雪。突然,她笑了,哭了。

惠子看着那生在旷野中的樱花,任泪水在风中飘摇,一句话也没给它们留下。当她回过神来,赶着末班车回家,天已经全黑了。她脑袋闷闷的,仿佛之前的一切都是在做梦。

家里像是遭了抢劫似的乱成一团,这已经不是第一次了,惠子叹一口气,默默收拾。龙仔看到母亲回来,叼着一根烟从厨房出来,准备开战的样子,"妈,我到底是不是你亲生的啊?冰箱里怎么什么都没有!"惠子看了看墙上的钟——九点,又低头继续收拾屋子,似乎没听到儿子的话。

"我去看你奶奶了!"顿了顿,"还见到了好大一片樱花!"惠子脸上露出喜悦的笑容,好像是在回忆白天的情景。龙仔站在一边,瞪了一眼惠子,"神经病啊。"说着,摔门而去。空荡荡的屋子里只剩下惠子的微笑,还有钟表的滴答声。

惠子拿起桌子上的相框,那是她在日本时跟母亲的合照。照片上母亲还年轻,她还小。她穿着做工精致的粉色和服,踏着沉沉的木屐。彼时的小心翼翼与新鲜感顺势荡漾在心头。母亲也穿着和服,在灯光的映衬下,庄重而美丽。那天,她成人礼,也是最后一次跟母亲合照。她又笑了,哭了,想起了二十多年前的往事。

她成人礼那天,母亲很高兴,亦有些不安。傍晚,待一切重归寂静,惠子躺在母亲的怀里,"妈妈,父亲永远不会回来了吗?"惠子睁大眼睛,看着母亲。母亲避开她的眼神,"永远不要相信男人,你记住!"惠子被母亲的话吓到了,不要相信男人,那……母亲哽咽着,"惠子,今天你就算是成年了,有些事你有权利知道也有能力接受了。"惠子再次睁大眼睛看着母亲,一种不好的预感涌上心头。"惠子,你亲生父亲其实不是日本人。"惠子的脑袋嗡的一声,像是被人重重地敲了一棒子。"惠子,你亲生父亲其实不是日本人!惠子,你亲生父亲其实不是日本人!惠子,你亲生父亲其实不是日本人!……"这句话一遍一遍在她脑海里如电影般回放,到底是怎么回事?母亲的眼眶湿湿的,没有看她,也没有立即安慰她。"你父亲当时在东京读书的时候,遇到了一个中国女留学生,她很美,很善良,你父亲很喜欢她。但是她跟同乡来的一个同学情投意合,你父亲追求过她,但失败了,转而跟我在一起。""你爱我父亲吗?""爱!""尽管他喜欢别人?""我……我以为他只是一时对外国女子比较好奇罢了。""那后来呢?那个中国女子呢?""毕业后,她跟那个中国男子结婚了,后来,有了孩子,过得很幸福。再后来,不知道什么原因,那个男人一个人回国了,那个女孩子生病死了。你父亲再也没有跟我们提起过这件事。"惠子的心猛地痛了一下。"那,那个孩子就是我?""是的,她死后,你父亲去过她的家里,看到你一个人在床上哭,很不忍心,就抱回来了。"母亲小心地看着惠子,惠子尽量控制自己的情绪,但还是很难接受,"妈妈,这是电影吗?哈哈!"她哭着跑了出去。

惠子不知不觉跑到了学校,恰巧是她父亲当年就读的那所。她坐在树下,想象自己亲生父母的样子。她痛,为什么这种事会发生在她的身上?她恨,为什么他们生下她却不负责任?她心疼,为什么他忍心丢下她的亲生母亲一个人?她在想,她的他也是这样吗?惠子抱着怀疑和希望拨通了他的电话,没几分钟,他来了,气喘吁吁地站在她面前。

他也是来这所大学留学的,也是中国来的,也是男人。这和她的亲生父亲多么像啊,惠子冷冷地笑了。"永远不要相信男人!"母亲的话又冲进了她的耳膜,她不禁打了个寒战。先开口的是他,"惠子,你……怎么了?"她不说话,仔细地看他,像是看一个怪物。"惠子,你……没事吧?"他关切地看着她,那表情怎么都不像一个会抛妻弃子的人,那个人估计也看不出来吧。惠子笑了,"没事,我想去中国,找一个人。"他满眼疑惑,却也没有多问,只是坚定地说:"好"。可是,"不要相信男人!"这句话又不自觉地冒出来了,惠子心想:"说'好',也许也是不一定的意思吧。"她缓缓地开口,半信半疑的语气让他摸不着头脑,"我,相,信,你。"惠子恍然大悟似的向着家的方向跑去。

母亲坐在沙发上,看着和惠子的合照,听到脚步声,知道是惠子回来了。门没上锁,惠子轻轻进来,长吐一口气,像是在确定自己的决心。母亲和蔼地盯着她,等她开口。惠子坐到母亲身边,"妈妈,我想去找他,那个我的亲生父亲。""因为什么?""因为恨,因为不解,因为想知道他的样子,想要明白他为什么抛弃我们!"惠子越说越激动,她以为母亲会反对,会觉得她只是想找自己的亲人而已,但是母亲没有。这个年轻的母亲握住惠子的手,说:"你是我女儿,我只有你了,我尊重你的决定,也愿意跟你一起面对结果。"

第二天,母亲带着惠子去祭奠她的生母。坟头上长满了杂草,连碑文还是父亲用笨拙的中文写的她的名字,已经看不太清了,显然很久没有人来过了。惠子用手拔掉那些张牙舞爪的草,清理了一下,放上一束康乃馨,听说送母亲得要康乃馨,既然生前没有享到过女儿的爱,那么用这花弥补一下心中的愧疚吧,惠子心里萌生了一种难言的痛楚。她伸手抓一把黄土,想把它埋到那个陌生又熟悉的国度去。

过了半月,母亲带着惠子去寺里烧香,希望佛保佑她们一路平安。然后去赏樱花。母亲是极其喜欢樱花的,因为父亲出走之前经常跟她一起赏樱花,从来没有错过一次。这次,惠子带了一些樱花种子,她觉得,说不定她的亲生母亲也很喜欢樱花呢,种一些到她的祖国吧。

惠子和母亲一下飞机就按照托人从学校查到的信息去了一个他们从来没有听过的地方,他们说那是那个男人的故乡。找了很久,终于找到,却已经是破旧不堪的古巷,巷外的景色还是蛮不错的。她们暂且在那里住下,准备调整行程。惠子来到这里之后,居然有些迷恋了。不知道是因为这里是她生父的故乡,还是因为这里是她爱人待过的国度,她自己也不清楚。

惠子在报上登了寻人启事,而且每天跟这里的老人聊天,想要询问出什么来。起初没什么线索,但是过了三个月,报社传来消息,找到周先生的子女了。惠子心里一愣,子女?他还是抛弃了她,另外组建家庭了,原来不是有什么别的原因。尽管如此,惠子还是跟母亲一起见了她的弟弟妹妹们。惠子的出现对周家人是一个巨大的打击,这么多年来,他们的父亲居然在日本有家室,他们甚至觉得这是对他们父亲人格的污蔑。这对惠子也是巨大的打击,他居然连承认惠子母女的勇气都没有,而那个女子,居然相信他会回去找她。

知道这一切之后,惠子的心反而没那么沉重了。彼时他心爱的人儿也已毕业回国,他要跟她结婚,她答应了。母亲没有说什么,路还是要自己走的,人也是自己选的,就像樱花,到了那个季节自己就开了,不用谁去指导怎么开。

"妈妈,我们留在中国好吗?"

"为什么?"

"我喜欢这里"。

"好"。

惠子在这里找到工作,丈夫在毕业前已经跟一家上市公司签了合约,薪金很高。母亲在郊外荒野的空地上撒上大片樱花种子,惠子把那把黄土埋在地下,在石碑上歪歪斜斜地写上那个中国姑娘的名字。母亲说:"惠子啊,你小时候,我总是希望有一天我可以放下事业多陪陪你,可是总抽不出身,只能等我老了。现在我老了,有时间了,你又这么忙。妈妈不想拖累你,只希望在我死后,你可以把我和你母亲一起埋在这樱花林里,啊,樱花,多么美的樱花!"惠子鼻子一酸,"妈妈,您会长寿的!我以后会抽空多陪陪您的,等我忙完这段时间就会好的"。

一年以后,龙仔出生了,正是樱花烂漫的时候,可是与此同时,母亲却因为心脏病去世,像是被樱花带走了似的。惠子把母亲的骨灰葬在遍地都是樱花的原野上,奇怪的是,那里连续很多年没有再开过樱花,是在祭奠母亲的灵魂吗?还是母亲所等待的,落空了,它们代母亲打抱不平?总之,惠子总觉得欠母亲太多太多,虽然她真的有想过等她有时间,一定会陪母亲环游各地,一定会带母亲回日本再看一次樱花,等她有时间了。

对母亲的失言,惠子想要弥补给儿子。她总是抽出大把时间陪龙仔,虽然他自小就表现出对亲情的淡漠,她也仍然坚持,也忍受,她想:"等他长大了,自然就懂了"。

钟声狠狠地飘荡在空旷的屋子里,惠子默然拭去眼角的泪水,她累了,幸好还有他在。丈夫周末加班回来已经十点多了,惠子突然意识到忘记准备晚饭了,"我,忘记做饭了。""噢,没关系,我吃过了,带你出去吃吧?"惠子本想说不饿,可是丈夫的肚子居然发出奇怪的响声,两个人都笑了。

惠子常常想,人为什么总是要等?有的东西等得到,不过是碰巧选择对了;有的根本等不到,没什么理由,缘分使然罢了。那么,为什么不忘记一些事,去追寻新的希望呢?

唐健博

男,西北大学文学院2014级创意写作班学生。读过诗书成篇,写过山花烂漫。前二十年人生喝酒写画走四方,后生很长唯愿四海为家。好民谣,爱摄影,善书画,走过大半个中国。偶尔咒骂人生太短,也会唏嘘相见恨晚。

菖蒲

别后相思隔烟水,菖蒲花发五云高。

引子

氤氲的香枝气,像望日的潮水轰轰烈烈地没过莆仙城最高的檐角,又大概像相思的味道。

"十月半,牵砻团子斋三官"。今日是下元,家家户户都在焚香枝来祭祀亡灵,祈祷水官保佑来年风调雨顺。

庭院深深,蕙质兰心的女人敛眉低首在窗下,包着一只又一只豆泥骨朵。牙色裙角绣着一方舒卷兰叶,落了些面粉。今日十五,远在边塞的丈夫会跟着水官的脚步归家,女人眉眼盈盈,笑容丰美似芙蓉……

一

西风渐紧。

他紧了紧身上的袍子。戍边六载,雁门关的黄沙漫漫打磨得他的脸愈发棱角分明。

隔着百里,他好像就闻到了满城的香枝,还有妻纤手包的豆泥骨朵。

胯下的马通身雪白,四蹄却像妻满头的青丝一样乌黑如墨。他唤它,玲珑。那是一头颇有灵性的马,也是他戍边六年唯一的慰藉。

水官大概是感念莆仙人虔诚,才入夜便天降大雨。马蹄飞疾,驮着他误入一片树林,脚下道路愈发泥泞。

那树林幽静如鬼魅,玲珑也有些躁动。他隐隐有些不安,低声唤着玲珑,持鞭的右手默默地握住腰间的长剑。

玲珑一声嘶吼,扬起前蹄,竟生生把他仰面摔了下来。他疑惑,玲珑生性温顺,今日怎会如此异样。

一个纤细的身影伴着盏琉璃灯浅浅而来,轻轻抬手便把他从泥里扶了起来。他别过半张脸,油纸伞下是个极清瘦的女子。女子垂着眼睑,明明灭灭的琉璃灯下,鸦翅一样的睫毛闪下一片阴翳。分明大雨瓢泼,女子衣衫却不见半点泥泞。

世人常言林中多山鬼,更何况普通女子又如何有如此的力气。他自小看《搜神记》长大,情知多半是遇到精怪山鬼,略作斟酌,只得恭敬一揖:"在下回乡途中路过贵地,多有冒犯,还望见谅。"他声音有些哑。

女子淡淡地笑,看也不看他,手指若有似无地抚过玲珑的脖颈,玲珑竟亦步亦趋地跟着女子渐行渐远。

他握住长剑,沿着女子的脚步跟了去。

二

青布帐子,女子端坐在铜镜前,镜中人眉目如画,眉宇间锁着的皆是平静,像香炉里燃着的檀香,超然如谪仙。青丝如瀑,垂于腰际,压住宽大的道袍。

他轻轻地咳了一下,女子转过头,笑意像一朵最稀薄的花:"君虞,你醒了。"

君虞是他的小字,她又如何得知。

他有些愕然,女子恬和地笑,声线清和:"请自便。"女子将一套干净衣衫放在榻边,对他略一颔首。

"多谢。"他拱手道。

女子摇头,翩翩然踱到院中。

有清淡的风打檐下从容吹过,打开的窗轻轻扑棱,发出沉闷绵长的声音。透过窗望去,满眼都是深红的菖蒲,望眼欲穿也望不到头。

女子正蹲在院中侍弄菖蒲,除草捉虫,照顾得极为细致。宽大的道袍宛若能袖住一派清风朗月。

他立在檐下,这女子眉眼之间竟有三分像妻。

女子转身,指着墙边的薪柴,笑颜温婉:"今日午饭,有劳你了。"

三

春花开又落,秋风吹走夏月。

时光弹指一挥间,林中的日子总是平淡无惊,这饭一做就是半年。

他归心似箭,莆仙城内的妻还在盼他归家,大概早已等他等到了雪漫眉头。每每跟女子说起来,女子总是浅浅地笑,然后敛眉不语。

渐渐地,他开始知道,女子似乎有驱鬼役神的力量,甚至有力量开辟一片异世界——这院内四季如夏,菖蒲花赤红得像最明媚的胭脂,馥郁芬芳,总是不衰。

"为何喜爱菖蒲?并不贵重。"他风轻云淡地问。

女子羊脂玉一样的手指轻轻地驱弄驻足在菖蒲花上的一只蝶,半晌后曼声道:"世人只知菖蒲辟邪,却不知还有奇用。"

"有何奇用?"

女子漠然摇头,只望着满院的菖蒲。满院菖蒲愤怒的吐蕊,似一幅工笔描绘的画卷。

夕阳西下,铺开漫天漫地的晴丝万缕,袅娜如线,直看得韶光也轻贱了岁月。

四

某日深夜,他难得自梦中醒来,青布帐子外,有一只夜莺轻悄悄地飞过,低婉一声。炉中乳白的香烟如一脉游丝幽幽细转,惨淡的月光一抹拂过檐角的铁马,落进庭院深深,空落落寥无一人。

他披衣起身,隔着窗户望出去,女子独自一人伫在院里,慢慢俯下身去,持锄挖开某一株菖蒲的泥土,对着地上喃喃自语,神色温柔。

他从未见过女子如此,明媚似阳春三月,如此他便对此事上了心。

次日,女子不在院内。他凭着昨晚的记忆,小心翼翼地剥开菖蒲上的泥土,惊得倒退两步——其下埋着一具森森白骨,菖蒲的根茎俱附在白骨之上。他看得惊呆,脸色惨白。

刚一转身,女子早已站在他身后,一滴清泪跟跄堕下。

"那白骨是……"

女子垂目不语。

满院菖蒲瞬间枯萎。

风起,花落。

那样轻绵的落花声声,却似击在心上。

五

某一年下元,他初遇她。

那时她喜红,常着一身大红新裙在溪边徘徊,水中便喜滋滋地映出一片红云,那是少女脸上漾出的娇羞的红晕。

他在林中采香枝祭祖,偶遇山鬼,幸得她相救。

两两相看,便是一生。

她为他放弃仙缘,重归凡尘;而他雄心壮志,欲披甲上阵驻守边关。

她算得他此行有大难,劝说无效,只得再三叮嘱,并赠他玲珑。

他只说,等我归来。

江阔云低望几遍,云里几声雁断西风吹散多少思念。她等了一年又一年,在潇潇夏雨中守望成一根斑斑点点的竹。

七年长征战,歌谣满帝京。战乱中他中箭身亡,前尘往事皆忘了个了无痕,只留心中一点明昧不灭。玲珑颇通灵性,将他的身体魂魄一并送回。

他中箭那日,她失手打碎了茶盏,在满院菖蒲中矗立了一整晚,而后脱下红妆着一身道衣胜雪。

传说,以逝者骨肉养菖蒲,三年后菖蒲可化人形,再以魂魄注入,人死即可复生,然而三年之内骨肉不可见天日。

她凭一人之力将他的魂魄拘在此地,以期能复他肉身。然而人算不如天算,逆天改命终是虚妄。

徒悦

女,江苏南京人,西北大学文学院2014级创意写作班学生。爱好读书、写作,有好奇心,对陌生事物充满兴趣,奈何胆小,常被吓破胆。沉迷网络,追赶流行,爱网络游戏,混迹其间十余载。广交朋友但又喜好独行,乐于远行又常因体力不足身心俱疲。热爱美食,旅行期间百般能忍,无美食不能忍,百般节俭,个人生活恩格尔系数极高,以此推论,可视为贫。从小生活在南京,大学期间来到西安,南北生活许多不同,都有所好,适应性强,大约算一项长处。

灵药

一

他的手从前很白嫩,如今已满是冻疮了。

刘麟把手放在火上烤着,借此来获得一丝微薄的温暖。胡诚用小刀把火里淬得滚烫的马肉一块儿一块儿割下来递给刘麟,"最后一匹老马了。"

刘麟叹了口气。

"暴雪,哎,今年是怎么了?"

"酒,"胡诚把酒递给刘麟,深深地皱了皱眉头,火堆发出咧咧的声响,狂风呼啸,仿佛地狱里挣扎出的恶鬼在得意地嘶吼。这个冬天才刚刚开始,接连的暴雪已经断绝了很多人的生路。

刘麟来塞外三年,这是第一次经历这样的暴雪。天黑得像是中了毒的人流出来的浓稠的黑血,狂风能吹走一匹孤零零的小马,雪堆得老厚,开始几天,许多人带着干粮和牲畜拼命地往南边赶路,后来许多人被埋在了雪里,就再也起不来了。

"死这么多人。"刘麟喝了口酒,滚烫的烈酒从喉咙管一直辣到胃里,"我当了三十年的医生,头一回,头一回啊……我见不得……"

他摆摆手,"人命,都是人命啊……救不了,心里难受,哪怕能救一个呢?"

二

海水翻滚着巨浪。巨兽从海里跳出来,它约有两个人那么高,头顶长着黑色的长角,瞪得浑圆的眼睛仿佛深渊,银白色的皮在浪花中闪烁。

"五子!收网!"剑客一边喊着,一边拔出了剑。巨兽挣扎起来,剑客冲上去一剑刺穿了它愤怒跃起时亮出的肚皮,接着他赶忙回身,帮着拽住网,巨兽安静下来,剑客和五子两个人驶着船把巨兽带上岸。

"他们把海神杀死了!"

"天呐!"

"要遭天罚的!"

渔民们嚷嚷着,有人哭泣起来,却没有人敢靠近他们。

剑客剖出巨兽的心脏,用海水洗了洗,五子将它装好,两人丢下了巨兽的尸体,离开了神海村。

三

"救不了吗?"

刘麟看了看剑客怀中的女人,摇了摇头,"最多一年。"

"连神医也救不了吗……"剑客喃喃。

"这毒是无药可解,我一生行医至今,凡是送过来有气的,只有两个人无法可医,都是中的这个毒。"

剑客神色恍惚地点了点头,"谢谢神医了。"

他放下昏睡不醒的女人,望着女人发黑的面容,抽出长剑,"事已至此,除了你我共赴黄泉,也别无他法了。"

"慢着!"刘麟赶忙制止了剑客。

"或许还有办法。"

四

"你是谁?"男孩儿瞪大了眼睛。

"你是谁?"剑客看着刚醒过来的小孩,"这里尽是豺狼,你一个小孩儿,怎么会在这儿?"

"我忘了……我什么都不记得了……"男孩儿摇摇头,"我记得他们喊我五子。"

剑客想了想,说,"那你跟我走吧。"

五

屋里很寂静。五子跌坐在墙边,眼泪无声地从他的眼眶流出来。

剑客走进来,一个脸色全黑的男人躺在床上。

"把东西还给我。"剑客用剑指着五子。

"没用。"五子低着头,"没用……还是死了……"

他抬起头看着剑客,"我原本都放弃了。他告诉我救不了,我就放弃了。偏偏让我听到,偏偏让我又找到了,没用,还是没用,喝了药,又死了。"

"你杀了我吧。"

剑客看着五子。这个男孩儿还是很青涩的模样,他的眼里有失望、不甘、愤恨,他还有泪水。

剑客放下剑。

"你不会死的。"

他回到蛮山顶的医馆,医馆已经卸下了招牌,关紧了大门。剑客踢开大门走进去,刘麟坐在女人的床榻前。

"那个药是我瞎说的。"刘麟背对着剑客,"我没想到你真的会找到那种海怪,我以为那是传说。"

剑客单膝跪在床边,凝视着女人,"她痛苦太久了。"

他转过头看了一眼刘麟,"因为你。"

他拔出剑。

剑穿入自己身体的时候,刘麟想,自己到底是不是做错了。他很快就给了自己回答。

没有。

他安然闭上了眼睛。

六

雪下了二十多天了。

胡诚又宰了一匹马。还剩最后一匹马了,可以烧柴的东西已经很难找了。在雪里艰难盘桓了这么久,他们离玉城还有起码两天的马程。

刘麟感觉到自己身体的虚弱,热量越来越少,过去的伤口一阵一阵地疼,皮肤像扎满了针。大雪白茫茫一片,天却是一片黑压压。整个世界像死了一样,他不断地和胡诚说话,聊塞外,聊南方,聊海,他们加起来几十年的人生被聊了个遍,这个世界依旧绝望得逼得人发疯。

"酒……"

胡诚摇摇头,"已经没了。"

两个人沉默了很久,只听见呼啸的风声。

"我们会不会死?"刘麟咧出一个苍白的笑,问道。

胡诚把一壶马血递给刘麟,"很多人都死了。"

他看了看远方,"我想活下去,哪怕一天呢。"

刘麟也看了看远方。

风雪遮挡了他的视线,他什么也看不见,却还是尽力张望了一会儿。没有玉城的轮廓,没有人烟,甚至没有一匹在雪中支撑的马。

他接过壶,手套已经不能带给他温暖了,他一口喝尽了马血,腥味弥漫了口腔,刺激得胃里产生出剧烈的搅动。

他把壶还给胡诚,揉了揉自己的脸。

哪怕多活一天呢。

王禄山

男,西北大学文学院2014级创意写作班学生。本篇整理了一些自己创作的小小说,大部分都是源自班级小组的活动"周末活动室",根据一个关键词进行300字小说的即兴创作,下文关键词分别为:高跟鞋、影子、饥饿、粉笔、忽然之间、万宝路。

小小说文选

高跟鞋的自述

当画出精美的设计图案的那一刻,我孕育而生,出格凝聚了我的胚形,开料是我的进一步发育,必须选用顶级的动物皮革,辅以浸淫几十年的手法勾勒出恰当的模样,在纸样和强力胶的献身下我的身体前赴后继地黏合、融会。然而,我还不满足,我还要缝纫机无情地为我的脆弱保驾护航,我还要经历打磨抛光,还要被伶仃的细腿深深地钉入胸膛。呼,磨砺险阻走了这么多趟,细细地一番欣赏,谁都为我的美貌鼓掌!

我出身不凡,注定与众不同高贵尊享,我不愿被那些懒女人丑女人踩在脚下,所以碰了我只会大出洋相,而那些迷人优雅光芒万丈的女人才会得到我的青睐。我会让女人步幅减小,重心后移,这样她们的腿部就相应挺直,并造成臀部收缩、胸部前挺,在我的作用下女人的姿态富有风韵,袅娜与韵致也随之产生。多半的男人都禁不住这诱惑,瞧,我的魔力多强大!一代又一代,我的样子变了又变,却始终是女人的心头宝。不过,女人们记住吧:不是你们驾驭我,而是我赠予你们美丽。拥有我,你们将拥有全世界。

我是一双高贵的高跟鞋,我为自己代言。

正义的自杀

华生最近好像变了一个人。

原本他畏畏缩缩,从不主动和人说话,几乎没人会注意到他。但今天却热情地向每个人打招呼,还给大家带了早点。同事们为他的改变惊呼不已,工作角落的华生嘴角扬起一丝诡笑。

一天夜里,一个黑影拧住华生的脖子,幽幽地看着他,阴沉诡异的声音"你不配做我的主人"刺入耳朵,然后利索地折断。新鲜的尸体缓缓飘起,化作一团黑影。

大家眼中的华生越来越优秀,没有人看到他身边永恒的淡淡的黑影。

就此改变吧!不要让影子都嫌弃你。

我叫吴饥饿

爹娘都是半辈子从饥饿里趟过来的,因此他就叫饥饿。

据说以前他娘怀他的时候便遇上大饥荒,肚子鼓了半年就早产生了他,四斤三两,轻得吓人,好多人都以为他活不了了,可没想到这小子命硬,不仅没死,现在反倒还成了鼎鼎大名的大老板。话说他娘奶水不好,饥饿经常饿肚子,肚皮瘪得呱呱叫才勉强盼到野菜之类的充饥。虽然后来隔几天可以吃上一顿稀粥,却也塑造出饥饿筋骨的身材直到现在也没法改变,不过他娘倒是落下病根,一天一天虚弱下去。

饥饿,当你还在襁褓中的时候,我们就相信越是消瘦的你越有拥抱生命的毅力!你做到了!你从小就会把肚子叫当作它在唱歌,你会把碗边的野菜叶舔得干干净净,没有食物你不会哭会安静地等我们的劳动成果。饥饿,你知道吗?你从小就学会了饥饿赐予你的顽强、乐观与冷静……考究丰盛的饭桌前他正认真地吃饭,不浪费一粒米一滴汤,爹娘好像就在他的身旁温柔地看着他。

锦帽貂裘拄着拐杖,缓步走在院落小径,窄窄的身影在风中摇曳宛如田里一缕待收的麦穗,沉重又凄凉。

"爷爷,我饿。"粗褂下稚手拉住长者,他看着他,看到了小时候的自己。"你叫什么名字?""我姓吴,爹妈走得早,没名字。""跟我走吧,从此你叫吴饥饿。"

"我们叫你饥饿,就是叫你记住,勤劳踏实不放弃,才能没有饥饿。"

粉笔

第一次接触粉笔,在7岁,那时我上一年级,是村子里建的小学,从学前班到三年级总共四间教室三十多个学生,每天老师骑着车带着粉笔到学校来教书,晚上又带着粉笔而去。我是在这个学校的第二年才真正知道粉笔是什么样子:约7厘米长的柱体,屁股又大又方,尖头较小较圆润,在持笔人的控制下摩擦出一个个清晰的字。

第一次拥有粉笔,在8岁,那时我上二年级,在院子里写作业的时候父亲出奇地送我一盒粉笔,这让我很兴奋。慢慢地,我家墙上布满了粉笔痕迹,有各种各样的字,造句,还有画像。到现在,时光都没有将它们湮没。

第一次习惯了粉笔,在从镇上的四年级开始的,那里的粉笔应有尽有,圆的,方的,粉的……用粉笔办黑板报,掰成小块砸同学,用沾满粉笔灰的黑板刷糊某人的脸,最难的是清理黑板,要先用湿抹布擦好几遍,还有用干抹布护理……

第一次怀念粉笔,是从县里的高中开始,老师都用多媒体教学,粉笔孤零零地躺在角落,偶得临幸。到了大学,粉笔用得更少了,但幸好它还苟延残喘地活着。

通常,粉笔与老师相联系,但对我来说,它是记忆。

消失的门客

老张五十来岁,在城郊开了一家杂货店,平时去的人不多,老张也乐得清闲,可最近遇上点烦心事。

这一天老张照常打开店的卷闸门,探了探头,没人。第二天还是没人,老张觉得有些奇怪,怎么忽然之间就没有了呢?老张像是期待着什么人,原来这跟老张的烦心事有关。

原本老张的店开得好好的,不知怎的忽然之间出现了一个脏兮兮的乞丐,老张接连几天都发现这乞丐赖在门前睡大觉,老张觉得晚上关了门也就算了，可白天做生意实在不妥。他说让乞丐离开，乞丐不应；他大声吼着，乞丐咧着一口黄牙对老张笑笑，老张忍无可忍拔起扫帚打在乞丐身上，终于一番推搡之下赶走了乞丐。可不想一会儿，乞丐又睡回原处，老张又赶，乞丐还是被打跑了又回来。一天到晚，天复一天，老张在邻居的旁观下重复着这让他生气的事，最让他可气的是一次闻到门外一股尿骚味儿。

又过了一天，老张开始相信乞丐不会来了。这本是高兴的事，老张却没露出一丝笑容。他也会厌倦这冰凉的水泥地啊！老张默然之间忽然发现右上角的摄像头。老张忽然想看看记录了什么，电脑前老张细细地翻着过去的影像，惊奇地发现六天前半夜，一个醉酒男子跟跟跄跄地踩过乞丐身体，对着卷闸门撒尿，乞丐起身拽开他随后两人打了起来。三天前夜里，也就是乞丐消失的前一天晚上，几个持刀的小偷准备撬门而入，乞丐止住他们后来被刀子捅进肚子倒地不起……老张哆嗦着关掉电脑，静静地坐了一晚。

忽然之间，老张的门客消失了。

男人与万宝路

昏暗的房间里，弥漫着春光旖旎的空气。

门和帘子紧紧闭着，桌上的香薰忘我地哈出暧昧的气息，旁边的床节奏地发出"唧唧"声应和着。别无旁人，床头柜上的它是唯一的目击者。

床上的男女用力地彼此运动着，一上一下配合默契，男人躺在床上灵活地摆动腰肢，结实的胸肌上沁出晶莹的汗水，折射出迷人的光辉。然而女人无暇顾及这些，闭眼仰天不住地发出酥骨的呻吟声，雪白的圆屁股压在男子身上上下晃动不停，挂在玉肢上饱满的乳房也如落石惊湖般韵出别样的动态。

它静静地看着整个过程，粗长挺直的身体嵌在盒子中，就像插在女人身体里的勃起的阴茎，吸引着无数的男男女女。

随着一声闷哼，男女瘫软停下，喘着粗气。良久，男人伸手拿着它，"噌"点燃，深吸一口，袅袅烟雾中亮着点点猩红。

事后一口万宝路，快活胜神仙。

王梓童

女,生于陕西西安。西北大学文学院2014级创意写作班学生。自幼热爱文学,从初中开始坚持写作,目前累计小说、诗歌、散文作品字数二十余万。曾多次参加作文大赛,获得过"国家级优秀奖""陕西省特等奖""陕西省一等奖"等奖项。

南丫岛没有答案

一

"你爱我吗?"那天晚上他是这么问我的。

"不爱。"我把头扭向一边,不去看他的眼睛。

"真的不爱?"他用头发摩挲着我的下巴,小心翼翼地避开胡茬,那些黑色的小刺从皮肤中挣扎着突破,由点连线,绵延在耳鬓之下。

"为了见你,我可是专门飞回香港的啊。"

我能听出他语气中的风尘仆仆和哀怨种种,然而这正是横亘在我们之间的最大问题。异地的每分每秒都在考验着这个家庭的黏合关系,三年的婚姻生活像放行在维港上的纸船,台风要是来了,我也不知道怎么办。

"也许我们该考虑要个孩子。"这次我看向了他的眼睛。

"谈恋爱的时候你一天能说爱我八次。"牛头不对马嘴的回答。

我拍了拍他的脸,"睡吧,你明天还要回深圳。"说完翻身拉住了被子。灯暗了,上眼皮一片漆黑。右侧床垫向我塌陷过来,接着是两只手臂有力的环绕,远高于室温二十三度。

"今天不行。"

"没事儿,我就想抱着你。"

二

那晚我做了很多梦。光怪陆离。梦的背景全都是海浪拍击石头的声音。不同于从九龙去港岛时,天星小轮溅开的海水和码头碰撞在一起的噪声,而是一种宁静又悠远的回荡,沉寂在某个又远又近的地方。来香港久了,这种回音却愈发微弱了。从前天真地以为,在海滨城市的每晚,都可以伴着这样沉稳有力的声音入眠。可惜总有宿醉的路人,迟达的旅人,晚归的爱人,总要有灯火为他们点亮。

于是,这样的声音就渐渐埋没在华灯和马路中央。

梦断了,海马区变成白茫茫的一片。几点了?我要去做早饭了吗?他会不会迟到?意识恢复的时刻短促而强烈,我刚活动了四肢,一个温柔的命令就从耳边传来:

"别动,再睡会儿。"

头发得到安抚,海浪声又清晰起来——再次消失时,双眼已经可以毫无阻挡地睁开,不知何时变换了睡姿,身后的人已然变成了面对面。

我们都不知道白驹在窗帘外飞奔了多久,也不知道用什么来打破鼻尖之间的沉默,良久他才说道,去南丫岛吧。

"南丫岛?"

"我今天不回深圳了,咱们去走走。"

三

从中环6号码头坐船,半个钟头就可以到南丫岛,那里属于香港的离岛区。大暑的日子,绝大多数游客都会选择在商场里血拼,低价会比高温更让人抓狂。游轮驶向开阔的海域,船头跟着海浪起伏,沿海建筑忽高忽低,和梦境重合了。后排有两个法国游客很兴奋,一直在拍照交谈。这样的海景在香港太多了,我们似乎没什么可说的,只好把手臂简单缠绕在一起。我深知他素来不喜在公众场合有太过亲昵的举动,每每分别在即,无论是机场还是码头,他都只是揉揉我的头发,像海浪穿过岩石的缝隙那样前来,又旋即离去。那么你的心呢?随着时间的清流,它又漂到生活的哪里去了呢?

到达南丫岛已是响午时分。空气中蒸腾的水汽也无法模糊她的美丽,整座岛就这样出现在我们面前,毫无掩饰。沙滩随意地铺开在廊桥两侧,花花绿绿的渔船在浅湾里躺着。几个幼童追逐打闹,仿佛时间在这里慢了十倍,他们在这里永远长不大。

我们选择了向右的小路前行。走在林荫的庇护下,用眼神和左侧的店铺一一问好。走过海鲜卖家,走过邮局,走过士多店,招牌的风格还停留在上世纪七八十年代,盆栽里的绿植倒迎风招展,似翩翩少年。

一只白猫像迎宾的使者,带领我们在一家海景西餐厅前停住脚步,午餐就在这里进行。落座后,身侧的海岸隔着冷气和玻璃变得安静祥和。老店主听不懂国语,我们只好用英语点菜。

"我想起九记牛腩那家的阿婆,坐在高脚椅上收银的那个,只说粤语和英语,她明明听得懂普通话嘛。"老店主离开备餐,我说了这样奇怪的开场白。

"看来心情好多咯,今天一路上你都很安静。"他的语气像店内的背景音乐一样轻松。

"因为……很热啊……"我用双手托住脸,眼睛不断地瞟着墙壁上的老照片。南丫岛的历史都挂在那里,还配着密密麻麻的小字。

"新做的指甲?真好看。"他拉住我的右手,抚摸着硬质而光滑的红色,继而又把掌心贴在自己脸上,我又能感受到那些黑色的小刺在蠢蠢欲动了。

"你忘记刮胡子了。"我收回视线,眨眨眼睛。

依旧是牛头不对马嘴的回答,这次我们都笑了。

四

环岛的想法被橙色高温预警打败,然而在到达的那一刻,听到梦中的海浪声,我已然无憾了。时至今日我都在想,那晚他是潜入我的梦中化身成为一朵浪花了吗?还是我在黑夜中的呓语喃喃一不小心泄露了不完整的秘密?要不然他何以得知这个沉睡的愿望呢?有关于南丫岛的问题太多了。

然而,南丫岛是没有答案的。

等开船的时候,我站在来时的廊桥上拍照。画面框住一条条船只,一座座房屋,一片片海面上阳光的闪烁。

我所艳羡的并不仅仅是这一份宁静,还有船只和生活的回归。安逸和急促并存,让人就着几十年的光阴一饮而下,回味或许不尽相同,但就在这日复一日,年复一年的拍打中,海浪有了它独有的频率和节奏,礁石也会抚摸着自己逐渐圆润的棱角慢慢明白,潮水再远,仍有归来。

返程下船的时候,他扣住了我的手,跟随着稀疏的三两人群走出码头。摇晃颠簸的感觉消失了,双脚踏在土地上,像生根般有了坚实的力量。

"嗳。"

"嗯?"

"嗳。"

"我在听。"

"我说,爱。"

中环的夕阳自然很美,海腥味很快蒸发在椰树的间隙下。我们十指紧扣,节奏一致,脚步轻快。

邢文改

女,西北大学文学院2014级创意写作班学生。虽是西安城墙根下土生土长的女汉子,却常在钟楼迷路。爱做梦,喜欢把做的梦变成文字;爱幻想,希望可以穿越到古代,做个快意恩仇的侠女。虽然生活在高楼林立的都市,内心却始终有一个江湖梦,随时准备策马驰骋,笑傲江湖。对小说有谜一样的执着,最初创作只为满足脑洞,现在乐于用文字感受生活,释放自我,坚信文字可以为自己也为别人创造一个桃花源。

胡因

一

燕和十年,西夷败退王庭,圣心大悦。时郑拾清为小卒,大显锋芒,帝闻之,赞其勇,赏其才,特封郑为护远将军。世人皆异,不知郑为何人。

——《大燕将军传》

近日京城的气氛不同往日沉闷,几条主街都张灯结彩来庆祝大燕的胜利。听说是一位姓郑的将军将西夷打得毫无还手之力,可这位郑将军到底是谁,就没几个人知道了。只知,郑将军本是一个无名小卒,但在战场上勇猛无比,屡战屡胜,有如神助,累下赫赫战功。众人都想看看这位被传得神乎其神的郑将军是何等模样,可是三头六臂,青面獠牙。

正翘首以盼郑将军回京的,不止街头的百姓,朝臣们也都暗暗做足了准备,打算将这个"新人"纳入自己的羽下。听说这位将军还未曾婚配,家中有适龄女子的大臣早早请好了媒人,只等人一进京,就予他一段姻缘。

一个月后,出征的大军在百姓的欢呼和议论中走向皇城,准备接受天子的封赏。他们个个身着盔甲,腰佩利剑,面容虽然带着疲倦,眼神却充满着坚毅与自豪。然而,队伍的最前方却无人领头,只有一个中郎将骑马跟在队伍的侧面。

那位未到先红的将军,并不在队伍中。

朝臣们注意到,圣上在看到大军时并没有半点惊讶或是不虞,依旧高高兴兴地给余下的人封了赏,只是提也未提郑将军的名讳。

郑将军此人像是凭空消失了一般。

于是,继大军凯旋归京后,"将军去哪了?"又成为街头巷尾热议的话题。

将军,到底去哪了呢?

二

挨着西部边境处扎着几顶帐篷,看帐篷的颜色和样式,应是军中物品。帐篷周围倒没有多少人走动,只是靠近主帐的地方冒着缕缕青烟,仔细闻,还可以闻到淡淡的药香。

"将军怎么样了?"一个长得五大三粗的汉子紧抓着军医的胳膊问道。

军医虽然是随军行医,可到底不像正式的兵将那样皮糙肉厚,他的肤色有些白,身板又有些瘦小。被这汉子一抓倒像抓了一只白斩鸡,还打着战。

白斩鸡的声音糯糯的:"将军只是思虑过多又急火攻心,吃几服药就好了,不碍事的。"

那汉子平日最瞧不上这种白斩鸡似的男人,如今又瞧他治不好将军,一时心急正要吼上几句,却被一旁的人打断了。

"军医,我们将军还有多久才能醒?"说话的人名叫谢术,虽然长得清秀些,但是和大多数士兵一样肤色有些黑。

"这,这,大约还需半个,不,一个时辰吧。"白斩鸡明显被吓着了,还有些回不过神。

"老伍,送军医出去吧。"谢术皱了皱眉,冲那汉子吩咐。

老伍本就不耐,如今一听,抓着白斩鸡,就拎出了帐子。

之前还有些吵闹的帐子霎时安静了下来。谢术转头看向躺在床上的人,那人面色蜡黄,嘴唇发白,有些地方干得起了皮,有些已经裂开了口子,他紧闭着双眼,锁着眉头,在昏睡中也不得宁静。

谢术微微叹了口气,掀开帐子的帘幕,走了出去。

就在帘幕落下的那一瞬间,身后躺在床上的人发出了轻微的声响。

"胡因。"

低不可闻。

帐外,老伍一个人闷闷地站在药炉边上,谢术朝老伍走去:"胡因是谁?为什么将军总认为咱们和他认识呢?"

"老子要知道胡因是谁,早就把那个崽子抓到将军面前。将军还会这样吗!"老伍喊出声后又闷声不语。似乎也知道这样没什么用。

他烦躁地踢了踢脚边已经枯黄了的草,扬起一阵沙土。

三

燕和九年。

天气虽然已经入了秋,可秋老虎还是让人受不住。郑拾清紧了紧身后的包袱,擦了擦额上的汗,抬头看看日头,又向前方望望。

前面不远处有一个小茶寮,他望着那面静静悬挂着的茶旗,下意识地吞咽了下喉咙,不觉又加快了脚步。

茶寮的老板是个小老头儿。小老头儿年纪已经很大了,可腿脚还麻利得很,眼神也很是尖利。他一看到有客人到,马上小跑过来,从肩头上取下一条已经辨不出颜色的毛巾三两下擦了桌子,留下几道深浅的痕迹。

野外的小店本就没什么讲究,郑拾清也没在意,只管叫了一壶凉茶,一碟花生,一斤牛肉。小老头儿麻利地上好茶,菜。郑拾清先拿起茶壶,猛灌了几口,舒爽地长叹了一声,才又夹起一块牛肉大口地吃了起来。

郑拾清吃得畅快,没有注意茶寮的另一边已经吵了起来。

"你小子,想吃白食啊!"小老头儿人虽然老,嗓门还是大得很。

"我真不是吃白食,我,我的钱袋被人偷了。"说话的小子长得细皮嫩肉,声音里满是委屈。

"吃白食就是吃白食,你是不是以为我人老了,就可以随意欺负了!"

"哪有啊,我真的……"

"阿二,把他给我绑起来!"从屋子里出来了一个少年,看着很是壮实。

那小子一听要绑自己,哪里还顾得上辩驳,登时就跑了起来,边跑还边喊:"啊,抢劫了,杀人了!"

他跑得不是很快,可就是让人抓不住,像鱼一样滑手得很,其他人在一旁说说笑笑,瞧着热闹。

郑拾清觉得有一阵疾风朝他刮来,他刚一回头,来不及做出任何反应,那疾风就冲进他怀里,把他撞了个趔趄,胸口生生地发疼。

"哎呀,对不住,对不住。"那小子慌忙地朝郑拾清弯腰道歉,慌乱中,郑拾清只来得及看清那小子的眼睛,黑白分明,炯炯有神。

眼看阿二就要追上来,小子一下子转到郑拾清身后,用带着哀求的声音念经似的说:"帮帮忙啦,帮帮忙啦……"

郑拾清瞧着那小子的可怜劲儿,觉得有些可笑。他看着已经冲到他面前的阿二,扬声说:"不过是些许茶钱,我替他付了就是。"

小老头儿刚看到小子的泼皮劲儿,本就气得直翻白眼,如今有人做冤大头,他自是乐意,连忙跑到郑拾清跟前,嘴上说着"还是您心善"的好话,手里点着郑拾清刚给的铜板。

郑拾清吃完了菜,喝完了茶,走出茶寮,一个小尾巴跟了上去。

才走几步,郑拾清就停了下来,朝身后的小尾巴问道:"你跟着我做什么?"

"我钱袋被人偷了,不跟着你跟着谁啊?"小尾巴的声音那么理所应当。

"偷你钱袋的人又不是我,反倒是我救了你,你怎么能不讲道理?"

"我知道,我知道,你人好嘛。所以我要报恩啊,不跟着你,怎么报恩?"小尾巴摇头晃脑,刚在跑动时乱了的头发也跟着晃悠,像是应和。

"我不要你报恩。再说,我是去投军,你跟着不合适。"

"那我也去投军好了。"那双黑白分明的眼睛闪烁,表达着"这有什么难的"的神情。

郑拾清一时气结,不知该说什么,索性也不再同他说什么,只管走自己的路,任他在后面跟着。只是身后的小尾巴却一刻也不得安静。

"你叫什么名字？今年多大了？家中可有娶妻？"

"你为什么投军啊？不怕死么？"

"要我说你这人也忒好了些,这样是不行的,很容易被人骗的。不过,我可不是骗你,我是来报恩的。"

"哎,你这人可真无趣,是呆木头吗,一句话也不说。算了,你记好了,我叫胡因。"

……

正午的日头慢慢西斜,两个人的影子拉得又长又细。黄土道上,蚂蚱跳起,又落下。身后小子的声音,像沙漠里的驼铃,不知疲倦,丁零丁零响个不停。

四

骷髅皆是长城卒,日暮沙场飞作灰。

——《塞下曲四首》

起风了,黄沙不断被扬起,迷了人的眼,可是所有人都睁大了眼,生怕一个眨眼,自己就要永远与黄沙为伴。许多人跌落下马,更多的人身埋黄沙。他们都睁大着眼,目眦欲裂,用尽平生气力。

郑拾清握刀的手微微颤抖,右臂酸得再也抬不起来。如果说,刚来这战场,他还有些不忍,那么现在他只会挥臂再落下,用带着血的刀再次挥臂落下。

他的不忍带给他的是背后深可见骨的伤疤。

一道白光闪来,他下意识伸手格挡,可是他的手臂太酸了,没有半分力气,手中的刀被打飞。他想,终于还是要死了。

"呆木头,战场上你手软个什么劲儿！"是胡因！他,一直跟在自己身后。

胡因趁郑拾清愣神的时候,手起刀落,又解决了三个试图偷袭的人。他甩甩震得发麻的胳膊,冲郑拾清怒目圆睁："呆木头,想死嘛！"

郑拾清看着眼前的小子生气的样子,想起他努力替他挡下所有刀剑的样子,笑了笑,想死嘛?从来也不想!他握紧了手中的刀,挥臂,落下,开始了又一轮的冲杀。

趁着空隙,他问胡因:"为什么救我?"

"报恩呐,报恩!"胡因咬牙切齿,他有些力竭了。

一场战斗结束了,一些士兵在争抢打扫战场的活。打扫战场更多是将同伴的尸体拖回到自己的阵营里,挖个大坑,把他们埋起来。这是个累活脏活,可如果有人无意中捡到敌人的首级,那就是最大的收获。在军中,若想升职,只能靠拼杀,靠取得更多敌人的首级,五个首级就能升一级。为着这个,也有很多人愿意打扫战场。

郑拾清安静地站在一旁,等着上官的检查。他不需要争抢那些活,他能靠着自己的实力升上去,这是众人知道的事情,从他参加的第一场战斗开始。

因着郑拾清的勇猛,他在军中的人缘极好,甚至结识了两个兄弟,老伍和谢术。

老伍是个粗人,说话没别的特点,就嗓门大,性子也直,有什么说什么。有一次他看长得瘦瘦小小的胡因总是跟着郑拾清,就指着胡因问郑拾清:"老郑,这小子干吗老跟着你,该不会是个捡漏的吧。"

郑拾清还没说话,一旁的胡因操着不知从哪儿学来的方言,四不像地说道:"俺是来报恩的,俺要保护呆木头。"

老伍有些不信,还要再问几句,却被谢术拦下,谢术颇懂人情世故,他看得出来郑拾清和胡因原本就认识,就顺势问道:"那小兄弟怎么称呼?"

"胡因,俺叫胡因。"胡因嬉皮笑脸。

就这样,胡因和郑拾清与老伍,谢术成了形影不离的人,更确切地说是胡因死缠烂打非要和他们在一处,郑拾清不做什么言语。

战鼓又擂了起来,面对敌人三番五次的挑衅,燕军终于迎战。一寸土地的争夺,一个城池的得失最是艰难。前方战事陷入胶着,主将终于决定要兵行险招,派人火烧敌营粮草,只是他还需要一队人深入敌营假装偷袭,吸引敌人的注意,这队人必须是精锐,否则他们不会上当。

是成是败,在此一举。他将偷袭的任务派给了郑拾清——一直以来晋升最快的士兵。

"不许去。"胡因在帐篷内拉住正在收拾行装的郑拾清。

郑拾清看他像看一个长不大的孩子:"你又怎么了?"

"这次行动很危险,我不许你去!"胡因紧攥着郑拾清的臂膀不松手。

"这是军令,军令如山。"

"反正我不许你去。"

营帐外面有些响动,还有人说话的声音,郑拾清知道该走了,他将胡因抓着他的手狠狠甩下,嘴里吐出"胡闹"二字后,出了帐子。

胡因的手有些疼,他咧了咧嘴,低声咒骂了几句,最终也掀帘出帐。

太阳快要落下去,它的余晖照在郑拾清白色的盔甲上还是有些刺目,胡因眯着眼,看郑拾清翻身上马,带着那一队人,绝骑而去。

"到底是谁在胡闹,真不让人省心。"胡因看着透迤的尘土,低声说。

主将的计策果然凶险,郑拾清看着自己已经卷起的刀刃,暗暗想。同行二十人,剩下的不过十之三四。不过,他还不想死,他想着那双黑白分明的眼睛,擦了把脸上的血,又拼杀起来。

他冲得有些猛,并肩作战的人被打散了,他的后心暴露在敌人的弓箭之下,他觉得后背有些阴冷。

"噗"箭入血肉的声音。

郑拾清扭头,他的怀里刮来一阵风,那风带着血腥气。

"恩,总算还完了。"这是那小子说的第一句话,郑拾清抱着他,忍住打他的冲动。

"不就是几个茶钱么?值得你这样,奋不顾身?"

"钱是钱,命是命啊,不一样的。"胡因咧着嘴,血一点点的顺着嘴角向外流,那双眼睛有些困倦,"我们胡,胡氏一族可是滴,滴水恩,涌泉报。哪像你们人……"

话还没说完,胡因就疼得昏了过去。郑拾清用袖子轻轻擦拭胡因脸上的汗珠,留下灰一道红一道的痕迹。

西方,火光冲天,恍如白昼。终于烧起来了,他想。

起风了,风刮在耳畔,像胡因一般聒噪,可不如胡因的好听,他想。

五

"呆木头,谁让你脱我衣服的!"声音虽然虚弱,可听得出说话的人恼怒得很。

"我……要给你上药。你,你从没说过你是女子。"郑拾清的声音有些颤抖,红霞升在他的脸上。

"你管我是男是女,老子报个恩容易嘛!"胡因想伸手指着郑拾清骂,可胳膊一动就钻心地疼,想想还是作罢。

"我,我会负责的。"红霞升了些温度。

"负责个鬼哟,老子只是来报恩的。"胡因看着这个莫名其妙的男人,也有些莫名其妙。

"那个,戏文里不是都说报恩是以身相许吗?"郑拾清摸摸鼻头,有些尴尬。

胡因歪着脑袋想了一会儿:"对哦,可是你不好看哎。"

话音才落,一块毛巾横飞过来,恰恰盖在胡因的头上,遮住了满脸的认真和思索:"还是擦擦脸吧,丑死了。"

胡因把毛巾从脸上拿下来,郑拾清已经不在帐内,胡因喃喃自语:"这是,生气了吗?"

最后一战,燕军大胜,将西夷打得溃不成军。西夷在这次战争中元气大伤,派了使者求和并称西夷王在位之日永不进犯大燕。圣上解决了西夷这一大患,龙心大悦,又听闻郑拾清的勇猛,内心十分激赏,破格提拔他为将军,等进京再行封赏。

老伍,谢术都为郑拾清能得到圣上的赏识而高兴,他们去给郑拾清贺喜时,却发现他一个人抱着酒坛子,喝得已是酩酊大醉。老伍只当他是太过高兴,只有谢术似有若无地瞟了眼胡因的帐子。

郑拾清晚上睡得有些热,他好像又回到了那个火辣辣的午后,黄土道上,蚂蚱跳起,落下,身后是驼铃般的声音。渐渐地,身后没了声响,他的心莫名地慌了,扭头去看,那个喋喋不休的人变成了一只绿油油的蚂蚱,在那里不安分地上蹿下跳。他哈哈笑出了声,小心地把那只蚂蚱捧在手心里,心底有个声音说,这下你也不好看了,可我不嫌弃你。

  主将下令,七日后大军开拔回京。
  众人都在为归家而欢喜,他们打点着行装,恨不能立刻就起程。郑拾清也在收拾着自己的行装。只是,他的心里有些空荡荡的,感觉少了些什么。他回头,身后什么也没有,可他就觉得应该有那么一个人会站在他的身后。
  他将案几上的几卷兵书拿了起来,一张纸悄然落下。
  纸上是一个少年,眼睛大而有神,他的头发有些散乱,有几根还飘荡在风里。少年的头顶顶着一只蚂蚱,那蚂蚱看着有些嚣张。纸的右下角有一行小字"燕和十年三月廿日夜",那是他的字,是他三天前画的,可他什么也想不起来了。
  那少年是……
  郑拾清盯着那张纸,脑子里模糊地想起了一个名字——胡因。可是,胡因是谁?他看着那幅画,然而画中的少年却逐渐模糊,最后消失不见,一张纸上最后只剩下那一行小字。
  "燕和十年三月廿日夜"。

六

  望山有狐,贪美色。成年聚形,往凡间,寻绝美之色,与之配。
            ——《异妖志》
  因因在望山上终于迎来了第三百个生辰。三百岁,她终于成年了!望山有数不尽的奇珍异宝,有仙露琼汁,可是没有人,全是妖。姐姐们说,人间有望山不曾有的景色,有望山不曾有的美人,人间的美人大多在江南。于是,在因因初初掌握了化人的法术后,就匆忙地赶往江南。
  因因初来人间,觉得一切都是那么的新奇。她手里塞满了像糖人、拨浪鼓、梳妆镜,这样的小玩意儿。嘴里还叼着根糖葫芦。眼睛还在左顾右盼,发现好玩的事情,又一股脑地跑过去。

江南的女子大多温婉,出门都会带着面纱,少见像因因这样奔放的。她的这些举动一点一点地都落在了有心人的眼里。

"姑娘,你刚踩到我了。"

因因正忙着看杂耍,周围到处都是叫好声,也没有听见有人在叫她,她感到有人在拍她,她转身有些生气地朝那人瞪眼睛。

这么一瞪,嘴里的糖葫芦就那样直直地掉了下来,上面的口水还亮晶晶的。

拍她的是一个男子,确切地说是一个美男子,他一身锦衣,腰间佩着香包和玉玦。眼睛像望山的溪水,那么清澈又带着点雾气。他站在人群里对她说:"姑娘,你刚踩到我了。"

这就是她想要与之欢好的人呐!因因咽了咽口水,笑得弯了眼:"对不起,公子。"

美男子也笑了笑,对她说:"某姓赵,某今日本想着美游湖,做一回风雅之事。只是不巧被姑娘踩了一脚,把这美破坏了,这可怎么办?"

因因低头,赵公子的缎面的鞋子上确实印着一个灰扑扑的脚印,她有些不好意思。

"不然这样好了,姑娘的容貌也算是美,就以此美代彼美,陪某游湖可好?"

赵公子这话,若搁在其他女子身上,早就大骂"登徒子"了,只是因因与她们不同。她的心里乐开了花,暗说"好呀好呀"。只是面上还是略微矜持了些:"如此,也可。"

因因和赵公子登上了一个画舫,画舫造得极美,画舫的窗户开得极大,外面的景色也极美,因因爱不释手。

赵公子是江南一个富商之子,他同因因一样,爱美,贪美。

画舫慢慢驶入了湖心,赵公子拿起桌上的玉壶,倒了一杯酒递予因因:"这是上好的雕花,姑娘且尝尝看。"

因因接过酒杯,趁机偷摸了一下赵公子的手,微暖细腻,像一块暖玉。

雕花酒,因因低头嗅了嗅,有些清冽,混着些芬芳,她仰头,一饮而尽。

戏文中不是说了么,孤男寡女,干柴烈火,酒后……嗯……因因想不下去了,她觉得有些难受,晕晕的,想要站起却瘫倒在桌子上。

赵公子看美人醉态妖娆,色心更盛。他将美人抱起,走向床榻。忽然,他摸到一个毛茸茸的东西,低头一看,竟是一条尾巴!

赵公子大惊,手一松,因因就从窗外落入了湖中。赵公子慌不择路地跑着,大叫"妖怪"。

因因醒来,浑身湿漉漉的,还是狐狸的样子。她没有力气,只能侧头。她看见她的身旁生着火堆,火堆旁是一个男子。

男子诶!因因死性不改,细细打量着男子,那男子的眉骨有些高,五官有些深邃,脸上的线条硬朗。

因因看清了后顿失兴趣,嘟囔着:"唉,不美不美,看来不能以身相许了,还是以命换命吧,看样子,嗯,他命中多煞,会早逝啊。"

因因其他的法术并不怎么好,可占卜之术,她从未出过差错。

七

有客登将军府,见郑手执一书,客问:"兵书否?"答曰:"否,止异怪耳。"客笑曰:"君乃游槐安国乎?"答曰:"吾遇胡因。"

——《闲话小集》

西陲

郑拾清睡了有五日,在这天中午终于醒了。老伍和谢术不觉松了口气,白斩鸡也暗自擦了擦额上的虚汗。

"将军,你感觉怎么样?"谢术小心地问着躺在床上的人。

"还好,就是累得很,还有些饿。"

老伍一听,顿时哈哈大笑起来:"能不饿吗!都五天没吃饭了!军医军医,快先煮一碗粥出来,药就别煎了。"

老伍的声音还是那么响,震得郑拾清脑仁疼,他轻咳了几下。

"将军,胡因到底是谁?"老伍憋了几天的问题总算问出来了。

"胡因?是谁?"郑拾清有些疑惑。

老伍被他这么一问,憋红着脸不知该说什么,反倒是谢术轻笑了下:"没什么,老伍有些担心你,这两天,他人有些糊涂了。你再休息会吧。"

谢术看郑拾清还是满脸倦色,拉着老伍出了营帐。

帐外,老伍嚷嚷着"你怎么回事",不知谢术说了句什么,他的声音低了下去。

郑拾清闭上了眼,想起了自己做的梦,梦里有个少年,看不清眉眼,孩子气地说:"呐,我是来报恩的。"

杨超

男,1995年生,安徽铜陵人,西北大学文学院2014级创意写作班学生。在自己二十余载的岁月里,头三分多忆满目繁墟景,又三分浅存葱茏少年游,后三分于困与惘间且思且踟蹰。末了一分,忽抬头,但求于这四目荒诞景中尽丝缕人事之所能。

没有套子的套中人和被放逐的局外人

艾伯赛坐落在一座无垠的沙漠里,生活在这里的人从孩提时代便知道水是他们生活的一切,他们不仅需要爱惜水,更要努力地去寻找更多的水源。

等到小镇传到别里科和默尔一代时,艾伯赛已在沙漠中拥有了数十块绿洲,但艾伯赛人依旧在不断地去寻找更多的水源,更大的绿洲,并以此作为评判一个艾伯赛人是否优秀的标志。别里科便是其中的佼佼者,他在18岁那年就独自一人骑着自己的白驼深入沙漠腹地,并寻找到了艾伯赛有史以来最大的一块绿洲,小镇的人们为了表彰他的功绩,特意为他举办了一场前所未有的盛大成人礼。在那一天里,人们前所未有地用相互泼水的方式表达内心的喜悦,也是从那一刻起,他几乎成为了艾伯赛所有少女心目中的白驼王子,如同沙漠里的太阳一般耀眼。

相较于别里科而言,在大多数人眼中,默尔简直就是所有艾伯赛少年的耻辱与反面教材,每每镇上的父母感觉需要教育一下他们的孩子时,他们都会这样说:"你一定要努力向别里科哥哥学习,成为艾伯塞的骄傲与荣光,再不济也千万不能成为默尔那样的废物啊!"如果孩子问为什么的时候,他们便会充满激情地解释:"寻找更多的水源是我们每一个艾伯塞人与生俱来的使命,任何想要逃避使命的人都是懦夫,是会被所有人鄙夷的,就像默尔那样。"

但默尔仿佛从来就不在意别人会怎样看待他,他每天就是耕一耕自己的土地,在暮色降临后待在镇上破落不堪的图书馆看书,直到深夜方才回家,日复一日地重复着,哪怕是别里科成人礼的那天也是如此。当与他同龄的少年都似着魔一般涌入沙漠去寻找象征着荣耀与地位的绿洲时,默尔依旧重复着劳作、读书与睡觉。令镇民们最无法接受的是,默尔居然在他唯一的亲人,独自抚育他十几年的母亲去世当天,没有流露出丝毫的悲伤,参加完葬礼后便又去了图书馆,重复着他那为镇民所不能理解的行为。他的冷漠激怒了镇上的很多老人,他们在议会里极力要求放逐默尔,但因为别里科认为默尔罪不至流放,便开口为其说了几句好话,方才免去了默尔被放逐的命运。

一天,别里科参加完一个讲授沙漠生存技巧的讲座后,在回去的路上,他不经意间看到了刚刚劳作完回到镇上的默尔,见他又想踏入那座破烂的图书馆,心中一气便将他拦了下来说道:"你知不知道要不是我替你说话,你前几天差点被长老放逐到那片无人居住的绿洲!你现在居然还敢这样整天无所事事,浑浑噩噩!你应该拾起那份你丢掉的勇气,前往沙漠的深处找回属于你的尊严与荣耀!"默尔面无表情,也不知道在想些什么,只是淡淡地说了句:"麻烦让一让。"别里科涨红了脸,从来没有被人这般漠视的他一时竟然语塞,不知道该怎样继续说下去,只感到无比的屈辱,呆在原地动也没动,等到默尔走得有些远时,别里科手上的木珠手链竟然一下子断了去,黄色的泥地上满是棕色的木珠翻滚。

又过了几天,镇上的居民惊讶地发现,默尔居然开始变卖他的房子和各种物品,然后花光了所有的积蓄买走了图书馆里很多破旧不堪的书籍,并在那天的黄昏时刻带着他那只早已年迈的黄驼离开了艾伯塞,往一处极远的绿洲走去。

默尔离去后,很多人既觉得大快人心却又感觉莫名其妙,在大家都感觉很奇怪的时候,有人就说了,默尔是因为忘恩负义得罪了别里科,所以被议会暗地里放逐了。可也有人说别里科虽然很不满默尔,却从来没有告诉过别人,更没有要求议会为他做些什么,默尔之所以离开是因为他感到大家都在排斥他,所以就识相地离开了。

默尔究竟为了什么离开,直到最后也没有人可以给出一个明确的答案,久而久之,人们也就懒得再继续追问下去了。可渐渐地,有些艾伯塞人有些奇怪地发现自己竟然已不像当初一般那样鄙夷默尔,甚至会时常想起他,想起他默然离开时的独身却不落寞的背影,想起他怪异、奇特却隐隐有些不一样的生活方式。

杨建国

男,西北大学文学院2014级创意写作班学生。

他

务虚,求实。

性喜静,擅沉思。

为人温和,其实偏执。

遍览西哲史,常诵别裁诗。

读书只求甚解,做人不得忘机。

宁为野间之云鹤,不做课上之母鸡。

我到底该怎么正确道歉?

"杰克,杰克!"妈妈朝着正低头玩着皮筋弹弓的杰克招手,示意过来。

"妈妈,喊我什么事?我正在玩弹弓呢!这弹弓可好玩了!"杰克兴奋地向妈妈比划着如何发射手中的皮筋弹弓。

"你刚刚不是还在玩泰迪熊么?"妈妈问。

"米修啊……"杰克支支吾吾地不敢说话,米修是杰克最喜欢的泰迪熊。

妈妈立马猜到那只泰迪熊发生了什么,果然,只在房间中一找,便在床下找到了被剪刀剪烂的泰迪熊。

"杰克,你为什么要把泰迪熊剪烂?"

"妈妈,我知道错了。"杰克抱着破破烂烂的泰迪熊,有些哽咽:"我……我只是看它身上的毛有点乱,就……就想帮它剪得整齐点,可……可没想到一不小心就剪烂了。"

随后杰克不断摸着泰迪熊毛茸茸的头:"米修米修,我剪疼你了吧?

我不是有意的,真的对不起。"

妈妈说:"杰克杰克,这时候你不用说对不起,因为你说的'对不起'和你刚刚的行为不一致!"

杰克有些疑惑:"妈妈,我说错了么?为什么我说的话和我的做法不一致?"

妈妈说:"因为这只是假的布娃娃,没有人会对假的布娃娃说'对不起'。"

杰克若有所思地点了点头。

自从那只泰迪熊被杰克不小心剪烂了之后,杰克便专心玩他的皮筋弹弓了。这只皮筋弹弓能发射出威力特别大的子弹,只需"咻"地一发,便能击碎家中的窗玻璃。杰克开心极了,他特别喜欢听那种玻璃碎裂的声音,简直太爽,太爆炸了!可是每当他用皮筋弹弓击碎玻璃,妈妈便立刻批评杰克,杰克很郁闷,自己明明玩得这么开心,为什么妈妈还要批评他?可是妈妈总是语重心长地对杰克说:"杰克,你击碎了玻璃,一定要认识到错误,向我道歉!"

杰克只好答应了。

妈妈又想,自己这么压榨孩子的兴趣终归不太好,便决定在家中一个闲置的房间中放许多玩具玻璃,让杰克去玩皮筋弹弓。

当杰克头一次砸碎了房间中的玩具玻璃时,想到妈妈教育他的话,便立刻对妈妈乖乖地说:"对不起。"

妈妈见此连忙说:"杰克杰克,这时候你不用说对不起啊。你说的'对不起'和你刚刚的行为不一致!"

杰克感到了困惑,"为什么?妈妈,我怎么说错了?"妈妈说:"这只是一些玩具玻璃,你随便砸碎它们没关系。"

杰克若有所思地点了点头。

妈妈见杰克一直学不会说"对不起",开始担心着急起来,她对杰克说:"宝贝儿,如果你能学会正确恰当地说'对不起',妈妈奖励你一辆玩具飞机!"杰克雀跃了起来,玩具飞机是他一直以来的梦想!于是杰克便一直琢磨怎么恰当地说"对不起"。

可是,妈妈没想到杰克用弹弓击碎玻璃的兴趣越来越大,觉得用玩具玻璃也不行了。最终,她选择把家里的玻璃都换成了钢化玻璃。

这下那个调皮鬼总击不碎这玻璃吧。妈妈得意地想,可是此时杰克却不知道家中的玻璃全都换了个样。有一天,杰克第一次用皮筋弹弓击向钢化玻璃,见玻璃没有碎,又连射了好几发"弹药",可是那钢化玻璃仍然没碎。这时杰克想起了妈妈的叮嘱,连忙对妈妈说:"妈妈妈妈,对不起,我砸了玻璃。"

妈妈诧异地说:"杰克杰克,这时候你不用说对不起。你说的'对不起'和你刚刚的做法不一致!"

杰克问:"为什么?我按照妈妈的要求做了啊。"

妈妈说:"你砸不碎这些玻璃的,你随便砸它们没关系。"

杰克若有所思地点了点头。

杰克苦恼了,他觉得学会恰当地说"对不起"真的好难,可是他又特别想玩遥控飞机,自由自在地在天空飞翔,多好玩!一定要让"对不起"这句话和做法一致,得到妈妈的奖励!杰克心想。

于是杰克在家中找了半天,终于找到了一处能够用皮筋弹弓击碎的窗玻璃,这是杰克头一次不为了痛快而击碎窗玻璃。杰克暗暗偷笑,他扳着指头算了算,这次我既没有对假的布娃娃道歉,没有对玩具玻璃道歉,也没有对完整的玻璃道歉,这下总该是合适的道歉了吧?便乖巧地对妈妈说:"妈妈,对不起,我做错了。"

妈妈说:"杰克杰克,你这时候你不用说对不起。你说的'对不起'和刚刚的做法又不一致!"

杰克傻了,问:"妈妈妈妈,我怎么又没说对?"

妈妈说:"我听得出来宝贝儿不是真诚地在说对不起。如果你一直在虚假地说'对不起'的话,击碎多少窗玻璃都没有用,这样宝贝儿永远学不会道歉!"

这下杰克发愁了,连皮筋弹弓也不玩了,现在他的脑袋中只在想一个问题:

我到底该怎么正确道歉?

杨柳依

笔名 Pam，女，籍贯陕西西安，西北大学文学院2014级创意写作班学生。参与创意写作之西创可贴微信平台公众号运营工作。日常爱好电影和舞蹈，热爱研究美妆及穿搭，喜欢一切简洁而又独特的东西，伪兴趣爱好是旅行和读书。日常更新个人新浪微博"－秋葵酱"，分享美妆穿搭，时尚秀场评论。在变得更好更美的道路上不懈努力。

今晚吃红烧肉

一

今天都被聚集到李逸家。李逸和卓越要亲自下厨，被叫来的何韵和顾清是来吃散伙饭的。

事情是在上午发生的。何韵和顾清决定先放置不管的时候是中午，中午的时候，已经有了分开的意思，却突然被李逸叫去吃中午饭。顾清一点胃口也没有，刚谈完分手有几个人能吃顿热热闹闹的饭？打小顾清就这样，小时候每月一次吊针，咳嗽止住了，胃坏了。未成年的时候每顿饭后必吃8粒胃药，成年之后好些了，只是情绪来了胃就缩成一块石头，又硬又疼。顾清知道自己这种反应一直被何韵看成是作。还要跟何韵待几小时，顾清有点难耐，胃也有点煎熬。吃了一顿心不在焉的饭，顾清动了动筷子就没再吃，何韵只是烟一根接着一根抽。

说走的时候，顾清几乎是松了一口气。李逸突然说去买菜做饭去他家吃晚饭，因为卓越又要走了。李逸说今晚要做红烧肉和排骨汤。卓越和顾清在超市里挑着五花肉和排骨，红光下的肉看起来没什么差别，两个人都没什么经验，挑来挑去还是选择了最开始拿起的那块。买菜的时候两个人像家庭妇女，窸窸窣窣之间顾清问卓越考研的事，卓越的话让顾清有点惊讶，甚至有点羡慕这样一个拎得清的性格。顾清一直是一个相当拎不清的人。初中的时候因为喜欢的人一直死磕不转去更好的学校，还偏激地跟家里人以死相逼过。结局很平淡，顾清和当时喜欢的人还是分开，哭了一周，上课哭下课哭，走路哭吃饭哭。不知道是因为就是情绪汹涌的青春期，还是就是难受。最终顾清以最快的速度办好了转学手续，新学期的时候顾清就坐在了新教室里。

回到李逸家，顾清和卓越洗肉洗菜，切葱扒蒜。上次来的时候李逸刚搬家，还是这几个人。当时顾清和何韵没好多久，顾清在何韵朋友面前几乎不怎么说话。上次吃饭的时候顾清很腼腆，脸一直红红的。这次来的时候顾清话多了点，手却一直冰凉。

李逸第一次做红烧肉，肉块切得相当于两个麻将，都是从黄磊那学的，烧黄酒兑酱油，翻糖上色，收汁出锅。看着红烧肉，顾清有点触目惊心，进眼的都是肥肉，瘦肉被压得几乎看不见。顾清不吃肥肉，打幼儿园惯下的毛病。随着时间推移，吃到肥肉反胃已经成了一项生理反应。搁平时顾清早嚷嚷不吃肥肉，接着何韵说她作，然后再高高兴兴地吵闹一阵。今天哪有人惯着，顾清收起性子，用最快速度从五花肉上夹下一块看起来纯瘦的肉块，筷子并拢，一使劲就夹断了和肥肉的牵连。

其实中午之后，顾清的胃就自动缩成一团，油盐酱醋都不想进。这个时候顾清突然想起《这个杀手不太冷》里那个小姑娘和里昂的对话：

"里昂，我想我已经爱上你了，这是我的初恋，你知道吗？"

"你没恋爱过，怎知道那叫爱情？"

"因为我能感觉得到。"

"哪儿？"

"在我的胃里，感觉很温暖，我以前总觉得那里打结，现在不会了。"

当时顾清对这段有点嗤之以鼻，感觉矫情过了头。可笑的是现在顾清却身临其境。只不过反过来，胃打结了。

二

红烧肉里的黄酒不知道什么时候被多放了一次，味道就变了。李逸一直嚷嚷着失败。肉味道有点怪,好在汤清清淡淡的。顾清给自己盛了一碗清汤,快喝完的时候何韵给她捞了一块排骨。顾清有点惊讶,从买菜到回家,何韵一直一副漠不关心的样子,现在突然这样,让顾清觉得反常。何韵一直是一个胡思乱想的人,担心以后,担心所有。分开的理由其实有点荒诞,但是被何韵讲得一本正经地有情有义。顾清心有点难过,胃也不舒服。

  送顾清回家的路上,何韵说了很多琐碎的话。何韵要顾清注意记路,以后拿驾照也不能只靠导航,不然手机没电连家也回不了,顾清舒了口气说"回不了就不回了"。何韵问顾清分开了还能不能做朋友,顾清笑着说谁会缺朋友到不能失去前任。后来不说话了,顾清放了梁静茹的《纯真》和《彩虹》听。没想到"我却没有力气这么做"和"张开手却抱住风"的歌词让顾清猝不及防地有点想哭,顾清想听点 high 的,不然回家一副死人表情肯定有听不完的话等着她,没想到何韵还是放了一首感慨盖过之前两首的听起来更加要死不活的歌。顾清一直都认为,喜欢就在一起,没爱了就分开。她不知道为什么这么非黑即白的事情会被何韵掺了一大片灰色地带。何韵过得很拧巴,甚至无比相信星座配对得分低就不能在一起。顾清一直觉得星座配对不亚于非诚勿扰,都是不靠谱,还不如看血型来得实在。

  下车前,顾清有点感慨。好了一年多的人,曾经在一起高兴得天不怕地不怕,现在却要先行一步走开。

  "明天要下雨你注意穿厚衣服。"何韵深深地看了一眼顾清,顾清看着何韵,憋着马上就出来的眼泪,什么也没说。

三

  其实顾清一点也不想和何韵分开。

  那天下午何韵苦笑着说咱们俩的星座配对分数最低,顾清不知道该说什么。如果真是按星座讲的那样不合适,那为什么和何韵在一起的时候就觉得什么都无所谓了呢?这一点何韵也承认。不过顾清记得 2006 年的时候就有消息称星座日期变更,自己的金牛座变成了白羊座。最近又有人在朋友圈分享 NASA 的天文探测结果,也证实了顾清现在其实是白羊座。想起这些的顾清迫不及待地拿出手机查"白羊女和射手男",第一条就是配对 100 分。顾清当时高兴地想第一时间告诉何韵,尽管何韵在走前说想分开一段时间冷静冷静。顾清看着手机屏幕,100 分显得特别可笑。"不打扰他那就发到朋友圈吧。"顾清把变更日期后的截图发到朋友圈,很多人惊呼自己的新星座。不知道何韵知不知道顾清的用意,"可能他也不是真在乎这个吧"。顾清一抬头,就看见摆在桌角的和何韵的合影,一张是两个人敷着海豹面膜,一张是在海底捞吃饭的时候打印出来的。"真想回到那个时候。那顾清也不会讲什么想去外省读研的鬼话。"顾清眼前又模糊了,耳朵里响起了暴雨前的沉闷雷声,不知道为什么哭得特别伤心的时候就会这样。顾清觉得嗓子被揪着,心也被揪着,胃也被揪着。

　　昨天顾清一整天没吃饭。吃不下。胃明明空得咕咕叫,却就是紧缩着抗拒一切。晚上顾清叫了一个朋友一起去喝酒。顾清想象着自己在烧烤摊上狼狈大哭,醉醺醺的样子也无所畏惧。顾清自嘲着自个儿的想法确实矫情。

　　到了晚上,顾清和程静去了学校门口的涮串摊儿,往那一坐,顾清就木了。菜和肉都是程静拿过来的。没开锅的时候烟一直往顾清这边飘,烟熏得顾清反倒哭不出来了。串儿都熟了,下的方便面也泡涨了,一瓶冰峰已经喝完了,打开九度的时候,顾清开始絮絮叨叨地说起来。九度比之前那次喝的感觉淡了点,程静和顾清分喝一瓶,一大半都是顾清喝的。"你说我刚和何韵好的时候,他说要和我毕业了就订婚。当时我妈还反对,我就一个劲做思想工作。做到现在我妈终于通过了,何韵却不和我好了。你说这都什么事啊。"顾清一口就喝了一大半啤酒,"何韵口口声声说,因为爷爷年龄大了身体不好,就剩他一个孙子,想早点看见他成家。我当时觉得 21 岁结婚太早了,但是反正以后也是和他在一起,那就早结晚结都一样……"顾清说不下去了,哽咽次数太多了,眼泪全都掉进了酒里。程静一直给顾清撸串放进碗里,顾清碗里堆出了一座山,酒杯却刚满上又空了。

　　顾清说:"今天我看了一篇文章,叫《失恋 333 天》,里面有一段特别打动我。'人生头一次有了为了挽回一个东西,想要把自己全部奉献出去的心情,结果还是不行。小时候特别想得第一名,于是不分昼夜地背书做题,常常放学后累得趴倒在课桌上睡着,醒来的时候全校就剩我一个,后来真的蝉联了好几次第一。那种努力到奋不顾身的心情,多年后在另一个人身上重现。但他说,不要了,说什么都不要了。大势已去,我不灵了。'我看着这一段就哭,哭得顾清这辈子都没这么伤心过。凭什么呀,我不乐意的时候他跟我说说软话我就心软了,他不乐意了,还是一堆荒唐的理由,就一副把我打入地狱的样子。凭什么啊?"程静一直没说话,看着顾清一杯接一杯地灌自己,得空就往自己杯子里倒一点。"我现在就特后悔当初说了一嘴想去北京读研。虽然那个学校难考,顾清也没想过自己能考上,结果何韵就当真了。也就是在那之后,好多事情才发生了。结果后来我再说不想出去了,何韵就觉得是自己把顾清耽误了。怎么说都没用。"

程静看着顾清满是眼泪的脸,皱紧了眉头,也不知道说什么好。"就算我是为了何韵最后没去北京留在这继续读研,我也是乐意啊,我心甘情愿啊。他怎么就不明白呢?为什么还是要说什么长痛不如短痛的屁话?只要能和他一直长痛,我痛死之前他没走,那我死的时候也是乐意的啊。"顾清再也说不下去了,肩膀颤抖着,头发都垂下来也没盖住哭得通红的眼。

四

顾清其实是一个精神相当脆弱的人。三天瘦了10斤。

上课的时候绝了,今天老师让情景设置,一直用失恋来举例子。每次说到失恋顾清心里都咯噔一下。大家在讲一个一条腿截肢的长跑运动员如何重生的设定,五个组五个想法都被老师概括为"中华美德小故事"——空洞且文字化概念化,实在缺乏说服力。接着让大家想运动员手术后的痛楚和三个月后的生活状态。下来的发言里,大家的想法越来越接近人性,老师终于说:"现在你们明白了吗?一个有着这么多复杂痛楚情绪的人,又怎么会被一个简单的外来的人或者几句鼓舞的话就拯救。"顾清有点醍醐灌顶的意思,能拯救自己的从来全都只有自己,外来的人可能能够让当时的你被鼓舞或者暂时忘却痛楚,但是第二天什么都不会变,就像革命的黎明从来都是鼓舞人心的,但是第二天依然有寒冷有疾病,现实的险恶不会因为今天烧了一把成功的火就让一切都好起来。不可能每天都来革命,这不是根本的解决方法。

顾清觉得前几天的自己就是祥林嫂,每天除了微信或者电话一遍又一遍询问何韵妈妈情况,就是问何韵朋友何韵的情况,问的同时顾清就会不自觉地一遍又一遍重复自己和何韵是如何开始,自己为何韵付出了多少又改变了多少。直到昨天,顾清和李逸聊起来,顾清讲了自己的想法,希望从李逸那里听到些别的理由。但是哪有什么别的理由,顾清所询问过的人都太善良了,其实所有人心中都是同一个答案,但是又因为太过残酷而用了别的温柔的话来麻痹顾清。"你说的那些都是表面,实质就是,何韵现在不想和你好了。他跟你讲了那么多理由无非是为了减轻自己的负罪感。"顾清听到这样的话,心里突然担子扔掉了,空了也不再揪着了。顾清一直心思细密、敏感至极,又何尝没想过这个原因?但是这个理由实在是太过残酷苍白,又真实得无法逃避。

顾清终于心里真正放弃,朋友圈一字一句地打下分手感言,一条又一条地删掉有何韵的朋友圈照片,倒着来,从几乎没有互动的照片,到每天都会评论的照片,顾清有点恍如隔世的感觉。顾清曾经跟卓越说过,如果当初没认识他,顾清大学也直接去了北京就不会有这些烂事了。卓越说,还会有别的烂事等着你。顾清苦笑。可能就是这样,成年以后的生活,就是在无数"烂事"里摸爬滚打,让曾经伤害过自己的荆棘长成身体的一部分,才能成为一只有外壳保护的、不会每次都败得惨烈的"刺猬"。

收拾完残局后,顾清和在香港的闺蜜冯艺一条又一条地发起微信消息。顾清问冯艺当时是怎么走过来的,冯艺只说了一个字——熬。顾清说:"你这样说得顾清害怕得想死一死。"顾清是认真的,顾清也真的想过死。"我也是啊,当时也想死。但是我又太怂,不敢死。所以只有继续干着自己的事情,直到今天。"冯艺敲出这些字的时候,已经有点无所谓了。"我也是。"冲动的想法都会指向死,但是能真正死的人又有多少呢?死可能是勇气要用最多的事了吧。毕竟只是一段感情的结束,顾清也明白,只是难受的劲儿上来了,实在是求生不能。

但是何韵是一个混蛋。明明不想继续了,也没有喜欢了,却连分手都用"暂时分开"来打烟幕弹,甚至让顾清依然拿着他的 iPad 玩,顾清说这样没意思,何韵却说以后又不是不见面。何韵总是这样。无法直面自己的内心,还要用别的理由来让自己内心好过。但是这样对顾清,实在是相当于死了一百次。每次何韵自顾清减轻一分愧疚,顾清就多一分可笑的想法觉得何韵还会回来。但是顾清又心里不能更明白没有什么可能,何韵的愧疚并不会让他重新死心塌地地和顾清继续以后的生活。所有的结果都是预料之内地在顾清的脑海里隐隐作响。

顾清昨晚 1 点还是醒了一次,胃很空,心也不好受。但是顾清还是翻了个身继续睡着了。只是第二次凌晨 5 点醒来后,就再也睡不着了。尽管顾清觉得头昏脑涨,眼皮也很沉,但是心跳得太快,无论如何也睡不着了。"可能是我命不好。"顾清整个人像抽空了灵魂,走路也觉得轻飘飘的。顾清知道只要时间久了就会好,但是现在实在是太难熬了。尽管昨天迅速收拾分手残局的时候,取关微博的时候看到何韵关注了前女友,心里觉得自己被背叛也觉得有点可笑。"可能何韵是来折磨顾清的,他前女友是来折磨他的。"李逸说的没错,这就是何韵的操性,玩不够,永远不会安分。连那晚顾清妈妈的电话里也说了同样的话:"你别再想着何韵了。你俩本来就不是一路人。他估计得玩到 30 多岁了,周围的人都结婚了,他才会意识到自己该玩够了,该结婚了。"顾清听到这个话,想起何韵也说过一样的话。原来妈妈说的一直都是对的,只是顾清一直自欺欺人觉得自己对何韵来说会有一点不同。其实哪有什么不同,所有的期待只不过都是顾清期待奇迹一样。太可笑了。

顾清突然想起看过的一句话:"能给人安全感的,从来都不是爱而是偏爱。"也是,一个人,怎么可能,依仗着对方许诺的爱,去跟他的天性作战呢?就像何韵和顾清在一起之前说了很多不堪回首的往事,其实真的特别糟糕,但是何韵一句"我玩够了以后想好好的",就把那些不好的过往轻易地从顾清心中删除。但是爱啊,和爱情不同。爱很伟大,爱情却很脆弱。就像玫瑰不及墙头高草坚韧强劲,一点风吹草动都会溃不成军。

顾清开始明白,所谓长痛不如短痛,尽管自己还愿意痛,但是何韵却想要躲得远远的,不想陪自己长痛。何韵说不如短痛,那还真的会痛吗?顾清觉得何韵不会难受,至少不会像他讲的那样因为自己难受很久。也是,不愿意在一起了,高兴都不屑了,又怎么会再陪着一起痛?

顾清拿着何韵给她装的满是零食的袋子,扔进了和何韵敷着面膜的合影,扔进了和何韵在海底捞打印出来的照片,扔进去了何韵给过顾清所有零零碎碎的小玩意,最后一齐扔进宿舍楼下的垃圾桶里。顾清把 iPad 和何韵印制的第一张名片以及一张何韵的空银行卡封好,准备快递回何韵的家中。顾清脚下的空间一下就空了很多。这时候却收到何韵的短信,"你说永远不见面了,那也得给顾清个地址顾清把手机给你啊。"

五

很多时候顾清都是个反复的人。上一秒刚想清楚了一堆大道理让自己好过放宽心,没必要为了不争的事实来不让自己好过。下一秒看到关于何韵的新女伴消息就莫名愤怒。

老人的话总是对的。虽然顾清妈妈总是很抗拒自己被归为"老人"行列。顾清妈妈在几天前就说过,你们俩不论为什么分开了,不管是他先喜欢上了别人,还是他觉得你俩待一起就是没感觉了,他身边永远不会缺女生。如果就是他先喜欢了别人才想分手,那么这段时间内,出于身边朋友可能会有别的想法,他也不会这么快公开。

顾清听到这些话的时候还觉得太夸张了,一如她刚和何韵好的时候妈妈就开始为分手打预防针,当时顾清不愿相信,现在顾清也依旧是这个样子。不过事情都已经不能更明显了,其实摆在那里,也无所谓。毕竟和顾清也没什么关系。那个女生拿着何韵本来一定要给顾清但是又被顾清拒绝的手机,发着和何韵在超市里塞满零食的购物车的照片。顾清突然想起来自己和何韵第一次去超市的情景。那次去的是麦德隆,顾清在后面推着购物车,何韵在前面一手勾着购物车把控着方向,轻车熟路地转到很多好吃的零食面前,絮絮叨叨地告诉顾清这个好吃,那个自己妈妈喜欢吃,顺便问顾清喜欢吃什么。顾清觉得这样的何韵让她很安心,感觉自己在被全心全意地对待着。当时顾清拍了一张何韵模糊的背影发到朋友圈。当时还是夏天,顾清不记得自己穿的是什么,但她记得何韵穿了白色短袖和绿色格子的短裤。时间一晃,何韵就已经和别人一起继续塞满着购物车,用着顾清相当受用的一套来讨好别的女生了。多想确实没劲。

顾清就是闲的。

冯艺一直是一个比顾清还了解自己的人。可能因为这两个人的相似度快要爆表了。冯艺说，其实现在没啥区别，顾清你还是因为在乎才会在这里计较一丝一毫，但是顾清不了解何韵，作为当事人的你，在分手和走出来的这段时间，你应该看得真一点，你可以慢慢想。顾清前几天看了一句话，"愿你在一起的时候快乐，分开的时候不苛责。"顾清也知道分开之后还要给前任很苛责的评价确实不好，但是事情往往就是这样，前面一直做得很好，最后出现一颗老鼠屎，全局就都会被污染。

"算了。"顾清想，"以前在一起也有过真的快乐。"顾清决定克制自己不去看何韵的消息了。

昨晚看完电影，雨也一直都没停。出影院的时候，天已经黑到平日里凌晨的程度。和周洲分开后，顾清自己走向车站。顾清一直没什么方向感，甚至于，一定会走相反的方向。顾清想跟着导航到车站，但是却发现走了半天还是看不见什么亮光，手机也快没电了。顾清突然有点心慌，她感觉自己会不会就这样永远走不出去。当顾清脑海里已经构思了一遍所有最坏的可能性后，迎面走来两个学生模样的姑娘，顾清舒了一口气并且问清楚了路。回去的公交车上，玻璃上都是雾气，整个车厢都闷闷的。后排可以双人并排坐的座位上，不是情侣，就是母女。要么共享一副耳机一起看着手机上的综艺节目，要么一个人靠着另一个人的肩头安然入睡。顾清很羡慕这样的生活状态，一种两个人在一起就是安安心心的状态。

六

顾清和何韵的相识，说起来也充满了偶然性。大二的顾清自己卖着为数不多的护肤品，小生意要死不活地进行着。直白点说就是流行过一阵的"微商"。顾清在上线代理的洗脑下，开始加一切可能买她东西的人。何韵却是老早前加的。那年过年的时候，正是流行微信红包的时候，认识的不认识的，熟悉的不熟悉的，都赶在过年的节骨眼上增进一把感情，尽管点开了红包可能只有不到一块钱。但是何韵给顾清发了一个十块的，何韵后来说那是他发的最大的一个红包。顾清觉得好玩。没想到那个时候何韵就有了点别的想法，只是酝酿又酝酿。顾清从来不怀疑何韵身边会缺女生，因为何韵看似不经意但是能获得女生好感的小手腕太多了，又时时给自己留后路，当你质问他套路的时候，他又是一副天真无邪的样子否认，仿佛想太多的人是质问他的自己。

何韵和顾清高中是一个学校的，不同的就是，顾清是老老实实学习拼高考成绩考大学的人，学得没那么认真但是又知道高考相当重要，所以极为不情愿地努了把力，就来到这个在本省不错的大学；何韵可以说和顾清是截然不同的另一种人，他上的是同校的国际班，两年上完就出国的那种。出国的时候，何韵以一个擦边分数线被万能的中介搞去澳洲，上了一个也不错的大学。只不过何韵去了澳洲没多久就退学了，瞒着家里人。回国之后颓靡了一段时间，夜店旅游，交友睡妞。

为了更多人的关注，也为了清理微信单方面删除自己的好友，顾清有一天给所有好友群发了一条群发痕迹不那么明显的消息："中午""好呀"。是分开的两条，那天中午顾清的微信就爆了。其中就有何韵的回复。一来二去的，顾清和何韵天天聊，天天互相评论对方朋友圈。有趣的没趣的，纯文字的图文并茂的，不论如何每发必评论，点赞是最基础的。后来有一天，何韵说要从顾清这儿买护肤品给妈妈，但是并不急着要。顾清想着发个快递的事，结果何韵非要自己来取，而且还迟迟没来。何韵就是想见见顾清，这一点顾清也不是没想到。直到建大的音乐节那天，何韵约顾清一起去看。

上午的时候何韵给顾清说自己的车出了事故，顾清以为当天见面取消了，没想到何韵开了另外一辆车过来。"坐后面就是把对方当成了司机，不礼貌。"顾清想起来不知道在哪里看到的这么一句话。于是见面后顾清直接坐在了副驾的位置。何韵对此颇为惊讶。他觉得顾清肯定是想跟他发生点什么。上车后的两个人都一直带着墨镜，谁也没取下来。只是互相看着，笑对方装 B。直到下车了，顾清取下墨镜，接着何韵才摘掉自己的墨镜。何韵笑着说顾清是"照骗"，虽然是第一次见面，但是两个人就这么三言两语地熟悉起来。

音乐节很无聊，顾清和何韵都是不懂摇滚的人，两个人干巴巴地看了不到一个小时就决定出去吃饭。在路上，何韵就嚷嚷要找一家泡妹子的店吃饭，顾清说："那你就是要泡顾清？"两个人都笑了起来。在城墙根下有一圈小餐馆,古色古香的氛围里搀着点现代元素,店里灯光一水的暖黄色,看谁都温柔,怪不得适合泡妹子。何韵点了满满一桌的饭,他要了羊排只吃掉一半,还给顾清尝了点,顾清不喜欢羊排上有些呛人的香料吃进嘴里直往鼻子里蹿,但是何韵对此颇为满意。顾清要了意面,何韵又加了芝士焗薯蓉,又要了大阪章鱼烧。芝士焗薯蓉特别甜,芝士融化在土豆泥表面,形成一层酥脆的壳,土豆泥里还混合着小肉粒,奶香味吃一口就包裹住胃,但是吃多了就有一点反胃了。章鱼烧上的木鱼花一直以奇妙的速度蠕动着,顾清还以为是活的。目的既然不是吃饭,结果也就不出意外地几乎剩了满满一桌。本来要直接送顾清回学校了,突然何韵就一个方向打过去,带着顾清进了一家酒吧,因为顾清曾在英语考试后为口语耿耿于怀地发了朋友圈。何韵说这个酒吧里有一个他认识的葡萄牙人可以过来跟顾清练英语口语。顾清觉得很奇怪,实际也就是很奇怪,那个葡萄牙人英语口音让顾清交流起来有点费劲。那天何韵也因为面子点了一瓶有点小贵的酒。何韵称之为"泡妹子的代价"。

　　后来的发展,就是很普通的,何韵和顾清每天都聊,什么都聊,没话也找话聊。见过面后的第二个周,何韵就说周五会来顾清的大学城办事,可以顺便接顾清回家。顾清觉得好笑,何韵家在东郊,而自己的学校在南郊,自己家又在西郊,不知道送她回家是顺的哪门子路。她认为何韵这种行为还不如直接说"顾清顾清想追你所以周五可以送你回家"。也就是"东南西北都顺路"吧。顾清答应了。

七

　　顾清想看新上的《复仇者联盟》电影,何韵想也不想就在周四下午拉着顾清从郊区跑到了城里。看电影前何韵带着顾清吃了一家清蒸鱼,因为顾清最近总说没有胃口。到餐馆的时候没有包间了,何韵就拉着顾清坐在大厅。周围一圈全是自助,垒了高高的笼屉,一碟一碟的传统点心。何韵拿了一圈吃的回来,清蒸鱼也刚好回来。肉嫩入味,糯白的鱼肚和盘子里棕黑的酱汁反差特别大,但是一起吃起来却味道被调和得刚刚好。但是顾清和何韵吃饭还是会拘束。吃完饭看完电影,何韵说时间还早,就拉着顾清进了一家比较安静的小酒吧。刚进去,外面就下起了雨,大暴雨。

两个人都觉得很幸运,坐下来何韵要了一罐啤酒,给顾清要了一罐果汁。何韵突然说要玩对视的游戏。顾清心里有点抗拒,性子本来就有点腼腆,看电影、吃饭,就算会有点尴尬少看何韵就好了。何韵没等顾清答应,就开始了自己的游戏。顾清被何韵看得脸不住地烧,何韵眼半眯着,似笑非笑地注视着顾清。顾清心里怦怦直跳。实在扛不住了,顾清假借笑场认输。低头顾清看见膝盖上不知道什么时候蹭上了一块黑漆,应该是刚才膝盖顶到了桌背。顾清假装没事,下面却暗暗用力试图擦掉那块黑漆。顾清穿的是没过膝的裙子,不擦掉太明显了,顾清觉得这样在何韵面前有点丢人。"好像汽油可以擦掉油漆。"顾清想用何韵车里的汽油试一试,就不得不对何韵讲了。何韵没有直接倒汽油,而是拿出润肤霜给顾清。顾清嘲笑着说"一个男生怎么还随身带这个啊",何韵没接话,直接帮顾清擦起膝盖。

顾清木了。顾清一直都这样,有什么突发情况反应就是呆住。小学升旗的时候,站在自己前面的女生因为低血糖突然倒在操场上,顾清愣住了,几乎是周围人全都簇拥了过来,班主任也抱走了晕倒的女生,顾清才回过神来。别人都问顾清怎么看那个女生晕倒却不去扶她,顾清说没反应过来。成年之后的顾清依然是这个鬼样子。擦掉了黑漆,雨也停了。何韵说没吃饱想去回民街吃胡辣汤,顾清几乎是木着就跟何韵坐到了回民街里,反应过来的时候,面前的桌上已经有两碗胡辣汤和一盘烤肉了。顾清说自己体重没过百,但是吃完这一顿就保不住了。何韵笑笑,摆弄着手机。顾清看了一眼时间才发现等回到学校也进不去宿舍了,顾清有点心虚。吃完饭两个人回到车上,路上顾清说:"现在的时间回到学校顾清也好像进不去宿舍了。"何韵看了顾清一眼:"那就住外面呗。把房间订好了。"顾清有点失望,觉得何韵一定不是第一次做这样的事。"你是不是故意不让顾清回学校啊?"何韵听着顾清的话有点慌,笑着打岔。到了前台,工作人员说只剩一间大床房,顾清脸突然红了,何韵看起来也有点尴尬。

进到房间两个人就不说话,何韵说他很困要先睡了。虽然在一张床上,何韵就脱了外套和鞋,就着被子的边缘没一会就打起了呼噜,他把枕头给顾清靠着玩手机了。顾清的美剧翻来覆去看了几遍也准备睡了,何韵的呼噜却丝毫没有减小的意思。"打呼噜就是睡姿不正确,肯定是没垫枕头就窝住了。"顾清硬是推醒了何韵,把枕头递给他。关上灯之后,何韵反倒精神了。顾清背着身,手指飞快地按着屏幕,实况转播给冯艺。何韵问顾清在和谁聊天,顾清含糊地说是闺蜜,何韵又追着问聊天内容。顾清怎么会把屏幕上的羞耻对话告诉何韵呢?顾清继续含糊着说"没聊什么"希望能过关。何韵到底是刚才那一觉养足了精神,他开始挠顾清的痒痒肉。一男一女在一张床上打闹着,就算不黑着灯也觉得暧昧。突然间何韵把顾清拉近了自己怀里,顾清感觉到什么东西硌着她,随即就停止打闹不说话。房间里突然安静。何韵翻过一直背对自己的顾清,极其准确地轻轻地亲了一下顾清的嘴。顾清又木了。虽然想过何韵一而再再而三地对自己献殷勤应该另有所图,但是没想到事情的发展跳过了一大步直接进入到接吻。顾清几乎是沉默了五分钟,何韵却觉得有五个小时这么长。

"你不觉得你应该说点什么吗?"顾清木木地开了口。

这次轮到何韵愣住。

"我想早点跟你在一起,但是又觉得现在有点快,怕你觉得不踏实。"何韵一字一句地说。

"那我……现在是你女朋友了?"

"你不愿意吗?"

"也不是,我就是觉得有点太快了。"

"没事以后日子还长呢。"何韵又亲了一口顾清。

凌晨两点的时候,两个人终于都睡着,什么也没发生。那天是 5 月 14 号。

八

没过几天何韵就拉着顾清和朋友们自驾去漂流。顾清为此逃掉了周五下午的公共课,虽然是平时也不会很经常去的毛概,但是那次好死不死地导员去点了名。大家都发消息让顾清快点过来,就算迟到也只是站在那里被导员训一顿就结束,更何况乌泱泱地站了三排迟到的人。顾清也有点无奈,因为那个时候车已经开进秦岭山了,就算飞也拿不到免死金牌。"管他呢,出来都出来了,你们导员也没办法现在把你叫回去。"后座的孙梓同说。顾清也没辙,只有当作没看见,是死是活也只有回去再定夺了。

进山之后,一路上都是绿绿的,山路盘旋,人在两山之间微如尘埃。顾清总是担心突然山体滑坡了怎么办,现在是双行道但是对向的车也不少。不过天一直特别晴也特别蓝,这样的担心没一会就散了。

中午出发,到农家乐的时候天已经暗下来。顾清还是有点尴尬,谁都不认识,只有一直跟着何韵。顾清何韵和另一对程浩王楚怡一起出来散步,都是坡道,都是树,也都是小虫子的鸣叫声。顾清觉得很安心,觉得只要跟何韵在一起干什么都行。后来两对情侣互相给对方拍了情侣照,夕阳下的顾清和何韵看着镜头,但是因为逆光却看不清脸。后来有一张照片挺成功,何韵把顾清抱起来亲,夕阳在两人的头顶照亮一切。

吃饭进入尾声的时候,桌子上的人玩起游戏,除了顾清,大家都认识,几乎都是同校同级的,剩下不是的也不是第一次出来和大家玩。顾清本身就放不开,大家到她这就心照不宣地跳过。要不是跟何韵待一起,顾清一定觉得很没劲。顾清跑到一旁的桌子为一会的烧烤串鸡翅。鸡翅还没化冻,又冰又硬,拿得稍微久一点指头就被冻得疼,不过顾清觉得这样也比待在桌子上看大家玩游戏轻松。何韵跑过来让顾清别弄了,还有好几个别人的女友在那,一会一起串。顾清一直说没事。开始烧烤的时候,何韵一直给顾清带烤好的肉串和鸡翅过来,大家都嘲笑何韵偷奸耍滑,顾清却觉得有点幸福。笑盈盈地接过何韵的肉串,一人一口地吃。饭吃得尽兴了,不知道谁问老板要KTV,顾清觉得荒郊野岭的哪来的KTV可以唱,结果老板变戏法地拿出一套家庭KTV,收费是每小时一百。顾清觉得这就是明抢,没想到大家迟疑了一下就交了钱唱三小时。几首歌过后,何韵非要抢话筒,说是唱给顾清,大家都起哄,顾清只有害羞地看着何韵让他别闹。何韵还是唱了,而且不好听,两句唱好了,第三句不是走调就是破音。谁让何韵不自量力地选了一首高低音都有点厉害的歌。顾清看着何韵和朋友闹,自己也觉得高兴。

第二天吃过时间当不当正不正的午饭,大家就来到漂流的入口。大家都带了拖鞋但是突然被工作人员要求换成可以勾住脚后跟的拖鞋,顾清回头找何韵却不见他身影。等何韵回来的时候,手上已经拎着两双可以勾脚跟的拖鞋,其他人才三三两两跑去买。顾清有点惊讶,也有点温暖,何韵一定是提前问了工作人员。穿好救生衣戴好安全帽,顾清就和何韵上了一个漂流艇,做好准备就被工作人员推进漂流入口。何韵想等等后面的李逸和孙梓同他们,准备在静水区大战,但是顾清害怕自己也被拉下去或者漂流艇翻自己入水,不知道水里有什么。顾清就一个劲使劲滑,何韵没说什么只是配合着。两个人第一个走,也是第一个到。上了岸,顾清和何韵都累得坐在地上。后来上来的人无一例外的衣服全部湿透,何韵有点羡慕。

九

顾清在学校参加了文艺部,大小院系节目都要参与。迎新节目上顾清参与的是古典舞。粉色的唐代宽袖裙,粉色的头饰,粉色的妆容,大家看起来都像小侍女。顾清帮大家画眼影画眉毛,忙不迭地画着一张又一张脸,结束之后手指上也粉粉的。节目快开始的时候,何韵突然来学校找顾清。顾清有点害羞,因为她第一次在何韵面前这样把头发全都梳上去。顾清一直问别人脸看起来会不会大,今天的妆看起来丑不丑,直到身边的伙伴肯定了顾清十几次,顾清才稍微放心出去接何韵。

何韵刚和爸爸吵架,股票又跌了,再加上跟顾清讲自己来了的时候被三番五次拒绝,他看起来一脸的不高兴。何韵穿了一条浮夸的花裤子,白短袖,背着他的小双肩包就来了。看到顾清的时候,何韵就不自觉地扬起了嘴角,拿起手机非要和顾清自拍一张,拍完何韵就故作清高地嫌弃顾清竟然不想见到自己。顾清也有点不好意思,毕竟自己推辞的理由说出来何韵也不会信,就好言好语地哄了何韵几句。没一会就开始了,顾清更紧张了。她不知道何韵会坐在哪里,因为报告厅里的座位都是安排到各班有固定人数的。跳舞的时候顾清一有机会就向下瞄,结束了也没看到何韵在哪。后来傅凛跟顾清讲:"你跳舞的时候何韵就在顾清旁边的台阶上坐着,还是个正中间,你一出来他就一个劲傻笑。"顾清听着也跟着笑了起来。下台之后何韵跟顾清说,一起跳舞的都没顾清好看,也都没顾清跳得好。顾清说何韵就会说好听的话,自己的嘴角也抑制不住地上扬。不知道是腮红还是报告厅太热,顾清的脸粉扑扑的。那天没来得及换衣服卸妆,何韵就拉着顾清跑到学校附近和自己朋友一起吃饭。人来人往的都看顾清。何韵把合影发到朋友圈里,点赞评论突然就多了一片。大家都惊呼穿越,何韵觉得小有成就。

后来何韵总是问顾清为什么会跟自己在一起。顾清说她也不知道,就是在一起很高兴。顾清还想说,就是跟你在一起的时候,握着你的手,挽着你的胳膊,就算在一个地方坐一天也行。这个想法萌生出来的时候顾清自己也吓了一跳,张了张嘴也没能说出来。

其实喜欢就是这样吧,刚开始在一起的时候顾清也经常迷糊,她也不知道自己为什么会和何韵在一起。只是在一起顾清就发自内心地高兴,她希望何韵好,希望何韵时常想着自己,希望和何韵永远在一起。

十

何韵带顾清回家有点唐突。

何韵妈妈说叫顾清来家里玩。期末最后一门刚考完,何韵就带着顾清的行李驶向他们家。顾清以为就是普普通通的一次见面,没想到把何韵爷爷奶奶姥姥姥爷也一起见了一遍。何韵妈妈看起来很年轻,用慈眉善目形容有点老气,但是笑眯眯的,顾清也就没那么紧张了。何韵和顾清在姥姥家吃的午饭。何韵妈妈因为顾清来,学做了清蒸鱼和干煸豆角。顾清很高兴何韵妈妈这么重视自己。饭有点多,顾清一看就吃不完,又不好意思讲,直到吃不下了,顾清悄悄踢了踢何韵,顺便用眼神瞟了瞟碗,顾清觉得何韵肯定会帮自己吃完,没想到何韵一副无所谓的样子说吃不完就放那吧。说完何韵妈妈和姥姥姥爷都看着顾清,顾清"噌"地一下脸就着起了火。何韵妈妈笑着解围,拨走了顾清碗里的剩饭。吃完饭顾清有点木,脑子里都是刚才的尴尬,何韵突然踢了顾清一下,也是一个眼神示意,顾清立马起身端碗送盘子去厨房洗碗。何韵妈妈和姥姥把顾清拉回沙发让她休息,连同何韵也一起被拉过来。吃完饭就去了何韵爷爷家。顾清坐在沙发上,剥好一个桃让了一圈都没人要,顾清只有自顾自地吃起来。还是尴尬。

顾清没想过这么快就能见何韵的家里人,也就过了两个月左右吧。很多事情太快了,就会不稳,就像顾清和何韵好的那样。

见了第一面,第二面再见起来就顺理成章很多。因为何韵爷爷和姥姥都要过生日了,两天挨着。说起来,这还是顾清第一次见这么大的阵势。何韵爷爷在农村,又是八十大寿,阵势不管有多大,其实似乎都可以接受。更何况何韵爸爸事业小有成就。在家门口搭戏台,请来全村的人,请来舞狮的团队,请来扮演过"美猴王"的小演员。顾清第一次见。顾清奶奶家在农村,但是一年只有大年初一会回去一次,每次何韵都要戏谑地说顾清装城里人。说起来,这还是顾清人生第一次真正意义上的"磕头"——作为"准媳妇"的顾清和另外两个姐姐,一起在台子上给何韵爷爷行磕头礼。直到事后,顾清都有点没缓过神来。自己家里的长辈们都没让做过的事。倒是先给别人做了。顾清家里不讲究这个,所以只是稀里糊涂地跟着大家做了。一周后的顾清才缓过神。赶鸭子上架也就是这样了吧。那天来参加顾清爷爷八十大寿生日的人很多,更多的是何韵爷爷的街坊邻居。顾清被肆无忌惮地打量着,心里有点怵,"这就是以后我会面对的日常状态?"顾清心里暗暗吃惊,又回过头笑自己杞人忧天。又不是已经结婚,何必担心这么多。

顾清觉得何韵爷爷很有意思。顾清从上海回来后,何韵爷爷给顾清讲当年自己去上海的事情——住在黄浦江边有人接待,夜游东方明珠,玩得潇洒自在。说起这些事的时候,何韵爷爷变得神采奕奕,操着一口纯正的陕西话,一个绊子都不打地说了将近一个小时。只不过何韵爷爷总是催促顾清叫父母来和他们见面让顾清很为难。顾清爸爸压根就不同意也不满意何韵,顾清妈妈只是勉强同意,这样一个状态下见面实在是不合适。但是何韵爷爷的坚持又莫名让顾清多了一份安全感,一种何韵家人对自己强烈的认同和喜爱,让顾清觉得自己一定能和何韵结婚,只是时间早晚的问题。

十一

顾清昨晚终于睡了一个相对安稳的觉,不到 11 点入睡,只是早晨将近 6 点的时候又醒了一下。她梦见了何韵。梦里的何韵带着顾清和朋友们在泡温泉,何韵伸着胳膊护着顾清,因为觉得顾清露得太多。顾清突然就醒了。很难受,心突突直跳,看了时间,又点进何韵曾赞过自己却没删掉的单人照片里,看何韵仅能看到封面的朋友圈。何韵还是没改,封面还是顾清。难道何韵还以为我在开玩笑吗?顾清心里有点愤怒。算了,不过是一张封面,换也就是5秒钟的事我又何必在意。顾清关上手机,翻了个身继续睡觉,深呼吸了好几次才把心跳降下来。

顾清昨天看了一个故事叫尾生抱柱。讲的是一个叫尾生的男子和一女子相遇桥下,但是却迟迟未见女子赴约。最后水涨了,尾生抱柱被淹死。世人都称赞尾生信义和痴情,顾清却觉得尾生真是一个心存侥幸的人。顾清不知道自己只是一个正常的刚分手没接受现实的状态,还是心里的死灰还是有火星。但是顾清又清楚地知道,自己再这样下去,会把自己淹死的。顾清不是尾生,顾清是顾清。

昨晚睡前顾清又找冯艺聊天。顾清说一到晚上7点就会莫名心慌,脑子里全是何韵会回来的荒唐想法。冯艺说这个过程正常,逃不掉的,总要狠狠地过去。顾清说自己现在感觉掉进了一个沟里,冯艺说那你也要爬上来。其实你最终一定会爬上来,只是迟和早的区别,也是代价大和小的区别。顾清说自己发那条分手朋友圈真的下了很大决心也鼓了很大勇气。冯艺叹气说她都知道。"你也知道重要的不是告诉谁宣誓多少,重要的是你自己知道,这真的不是简单地说一说,而是真的需要时间。然后自己又会无数次宣誓,无数次回想,再无数次责怪自己当初要是这么做也许有机会留住他。你什么都知道,但是就是要自我折磨好多次,和朋友絮叨好多次,再哭醒好多次。就是这样。"顾清这边已经沉默,冯艺顿了顿,"我知道走出来需要许多的勇气和煎熬,可是你一定要走出来。我不想失去你。"

顾清终于泪如雨下,躺在床上半张着嘴却发不出声音,眼泪顺着就流到耳朵里。

"好。我一定会。"顾清敲下这条信息,"我知道现在我身体无恙家人也健康,还有朋友能陪我聊天关心我,这不算太糟,只是现在我依然在一个深渊里,四周还没亮起来,头顶的光又太远,爬上去的绳子又太长。"

"这真的需要时间,快不了。只有熬。我愿意陪你。"顾清看到冯艺发过来的消息,一点也不惊讶,也庆幸除了妈妈另一个让自己一直以来都特别有安全感的冯艺一直没变过。

顾清每天早上解锁屏幕的时候,都会习惯性地输入何韵的生日,然后手机就会振动显示密码错误。顾清再拿起手机输入自己的新密码。每天都重复,每天都避免不了。

顾清的高中好友薛宇庭打来电话。聊了很多,期间顾清感觉跟高中没什么差别。薛宇庭说打电话来就是一点,叮嘱顾清别抽烟了。顾清苦笑,"一包都开了那就抽完吧。"薛宇庭说感觉顾清的这感情不太健康,他惊讶以顾清眼里揉不进沙子的性格竟然容忍何韵这么多,顺便又说了句现在妆容没以前好看了,没高中好看。顾清有点挫败感,自己从大一钻研到大三的最上心的事,竟然被否了。不过不可否认的是,顾清确实和高中不一样了。高中的顾清在当时还很火的人人网上敲下"你再好我也不会去找你了"的时候,就真再没纠结过;现在顾清要用很多的决心和勇气,反反复复之间,依然会悔不当初,依然会想要坚持。

晚上顾清姐姐打来电话,问的是和何韵分手的事。字字珠玑,听得顾清有点不知所措。说的道理全是顾清自己明白的,也是顾清自己反复讲过很多次的。但是就是现在这样一个情形里,顾清实在没办法做到理性处理,没办法做到下了决心就不回头。但是顾清又清楚地知道面临的困难,不是一个共同努力就能解决的问题,而是何韵说自己没玩够的可笑局面。可能只是一年多的感情在作祟。顾清这么觉得。

十二

周末再回学校的时候,在路上顾清就下了决心,最后一面还是不要见了,东西直接都寄给何韵就好了。周末,顾清足足听妈妈讲了两天的道理。白天都清醒着呢,就是一到晚上睡前和白天醒来之后,顾清就容易犯浑。成宿成宿地梦见何韵,梦见什么都好好的,梦见何韵还是那么贱,梦见何韵可怜兮兮地过来承认错误。醒来之后,顾清就无比想念何韵,每次都有想给何韵打电话的冲动。但是平静下来之后,还是会没事,手机的屏幕还是止于号码输入,完整的号码在屏幕上亮着光,没拨出去。

回学校路过大雁塔,堵车。顾清看着不远处的玄奘雕塑,和何韵在一起的一幕幕全都浮现在眼前,就跟人死前会走马观花地看到自己的一生一样。顾清和何韵有一次晚上看完电影出来已经过了零点,街上几乎半个人都看不到。夏天的凌晨还是有点寒意的,顾清和何韵两个人哆哆嗦嗦地走向车,又在便利店门口停下,何韵想吃"哈哈镜"。便利店也没有,两个人悻悻地直接回家。回去之后两个人谁都没有睡意,何韵拿出酒和蜡烛,还有小音箱,就在小屋的飘窗台上,和顾清玩起了夜店里的那一套。

  顾清一直觉得何韵是真彪,明明何韵知道自己就是玩不过他,几乎次次输,何韵也就真让顾清三口一杯地灌着洋酒,就算是兑了加多宝,对顾清来说依然是一杯倒。顾清不停地输着,杯子空了又满,满了又空。在歌曲浸染下,顾清觉得脑袋有点沉,眼前的何韵也有点飘。"再来!"顾清一拍桌子,"叭"的一声让何韵一个抖擞,"喝多了咱今天就结束吧。""放屁,你才多了。"顾清拽过何韵的手,又开始上下左右。终于,顾清趴桌子上了,脑袋沉得抬不起来,酒也尽了。从飘窗台上下来的时候,顾清就像一摊烂泥。顾清终于明白了烂泥为什么扶不上墙,都瘫成这样了还硬要往坚挺的墙上糊,那也难为瓦匠了。而此刻,何韵就是那个倒霉的瓦匠。顾清一点力气都没有,只是往下坠,感觉全世界都晕乎乎的。何韵立马扶住顾清,突然很后悔给自己找了这么一个事。顾清没有站起来的力气,但是妨碍何韵的力气却大得惊人。何韵不知道是怎么把顾清挪到床上的,只是说以后再也不和顾清这样喝酒了。顾清摊在床上,嘴里叽里咕噜地蹦着连串话"我没醉就是有点晕""真的何韵""你醉了没""你这个垃圾肯定醉了",说着说着声音就小了下去。顾清觉得困。何韵看着顾清渐渐入睡,有点后悔,本来是想借着酒精做点爱做的事。现在也没办法了,何韵转身就去了客厅收拾。没一会顾清又清醒了,醒了就去卫生间。顾清这点绝对随她爸,她爸酒量就不好,也是一杯倒,二十多年的部队生活也没让他提高什么,喝倒就睡,当场就趴桌上,睡个十分钟就能缓过来。顾清简直如出一辙。顾清也了解自己,只要卫生间一去,回来酒就能解大半,不管什么类型的酒都一样。何韵回到卧室就看见顾清在玩手机,嘴里嘟囔着顾清装醉不收拾残局套路太深。顾清嘻嘻地笑着跟何韵关了灯躺在床上。那天睡得特别晚。

  顾清回过神来的时候,眼泪已经淌了满脸,翻了翻包却没找到纸巾,无奈用袖口沾了沾。司机一直用后视镜瞟顾清。顾清张了张口想向司机借几张纸，又停住，她怕司机问长问短。这几天大降温，顾清受了点风寒，吃了感冒药一天都昏昏沉沉的，路还长，顾清戴上帽子，再醒过来的时候，已经到了学校。

  到了学校就要给何韵寄走他的东西了。顾清回到宿舍，发现其实没剩下什么了，只有一个行李箱和一个iPad，还有一张何韵给她的时候就没什么钱的银行卡和何韵的一张名片。顾清把银行卡和名片都封在一个小袋子里夹在iPad的保护套里。在快递公司包好泡沫纸之后，行李箱被放进一个特别大的纸箱里。快递工作人员说这个纸箱简直就像给行李箱量身定制的一样，然后收了顾清三十块钱。顾清转身走后就给何韵发了短信，这是分手后第一次主动给何韵发，"快递刚发，旅行箱和iPad。iPad在旅行箱打开最大的那里的侧面。iPad里夹着你的工行卡，给我之后没用过不然应该有短信提示。分手之前的事也就了了，手机你自行处理吧，没有事就不用联系了。"冯艺说顾清这样看不到感情的短信让她觉得更难过。

  "手机我咋处理……东西你就拿着吧，一天到晚死犟，这回听我的行不？"

  "不行。"

  "那我把手机给你，别的我收着，这行不？"

  "不行。"

  "你要咋么！"

  顾清不知道为什么这段感情到了现在这一步，难受的好像只有她一个人。她一个人在怀念以前的种种，她一个人在想起来的时候流泪。何韵从头到尾的语气都是这样，开始顾清以为何韵是觉得他们在小打小闹，后来顾清把自己否认了，一个提前变心的人，又怎么会抱着"会和好"的心态来和她讲话呢？应该都是不耐烦。不耐烦为什么顾清不按自己说的做，不然自己就能好过一点，也不用再有更多联系。"想这些也没用。"顾清自我嘲笑了一下。在顾清之前和何韵好的女生，分手现场的惨烈顾清可以说是亲身参与了一把。当时何韵和顾清刚好一周，马上就到顾清学校了，顾清却突然想和何韵多待一会，两个人就在车里坐着，说着些无关痛痒但是拖延分别时间的话。那个女生的电话就是这个时候打来的。她想再见一面把话都说清楚，何韵只是说着"没必要"。终于挂断了电话，顾清看着何韵。何韵说见顾清的那次，不是和前女友分开了一个月还是几个月的，其实只有一周。顾清看着何韵，突然觉得心一直往下掉，掉进了一个没有底的深渊。所以现在的顾清不能更清楚，下一个人出现在何韵身边的时候，何韵绝对不会与顾清有任何纠结。

顾清向宿舍走，边走边哭，好像比之前任何一次都伤心。之前顾清心里总觉得何韵是想借手机和顾清再见一面，再做挽回。"总能和好的。"何韵一定是碍于面子，所以用手机当成一个幌子。不管怎么样，总归还是能再见一次的，哪怕只是自己将东西都归还给何韵，哪怕只是当面讲清。顾清就抱着这样的想法，度过了相对好过的几天。但是一个周末之后，什么都变了。何韵的相册封面变了，顾清心里也变了。顾清突然之间就无比确认自己是自作多情。"不能再见他了。"顾清每晚都能梦见他，都能梦见之前的事，或者只是和何韵在一起。这一次才是真正的告别。

十三

虽然内心的折磨是从7月就开始，演练了无数遍，却在真正面对这样一种时刻的时候没有任何用途。唯一的进步只有胃不再剧烈收缩，不然顾清就要一边哭一边干呕，画面想想都动人。东西扔了其实也没什么用，至少目前看来是这样的。回到宿舍，顾清一抬头，还是觉得桌子的左上角摆着自己和何韵的合影，那张敷着海豹面膜的合影，还有在海底捞的合影。当时顾清头发及腰，何韵也没现在这么胖。

冯艺总是在顾清找她的时候就及时出现。

"说再见不容易的。全世界都是和他在一起的时候的样子。就是一个书包扔了都不习惯，更何况是人。"冯艺之前也有过一段时间没那么久但是足够痛很久的感情。当时分手的时候冯艺要死要活的，每天都在精神自虐。现在顾清就是同样一个状态。

"我这一次才觉得以后不会见到他了。"顾清眼睛是模糊的，还是动了动手指就打下这几个字，"今天经过大雁塔的时候，我就觉得我不能再见他了。见了面我就会求他，哪怕他不喜欢我，跟我在一起仍要出去玩仍要出去找小姐,我也愿意的那种。"好像一直都是这样,到了最后总是开始高姿态的那一方,因为感情而变得卑微。"所以我想,东西还是直接都寄给他吧,这样也就没什么理由再见面了。我不想让他觉得我还留恋他。"顾清希望自己的苦都有人可倾诉,但是何韵会知道的,永远不能有这些。

"没那么容易好的,真的,因为难过得没办法。"

"何韵之前不止一次地觉得我是因为跟他在一起有钱花才好了这么久,分手之后我也觉得可能我就是这样。但是我现在还是难受得不行。什么钱不钱的,难受就是难受,跟别的一毛钱关系都没有。"

荷西问过三毛:你想嫁个什么样的人?

三毛说:如果我不喜欢的,百万富翁也不嫁;如果我喜欢,千万富翁也嫁。

荷西说:说来说去你还是要嫁有钱人。

三毛说:也有例外的时候。

荷西说:如果跟我呢?

三毛说:那只要吃得饱饭的钱就够了。

荷西说:那你吃得多吗?

三毛说:不多不多,以后还可以少吃点。

顾清觉得何韵肯定不会相信这段话。在他眼里都是套路。顾清觉得还不如何韵就是家庭普普通通的一个男生,估计也就不会觉得别人一直图他什么。虽然何韵总是对这个矢口否认,但是话出必有因,更何况是不止一次的话。

冯艺特别能理解顾清现在的心情,因为她也曾因为一个人难受到置死地了才后生。当时顾清听着冯艺一遍又一遍地倾诉着自己的不甘心,倾诉着不知道重复多少次的"如果当初"。现在角色互换了,顾清和冯艺一直都是彼此的情绪倾倒站。两个相似又善良的人,相约下次再有这样的时刻,一定要出现在对方的身边,或者能到一个舒服的地方。

"其实何韵也未必不会难过。只是怎么说呢,男生可能就是这样,没女生这么敏感。或者说,哎就是混蛋。"冯艺也不知道该说什么,好像一下回到了当初,顾清每个接下来要说的话冯艺都想过,也都清楚。"不过迟早会换回来的。这种难受,他以后会有的。就像我前男友今年前一个月被别人甩,跟我说他现在才明白当时的我有多难受。"

"反正都是'一个人挣脱的,总有一个人捡'。"

顾清没法想象冯艺能和之前在自己的世界里爱得惊天动地的人现在不咸不淡地聊天。至少现在的顾清还做不到。只是顾清想起了何韵走前问顾清分手了还能不能做朋友,何韵也已经觉得不咸不淡了吧。顾清很讨厌现在的自己,像个需要别人施舍的可怜的怨妇。

"其实我现在,直到好的那一天前,都不想知道何韵过得好或者不好,一点他的消息我都不想知道。我也不知道现在对他是一种怎么样的感情。之前那种舍不得是在折磨着我,但是我也同样需要尊严。"顾清之前是个脾气不怎么好的人,为何韵容忍的一切让身边的好友觉得惊讶。但是现在顾清有点全都放弃了,突然释然了。有的事情不是想怎么样就能怎么样的。

更何况,有些挣扎,永远只有你一个人在挨,那个人完全不知道。

十四

冯艺跟顾清讲轮回,希望她好受。但是顾清觉得这次可能是自己的轮回。但是这一回未免轮得也太久了。

"何韵真贱,我对他那么好,就算他要有什么遭受也应该是我给的。"顾清心里还是不甘心,占有欲已经满上身心,顾清觉得何韵就是她的,因为何韵也同样占有欲强烈。顾清没觉得有什么困扰,甚至有点享受。顾清觉得自己可能多少有点受虐心理。

顾清和何韵刚好的时候,有一次院里文艺表演结束,全部参演人员都去学校外一起吃烧烤,男男女女一大帮人,乌泱泱地就盖住了马路。大家都很高兴,一个月里紧张地排练彩排,直到演出成功,谁都不轻松。顾清正和桌上的人玩着"国王游戏"的时候,何韵的电话打过来了。何韵一听就知道顾清在外面,语气里满是不高兴,因为当时已经晚上9点了。但是顾清觉得没事,这么多人在一起,出不了什么事的。何韵挂了电话,微信发过来:"你要是想玩,咱俩就先分开。你玩够了再来找我。"顾清看着这条消息有点摸不着头脑,自己也没有经常这样,怎么何韵就会不高兴?顾清知道何韵前女友给他带来了不小的影响,但是自己和她又是完全不同的两类人呀。顾清这边实在不好意思扫大家的兴,另一边又不愿何韵生气,只有一个劲地提议早点回去。后来顾清这一桌的人先回了宿舍。一回宿舍顾清就给何韵发微信,何韵立马就开始位置共享。顾清觉得何韵多少还是有点不信任自己,位置共享这么做就表示何韵太没安全感了。顾清反倒心疼何韵。后来每次何韵带点无理取闹的醋意发作时,顾清都不会觉得烦。她觉得何韵很爱她。反正开始爱一个人的时候就没救了。

　　冯艺说顾清还是在和自己过不去。

　　"我也很想计较这些,可是你我也知道,这控制不了的。人有的时候能放过自己就很了不起了。"冯艺顿了顿,"就像我之前忏悔又后悔,问自己了无数遍,他凭什么就先不喜欢我了,我哪里做得不好了,我特么怎么改都可以啊,但是他就是走了。我一直都和自己过不去。"

　　顾清也明白做这些毫无意义的较劲没什么用,唯一可以影响的只有她的体重,和自己妈妈只增不减的担心。

　　"我也想放过自己。"顾清眼里的泪水积蓄已久,"可是我有太多没做的事情是和何韵一起的。我妈总是管我特别严,根本没有晚上10点前还在外面玩的。第一次看首映,第一次和他凌晨3点叫小龙虾外卖然后凌晨4点吃,第一次给一个人做相册本,第一次见了男朋友的家人……"顾清打不下去了。手机屏幕上全是滚圆的眼泪。还好有层保护膜,不然手机肯定要报废。

　　最近天一直都阴沉着。陆陆续续下了一周的雨。周二的晚上,顾清和温子瑜,再加贝含昱一起从远郊的学校跑进了市中心。在酒吧门口不期而遇了贝含昱之前的朋友,几个人一拍即合一起喝酒。这两拨人都是来喝第二轮酒的。不过这天顾清状态不好,早早就扫了所有人的兴。其实这也怪不得顾清。和何韵分手以后,饭就一直没好好吃。胃一直是空的,酒不醉人人自醉。顾清玩游戏的时候总是输,输了就喝,两口一杯就空了。音乐震耳欲聋让人直犯恶心。几圈下来,顾清感觉轻飘飘的,也不难受,甚至有点好。之前顾清一直觉得去酒吧的人就是浪费生命,不知道在那里有什么好玩的。但是那个时候顾清终于明白为什么会有人乐此不疲地泡在这里,只是喝酒也乐意,外面什么都跟自己无关了,什么情啊爱啊,什么劈腿的恋人和不要脸的小三,什么没写完的作业和可怕的老师,什么让人想起来就烦的事情,现在都被踢出脑袋。只可惜顾清没轻快多久就倒了。从厕所出来的时候感受到突然汹涌的困意,平时睡一小觉就好了,顾清以为这次也一样。爬到厕所外的桌子上,快睡着的时候,顾清突然开始呕吐,一阵一阵地停不下来。顾清可能失恋的时候哭得眼睛通红都没这个狼狈,脑袋是沉的,头发是散的,脸是滚烫的。呕吐物从嘴里流出来,淌在桌子上,黏在头发上。顾清觉得很难受,比每月一次的痛经都可怕。顾清吐得不省人事的时候,还好温子瑜在身后跟着她。温子瑜以为顾清只是睡了,没想到变成现在这样。没一会贝含昱也被叫过来,一起过来的还有一直和顾清喝酒的玖吾。贝含昱不住埋怨玖吾一直灌顾清酒,不到凌晨1点就得草草结束。玖吾也委屈地说以为顾清很能喝。没有办法,玖吾横抱起顾清,走向门口。说得好听点,公主抱。后来据贝含昱说,玖吾抱着顾清和大家一起离开的时候,几乎酒吧里的所有人都看着他们。贝含昱还觉得风光。事后的顾清听起来也无奈地笑,当时只是觉得突然就悬空了,感觉更难受了,感觉全世界都在打转,这种感觉上一次出现的时候是顾清高三低血糖。上了车,顾清又吐在车上。司机一直在抱怨,临下车的时候多讹了顾清他们几十块钱。

顾清一直拒绝别人说她这样是颓废,是为了何韵意志消沉。其实这个事情没有谁为谁的,想去就组局去了,图的就是自己快点走出来,图的是自己在走出来的过程里少想几次何韵。那天进了宾馆,顾清就不省人事了。睡到凌晨的时候顾清突然酒醒,突然变得无比清醒。窗户没关,马路上来来往往的汽车一点也不吝啬喇叭。顾清不知道为什么凌晨了外面的车还会一直按喇叭,图心安吗?顾清想起来何韵说过,开夜车要是遇见什么奇怪的事,就点根烟。有一次何韵送顾清回学校的路上,冬天的晚上,天已经特别黑了,车后座总有规律的"丁零丁零"的声音,弄得何韵和顾清两个人都是一身冷汗。下了车顾清才发现是之前买的小闹钟的声音。何韵一直都不是一个胆大的人。除了放弃顾清这个事情上。

十五

其实具体哪一天顾清终于下定决心和何韵讲分手,在现在看来,顾清已经有点模糊了。只记得是个十一假期之后,距现在也差不多满一个月了。

最近顾清没有很常常想起何韵,就是有一天晚上看电影看到凌晨1点的时候,宿舍的人早已响起均匀的呼吸声,临床的舍友甚至已经打起了呼噜,顾清在此时却毫无预兆地想起何韵。想起来,没有什么心酸难受,应该是最纯粹的遗憾,遗憾自己的坚持还是无疾而终。顾清倒是不遗憾丢失了何韵这么一个人。从最初的亲朋好友讲道理,一直说顾清能找到更好的,到现在,顾清有一天突然和朋友聊天,说到 soulmate(精神伴侣),顾清突然就有点顿悟。英文单词可能就有这么一点好处,给的中文解释最直接,但是还有更多的无法言表的含义。

要是说真的,何韵不是一个适合顾清的 soulmate,起码在讲起顾清自己的观点的时候,何韵要么不认同,要么迷茫。顾清之前一直是多少有点看脸的轻浮姑娘,但是这次之后,再加上看了一次西门大嫂和杨老师的直播,还有他们的十周年婚礼纪念庆典,顾清突然有点明白 soulmate 应该是什么样的。杨老师在庆典上说了这么一句话,顾清觉得特别喜欢,她觉得两个适合能长久在一起的人就应该是这样的。

"我一直觉得自己这一辈子如果能把自己最真实的一面坦坦诚诚放在另一个人面前的话,我觉得那也是一个伟大的人,很感谢你给我这个机会让我变成一个伟大的人。"

其实好奇才是心动的第一步。人年轻的时候往往都会对自己经验之外的他人产生兴趣,乖乖牌对小痞子,大小姐对小伙计,呆书生对小妖女,不一而足。但遗憾的是,无论友情还是爱情,往往都要背景相近,才会有未来。你记得也好,最好你忘掉,这双星汇聚时互放的光亮。电光,火石,秋凉。

再回头看这段感情的时候,顾清觉得自己也是多少明白了什么。现阶段,一段舒服的感情,其实不是在开始没多久就一定要奔着结婚为目标的,好像那样是很安心,但是同时又很有负担。本身就是一个顺其自然的事,中间如果出现变动,努力无果之后放开就好,本身就无法勉强,何必还要费尽全身力气像电视机里的小丑,使出浑身解数只为拿着遥控器无聊准备换台的人多看你几眼。谈个恋爱而已,真的没必要动不动就想做对方生命里最难忘的那一个。"见好就收,好聚好散,开心就好。"这句话已经成为顾清深信不疑的条例。

顾清拿起手机点开微信小窗口,噼里啪啦地打着字。

"其实,我和何韵也就是不合适吧。"顾清舒了口气,"一开始我狭隘地觉着这个理由不过是自尊心的遮羞布,谁也不愿日后提起这段感情的时候,承认是劈腿变心。主动劈腿的那个会被指责没良心,被劈腿的那个又会显得特别狼狈,所以干脆你我都煞有介事地用'性格不合'来做和平分手的契机。成年人的世界里做什么都追求一个体面,但是,真的分开了,真的就是性格不合吧,各自好过一些,分开是最好选择。"

冯艺那边消息回得很快。

"恩。其实你也不必非要找出个理由,时间会告诉你的。"

顾清看着手机的屏幕,终于,长长地舒了口气。

这个月也要结束了,下个月的 1 号,又是新的开始。顾清转身,删掉了红烧肉菜谱。

张玮

笔名张希里,女,西北大学文学院2014级创意写作班学生。一个细节控,一个咋呼儿童,一个山林爱好者,一个社会偏激人士,一个自有理想国的国王,一个像青草学习呼吸的养生家,一个时时刻刻自我纠难的怪咖,一个想去冰岛建栋圆屋的梦想家,一个渴望在森林久居的伐木工,一个与所有软体动物对立的战士,一个走遍雪北香南林寒涧肃的旅行家,一个认为文学将与衣食住行并驾齐驱的普通写作者。

孪 生

一

今天醒来是2011年5月3日。

"孪生呢,是指母体一次妊娠分娩两个胎儿,就是我们俗称的双胞胎。分为两种,单卵孪生和双卵孪生。那么像我们班的李沉和李淀,就是后者,女性在一次月经周期中,排卵多个,而且多个卵子都受精成功发育成胚胎而出生的胎儿即为双卵孪生,其实也就是我们所说的,龙凤胎。是吧,李沉,李淀?"

班里开始窃笑。李沉在前排打泰鼓似的点头,后排的我羞红了脸,低着头用中性笔在生物书114页无谓地画着圆圈。

我不明白教务处系统把我们两人分在同一班究竟是好是坏,对于性子外放的李沉而言,巴不得成天作为舆论的中心。而对于我,我是多么厌恶大家观赏性的目光和不间断的好奇心。小学初中是同校不同班,已经被当作游行玩偶成为同学几年的话题,就连到底谁大谁小都被问了上千回。如今高中成了同班,更不用说。

刚下课,坐我前桌的男生突然回过头来大力拍我头,然后大声叫李沉的名字:"喂,李沉,你头痛不?不是说双胞胎心有灵犀吗?哈哈哈!"李沉看着头发乱糟糟的我大笑。我出生比他早一分零十三秒,所以我是姐姐。他传承了弟弟这两个字所有的缺点,乖觉却蛮横,狡猾也虚伪。在家里,巧言善辩,擅长讨好;在学校,热情洋溢,外向开朗。唯独对我,仿佛怪我夺取了他的养料和空气,恨之入骨。

李沉,难道你以为我不恨你吗。

二

今天醒来是 2009 年 7 月 7 日。

下礼拜就是期末考了。周末过得也不踏实,我平躺着,双眼盯住天花板。真奇怪,明明搬进这房子没多久,天花板的白漆就像凸出的气泡,一摊接着一摊。看得真不舒服……睡觉!

"李淀!你看看你弟,一直在背书,你呢,就知道睡觉,两人成绩差这么多,真不知道还能不能上一所高中!起来,吃晚饭了!"被单被我妈揪起,风冷飕飕地灌进我下摆空大的睡衣里。

他明明打了一下午游戏啊。算了,说了又有什么意义。我披上外套,起身去客厅吃饭。

"妈,我同桌说王后雄的资料比荣德基的好,我准备去买一套。"李沉扒拉了几口饭,冷不丁说了一句。

"你买多少书都行。"爸瞥了我一眼,"我多给你两百。你给你姐也买一套,她这成绩。"

笑话,他会去买书?大概是又看上了哪个新游戏。同样的子宫分配给的智商还真是不均匀。我偷偷开着台灯熬夜,千辛万苦挤进班里前十,激动得哭了一夜;他偷偷充了几百块的点卡,还是雷打不动前三名。我刚把鲫鱼翻了个面,一双筷子就抢先把鲫鱼花挑出,夹我碗里。

"姐,鲫鱼花,照例给你。吃了更聪明。"李沉坐在我对面,堆满笑意。

他的话语就像幽灵,飘进我冰寒刺骨的心底。

三

今天醒来是 2014 年 1 月 1 日。

"妈,给你们寄的礼物收到了吗。嗯,奖学金发了,所以给你们买了点小东西。对对,哈哈,元旦快乐。我啊,男朋友没找呢。李沉?他女朋友花钱这么厉害啊,他不会……哦……可你们也不能这么惯他呀……好了,好了,我知道了。那你们以后每个月生活费少给我打500,我反正有兼职呢。行吧,挂了啊,鱼肝油那些你和爸别忘了吃。嗯嗯拜拜。"

挂了电话,我把准备大二刚开学就辅修的西班牙语课退选,重新上网查找兼职信息。

四

今天醒来是2010年8月4日。

"你这叫早恋。"李沉和隔壁班的小女友接吻被我看到了。

"呵,李淀,你还真觉得你是我姐了?大一分,多少秒来着?"

"李沉,你谈不谈恋爱跟我没关系,到时候不要影响了成绩被爸妈说。"

"再影响也比刻苦得要命还是倒数的某些人好咯。"

我看他撇嘴的样子,跟我一个轮廓却满目嫌恶的样子,有些鼻酸:"你以为我不会跟爸妈说?"

"李淀!你试试看啊!"他瞪着眼,凶神恶煞地指着我鼻子。

我当然是吓他的。

没想到他那天回家趁我洗澡,到我房间偷来了一直在写的日记,把我写着喜欢同班陈宸的那页"唰"地撕下,贴在了客厅的饭桌上。

结果自然是:妈妈痛心疾首地哭告,爸爸脸色铁青地教育。李沉在一边满是愧意地表示,他不过是希望姐姐一心放在学习上。我跪在地上,看着他们三个人,一滴眼泪也没掉。

五

今天醒来是2015年2月10日。

最讨厌过年走亲戚,却也无法拒绝。毕竟只是一年一次的盘问,倒也没太大关系。

"李沉李淀都在哪儿读书呀?"

"李沉在上海,李淀在西安……"

"哎呀,上海好地方呀,从小就觉得李沉这孩子特别机灵,瞧这大眼睛滚轮四圆的,男孩子嘛就是要去大城市闯闯的,以后出人头地的,李淀其实也沾光的,女孩子也不用读那么多书,嫁人才是真的。李淀找男朋友没啊?"

"没呢。想好好读书先。"

"读书读书就知道死读书,听舅公的话,女孩子读那么多书有什么用呢。你又不用像李沉一样,他呀以后要做一家之主的——你在哪儿读书来着?哦哦,西安。你说说你一个女孩子家跑那么远,也真是的……"

"我还想继续读书的。"我不顾爸妈制止的眼神,笑着对他说。

"哎哟,还读研究生……那要几岁了呀……二十七八岁的女孩子找不到好对象的……像李沉的话,就好些,毕竟男孩子在社会上还是吃香的。我们李沉在上海读什么专业啊……"

一个上海二本学校的吊车尾和一个西安985高校的班长真的有可比性吗。

我屏蔽了李沉的侃侃而谈换言之是油嘴滑舌,冷静地干掉了杯中的红酒。

没什么不能洗牌的,包括人生。

六

今天醒来是2016年2月15日。

过完人生的第一个情人节,醉意还没过,醒来的第一件事便是打电话给男友道早安。

听说李沉前几天刚分手,我想了想还是决定跟他把从前的恩怨一笔勾销。说直白点,都是一家人,都是一个肚子里出来的,有什么爱恨情仇呢,还一直攀比暗斗。何况自从李沉高考一落千丈,我就不再和他比较了——没意思了。

"李沉,今天要去乡下外婆家拜年。你可以起床了。"

他藏在被窝里,闷声回了一句:"李淀,你是不是昨天过得可开心了。"

"我哪天不开心？你不起来我们就先走了。"我准备离开他的房间了，一股泡面混着脚丫子臭的怪味。

"李淀，你有什么了不起的……啊？"

"李沉，你习惯了永远比我高一等，是吗？一点点挫折你就受不了，是吗？那么你以为这些年我是怎么过来的。我不想跟你吵。你以为你失恋了全世界就要围着你转了是吧，你以为你挂科了要补考这天就要塌了是吧。我告诉你，我们都过得好着呢。你就跟死尸一样躺着吧，等着我们带剩饭剩菜给你，慢慢享受吧。"

我边说着边把他椅背上堆着的衣服统统折好，塞进衣柜里，他的房间还真是没眼看。

"呵呵呵，我有时候。"他从被窝里突然窜起，"真想杀了你。"

他那双跟我一模一样的眼睛，笔直得和对量标尺一样，看着我，说。

七

很奇怪。如同你所见的，我每天醒来都是不同的日子，完全乱序，却都是已经经历过的。我没那个可怕的脑容量来记住所有发生过的旧事，所以这所谓的离奇的穿越，对我而言，都是一种回忆而已。一种可怕的、长达二十多年的回忆。这究竟是一场噩梦还是上天跟我开的玩笑？

但更奇怪的是。我能穿越回最近的日期就是这 2016 年 2 月 15 日。有时甚至会连续穿越回同一天，我丝毫没有试图更改历史的想法，如果我更改了，难道我的人生就会有翻天覆地的变化？我这么个循规蹈矩乃至沉闷的人，还是别去改变了吧。

除非……

八

今天醒来，就跟没有醒来一样，还是一片漆黑，混沌如盘古开天。

我又好像在泳池里，却是个逼仄的小泳池。因为我轻易一动就会碰见池壁。旁边还有个谁，紧依着我。我细细一看。我俩有同一个——

脐带。

我这是在母亲的子宫里？可按理，作为胚胎的我不该有思想，不是吗？不过按理，就也没有穿越了。

我感到外界透进一点点光亮。看来正是接生之暇。

我回头看着李沉那丑陋的粉色的闭眼的令我作呕的样子，拼命游过去，吻了他一下。然后用尽我所依仗的胚胎的所有气力，狠命地撞了一下，两下，三下，终于——撞破他的羊水。

之后，再拼命游向那光明处。

我故意堵在出口好一会儿，确定李沉完全没有了呼吸，才愉悦地游进这个光明的世界。

"恭喜，是个女孩子……不过另一个死胎了……"

我听到了妈妈隐隐的哭声和爸爸絮絮的安抚。

"没关系亲爱的，女儿我也喜欢……我们的宝贝女儿呀……现在只剩你一个啦，你就叫李沉淀好不好……"

好。

李沉，你放心，带着你的那一份，我会好好活下去的。

我响亮的第一个哭声向这个世界宣告着新生命的降临。

我的穿越终于迎来尾声。我一直亟待着的，我所做的第一个也是唯一的改变——我的人生终于，要重写了。

孪生？

呵，我现在，可是独生了。

九

今天是 2016 年 2 月 17 日。

地点在警察局。

"李沉，你说说昨天，也就是 2 月 16 日具体发生了什么。"

"2 月 15 号我们一家人去外婆家拜年，后来太晚了就都住在外婆家。早上醒来就发现姐姐，就是李淀，她不见了……怎么找都找不到……后来……"一阵抽泣。

"后来……就在水井里发现了她……"李沉的父母忍不住开始痛哭。

"家属们先冷静一下。李淀在外婆老家是否惹下仇怨，或者依家人所了解的,她最近是否受过重大刺激……"

"你说会不会是情人节那天跟她男朋友吵架了一时想不开……"

"李沉!别瞎说!"父亲怒吼着打了他的头。

"嗯……也不排除这是一种自杀的可能,请你们配合,提供一下李淀男友的联系方式。这样,你们也不要太伤心,由于农村没有监控系统,而且法医确定李淀死亡时间在凌晨三点左右,来往证人全无,查证的可能性太小。所以先初定为自杀,如果有进一步推断,我们会联系你们。请节哀顺变。"

李沉搂住父母的肩头,满脸泪痕。

那么也就是说,包括李淀。

没有人知道 2 月 16 日,究竟发生了什么。

张孝雨

  笔名于璟,女,西北大学文学院2014级创意写作班学生。伪文青一枚。喜读书,文史哲科,杂学旁收,虽无古典气质,但醉心于中国古典文学。喜写字,文风混乱,脑洞不够大。我的文字,只用于记录而已。喜动漫,周末一场二次元世界的风暴旅行足矣。喜欢认识奇怪的人,但追求简单的文字,简单的生活。最大的梦想是写自己喜欢的文字,并且能够赚到养活自己的钱。养鱼种草看动漫,偶尔来一场说走就走的旅行,穿着汉服在人迹罕至的旅游景点拍照片,就这样一鼓作气将伪文青的人生进行到底。

少年亡命天涯

(一)双木河

  少年是罗子山长大的孩子。

  罗子山原来只是双木河镇一座不起眼的小山丘,隐没于当地数座同样不起眼的小山丘之间。一条永远不会断流的河自西向东蜿蜒过山脚,这条河便是双木河。

  没有人知道河的源头。

  数百年前,他们的祖先为了躲避战乱,经过漫长的迁徙,来到川北群山环绕的小盆地,从此定居。祖先在建起的第一所房子前种下从远方家乡带来的两棵树,一棵香樟树,一棵桑树。山河从树前缓缓淌过,从此这条河便叫作双木河,之后依山傍水而建的小镇便叫作双木河镇。

  数百年后,人们已无法从苍郁的树林中认出这两棵树,双木河人建起的第一所房子早已化为泥土。

双木河人从山上砍伐木料,从沙滩上拾取鹅卵石,河的北岸最终成为人的领地。东西狭长的小镇沿河而建,简易木屋散发着植物的芳香,双木河的街道由鹅卵石铺成。

你无法想象那些阳光刚刚洒落的清晨,河面泛着粼粼的光,鹅卵石街道反射着七彩的阳光,一天中新制木屋的香味在这时最为强烈,缓缓流淌在清冽的空气里。香味像是被露水打湿似的,沉重得散不开。如果这时候出现在双木河镇,你全身的每一个毛孔都会被这种香味填满。

但是我们无法见到这样的双木河镇,它只在老人的故事里。讲故事的老人一代一代死去,新的生命不断诞生,双木河每时每刻都在流向遥远的东方,故事里的双木河镇,却永远是一个模样。

我们故事里的双木河距离老人故事里的小镇已过去了数百年。

几百年之后双木河依然缓缓淌过山脚,山上依旧树木丛生,河滩上的鹅卵石在清晨闪着粼粼的光。

双木河镇却不再是故事里的模样。你再也闻不到清晨的双木河镇新制木屋的馥郁芳香,那些木屋经过一代代双木河人灵魂的沉积,已经变成厚重的乌木色。街面也变得平整,再没有露水的栖息之地。

几百年来双木河人的生活像那条河一样波澜不惊,顺着岁月流淌过日复一日的日出而作、日落而息。双木河人的祖先从战乱和困苦中逃到这与世隔绝之地,便再也不愿同样的痛苦降临在他们的子孙后代身上。他们要子孙后代做永远的双木河人,世世代代守着双木河。双木河人记得祖先的遗训。

双木河人生生死死,繁衍不息,日日看着双木河自西向东不知流向什么地方,他们感谢祖先赐予他们这样一个没有战乱和饥饿的富饶之地。尽管战争和饥饿只是祖先流传下来的故事,没有人知道它们究竟是什么样子。

(二)白痴阿丁

白痴阿丁的名字没有在双木河人的族谱里,也没有在双木河人的故事里,但存在过就是存在过,谁也无法让白痴阿丁的故事消失。

也许是某个老人在临终前把这个故事告诉了他的小孙儿。除了行将就木的老人,见过白痴阿丁的人都已经融进这片土地,他们的后代以为双木河从来没有这样一个人存在过。

"不,他们错了。"老人想,他不愿意将一个如此沉重的秘密带进坟茔,那样他将不能安睡。

五岁的孩子坐在小木凳上认真地听着白痴阿丁的故事,那天晚上他会梦到一座被紫藤萝覆盖的木屋。当他和他的祖父一样苍老时,他会向一个懵懂的孩子说起白痴阿丁和紫藤萝木屋的故事。于是白痴阿丁的故事终于流传到了有人愿意用文字记录的时代。

白痴阿丁的降生对双木河人来说是一个巨大的灾难。

你无法想象白痴阿丁出生的那天,无数鸟兽鸣禽栖息的双木河可以安静到连风声都没有的地步。双木河人不养狗,否则它们可以凭借天人般的嗅觉向人们通报这场灾难。多年后外乡人的队伍里有一黑一白的两条狗,它们在白痴阿丁降生的木屋前狂吠不止。

白痴阿丁降生的木屋可以称作双木河最精美的建筑,它远离双木河饱受岁月侵蚀的古街。木匠伯维用三年时间挖空心思修建了这座在双木河镇独一无二的双层木屋。

它坐落于罗子山脚下,木匠伯维所用的木料全部取自于罗子山。在这之前,罗子山被双木河的人们遗忘了数百年,早已长满了高大的乔木,低矮的灌木也长势旺盛。双木河的人们不在意罗子山的树,它们在物产丰富的双木河毫不起眼。

人们以善意同情的目光默默观望木匠伯维匪夷所思的疯狂行为。二十岁的木匠伯维腼腆忧郁,沉默寡言,和大多数双木河人一样瘦削苍白。他继承并超越了父亲的木工技艺,令双木河人赞不绝口。

木匠伯维在二十岁生日这天为自己做了一只长笛。四月的夜晚,悠悠笛声荡漾在水波微澜的双木河之上,之后人们再没有听到过如此悲伤而又充满希望的笛声。

第二天,木匠伯维开始了他漫长而艰巨的木屋工程。

每日,他在第一缕阳光洒在双木河之前背着伐木工具进山,日落时分从山里运回木料。木匠伯维不再吹长笛,他躺在泥沙松软的河滩上唱歌,夕阳橘色的光辉紧紧裹住双木河镇,人们完成了一天的劳作,坐在自家门前谈天喝茶，袅袅炊烟融入渐渐敛合的夜幕。

这时候木匠伯维清澈嘹亮的歌声闯入小镇的安闲，于是人们不无悲哀地怀念起沉静腼腆的木匠伯维。事实上，他已经不再为他们做木工，而完全沉浸在他的木屋工程中了。

他们发现木匠伯维越来越不像双木河人，长期的户外劳作让他变得黝黑健壮，未经修剪的须发覆住了年少清秀的脸，山石和荆棘带给他触目惊心的伤痕，并且在他此后的生命中再未褪去。然而木匠伯维的歌声却是永远的清澈嘹亮，每天傍晚回荡在双木河的上空。

后来人们曾竭力抹杀关于木匠伯维的历史，他的歌却奇迹般地流传下来。你如果在双木河古旧的街道上听见孩子唱着童谣的清脆无知的嗓音，绝对无法想象数百年前回荡在双木河上空的是同一首歌。

"这流不尽的双木河呦，带我去远方；

这绿油油的双木河呦，我闻见她的芬芳。"

当黑暗完全吞没了双木河，木匠伯维便开始在歌声中建造他的木屋，铁器与木头撞击的奇妙声响成为绝妙的伴奏。三年来，木匠伯维清澈嘹亮的歌声夜以继日地回荡在双木河的上空，人们很奇怪这个一直唱歌的男人为什么声音从未沙哑。

三年后，木匠伯维的木屋成为双木河奇迹一般的存在。你从未见过如此精巧的木屋，它被一簇簇生命力旺盛的藤萝草环绕，木匠伯维巧妙地把它们引向屋顶，不久整个木屋几乎被碧绿顽强的藤萝草覆盖。经过了三年的风吹雨淋，透过浓密的藤萝草隐约可以看到木匠伯维的木屋还保持着最初的颜色，并且散发着新鲜木料的馥郁芬芳。

木匠伯维在二十一岁生日那天完成了历时三年的木屋工程，并在同一天迎娶了双木河最美丽的姑娘。秀儿最终和木匠伯维一样，被双木河人决绝地丢弃在历史的长河中，但是这年十八岁的秀儿却是双木河人无法忽视的存在。

人们从未见过如此美丽的姑娘，她及腰的长发比双木河的流水还要柔软；她的肌肤像是栖息于双木河的鹅卵石，晶莹剔透；她的双眸仿佛清晨降临于双木河的露珠；声音像是拂过双木河上空的风，干净而又清凉。

十八岁的秀儿是双木河的造物，但是对于双木河人来说，她是神迹一般的存在。

十八岁的秀儿嫁给木匠伯维,没有人知道他们的爱情故事。他们的婚礼在四月缄默地举行,他们的家人静静地观望着这一切,没有人为他们祝福。他们相拥走进木匠伯维的木屋,隐没在一片碧绿之中。

那天晚上所有的藤萝开出紫色娇小的花朵,像在履行一个庄严的约定。人们清晰地记得那个夜晚,整个双木河被淹没在紫藤萝馥郁的芬芳中,漫长得像是没有尽头,夜莺在一片花香之中唱着哀婉绵长的歌曲。

一年之后白痴阿丁降生于木匠伯维的木屋。那仍然是紫藤萝肆意盛开的四月,整个双木河弥漫着散不开的浓郁花香。

所有的情节来自老人的回忆,如果你是那个听故事的孩子,你会看到老人几乎失明的混沌的双眸,那里面承载了近百年的风雨沧桑。白痴阿丁降生于双木河时,他不过和小孙儿一般大的年纪,近百年的风风雨雨,如今讲起白痴阿丁的故事,你仍然可以看到他眼眸深处的恐惧。

老人记得木匠伯维的紫藤萝发了疯似的在同一天全部开放,那馥郁的花香似乎是从天际倾泻而下,毫不留情地布满整个双木河,并且掠取了所有的声音,数百人聚居、无数鸣禽栖息的双木河竟然安静到滑过天际的风声都没有。所有的声音在流动的紫藤萝花香中寸步难行,被淹没,扭曲,肢解,直至永远消失。

木匠伯维就是在这样一个清晨走进罗子山,他即将分娩的妻子——十九岁的美丽的秀儿,正在紫藤萝木屋中安睡,嘴角挂着婴儿似的笑容。木匠伯维想到这一切,觉得自己的幸福真是不可思议。

这是一个安静的晴天。

傍晚时分木匠伯维回到紫藤萝木屋,残阳染红了整个双木河,紫藤萝花香漂浮在每一粒尘埃中。木匠伯维像往常一样拨开覆盖木屋的紫藤萝,打开卧室的门,却在扑面而来的血腥味中几乎窒息。木匠伯维看见自己美丽的妻子躺在一片血污中,嘴角仍是婴儿似的笑容。她的身侧躺着一个浑身血污的男婴,左手攥着脐带,睁大眼睛望着木匠伯维。

木匠伯维将妻子埋葬在木屋旁,独自抚养这个沉默的婴儿——木匠伯维给他取名叫阿丁。阿丁长到三岁唯一会做的事情是睁大眼睛看着自己的父亲以及偶尔外出见到的双木河的一切。大多数时候阿丁独自待在父亲的紫藤萝木屋中,好奇地看着父亲从罗子山收集的漆黑发亮的石头以及各类花卉的种子,直到两年后外出的木匠伯维再没有回来。

木匠伯维从双木河消失了,没有人知道他去了哪里。人们无法相信木匠伯维会舍弃长眠于双木河的秀儿和紫藤萝木屋中好奇地睁大眼睛的阿丁。木匠伯维离开七天之后,双木河最德高望重的老人下令砍掉笼罩木屋的紫藤萝,然后在河滩上将这些不祥之物全部焚烧。

阳光洒进木匠伯维的木屋,人们发现了蜷缩在墙角陷入昏迷的阿丁,他瘦弱苍白,毫无疑问是一个真正的双木河人。阿丁被老迈的祖母抱回家里,靠着羊乳和山药渐渐清醒。

阿丁醒来看到一张陌生的布满皱纹的脸。祖母靠近阿丁的脸,想听清楚阿丁张合的嘴巴到底在说些什么,她只听到一句话:"石头……石头着火了。"阿丁不断重复这句话,祖母号啕大哭,为着自己不堪的命运,儿子走了,孙子又是个白痴,双木河再没有比她不幸的人了。

阿丁越来越像少年时代的木匠伯维,沉默腼腆,他时常回到紫藤萝木屋,口中喃喃自语:"石头,石头着火了。"他向每一个人说起这句话,眼神恍惚,语气坚定。从此他便成为了双木河故事中的白痴阿丁。

双木河的人们不无同情地望着蹒跚而行的一老一小,他们发现精神矍铄的祖母在收养了白痴阿丁之后迅速衰老,两年之后便再也无法离开一根木制手杖了。

两年前祖母在骚乱的人群中偷偷收起一节紫藤萝花茎,她将这异常粗壮的花茎制成一根手杖,后来这根手杖陪她走过了人生的最后八年。这八年间,祖母已经衰老到无以复加的地步,离开了紫藤萝木屋的阿丁却一如当年木匠伯维栽植的藤萝,不顾一切地疯狂生长。

八年后,十三岁的白痴阿丁已经完全是木匠伯维少年时的模样,却没有继承父亲精妙绝伦的木匠工艺,而是日复一日地游走于双木河畔,捡拾各种各样的石头,把它们丢进火里,想证明他向人们重复了无数次的那句话——石头着火了。他不明白这句话为什么刻在了自己的记忆里,紫藤萝木屋里闪闪发光的黑色石块时常出现在他的梦里,同时出现的还有一个高大黝黑的男人的模糊面容。白痴阿丁不知道这个人是谁,但是知道他不在双木河。

白痴阿丁想要见到这个男人,向他询问石头着火的秘密。

白痴阿丁出走于一个悲伤的午后,那天祖母终于结束她悲惨的一生,永远地沉睡了。葬礼上人们没有见到白痴阿丁,也没有找到祖母的手杖,从此以后,他们再没有在双木河出现过。

葬礼结束后,双木河最年长的老人以其德高望重的地位带领众人将秀儿的坟迁往荒草丛生的罗子山,然后铲平了紫藤萝木屋,并且严禁大家再说起白痴阿丁的故事,这在祥和安宁的双木河极其罕见。人们似乎被一种莫名的恐惧扼住喉咙,关于白痴阿丁的一切就这样被尘封在双木河的历史中。

直到八十多年后行将就木的老人向五岁的孩子说起这些故事,俯瞰历史的我们才由此得知,原来白痴阿丁,就是双木河的未来。

(三)外乡人

很早以前,人们把外乡人的骸骨埋葬在罗子山。那时候外乡人蜂拥到双木河来,他们身材高大,体毛旺盛,黝黑的脸膛泛着健康的红色。这已经是白痴阿丁从双木河出走近两百年后的故事,大多数人已经遗忘了白痴阿丁,更不会想到这与他有某些联系。

双木河的人们慷慨地送给他们木料,看着他们在罗子山前的河滩上建起房屋,日复一日地带着弯刀进山,不知疲倦地从荆棘中砍出路来。

外乡人守着他们的秘密,直到苍老和死亡不可避免地袭击了他们。他们把秘密带进了坟茔。死去的外乡人被活着的同伴埋进罗子山,直到最后一个老人倒在煤山前的河滩上,被好心的双木河人埋葬。

外乡人的房屋腐烂在河滩上。外乡人砍出来的山路重新被荆棘覆盖。外乡人的骸骨在夜晚的罗子山燃着鬼火。双木河的老人有了新的故事。

在外乡人的故事还没有被遗忘之前,双木河迎来了外乡人的后代。

少年记得自己是煤山长大的孩子。

他记得罗子山那场烧了三个月的大火。即使多年后他向别人述说这个故事的时候再不愿意向别人提起自己的名字,他也不会忘记这些事情。他说:"我吗?我是少年。"他忽然发现自己记不起父亲的名字。但是没有关系,他不会再回来。

少年是外乡人的后代。

双木河的老人还在讲外乡人的故事,八十年前他见过最后一个倒在河滩上的外乡人,并从他的祖父那里听说了他们的故事。现在他坐在外乡人倒下的河滩上,给双木河的年轻人讲那时候的故事。

那是六月的一个黄昏,火烧云染红了双木河的天空,倒映在双木河上,波光粼粼,河水被染成了血红。老人浑浊的目光在回忆往事的时候变得清亮,天渐渐暗下来了,罗子山的树林里燃烧着鬼火。

听故事的人渐渐散去,老人独自坐在河滩上,他看见祖父口中身材高大的外乡人沿着河滩向他走来。

老人轻轻地闭上了眼睛,他已经八十七岁,不想再讲故事了。但是他会成为故事里的人,别人会讲着他的故事。老人这样想着,闭上的眼睛再没有睁开。

男人沿着蜿蜒的山间河流走了三天,终于找到了双木河镇,那是六月的一个黄昏,火烧云染红了天空与河面。他远远地望见河滩上独坐的老人,隔着时空的距离,他似乎清晰地看见了八十年前倒在河滩上的外乡老人。家族的记忆似乎潜藏在他的基因里,他们的身上流淌着相同的血脉。

那个黄昏,体格高大的男人抱着老人的尸体走向双木河人,他黝黑泛红的脸膛让双木河的人们想起故事中的外乡人。已经没有人知道八十年前也是这样一个黄昏,双木河人把最后一个外乡人送进罗子山的坟场,目睹那场葬礼的最后一个人如今已经死去。

男人带来了一箱双木河人不认识的工具和一个尚在襁褓里的男婴——那便是后来的少年。

男人在老人讲故事的河滩上搭起帐篷。那天晚上男婴的哭声响彻双木河的上空。他的哭声有点像春天里无休止的猫叫,又不太像,这哭声太惨烈,像是要撕裂双木河的静寂,尖针似的扎着皮肤。许多人彻夜无眠。

男人日复一日带着工具箱和弯刀进山,不久他结实的臂膀上就爬满了血痕。荆棘丛被男人砍出一条条路来。

婴儿的哭声日夜回荡在河滩上,恐惧笼罩着双木河的日日夜夜,但是久而久之,人们终于动了恻隐之心,在男人终日游荡在山野的日子里给婴儿送了些食物和水。那个襁褓里的小东西兴奋地冲人们挥舞着手臂,咯咯笑着,露出粉红色的口腔和两颗小小的门牙。

婴儿不再啼哭,双木河又恢复了数百年来的沉寂。

数百年来,双木河人的日子就是这样过下去的,双木河的水不会断流,双木河的树不会停止生长,双木河的天不会变窄或变宽。战火和硝烟不会弥漫到这里,洪水和蝗灾也总忽略了这个小小的盆地。

双木河人早已习惯这样的生活,带着秘密来到双木河的外乡人最终带着他们的秘密死去,人们不会好奇他们的秘密。外乡人带着婴儿的哭声来到双木河,婴儿已经不再啼哭,恐惧和不安便也烟消云散。

(四)琴子

婴儿在双木河的河滩上慢慢长大,他喝着双木河的水长大,已经不像他的父亲了。走过婴儿期的少年苍白瘦弱,更像是一个地道的双木河人。

我们的故事该如何称呼五岁的少年?他说:"五岁,十五岁,五十岁。我都是少年。"于是,故事就这样写下去吧。

五岁的少年整日混迹于双木河人之中,他认识了在双木河的第一个,也是唯一的朋友——八岁的琴子。某个平常的日子,放羊归来的琴子路过河滩,赶走了向少年扔石子的顽童。琴子迈着轻巧的步子走向少年,她的两股麻花辫子在挺直的后背上晃悠。她蹲在少年的面前用细细的嗓音问他:"我叫琴子,你叫什么名字呢?"

五岁的苍白瘦弱的少年摇摇头,他看见琴子的头发里有几粒草屑,托着下巴的雪白的右手背上盘着几条血痕,和父亲手臂上的一模一样。

琴子说:"我听妈说,你没有名字。我姓文,你也姓文,就叫小文好不好?"少年慌乱地点了点头。在琴子离开之前,他有了名字。

小文就是少年。

五岁的小文几乎没有关于父亲的记忆。

男人提着工具箱和弯刀早出晚归,手臂上盘附着血痕和伤疤。无数个夜晚,男人带上眼镜,借着微弱的煤油灯光写写画画,墙角堆放着几箱稿纸,小文偷偷地看过,他看不懂那些密密麻麻的奇怪的图案和符号。

他们住在河滩上简陋的木屋里,屋后的山上夜夜燃着鬼火。几年来,男人除了准备一早一晚两顿饭,几乎忘记了儿子的存在。某个夏天的夜晚,他看见一个苍白瘦弱的小东西跑进屋子,撞见他的目光又缩回门外,赤着一双脏脚,身上穿着不知从什么地方得来的极大的衣服。

男人说:"你过来,我记得没有给你起名字。"

"我叫小文,琴子给我起的名字。"男人第一次听见儿子的声音,耳膜被尖针刺了似的疼痛。

"好,小文。可以带我去见琴子吗?"男人的声音微微颤抖。

那个夏天的夜晚双木河人看到一大一小两个身影从河滩走向双木河的街道。从六年前男人从河滩上送来老人的尸体算起,这是他第一次踏上双木河的街道。

男人右手提着两只山里猎得的野兔,左手牵着儿子,走进琴子的家。

男人把野兔递给琴子的爸爸,并在他面前深深地鞠了一躬,说:"谢谢你们照顾小文。"

琴子爸提着野兔,妈妈搂着琴子,不知所措地听男人说话。琴子摇摇妈妈的手臂,说:"妈,倒茶。"女人如梦初醒似地带着琴子和小文进了侧屋。

双木河人的淳朴善良在琴子一家人身上有代表性的体现,他们与河滩上孤僻的外乡人父子成了朋友。

多年后,少年依然记得自己被叫作小文的那段时光,他和琴子形影不离,穿着琴子妈改小的琴子的旧衣服。日日隐没于山野的父亲不再独自一人,他把家族的秘密告诉了琴子爸。他们一同提着铁箱子和弯刀进山,带着满手的血痕在夜里归来。晚上父亲在继续他永远不会结束的工作之余,开始教小文认字。他会在第二天和琴子去放羊时全部教给琴子。

这样的生活持续了四年,父亲有时候会回来早些,小文和琴子放羊归来经过河滩,有几次遇到琴子妈。

琴子妈系着围裙,从小文的家里走出来,脚步轻快,这一点和琴子很像。琴子妈接过女儿手里的羊鞭,笑着对小文说:"你爸爸在家呢,我做好饭给你们送来了。"那笑也和琴子很像。

少年记得琴子的笑,十三岁的琴子鼻翼有几粒小小的雀斑,她喜欢歪着头笑,露出一颗小虎牙,两颊有浅浅的酒窝。后来琴子长大了,长大的琴子也很爱笑,可是少年只记得十三岁琴子的笑。

小文也长大了,十岁的小文完全没有了五岁时的苍白瘦弱,他越来越像他的外乡人父亲,黝黑健壮。小文长到十三岁时,已经比十六岁的琴子还要高了。

十岁的小文送父亲离开了双木河。十年前带来的铁箱子和小文都被留在河滩上,男人背着干粮逆河而上,走回自己的家乡。

两年后男人再次回到双木河,带回一队二十个外乡人和三车谁也不认识的铁器。罗子山从此结束了它蛰伏的命运,成为双木河人视野中不可忽视的存在。

(五)男人的故事

少年说:"我不想记得他的名字,可是他告诉了我他的故事。"是有关煤和罗子山的故事。

"双木河有煤。"这句话源自男人族谱中记载的一个荒诞故事。

这个故事关于一个不知何时出现的疯子,族人出于同情收留了这个衣衫褴褛的外乡人。他终日沉默地在镇上游走,将石头扔进火里,据说他试遍了镇上所有地方的石头,最后在一个凄冷的冬夜号啕大哭。他的声音因为太长时间没有说话而变得僵硬沙哑,人们听见他在吃力地重复一句话:"只有双木河的石头才会燃烧。"几天后,这个疯狂的外乡人突然从镇上消失,就像当初他突然出现一样。

这个连名字都没有留下的外乡人,在男人的族谱上留下几十字的潦草记载。有识之士认为他的话并非空穴来风,他说的是煤,一种神奇的黑色的石头,将会给苦难的族人带来财富和希望。但是人们不愿意相信一个疯子的话,况且他们从未听说过双木河这个地方。

贫穷饥饿依旧折磨着人们,一百多年后,三十个族人终于踏上了到双木河寻找煤的征程,他们需要那黑色的金子来拯救濒临绝境的族人。

可是他们再也没有回来。

时间距离那三十个族人的出走已过去百余年,族长大学毕业的儿子带着新婚的妻子再次踏上征程,他们却不是为了煤,而是为了故事里从未有人听说过的双木河。

那时的中国正在一个动荡不安的时代,什么都在被否定,被革命。那样一个时代,谁都逃不掉,不是去撕碎别人,就是被别人撕碎。

族长的儿子在大学和一个城里的女学生自由恋爱了,他的家里有父亲定下的婚约。他没有勇气去反抗父亲,也没有勇气抛弃女学生,他只能选择逃,逃到一个没有人能找到的地方。他想起了族谱中记载的双木河。

大学毕业那年他和女学生在城里举行了简单的婚礼,然后离开各自的家庭。那个年代的中国,每天有无数人在战火中死去,他们想:"这次离开,就当死过一次了。"

两年的征程中女学生诞下一名男婴,难产而死。

男人一手抱着婴儿,一手提着简陋的勘测工具又走了三个月,最终到了双木河。

十年后,他终于找到了煤,它们与出走的祖先长眠于同一片土地。

男人踏上了回乡的路程。十年的岁月和战火,妻子的坟茔已不见踪迹,他从那片陌生又熟悉的土地上收起一抔黄土,带回了家乡。

战争让他们更加贫穷,无数的人死去了,包括他的父亲。他想:"一切都该结束了,除了我,该死的人都死了。"

他将二十名族人和三车开采煤的工具带回了双木河。

这便是男人的故事。

罗子山夜夜燃着磷火,小文把它当作某种昭示,他不清楚到底是什么,但是有一个声音一直在告诉他:"罗子山的鬼火不能熄。"但是近来他发现罗子山的鬼火越来越微弱。

男人带来的族人已经开始修路,再过几年,或者只要几个月,双木河人就可以见到几百年来他们从未见到的外面的世界。男人带来的外乡人说:"皇帝早就垮台啦,都打了几十年的仗了。"双木河人无比震惊,外面的世界竟然发生了如此天翻地覆的变化,他们希望路早些修好,早些去看看外面的世界,越来越多的双木河人加入修路工程中来。

"琴子,罗子山的鬼火越来越弱了。"小文告诉琴子鬼火的事,但是琴子忙着帮妈妈给修路的人做饭,只笑了一笑,没有在意小文颤抖的声音。

双木河越来越热闹,再也回不去往日的静寂,双木河的街道上出现了小饭馆,卖布鞋的老婆婆,琴子也拿着母亲做好的布鞋去街上卖。深夜的双木河街道依然灯火辉煌。那些夜晚小文独自守着河滩上的房子,望着屋后的罗子山,以及越来越弱的鬼火。

两年后通向最近的集镇的公路终于竣工。父亲的族人和双木河人举行竣工仪式的那天,小文和父亲在河滩上烧掉了墙角积攒了数个木箱的稿纸。那天晚上煤山黑漆漆的一片,鬼火终于熄灭了。

双木河从此无宁日。

你看着这时候的双木河,很难想起来它几百年来的寂静姿态。你看着这时候的罗子山,很难想起来那些燃着鬼火的温柔夜晚。琴子和小文坐在河滩上看倒映在河水里的星星,不久之后河滩上堆满了罗子山的木头,他们便在木头堆里捉迷藏。

罗子山上极易开采的浅层煤摄住了人们的魂魄,罗子山上日夜亮着光,日夜响着铁器和石头碰撞的声响。罗子山上的煤被一车车沿着公路运到山外,又从山外带回许多双木河人没有见过的新鲜东西,外乡女人带着孩子也来到了双木河。她们在河滩上搭起各色帐篷,帐篷前升起袅袅炊烟。

外乡人占领了河滩,小文感到十分沮丧,他无法和琴子在河滩上看星星,捉迷藏。但是琴子并不沮丧,她从外乡女人那里学到了很多装扮技巧,用爸爸从集镇上买回来的脂粉衣饰把自己装扮得十分鲜妍可爱。十六岁的琴子昂首走在街道上,浅浅一笑,已然是双木河最漂亮的女人。

十三岁的少年小文还无法理解这种美,在双木河前所未有的热闹与喧嚣中,少年小文被前所未有的孤独袭击。

父亲教会了小文认字,他从父亲堆放在墙角的书稿里找出长长短短的句子,父亲说:"那是诗。"小文一直记得父亲说那句话的神情,黝黑的脸膛浮现少有的柔情,眼神变得模糊,像是看到了遥远的过去或者未来。

父亲一把火烧掉了他的过去,火光映在父亲黝黑的脸膛上。书稿的灰烬被夜风吹进了双木河,顺流而下,不知所踪。父亲从此每日隐没在罗子山劳作的人群中。他的脸变得更加黑了,衣裤上粘着永远洗不净的煤灰。琴子妈让琴子给他们送来干净的或者新的衣裤,她却不像以前那样经常来了。

父亲像一头沉默的野兽,在无休止的劳动中沉默地咆哮着。在双木河最热闹的夜晚,他闭着眼睛靠着小屋的门框。

不远处是明明灭灭的烟火和喧嚣的人群,小文漫不经心地踢着沙滩上的石子,他想:"也许他和我一样,感到孤独。"

两年后双木河发生了一场惊人的火灾,烧掉了小文的半生记忆。

大火始于某天的黎明,早起运煤进城的外乡人发现罗子山上涌动着热浪,空气中弥漫着青烟和煤燃烧时呛人的气味。

小文被河滩上喧闹的人群吵醒,这时候琴子和琴子妈推门而入,琴子妈的额头上布满细密的汗水,她用颤抖的声音问:"小文,你爸爸呢?"她环顾着空荡荡的屋子,没有等小文回答,便自言自语:"他真的去了,真的去了……"琴子来不及扶,她已经瘫倒在地上。

小文想去河滩上找自己的父亲,却被琴子从后面死死抱住,她断断续续抽噎着说:"你不要去,罗子山燃了,他们说你爸爸……进山了。"

小文不明白十八岁的琴子为什么会有那么大的力气,竟然让自己无法挣脱。琴子紧紧地抱着他,像是用尽了一生的气力,他不再挣扎,无力地靠着琴子的身体,闻到脂粉的香气。他们说琴子是双木河最美丽的女人,小文无辜地被包围在她的香味和柔软中,琴子的眼泪浸湿了他的后背。

(六)少年天涯

罗子山的那场大火连续烧了三个月。这时候的双木河镇草木凋萎,燥热不堪,孩子和女人的哭声不绝于耳,阴沉的煤烟笼罩了整个双木河,连河水也变得浑浊不堪。

琴子和小文在这些天里形影不离,她却对眼前的少年感到十分陌生。他的面庞什么时候已经变得轮廓分明,嘴唇上布满青色的胡茬,他的声音也不再有孩童的稚气尖细,而变得低沉沙哑。不过是两年的时间,却好像是一切都变了。十八岁的琴子第一次感觉到小文的世界她无法触及。

他们同样为这场大火感到悲哀。她是爱笑,爱热闹,爱美丽的衣饰和人们的赞美。十年前,她想把河滩上那个沉默的男孩拉进她的世界,十年后,男孩已经长成少年,他们终究还是在不同的世界。琴子甚至不知道他为什么沉默和悲哀。

小文坐在木屋前沉默地看着来来往往满脸悲伤的人们,看着他们驾着马车陆续离开双木河。他的右手被琴子紧紧攥住,那只柔软的手隐隐让他感到不安。

一个面貌和父亲极其相似的男人在离开前对他说:"小文,跟我回家吧。"小文感觉琴子的手握得更紧了,她的手心满是冰冷的汗水,小文转过头看到一双潮湿明亮的眼睛,于是他坚定地对男人摇了摇头。

他知道,自己再也无法离开双木河了,是为了琴子,为了消失在罗子山的父亲,或是为了别的什么东西——他不能离开。

少年小文沉默地目送最后一个人离开,他握紧琴子的手,小声但坚定地说:"他没死。"小文不相信那个男人会甘愿这样死去,他一定在这个世界的某个角落沉默地活着,带着他无法被拯救,也不愿意被拯救的孤独。

少年小文凝视着琴子小鹿似的美丽眼睛,他在想:"如果我愿意,我会为她修建双木河最美丽的木屋,种满淡紫色的藤萝花,我们就住在那所小房子里,谁也无法打扰我们。"

并没有人告诉过他木匠伯维的故事,又或者说,历史就是在某些巧合中奇妙地产生的。少年小文不过是在偶然中跟随父亲进了罗子山,那天父亲走了一条从未走过的路,他们见到一座年久失修的孤坟。那是四月的某天,孤坟旁疯长的藤萝缀满了淡紫色的花朵。

小文是第一次见藤萝花,它们却从此留在了他的梦里。现在,他想把这个美丽的梦送给一个美丽的姑娘,却不知道在数百年前就有一个人在做着同样的梦。然而这个梦对于小文和琴子来说都太迟了,这一切,从小文的父亲在罗子山挖出第一块煤就决定了。

"琴子,跟我走吧。我们离开双木河。"少年小文此刻握着琴子温暖潮湿的手,却被前所未有的恐惧和孤独淹没。他感到那只手在挣扎,不安却决绝地离他而去。

"琴子。"少年小文想起消失在罗子山的男人,在某个平常的夏夜,那时候罗子山的鬼火不息地燃着,小文和琴子在河滩上分别。男人已经从罗子山回来,高大的身躯倚靠在门框上,他说:"总有一天你会离开她。"

这大概是七年前的事情了,还是个孩子的少年小文不明白,也不愿意去想这句话的意义。

"我不会离开琴子,因为琴子喜欢我,我也喜欢琴子。"他还记得自己对男人说,眼睛里满是不可一世的坚定。

七年后,男人已经消失在罗子山,这句话却终于变成了现实。

第二天人们看见双木河漂满美丽的衣饰,它们属于十八岁的琴子。有人在天亮时看见琴子坐在河边,一件一件地把它们扔进双木河。然后人们发现,少年小文离开了双木河。

那是一次双木河人无法理解的出走,抛弃父亲长眠的土地,抛弃美丽的琴子。总有人想到残留在记忆中的白痴阿丁的故事——在某种程度上,少年小文的出走就是历史的重演,恐惧慑住了人们的心魄。

罗子山的大火熄灭的那一天,人们捣毁了少年小文的木屋,并用三个月的时间毁掉了人们用两年时间修好的路——这是双木河第二次被抹杀的历史,在这之后出生的孩子都被告知寸草不生的罗子山自古就是这个模样。

再没有人可以顺着那条破碎不堪的路走到双木河,包括数年后的少年小文。

那些亲见罗子山燃烧着熊熊大火的外乡人也对此绝口不提,我们现在知道的有关双木河的故事来自一个在川北四处游荡的疯女人。据见过她的人说,那是一个美丽而憔悴的女人,她在少年小文的木屋坍塌之前逃离了双木河,一遍遍向人们讲述着双木河的故事。

没有人知道她是什么时候出现,也没有人清楚地记得她的模样,你无法从她美丽的眼睛里读出任何东西,直到某一天女人向人们说起她和一个叫作小文的少年的故事。"我在找他,我会一直找他。"这是女人留下的最后一句话。

多年后,双木河已经成为川北坊间流传广泛的故事,某一天你会在古旧的茶楼里看到一位须发苍白的老人泫然涕下,他也许是消失在罗子山的男人,也许是再也回不去双木河的少年小文。这便是另外一个故事,一个与双木河无关的故事。

*本文获全国大学生第四届野草文学奖邀请赛小说组优秀奖。

朱怡蘅

女，西北大学文学院2014级创意写作班学生。"怡红快绿"的"怡"，"蘅芷清芬"的"蘅"，名字缘于《红楼梦》。笔名笛风，"落入楼台一笛风"的"笛风"，从初中写文开始，一直沿用至今。作为一个来自南方的北方人，性格多元，文多话多，喜欢生涩少见的成语，崇拜契诃夫，最大的优点是少有拖延症。文风时而沉郁时而跳脱，不过需要精进之处颇多，最大的心愿是有更多的朋友阅读其作品。

游园惊梦

（一）柳姨

三年前的这个季节，是柳姨过门的日子。不过是棠苑添了灯笼，苑前的老桂树佝偻着裹了几圈红绸。桂花依旧落个满地，许初和许诺还是吃了满嘴的桂花香。

见着柳姨已是月后的事儿了。落叶仗着风势开始张牙舞爪地叫嚣，打着旋儿地簌簌落下，沾在许诺的头上肩上，气得许诺直直扯下枯叶，狠狠碾碎入眼的黄色。许初睨着眼笑着，说道："承之，走，咱们去吃梅花糕。"往锦斋去的道儿不过半盏茶的工夫，拿了装着各种新进糕点的食盒，许诺兼顾着手里嘴里，还"支吾"地欲说还休。而许初自是提着食盒，亦步亦趋地笑着跟着，左手捏了一小块红绿流苏一口一口往嘴里送。

临着锦斋是个很小的别院，娘亲素日里是从不让沾染烟火之气的，故而这一路上格外冷清。棠苑里的垂丝海棠算是一处雅景，但娘亲偏爱西府海棠，所以这棠苑也是不曾踏足。假若没有看见那个在萧瑟之中过于苍白而冷清的一抹素色，许诺和许初怕是早已忘了家里还有这个小院子了。

红色的剪纸还是尴尬地立在窗枢上,和周身的白格格不入。入秋之后天凉了下来,不过那个女人披了貂皮的坎肩还是奇怪了些。许诺探头望了望,看见女人并没有转过头来便准备迈脚进去。许初急急地拉住许诺的袖角,半是犹豫半是坚定地摇了摇头。许是周围过于安静,许诺抬脚碾碎落叶的细微声音还是让那个女人转了头。

女人的五官似乎蒙在了一层白茫茫的雾里,好像是极浅的柳叶眉,和秋荻的眉很像,还记得母亲曾经用手指点着秋荻的眉笑骂她小家子气。许初记着这个细节,却对女人具体的眉眼记不真切了。只是早些时候听了说书的讲柳如是的坊间故事,觉得这个新来的柳姨也像是故事里说的那般人。

"我见青山多妩媚,料青山见我应如是。"许初心里念叨着居然真把这句话说出了声儿。那女人"噗"地一笑,用帕子遮住嘴,许初方恍过神儿来一下羞红了脸。许诺还是一脸的不知所措。许初恼了脸,拉过许诺还扒在墙上的手急急往锦斋那头走。

"喂,你干吗,喂,华元,慢点,慢点呀我的脚……"

原本是再小不过的小插曲,许初忘得差不多的时候却被母亲拜祠堂的时候若无其事地提起。许诺短胖的手指交握着绞在一起,待母亲唤过"华元,你过来"之后方悄悄抬起眼。许诺对着许初的方向使劲眨巴了一下右眼,待看到许初微微点了点头之后才如释重负地"吁"了口气。

许诺的娘亲是许初的舅母,许初原是许诺娘亲江静婉的亲哥哥江谨言膝下的三子,因着妹妹多年无所出便把刚出生四个月的许初过继给了妹妹。许初在许府长大,一直便叫着母亲,后来更是看着许诺出生。二人自是从小亲厚。

母亲漫不经心地开口道:"华元呐,听说前些时候你们兄弟俩去了棠苑?"母亲的眼睛轻轻地从许初脸上瞥过。又接着说:"按理说我本不应该说些什么的,但你也知道,我们许家虽是破落了,老爷一时被那婢子迷了眼就当过家家似的把人带回了府。但毕竟呀,无论是许家还是江家,和那种烟花柳巷里混日子的人始终不是一路的。你是承之的哥哥,你说是不是呢?"

说完这话的时候母亲已经插好了祭拜的香火,转过身来,用手帕擦了擦指尖上似有似无的香灰。

"就避着那条路走吧。以后啊若是见了,于礼,你们俩就唤声柳姨吧。不过还是不见的好。"

那一年海棠的花期早早过了,府里添了一个柳姜,唱着"咿咿呀呀"的旦角儿,过完了许府里的第一个新年。

(二)许初

只恐夜深花睡去,故烧高烛照红妆。

小年过后,似乎老天也应了母亲的意,许初是再也没见过柳姨了。只是除夕那夜柳姨唱着"则为你如花美眷,似水流年,是答儿闲寻遍,在幽闺自怜"的调儿在许初的耳边萦绕了好些个日夜。

后来,许初的亲爹爹和府里后来纳的新姨娘前些时候生了家里的第五个儿子,许初的娘亲江夫人叫了许初回去见见新儿。所以那段时间许初渐渐离了许诺长住在江府。再后来,许初回了许府的时候,秋荻一见着许初就忙着跑过来说道:"表少爷,您可回来了,大奶奶让我给您说,您呀赶紧劝劝少爷。您可不知道少爷这小半年总爱往那个小贱人的小院儿里跑。大奶奶阻了好几次,也还是被少爷想着法儿给糊弄了过去。大奶奶可盼着您呢……"

秋荻后来嘟嘟囔囔地又在说着些什么,许初是一句也没听清了。凭着许初和许诺这几亲厚的关系,这半年通信也有,但这事儿是从没听许诺提起的。许初第一次觉得鼻子里像是吹进了风,只觉得酸得这股劲儿直直吹到了脑子里。

本是五月上旬,正是海棠花开得正好的时候。许初去许诺的慎园寻他却是无果。于是许初顺着记忆中模糊出现的那条路往棠苑走。

"承之,承之,我回来了,你在……"

"哪儿……"两个字讷讷地慢了半分才被许初几若无声地道了出来。

许初扶着棠苑的石壁目光呆滞了些,许诺循着声音从院子里回望过来。是的,刚才是许诺在和柳姨唱那句"闲凝眄生生燕语明如剪,听呖呖莺声溜的圆……"许初还记得,那是去年除夕夜里柳姨唱的《游园惊梦》。

许诺本就是清秀的样貌,甚至有些女相。两岁那年母亲给许诺求了护佑的玉观音。从许诺五岁开始,便要和母亲在开春的时候去北山的灵隐寺上香。恁是延续了十年也不曾间断。如今许诺这抹着红脸蛋儿唱戏的模样,若是被许诺的爹爹瞧见怕是要打断了腿去。

许初在那一瞬间脑子里似乎生生缠住了千万根丝线,剪不断,理还乱,茫茫一片不见端倪。

许诺看见许初的一刹那眼睛似乎亮了一下,边跑来边说道:"华元,你总算是回来啦。我在学那曲《游园惊梦》呢,来,我唱给你听听,你给比较比较柳姨年前的调儿怎么样。"

许初听见许诺提到《游园惊梦》的时候当恍过神儿来,他一把拉过了许诺,看着许诺身后笑脸盈盈的女子,说道:"柳姨,我是华元。今天方才回来,算是好些日子没见着承之了,我哥俩也想要好好叙叙。"许初直视着柳姨的笑眼,继续说道:"那,我们就先不叨扰了。"说完就拉着许诺往院外走。许诺一步三回头,末了突然停住,像是猛然想起了什么似的,向身后大声喊道:"柳姨,你等着我啊,下次我还要跟你学那没唱完的画眉序……"许诺没有注意到自己在说这些话时微微被握紧的小臂。

棠苑的垂丝海棠开得果真是雅致得紧,海棠春睡,红的粉的连成一片,映带着身后的柳姨苍白深刻的锁骨像两只欲睡的白蝶。

(三)许诺

湖山畔,湖山畔,云蒸霞焕。
雕栏外,雕栏外,红翻翠骈。
惹下蜂愁蝶恋,三生锦绣般非因梦幻。
一阵香风,送到林园。

许诺一直记得那个毫无特色的夏夜天,后院里有几星萤火遥望着头顶的星光。那天日上三竿许初拉回了许诺没有言语。许诺愣愣地看着许初用右手食指一直拨着左手手腕的红白珠子。再后来许诺又被娘亲拉去训话,许诺终于在许诺将要跨出门的时候匆匆留了句"晚上后院",就继续默默地坐在塌边的椅子上。许诺出门后又向后看了看,发现许初还低着头,右手还是拨珠子的姿势。

初夏的夜风有一点儿凉,许诺披了件青色的衫子就远远看见那颗老槐树下孤零零的影子。

"华元。"许诺轻轻地开口。

"嗯。"

"……你叫我来,是有什么事吗?"

"嗯。"许初沉默了一会,却还是抑制不住地问出了口。"你,是决定要学戏了吗?"

"啊?!"许诺被这突然的问题问得一愣,继而有些不好意思地挠了挠头。轻轻地"嗯"了一声。

"那你是决定放弃约定了,对吧。那你明年是一定不和我去日本了。"许初说话的声音有点儿沉。

"……对不起。"

"……哦,我知道了。"

说完这句话,许初转身向树的北面走去,而至于"我真的更想学唱戏啊"这样的话还是哽在了许诺的嗓子眼儿里愣是说不出口。

那颗槐树底下埋着五岁的许诺和七岁的许初的约定。关于给母亲治心口疼的小小心愿最终还是在这个维持了十年之久的夜晚彻底破碎了。许初拿起树旁的石块狠狠地挖着,最后似乎是急了眼扔了石块直直用手挖起来。当年的红色早已褪去了颜色,沾上了泥土变得更灰。许诺就站在离许初十步远的地方,却觉得这十步似乎有一辈子那么长。许诺像是和泥土黏在了一起,脚迈不动,走不开。他能做的只有眼睁睁看着许初攥着写了约定的布条越走越远,直到身影被黑暗完全吞没。许诺还记得,那是许初第一次不告而别。

"我只是……想唱戏而已啊。"喃喃的低语声只有那晚的夜风听去了心里。

(四)尾声

这一霎天留人便,

草藉花眠。

则把云鬟点,红松翠偏。

　　许诺终是没有和许初去日本。许初在那一年较计划早了半年就匆匆北上了。后来写信回来,说京都的樱花都开满了,全是粉的,就像家里早春的海棠,却已是好久不曾见了。提及许诺,将将一句"望父亲,母亲,承之,还有秋荻,一切安好。我在京都一切都好,勿念。"承之这两个字混在长串的祝福里,仿佛本该就是这样和旁人毫无差别。许诺将薄薄的信纸翻来覆去寻了半晌,也终是没有半点差别。

　　三年后又是一个海棠花开的时节,许诺终是没能等到海棠全开。同一年,许初回国。

　　有一封信静静地躺在慎园许诺的桌上,那串红白珠子压在信纸的左角,风还是把纸的下边吹起。

　　许诺学戏终是在一场风雨里戛然而止,父亲到底还是知道了许诺唱戏的事,请了家法狠狠地打断了腿。至于柳姨怎么样了,所有人不得而知。后来许诺的腿接上了,刚恢复一段时日之后又急急地去求父亲。跪着求父亲同意的那天突然下了好几年没见过的大雨,许诺却是一病不起了。那天在许诺倒下的时候,脖子上挂着的玉佩不知道什么时候掉了出来,磕掉了一个小角。不过那时候,已经没有人在意了。戏子还在"咿咿呀呀"地唱着,而后来的许诺,是再也没有唱戏的精力了。

　　海棠花落,又一春秋。

＊本文获得2015年陕西省大学生新媒体有奖征文大赛二等奖。

编后记

编选一本学生作品集是我近几年的夙愿。出于对传统中文系"不培养作家"、学生写作能力严重下滑这一现状的不满,2009 年,葛红兵教授及其团队在上海大学创办创意写作专业,拉开了中国创意写作发展的帷幕。我们西北大学作为文学的西北重镇、"作家摇篮",自然不甘居后。在李浩、段建军、刘卫平、孙尚勇、谷鹏飞等先生的鼎力相助下,于 2012 年开始招收创意写作专业本科生、2015 年开始招收创意写作专业硕士生,强调写作的创意性、实践性和商业化,迄今已逾四年。在这四年间,虽因新兴学科体量小、影响弱等原因,蒙受诟病、误解和怠慢,但几年来学生创作兴趣剧增,文学作品数量和质量节节攀升却是不争的事实。如何处理这些不乏精品的习作,进一步鼓励和激发学生的创作潜力,拓宽创意写作的学科界限,提升西大的文化软实力,是一个棘手的问题。

鉴于国内的文学环境和学校的基本现状,最终决定在段建军先生的领导下,编选一套西北大学文学院学生作品汇编,这才有了今天读者所见的读本。本册主要收录了 2012 级到 2014 级学生的小说创作,大体包含以下几个类型:青春故事、儿童文学、奇幻小说、民国武侠、才子佳人等。虽然有些篇目的质量有所不逮,但大多可圈可点,值得肯定。更何况,本书一个重要的出发点就是奖掖后进、扶持新人,营造宽松包容的创作环境,促进文学创作的大繁荣大发展。当然,由于篇幅所限,很多优秀的中篇小说未能收录其中,颇为遗憾。不过想想天下事十有八九不尽如人意的古训,也就释然了。

我一直相信,一饮一啄,莫非前定。我懵懵懂懂,一脚踏入创意写作这一领域,可能命中注定,鞠躬尽瘁死而后已也毫无怨言。不过,仅凭自己的一知半解,设定教学大纲,探索教学方法,寻求创作良机,虽殚思竭虑而不得其解,使人倍感惶惑。所幸有陈然兴、陶成涛、张也奇、安晓东、苏岑、郭茜、高宇民、尚斌、邵颖涛、杨遇青、胡小燕等同事兼好友的鼎力相助，才使得西大创写蒸蒸日上，学生创作渐入佳境。若非如此，我真不知如何是好。一直想找个机会，对以上诸君表示感谢，却苦于时机不佳。今天借写后记之际，说出久藏心中的感谢与感恩，得偿所愿，大快我心。

创意写作是一门新兴学科，截至目前仍然步履蹒跚，真心希望各界同仁朋友能够关注他、帮助他，扶他茁壮成长。以我自己的愚见，他势必成为提升中文学科魅力，提高学生写作能力，促进产业发展的利器。我将终其一生，竭尽所能，与其共兴亡！

谢谢大家！！！

陈晓辉
2016年12月15日于长安落月轩